40세, 미혼출산

가키야 미우 지음
권경하 옮김

늘봄

40세,
미혼
출산

가키야 미우 지음
권경하 옮김

늘봄

※ ( ) 속 글은 역주

프롤로그

아무리 그렇다 해도, 내가 임신이라니….

겨울이 오면 마흔이다.

어느새 이렇게 나이가 들었나. 깊은 한숨에 유리창이 동그랗게 흐려졌다.

그것을 집게손가락으로 문지르자 물방울로 바뀌며 똑 하고 미끄러져 떨어졌다.

미야무라 유코는 특급열차의 창에 이마를 기댄 채 물이 가득 찬 논의 녹색을 보고 있다.

모내기를 막 끝낸 키 작은 벼들이 넘치는 햇빛을 받으며 산들바람에 흔들리고 있었다.

— 임신 사실을 털어놓으면 미즈노 타쿠미는 뭐라고 할까.

아마도 미즈노의 얼굴에 가장 먼저 나타나는 것은 경악, 그리고 후회로 표정이 일그러진 다음, 공포로 이어지겠지.

— 아기를 지워주세요, 제발 부탁입니다!

그렇게 말하며 무릎을 꿇을지도 모른다.

미즈노는 겨우 스물여덟이다. 그리고 어리고 예쁜 애인이 있다.

그를 괴롭힐 마음은 전혀 없다. 술에 취하기는 했지만 분명 서로의 합의 하에서였다. 오히려 그의 따뜻한 숨결과 억지를 생각하면 지금도 볼이 발그레해진다.

이대로 아무 말 없이 지워야 하는 것은 아닐까? 미혼모가 되거나 하면 고생은 뻔하다. 하지만…, 나는 이미 몇 년 전부터 애인도 없다. 나이를 생각하면 아이를 낳을 수 있는 처음이자 마지막 기회다.

그렇다면…, "후" 하고 크게 숨을 토했다.

어젯밤부터 돌파구를 찾지 못한 채 머릿속이 계속 빙빙 돌고 있다. 미즈노와 그렇게 된 것은 딱 한 번뿐이었다. 그 캄보디아의 밤, 나도 미즈노도 머리가 어떻게 됐던 것이다.

1

　영업부에서 부서를 옮겨온 미즈노와 콤비가 된 지 이제 반 년 정도다. 단체관광 사전 답사를 위해 미즈노와 함께 캄보디아의 씨엠립을 찾았다. 끝없이 이어지던 야자수 밭이 끝나자, 다시 태고부터의 원시림이 끝없이 펼쳐졌다. 유코는 졸업하고 라쿠요여행사에 입사한 지 17년째다. 소속은 기획부다. 입사 후 국내투어 5년, 유럽투어 6년을 거쳐 지금은 아시아 담당 6년째가 된다. 관광객은 남녀노소가 있으니 남녀가 콤비로 기획을 한다는 것이 회사의 방침이다.

　그나저나 캄보디아가 이렇게 오지인줄은 상상도 하지 못했다.

　직전에 들렀던 베트남이나 말레이시아는 도로가 정비되고 고층 빌딩이 늘어서 있어서, 고도성장기의 한복판 같은 활기가 넘치고 있었다. 그것에 비하면 캄보디아는 크게 뒤쳐져 있다. 아무튼 엄청 무더웠다. 지금까지 살면서 이렇게 땀을 흘린 적이 있었을까. 연일 40도를 넘는 찌는 듯한 더위에 흰 셔츠가 등에 찰싹 달라붙었다. 청바지 말고 헐렁한 삼베 이지팬츠를 입는 것이 정답이었다. 앙코르와트를 찾았을 때 제대로 된 선물가게가 거의 없다는 것도 놀라웠다. 이곳은 유명한 세계유산이 아닌가. 만약 일본이라면 주변에 다양한 가게로 즐비할 것이다.

외국인 관광객이 물밀듯이 밀려들고 있으니, 이거야말로 돈 벌 수 있는 기회라고 생각했을 것이다. 외국과의 화폐가 치 차이를 생각하면 평생 벌 돈을 단기간에 벌어들이는 것 도 꿈은 아닐 텐데. 하지만 이런 작열지옥 안에서는 무슨 일 이든 이루려는 의지조차 샘솟지 않는 것일까. 아니면 야생과 일이 여기저기 휘어지게 익어 있어서 굶주릴 걱정이 없으니 헝그리 정신을 가질 수 없는 걸까. 일 년 내내 기온이 높아 길가에서 자더라도 얼어 죽거나 하는 걱정이 없어서 일까.

광활한 유적지 곳곳에 현지 아이들이 삼삼오오 무리지어 무료하게 시간을 보내고 있었다.

"학교가 쉬는 날인가 봐?"

미즈노가 현지 가이드인 네삿토에게 물었다. 네삿토는 서 른두 살에 키가 180cm이다. 캄보디아인 중에서는 외모도 출 중하고 키도 큰 편이어서 본인은 그것을 은근히 자랑삼는다.

"가난한 아이, 학교 못 간다."

들어보니 의무교육은 법으로 정해져 있지만 가난한 아이들은 학교에 다니지 않아 취학률이 낮다고 한다.

"한국인, 중국인 관광객 애들한테 과자, 사탕 준다."

그렇게 말하며 네샷토는 얼굴을 찌푸렸다.

"그래서 아이들 모두 충치 투성이, 가난해서 치과 못가 곤란해."

"일본인은 과자를 주지 않나?"

하고 미즈노가 묻는다.

"일본인 안 준다."

네샷토가 바로 답한다. 사실일까? 우리를 신경 쓰고 말하는 것은 아닐까.

"음, 역시 일본인은 아이들을 배려하는구나."

미즈노는 자랑스러운 듯 말했다. 천연덕스러운 그의 성격은 유코처럼 말의 이면을 일일이 따지거나 하지 않는다.

유적지에서 밖으로 나오자, 작은 여자아이가 뛰어오더니 갑자기 눈앞에다 그림엽서를 꺼내보였다.

네 살 정도일까, 이국적인 모습을 하고 있다. 지저분한 옷을 걸쳤고, 맨발이었다.

하루 종일 그림엽서를 부여잡고 외국인을 쫓고 있기 때

문일까. 파는 물건인데도 모두 더럽고 끈적끈적해 보인다.

"내가 사줄까, 미즈노 군은 어떻게 생각해?"

"글쎄요."라며 고개를 갸웃거린다.

"아이를 이용해 돈을 버는 것에 재미를 본 부모는 아이들을 계속 일하게 한다고 들은 적이 있지만요."

"그런가, 역시 그만두는 게 좋겠어."

"그래요, 이제 갑시다."

운전수가 기다리는 차 쪽으로 가자 여자아이가 종종걸음으로 쫓아왔다. 열심히 말을 걸어오지만 크메르어라서 뭐라고 하는지 모르겠다. 뿌리치려고 했지만 너무 필사적인 모습에 유코는 자신도 모르게 멈춰서고 말았다.

내려다보니 젖은 듯한 눈동자로 가만히 올려다본다.

아이 답지 않은 아름다운 모습에 매료되어 자신도 모르게 바라보았다.

이쪽의 강한 시선에 놀랐는지 여자아이는 몇 걸음 물러섰다. 무서워하는 것 같다. 하지만 그림엽서를 팔지 않으면 안 된다는 사명감 때문인지 도망치지도 않고 시선도 떼지 않는다.

그 진지한 검은 눈동자를 보면서 안타까움이 치밀어왔다.

앞에서 걸어가던 네삿토가 멈춰 서서 돌아보지만 침묵했

다. 사라고 하든가, 사줄 필요 없다고 하든가, 어느 쪽이든 말해주길 바랐다. 사주는 쪽이 이 아이를 행복하게 하는 것일까, 아니면 더 불행하게 만드는 것일까.

다시 한 번 네삿토를 쳐다보자, 그는 살짝 웃었다.

달콤한 과자를 주는 것은 반대지만 엽서를 사는 것은 상관없다고 말하는 것일까.

"하우 머치?" 하고 미즈노가 묻자 여자아이가 손가락 두 개를 세우곤 "투 사우전드." 하고 귀여운 목소리로 대답했다. 부모에게 배운 유일한 영어인지도 모르겠다.

"한 장에 이천 리엘이란 뜻이야?" 하고 미즈노가 네삿토에게 묻자 네삿토는 재빨리 여자아이 앞으로 와서 크메르어로 물어봐주었다.

"다섯 장, 이천 리엘이다."

엔화로 하면 한 장에 십 엔 정도지만 여기 물가로 따지면 터무니없이 비싼 가격이다.

"내가 살게요."

미즈노가 숄더백에서 지갑을 꺼냈을 때였다. 많은 아이들이 나무그늘 아래에서 일제히 튀어나와 미즈노를 에워쌌다. 너도 나도 사달라고 난리다. 모두 다 맨발이었다. 유코도 미즈노와 같이 사주었다. 아무리 사도 싼 가격이었다.

쉽게 돈을 주면 안 된다고 비판하는 사람도 있겠지만, 이 빈곤한 현실을 보고는 무시할 수가 없었다.

돈을 받자 아이들은 흐뭇한 미소를 지으며 쏜살같이 달려 갔다. 한시라도 빨리 집에 돌아가서 어머니가 기뻐하시는 모습을 보고 싶었을 것이다.

유코는 아이들의 작은 등을 쳐다보면서 "이런 걸 값싼 동정심이라고 하는 건가." 하고 중얼거렸다.

"그럴지도 모르지만… 그래도 오늘 하루만이라도 아이들이 맛있는 걸 먹으면 좋겠다는 생각이에요."

"그러네."

서로의 눈이 마주쳤을 때, 이곳에는 일본 사람이 너와 나 둘뿐이다, 는 의식이 강렬하게 통했다.

그때는 풍요로운 나라에서 온 이방인이 단 몇백 엔의 푼돈으로 행복을 나누어주고, 은혜라도 베푼 양 우월감에 사로잡혀 있었다는 사실을 깨닫지 못했다. 대신 매우 좋은 일을 했다고 흡족해했다. 지금 생각하면 그때부터 감각이 마비되어 가고 있었는지도 모른다.

출구 쪽으로 나란히 걷다가, "미야무라 씨, 저것 보세요. 믿을 수 없네요." 하며 둑 쪽을 가리켰다. 나무그늘에 시트를 깔고 가족으로 보이는 여섯 명 정도가 동그랗게 둘러앉아 먹고 마시고 있었다. 옷차림부터가 현지주민인 듯했다.

"뭐가 이상하다는 거야? 그저 소풍이잖아."

"가장자리에 앉아 있는 애, 사람이 아니에요."

근시인 유코는 눈을 가늘게 뜨고 다시 한 번 살펴보았다. 그 자리에는 원숭이가 점잖게 앉아 있었다. 옆에 있는 중년 여성이 들고 있던 빵을 나눠주자 얌전하게 먹기 시작했다.

놀라서 보니 머리 위의 우거진 나무에서 원숭이 한 마리가 스르르 내려왔다. 그 원숭이도 사람들 속으로 들어가 다소곳이 앉았다. 누구도 쫓지 않고 원숭이에게 파인애플을 한 조각 주고 있다.

"저런 건 본 적이 없어요. 야생 원숭이잖아요."

미즈노는 흥분하며 연방 카메라셔터를 눌러댔다.

눈앞에 피어오르는 아지랑이로 시야가 흔들려서일까, 원숭이나 개나 사실은 사람과 대등한 동료인 것은 아닐까, 하는 생각이 그저 멍하니 흘렀다.

"출구까지 머니까 토크토크(삼륜자동차) 탑시다."

앞에는 네샷토, 뒷줄에 미즈노와 내가 나란히 앉았다. 토크토크가 달리기 시작하자 흙먼지가 일었다. 창문이 없어서 손수건으로 입을 막았다.

그나저나 옛날 그대로의 흙길이 많은데 왜 이렇게 더운 것일까. 조만간 캄보디아도 발전해서 온통 콘크리트 투성이가 된다면 지금보다 훨씬 기온이 오르게 되는 걸까.

"캄보디아에서 노인 본 적 있어요?"

네삿토가 뒷좌석으로 고개를 돌려 미즈노와 유코를 번갈 아보며 물었다.

"노인? 그러고 보니… 못 본 것 같아."

유코가 대답하자 네삿토는 만족스럽게 고개를 끄덕였다.

"여기는, 국민 평균연령 스물세 살이다."

폴 포트의 대학살과 장기간의 내전으로 삼십 대 이상의 인 구가 극단적으로 적다고 했다. 총 인구의 절반 이상이 스물 네 살 이하라고 하니까 일본과는 정 반대다.

그때 토크토크가 급정거했다. 앞을 보니 마른 소 한 마리 가 도로 한복판을 당당하게 횡단하는 중이었다. 정처 없이 어슬렁거리고 있는 느낌이다. 들개들도 여기저기 그늘에서 턱을 땅에 내던진 채 나른하게 엎드려 있다. 기운이 나는 건 원숭이들로 오토바이 위를 뛰어다니거나 사람들 어깨에 올 라타기도 한다. 사람들도 익숙한 건지 아니면 그 원숭이와는 안면이 있는 건지 쫓아내지 않는다. 그렇다고 머리를 쓰다듬 거나 하지도 않는다.

그 모습은 애완동물을 귀여워하는 일본인과는 다르다. 그저 서로 공존하고 있다는 느낌이다. 그런 모습을 보며 도쿄에서의 야근이 많은 생활에 문득 의문이 들었다.

더 자유롭게, 더 마음대로 자연에 몸을 맡기며 살고 싶다. 그것이 본래 인간의 모습이 아닐까. 그렇게 현실과 동떨어진 생각을 했다. 더위로 사고력이 저하된 만큼 감정이 예민해지면서 감상적인 기분에 빠지게 된 것이다. 눈에 비치는 것 모두가 원시적 감상을 불러일으키는 것이었다.

간선도로에 나와 토크토크에서 승용차로 갈아타고 시장 주차장까지 갔다. 주차장에서 시장까지는 3분 정도 걸어가야 했다. 40도를 넘는 땡볕 아래에서 정신이 아뜩할 지경이었다.

걷기 시작해 일분도 되지 않아 갑자기 주위가 어두워지기 시작했다. 올려다보니 먹구름이 하늘을 검게 뒤덮고 있었다.

"이제 금방 스콜 온다."

네삿토의 말이 끝나기 무섭게 굵은 빗방울이 뺨에 닿았다.

가방 속에서 우산을 꺼내려고 했지만, 도무지 찾을 수가 없다. 해외 업무용으로 새로 산 가방에 아직 익숙하지 않았다. 주머니가 많아서 편리합니다, 라는 백화점 점원의 권유로 샀는데 주머니가 많아서 어디에 뭘 넣었는지 모르겠다.

대낮인데도 주위가 어둑어둑해져서 가방의 안감도, 우산

도 검은색이라 손으로 더듬어 찾을 수밖에 없었다.

스콜은 대지를 두드리며 무시무시한 힘으로 온몸에 퍼부었다. 땅은 흙바닥인데 콘크리트 바닥처럼 힘차게 비가 튀어오른다. 우산을 폈을 때는 이미 전신이 흠뻑 젖은 후였다. 미즈노를 보니 그도 우산을 펴기 직전이었다. 네삿토는 우산도 쓰지 않고 태연하게 얼굴을 하늘로 향하고 입을 크게 벌리고 있었다. 이 나라에서는 생수를 살 수 있는 부자는 극소수다. 그 이외의 사람들에게 비는 가장 청결한 생수일지도 모른다.

정글 쪽으로 눈을 부릅뜨니 물안개가 자욱이 피어올랐다. 미즈노가 이쪽을 향해 뭔가 말을 걸어오지만 우산에 부딪히는 빗소리가 두두두두 거세게 울려서 한 마디도 알아들을 수가 없었다. 빗소리의 크기는 공포심을 자아낼 정도였다. 미즈노가 토막토막 큰소리를 질렀다.

"미 · 야 · 무 · 라 · 씨 · 비를 · 피할 · 만한 · 곳이 · 없는 것 · 같아요."

사방에 건물 같은 것은 없었다.

"괜찮아 · 금방 · 그쳐."라고 네삿토도 호통 치듯 큰소리로 말했다. 다음 순간, 갑자기 소리가 없어졌다. 그것으로 비가 그친 것을 깨달았다.

"미야무라 씨 너무 야해요."

미즈노가 유코의 가슴 부분을 계속 쳐다보고 있었다. 좋은 환경에서 자란 탓인지, 그가 하얀 이를 드러내고 순수하게 웃자 야함 따위는 조금도 없었다.

"흰 셔츠 입고 오지 말 걸 그랬어."

피부에 딱 달라붙어서 속옷이 뚜렷하게 비쳐 보였다.

하늘을 올려다보니 조금 전의 폭우가 거짓말처럼 맑게 개어 있었다. 비 덕분에 기온이 뚝 떨어질 것으로 기대했는데 그 반대였다. 마치 사우나에 있는 것처럼 숨이 막힐 정도의 찜통더위가 온몸을 감쌌다. 미즈노의 선글라스도 뿌옇다.

가방에서 페트병을 꺼내 물을 벌컥벌컥 들이켰다. 캄보디아에 와서 이 미네랄워터는 대체 몇 병째일까. 마시고 마셔도 금방 목이 마르다. 몇 개라도 부족하다. 수건으로 머리와 옷을 닦으면서 네삿토에게 안내를 받아 시장으로 걸어갔다.

건장한 네삿토의 뒷모습이 당당하다. 흠뻑 젖었지만 깨끗한 흰 셔츠와 반듯하게 다림질한 검은 바지를 입고 있어서 시장에서 일하는 현지인들과 선을 긋고 있었다. 네삿토는 담 레이 네삿토라는 이름이지만, '담 레이'는 아버지의 이름으로 코끼리를 의미하며 '네삿토'는 어부라는 뜻이다. 캄보디아인에게는 성이 없다. 그는 라쿠요여행사와 직접 계약을 맺고 있어 현지인의 몇 배에 달하는 급여를 엔화로 받는다. 때문에 네삿토는 캄보디아에서 큰 부자에 속하는 편이다. 연수에 참여하기 위해 1년에 한 번은 일본을 방문하고 있다.

— 장래 꿈, 대통령 되는 거야.

만난 지 겨우 이틀째지만 그 말을 몇 번이나 들었다. 농담이 아니라는 것은 그 진지한 표정을 보고 알았다. 아직 서른두 살이지만, 이미 초등학교와 중학교를 세웠다고 한다. 친족 중에서 가장 벌이가 좋아 조카에게도 교육비를 지원하고 있다고 했다.

— 일본 멋진 나라다. 이 나라 이제 일본 같이 발전시킬 거다.

그의 힘찬 말을 들었을 때, 몹시 부러웠다. 가난한 나라에서 태어났기 때문에 갖는 생명력이다. 전쟁 후의 일본도 이랬을까.

"네삿토 씨, 저 과일은 뭐야?" 하고 미즈노가 물었다.

미즈노의 시선을 따라가자 여기저기에 과일장수인 남자들이 땅바닥에 앉아 있었다. 열대의 색색 과일들이 돗자리 위에 산더미처럼 쌓여 있었다.

오른쪽부터 람부탄, 파파야, 두리안, 용과, 타마린드, 샤카도우, 망고스틴, 그리고….

"뭘 추천 할래?" 하고 미즈노가 흥미진진하다는 눈으로 묻고 있다.

"글쎄…"하고 네삿토는 생각한다.

"다 맛있어~요. 하지만 일본 사람 좋아하는 거, 아마 망고스틴입니다."라면서 검붉고 둥근 과일을 가리켰다.

"처음 봤어. 이름은 망고와 비슷하지만, 겉모습은 전혀 다른데."

"맛도 전혀 달라."

"먹어보고 싶다."

미즈노가 지갑을 열자 가게의 남자가 기회를 놓칠세라 큰 종이자루에 가득 들어 있는 망고스틴을 내밀었다. 미즈노는 두세 개 정도 살 생각이었을 것이다. 너무 많아서 당황했지만 믿기지 않을 정도로 저렴한 가격 때문인지, 쓴웃음을 지으면서 큰 자루를 품에 안았다. 그 후에는 예정대로 관광코스를 돌아보고 호텔에 도착해서 네삿토와 헤어졌다.

그날 저녁은 호텔식당에서 미즈노와 뷔페 식사를 했다.

아직 제대로 된 호텔은 외국계 일류 호텔 밖에 없었다. 그곳에는 싱글 룸이 없어서 트윈 룸 두 개를 찾았는데 만실이라, 할 수 없이 스위트룸 두 개를 예약했다. 유럽이라면 턱도 없는 가격이었겠지만 캄보디아는 물가가 낮아서, 출장비 내에서 해결이 가능했다.

방에 들어가 보니 더블 침대가 놓인 침실과 다다미 스무 장 정도의 널찍한 거실이 있고 대리석으로 만든 훌륭한 주방까지 딸려 있었다. 너무 넓어서 마음이 놓이지 않았다. 미즈노의 방도 같은 구조일 것이다. 같은 층이지만, 객실은 멀리 떨어져 있었다.

빨리 땀을 씻고 싶어서 먼저 샤워를 했다. 냉방이 추울 만큼 잘돼 있다. NHK가 나온다고 해서 TV채널을 돌려보았지만, 뉴스가 아니고 오락방송 녹화여서 실망이었다. 큰 소파에 누워 발을 쭉 뻗자 발바닥이 욱신거리며 피로가 몰려왔다. 머리에는 큰 수건을 두른 채였다. 얼른 드라이로 말리지 않으면 머리가 제멋대로 되어버린다. 그렇게 생각하면서 꾸벅꾸벅 졸고 있었다.

문 두드리는 소리에 눈을 떴다.

"미즈노입니다."

현관문 외시경으로 보니 만면에 미소를 띠고 손을 흔들고 있는 미즈노가 보였다. 문을 조금 열자 미즈노는 큰 자루를 가슴에 안고 있었다. 갈색의 허름한 종이자루 속 망고스틴을 들여다보았다. 낮에 시장에서 산 것이다.

"미야무라 씨, 먹는 거 도와주세요. 세어보니까, 서른 개 이상 들었는데 어쩌죠."

"미안, 지금 맨얼굴이야. 하지만 망고스틴은 아주 좋아하니까 반은 여기에 두라고."

"냉정하다. 같이 먹어요. 봐요, 와인도 있고."

어디에서 사왔는지 화이트와인을 눈앞에 쳐든다. 얼굴이 평소의 미즈노와 달랐다.

"미즈노 군, 미안한데…."

얼굴엔 아직 화장수도 바르지 않았고 머리는 엉망진창이었다. 가운 앞이 벌어지려고 하는 것을 알아차리고 황급히 여몄다.

"맨얼굴이면 어때요. 불을 끌까요? 응, 그렇게 해요. 달빛이 정말 아름답거든요."

그렇게 말하면서 미즈노는 억지로 문을 밀며 들어왔다. 그리고 문에 들어서자 그곳에 있는 실내등의 스위치를 제멋대로 껐다. 미즈노의 방도 똑같은 구조인지 망설이는 기색 하나 없이 성큼성큼 방을 가로질러 창문 쪽으로 나아갔다.

지나갈 때 술 냄새가 났다. 나도 경험했지만, 장시간의 비행으로 인한 기압 변화와 시차 때문에 약간의 알코올로도 몹시 취할 수가 있다는 것을 알고 있었다. 한 번 혼이 나고 난 후 해외출장 때는 술을 조심하고 있다.

미즈노는 창가로 다가서자, 커튼을 힘차게 활짝 열었다.

그 순간, 은은한 달빛이 방으로 쏟아져 들어왔다.

"… 아름다워."

까만 원시림 가운데 달이 둥실 떠 있다. 무심결에 창가로 다가가 물끄러미 달을 보다보니, 밀림 속에서 헤매고 있는 듯한 착각에 빠졌다.

"마셔요, 마셔."

미즈노의 들뜬 목소리에 문득 현실로 돌아왔다. 신바람이 난 미즈노를 눈앞에 두고 딱 거절하는 것도 쑥스러워서 "뭐, 그럼 할 수 없지." 하고 쓴 웃음을 지어 보였다.

"오늘 하루도 더운데 고생하셨어요."라며 건너편 소파에 깊숙이 앉은 미즈노는 여전히 만면에 웃음을 띠고 있다. 두 사람을 가로막은 유리 테이블에는 잔에 따라 놓은 와인이 희미하게 흔들리고 있었다.

"그래, 오늘도 열심히 했어, 우리."

회사 사람의 눈이 닿지 않은 곳에서도 태만하지 않고 아침부터 밤까지 일했다. 그리고 오늘 하루가 끝났다. 그 다음은 푹 자면 된다. 귀국 비행기는 오후 출발이니까, 내일은 여유롭다. 그것을 생각하니 마음속에서 해방감이 솟아올랐다. 조금 정도라면 마셔도 되겠지.

미즈노가 가져온 와인은 좋아하는 과일 맛이라 따라주는

대로 계속 들이켰다. 미즈노가 재빠르게 칼로 망고스틴의 껍질을 벗겨냈다. 두께가 1cm 정도 되는 검붉은 껍질을 제거하자 우윳빛 과실이 드러났다. 마늘처럼 질서 있고 둥글게 이어져 있는 것이 귀엽다.

"여기요."

미즈노가 내민 망고스틴을 한 입 깨물자, 부드러운 신맛과 단맛이 입 안 가득히 퍼졌다.

"엄청 맛있다."

"정말, 이렇게까지 맛있을 줄은…"

말이 잘 안 나왔다. 더욱 취기가 도는 듯했다.

서로 맨손으로 끈적거리면서 게걸스럽게 계속 먹어댔다. 아무리 먹어도 서른 개는 먹을 수 없다고 생각했는데, 점점 사라지고 있다. 껍질의 색소 때문에 손톱이 붉게 물들었다.

전부 먹고 나자 일본에서 가져온 물티슈를 몇 장이나 꺼내서 입 주위와 손을 닦았다. 손가락과 손톱 사이를 깨끗하게 닦아내는 동안 미즈노가 맞은편에서 미동도 없이 계속 보고 있는 것이 시야에 들어왔다. 얼굴을 들자, 눈이 마주쳐서 웃어보였는데, 미즈노는 꼼짝도 하지 않는다.

다음 순간, 미즈노가 갑자기 일어서서 탁자를 돌아 다가왔다.

이국에 있어서 감정이 흥분해 있었던 것일까.

부드러운 키스가 새가 쪼는 것처럼, 점점 더 격렬하게 변해갔다.

남자와 맨살을 맞대는 것은 칠 년 만의 일이었다.

다음날 아침, 일 층의 레스토랑에서 조식뷔페의 접시에 샐러드를 담고 있을 때였다.

"어젯밤은 죄송합니다."

옆으로 다가온 그가 조용히 고개를 숙였다.

"그만둬요, 이런 곳에서."

"왜냐하면 미야무라 씨….'

그건 잘못이었어요. 잊어버리세요. 나에겐 확실한 그녀가 있으니까요. 입 밖으로 그렇게 말한 것은 아니었지만, 분명히 얼굴에 그렇게 쓰여 있었다.

미즈노에게는 아오키 사에라는 애인이 있다. 언젠가 휴일에 시내에서 쇼핑을 하다가 피곤해서 빌딩 이층에 있는 커피숍에서 쉬던 때의 일이었다. 창가에서 밖을 멍하게 바라보는데 건너편 극장에서 두 사람이 손을 잡고 나오는 것을 본 것이다.

파견사원인 사에가 총무부로 배속되어 온 날의 일은, 지금도 또렷이 기억한다. 정말 예쁜 애구나, 하고 눈이 휘둥그

레졌다. 이목구비가 선명하고 피부가 자기처럼 보드라웠다.

모델이라고 해도 될 것 같은 이런 여성을 요즘은 거리에서 보는 일이 많아졌다. 여배우에게도 뒤지지 않을 정도의 미인이 카페와 패스트 푸드점에서 자연스럽게 일하고 있다. 자신의 세대라면, 미인이라 부를 수 있는 친구는 학년에 세 명 정도밖에 없었기 때문에 정말 놀라운 일이라 생각했다.

정신차려보니 시대는 변해서, 어느새 내가 중년이라는 범주로 분류되고 있다.

사에가 있는 총무부는 나와 미즈노가 있는 기획부와 같은 층에 있다. 부서를 구분하는 칸막이도 없고, 문구 및 자료 캐비닛도 공동이며, 환송, 환영회도 합동으로 할 때가 많았다. 어떤 남성이 그녀의 마음을 살까 했더니 역시 미즈노였다. 대학시절에 미스터 캠퍼스에 뽑힌 것은 물론이고 잘생긴 데다 밝고 친절해서 여성 직원들 사이에 인기가 있었다. 그런 흐뭇한 광경을 볼 때마다 자신의 과거가 생각나서 씁쓸하기만 했다. 상사와 불륜에 빠져 이십 대 후반을 망쳤다. 미즈노는 함께 일하는 데 귀중한 부하직원이다. 뒤끝이 없고 솔직해서 쓸데없는 데 신경 쓰지 않을 만큼 일도 잘 진척되어 갔다.

"무슨 얘기? 어제 밤에 무슨 일 있었나?"

순간적으로 시치미를 떼보이자, 미즈노의 경직된 뺨이 한순간에 풀렸다.

"미야무라 씨는 남자다워서 다행이에요."

그는 흰 이를 내보이며 웃었다. 그때까지는 그의 솔직함을 좋아했다. 하지만 그런 장점 때문에 이렇게 상처받는 날이 올 거라곤 당시에는 상상조차 하지 못했다.

해외 출장에는 익숙해져 있다고 생각했다. 일이라고는 하지만, 비일상적으로 지내면서 스트레스가 쌓이는 도쿄생활에 의문을 갖는 것은 당연지사. 어느 우주비행사가 우주선에서 지구를 보면서 귀환하면 농사를 짓고 살겠다고 선언한 적이 있었다. 하지만 일상적인 생활로 돌아오면 그렇게 굳은 결심은 깨끗하게 사라지고 마는 것이다. 그런 것은 그저 일시적으로 고조된 감정이 만들어내는 재주였을 뿐이라고 생각하니 허무해지는 것이다. 어젯밤 사건은 그것과 비슷한 것일지도 모른다.

자유롭게 거리를 활보하는 소와 원숭이에 영향을 받고, 무더위에 판단력이 흐트러지고, 환상적인 달밤에 유혹되었던 것이다.

2

평소에는 신칸센으로 교토까지 가서 그곳에서 산인센으로 환승하는데, 이번에는 오사카에서 다카라즈카센을 타기로 했다. 조금 돌아가기는 하지만, 산인센은 교토와 효고 사이의 산골짜기를 지나갈 때면 양쪽에서 산이 쫓아오는 기분이 들어서 마음까지 어두워지니 태아에게 나쁜 영향을 줄 것 같다는 생각이 들었다. 그것에 비해 다카라즈카센은 시야가 트여 있고 논밭이나 민가가 보인다.

아니, 태아에게 나쁜 영향이라고? 그건 마치…, 내가 낳기로 결정한 것 같잖아. 설마 내가 아이를 낳는 건가….

마음을 진정시키려고 페트병의 물을 벌컥벌컥 마셨다.

지금쯤 법회가 한창 열리고 있을 것이다. 요코하마에 사는 언니 마치코도, 시즈오카에 사는 오빠 히로노부도 이미 집에 도착했을 것이다. 오늘은 돌아가신 아버지의 7주기로, 사실은 나도 어제 내려와서 오늘 아침 법회시간에 맞춰야 했었다. 카라스 야마 부장에게도 한 달 전부터 얘기해놓았다. 그런데 휴가 전날 저녁이 돼서야 급한 일이라며 부장은 자료를 잔뜩 올려놓고 가버렸다. 그 때문에 도쿄를 떠나는 것이 오늘이 되고 만 것이다.

어젯밤, 집에서 처음으로 임신테스트기를 사용했다. 양성 반응을 보는 순간부터 심장이 계속 쿵쿵하고 요동치고 있다. 검색해보니 시판하는 테스트기는 거의 틀림없다고 했다.

개찰구를 나와 택시 승강장으로 가자, 앞에 주차하고 있던 택시의 뒷좌석 문이 소리 없이 열렸다. 운전사가 이쪽을 보는 것이 시야에 들어왔다. 순간, 무심코 발길을 돌려버렸다. 역시 버스다. 이 아이를 위해 조금이라도 절약해야 하지 않을까. 정신을 차려보니 배에 손을 살짝 얹고 있었다. 내 행동에 놀랐다. 벌써 엄마인 척 하다니. 정말로 낳아서 키울 수 있을까. 미혼모가 돼서도 회사에서 계속 근무할 수 있을까. 버스에 흔들리며 강 언저리를 바라보았다. 새하얀 백로가 긴 다리를 하나씩 내밀고 있다. 걷는 것 자체를 즐기는 듯 우아한 모습이다. 한숨만 되풀이 하며 마음이 콩밭에 가 있는 채로 버스에서 내렸다.

큰길을 지나 모퉁이의 우체국을 왼쪽으로 돌면 토템폴이 보이기 시작하지만, 이미 토템폴 앞에 도착해 있었다. 집을 둘러싼 판자울타리가 끊긴 곳에 솟을대문으로 두 개의 기둥이 서 있다. 아버지의 장난기 가득한 작품이다. 목공소를 경영하던 아버지는 솜씨가 좋은 목수이기도 했다. 초기에는 컬러풀했지만, 지금은 색이 바래면서 은근한 멋이 더해져 보기에 따라 아메리카 원주민이 만든 진짜 '토템폴'처럼 보인다. 어릴 때는 '토템폴 집 아이'로 주위 아이들에게 인식되는 일이 많아 어린마음에도 자랑스럽게 여겼다.

2m 가까운 높이의 두 기둥 사이를 지나 뒤쪽을 보았다. 기둥 뒤에는 어린 시절의 키가 새겨져 있다. 언니와 오빠, 자신의 성장기록을 확인했다. 도쿄로 간 지 몇 년이나 흘렀을까?

이것을 볼 때마다 천진난만했던 어린 시절을 떠올리며 그리움에 사무친다.

징검돌을 밟고 현관의 격자문을 드르륵하고 연 순간, 왁자지껄한 소리가 귀에 들어왔다.

"자, 그러지 말고 한 잔 더 해라."

안쪽에서 큰아버지의 목소리가 들렸다. 취해서 기분이 좋은 것 같다.

"히로노부, 술 잘하재?"

"아니요, 예전만 못해요. 저도 이제 젊지 않아요."

오빠 히로노부가 큰아버지 상대를 하는 것 같다.

복도를 살며시 지나, 막다른 곳에 있는 부엌을 들여다보다가 설거지를 하고 있는 언니 마치코와 눈이 마주쳤다. 표독스러운 눈매였다. 독신인 네가 이런 시간에 오다니 도대체 생각이 있는 거야, 나는 바쁜 와중에도 어떻게든 어젯밤에 도착했는데, 라고 말하고 있는 것 같다. 언니는 전업주부지만, 까다로운 시부모님과의 동거로 신혼 때부터 갖은 고생을 하고 있다. 덤으로 고등학생인 아들은 성적이 안 좋은데다가 언니의 말을 전혀 듣지 않는다고.

"지금 왔어요, 늦어서 미안해요."

엄마와 엄마의 여동생인 키와 이모가 동시에 이쪽을 돌아다보았다.

"잘 왔어, 유코. 멀리서 오느라 수고했다."

엄마는 빙그레 웃으며 그렇게 말하고 곧바로 시선을 술병으로 돌리고, "으쌰!" 하고 한 되짜리 술병을 안고 술을 따르기 시작했다. 사람이 많이 모여 떠들썩한 탓인지 옆얼굴이 화사했다.

"나도 도울게요."

그렇게 말하자 엄마가 손을 멈췄다.

"유코와 마치코는 거실로 가서 큰아버지들에게 술을 따라 드려라."

오늘은 친척들이 한곳에 모였다. 평소에 한가하고 따분했던 탓일까. 모두 꼬치꼬치 캐묻기를 좋아한다. 그것을 생각하면 부엌일을 돕는 게 몇 배나 마음이 편했다.

"둘 다 멀리서 왔으니까, 여긴 우리한테 맡기고 저쪽에 가서 천천히 밥 먹어라."라고 키와 이모가 거든다.

"아니에요. 엄마와 이모가 바쁜데, 우리가 마치 손님인 것처럼 할 수는 없잖아요."

그렇게 말한 언니가 이번엔 화난 어조로 덧붙인다.

"엄마, 그래서 말했잖아요. 요릿집에서 하면 좋다고."

"그게 아니라. 이 집에서 모이는 게 돌아가신 아버지도 기뻐하실 거라고 큰아버지도 말씀하셨다."

큰아버지는 돌아가신 아버지의 큰형으로 본가를 잇고 있다. 시의회 의원이었던 것을 지금도 자랑하고 있고, 친척들 행사를 자신이 지휘하지 않으면 직성이 풀리지 않는다.

"엄마 그렇지만, 가이세키(작은 그릇에 다양한 음식이 조금씩 순차적으로 담겨 나오는 일본의 연회용 코스 요리) 요리는 히고 요릿집에서 사왔죠? 그럼 히고 요릿집에서 해도 되는 거였잖아요. 금액 차이도 별로 없다니까."라고 언니가 말한다.

"정말 그랬어? 그럼 엄마…."

이제 와서 말해봤자 어쩔 수 없다는 것을 알면서도 나도 모르게 튀어나왔다.

"마치코도 유코도 그렇게 흥분하지 말고, 어여 저쪽으로 가거라."

언니도 오빠도 나도 각자 바빠서 누구하나 7주기 준비를 제대로 돕지 못했다. 그런 떳떳치 못함에 더 이상 아무 말도 하지 못했다.

언니와 둘이서 조심스럽게 방으로 들어갔다.

"오래간만에 뵙습니다."

장식장이 딸린 다다미 여덟 장 크기의 방에는 가이세키 요리가 두 줄로 죽 늘어서 있다. 오빠 히로노부는 남매들 얼굴을 보고 안심한 표정을 지었다. 오빠 맞은편에는 큰아버지 부부가 앉아 있다. 오빠는 얼마나 전부터 말벗을 해드린 것일까. 돌아가신 아버지는 여섯 형제의 막내라 다섯 쌍의 부부가 모여 있었다. 고령이나 병으로 불참한 경우엔 아들 부부가 대신 참석했다. 그들은 유코의 사촌오빠에 해당하지만, 모두가 이미 오십 대였다. 보니, 부자지간에 참석한 데도 있다. 이 근처에는 놀만한 곳도 없고 인구 감소로 함께 모여서 먹고 마시는 기회도 줄어서인지, 제사는 즐거움 중 하나가 되었는지도 모른다.

"이제야 유코도 왔네, 잘했다. 도쿄의 일로 바쁠 텐데."

둘째 큰아버지가 바로 말을 걸어왔다.

"그러네요. 죄송해요, 어제 왔어야 했는데 이제야 왔어요."

대답하면서 끝자리에 앉았고, 언니 마치코도 내 옆에 자리했다. 테이블 위에는 색색의 화려한 가이세키 요리 이외에도, 엄마가 만든 튀김이나 조림들이 가득했다.

아아, 그나저나, 내가 임신이라니…. 또다시 머릿속은 그 일로 꽉 차서 마음이 술렁거려 진정할 수가 없었다.

"유코, 왜 그려? 그 계란찜이 입에 안 맞나?"

큰어머니의 목소리에 번쩍 정신을 차려 고개를 드니, 모두가 이쪽을 보고 있었다. 아마도 스푼을 쥔 채 계란찜을 노려보고 있었던 모양이다.

"그러고 보니 유코, 안색이 안 좋은 거 같은데."

큰아버지의 시선이 성가시다. 임신한 것을 들킨 듯한 기분이 들어 시선을 맞출 수가 없다.

"도쿄에서 오느라 지친 거 아녀."라며 큰어머니가 상냥하게 웃는다.

시선이 집중되는 가운데 계란찜을 스푼으로 떠서 한 입 물었다.

"아, 맛있다."

과장되게 눈을 동그랗게 만들어 보이자 모두 만족스럽게 고개를 끄덕였다.

"그렇지. 히고 요릿집으로 말하면, 이 부근에서는 가장 평판이 좋으니께."

둘째 큰어머니가 그렇게 말하자, 옆에 앉은 둘째 큰아버지가 중얼거리듯이 말했다.

"벌써 7주기인겨. 다카오는 아직 일흔도 안 됐을 나이인데, 정말 아까워."

"참, 좋은 삼촌이셨는데 안타까워요." 하고 사촌오빠가 감회가 깊은 듯 고개를 끄덕였다.

"설마 나보다 먼저 갈 거라고는 생각도 못했는데."

"하지만, 암에 걸리면 방법이 없지."

"그래도 애들 셋 다, 이래 훌륭하게 되었으니께, 다카오도 저 세상에서 안심할 거여."

"형님, 한 잔 더 하실래유?"

"그나저나 유코는 결국 결혼을 못했구나?"

그렇게 말하면서 큰아버지가 이쪽을 보았다. 불쌍한 작은 동물을 보는 것 같은 눈매였다. 시골에서는 여자가 서른아홉 정도가 되면, '결국 결혼하지 못했다.'라고 결론을 짓는 듯했다. 도쿄라면 '아직 기회가 있다.'고 말해주는 친구도 있지만, 그러나 생각하기에 따라, 시골 사람들 쪽이 오히려 솔직할지도 모른다.

애매한 미소를 짓고 간장에 와사비를 푸는 것에 집중하는 척했다. 그때, 시야 끝에서 뭔가 바쁘게 움직이는 느낌이 들었다. 눈을 들자, 큰아버지와 시선을 마주쳤다. 큰아버지는 갑자기 눈을 피하며 안절부절못했다. 테이블 밑이라 보이지 않는다고 생각하는 것 같지만, 큰어머니에게 꼬집히고 있는 것을 큰어머니의 팔 위쪽 움직임으로 알았다.

몇 년 전이었을까.

— 큰아버지 너무해요, 전 아직도 앞이 창창하다고요.

그렇게 말하며 익살을 떨어보였을 때가.

서른다섯이 지났을 무렵, 그 말이 분위기에 찬물을 끼얹는다는 것을 알았다. 시골에서는 농담으로도 받아주지 않는 연령이 되고 말았다. 자신만은 어려 보인다고 근거 없는 착각에 빠져있는 것을 깨달은 것도 그때였다. 시골 노인의 솔직한 말은 마음에 푹 박히지만, 자신을 객관적으로 볼 수 없게 된 것을 깨우쳐주기도 한다.

나는 스무 살 때, 마흔 전후의 여자를 보고 어떤 생각을 했을까. 이십 대 여자와는 전혀 다르다고 생각했을 것이다. 초등학생이 보더라도 그렇게 느낄 것이다. 동물적 직감은 소박하고 단순하다. 그것이 본래의 정직한 피부감각이다.

마흔 살 전후의 여자가 그때까지 연애나 사랑에 관심을 갖고 있다고 생각하면, 옛날의 나는 어떻게 느꼈을까. 닭살이 돋았을 것이다.

"유코야, 마음 쓰지 말어. 팔십 넘은 시골 할아버지들은 생각이 낡아서 할 수 없으니께."

큰어머니가 계속 변명을 하면 할수록, 너는 불쌍한 여자라고 말하는 것 같은 느낌이 들었다.

"난 유코 같이 사는 게 부러운디."

어색한 듯 밝게 웃는 얼굴로 사촌오빠의 처가 빠른 어조로 말했다.

"도시의 커리어 우먼이면 멋지잖어. 나처럼 남편이나 애들 뒷바라지나 하면서 일생을 마치는 것보다 훨씬 재밌을 거여."

"유코는 일을 좋아하니께."

"좋겠어, 하고 싶은 일을 평생 할 수도 있구."

"여행사 일은 즐겁지 않을까."

즐겁고 편한 일이라고 생각하는 것 같아, 조금 화가 났다. 여성들의 정규직 채용이 늘면서 여성의 고위직 진출도 서서히 증가했지만, 낡은 생각을 가진 남성 상사는 아직도 지천이다. 그 속에서 이제는 젊지도 않은 여자가 회사에서 살아남기가 얼마나 힘든지 전업주부들이 알 턱이 있을까.

"여자인데 부장이라니 멋지잖아. 흰 정장으로 쫙 뺀 차림으로 회사에서 일하고 있는 거잖아?"

흰 정장은 TV 드라마 중 한 장면을 연상해서 일까. 부장도 아니고 이제 겨우 과장대리가 되었는데 직책은 이름뿐, 평사원과 일의 내용은 변함이 없다. 하지만 일부러 여기서 부정할 필요는 없다.

"여기서 마흔 살이면 완전히 아줌마야. 거기에 비하면 유코는 젊은 아가씨처럼 호리호리하고, 아직도 청초한 느낌을 갖고 있어. 역시 독신인 사람은 다르다니께." 하고 큰어머니가 다시 거든다.

"그렇게 칭찬하셔도 아무것도 안 나와요."

그렇게 말하고, 빙그레 웃어보였다. 입 꼬리를 올리는 정도라면 얼마든지 할 수 있었다.

생각대로 큰어머니들의 표정이 한 순간 얼었다. 내 웃는 얼굴은 이렇게 말했다.

— 말씀하신대로, 사실은 독신생활을 즐기고 있어요, 큰어머니들처럼 남편이나 애들 뒷바라지로 끝나는 인생하고는 전혀 다르거든요.

침착한 미소의 효과는 절대적이라서 '혼기를 놓친 여자'에서 '도시 생활을 만끽하며 자유를 즐기는 여자'로 내 인상을 일변시켰다. 불쌍한 독신녀이어야만 생기는 호기심도, 행복한 여자를 앞에 두면, 흥미가 바로 사라지고, 사생활을 탐색하려던 이런 화제도 겨우 끝이 난다.

백부들과 백모들은 결코 나쁜 사람들이 아니다. 그래서 오히려 인간의 여러 복잡한 심리를 엿보는 것 같아서 불쾌해지는 것이다.

"오늘도 유코의 원피스, 멋지네. 역시 도시생활은 다른가 보네."

최고령의 백모지만 목소리만은 언제나 생생하다.

"그런가요, 고맙습니다."

고향집에 올 때는, 값비싸 보이는 원피스나 정장바지를 입는다. 좋은 생활을 하고 있다고 생각하게 하는 편이, 쓸데없는 탐색을 받지 않는데다가 성가시지 않아서 좋다. 요즘은 쿨 비즈나 웜 비즈를 계기로, 근무할 때도 주로 캐주얼하게 입는다. 그 때문에 안 입는 옷이 많아졌지만 이렇게 드문 귀성 때는 도움이 된다.

"자, 더 드세요." 하면서 엄마가 쟁반에 술병을 올리고 방으로 들어왔다. 그 뒤로 키와 이모가 조림이 들어 있는 큰 대접을 안고 따라왔다. 두 사람은 가만히 앉아 있지 않고, 테이블을 돌며 술을 따르고, 빈 그릇을 치우거나 하며 쥐처럼 바지런히 움직였다. 친척들이 모이면 항상 엄마와 키와 이모가 전담으로 일을 한다.

"마치코는 어때? 아들이 많이 컸겠네. 이제 몇 학년이 되나?"

큰아버지는 화제를 마치코 언니에게 돌렸다.

"고등학교 2학년 됐어요."

언니는 나보다 열 살 위다. 결혼은 빨랐지만, 아이가 잘 생기지 않아서 고등학생인 마사시게는 소중한 외아들이다. 언니가 시집간 사에키 집안의 남자는 대대로 이름에 '重(중, 시게)'자를 쓰지 않으면 안 된다고 한다. 처음에 그 얘기를 들었을 때는 틀림없이 농담일거라 생각했다. 유서 깊은 집안이라면 모를까, 보통의 샐러리맨 가정이다. 마치코 언니라면, 자신의 아이에게는 분명히 요즘시대의 멋진 이름을 붙이고 싶었을 것이다. 하지만 언니는 시댁의 풍습을 따랐다.

언니는 공부를 잘해서, 명문 도쿄여대에 입학했다. 남편인 카즈시게는 합창단 활동을 통해서 알게 되었다. 사에키 집안의 친족 중에 도쿄대학을 졸업한 사람은 카즈시게가 처음이다. 카즈시게의 어머니는, 개천에서 용이 나왔다며 웃은 뒤

아들은 엄마를 닮은 것이라고 꼭 덧붙였다고. 그런 자랑스러운 아들을 며느리에게 빼앗기고 아들의 많은 월급을 며느리 혼자서 제멋대로 하는 것이 못마땅해서, 두 세대 주택을 지어 아들에게 대출금 전액을 부담하게 했다. 현관도 배관도 따로 되어 있는데, 한가해서인지 자꾸 와서는 이것저것 간섭한다고 했다. 언니는 요리도 잘하고, 깔끔해서 청소도 잘한다. 그에 비해 시어머니는 둘 다 서툴러서, 며느리에게 지는 것이 분한 건지, 언니를 시골뜨기 취급을 한다.

— 도쿄에서 태어난 것이 그렇게 자랑인가, 다른 건 자랑할 게 하나도 없나.

언니가 결혼 당시, 친정에 올 때마다 투덜대던 것을 고등학생이었던 유코는 지금도 또렷이 기억한다.

"마치코, 이번엔 천천히 가나?" 하고 사촌오빠가 물었다.

"아쉽지만, 마사시게 시험이 있어서 내일 아침 첫차로 가야 해."

"모처럼 멀리서 왔는데, 천천히 쉬다가 가면 좋을 텐데."

"시골이 안 그럽나."

"여름방학 때 같이 오면 된다. 해수욕이며 낚시며, 애들이 좋아하니까."

친척들이 다들 말하지만, 언니는 애매한 억지웃음을 띠

고 있었다. 일일이 반박하고 싶은 것을 꾹 참고 있다는 표정이다.

"아직 고등학교 2학년이니까 대입까지는 시간이 있지 않나?"

"그렇지도 않아요. 여름방학에도 보충이 있고 2학년이면 가만히 있을 수가 없어요."

"그런 거라면." 하고 큰엄마가 엄마에게 말을 걸었다.

"노부에 씨, 마사시게한테 뭔가 기력이 나는 걸 보내지 않으면 안 되겠네?"

"그러면, 지금 시기에 맛있는 거라고 하면…" 하고 엄마가 말을 꺼냈을 때였다.

"아무것도 보내지 말아욧!"

언니의 비명 같은 큰소리에 모두 일제히 움직임을 멈추고 언니를 보았다. 언니가 몇 년 전부터 갱년기 장애로 인한 정서불안증이라는 것은 알고 있다.

"마치코, 왜 그려?"

큰아버지가 이상하다는 얼굴로 묻는다.

"그건… 역시 그래요."

언니는 그 자리를 얼버무리려고 하하하 하며 마른웃음소리를 냈다.

"일부러 보내지 않아도 도시에선 무엇이든지 팔거든요."

"아니여, 여기만 못할 거여." 하고 큰아버지가 미간을 찌푸린다.

"지난 설에 우리 딸 유리코가 돌아왔을 때도 한탄을 하더라. 야채도 생선도 이곳에서만 맛 볼 수 있는 것들이 많다고, 도시에서는 팔지 않는다고 하더라."

"그런 것은 생산지를 지워버린다고 하던데요." 하고 사촌오빠의 처가 말하자 "나도 들은 적 있어. 맛있는 건 현지에서 다 먹어버려서 도시에는 출하하지 못한데요."라고 사촌오빠인 슈지도 거들었다.

결혼 후 언니는 변했다. 예전에는 느긋한 사람이었다. 자매라고 해도 열 살이나 차이가 나니 다투는 일도 없었고, 자신이 초등학교 3학년 때, 언니는 이미 도쿄의 대학에 다니고 있었다. 그래서 확실한 것은 말할 수 없지만, 적어도 어린 자신의 눈에 비치던 언니는 대범하고 항상 명랑했다.

언니와는 성격도 외모도 별로 닮지는 않았다. 언니 쪽이 키가 크고 눈이 서글서글하다. 어린 시절, 또래 친구들로부터 '예쁜 언니네.' 하고 듣는 것이 좋았다.

"그런데 노부에 씨도 이제 나이가 들었는데 언제까지 혼자 사는 것도 좀 그렇잖어."

큰아버지는 그렇게 말하고 술잔에 든 술을 들이켰다.

자식들이 모두 도회지 생활을 하는 것은 이 집뿐이었다. 친척들은 자식들과 동거하고 있거나 또는 근처에 살고 있다.

"히로노부, 일은 어떠냐?"

"뭐, 그냥 그래요." 하고 오빠가 대답했다.

"슬슬 재혼도 생각하는 게 어때. 누구라도 소개해줄까."

"큰아버지, 그건 괜찮아요." 하고 오빠는 쓴웃음을 지었다.

"옛날부터 홀아비살림에 구더기가 생긴다고 하잖어. 누군가 시중드는 사람이 없으면 궁색해지는 거여."

그때, 언니 마치코가 맨 끝에 앉은 유코를 돌아보았다.

— 시중드는 사람이래.

소리 없이 입을 크게 움직인다.

무심코 자신도 "여자는 남자의 시중을 들어야 하나." 하고 입 안에서 중얼거렸다.

시골 노인들의 생각에는 격세지감이 있어서 불쾌감이 드는 일이 많았다.

낡은 생각을 가진 인간들과는 정면으로 부딪쳐도 아무 소용이 없다는 것을, 이 나이가 되도록 뼈저리게 느껴왔다. 그래서 반박하지 않는다. 그런 일이 누적되고, 대화내용은 점점 희미해져서 나중에는 날씨 이야기밖에는 하지 않게 되고,

세대 간의 골은 더 깊어진다.

"저는 독신생활엔 익숙해졌어요. 게다가 학생 때도 자취했으니까요."

"그래도 혼자는 외롭다."

"애초에 나한테 와줄 사람은 없어요. 이젠 사십 대 아저씨예요."

"아니여, 괜찮어. 도쿄대학을 나와서 대기업에서 일하잖어. 며느릿감은 얼마든지 소개해줄 수 있지."

"마음만 고맙게 받겠습니다."

"공부라곤 조금도 안 했던 슈지도 마누라를 얻어 사는데, 수재인 네가 홀몸으로 있는 것은 말이 안 되지. 하기야 며느리가 게을러터졌다고 우리 마누라가 탄식하기는 하지만. 하긴 바보한테는 바보밖엔 오지 않지만 말여."

큰아버지는 상당히 취했는지 주위를 아랑곳하지 않는다.

사촌오빠인 슈지가 아하하 하고 일부러 소리를 내어 웃어보였지만, 옆에서 슈지의 처는 고개를 빳빳이 들고 있다.

"그래서 히로노부, 전처하고는 가끔 만나고 있나?" 하고 큰어머니가 묻는다.

"음, 아니요, 만나지 않아요."라는 오빠의 목소리가 갑자기 작아졌다.

"그래도 아이는 만나고 있재?"라고 다시 큰어머니가 묻는다.

왜 친척들은 만나고 만나도 예민해지지 않는 걸까. 모두들 흥미진진하다는 듯 젓가락을 내려놓고 오빠가 어떻게 대답할지 주시하고 있다.

"물론… 아이는 만나고 있어요."

오빠는 거짓말을 했다. 최근 몇 년이나 만나지 않았다고 들었다.

"그래, 많이 컸겠지."

"네, 초등학교 4학년이에요"

"히로노부를 닮았나?"

"글쎄요, 어느 쪽이냐면 엄마를 더 닮은 것 같은데."

7주기였지만, 아버지의 생전을 기리는 일은 거의 없었다. 도시생활을 하는 세 사람의 생활상을 탐색할 뿐이었다. 그것은 친척들 탓이라서 자신에게는 책임이 없다고 생각했지만, 돌아가신 아버지께 죄송스러운 마음이 들었다.

"토모히코 군은 잘 지내나요?"

오빠는 화제를 바꾸고 싶었던 것인지 사촌 동향을 물었다.

"어… 뭐… 그럭저럭 지내지."

큰아버지는 그 일은 건드리고 싶지 않은 것처럼 매정하게 대답했다. 연줄로 현지의 우량기업에 들어간 토모히코가 어느 날 갑자기 자신을 찾겠다며 여행을 떠났는데, 그 일 년 후 맥없이 시골로 돌아왔다. 그 후엔 일하지 않고 집에서 빈둥거리고 있다고 한다.

오빠는 다정하게 보이지만, 이런 식의 복수를 자연스럽게 해치운다.

친척들은 노인들답지 않게 식욕이 왕성했다. 이야기를 하면서 눈 깜짝할 사이에 음식을 비워 간다. 엄마가 빈 술병은 없는지 테이블을 돌고 있었다. 다시 술을 데우려는 걸까. 유코는 테이블 밑에서 휴대전화로 시간을 확인했다. 벌써 아홉시 반을 넘고 있었다. 도시라면 몰라도 시골에서는 이미 늦은 시간이다. 그러나 친척들은 좀처럼 일어나지 않았다.

근처에서 휴대전화가 빛나고 있는 걸 알았는지 언니가 이쪽을 보았다.

"내가 말했잖아. 히고 요릿집에서 하면 좋다고."라고 중얼거리듯 작은 목소리로 말한다.

요릿집이라면 두 시간이면 끝내야 할 것이고, 집에서 마시는 것과는 달리 술값도 비싸니까, 친척들이 조금 자제한다면 이렇게 제한 없이 계속 마셔대는 일도 없었을 것 아닌가.

아아, 그래서 히고 요릿집이 아닌 집에서 하는 게 좋다고 큰아버지가 말했던 것일까. 시간도 술값도 개의치 않고 즐길 수 있다고.

"하지만 히로노부, 재혼은 권하지만 표구사집 며느리 같은 여자는 절대로 안 돼."

큰아버지는 그렇게 웃으며 말했다.

"걱정 마세요. 히로노부는 그런 처는 얻지 않을 걸…" 하고 큰어머니가 쓴웃음을 짓는다.

"표굿집 며느리?"

오빠가 고개를 갸웃거렸다.

"몰랐나? 필리핀 며느리가 들어왔다고 동네 웃음거리가 된 거 아녀. 그 여자는 색깔이 거무스름해서 거리를 걸어도 딱 눈에 띄거든."

"확실히 눈에 띄지."라며 사촌오빠가 씨~익 웃고 있다. 그 웃음에 유코는 등골이 오싹했다. 차별적인 말 속에 내포된 변태 같은 마음이 엿보이는 것 같았다.

오빠는 뭔가 말하려다가, 결국 아무 말도 하지 않았다.

"필리핀 사람이면 그나마 괜찮은 거여. 당신, 흑인을 본 적 없어요?"

"그렇지. 소문은 들었지. 생선가게 나루세 집의 손주들 얘기지. 정말로 문어처럼 생겼다고 하더라구."

그 이야기라면 엄마에게 들었다. 유코의 동창생인 나루세 마사요는 흑인과 결혼해서 아이들을 데리고 고향집에 온 것 같았다.

"일류대학을 나와 난민을 돕는 NPO에서 일하고, 미국인과 결혼한 것까지는 들었지만, 설마 상대가 흑인일 줄은."

"사실 나, 나루세 생선가게 아주머니에게 나쁜 짓을 하고 말았어. 당연히 백인과 결혼했다고 생각하고."

"당신, 무슨 말을 한 거야?"

"그게 '손주는 아마도 배키나 타키가와 크리스텔처럼 이쁘겠네.'라고."

"그런 말을 했다구, 멍청하게?"

"그건 그냥 실수였지 뭐."

이 얘기는 마을에서도 화제가 되고 있었다. 모두 눈을 반짝이며 목소리가 커졌다.

"애를 질러버렸으니, 끝난 거여."

삼촌 중 하나가 마치 돌이킬 수 없는 일을 한 것처럼 말했을 때였다.

"아무리 그래도 그런 식으로 말씀하시면 안 되죠." 하고 오빠가 큰소리를 냈다.

오빠가 화를 내는 건 드문 일이었다. 항상 친척 앞에서 미소란 가면을 쓰고 있던 오빠였다.

　이혼에 대해 있는 일, 없는 일, 제멋대로인 소문을 경험하는 과정에서, 그 가면은 철면피가 되어갔다. 평소에는 어떤 일이든 잘 대응해서 문제의 소지를 남기지 않았던 오빠였다. 어릴 때부터 신동으로 불렸던 만큼 공부도 잘했을 뿐만 아니라, 그런 연기도 잘 해내는 것이 오빠였다.

　"히로노부, 우리끼리만 하는 얘기여, 큰아버지가 그런 말 했다고 밖에선 말하지 말아줘."라고 큰어머니가 당황하며 못을 박는다.

　"물론 말할 수가 없죠. 애당초 그런 차별적인 말을 누구에게 전할 수 있겠어요?"

　분노를 띤 목소리에 자리가 조용해졌다. 엄마가 안절부절 못하며 일어났다 앉았다 하고 있었다.

　"저도 뉴욕지점에 있을 때 몇 번이나 인종차별을 당해서 불쾌할 때가 많이 있었어요."

　오빠가 그렇게 말하자, 분위기는 단번에 풀렸다.

　"뭐여, 그랬구나. 미국은 인종 전시장이라고 들었는데, 일본 사람도 차별을 당하나? 일본은 선진국인데?" 하고 큰어머니 한 분이 물었지만, 오빠는 "네!"라는 짧은 대답만으로 정색을 한 채 눈도 마주치려고 하지 않았다.

"안녕하세요."

갑자기 큰 목소리가 현관 앞에서 메아리치며 들려왔다. 굿 타이밍이란 이런 것이다.

"저 소리는, 우리 남편이야. 차로 데리러 왔나보네."

그렇게 말하고, 키와 이모가 일어났을 때, 복도 쪽 문이 열리더니 사람 좋은 얼굴로 이모부가 들어왔다.

"키와, 당신 이렇게 늦게까지 폐를 끼치면 안 되지. 일부러 먼 데서 애들이 돌아왔는데."

"언니, 미안해. 모처럼 오붓하게 모였는데."

이모부의 등장을 계기로 모두가 어색한 듯한 표정으로 일어났다. 혹시 키와 이모가 눈치를 채고, 미리 남편과 의논했는지도 모른다.

큰어머니들이 일제히 식탁을 치우기 시작했다.

"형님들, 정리는 제가 할게요." 하고 엄마가 당황하며 말했다.

"그럼, 사양하지 않고 그만 가볼게요."

친척들이 줄줄이 돌아가자, 그제야 집에 돌아왔다는 실감이 났다.

"이것으로 아버지 7주기도 무사히 끝났으니 안심이야."

그렇게 말하는 엄마의 옆얼굴에는 성취감이 넘쳤다. 절이나 음식 준비 등 익숙하지 않은 일로 피곤함의 연속이었을 게 분명하다.

"아~아, 피곤하다."

언니는 그 자리에서 검정색 원피스 자락을 허리까지 걷어 붙이고 스타킹을 벗기 시작했다.

오빠도 그 옆에서 겉옷을 벗고 넥타이를 느슨하게 하고 양 말까지 벗었다.

"커피라도 마시면서 보고회를 할까."

엄마는 "후유" 하고 숨을 뱉고는 활짝 웃었다. 보고회라는 말은 엄마가 좋아하는 말이다. 엄마는 걱정 병이다. 아이들 과의 잡담 속에서 근황을 헤아리기 보다는 더 분명한 생활을 알고 안심하고 싶은 것이다.

"뜨거운 물이 모자란 것 같아."

부엌에 들어간 언니가 주전자에 물을 채운 후 불을 붙였다.

"모두 커피로 해도 되겠니. 홍차나 코코아도 있어."

엄마가 쟁반에 머그잔을 놓고 있다. 그 옆에서 유코는 인 스턴트커피를 스푼으로 퍼서 넣었다.

"같이 먹으려고 가져왔지."

오빠는 귀성선물로 사온 구운 떡 상자를 열었다.

차가 준비되자, 모두 거실로 이동해서 코타츠(밑에 열기구가 들어 있는 좌식탁자)에 둘러앉았다. 코타츠라고는 해도 이맘때는 전기도 넣지 않고 이불도 덮여 있지 않다.

"다리를 뻗으니까 편하다."라고 언니가 안심한 듯이 말했다.

다다미방뿐인 이 집에서 자랐다고 할 수 없을 정도로, 세 사람은 정좌를 싫어했다.

"자, 그럼 여러분."

엄마가 사회자인 양 말문을 열었다.

"그럼, 내 보고부터 하겠습니다."

장단을 맞추듯이 오빠가 홀짝홀짝 커피에 물을 붓는다.

"나는 아직 몸매도 날씬하고, 건강검진에서도 아무 이상 없고, 정신이 깜박깜박하는 건 치매가 아니라 태어날 때부터 라고 하고, 요컨대 변함이 없습니다."

그렇게 말하고 엄마는 혼자 웃었다.

"자, 나이순으로 가볼까." 하고 엄마는 언니 마치코를 보 았다.

"특별히 없어요. 나도 변함없는 걸요. 마사시게의 시험공 부가 힘들다는 것 정도일까."

"카즈시게랑 시부모님도 건강하시지?"

"응, 모두 건강해요."

"그래… 별일 없구나."

엄마는 불만스럽다. 좀 더 세세한 일상 이야기를 듣고 싶었을 것이다. 하지만 언니는 항상 별일 없다고 대답한다. 언니의 마음을 모르는 것은 아니다. 시어머니를 나쁘게 말하면 타이를 것이고, 아들에 대해 말하면 건강한 것을 고맙게 생각하라고 할 테고, 마지막에는 도쿄대 출신인 남편을 훌륭한 사람이라고 칭찬하며 마치코는 행복한 사람이니 감사해야 한다고 말한다. 결국은 낡은 생각을 강요해서 언니가 눈살을 찌푸리게 된다.

"마사시게는 잘 있지? 학교에서 왕따를 당하거나 그러진 않나?"

"괜찮다니까."

엄마가 걱정하는 건 알겠다. 하지만 또 한편으로 알면 어쩌실 건데, 라는 생각이 들었다.

만약 왕따를 당한다 해도 엄마에게는 말할 수 없다. 단지 걱정만 커질 뿐이다.

결국 엄마에게 걱정 끼치지 않는 선에서 적당한 말만 하는 것이다.

"그럼 다음으로 갈까, 히로노부는 어떠니?"

"저도 변함없이 잘 지내고 있어요. 오늘, 삼촌이 홀아비 생활에 구더기 생긴다고 하지만 그렇지 않아요. 방도 깨끗하고 빨래도 청소도 제대로 하고 있어요. 요전에 쓰레기 버리는 날을 착각해서 집 주인에게 혼이 나긴 했지만요."

엄마는 기쁜 듯이 듣고 있다. 오빠는 정말로 신동이다. 엄마가 상상하기 쉬운 쓰레기 수거 일을 예로 드는 등 역시 잘한다.

"구청에서 수거 일 달력 받았지? 그걸 냉장고에 자석으로 붙여놓으면 돼."

"과연, 냉장고라니, 역시 엄마네. 가장 눈에 띄는 곳이잖아. 돌아가면 그렇게 하죠."

순간 엄마의 얼굴이 활짝 빛났다. 오빠는 얄미울 만큼 엄마를 기쁘게 하는 걸 잘한다.

"일은 여전히 바쁘니?"

그렇게 물었을 때 엄마의 표정이 흐려졌다. 아들은 너무 바쁘다. 그래서 가정을 돌볼 여유가 없었다. 그 결과 아내가 이혼을 요구했다. 이것도 저것도 사람을 너무 부리는 회사 탓이다. 엄마의 단순한 사고가 손에 잡힐 듯하다.

"요즘 그 정도는 아니에요. 조금 여유가 생겨서, 뭔가 취미라도 시작하려고 하고 있어요."

오빠가 다니는 회사의 경상이익은 엔화 약세 덕에 크게 늘어났다고 최근 뉴스에서도 화제가 되고 있었다.

"오빠, 정말 요즘 안 바빠?"라고 궁금해서 물었다.

"어? 응, 그래."라며 말을 흐린다.

"동해 지사로 옮기고 나서 잔업이 줄어든 거야?"

"…응, 그렇게 됐어."

오빠로서는 드물게 애매한 대답을 하며 눈을 피한다. 엄마는 조금도 의심하지 않고 싱글벙글 하고 있다. 언니는 아들의 시험이라도 생각하는지 엉뚱한 방향을 응시하며 마음은 여기에 없는 것 같은 느낌이었다.

"히로노부, 취미라면 예를 들면 뭐야."

언니가 커피 잔에서 얼굴을 들며 오빠에게 물었다. 듣는 둥 마는 둥 관심이 없는 것 같더니 사실은 열심히 듣고 있었나보다.

"거긴 일본계 브라질인이 많은 지역이라서, 아이들에게 축구라도 가르쳐볼까 해."

"그거 좋지." 하고 엄마가 말했다.

"축구를 한다는 것은 밖에 나가서 운동한다는 거잖아? 일만 하고 운동부족이 돼 있지 않을까 걱정했어."

"그 아이들, 일본어도 잘하지 못하고 지역에서도 차별을 받아서 불쌍하다고."

"뭐야, 그래서 아까 그렇게 화를 낸 거니?" 하고 언니가 물었다.

"내가 화를 냈다고? 언제?"

"어머!, 큰아버지가 흑인 아이를 낳은 마사요를 바보 취급
했을 때 말야."

"내가, 그렇게 화를 냈나?"

"화냈어. 내가 깜짝 놀랐는걸, 그치." 하고 언니는 이쪽을
바라보며 동의를 구해왔다.

"응, 나도 놀랐어. 오빠가 그렇게 화를 내다니."

"그랬던가… 난 그 정도일줄 몰랐는데."

"히로노부가 착한 아이라는 증거지. 국적이나 피부색으로
차별하면 안 되니까."

"아아, 엄마도 그렇게 생각을 하고 있군요. 시골 노인들은
모두 차별적이라고 생각했어요."

오빠는 기쁜 듯이 말하고 커피 잔에 입을 댔다.

"엄마, 또 무책임하게 말하지 마요. 혹시 오빠가 외국인 신
부를 데려오면 어떻게 할 거야? 크게 반대 할 거죠? 남의 일
이라고 쉽게 말하는 거 아니에요." 하고 언니는 딱 잘라 말
했다.

"엄마, 그래요?" 하고 오빠가 미간을 찡그리며 엄마를 쳐
다보았다.

"글쎄, 어떨까. 그런 있을 수 없는 일을 생각하는 건 시간낭비야. 그건 그렇고, 이거 맛있겠다."

엄마는 구운 떡을 이쑤시개로 찍었다. 오빠가 뭔가 말하고 싶은 것처럼 엄마를 계속 쳐다보는 것이 마음에 걸린다.

"그나저나, 이제 와서 축구라니…." 하고 언니가 한숨 섞인 듯이 말했다.

너무 늦었다고 말하고 싶었던 걸까. 아들과 축구나 야구를 할 시간적 여유가 있었다면 이혼을 안 해도 되지 않았을까, 라고 말하고 싶었던 걸까. 언니가 말하려는 게 뭔지 오빠도 알았는지, 어두운 표정으로 고개를 숙인다.

"이제 와서라니, 무슨 말이야?"

엄마가 묻는다.

"운동은 몇 살부터 시작해도 늦지 않다고 의사 선생님이 말씀하셨어."

엉뚱한 말을 하는 엄마에게 "응, 맞아요." 하고 언니는 강제로 이야기를 끝냈다.

"다음은 유코 차례지." 하고 이쪽을 본다.

"저도 특별한 건 없어요."

사실은 임신했어요, 라고 말 못한다.

"얼굴이 창백해 보이는 것 같아."

"감기에 걸렸다고 생각했는데, 아니었어요. 이렇게 따뜻한 걸 마시니까 기분이 좋아졌어요."

"그럼 다행이야. 몸을 소중히 여기지 않으면 안 돼. 부모보다 앞서가는 일이 생기면 안 되니까. 그런데 회사에서 무슨 일 있는 건 아니니?"

만일 싫은 일이 있더라도 엄마에게 말해서는 안 된다. 걱정을 부추길 뿐이다.

"TV에서 '성희롱 상사'라는 것을 보고 걱정이 돼서 혼났어."

"엄마, TV에서 하는 것을 일일이 정말로 받아들이면 큰일나요."라고 언니가 기막힌 듯 말한다.

"그래도 그건 NHK에서였고, 드라마가 아니라 다큐멘터리면 거짓일 리가 없잖아."

"그럼 유코는 어떠니?"

"우리 회사엔 성희롱 같은 건 없어. 오래된 회사가 아니라서 사원들 평균연령도 적고, 여자 사원은 모두 기가 세니까."

그건 그랬다. 남자 상사가 여자 사원 몸에 손을 댄다는 것은 본 적도 들은 적도 없다.

여성 관리직도 많고, 고객상담원에 이르기까지 여성인 편이 손님을 상대하기에도 좋기 때문에 출세도 빠르다.

하지만….

미혼인 자신의 배가 점점 커지면, 카라스 야마 부장은 뭐라고 할까. 미혼일 경우에도 출산휴가나 육아휴가가 가능할까. 낡은 체계를 가진 회사는 아니지만, 그렇다고 외국계 회사만큼 자유롭지 않다. 일본에서 미혼모는 아직도 도덕이라는 벽에 부딪치는 존재다. 앞으로의 일을 생각하면 무서워진다.

"기온이 떨어지고 있네." 하고 오빠가 불쑥 말했다.

우유를 넣은 뜨거운 인스턴트커피가 맛있었다.

이튿날 아침, 유코가 일어났을 때 언니는 벌써 요코하마로 떠난 뒤였다. 오빠는 옷을 갈아입고 토스트를 먹고 있는데 벽시계를 힐끗힐끗 보고 있으니까 이제 곧 시즈오카로 돌아갈 것이다. 유코는 1박을 더 하기로 했다. 휴일 출근이 이어져서 휴가가 쌓였고, 어젯밤 늦게 와서 오늘 아침에 바로 돌아간다는 것은 체력적으로도 힘든 일이었다.

오빠는 아침을 먹고 식기를 개수대에 넣었다. "잘 먹었습니다."라고 엄마에게 말하는 것이 들렸다.

"출발하기 전에 앨리게이터를 보러 갈까."

오빠가 뒤뜰로 내려가자 나도 따라 갔다. 뒷마당의 연못

옆에는 목각 앨리게이터가 놓여 있다. 아버지가 남은 목재로 만든 것이다. 진짜 앨리게이터는 몸길이가 4미터가 넘는다지만, 이곳에 있는 앨리게이터는 약 2미터 정도로, 아버지는 새끼앨리게이터라고 불렀다.

"우리도 많이 컸다."며 오빠가 웃었다.

어린 시절, 생일 때는 어렵사리 앨리게이터 등에 올라타서 사진을 찍었다. 앨리게이터와 비교해서 아이들이 얼마나 컸는지 알기 쉬워서 좋다는 것이 아버지의 생각이었다. 솟을대문의 토템폴에 키를 세기는 것과 한 세트로 정해져 있었다. 나이 차이가 많은 언니와는 달리 오빠와는 두 살 차이기 때문에 자신의 초중고 때와 오빠의 성장 과정이 한눈에 들어온다.

"엄마는 잘 살고 계시는구나."라고 차분하게 말했다.

"무슨 뜻이야? 아버지가 돌아가시고 혼자서 사시는 건 외롭지 않을까."

"그렇게 보이지 않는데. 지금의 생활을 마음껏 즐기시는 것처럼 보여. 뒤뜰에서 채소를 가꾸시거나 유자나 무화과 철에는 쨈도 만드시고. 게다가 근처에는 아는 사람도 많고, 체조교실 하고 입체그림교실도 다니시지. 일 년에 몇 번은 부인회의 여행에도 참가하고 계셔. 이상적인 노후가 아닐까

해. 오히려 우리 미래에는 이런 식으로 살아가기가 어렵지 않을까 싶어."

오빠는 이혼 후, 계속 쓸쓸하게 지내왔던 걸까. 남자의 고독이란 여자보다 깊다고 생각한다. 여자끼리라면, 나이가 들어서도 툭 터놓고 새로운 친구도 사귈 수 있지만 남자는 자존심 때문에 그렇게 할 수 없는 경우가 많은 것 같다.

"오빠, 쇼타하고는 만나겠지, 혹시 히로미 씨가 만나지 못하게 해?"

"…그런 건 아니지만."

"나도 쇼타 군, 만나보고 싶어."

이혼할 때 두 달에 한 번은 아들 쇼타와 면회 할 수 있다는 약조를 문서로 교환한 것은 알고 있었다.

"그 사람이 나쁜 건 아니야."

오빠는 언제부턴가 전처를 그 사람이라고 부르게 되었다.

"오히려 그 사람은 초등학교 교사니까, 아이의 심리적 성장에 대해서 열심히 배려했어. 오히려 교육상 아버지와 교류를 갖는 것이 중요하다고 몇 번이나 얘기 했지."

"그럼 쇼타를 만날 수 있잖아."

"하지만, 처음엔 운 나쁘게 약속 날에 출장을 가거나, 상사나 친구의 장례식 때문에 계속 쇼타를 못 만나게 됐어. 아빠의 얼굴을 잊어버리는 거 아닌가 하고 걱정도 했지."

그렇게 말하고 오빠는 파란 하늘을 올려다보았다.

"그 사람은 제대로 약속을 지켜주려고 했는데."

오빠의 옆얼굴이 괴로운 듯 일그러졌다. 보는 것만으로 이쪽까지 괴로워진다.

"그게 언제더라… 분명히 일요일 낮이었어. 쇼타는 아직 다섯 살이었지."

오빠의 말에 의하면, 레스토랑에서 기다리고 있을 때 히로미가 쇼타를 데리고 나타났다. 오랜 만에 만난 기쁨으로 가슴이 벅차올라 쇼타를 정면으로 쳐다보았다. 통통한 뺨, 아빠를 바라보는 불안한 눈빛…, 그때 자신이 그렇게 차분하게 쇼타의 얼굴을 본 것은 갓 태어난 아기였을 때 이후 처음이라고 깨달았다. 자신은 아버지로서 실격이었다. 처와 자식에게 눈이 가 있지 않았다. 그렇게 생각하니 후회로 가득 찼다고 했다.

항상 수줍어하던 오빠가 이렇게까지 속마음을 털어놓을지 몰랐기 때문에 놀라웠다. 최근 들어 뭔가 심경의 변화라도 생기고 있는 것일까.

"그 사람은 쇼타를 나에게 맡기고 바로 돌아가려고 했어. '그럼, 쇼타를 잘 부탁해요. 저녁에는 꼭 집에 데려다줘요.'라고 하더군. 그때 내가 뭐라고 했을 것 같아?"

"글쎄, 잘 모르겠어."

"내가 당황해서 물었어. '어, 당신은 가버리는 거야?' 하고. 셋이서 사이좋게 식사라도 할 수 있을 줄 알았던 내가 정말 어리석었어. 꽝하고 맞은 느낌이었지."

경솔한 부분이 오빠에게도 있는 것 같다. 그것을 본인은 전혀 모른다. 아버지로서의 둔감한 면이었다.

"미련이 남은 것은 나뿐이라는 것을 깨달았어. 그 사람은 미련은커녕 날 미워하고 있었어. 그 사람도 초등학교 교사를 하며 맞벌이를 했는데, 육아도 가사일도 전부 그 사람한 테 떠맡기고는 마치 나와는 관계없는 일인 것처럼 태연한 얼굴로 있었거든."

어느 새, 싱글 맘이 된 히로미와 자신의 장래를 겹쳐서 생각했다. 히로미처럼 결혼을 해도 결국은 이혼해서 혼자 아이를 키우는 사람도 적지 않다. 그것과 자신과는 어떻게 다른 걸까. 뱃속에는 새로운 생명이 깃들어 있다는, 그 엄연한 사실에 아버지가 누구라든가 호적이 어떻다든가, 그런 것은 아무래도 좋다는 생각도 들었다.

"히로미 씨가 돌아간 후 어떻게 했어? 쇼타랑 둘이서 밥 먹었어?"

"응, 일단은. 하지만 갑자기 둘만 남게 되니까, 어떻게 하면 좋을지 모르겠더라. 다섯 살짜리 남자아이와 무슨 얘기를 해야 할지, 무엇을 하고 놀면 좋을지 짐작도 안 가더라고. 곁에 엄마가 있을 때만 성립되는 부자관계라는 것을 그때 알았어. 쇼타도 긴장해서 굳어버린 채 눈을 치켜뜨고 나를 힐끔힐끔 보더라고. 마치 모르는 아저씨를 보는 느낌이더라."

그 뒤로도 두 달에 한 번 꼴로 만났다는데, 쇼타의 얼굴에 친밀감은 떠오르지 않았다고 했다. 그러기는커녕, 오빠에게 맡기고 엄마가 돌아가려고 할 때면 눈물을 글썽거리기까지 했다고.

"그날은 힘들었어."

오빠는 먼 하늘을 보며 말했다.

"그 사람이 돌아가면서 쇼타의 귓가에 속삭였어. '저녁때까지 참아.'라고. 운 나쁘게 레스토랑의 음악이 도중에 끊겨버려서 확실히 들어버렸어."

오빠의 마음을 생각하니 슬퍼졌다. 하지만 다른 한편으로는 쇼타의 기분도 알 것 같았다.

어린 쇼타에게는 친밀감이 없는 아버지와 단둘이 지내는 것은 참을성이 필요했을 것이다. 불편하고 긴장이 돼서 즐겁지 않았던 게 틀림없다.

"그래도 언젠가 친밀감도 생길 거라 생각하고 동물원이다 수족관이다 이것저것 계획을 세워 나름대로 노력했어. 우습지. 같이 살 때는 아무데도 데려가지 않았는데, 이제 와서 새삼스럽게."

"하지만 그렇게 정기적으로 만났잖아? 언제부터 안 만나게 된 거야?"

"그 사람한테 전화가 왔어. '쇼타가 만나기 싫다고 하는데 어쩌죠?' 하고. '그래도 당신이 보고 싶다고 하면 항상 만나던 레스토랑으로 데려갈까요?' 하더군. 그런 말을 들으면, 만나고 싶다고 할 수가 없잖아. '쇼타가 싫어하는 데 억지로 만날 수는 없잖아.'라고 허세를 부리고 그걸로 끝이야."

위로의 말을 찾지 못했다.

하지만 이런 얘기를 할 수 있게 된 것은 스스로 곪아터졌기 때문이 아닐까.

상처가 시간이 지나면 아물듯, 오빠에게도 앞으로 나갈 수 있는 마음이 생겨나고 있다고 느꼈다.

"히로미 씨는 아직도 초등학교 선생님이지? 그럼 집안일도 육아도 혼자 다 하고 있겠네? 그렇다면…."

오빠가 뜻밖에 속마음을 알려줘서 마음껏 물어보았다.

"오빠, 그렇다면 이혼을 한 의미를 모르겠네. 히로미 씨는 이혼 전보다 더 시간에 쫓기고 있을 거 아니야?"

오빠도 어느 정도는 가사에 도움이 된 것 아닌가. 맞벌이 부부니까 가사 분담은 반반이라는 히로미 씨의 이상과는 멀겠지만, 히로미 씨 한 사람이 분투하는 것보다는 낮지 않았을까. 게다가 오빠의 연봉이 초등교사인 히로미 씨의 배 이상이라고 들었으니까 생활도 윤택했을 텐데.

"내 뒷바라지를 안 해도 되는 만큼 집안일이 훨씬 줄어든 것 같더라."

"아, 혹시 오빠 폭군 쪽이었어? 예를 들면, 다음날 입을 옷을 준비하게 하거나?"

그렇게 묻자 오빠는 갑자기 웃음을 터뜨렸다. 그 명랑한 웃음을 보고 안심했다. 역시 뭔가 마음속에서 결단을 내렸다는 느낌이었다.

"설마, 나는 그런 사람이 아니야. 시간이 나면 빨래라도 접고, 설거지도 했어. 뭐, 그 정도의 가사는 그 사람 백분의 일도 안 되지만. 그 사람이 말하길, 내가 없는 게 식사도 간단하게 끝낼 것 같데."

"아아, 그거구나."

그거라면 언니에게도 몇 번이나 들은 적이 있다.

— 남편이 '오늘은 저녁 준비 안 해도 돼.'라고 말하고 회

사에 갈 때의 해방감이란, 정말 천국이야. 그날은 내 자유시
간이지.

"남편의 식사를, 그렇게 신경을 써야 하는 건가."

"여성들의 착각이라고 난 생각하는데."

"하지만, 매일 밤 조촐한 음식뿐이라면 남자가 불평을 하
지 않을까."

"음, 그럴지도. 그래도 그건 집에 있을 때도 결혼을 해서
도 여러 종류의 반찬이 식탁에 오르니까, 그게 보통이라고
생각하게 된 것 같아. 이혼해서 자취하게 되고 나서는 카레
를 만들면 사흘 내내 카레야. 지금 생각해보면 학창시절에
도 그랬어. 매일 밤 다양한 저녁을 만드는 것은 일본인 아내
만이라고 들은 적이 있어. 외국인들은 메뉴가 매일 바뀌는
게 아니라더군."

"외국인이면 예를 들면 어느 나라?"

"브라질은 콩 요리뿐이야. 몸에는 좋겠지만."

그리고 보니, 오빠가 사는 지역에는 브라질 사람이 많아서
자원봉사로 축구를 가르친다고 말했다.

"오빠, 일본계 브라질인 가정에도 방문할 때가 있어?"

"…어어, 그래."라고 말하면서, 오빠는 당황한 듯한 얼굴로
이쪽을 보았다.

"왜 그래?"라고 묻자, "아니, 아무것도 아냐."라고 무뚝뚝하게 대답했다.

하지만 뭔가 말하고 싶은 것처럼 보여 신경이 쓰인다. 오빠라고는 해도 어른이 되고 나니 서로의 생활은 알 수가 없다. 그렇게 생각하니 갑자기 쓸쓸해져서 엉덩이 밑의 앨리게이터를 쓰다듬었다.

오빠가 돌아가자 엄마와 단둘이 되었다. 평소에 엄마는 밭일이나, 입체그림 교실에 나가고 바쁘게 지내시겠지만, 우리가 돌아오는 기간엔 그런 즐거움을 모두 취소한다.

"유코, 일로 어딘가 외국에 다녀왔다고? 사진은 있니?"

엄마에게 보여주기 위해 테블릿 PC를 가지고 왔다.

"캄보디아에 다녀왔어요. 정말 더웠어요. 봐요, 멀리 보이는 게 앙코르와트예요."

"마치 옛날 일본을 보는 것 같아 그립다."

엄마는 계속 살펴보고 있다.

"이 개는 이제…."

그렇게 말하고 엄마는 휴우 하고 한숨을 토했다. 유적을 보고 있는 것 같지는 않다.

"젖이 부풀어 있네. 예전에는 이 근처에도 새끼를 밴 암캐가 어슬렁거렸는데."

— 캄보디아 개, 행복해요.

가이드인 네삿토가 한 말이 떠올랐다.

— 언제나 쇠사슬 매어 있는 선진국 개 불쌍해요.

순간, 그날 밤 일이 되살아났다. 미즈노의 뜨거운 숨결, 그게 정말 현실이었을까.

환상처럼 느껴진다.

다음으로 엄마에게 보여준 것은 동영상이다. 소형 오토바이가 바람을 가르며 달리고 있다. 그 짐칸에는 돼지 세 마리가 나란히 짐을 싸는 끈에 돌돌 감겨있다. 돼지는 '내려줘 내려줘.'라는 듯 꽥꽥거리며 앞뒤 다리를 버둥대고 있다.

"일본에선 어림없는 일이지. 교통법규가 세밀해서 꼼짝 못하게 하는 걸."

"그래요, 꼼짝 못해요."

아이를 낳는 것도 세밀한 규칙에 묶여 있다. 정식으로 결혼한 남녀 사이에서 태어난 아이가 아니면 세상은 인정해주지 않는다. 피부색도 일본인과 같거나 일본인보다 희지 않으면 안 된다.

"세상에는 여러 가지 규칙이 있으니 그 만큼 불편한 것이 늘었는지도 모르겠네. 젊었을 때는 아버지가 자전거 뒤에 자주 태워줬는데, 이제는 두 사람이 타는 것도 안 된다니 어떻게 된 건지. 시골 도로는 전세 낸 것처럼 아무도 다니지 않고 위험하지도 않은데 너무하잖아."

다음 사진은 앙코르와트를 배경으로 미즈노와 네삿토가 나란히 찍혀있다.

"어머, 귀여운 얼굴의 남자애구나. 탤런트라고 해도 괜찮을 정도야."

"엄마, 남자애라니 이 사람도 이제 스물여덟이에요."

"그러니, 어려 보여서 학생인 줄 알았어."

"그 친구는 내 부하직원이에요. 나이보다 어려 보이나… 몰랐네."

다음 사진은 네삿토에게 부탁해 찍은 것이었다. 같은 장소에 자신과 미즈노가 나란히 서 있다. 둘 다 만면에 미소를 띠고 카메라를 향해 브이 사인을 보내고 있다.

"누나와 남동생처럼 보여?"

엄마에게 묻자마자 후회했다. 왜 그런 것을 물었는지, 자신도 모른다. 남매가 아니라 연인 같다고 엄마가 말해주기를 바랐다.

"남매처럼 보이진 않는데."

"그래요?"

기쁜 마음이 솟아오른다.

"왜냐면, 나이 차이가 많아 보이잖아."

"응?"

"이 귀여운 남자애와 유코는 열 살 이상 차이나 보여."

"언니도 나랑 열 살이나 차이나잖아요."

"마치코는 특별히 어려보인다고. 피부도 희고 미인이니까. 성격은 수수해도 외관은 화사하지."

악의가 아니기 때문에 엄마의 말은 더욱 신랄하게 울렸다.

— 일본인의 90% 이상이 자신의 나이보다 젊어 보인다고 생각한다.

언젠가, 그런 기사를 잡지에서 본 적이 있다. 아무래도 나도 그중 한사람인 것 같다. 마음속으로는, 미즈노가 결혼해주기를 기대했던 것일까. 내 마음을 나도 모르겠다.

아니, 본심을 들키는 것이 두려운 건지도 모른다.

그날 저녁, 고교시절 동창들과 주점에서 만났다.

동창생인 다나카 미카에게 전화가 온 것은 어젯저녁 이불에 들어가고 나서의 일이었다. 미카는 중학교에서 음악교사를 하고 있지만 요리점 '히고'의 장녀다. 제사 때문에 유코가 집에 왔다고 요리점의 누군가에게 들었다고 했다.

"왠지 미팅하는 것 같아서 창피하다."라고 스님인 곤도 본요가 말했다. 그는 부친의 대를 이어서, 절의 주지를 하고 있다. 고교시절에는 창립 이래의 수재라고 불리며, 어느 대학에서도 교수자리를 보장받고 있었는데, 교토의 승가대학에 진학했다. 이미 그때 그의 아버지가 암 말기였다는 것을 한참 후에야 알았다. 항상 온화한 미소를 띠고, 통통한 체형 때문인지 고등학교 때부터 애늙은이로 불렸다. 얼굴 생김새 자체는 아름다운 자기 어머니인데, 안타깝게도 운동신경 제로인 그 체형 때문에 여학생들에게는 별로 인기가 없었다.

오늘 모인 동창생은 여섯 명이다. 창문을 등지고 여자 셋이 앉아 있고, 건너편에는 남자 셋이 앉아 있다.

"미팅은 농담이라고 해도, 독신만 모인 건 이상하다."

고등학교에서 영어를 가르치고 있는 세키구치 토모가 그렇게 말하며 흐뭇한 미소를 지었다. 대학시절 도쿄에서 지낸 것 때문일까, 시골에 살고 있어도 표준말이 섞인다. 지금도 가끔 도쿄로 연수를 받으러 갈 때가 있는 것 같다.

"오늘 오길 잘 했네. 동창생들을 만나도 항상 아이들 얘기만 해서 재미없거든." 하고 말하는 친구는, 시립병원에서 간호사를 하고 있는 사와다 모모코.

"처음에는 흥미 있는 듯이 맞장구치며 립서비스를 하지만

72

삼십 분이 한계야."

"연하장을 받으면 아이들 사진밖에 없어. 남의 아이는 귀엽지도 아무 관심도 없다고."

"이봐, 중학교 선생님인 미카가 그런 말하면 안 되지."

"잠깐 주지스님, 그런, 마치 아이를 타이르는 것 같이 내려다보는 말투는 그만둬줄래?"

"나도 가끔은 하고 싶은 말을 하게 해줘. 오늘은 모모코가 신경 써서 룸으로 예약해주었으니까."

"미안, 내려다본다니… 나, 그럴 작정은 아니었는데."라며 본요는 자신의 빡빡머리를 쓰다듬었다.

"독신이나 기혼이나 아이가 있거나 없거나, 각자 환경이 달라지면 역시 이야기가 맞지 않게 되는 구나."라고 세키구치가 쓸쓸하게 말한다.

"유코도 명절에는 내려오니? 시골도 좋잖아. 그리워 죽겠지?"라고 모모코가 묻는다.

"친척에게도 '그리웠지.'라고 귀찮을 정도로 들었어. '네, 그리워요.'라고 대답할 때까지 납득하지 않더군, 질렸어."

여기에서는 본심이 나온다. 그렇게 생각하니 편안한 기분이 들었다.

"그립지 않았니?"라고 모모코가 신기한 듯이 묻는다.

"왜냐면, 변했는걸. 모든 게 다."

어제, 집 근처 역에 내려섰을 때, 싸늘한 바람을 느꼈다.

— 나에겐 돌아갈 집이 없다.

그런 슬픈 기분이 들 정도였다. 최근에는 패스트푸드를 흉내 내 패스트시골이라고 부르는 모양이다. 역전에는 아마다 전기나 유니클로가 있고, 던킨 도넛과 맥도널드가 있다. 핸드폰가계 한 집 넘어 도토루가 있고, 그 옆은 츠타야의 대형 매장이다. 신주쿠나 이케부쿠로에도 같은 매장들이 있다.

도대체 여기는 어딜까, 라는 생각이 든다. 자신이 다니던 초등학교는 장소를 이전해서 모던하게 새로 지어졌고, 중학교는 장소는 바뀌지 않았지만, 신축해서 옛날 모습을 전혀 찾을 수 없다. 고등학교만은 건물도 교복도 그대로지만 분위기는 판이하다. 들어보니 인근에 사립학교가 생기고 나서 모교의 입학성적이 떨어질 때로 떨어져, 현 내에서도 최저 레벨이 되었다고. 그러고 보니 길에서 지나치는 고등학생의 패기가 느껴지지 않는 것 같았다. 게다가 근처의 지인들도 줄었다. 같은 거리에 사는 아저씨나 아줌마는 고령이 돼서 돌아가신 분들도 많다. 여느 집들도 세대교체가 진행되어 낯선 곳에서 낯선 여자가 시집을 와서, 주부로서 생계를 꾸려나간다. 이렇게 달라져버리면 그리움을 찾기란 어렵다. 굳이 말한다면, 향수를 자극하는 것은 토템폴과 앨리게 이터 정도일까.

"키도, 너 아까부터 입 다물고 있는데, 요즘은 어때?"라고 본요가 말을 건다.

유도부 주장이었던 키도는 우롱하이(소주에 우롱차를 섞은 것)를 맛있게 마시고 있다.

"매일매일 아무것도 변함없어. 한가해서 미치겠어. 나 같은 지압사에게 시집올 여자 있으면 소개시켜줘."

키도는 오사카에 있는 신설 사립대학 경영학부를 나와, 일단은 오사카에 취직했지만 월급이 너무 적고 장남이기도 해서 시골로 다시 돌아왔다. 지금은 특기를 살려서 지압원을 개업하고 있다. 노인들에게 평판이 좋은 만큼 수입도 조금씩 늘고 있다고.

"키도가 아직 결혼을 포기하지 않았다니, 놀라운 걸."

고교 교사인 세키구치가 놀리듯 말한다.

"진심이야, 난 아직 삼십 대고."

"정말? 부럽다. 빠른 생일은 손해네. 난 사월 초에 벌써 마흔이 돼 버렸는데."라고 세키구치는 억울한 듯이 말했다.

"키도는 어떤 여자가 이상형이야?" 하고 모모코가 묻는다.

"나 같은 대머리가 뭔 이상형을 찾겠어. 뭐 대머리라도 본요만큼은 아니지만."

"바보야, 나는 스님이니까 머리를 미는 것뿐이고, 머리숱이 많아서 사흘에 한 번씩 깎지 않으면 안 된다고."

그때, 노크 소리와 함께 종업원이 들어왔다. 쟁반에는 닭꼬치와 두부튀김 등이 올라와 있다.

"오래 기다리셨습니다."

"어라, 쿠마자와 군 아니야?"라고 모모코가 종업원에게 말했다.

자세히 보니 동창생인 쿠마자와였다. 그는, 눈을 크게 뜨고 모모코를 본 다음, 다른 사람에게도 재빨리 눈을 돌렸다.

"뭐야, 너희들, 오늘은 미니 동창회 같은 거야?"

쿠마자와는 물으면서, 요리를 차례로 테이블에 놓고 있다.

"쿠마자와, 너 여기에서 일하는 거였어?"

"밤에만 아르바이트 하는 거야. 낮에는 쌀과 채소 농사를 지어."

"열심이구나."

"마누라와 세 아이를 먹여 살려야 하니까. 설마 오늘 독신들 모임인 거야?"

"아니, 모두가 독신인 건 우연이야, 우연." 하고 본요가 대답한다.

"좋겠다, 모두 독신귀족이라서. 편한 신분이 부럽다."

말과는 다르게 쿠마자와는 갑자기 히죽 웃고는 이겨서 기세가 오른 듯한 표정을 지었다.

"이봐, 쿠마자와, 누군가 대머리 지압사에게 시집와도 좋다는 여자 없니?"

"여기에 세 명이나 있잖아."

쿠마자와는 여자 셋을 손가락으로 가리켰다.

"마침 3대3이니까, 지금 마주 보고 있는 사람끼리 내일이라도 호적에 넣으면 되지."

"너무 쉽게 말하네."

"그렇게 된다면야 고생 안 하지."

제각기 대꾸하자, 쿠마자와는 하하하 하고 경쾌하게 웃었다.

"그렇게 평생 제멋대로 살면 되잖아. 마누라도 아이도 없고, 인생의 반도 모르는 채 그대로 죽으면 되겠네."

그렇게 말하고, 문을 쾅 닫고 나갔다.

"왠지 엄청 기분 나쁜데."라며 키도는 입을 삐죽 내밀었다.

"우리 전부 다, 인생의 반도 모른데."라며 세키구치는 안경을 밀어 올리며 쓴 웃음을 짓는다.

"독신귀족이란 말도 상당히 낡은 말이잖아."라고 미카가 어이없다는 듯이 말하고, 맥주를 한 모금 마셨다.

"질투할 만큼 좋은 생활은 아니지. 요즘은 시주도 적어서 못 당해내겠어. 법명 받는 것도 그렇게 비싸면 필요 없다고 하는 스님들이 있는 시대라고."

"정말 화 나네. 테이블에 마주앉은 사람끼리 결혼하면 된다니."라고 유코가 말했다.

"유코, 그렇게 말하지만, 쿠마자와의 말에도 일리가 있을지도 몰라."

모모코가 진지한 얼굴로 말해서 모두가 일제히 모모코를 보았다.

"왜냐면." 하고 모모코는 변명하듯이 계속 말했다.

"그런 터무니없는 방식으로라도 하지 않으면, 여기 있는 여섯 명은 아마도 평~생, 결혼할 수 없다고 생각해."

"그런가. 옛날의 중매결혼을 생각하면 그렇게 이상한 말도 아니지."라고 세키구치가 동조한다.

"음, 확실히 일리가 있어." 하고 본요도 고개를 끄덕였다.

"그럼, 차라리 그렇게 해볼까."라고 미카가 화를 참는 듯 얼굴을 찌푸리며 말했다.

"맞은 편이라면…" 하고 유코는 건너편에 앉은 세키구치를 바라보았다.

세키구치가 뚫어질 듯 바라보고 있다. 뭐라 말할 수 없는 불쾌한 기분에 유코는 자신도 모르게 눈을 피했다. 세월이 지나 그도 역시 중년이 되고 말았다. 고교시절에는 좀 더 샤프했었다. 그가 부모의 권유를 등지고 도쿄의 대학을 택한 것은 유코가 도쿄로 대학에 가기 때문이라고 미카에게 들은 적이 있었다. 대학시절에는 몇 번인가 연락이 와서, 우에노 동물원에서 둘이서 만난 적도 있었다.

— 남자 친구 생겼어?

— 응, 생겼어. 테니스 동아리 선배야.

그렇게 대답하자, 그는 태연한 얼굴로 '어, 그래, 다행이야.'라고 말했다. 그해 여름 집에 왔을 때, 미카에게 그 이야기를 했더니, 세키구치가 프러포즈를 하려고 했던 것은 아니었을까, 사실은 엄청난 쇼크를 받았을 거라고 말한 적이 있었다. 그때는 아직 열아홉 살이었다.

"세키구치 군과 결혼한다고 하면, 부모님이 좋아하시겠지. 공립학교 교사라면 안심이잖아."

유코는 생각한 그대로를 말했다.

"부모님이 보면, 분명히 훌륭할 정도야. 우리 부모님은 '모모코가 결혼하려면 스무 살 연상의 아저씨들 밖에는 없어.'라고 말했어. 그런데 같은 동갑내기 남자와, 그것도 학교 선생님인 공무원이라면, 그건 뭐."

"눈물 흘리면서 기뻐하시겠지."라며 미카도 밝게 웃는다.

"난, 그런 거 싫어." 하고 갑자기 지압사인 키도가 말했다.

"키도 군, 실례잖아. 건너편에 앉은 사람이 저라서 죄송하네요." 하고 모모코가 뺨을 쳐들어 보인다.

"모모코라서 안 된다는 게 아니야. 나는 여기 있는 세 명 모두 싫어."

"말하자면, 키도 군은 미카도 유코도 취향이 아니라는 거구나. 아아, 다행이다, 나만 싫은 게 아니라고 해줘서." 하고 모모코가 비꼬듯이 말한다.

"이 중에서, 키도가 가장 결혼을 원하는 걸로 보였는데."라고 본요가 말하면서 우롱하이를 벌컥 마셨다.

"말하긴 그렇지만…." 하고 키도가 눈을 떨구고 잔에 묻은 물방울을 손으로 닦았다.

"아니, 역시 아무것도 아니야."

"뭐야, 솔직하게 말 해주는 편이 좋다고." 하며 모모코가 화난 듯이 말했다.

"이제 그 얘기는 됐어. 그것보다 유코, 도쿄의 생활은 어때? 역시 재밌니?"

갑자가 미카가 화제를 바꿨다. 미카는, 키도의 마음을 헤아렸던 것일까.

"도쿄는 집세가 비싸서 큰일이야."라고 자신도 미카의 뜻에 따라, 화제를 결혼에서 돌리는 데 협조했다.

"잠깐만, 지금 3대3 결혼 얘기를 하고 있잖아. 아직 얘기가 끝나지 않았어. 그러니까 키도는 어떤 여자가 좋다는 거야?"라며 모모코가 물고 늘어진다.

"이제 그 얘기는 됐어."라고 미카가 말하며, 정말 넌 둔해, 라고 하는 듯 모모코를 보고 얼굴을 찡그린다.

"미카, 뭔데? 내가 무슨 이상한 말을 하고 있니?" 하고 모모코가 짜증스러운 듯한 목소리를 낸다.

"그러니까." 하고 미카는 설명을 하지 않으면 안 되겠다고 체념한 듯 한숨을 한 번 쉬었다.

"키도 군은, 쿠마자와처럼 아이를 세 명 정도 원하는 거라고."

"그래서, 뭔데."라고 말하는 모모코는 아직도 화가 나 있는 표정이다.

"그러니까, 우리 말고 더 젊은 여자와 결혼하고 싶은 거야."

미카가 말하자, 모모코는 지지 않으려는 투지를 담고 말했다.

"서른아홉 살이라도 아이를 낳을 수 있다고. 셋을 낳는 게 불가능 하다고 말할 수는 없어."

"그게 아니고."

더 이상 말하지 말라는 듯 미카는 모모코를 쳐다보았다.

"실제로 낳을 수 있는지 없는지의 문제가 아니고, 남자라는 족속은 모두 젊은 여자를 좋아한다는 거야."

미카는 할 수 없이 설명해주었다는 듯 모모코에게서 얼굴을 돌리고 맥주를 단숨에 들이켰다. 모모코는 미카의 옆모습을 쳐다본 뒤에 호흡을 잊은 것처럼 입을 다물고 테이블의 한 점을 응시했다.

"기분 나쁘게 생각하지 마. 왜냐면, 남자와 여자는 생물학적으로 다르잖아. 남자는 몇 살이 되어도 젊은 여자와 결혼할 수 있으니까."

키도에게 악의가 없다는 것을 알고 있지만 한 동네에서 자라고 아이 때부터 알던 남자에게 들은 이야기의 충격은, 회사의 남자 동료에게 듣는 것보다도 컸다. 지금까지 한 번도 키도를 호감이가는 남자라고 생각해본 적은 없지만, 그래도 마음이 답답하다. 그리운 어린 시절과 그 시절 따뜻했던 향수 등 모든 것이 호되게 배신당한 기분이 들었다.

"앗, 미안. 나 혹시 말하면 안 되는 걸 말했나 봐. 기분 상했다면 미안해."

"엄청 기분 나빠. 나, 이제 더 이상 여기 있고 싶지 않아.

모모코는 그렇게 말하고, 지갑에서 천 엔짜리 세 장을 꺼내, 테이블 위에 내려치듯이 놓고는 갑자기 일어섰다.

"나, 갈래."

농담인 줄 알고 붙들 새도 없이 재빨리 나가버리고 말았다.

"정말이야?"

"저 녀석, 정말 가버린 거야?"

모두가, 모모코가 나간 문을 멍하니 바라보았다.

여자 세 명 중 가운데 앉아 있던 모모코가 나가버리고 나니 나와 미카 사이에 있던 울타리가 사라졌다. 미카와 눈이 마주친 순간, 무심코 둘 다 눈을 피했다. 서로가 여자의 직감을 의식했기 때문인지도 모른다. 감춰둔 상처를 서로가 들키고 싶지도 않았다. 회사의 성희롱 아저씨가 말한다면 몰라도, 키도는 솔직히 말했을 뿐 전혀 악의가 없었던 만큼, 오히려 결말이 더 좋지 않다.

"야, 키도, 지금 발언 너무 심했어."라고 세키구치가 책망했다.

"저렇게 화낼 줄 생각 못했어. 정말이야!"라고 말하며 키도는 문 쪽을 바라보고 있다.

"모모코는 화가 난 게 아냐. 상처받은 거지."라고 미카가 말했다.

나도 상처받았다고까지는 말하지 않았다.

"혹시, 모모코가 키도를 좋아한 거 아냐?" 하고 세키구치가 엉뚱한 말을 꺼냈다.

"짐작도 못했는데…. 너무 심한 말을 했나보군." 키도는 싫지 않다는 표정으로 일부러 얼굴을 찡그렸다.

미카는 "바~보. 좋아할 리가 없잖아. 모모코는 일본이란 사회에 질려버린 거라고."라며 보란 듯이 크게 한숨을 내쉬었다.

"유코도 뭐라고 말해봐."

"어? 음… 터질 게 터졌다는 느낌이야. 젊었을 때는 싫은 일도 대충 웃어넘길 수 있지만. 이제 이 나이가 되면, 같이 이야기만 해도 열 받게 만드는 상대와는 함께 있는 것 자체가 시간낭비라고 생각하니 아깝고, 게다가…."

"스톱!" 하고 미카가 중단시켰다.

"유코, 너무 오버하는 거 같은데."

"그래, 미안해."

키도가 원망하듯 가만히 이쪽을 보고 있었다.

"그럼, 여자인 너희한테 묻겠는데, 마흔 살이나 되고도 결혼을 하겠다는 게 진심이야?"

키도가 묻자, 둘 다 아무 말도 못했다.

"그치? 역시 결혼은 오래전에 포기하고 있었잖아. 아이를 낳으려고 생각하는 여자라면 벌써 결혼했어야지. 오늘 모인 세 명은 모두 직장여성이잖아."

"다음부터 다시는 키도를 부르지 않겠어."라고 본요가 단호하게 말했다.

"뭐야, 내가 뭔가 나쁜 짓을 했나? 일반적인 것을 일반적으로 말했을 뿐인데."라고 둘러댄다.

"나이가 들면, 점점 친구가 없어지게 된다고."

차분한 어조로 본요가 말했다.

"모두 결혼해서 아이가 생기고 집안일로 힘에 부쳐서 오늘같이 친구들과 같이 모여 술을 마시는 것도 요즘엔 거의 없어졌어. 그런데 오늘은 오랜만에 만난 자리라고, 그것도 동갑에다 모두 독신이잖아. 그래서 오늘은 다 털어놓고 즐겁게 술을 마실 생각이었는데, 너란 녀석은⋯."

"본요가 말하는 것에 모순이 있어. 내가 솔직하게 다 털어놓았더니 이런 상황이 되었다고."

"무엇이든 말하고 보는 게 능사는 아냐. 정도가 있어야지."

"나는 정도를 넘는 심한 말 한 적 없거든. 세상의 일반적 상식을 말했을 뿐이야."

"됐어, 됐어."라고 미카가 말참견을 했다.

"사람은 누구나 자신의 잣대로만 남을 재는 거라고."

"유코는 어떻게 생각해? 내가 말한 게 그렇게 심했어?"

키도가 도움을 요청할 줄은 몰랐다.

"음… 모르겠어."

왜냐면, 아직 아이를 낳을 수 있어, 실제로 난 임신하고 있고…, 라고는 말하지 못한다.

"아이를 낳는 것에 연령제한이 있는 건 알아."라고 미카가 말한다.

"인간도 동물이니까."

"뭐, 그럼 이해하고 있는 거잖아."라고 키도가 후련한 표정을 지어보였다.

"그래도 키도 군, 아이를 낳느냐에 상관없이 어리고 젊은 여자가 좋은 거 아니야?"

미카가 그렇게 묻자, 키도는 하하하 하고 크게 웃었다.

"그게 당연하지. 남자라면 모두 그렇게 생각하고 있을 걸."

유코는 키도의 태평한 미소를 바라보았다.

"미카도 유코도, 이런 이야기에 질리지 말고 앞으로도 계속 술자리를 만들자." 본요가 두 손을 모으고 합장하며 말했다.

미카는 거기에 답하지 않고 단숨에 맥주를 들이켰다.

"이제 키도는 부르지 않을 거니까."라고 세키구치가 키도 앞에서 태연하게 덧붙인다.

결론 없는 얘기는 이제 끝내고 싶었다. 그래서 "마사요가 아이들을 데리고 집에 왔다고 들었는데, 누가 만났어?" 하고 화제를 바꿔보았다. 어제 7주기에서 흑인과 결혼한 나루세 마사요가 화제에 올라 사실 그 이후 자세한 이야기가 궁금하기도 했다.

"마사요가 돌아왔어? 그게 정말이야?" 본요가 놀란 듯이 묻는다.

눈이 진지했다. 지금도 마사요를 좋아하는 것일까. 본요와 마사요는 고등학교 시절에 사귀기 시작했다. 둘 다 수재였던 것 때문인지 교제 사실을 담임은 물론 교장도 알 정도로 교내에서 유명했다. 고등학교 졸업 후, 두 사람은 교토의 대학에 진학했다. 학교는 달랐지만 반 동거 상태로 살고 있어서 졸업 후에는 결혼할 줄 알고 있었다. 하지만 그렇게 생각하면서도 수재인 마사요가 자신의 재능을 죽이고, 스님 부인으로 들어앉는 것이 너무 아깝다고 유코는 생각했었다. 대학 졸업 후, 본요는 예정대로 히에이잔(천태종 총본산인 엔랴쿠지가 있는 산)에서 수행하고 집안의 절을 승계 받았다.

한편, 마사요는 오사카의 광고회사에 취직했지만, 일 년도 되지 않아 회사를 그만 두고 바로 미국으로 건너가 어학원에 다니면서 법학을 공부한 뒤, 뉴욕에 본부를 둔 난민을 구제하는 NPO의 직원이 됐다. 마사요가 대학 졸업여행으로 찾은 방글라데시와 인도의 빈민가 사람들에게 충격을 받고 인생관이 변했다고 들은 것은, 꽤 나중의 일이다. 본요에게 이별 이야기를 꺼낸 것은 마사요 쪽이었다. 평화로운 일본의 한가한 시골마을에서 일생을 마치는 것보다 한 명이라도 더 많은 아이들의 목숨을 구하고 싶다고 말했다고 한다.

"누구, 마사요를 만났어?" 하고 본요가 물었다.

"만난 적은 없고. 상점가에서 지나친 적은 있어…"라며 미카의 말끝이 흐려진다.

"나도 소문은 많이 들었어."라는 키도의 목소리는 기어들어갔다.

"소문은 뭔데, 마사요한테 무슨 일 있는 거야?"

본요가 진지한 눈빛으로 미카를 조용히 응시했다. 키도보다 미카를 신용하고 있는지 미카의 얘기를 듣고 싶어 하는 것 같았다.

"아니, 특별한 건 없지만… 남편은 일로 바쁘다며, 아이를 둘 데리고 돌아왔더래. 마사요도 아이들도 건강한 것 같왔어."

미카는 억지로 미소를 지었다.

"이 근처는 시골이라 노인이 많으니까, 편견을 가지고 있는 것은 어쩔 수 없어."라고 세키구치가 본요를 위로하듯이 말한다.

"이제 정말 짜증난다. 편견은 또 뭐야. 무슨 일이 있었는지, 확실하게 말 안 할래!"

고교시절부터 온순한 인상이 강한 본요가 큰소리를 내자, 모두 일제히 본요에게서 눈을 돌려 딴 쪽을 바라보았다.

— 아직도 마사요를 좋아하고 있다. 그것도 상당히.

누구나 그렇게 여겼을 것이다.

"마사요의 남편이 미국인이라는 것은 알고 있어?"

키도가 조심스럽게 물었다.

"알아."

본요는 망연자실한 표정을 하고 키도를 노려보았다.

"그래서 그게 어쨌다는 거야."

"남편이 흑인이라는 것도 알아?"

미카가 묻자, 본요는 헉 하고 숨을 삼켰다. 순식간에 모든 것을 이해했다는 표정을 지었다.

"그런 거구나…. 난 멋대로 백인이라고 생각했어. 분명히 키가 크고 손발이 길고 눈은 파랗고 얼굴은 톰 크루즈를 닮은…."

말하면서 본요는 허공을 노려보았다.

"뚜렷한 이목구비라면 나도 지지는 않는데."라고 나직이 말한다.

본요는 고교시절부터 통통한 체형이었지만, 얼굴만 보면 미인인 어머니를 꼭 닮았다. 이목구비가 분명해서 마치 백인계 러시아인 혼혈처럼 생겼다.

"마사요는 일주일 예정으로 집에 왔다고 해. 그런데 동네 사람들과 아이들이 호기심어린 눈으로 쳐다봐서 견디지 못하고 겨우 하루 만에 돌아가 버렸데."라며 미카가 침통한 표정을 짓는다.

"돌아갔다니 미국으로?"

본요가 가뜩이나 박력 있는 큰 눈을 부릅떴다.

"어떻게 했을까, 바로 그날로 미국으로 돌아갔다니, 무리 아닌가? 아마도 일단은 오사카나 도쿄의 호텔로 가지 않았을까."

미카는 마치 자신이 나쁜 짓을 한 듯 힘없는 목소리로 대답했다.

"두 번 다시 고향에 돌아오지 않겠다고 한 모양이야."

키도가 말한다.

"그래도 아이들이 어려서 다행이야. 그게 만약 더 큰 아이였다면…."

"그렇지 않아." 하고 미카가 키도의 말을 끊었다.

"아이들도 엄청 상처 받은 것 같았어. 그 시선에 어떤 의미가 있는지 미국에 살면서도 잘 알고 있는 것 같았어."

"아무튼 마사요의 아이니까 분명히 머리도 좋을 테고, 아주 예민할지도 몰라." 하고 유코는 우울한 기분이 되었다.

"그래, 그렇겠지."라고 말한 세키구치는 잔에 남아 있던 맥주를 벌컥 마셨다.

모두 제각기 말하며, 입을 다물어버린 본요의 눈치를 보고 있었다.

"본요, 너, 혹시 지금까지도…."

쓸데없는 소리 말아, 라고 하는 듯 본요는 키도의 말을 무시하고, "마사요는 내가 상상도 못해본 먼 곳으로 가버렸어."라고 중얼거리듯 말했다. 이 중에 누구도 미국에서 생활한 경험이 없다. 일본 땅에서 일본인에게 둘러싸여 일생을 보내고 있다.

"마사요는 항상 지구 위에서 내려다보는 스케일로 사물을 생각하고 있으니까 말이야."

그렇게 말하고 본요는 멀리 보는 것 같은 눈빛을 했다.

"그것에 비하면, 나 따위…."

본요는 크게 한숨을 쉬었다.

"요즘은 시주가 적어서 큰일이라고 불만이나 하고 있는 그런 내가 바보 같은 느낌이야."

"다음에 다 같이 미국 여행이라도 가자."라고 키도가 경박한 목소리로 말했다.

"그거 좋겠다." 하고 미카가 피곤하다는 듯이 키도를 본다.

"키도 군은 거기서 젊은 마누라를 찾으면 되겠네."

그 이후, 대화는 계속되지 못하고 한숨소리만이 들렸다.

3

그날, 회의가 끝난 후에 미즈노가 말을 걸어왔다.

"미야무라 씨, 왠지 안색이 안 좋아요."

"아, 그래. 그건… 아마 아버지 7주기에 다녀와서 피곤했나봐."

"그렇군요. 게다가 이제 나이도 있으니까요."

평소처럼 웃어넘기는 것이 몇 초나 늦어버렸다.

"농담이에요. 그렇게 심각한 얼굴 하지 마세요."

"가끔은 상처받은 척해서 놀려줄까 하고."

육체관계는 한 번뿐이었고, 서로 없었던 것처럼 행세는 하고 있지만, 다소 허물없이 대하게 되었다. 서른아홉 살 여자와 스물여덟 살 남자의 관계를 아는 사람은 주변에 한 사람도 없다. 만담커플처럼 호흡이 잘 맞는 거라고 생각하는 듯했다. 만일 남자와 여자의 나이가 반대라면 어떨까. 그렇게 생각하면, 복잡한 심정이 된다.

낳아야 할까, 낳지 말아야 할까.

요즘엔 마음이 약해질 때가 많아졌다. 누군가에게 상담하고 싶지만, 적당한 상담 상대가 떠오르지 않는다. 지금까지 나는 진로를 스스로 정했다. 진학도 취업도 누구와의 상담 없이 여기까지 왔다.

하지만, 생각해보면 당당하게 말할만한 것도 아니다. 진학에는 표준점수라는 잣대가 있었고, 취업은 닥치는 대로 해결해나가는 방식이었으니까.

지난주 토요일에 처음으로 산부인과에 갔다.

— 축하합니다. 8주째 들어갔네요.

여의사는 품위 있는 미소를 짓고 말했다.

낙태를 하려면 빠른 편이 좋다는 것은 알고 있지만, 낙태한다면 분명히 후회할 것이다. 지금의 생활을 생각해봐도 끊임없이 일에 빠져, 집과 회사만을 오가는 날들이다. 앞으로 자신에게 애인이 생긴다거나, 임신할 수 있는 기회가 있을 거라고 생각되지 않았다.

점심시간이 되어 구내식당으로 갔다. 라쿠요여행사의 본사는 20층짜리 오피스 빌딩의 7층부터 9층까지다. 최상층에 있는 구내식당은 이 빌딩에 입주해 있는 일곱 개 회사의 직원이라면 누구든지 이용할 수 있다.

사원카드를 카드 리더에 넣어 지불을 끝내고 동기 사사키 나미를 찾았다. 경리부의 나미는 층은 다르지만, 같이 입사했던 동기 여성은 이직이나 출산 등으로 속속 회사를 그만두었기 때문에 지금은 나미와 나 두 사람밖에 남지 않았다.

"유코, 오늘은 그것밖에 안 먹어?"

늘 먹던 자리로 가서 앉았을 때 나미가 물었다.

"응, 요즘 식욕이 없어서."

쟁반에는 두부와 조림 반찬만 올라와 있다.

"알아, 알아. 갑자기 더워져버렸어. 5월이라는 생각이 안 들어. 지구온난화는 정말 무서워."

말과는 반대로, 나미는 '오늘의 런치'를 선택하고 50엔을 더해 밥을 유부초밥으로 교환하고 있었다.

나미는 입사한 해에 대학시절 동창생과 결혼했으니까 벌써 결혼 17년이 된다. 10년 이상이나 불임치료를 하고 있었지만, 마흔을 앞두고 포기하기로 했다고 털어놓은 것이 올해 초였다. 그때부터 나미의 표정이 조금씩 밝아졌다. 요즘엔 입사초기의 걱정 없이 웃던 모습을 보일 때도 있다.

— 불임치료에 막대한 돈을 썼지만, 앞으로는 부부가 즐길 생각이야.

그렇게 말하고 올해 신정연휴엔 부부가 독일로 여행을 갔다. 여름에는 뉴질랜드에 갈 계획이 있다고.

그런 나미에게, 임신 상담을 하는 것은 힘들다. 나미는 마음씨가 고운 여성이라서 친절하게 상담해주리라 생각한다. 불임치료를 모두 포기한 것처럼 보이지만, 어쨌든 직장 내 사람에게는 상담하지 않는 것이 좋다. 나미는 입이 무겁고 신뢰할 수 있는 여성이지만, 뜻밖에 이야기가 세어나갈 수도 있다. 상담할 수 있는 곳은 결국 집밖엔 없다는 말인가.

"여행상담사 연수를 받으려고 하는데 어떨까?"

나미의 눈이 반짝인다.

"좋다고 생각해. 여성은 배려가 세심하고 안심된다는 고객도 많은 것 같아."

"고객도 압도적으로 여성이 많으니까. 하지만 내가 할 수 있을까."

"나미라면 충분히."

언뜻 보기엔 소극적이지만 심지가 단단해서 의지가 된다. 나미의 생기가 넘치는 표정에서 불임치료에 휘둘렸던 시간을 되찾으려는 듯한 열의가 보였다.

점심식사가 끝나고 자리로 돌아와, 언니에게 문자메시지를 보냈다.

― 상담할 게 있는데, 다음 주쯤 만날 수 있어?

일분도 안 돼 대답이 왔다.

― 무슨 상담? 알다시피 난 바빠. 전업주부란 유코가 생각하는 것보다 훨씬 힘드니까 말이야.

언니는 항상 '주부라고 바보취급 하지 마.'라며 장벽을 치고 있다. 지금까지 바보 취급한 기억이 없으니, 피해망상이라고 할 수밖에 없다. 언니는 까다로운 남편과 시부모 사이에서 고생하고 있으니 바보는커녕 동정심을 느끼지만, 무슨 말을 할 때마다 이런 식으로 대꾸하면 솔직히 정이 떨어진다. 언니는 격차사회에서 주부로 산다는 것이 떳떳하지 못하다고 생각하는 것 같다.

동창생들에게 '팔자 좋다'는 말을 듣는 것이 가장 열 받는다고 했다. 유명 여대를 나온 만큼, 프라이드도 높다. 여러 가지를 생각하는 사이에 이쪽에서 먼저 문자메시지 보냈지만, 언니에게 답장을 하는 게 싫어졌다. 처음부터 스스로 결론을 낼 수밖에 없는 일이다. 언니에게 무엇을 상담한다는 말인가.

그렇게 생각하고 휴대폰을 책상에 놓는 순간, 진동모드의 휴대폰이 떨리며 문자메시지가 왔다.

― 유코, 설마 빚은 아니겠지?

갑자기 걱정이 된 것 같았다. 평일 대낮에 직장에 다니는 동생한테 문자메시지가 온 것은 처음이기 때문이다.

— 어때? 역시 빚이야?

이쪽에서 대답하지 않는 것을 긍정으로 받아들인 것인가. 예전의 언니는 온화하고 상냥했는데 요즘엔 금방 발끈한다. 문자메시지가 아니라 전화로 단호하게 부정하는 게 좋다. 시계를 보니 이제 5분 후면 점심시간이 끝난다. 80% 정도의 직원이 점심식사를 마치고 와서 자리에 앉아 있다.

휴대폰을 가지고 복도를 나가 계단을 뛰어올라갔다. 바로 위층은 영업부로 여직원이 적고 외근이 많아서 부재가 많다. 그래서 화장실에는 아무도 없을 때가 많았다. 그에 비해 자신이 근무하는 층은 여직원이 많아서, 점심 식사 후의 양치질은 세면대 앞에 줄을 서야 할 정도다.

화장실의 문을 열자, 예상대로 조용하고 아무도 없었다. 사용빈도가 적어서인지 비품도 신품이나 마찬가지로 청결감이 있다. 세 개가 늘어선 세면대의 가장 안쪽에 가서 거울을 통해 자신을 보았다. 임신 탓인지 눈가가 조금 부어 보였다. 전화를 걸자 언니는 기다렸다는 듯이 바로 받았다.

"여보세요, 언니, 왜 내가 빚을 져야 되는 거야? 오히려 매달 꼬박꼬박 저축하고 있다고."

조용해서일까, 목소리가 벽과 천장에 울려서 크게 들린다.

— 그래, 다행이다. 유코가 나한테 상담할 게 있다니, 처음이라 놀랐어. 무슨 일인데?

"…음, 그건 다음에 천천히 해도… 아무튼 빚이 없다는 것만은 말해야겠다고 생각했어."

— 궁금하잖아. 무슨 상담인데? 분명히 말해봐.

"아, 이제 곧 점심시간이 끝나."

— 그러니까, 어서 얘기해봐. 말하려다가 그만두면 오늘 하루 종일 신경 쓰인다고.

언니가 초초해 하고 있다. 먼저 문자메시지를 보내놓고 얼버무리면 누구라도 이상하게 생각할 것이다. 간단히 말할 수 없을 만큼 중대한 것이라고 말하는 거나 같다.

"음… 그러니까, 임신이 된 것 같아."라고 말하는 목소리가 작아졌다.

— 잘 안 들려. 더 큰소리로 말해봐.

"그러니까." 하고 숨을 들여 마셨다. "임신 한 것 같아."

— 임신? 누가?

"누구라니… 내가."

— 그거 확실해? 병원엔 갔었니?

"응, 갔었어."

— 상대는 누구야?

"상대는…."

어떻게 설명해야 좋을까. 부하라고 말해야 할지, 회사 사람이라고 하는 편이 좋을까.

— 알았어. 아무튼 오늘밤 유코의 아파트로 갈게.

언니의 말은 예상 밖이었다. 평일저녁에 집을 비워도 괜찮을까. 항상 집안일로 바빠하는 언니가 자기 때문에 달려온다고 한다. 임신이라는 두 글자가 그 정도의 충격을 주었을까. 내 생각이 어리석은 것은 아닐까. 낳을까 말까 하는 척하면서 사실은 마음속으로 '낳는 게 좋겠어. 어떻게든 되겠지.'라는 안이한 생각을 하고 있는 게 아닐까. 육아경험이 있는 언니가 보면, 나는 터무니없이 무모한 짓을 하고 있는 건지도 모른다.

"회사 끝나고, 내가 언니집 근처 커피숍으로 갈게."

— 그게, 커피숍에서 얘기 할 수 있는 내용은 아니잖아. 누가 들을지 어떻게 알아?

"사람이 많으니까, 아는 사람이 옆자리에 앉을 확률은 적어서 괜찮아."

— 조심해서 지나친 건 없어.

마치 중대한 죄를 저지른 것 같았다.

— 혹시 유코가 늦으면, 내가 알아서 보조열쇠로 열고 들어가도 되지?

"응, 괜찮아."

언니에게 보조열쇠를 맡겨두고 있었다. 열쇠를 잃어버렸을 때를 대비해서지만, 만약에 병에 걸려 움직이지 못하게 될 때에도 대비하기 위해서였다.

"자, 그럼."

그렇게 말하고 전화를 끊었을 때였다. 안쪽 칸에서 소리가 들렸다.

'누군가 있어!'

밖으로 나가려고 황급히 문 쪽으로 향했다. 뒤에서 물을 슈~욱 하고 내리는 소리와 함께 문이 열리는 소리가 났다. 황급히 복도로 뛰어나와 문을 열고 계단을 내려갔다. 자리에 와서도 심장이 진정되지 않고 쿵쾅거렸다. 언니와의 대화를 들키고 말았다. 화장실 안이 조용했기 때문에 자신의 목소리가 메아리치듯이 울렸다.

주위의 자리를 재빨리 둘러보았다. 기획부에는 여직원이 열다섯 명이 있지만 이미 전원이 자리에 앉아 있었다. 그리고 30초 후에 점심시간이 끝난다. 슬며시 한 사람씩 살펴보지만 등을 구부리고 컴퓨터를 노려보고 있거나 볼펜을 한 손에 들고 서류를 체크하며 이미 일 모드에 들어가 있다.

우리 층의 저쪽 반은 총무부지만, 워낙 넓어서 저쪽 구석까지는 확실히 보이지 않는다. 나보다 늦게 들어온 여자가 없다는 것은 위층 영업부의 여성 세 명 중 하나라는 뜻이다. 아슬아슬하게 자신의 뒷모습은 보이지 않았다고 생각되지만, 목소리는 들었을 것이다. 하지만 영업부의 여성은 모두 이십 대라 목소리로 판단할 수 있을 만큼, 친하지는 않다. 게다가 자신의 목소리는 별로 그렇게 특징이 있는 것도 아니다.

'응, 괜찮아. 자, 그것보다 일하자, 일. 오늘 중으로 마무리해야 하는 제안서가 있다. 집중해서 마무리하지 않으면 안 된다.'

컴퓨터로 향하는 순간, 시야의 구석에 사람의 그림자가 쑥 나타났다. 얼굴을 보니 미즈노의 애인인 아오키 사에가 문으로 들어오고 있었다.

아파트를 올려다보니, 자신의 집에 불이 켜져 있었다.

언니가 와 있는 것 같다.

현관문을 들어서자, 언짢은 얼굴을 한 언니가 소파에 앉아 팔짱을 끼고 있었다.

"언니, 홍차 괜찮아?"라고 묻자, "가져왔으니까 필요 없어."

언니는 턱으로 테이블 위의 페트병을 가리켰다

"뱃속 아이의 아버지는 누구야?"

갑자기 물어왔다. 미간에 주름이 잡혀있다.

"그건….."

"결혼할 수 없지? 불륜이지?"라고 다그쳤다.

"불륜? 아니, 딱히 그런 건 아닌데. 어떻게 말하면 좋을까, 이런 경우엔."

"뭐가 그리 느긋한 거야. 상대 부인의 기분이 돼 보라고. 지금까지 쌓아올린 가정을, 네가 부수게 되는 거야. 그럴 권리가 너한테 있어?"

서슬이 시퍼렇다. 언니는 아내의 입장에 서서 말하고 있다.

"유코, 말하긴 어렵지만, 분명히 말할게. 너를 위해서 그 아이는 지우는 게 나아."

놀라서 쳐다보니, 언니는 미간에 주름을 확 풀더니 이번에는 연민의 표정을 지었다.

"너 정말 불쌍한 아이구나."

"근데, 언니, 일단 상대는 독신이야."

"뭐?" 하고 말한 뒤 언니는, 입을 딱 벌리고 이쪽을 바라보았다. 맥이 빠졌는지 긴장했던 등과 허리를 구부정한 고양이

처럼 하더니 페트병의 물을 한 모금 마시고는 다시 소파에
퍽하고 몸을 기댔다.

"이혼했구나. 그런데, 결혼에 반대하는 자식이 있다. 아니
면 재력가인 할아버지인거네."

마음껏 망상하는 언니의 옆모습을 멍하니 바라보았다.

"언니, 상대는 이혼경력도 없고 아이도 없어. 보통의 독신
이라고."

"엉? 뭐야 바보 아냐. 그렇다면 빨리 결혼하면 되잖아."

"그게 안 된다니까."

"의미를 모르겠네."라고 언니는 한숨을 쉬었지만, "아, 알았
다." 하며 몸을 앞으로 일으켰다.

"야쿠자구나."라며 힘껏 미간을 찌푸렸다.

"아니라니까."

"그럼 물어보자, 뭐하는 사람인데?"

"우리 회사 사람이야, 내 부하직원."

그렇게 대답하자, 언니의 얼굴이 환하게 빛이 난다.

"뭐야, 좋다. 최고야."

"최고라고?"

"그게 그렇잖아. 유코는 이제 마흔이야, 남자란 동물은 말
이야, 모두 젊은 여자를 좋아한다고. 그러니까 마흔이 되는

여자를 귀엽다고 느끼는 남자는, 육십 대 이상이야. 그런데 요즘 세대의 남자와 결혼하다니 드문 행운이야. 빨리 그 사람으로 결정해. 이 기회를 놓치면 고독한 노후가 기다린다고."

언니는 강한 어조가 되었다.

"엄마도 말하진 않지만 걱정하고 계셔. 게다가 엄마는 아이를 세 명이나 낳았는데 손주는 우리 마사시게 혼자야. 물론 히로노부에게도 자식이 있긴 하지만, 이혼하고 나서 거의 만나지 않는 모양이니까 없는 것이나 마찬가지야. 엄마는 틀림없이 좋아하실 거야."

"잠깐만, 엄마한테는 절대 말하지 마."

"왜?"

"그러니까, 결혼을 안 한다니까."

"그게 왜냐고."

"그건… 상대한테는 애인이 있고, 그는 스물여덟 살이고."

"뭣, 스물여덟?"

언니는 앞으로 몸을 구부렸다가, 다시 소파에 등을 기댔다.

"그건 너무 젊다. 애인은 몇 살이야?"

"스물다섯이나 여섯 정도. 부서는 다르지만 층은 같아. 굉장히 미인이야."

아까의 기세가 사라졌는지 언니는 발을 모으고 테이블의 한 점을 노려보았다.

"그런 그와 왜 그렇게 된 거야?"

"그건, 그러니까, 굉장히 달밤이 환상적이었고, 기압차의 문제도 있어서….

캄보디아에서 밤에 일어났던 일은 입에 올리기도 수치스럽다. 하지만 언니는 가차 없이 연달아 질문을 해온다. 그래서 어쩔 수 없이 대답하는 사이에 언니는 어느 정도는 납득한 듯했다.

"정말, 원시시대 같은 곳에 있으면, 인간은 본능에 호소를 하는 거구나."

공상을 좋아하고 문학소녀였던 언니는 그 땅의 무더위와 밀림이 있는 풍경을 상상하는 듯했다.

"그런데, 유코." 하고 언니가 이쪽을 보았다.

"그래서, 너의 상담이란 건 결국 뭐야?"

"어?"

"그를 어떻게든 넘어오게 해달라는 상담이라면, 나에게 조언할 능력은 없어."

"넘어오게 한다고? 난 그런 것 생각도 안 했어."

젊고 예쁜 사에와 나를 비교하는 것은 생각해보지도 않

왔다.

"그럼, 무슨 상담이야?"

"그러니까, 낳을지 말지를 고민하고 있다고."

"설마, 결혼을 하지 않는다는 전제에서 말하는 거야?"

"… 그런데?"

"너 바보 아니니, 결혼도 하지 않고 아이를 낳아서 어떻게 하겠다는 건데?"

그렇게 말하면서 크게 한숨을 뱉고, 손목시계를 힐끗 본다. 어리석은 동생과 더 이상 보낼 시간은 없다고 말할 것 같다.

"유코, 잘 들어봐. 내 친구 중에 띠 동갑 연하인 남자와 결혼한 애가 있어."

"알아, 요코 씨지?"

요코는 언니의 대학시절 친구다. 본적은 없지만, 언니의 이야기에 자주 나오기 때문에 안면이 있는 느낌이 들었다.

"요코는 임신했을 때 서른다섯 살이었고 팔짝 뛰며 기뻐했어. '이것으로 그는 나한테서 도망칠 수 없어.'라고 했어."

"그런 여자, 무서워."

기분이 좋지 않았다. 문득 그때 언젠가 TV에서 본 영상이 머릿속에 떠올랐다. 거미줄에 걸린 벌레를 거미가 먹어버리는 장면이다.

"요코는 아이가 태어나고 2년도 되지 않아 이혼했어. 그에게 젊은 여자가 생겨서."

즉, 언니가 하고 싶은 말은 인기 많은 남자와 젊은 남자와는 결혼 안 하는 편이 좋다는 것이다. 늦던 빠르던 파탄난다고 말하고 싶은 것 같다.

"이혼해도 괜찮아."

언니는 의외의 말을 했다.

"아이가 태어날 시점에서 혼인신고 하는 게 중요해."

언니가 하고 싶은 말은 안다. 아이의 장래를 생각한다면 정식으로 결혼한 남녀 사이에서 낳는 것이 좋다는 말이다.

"하지만 언니, 결혼은 안 된다니까."

"책임지라고 그를 협박하면 돼. 정말 다들 촌놈들 같아."

언니는 짜증을 감추지 않고 말했다.

"언니, 내 결혼하고 촌놈하고 무슨 상관이 있는데?"

"어제, 엄마가 또 택배를 보내왔어. 보내지 말라고 그렇게 몇 번을 말했는데."

갑자기 화제를 바꾼 것일까.

"마침 시어머니가 집에 있었어. '어머, 친정에서니? 뭐가 들었는지 무척 궁금한데.'라고 비꼬면서 말하는 거야."

콧소리를 내며 시어머니의 흉내를 내는 것은 언제나 그렇다. 언니는 남편의 부모와 동거하고 있기는 해도, 두 세대 주택이다. 현관도 다르고 부엌도 욕실도 따로 있어서 볼일도 없는데 매일 같이 얼굴을 내민다고 한다. 현관이 아니고 뒤뜰을 지나서 들어올 수 있는 구조로 되어 있다고.

"궁금해 하는 시어머니 앞에서 열지 않으면 안 되는 분위기였어."

"시어머니는 무슨 일로 오셨는데?"

"용건 같은 게 있을 리 없잖아."

"마사시게 군은 이제 고등학생이잖아?"

"마사시게가 저쪽 집으로 놀러 가면 좋은 데, 내 말은 듣지를 않으니."

"엄마한테 온 택배에 누가 보면 안 되는 물건이라도 들었던 거야? 예를 들어 마약 같은 거?"

농담을 해보았지만, 언니는 벙긋도 하지 않았다.

"언제나처럼 밭에서 캐온 채소로 꽉 차 있었어. 우츠키 가게의 만주도 들어 있었고."

"우츠키 가게의?"

부럽다는 말을 삼켰다.

엄마가 보내주는 택배를, 몇 년 전에 딱 잘라 거절했다. 엄마가 그것을 납득할 때까지 무려 일 년 이상 걸렸다. 그때까지 엄마는 자주 택배를 보내왔다. 혼자 살면서 도저히 먹을 수 없는 양의 채소―죽순 9개, 오이 30개, 배추 4통, 무 5개―와 유통 기한이 사흘 남은 과자 30개 등을 보내왔다. 잔업도 많고 휴일엔 피곤해서 온종일 잠만 자는 자신에게 어떻게 해도 혼자 자취하면서 먹을 수 있는 양이 아니었다. 엄마가 정성을 들여서 키운 채소라고 생각하니 썩어서 버리게 되면 마음의 부담이 된다. 결국은 썩을 때까지 두게 되지만, 흐물흐물해져 처분하기도 솔직히 귀찮았다. 노포(오래된 가게)의 와가시(일본식 과자)도 조금이면 괜찮지만, 상자 째로 보낸다. 단 것을 많이 먹으면 몸에 해롭다고 몇 번을 말해도 보낸다. 조림도 그렇다. 따끈따끈한 밥에 얹어 먹으면 맛있는 것은 잘 안다. 하지만 성인병에 걸리지 않도록 평소에 식생활을 조심하는 터라 탄수화물과 염분뿐인 조합은 가장 피하고 싶다. 택배가 도착할 시간대는 귀가할 시간이 아니라서 우편함에 부재통지가 들어있다. 재 배달을 부탁하는 것도, 잔업은 돌발적이라 희망시간을 확실히 정할 수가 없다. 오래 보존할 수 없는 것도 있지만, 휴일로 지정할 수밖에는 없다. 그런데 그렇게 되면, 휴일에도 안심하고 잠들지 못하고 어디에도 외출할 수가 없다. 그런 요구를 엄마는 "허풍 떨지 마."

하며 들은 채도 안 했다.

— 이웃에게 주면 좋지 않니?

이웃과 교류가 없다고 몇 번을 말해도, 엄마는 의미를 모르겠다는 얼굴을 했다.

— 그렇게 친하지 않아도, 채소나 만주를 받으면 누구라도 좋아하겠지.

이 임대아파트 안에 안면이 있는 사람은 하나도 없다. 그래서 편하게 살고 있다. 그 쾌적함을 깨트리고 싶지는 않다. 조금 얻은 것으로 아는 사이가 되면, 관계에 문제가 생긴다. 애초에 모르는 사람에게 식품을 받고 기쁠까. 이 뒤숭숭한 세상, 나라면 먹는 것이 무서울 것이다.

— 그럼, 채소만이라도 회사 사람에게 주면 어떨까?

— 만원 전철에서 채소 같은 거 가지고 다니지 않아요. 받는 쪽도 가지고 돌아가는 게 힘들어서 오히려 폐가 된다고요.

귀성할 때마다, 통화할 때마다, 매번 같은 실랑이가 이어졌다. 거기에 도움을 준 것은 오빠 히로노부였다. 오빠는 엄마가 납득할 때까지 설명을 해준 것 같다. 자랑인 수재 아들의 말에 엄마는 솔직하게 귀를 기울였다. 그 이후, 한 번도 보내지 않았다.

"유코한테 보낸 거 가져왔어."

언니는 종이봉투에서 대량의 양말을 꺼냈다. 시골의 할머니가 신는 것 같은 무늬였다.

— 한 번 신으면, 발뒤꿈치가 반들반들!

양말에 두른 종이테이프에 그렇게 쓰여 있다.

"무라타도의 양말이야. 세어보니 스무 켤레나 들어있더라. 그리고 이것도 줄게."

언니가 다음으로 꺼낸 것은 특대 사이즈의 치약이었다.

"두 개나 들어 있었어. 유코도 한 개 도와줘. 우리 남편이 치약은 싸면 뭐든 좋다고 하는 사람이라면 좋았을 텐데. 그 사람, 뭐든지 취향이 까다로우니까."

"이 치약 평생 써도 될 정도로 크다."

"유코, 우즈키 가게의 만주, 오랜만에 먹고 싶었지?"

"아니… 별로."

"가져 왔다고."

"정말?"

나도 모르게 웃음을 띠었다. 상자 째로는 필요 없지만, 한두 개 정도는 먹고 싶다고 늘 생각했다. 언니는 큰 종이봉지 속을 부스럭 부스럭하면서 만주 이외에 백화점에서 사온 것 같은 명란젓샐러드와 문어덮밥을 꺼냈다.

"저녁, 아직 안 먹었지? 자, 먹어. 난 집에서 먹고 왔으니까."

이럴 때, 열 살이나 많은 언니에게 엄마와 같은 온기를 느끼게 된다. 지금은 대등하게 말하고 있지만, 전에는 어른과 아이였다.

"언니네는 대가족이니까, 채소를 보내주면 도움이 되지 않을까?"

언니가 사온 샐러드를 먹으면서 물었다. 유명백화점의 반찬은 고급감과 청결함이 있는데다가 맛이 연하면서도 고상하게 맛있었다.

"양배추에서 벌레가 나온 적도 있었다고."

"무농약이니까 벌레 정도는 있겠지."

"유코랑 달라서 난 벌레가 싫다고. 게다가 이번에는 후낫시(배의 요정인형)가 들어있더라고. 이거야 이거."

언니가 가방에서 꺼낸 것은 양모로 만든 10cm 정도의 후낫시였다. 머리 부분의 끈을 좌우로 흔들어 보였다.

"편지도 들어 있었어. 읽어볼래?"

그렇게 말하고 봉투에서 편지지를 꺼내서 건넸다. 엄마의 달필인 글씨가 나란히 있었다.

― 마치코에게. 잘 지내고 있습니까? 아버지의 7주기 때는

먼 곳에서 와줘서 고맙습니다. 밭에서 키운 채소를 보냅니다. 무농약이니까 마사시게도 먹게 해주세요. 그리고 건너편의 야마기시 씨 부인이 펠트(양모) 천을 주셨어요. 노란색과 파란색을 본 순간, 후낫시를 만들어야겠다고 생각했죠. 휴대폰 줄로 해도 좋고, 키홀더로 해도 좋아요. 다섯 개 만들었으니까, 마사시게랑 카즈시게 씨 그리고, 카즈시게의 어머님께도 드리세요. 그리고 카즈시게 씨가 출장으로 외국에 나갈 때는 데보라 감염에 조심하세요.

"이, 데보라 감염은 뭐야?"

물어도 언니는 시무룩한 채 대꾸를 안 했다.

"앗, 설마 에볼라 출혈열 아냐?"

무심코 웃음을 터뜨렸지만 언니는 더욱 불쾌한 표정을 지었다.

"그 편지, 시어머니도 봤어. 분명히 마사시게가 공부를 못하는 건 우리 집안 탓인 것 같아."

"언니, 그건 쓸데없는 생각이야. 이 정도의 달필은 좀처럼 없다고."

언니는 "글씨를 잘 쓰는 거랑 머리가 좋은 거랑은 전혀 상관없어."라고 말했다.

언니는 글씨가 서툴러서 아직도 초등학생 같은 글씨체를 쓰고 있다.

— 인생의 반도 모르는 주제에.

문득, 미니 동창회에서의 말이 떠올랐다. 자신은 언니처럼 가족을 이루는 고생을 전혀 경험해보지 않았다.

"역시 결혼하지 않고 아이를 낳는 건 안이한 생각일까."

"당연히 안이하지, 북유럽이나 프랑스라면 정부의 극진한 보호가 있다고 하던데, 세상의 편견도 없는 것 같고."

"하지만 일본에서도 키리야마 요코나 센고쿠 루리는 당당하게 미혼모로 살잖아."

"유코, 그거 진심으로 하는 말이니? 여배우나 평론가와 비교해서 어쩌려고? 게다가 그 사람들은 칠십 대라고. 당시엔 미혼모를 장점으로 내세웠어. 나는 이 시대의 새로운 여자입니다, 라고."

"하긴. 그렇지만 나도 이대로 정년까지 일하면 어떻게든 될 거라고 생각하는데."

"미혼여성은 출산휴가도 없다고 하면 어떡할래?"

"고용노동부에 호소하면 어떻게 해주지 않을까. 그게 안 되면 소송을 걸거나."

"그럼 일이 더 커져서 결국 회사에 있기가 어려워질 거 아냐."

"그건… 그렇긴 하지만."

"백보 양보해서 유코의 말대로 정년까지 일한다 해도, 아이가 컸을 때 '내 아버지는 누구야?'라고 물으면 뭐라고 대답할래?"

언제나 그렇지만, 언니는 다른 사람의 말을 할 때 음성을 바꾼다. 가느다란 목소리로 어린 남자애처럼 흉내를 내서, 이상하게 현실감이 들었다.

"인간은 누구나 부모가 어떤 사람인지를 알고 싶어 하지."

만일 자신의 부모가 누군지 모른다면… 상상만으로도 불안한 기분이 되었다.

"어릴 때는 대충 속이더라도 초등학교 고학년 정도가 되면 무리야. 그때는 밝힐 수밖엔 없어. 아버지가 누군지 알면, 왜 결혼하지 않았는지 반드시 묻겠지."

"…응, 그럴지도."

"어떻게 설명할 거야? '조금 사정이 있어서.'라고 대답하면 민감한 아이라면 더 이상은 묻지 않겠지. 제일 좋아하는 엄마의 난처한 얼굴을 보는 게 괴롭겠지. 하지만 마음속은 분명히 개운치 않을 거야."

"아버지에게는 이미 애인이 있었다고 솔직히 말하면 어떻게 될까?"

"그럼 아마 이렇게 생각하겠지. '애인이 있는데 왜 엄마와 깊은 사이가 된 거야?'라고. 그 아이의 결벽증 상태에 따라 다르겠지만, 아버지는 물론 엄마도 불결하게 느낄지도 몰라. 사춘기라면 특히 더."

"그런가… 부모와 자식 사이가 나빠지겠구나."

"아이도 언젠가는 중년이 되니까, 그때는 어른의 사정이니 어쩔 수 없다고 생각하게 될지도 모르지만, 한참 뒤의 일이야."

"그래."

"그뿐만이 아니야. 아버지를 만나러 가고 싶은 것이 인정이지. 하지만 그 남자에게 갑자기 나타나서 '아버지'라고 부르면 어떻게 생각할까."

분명히 당황하며 분노가 폭발한다. 그리고 멋대로 아이를 낳아버린 여자를 원망하겠지.

"만약 무조건 기뻐해준다면…" 하고 언니는 허공을 바라본다.

"무조건 기뻐한다고? 그런 일도 있나?"

"있다면, 그런 사람은 아마 고독에 몸부림치며 누군가의 도움을 애타게 기다리는 사람이랄까? 직업도 잃고 인간관계도 무너져서 더럽게 변한 다세대 주택 방 한 칸에서 희망을 잃고 벽만 노려보며 사는 그런 노인 말이야."

언니의 망상은 끝 모르게 펼쳐진다.

"언니, 텔레비전 너무 본 거 아냐?"

"잘 들어봐. 그가 지금의 애인과 결혼을 해서 아이가 생기고 행복한 삶을 이루고 있다면 절대 환영받지 못하겠지. 무엇보다 그의 아내가 엄청난 쇼크를 받을 게 분명해. 나라면 '오랫동안 잘도 속여 왔군.' 하면서 반미치광이가 될 거 같아."

낳게 되면 많은 사람에게 누가 된다. 오히려 남의 인생을 엉망으로 부숴버리게 된다. 하지만 자신에게는 단 하나의 소중한 생명이다.

"우선 임신 사실을 그에게 말하는 거야."

"그건…."

차마 말할 수 없을 것 같다.

"이야기는 그때부터야."

"아깐 지우라고 했잖아."

"지운다고 해도 그에게 말하고 나서야."

"왜냐고?"

"그가 태아의 아버지니까. 괴로운 마음의 절반은 떠안아야 돼."

118

"그렇지만, 그는 특별히 그럴 작정으로….'

"그가 어떤 태도로 나오는지를 확인해야지. 결혼은 안 하더라도 인정은 해줄지도 모르잖아."

"인정해주면 낳아도 된다고 생각해?"

"인정해준다면, 얘기는 완전히 달라지지. 아이에게도 당당히 아버지에 대해 말할 수 있고."

한줄기의 빛이 보이는 것 같은 느낌이었다.

"그래도 인정하지 않을 거야. 왜냐면, 예쁜 애인이 있는 앞길이 창창한 청년이잖아."

"어차피 인정하지 않는다면 말하지 않는 편이 나아."

"그건 아니지. 유코만 이렇게 힘들어 하는 건 공평하지 않아. 그도 똑같이 겪어야 해."

"그래도….'

자연스런 증오심의 발로 일 것이다. 언니는 동생을 괴롭힌 남자가 미운 것이다.

"언니, 그와는 같은 팀에서 일하고 있어서 고백한 시점부터 같이 일하기 어렵게 된다고."

"설마, 유코! 임신했다고 그에게 떳떳치 못한 거야? 죄송스럽다고? 네가 뭔가 나쁜 일을 한 거니?"

깜짝 놀라 언니의 얼굴을 보았다. 언니의 말로 내가 가해자 의식이 있다는 것을 알았다. 중년 남성이 세상모르는 젊은 아가씨를 속인 결과 애를 배게 했다. 그런 비열한 중년 아저씨와 자신을 포개어 생각했던 것인지도 모른다.

"유코, 너는 케케묵었어. 쇼와시대 여자 같은 느낌이야. 연상이라는 것에 열등감을 느끼다니."

열 살 연상의 언니에게 이런 식의 말을 들을 줄 몰랐다.

"몇 번이나 말하지만, 남자에게 책임을 묻지 않으면 안 돼."

"하지만, 남자의 책임이라고는 해도… 그에게 책임이 있는 걸까."

"어이가 없어서 말이 안 나온다."

"그래도…."

캄보디아에서의 뜨거운 밤을 떠올리고 있었다. 갑작스러운 스콜, 온몸에 휘감기는 습기, 온통 야자수가 펼쳐지는 대지…. 그 안에서 남자의 책임이 있는 것일까. 그날 밤의 일은 흐름이었다. 식욕을 채우는 것과 같은 수준의 쾌락에 불과한 것이었다.

"어쨌든 이것만은 꼭 알아둬. 지울 때는 내가 병원에 같이 가줄 테니까 혼자는 가지 마. 반드시 연락하기."

"고마워…."

"그와 결혼하는 게 가장 좋은데."

쉽게 포기할 수 없다는 듯, 언니는 말했다.

"일단 언니 말은 알겠어. 하지만, 이 일을 엄마한테 절대 얘기해선 안 돼."

"당연하지. 말할 수도 없잖아. 엄마에게 걱정을 시키다니 당치도 않아."

언니가 강하게 단언을 해서 안심했다. 평소에 어느 쪽인가 하면 입이 가벼운 편인데, 확실히 이런 얘기는 발설하지 않을 것 같다.

"뭔가 진전이 있으면 바로 알려줘. 어쨌든 그놈에게 털어놓을 것. 그리고 가능하면 인정하는 것뿐만 아니라 혼담으로 이어지도록 해봐."

언니는 그런 말을 남기고 돌아갔다.

미즈노와 결혼을 한다. … 그렇게 될 수 있을까. 자신을 비하하고 있었는지도 모른다. 나이를 먹었다고 해서 젊은 여자를 겁내는 것 자체가 이상하지 않은가. 이십 대 때에 비하면 지금은 일도 잘하고, 월급도 올랐고, 상식도 몸에 배었고, 사내에서의 인간관계도 원만한 편이다. 다시 말하면 대체로 영리해졌고, 이십 대 때보다 훨씬 가치 있는 사람이 되었다. 그런데 나이가 있다고, 도대체 누구에게 양보를 하란 말인가. 과감히 미즈노에게 털어놓아볼까. 어쩌면, 후련하게 결혼하

40세, 미혼출산 **121**

게 될지도 모른다.

언니와 얘기하던 도중에, 나는 낳을지 말지를 고민하고 있지 않다는 것을 깨달았다. 누군가 낳는 게 좋아, 하며 등 떠밀어주기를 바라고 있었을 뿐이었다. 언니는 등을 떠밀어주지는 않았지만….

요즘엔 내 마음을 스스로 잡기가 힘들어지고 있다.

4

입덧이 시작되었다.

점심시간이 되어 한 층 위의 화장실로 갔다. 세면대는 모두 세 개가 있는데 들어가서 바로 있는 세면대는 영업부의 젊은 여성이 쓰고 있었다. 안쪽으로 가서 칫솔을 입에 넣자마자, 토할 것 같았다. 임신 중에는 충치가 되기 쉬운 것 같다. 입 안이 산성이 되기 때문이라고 의학 잡지에서 읽었는데, 분명 그것 때문만은 아니라고 생각한다. 입덧 때문에 칫솔을 사용하기가 괴롭기 때문은 아닐까. 칫솔질을 포기하고 입을 헹구고 있는데 영업부의 여성이 립스틱을 꼼꼼하게 바르고 나서 문을 나갔다.

역시 다시 한 번 도전해야겠다고 칫솔을 꺼냈을 때였다. 문에서 미즈노의 애인 아오키 사에가 들어왔다.

"미야무라 씨 괜찮아요?"

걱정스러운 표정으로 살피듯이 이쪽을 보았다.

"괜찮냐고, 뭐가?"

"안색이 안 좋아요."

그렇게 말하고, 사에는 옆에 서서 이를 닦기 시작했다.

"요즘 피곤이 쌓여서."

"그렇군요. 바쁜 것 같군요."

숨을 멈춘 채 칫솔을 입 안에 넣어보았다. 이번에는 어떻게든 참을 수 있었다. 천천히 이를 닦으며 얼굴을 들자, 거울을 통해 사에의 날카로운 시선이 자신의 복부에 쏠리고 있는 것을 깨달았다. 다음 순간, 눈을 든 사에와 거울을 통해 시선이 마주쳤다. 사에는 당황한 듯이 억지 웃음을 지어 보였다.

설마 사에가 임신 사실을 알고 있는 것은 아닐까. 이 화장실에서 언니에게 전화를 했을 때, 들었는지도 모른다. 다시 구역질이 치밀어 와서 칫솔을 케이스에 넣고 "먼저 갈게."라고 말하고 화장실을 나왔다.

자리에 돌아오니, 컴퓨터에 '사내 메시지가 있습니다.'라는 알림창이 떠 있었다. 클릭을 하니, 미즈노로부터였다.

— 오늘 밤, 가라오케에 가지 않을래요?

사선의 앞자리를 보니 파티션 너머의 미즈노와 눈이 마주쳤다. 짙은 눈썹 바로 밑에 있는 큰 눈동자가 가만히 이쪽을 바라보고 있다. 눈이 마주쳐도 전혀 웃지를 않는다. 항상 상냉한 미즈노가 굳은 표정 그대로 바라보다니. 지금까지 없었던 일이었다.

— 미안하지만 오늘은 사양할게. 모두 즐기고 오세요.

— 다른 사람은 부르지 않았습니다. 미야무라 씨와 나, 두 사람뿐입니다. 상담할 게 있어요.

둘이서 가라오케? 왜? 혹시 사에한테 무슨 얘기라도 들은 것일까?

— 이야기라면 회의실에서 해도 되잖아?

— 사적인 것이니까 회의실은 안 됩니다. 술집도 찻집도 누가 들을지 모르잖아요. 노래방 같은 밀실이 아니면 안 돼요.

사람들이 들으면 안 되는 얘기가 뭐야? 편하게 물어보고 싶었는데 물을 용기가 없었다. 임신 얘기인 게 당연하잖아. 진짜 임신 여부를 물어보면 순간적으로 어떤 표정을 해야 할지 모르겠다. 아까부터 계속 파티션 건너편의 미즈노의 시선이 느껴져서 얼굴을 들 수가 없었다.

생각이 지나친 것은 아닐까. 전혀 다른 얘기일지도 모른다. 다른 부서로 이동하고 싶다거나, 일신상의 이유로 회사를 그만두고 싶다는 그런 상담일 가능성도 있다. 결심이 굳을 때까지는 남에게 알리고 싶지 않을 테니까. 노래방에서 상담이라는 선택은 별로 이상한 것은 아니다. 회사 근처는 물론 몇 정거장 떨어진 음식점에도 우리 회사 사람들이 있을 가능성이 있다. 파견사원이나 아르바이트나 거래처 사람까지 포함하면 상당한 인원에 이른다. 근무연수가 긴 나는 회사 안에서 얼굴이 알려져 있고 미즈노는 여성에게 인기가 높으니까 눈에 띄기 쉽다. 나는 몰라도 그쪽에서 알아보는 사람은 많을 것이다.

— 여덟 시에 시부야의 노래방 대왕에서 기다리겠습니다. 한 시간 이상 늦는다면 휴대폰으로 문자메시지를 주세요.

거절하면, 이상하게 될지도 모른다.

— OK

답장을 하고 나서, 컴퓨터 화면을 투어기획표로 전환했지만 좀처럼 일에 집중이 되지 않았다.

미즈노에게 추궁을 당하면 어떻게 말해야 할까.

"미야무라 씨, 잠깐 시간 있어?"

그때 갑자기, 등 뒤에서 말을 걸어와서 화들짝 놀랐다.

"뭘 그렇게 놀라는 거야?"

돌아보니, 카라스 야마 부장이 서 있었다.

"죄송해요. 집중해서 일하다보니."

"이야기 좀 하고 싶은데, 카페로 와 줄래?"

"지금이요?"

"그래, 지금."

부장은 앞장서서 걸었다. 이쪽에도 일의 순서라는 게 있다. 할 이야기가 있다면, 미리 연락해주면 덧나나. 그러나 언제나 부장은 부하의 형편은 생각하지 않고 회의 시작을 예사로 밤으로 정하거나 심지어 휴일일 때도 있다. 상사의 기분에 휘둘리는 부서에서 과연 젖먹이를 안고 계속 일하는 것이 가능한 일일까.

구내식당의 한 구석에 마련된 카페로 갔다.

"나는 커피로 할게."

"저도 커피로."

사원카드로 결제 할 수 있기 때문에 주머니에서 꺼내려고 하자, "됐어, 내가 살게, 자비로." 하고 부장이 생색을 내며 말한다. 여기 커피는, 겨우 120엔이다.

"그럴까요, 그럼… 잘 마시겠습니다."

"됐어, 이 정도 가지고."라고 부장이 점잖게 군다.

테이블에 마주앉자, "실은" 하며 부장이 앞으로 몸을 기울였다.

"소문으로 들었을지도 모르지만 우리 회사에서 2020년 프로젝트라는 걸 시작하거든."

그 일이라면 들었다. 도쿄올림픽을 계기로 일본을 관광대국으로 만들려는 정부의 시도를 이용해서 방일투어를 대대적으로 시작하겠다는 것이다. 일본의 명소와 요리를 비롯한 다양한 일본 문화를 외국인들에게 소개하는 투어상품을 기획한다는 계획이었다. 다른 회사에서는 벌써부터 하고 있는 일이지만, 아직 틈새는 있었다. 후지산과 교토, 나라 등에 관광객이 집중되고 있지만, 그곳 말고도 좋은 장소는 일본에 많이 있다.

"그래서, 그 팀장으로 미야무라 씨를 추천하려고 하는데."

"아, 저를요?"

"그래, 역시 여자가 세세한 것을 잘 챙기고, 또 여성이 팀장인 편이 이미지 전략 면에서도 효과적이고."

"하지만, 여자 선배가 몇 분이나 계시는데요?"

"누구? 설마 요코다를 말하는 거야?"

"네, 그렇습니다."

"농담이겠지."

부장은 깔보는 듯 웃었다.

"요코다는 어린애가 있어서 안 돼. 애가 열이 났다고 쉬고, 얼마 전에는 풍진이 걸렸다고 일주일이나 쉬었다고, 이런 성수기에 말도 안 되지."

"하지만…."

"저기, 미야무리 씨, 그 얘기는 거기까지."

부장은 눈짓을 보내왔다. 지금 이 시점에서 임신한 것을 밝힌다면, 부장은 어떤 얼굴을 할까.

— 너까지 날 배신하다니, 잘못 봤어.

그런 말을 할 것인가. 아니면 경직된 채 억지웃음을 띠며 '축하해.'라고 비아냥거릴 것인가.

"그럼, 쿠리야마 씨는 어떨까요? 확실히 아이도 컸고요."

"쿠리야마는 더 안 되지. 왜냐면." 하고 목소리를 줄인다.

"아들이 고등학교 입시 준비 중이라 일찍 퇴근하겠다고 그러더라고. 좀 더 말했으면 까불지 말라고 소리 지를 뻔했어."

쿠리야마가 야근하는 것을 가끔 보았다. 이렇게 밤늦게까지 아이를 내버려둬도 괜찮을까, 라고 이쪽이 걱정될 정도다. 언니의 아들을 생각해봐도 사춘기 때는 눈을 뗄 수 없는 시기이다.

"쿠리야마 씨도 꽤 늦게까지 야근하실 때도 많은 것 같던데요."

"안 돼, 그 정도로는. 새벽까지 일하는 남자는 많으니까. 거기에 비하면 자네는 독신에다 몸도 가볍고 남자 수준의 철야도, 휴일 출근도 할 수 있잖아."

"궁금한데요, 부장님은 부인에게 불평을 듣지 않나요?"

"마누라가 뭐라고 불평하든 상관하지 않아. 전업주부니까, 이혼하면 먹고살 수가 없으니. 어떤 남편이든 참고 살 수밖에 없잖아."

그렇게 말하고는, 기세가 오른 듯 크게 웃었다. 부장은 겨우 사십대 중반이다. 그런데도 이런 화석 같은 남자라니.

내가 이 회사에서 근무하는 17년 동안에 아이를 낳고 회사를 그만둔 여자 선배들은 도대체 몇 명이나 될까. 지금은 요코다 씨와 쿠리야마 씨밖에 남지 않았다. 앞으로 자신은 어떻게 될까. 계속 근무할 수 있을까.

"뭐하면, 2020년 프로젝트에 미즈노를 함께 데려와도 좋아."

"네?"

무심코 부장의 얼굴을 살피듯이 쳐다보았다.

"자네들 호흡이 딱 맞는 것 같으니까."

부장의 표정에는 빈정거림도 잔소리도 읽을 수 없었다.

"그 녀석, 젊지만 말도 통하고 부하로서 괜찮잖아."

"네, 그래요."

미즈노는 몸을 아끼지 않고 일하는 면이 있고, 운동형이라서 애초에 체력도 좋다. 임신 중에도 출산 후에도 편리하게 부릴 수 있는 부하다. 그러니까, 앞으로도….

깜짝 놀랐다. 내가 뻔뻔스러워지고 있다. 뱃속의 아이를 위해서는 누구든 개의치 않고 미즈노는 물론, 이용할 수 있는 것은 이용하자고 생각하고 있는 게 아닌가.

"2020년 프로젝트에는 꼭 참가하고 싶다고 생각하지만…."

아이가 생기면, 해외출장이 있는 부서는 안 된다. 어떻게든 국내 투어 담당으로 이동하고 싶다.

"당연하지."

"보람도 있고 일본인으로서의 긍지도 가질 수 있는 일이기도 하고."

"좋은 말이네. 일본인으로서의 긍지라, 그 말, 내가 받았어. 다음 주 간부회의에서 써먹어야지. 이상주의자인 세지마 씨가 좋아할 거야."

허를 찔렸다. 부장의 입에서 세지마 요스케의 이름이 나올 줄은 몰랐다. 어떤 운명인가, 아니면 신의 장난인가.

"응? 왜 그래? 미야무라 씨, 묘한 얼굴을 하고."

"아니에요…."

"미야무라 씨한테만 하는 말인데, 차기 사장은 세지마 씨가 아니냐는 이야기가 있어."

그저 소문꾼의 말일 것이다. 나와 세지마의 오랜 세월에 걸친 불륜관계를 알고 있는 것 같지는 않았다. 지금은 임원실에 있어서 기획부에 얼굴을 내미는 일이 없기 때문에 사내에서 마주치는 일도 거의 없다. 시간대가 달라, 출근 때도 엘리베이터에서 만나는 일도 없고, 구내식당에서 보는 일도 없었다. 사보에서 얼굴사진을 보는 정도다.

"그 사람 로맨티스트에 키도 크고 멋있어. 옷 입는 센스도 좋고 보기에도 신사야. 듣기로는 역시 성장과정이 좋은 것 같아."

"아, 그렇군요."라고 고개를 끄덕이고, 처음으로 알았다는 시늉을 했다.

"그 사람이 회사의 간판이 돼 주면 기업 이미지가 오른단 말이야. 지금 사장은 품위가 없는 게 얼굴에 나타나 있으니까. 앗, 이것도 우리끼리 만의 얘기야."

"알고 있어요."라고 명랑하게 웃어보였다.

"그것보다 부장님, 팀장으로 제가 어떨지, 그건 좀 천천히 생각하게 해주세요."

"어, 왜? 미야무라 씨라면 적임자라고 생각하는데."

"책임이 중할 것 같은데, 제가 그런 그릇이 될 수 있을지 곰곰이 생각해보고 싶어요."

"아, 역시 신중하군. 미야무라 씨는 근본이 성실하니까. 알

앉어. 프로젝트도 아직 상세한 것은 정해지지 않았으니까 천천히 해도 돼. 좋은 대답, 기다릴게."

부장은 커피를 다 마시고 일어섰다.

가라오케 대왕에 도착했을 때는, 약속시간인 여덟 시를 이십 분 넘기고 있었다.

여러 방에서 음악이 흘러나오고 있다. 방음이 된 것을 생각하면, 아마도 큰 음량일 것이다. 노크를 하고 방으로 들어가니, 미즈노가 조용히 맥주를 마시고 있었다.

"미즈노 군, 늦어서 미안."

"아뇨. 괜찮습니다."

문간에 선 채로 좁은 방을 바라보고 있을 때, 미즈노가 이쪽의 하복부를 쳐다보았다. 그런 노골적인 면이 어린애 같다는 느낌이다. 여자라는 동물은 한눈에 여기저기를 인식할 수 있다는 것을 모르는 모양이다.

L자형 소파의 한쪽에 앉았다. 미즈노와는 직각의 위치다.

"미야무라 씨도 맥주로 하시죠."

대답도 기다리지 않고, 미즈노는 벽에 설치된 수화기에 손을 뻗는다.

"좀 기다려."

테이블 위의 메뉴를 폈다.

"검은콩 차, 뜨거운 걸로 할게."

그렇게 말하자, 갑자기 미즈노의 움직임이 멈췄다.

"차라고요? 왜요?"

임신 중이라서 술을 피하는 거죠, 라고 왜 분명히 묻지 못하는 걸까.

"나한테 상담할 게 있어서 부른 거잖아? 술을 마실 때가 아니지."

"아, 맞다. 죄송해요. 왜 맥주를 마시고 있지."

혼잣말처럼 중얼거리며, 미즈노는 메뉴를 열었다.

"배 안 고파요? 뭔가 주문할까요?"

몹시 배가 고팠지만 메뉴의 사진을 보니, 닭튀김뿐이라 구역질이 날 것 같았다. 샐러드도 있기는 하지만 기름진 드레싱이 듬뿍 뿌려져 있다.

"산뜻한 게 없어."

"편의점에서 산 주먹밥을 가지고 있는데."

미즈노가 비닐봉투를 이쪽으로 보내왔다. 들여다보니, 연어와 다시마 주먹밥이 하나씩 들어 있다.

"먹어도 될까?"

"드세요. 나는 아까 먹었어요."

검은콩 차를 가져온 점원이 방을 나가고 나서 주먹밥을 덥석 물었다.

"미야무라 씨, 단도직입적으로 묻겠는데요."

미즈노의 얼굴을 보는 것이 두려웠다. 외면하고 주먹밥을 먹으면서 "어?" 하고 얼빠진 소리를 냈다.

"임신했어요?"

"뭐? 어째서 내가 임신했다고 생각하는 거야?"

대답이 막힐 때는 질문으로 돌린다. 샐러리맨의 처세술이다.

"미야무라 씨가 '임신했어.'라고 누군가에게 전화하고 있는 것을 우연히 들은 사람이 있어요."

"그게 누구야?"

"그건… 그러니까, 총무부의 아오키 씨라는 사람인데."

"왜 그 아오키 씨가 미즈노 군에게 보고하는 건데?"

"그건 아마도 나하고 미야무라 씨하고 콤비로 일을 하고 있어서가 아닐까요?"

그녀와 교제하는 것을 알리고 싶지 않은 듯했다. 사내연애는 결혼까지 골인하면 좋지만, 도중에 헤어지면 여러 가지 소문이 돈다. 그것을 생각하면 비밀로 하는 게 현명하다. 아니면 애인이 있는데도, 캄보디아에서 나에게 그런 행위를 한 것을 꺼림칙하게 여기기 때문일까.

"내가 임신했다고 아무한테나 말하고 다니는 거야?"

정말로 걱정이 되어 물었다.

"설마. 그 애는 그런 사람이 아니에요."

대신 변명이라도 하듯 톤을 높여 말하는 미즈노를 보자, 맹렬한 질투심이 솟아올랐다.

"그렇게 떠들고 다니면 내가 곤란하거든."

"아, 괜찮아요. 나 외에는 말하지 않았고, 앞으로도 발설하지 말라고 엄하게 일러 놓았으니까요."

엄하게 일러 놓다니?

마치 어른이 아이를 타이르는 것 같은 말투다. 미즈노가 연하의 여자에게 보이는 것은 어떤 얼굴일까. 상사인 자신을 마주하는 것과는 다른 사람처럼 그럴까.

"그래서, 분명히 해두고 싶어요."

"뭘?"

"그러니까?"라고 말하면서, 미즈노는 맥주를 벌컥 마셨다.

"내 자식은 아니죠?"

"뭐?"

"아니죠?"

이번에는 정면을 응시해왔다.

"아니, 미즈노 아이 아니야."

"그럼, 누구 아이야?"라고 대뜸 반말을 했다.

"누구의 아이냐니… 동창생…."

"대학시절?"

"아니, 고등학교 때."

"그 사람, 이름은 뭐에요?"

"뭐? 이름을 알아 뭐해."

실재하는 사람인지 아닌지를 조사할 작정인가. 아니, 설마. 그런 것은 아니겠지.

다만 구체적일수록 신용할 수 있다고 생각하는 것은 아닐까. 하지만 미즈노가 그렇게까지 의심이 많은 인간이었나. 원래 그런 남자였나. 사에의 꾀인지도 모른다.

"이름 정도는 알려줘도 되잖아요."

"성은, 곤도라고 해."

적당히 대답했다.

고향에 갔을 때 미니 동창회 멤버를 떠올리고 있었다. 남자는 세키구치, 키도, 곤도 세 명이었다.

"이름은?"

"왜 그렇게 알고 싶은데."

"그냥 물어봐도 되잖아요. 뭘 숨겨요?"

"숨기지 않아. 곤도 본요라고 해."

"본요? 특이한 이름이네요. 일본 사람인가요?"

"절의 주지니까."

"아아, 凡庸(범용, 본요)인 거죠. 음, 함축성이 있는 좋은 이름이군요."

"그래."

"저희 조부님이 늘 말씀하셨어요. 눈에 띄기보다 평범하게 살면서, 인생을 일관하는 편이 몇 배나 어렵기 때문에 가치가 있는 거라고."

미즈노의 조부는 어느 대학의 교수였다고 들었다.

"그래서, 결혼은 언제쯤 예정인가요?"

"혼인신고는 했어."

"아, 정말요?"

순간 미즈노의 표정이 누그러졌다.

"뭐에요, 그런 건 빨리 말해줘요. 그래, 내 아이일 리가 없지."

왜 자기 아이일 리가 없다는 걸까. 남자의 사고회로를 이해할 수가 없다.

순간, 강력한 불안에 휩싸였다. 미즈노가 안심한 표정을 지었기 때문이었다. 지금 거짓말을 하면 안 되는 것이었을까. 이것으로 일생동안 누구의 자식인가를 말할 수 없게 되는 것은 아닐까. 아이가 커서 '아버지는 누구야?'라고 물으면, 뭐라고 대답하면 될 것인가. 역시, 여기서 솔직하게 말해야 하는 건 아닐까. 이 자리를 놓치면 잘못되는 걸까? 나중에서야 사실은 당신의 아이였어, 라고 말하면 어떻게 되는 걸까? 유전자검사에서 판명되면 '그때 나를 속였어.'라며 죽을 때까지 미움을 받을지도 모른다. 그리고 그때 미즈노에게 가정이 있다면? 언니가 말한 것처럼, 미즈노의 아내는 어떻게 생각할까. 그 아내자리에 사에가 들어앉을 가능성이 높다. 자신은 미즈노가 장래에 쌓아올린 가정을 망치고 싶은 마음 따위는 전혀 없고, 그 아내를 자신 때문에 불행하게 만드는 것도 원치 않는다.

"어라? 혼인신고를 했는데 미야무라 씨의 성이 바뀌지 않았네요?"

미즈노는 불안한 표정으로 돌아갔다.

"일단 서류를 냈어. 그러니까, 나는 미야무라 유코가 아니라 곤도 유코가 됐지만, 이 나이에 공공연하게 밝힐 것도 없고 해서, 게다가 업무상은 지금 그대로 미야무라로 쓸 생각이고. 참, 쿠리야마 씨도 요코다 씨도 결혼 전 성을 쓰고 있잖아."

"그렇군요. 그런데 카라스 아마 부장은 이 일을 알고 있나요?"

"아직 말 안 했어. 왜냐면, 부장이 과장되게 퍼뜨릴 것 같아서 싫어."

"확실히 그 사람이라면, 플로어에 다 들릴 정도의 큰소리로, '겨우 정리해버렸네.'라고 말할 것 같네요."

"그렇지. '자네랑 맞는 사람이 있었다니 기적이야.'라고 분명히 말할 걸. 나는 무슨 말을 들어도 괜찮지만, 주위의 독신 여자들에게는 실례잖아."

"그런 것이 성희롱이라는 것을 알 리가 없죠. 그 부장은."

점점 잡담이 되어간다. 미즈노에게는 웃는 얼굴을 보였지만, 몸의 심지가 점점 식어가는 느낌이었다.

이것으로 잘된 것일까. 오늘 일을 언니에게 말하면 불같이 화를 낼 것이다. 남자에게도 책임을 지게 해야 한다고.

"그래도 스님 부인이 되었는데 도쿄에 있어도 괜찮아요?"

"당분간은 별거결혼이야."

"어째서요?"

"내가 이 일을 좋아하니까 그만두고 싶지 않다고. 원래 스님 부인이라는 것이 분수에 맞지도 않고."

"그럼 속도위반이군요. 원래 결혼할 생각은 없었던 거죠?

동창회에서 연정이 재현되었다 뭐 그런 거죠."

미즈노가 마음대로 이야기를 만들어간다.

"뭐, 그런 거지."

"거참."

미즈노는 맥주를 달게 들이켰다. 자신의 아이가 아니라고 해서 안심했는지 벽의 수화기를 들고 큰소리로 추가주문을 했다. 긴장에서 해방되었는지 조금 취기가 도는 듯 보인다.

"하나 물어봐도 돼? 만일 미즈노의 아이라면 어떨까?"

어디까지나 예를 든 얘기라는 것을 나타내기 위해 장난스러운 눈빛으로 웃어 보이려고 고생 했다.

"완전 새파랗게 질리겠죠. 그렇게 되면, 앞날이 캄캄해지니까요."

그때, 점원이 문을 노크하며 새로운 맥주를 가지고 왔다. 미즈노는 마치 사막 안에서 몇날 며칠 동안 물을 마시지 못한 것 같은 기세로, 꿀꺽꿀꺽하고 단숨에 맥주의 절반 정도를 마셨다. 그리고는 파~ 하고 숨을 토했다.

"뭐, 남잔 다 그렇죠. 나 임신 했어요, 라고 갑자기 말하면, 다음은 무섭다는 말 외엔 없을 거예요."

"응, 알아, 알아."

그렇게 말하고 소리를 내어 웃어보였다. 미즈노도 따라서 하하하 하고 즐겁게 웃는다.

"어떻게 할래? 임신했다고 한다면."

"무릎을 꿇는다고 해도 낳을 수 없도록, 뭐든 할 거예요. 원래 나는 누구와도 결혼할 생각이 없으니까요."

"평생 독신으로 있을 거야?"

"아니요. 마흔 살까지는 인생을 즐기고 싶잖아요. 결혼은 그 후가 좋아요."

"어머, 그래. 미즈노군이 마흔이 됐다면, 상대는 몇 살 정도의 여자일까?"

"그때에 가보지 않아서 모르겠지만 너무 어려도 그러니까, 한 스물일곱이나 여덟 정도일까요?"

"얘기를 바꿔서, 만약 상대가 무조건 낳겠다고 우긴다면 미즈노 군은 어떻게 할 거야?"

"여자는 무서워요."

어떤 상황을 상상하는지는 모르지만, 미즈노는 자신의 양팔을 껴안고 부르르 몸을 떨었다.

"그래서 살인 사건이 나는 거예요. 낳겠다고 우기는 애인을 처자식이 있는 남자가 죽이는 사건, 옛날부터 뉴스에서 자주 듣잖아요. 부인한테 들키면 어쩌지 하는 생각에."

"하지만 미즈노 군은 독신이니까 거기까지 깊이 생각할 필요는 없잖아."

"그건 그래요. 그리고 난 살인범이 되고 싶지 않거든요."

"그럼, 알고 난 다음엔 모른 체 할 거야?"

"아는 것, 그것도 싫은데."

— 언니라면 어떻게 할 거야.

마음속에서 언니에게 묻고 있었다.

— 이런 상황에서도 상대에게 당신의 아이라고 말할 수 있어? 언니, 어쩌지?

"저기 미즈노 군, 모처럼 노래방에 왔으니까 뭐라도 불러봐."

"그렇긴 하네요. 그럼 결혼 축하로「사랑을 담아 꽃다발을」이라도 부를까요."

미즈노의 열창을 들으면서, 하나 남은 주먹밥을 먹었다.

모레를 씹는 듯했지만, 다시마가 듬뿍 들어있어서 맛있었다. 식욕은 정직했다.

5

야근 때문에 늦었다. 아, 피곤하다. 이제 더 이상은 머리가 돌아가지 않는다. 아직 업무가 끝나지 않았지만, 집에 가서 하자.

아까부터 그렇게 생각하고는 있었지만, 몸이 나른해서 일어나기조차 힘들다. 임신하고부터 극단적으로 체력이 떨어졌다.

지금 기획부에 남아 있는 사람은 자신을 포함해 네 명뿐이었다. 유럽 담당 세 명이 바쁘게 플로어를 오가고 있다. 며칠 전 터키에서 발생한 테러사건으로, 투어 취소가 잇따르고 있는 탓이다.

'NO 야근 DAY'란 이름뿐이고, 정시에 퇴근한 적은 거의 없다. 느릿느릿 책상을 치우고 "먼저 갈게요."라고 유럽 담당세 명에게 말하고 사무실을 나왔다.

일곱 시 이후는 정문이 닫혀 있기 때문에 뒤쪽 출입문으로 빠져나갔다. 비는 안 오지만, 촉촉하게 젖은 공기가 얼굴과 목, 그리고 팔을 감쌌다. 그래도 낮에 비해 기온이 떨어진 것 같다.

큰길로 나오자, 급하게 서둘러 역으로 향하는 샐러리맨이 많이 있었다. 불과 오년 전에는 이 시간대에 귀가를 서두르는 샐러리맨은 지금처럼 많지 않았던 것 같다. 일손 부족으로 사람을 구하는 것이 점점 힘들어져서인지 어느 회사나 야근이 많다고 한다.

공복과 입덧으로 기분이 최악이었다. 도중에 자판기 앞에서 멈췄다. 차가운 팥죽이 필요했다.

예전에는 누가 이런 것을 마시는지 신기하게 생각했지만, 입덧이 심해지고부터는 귀가할 때마다 기대가 되었다. 잘 흔든 다음, 뚜껑 손잡이를 당기고, 그 자리에서 단숨에 삼 분의 일 정도를 마셨다.

아아, 맛있다.

세상에 이렇게 기막힌 것이 있었나 싶을 정도다. 나머지 삼 분의 이를 아쉬워하며 천천히 들이켰다. 캔을 쓰레기통에 버리기 위해 역으로 향했다. 도중에 가로등이 꺼진 장소가 수십 미터나 된다. 왕래는 많지만, 어둑어둑한 것을 기회로 가방에 손을 집어넣어 콩 과자를 더듬어 꺼내 바로 포장을 찢고 덥석 물었다. 입덧이 시작되고부터는 공복을 견딜 수 없게 되었다. 속이 비면 구토가 심해지면서 위속이 텅 비었는데도 토해버린다. 샛노란 위액만 세면대를 더럽힌다.

걸어가면서, 우적우적 먹는 자신이 걸신이 들린 것처럼 느껴졌다. 언젠가 집 근처 신사의 경내 액자에서 본 아귀 그림이 떠올랐다. 그런 자신의 모습이 비참해져서 눈물을 글썽일 때도 있었다.

역에 거의 도착했을 때, "미야무라 씨" 하고 누가 말을 걸어왔다. 돌아보니, 아오키 사에가 서 있었다.

"웬일이야? 이런 시간에. 야근했어?"

부서는 다르지만 플로어가 같기 때문에 그녀가 야근하지 않은 것을 알고 있다. 일부러 기다리고 있었던 걸까.

"잠깐 얘기했으면 해서요"

"지금?"

무심코 손목시계를 보았다. 열한 시 전이었다.

"무슨 얘기?"

부서도 다른데 일부러 여기서 기다렸을까. 그렇다면 이야기는 하나밖에 없다.

"조용한 찻집을 알아요. 이쪽이에요."

아직 오케이라고 대답도 하지 않았는데, 사에는 마음대

로 걷기 시작했다. 따라서 오겠지, 라고 확신했는지 돌아보지도 않는다.

역 뒤에 있는 찻집 구석자리에 마주앉았다.

"전 홍차 스트레이트로."

메뉴를 보지도 않고 물을 가져온 점원에게 바로 주문했다. 너무 늦은 시간이다. 그러나 사에는 그림이 들어간 메뉴를 차분히 보고 있지만 좀처럼 결정하지 못한다. 저녁을 못 먹었는지 몹시 망설인 끝에 생크림이 듬뿍 올라간 아이스로열 쇼콜라를 주문했다.

"실은 어제, 기획부의 미즈노 타쿠미 씨로부터 어떤 부탁을 받았어요."

미즈노와 교제하는 것을 모른다고 생각하는 것 같다.

"어떤 부탁이라니, 뭐지?"

"미야무라 씨의 이름과 주소변경 접수가 되어 있는지 알고 싶다고."

정말일까. 가라오케에서, 동창생과 혼인신고가 끝났다고 말했을 때 미즈노는 순간 안심한 표정을 했었다. 그리고 결혼축하라며,「사랑을 담아 꽃다발을」을 열창했다.

"미즈노 군은 왜 그런 걸 알아보고 싶을까?"

거짓말하면 가만히 있지 않겠다는 생각으로 사에를 정면

으로 바라보자, 사에가 갑자기 눈을 피했다.

"총무부는 관리가 엄격하기 때문에 비밀번호가 없으면 사원의 사생활은 볼 수가 없습니다."

질문의 대답이 되지 않는다.

"그게 아니라, 왜 미즈노 군이."

유코가 꺼낸 말을 사에가 가로막았다.

"누가 검색했는지 알아볼 수 있게 되어 있어서 입니다."라고 사에는 곤란한 듯 얼굴을 찡그렸다.

"대단히 엄격합니다."

마치 영업레이디의 화술 같았다. 어느 새 이야기를 자기에게 유리한 방향으로 끌고 갔다.

"컴퓨터 시스템에 대해서는 잘 모르지만, 들은 바에 따르면 고객정보가 유출되지 않도록 시스템을 교체할 때 사원들도 똑같이 하는 것 같습니다."

"그건 좋은 일이네. 사원도 개인정보보호법이 지켜지는 것은 당연한 거야."

사에의 말에 맞장구를 치자, 사에는 만족한 듯이 고개를 끄덕였다. 생각한 방향으로 대화가 진행되고 있었다. 알고는 있었지만, 귀찮아서 어찌할 바를 몰랐다. 저 또래의 심리전을 전부터 싫어했다. 막기보다는 얽히고 싶지 않다는 기분이 강해진다.

"음, 그래서 아오키 씨의 용건은 뭐야? 미즈노 군이 조사해 달라고 해서 곤란한데 어떻게 하면 좋아요, 라는 상담이지?"

"아니, 아니에요. 뭐라고 해야 할지…."

사에는 말을 더듬거린다. 이것도 전부터 준비한 연기 중 하나일까.

"일단은 거절했어요. 정말이에요."

이번엔 매달리는 듯한 눈빛을 보내고 있다. 이런 눈으로 쳐다보면, 중년 남자나 인기가 없는 남자는 아주 쉬울 것이다. 미즈노 같이 인기가 있는 사람이 보면 어떻게 느낄지는 자신도 짐작이 안 간다.

"일단 거절했다는 건 설마, 조사를 했다는 거야?"

"… 죄송합니다."

조용히 얼굴을 숙여 보이지만, 진심으로 사과하는 것으로는 보이지 않았다. 찝찝한 뭔가가 그 얼굴에서 느껴졌다. 그때까지 사에에게 품고 있던 청초한 미인이라는 이미지가 점점 무너져갔다.

"미즈노 씨가 너무 끈질겨서, 그만…."

"그래서 알아보니 어땠어?"

"네?"

이번에는 정말로 당혹스러워 하는 듯했다.

"어땠냐면…."

"어땠냐고?"

"그게, 미야무라 씨는 성씨도 주소도 변경신고를 내지 않았어요. 그래서… 그것을 미즈노 씨에게 알려줬어요."

"그게 언제 일이야?"

"어제입니다. 그랬더니 미즈노 씨, 엄청 쇼크 받은 것 같았어요. 그래서 저도 신경이 쓰여서, 왜 그게 알고 싶은지 물었죠."

도대체 미즈노는 뭐라고 둘러댄 것일까. 예컨대 상사인 미야무라 씨에게 결혼 축하 선물정도는 보내려고 했었다, 라고?

"음, 사실 저… 미즈노 씨와 교제하고 있기 때문에."

사에는 더욱 중대한 것을 고백하려는 듯한 표정으로 말했다.

"아, 그래. 그런데?"

건성으로 대답하자, 사에는 깜짝 놀란 듯 눈을 부릅뜨고 이쪽을 쳐다보았다.

"미야무라 씨, 별로 놀라지 않는군요. 혹시 알고 있었어요?"

"그건 아니야. 젊은 두 사람이 교제하고 있는 게 놀라운 일도 아니잖아."

"아, 네, 일반적으론 그럴지도 모르지만."

일반적이라니 무슨 의미일까. 자신들은 사람들이 부러워하는 선남선녀 커플이니까, 특별하다는 말인가. 부글부글 짓궂은 마음이 솟아올랐다. 살짝 심호흡을 하고는 유코, 어른답지 않아, 하고 자신을 꾸짖었다.

"저는 결혼을 전제로 교제하고 있거든요."

미즈노 군은, 당신과는 결혼하지 않을 걸. 마흔이 돼서 스물일곱 정도의 여자와 결혼할 계획이라니까. 그것을 말해주는 것이 친절한 것이라고 생각한다. 하지만 오히려 확실하게 알려준 사람에게 원한을 가질지도 모른다.

"음, 그러니까 아오키 씨의 얘기는 뭐야?"라고 물으면서 팔을 높이 올리고 일부러 손목시계를 봤다.

"죄송해요, 피곤하실 텐데."

"아니, 괜찮아. 내일은 토요일이니까, 푹 쉬어야지. 들고 온일이 있긴 하지만."

쓴웃음을 지으며 서류가 담긴 두툼한 봉투를 툭하고 쳐보였다.

"저, 사실은 임신하신 것, 화장실에서 듣고 말았어요."

"아아, 역시 아오키 씨였구나. 그 일 미즈노 이외에 누군가에게 말했어?"

"아니요, 말 안 했어요."

거짓말을 하고 있다. 얼굴표정에서 그렇게 직감했다.

"다행이다. 그렇지, 아무리 그래도 그런 사적인 얘기를 떠들어대진 않겠지. 고마워. 앞으로도 누구에게도 말하지 말아줘. 당장 일도 바쁘고, 주위에 신경을 쓰게 하는 것도 좋지 않고, 나중에 부장에게 직접 말하려고 생각 중이니까."

"… 알겠습니다. 그건, 물론 약속드리죠."

온순한 얼굴을 하고 있다.

"저, 그런데…."

사에는 말하기 곤란한 듯이 눈을 깔았다.

"뭐야?"

뭐든지 물어보라고는 할 수 없다. 빨리 이곳을 떠나고 싶었다.

"이제 얘기는 끝? 그럼 많이 늦었으니까." 하고 홍차를 모두 마셨다.

"아니요, 아직 할 얘기가 있어요."

눈을 들었는데 눈빛이 날카로웠다. 지금이라도 폭발할 것 같은 뭔가가 감지되었다.

"실은 미즈노 씨에게 들었어요. 미야무라 씨와 캄보디아에 출장 갔던 밤, 관계가 있었다는 걸요."

"응? 뭐라고?"

전혀…, 믿을 수가 없다. 미즈노 군은 바본가. 정직한 것도 정도가 있다. 그런 일을 애인에게 일부러 얘기할 필요가 있을까?

"그가 그렇게까지 취해 있었나요? 정신이 없었어요?"

"어떻게 되었는지 기억이 나질 않아."

사실, 그날 밤 일은 몇 번이고 떠오르곤 한다. 그것이 마지막 등불이었던 걸까, 하고 먼 옛날의 아름다운 추억처럼 생각되기도 했다. 그래서인지, 말하는 것이 싫었다.

가만히 있자, 사에가 더 물었다.

"방 안은 캄캄했어요?"

"글쎄."

"인사불성에 빠질 정도로 취해 있었고, 캄캄한 암흑이었다고 미즈노 씨에게 들었어요."

그래서 어쩌라고?

"정말로 그랬어요?"

끈질기다.

도대체 무슨 말을 하고 싶은 거야, 하는 느낌으로 고개를 갸웃거리자 그녀는 태연하게 말했다.

"아무리 그래도, 엄마 같은 사람과 그런 관계가 되다니 이상하죠."

"엄마라고? 그게, 설마… 나?"

"저희 엄마였다면 하고 상상을 해봐도 있을 수 없는 일이에요."

숨기려고 하는지는 모르지만 사에의 얼굴에는 분노가 역력했다.

"아오키 씨, 어머니가 몇 살인데?"

심한 충격으로 목소리가 떨렸지만, 급히 웃어 보였다.

"마흔 일곱이에요. 그래도 나이보다 젊어 보이고, 나이에 비해 예쁘다고 생각해요."

사에는 틀리지 않았다. 자신도 젊었을 때는 사에처럼 잔혹했다. 자신이 스물다섯 살이었을 때, 서른아홉 살의 여자는 한낱 아줌마다. 마흔일곱이나 서른아홉이나 젊은 딸의 입장에서 보면 다 같은 아줌마다. 미인이든 머리가 명석하든 글래머든 여자로서는 논외였다. 여자 선배를 볼 때는 여자로서의 매력이 아닌 인간으로서 존경할만한 사람인지가 중요했다. 자신에게는 없는 긴 인생경험에서 오는 너그러움이나 삶의 조언을 그에게 바랐을 뿐이다. 물론 젊어도 제대로 된 여자라면, 사에 같은 말은 결코 하지 않겠지만, 이십 대의 젊은 철든 딸보다, 생각한대로 말해버리는 극도로 예의 없는 사에 쪽이 오히려 나이에 걸맞을 순 있다. 그렇게 생각해보아도, 심장에 박힌 말의 칼날은 예리했다.

"하지만, 우리 엄마는 악녀 같은 사람이 아니에요."

무슨 생각을 했는지 이번에는 쓴웃음을 띠었다.

"그 사람들 정말 기분 나빠요. 깨끗이 포기하지 못하는 건지. 정말 그렇게 되고 싶지는 않아요."

태평하게 웃는 얼굴을 보이며, 너는 마녀가 아니라서 다행이라며 칭찬하려는 것일지도 모른다.

"다시 한 번 분명히 묻지만, 뱃속의 아이는 미즈노 씨의 아이가 아닌가요?"

"응, 물론이지…."

순간 대답이 늦어졌다.

"정말요?"

"정말이야."

"죄송해요, 끈질기게 물어서. 상대가 고등학교 동창생이라고 들었는데, 정말인가요?"

"아오키 씨, 나쁘게 생각하지 말아줘. 그것까지 당신에게 말할 필요는 없다고 생각해."

딱 잘라 말하자, 사에는 순식간에 표정이 굳었지만, "말씀하신 대로입니다. 죄송합니다." 하고 솔직하게 사과했다.

"미즈노 군과의 결혼식은 언제야?"

심술로 묻는 것이 아니다. 미즈노는 마흔까지 결혼하지 않겠다고 말했지만, 조금 취해 있어서 진실을 알 수 없다. 이 아이 아버지의 장래는 알고 있는 것이 좋다. 그렇게 생각하면서 테이블 아래에서 복부에 살며시 손을 댔다.

왠지 갑자기 슬퍼져서 물을 한 모금 마셨다. 요즘엔 정서가 불안정할 때가 많아서 감정이 폭발하지 않도록 주의가 필요하다.

"결혼은 좀 더 나중이라고 생각해요. 프러포즈도 아직이고."

사에의 말끝이 흐려지려고 한다. 목을 빼고 프러포즈를 기다리고 있는데, 미즈노는 아직 말해주지 않는다고 고백하는 것과 마찬가지였다. 그런 것을 모르는 것인가. 뜻밖에도 둔감한 면이 있는 것 같다.

"두 사람이 교제하고 있는 것, 사내 사람은 아무도 모르지?"

"예. 저는 알려져도 상관없는데, 미즈노 씨가 절대로 싫다고 해요."

"아, 왜 그럴까?" 하고 다시 짓궂은 말이 나온다.

"아마도 남자들로부터 일제히 질투를 받아 일하기가 어려워지니까 그런 거 아닐까요?"

자만하는 말을 넉살좋게 말해버리는 부분도 어린애 같은 표현인지도 모른다. 미즈노는 이런 수준의 여자가 좋은 것일까. 이 정도의 미인이라면, 두뇌는 두 번째라는 것이 남자들의 공통적인 생각일까.

"결혼을 전제로 사귀고 있다면, 시간이 걸려도 괜찮잖아?"

아아, 나는 정말 진상 아줌마다. 꼭 나중에 자기혐오에 빠진다. 그때, 사에가 괴로운 듯 얼굴을 찡그리고 있는 것을 깨달았다.

다음 순간, "아직 젊잖아. 서두를 필요 없어."라고 위로했다.

"전, 당장이라도 결혼하고 싶어요. 일도 재미없고….

말하고 나서, 순간 당황한 표정으로 이쪽을 보았다. 부서는 다르지만, 건너편에 앉아있는 사람이 상사라는 걸 새삼스레 깨달았는지 어색해 했다.

"일은 열심히 하고 있어요. 대강대강 일하지 않을 작정이에요."

"아오키 씨, 하나만 물어도 될까."

"네, 그러세요."

"미즈노 군이 다른 여자와 바람을 펴도 괜찮아?"

"설마, 절대 용서할 수 없어요. 그런데 왜 그런 걸 물으시죠."

신기해 하는 얼굴로 이쪽을 본다.

"왜라니, 실제로 내가….'

"아아, 미야무라 씨와의 일이라면." 하고 사에는 훗 하고 웃었다.

"걱정 마세요. 그런 건 바람도 아니죠. 그도 말했지만 정말로 실수를 해버렸다는 느낌이에요."

왜냐면, 당신은 여자가 아니고 아줌마라는 생물이니까요, 라고 말하고 싶은 걸까. 말의 칼날이 너무도 예리해서, 웃고 넘어가려고 했지만 얼굴에 경련이 오고 말았다. 그것에는 신경을 쓰지 않는지, "안심하세요. 아무에게도 말하지 않을 거니까. 오늘 피곤할 텐데 고맙습니다. 왠지 후련해졌어요."라고 웃는 얼굴로 말하고, 전표를 들지 않고 일어섰다. 상사가 사는 것이 당연하다고 생각하는 것 같다.

"아오키 씨의 아이스로열쇼콜라는 680엔이네."

영수증을 손에 들고 읽었다. 자신의 홍차 값은 400엔이다. 항상 이 정도면 자신이 낸다. 사에처럼 파견사원인 경우는 월급이 적어서 더욱 그렇다. 하지만 이번엔 한 푼도 내고 싶지 않은 기분이었다. 사에는 쓱 하고 이쪽을 보더니 느릿느릿 가방에서 지갑을 꺼냈다.

역까지 거의 말없이 걸어서, 역에서 좌우로 갈라졌다.

지하철을 타고, 손잡이를 붙잡고 차창에 비치는 자신을 보았다. 사에 정도의 미인이라면 인기가 많을 텐데 왜 그렇게 미즈노에게 집착하는 것인지, 그게 약점이라고 하면 그만이지만, 여자 상사와 복잡한 짓을 해버리는 남자 따위는 버려도 좋을 텐데.

언젠가 사에가 미즈노와 결혼을 했다고 치자. 그리고 이십 년 후에 유전자검사로 부자관계를 알게 된다면, 그때 사에는 얼마나 무섭게 미칠 것인가. 그것을 생각하면 아이를 낳는 것은 자신의 오만함 이외엔 아무것도 아니라는 생각이 든다. 결국 많은 사람의 인생을 부수고 만다. 그렇게 생각하자 기분이 우울해졌다.

6

이번 주부터 빈 전철을 타기 위해 새벽에 출근하기로 했다.

바로 지난주, 만원 전철 안에서 기분이 좋지 않아 도중에 내려 화장실로 서둘러 가다가 그만 바닥에 토해버리고 말았다.

— 거참, 아침까지 마셨나보네. 하여튼 정말, 청소하는 처지가 돼 보라고.

나이가 지긋한 역무원이 바로 달려와선 그렇게 투덜대며, 입덧이라고 변명할 틈도 주지 않았다. 몇 번을 생각해도 기분이 좋지 않았다.

사무실에는 아직 아무도 와 있지 않았다. 영업부 사무실이라면 외국과의 시차 때문에 밤낮없이 교대로 근무하고 있지만, 여기는 기획부와 총무부 사무실이라서 테러사건이라도 발생하지 않는 한 조용했다.

조용하니 일이 잘됐다. 역에서 사온 베이컨 치즈 빵을 먹으며 컴퓨터로 기획서를 만들었다. 집중했기 때문에 순식간에 초안이 완성되고 있었다. 프린트를 해서 실수는 없는지 체크하던 때였다.

"거짓말 했죠."

머리 위에서 나는 소리에 놀라 고개를 쳐들자 미즈노가 파티션 건너편에 서 있다. 나도 모르게 벽시계를 보았다. 출근하고 벌써 한 시간 이상 지났지만, 그래도 출근시간까지는 사십 분이나 남아서 미즈노 이외엔 아무도 없었다.

"거짓말이라니, 뭐가?"

"나에게 혼인신고 했다고 했잖아요."

따지는 듯한 말투였다. 결코 눈을 떼지 않는다. 그는 두려워하고 있다. 마음대로 자신의 자식을 낳는 것을.

— 좋아하지도 않는 여자와의 하룻밤 잘못 때문에 내 인생이 캄캄해졌다.

그렇게 생각하고 있는 걸까. 그의 굳은 표정을 보면서 이상한 생각이 들었다. 아이가 태어난다는 것은 본래 경사스러운 일이 아니던가. 그 이상의 경사가 이 세상에 또 있을까. 그런 것인데 여럿이서 임신부를 책망한다.

내가 지면 안 된다. 뱃속의 아이를 지키기 위해서도 이 자리를 잘 모면해야 한다.

"저쪽은 유서 깊은 절이야. 그래서 절에서 반대하는 사람이 있어. 나는 혼인신고서에 도장을 찍어서 그에게 줬어. 다음에 그가 구청에 신고할 계획이었는데."

"절 이름이 뭐예요?"

그는 눈을 떼지 않는다.

"사찰 이름은 알아서 뭐해?"

"물어봐도 되잖아요. 왜 숨기는 거죠?"

"특별히 숨기는 건 없어. 록은사라고 해."

"록은사? 어떤 한자를 써요?"

정말로 끈질기다. 설마 본요에게 연락을 하리라고는 생각하지 않지만…. 혹시라도 본요에게 말을 맞추자고 부탁하려면, 이쪽 사정을 말해야 한다. 어떡하지. 본요에게 서투른 거짓말은 할 수 없다. 천재적인 그라면 쉽게 간파할 것 같다. 게다가 한 번 거짓말을 하면 그것이 들키지 않도록 계속 거짓말을 하지 않으면 안 된다. 그 사이에 말의 앞뒤가 맞지 않아 틈이 벌어진다.

무심코 크게 한숨을 쉬었다. 문득 눈을 들어보니 미즈노가 이쪽을 빤히 보고 있었다.

— 자기 아이가 아니라는 것을 분명히 하지 않으면, 앞으로 어림도 없어.

162

그렇게, 사에가 꼬드겼을지도 모른다. 언제나처럼 밝고 산뜻한 분위기는 일절 없었다. 마치 형사와 같은 눈빛을 하고 있다.

"록은사는 이렇게 써."

메모지에 절 이름을 한자로 써주었다.

미즈노는 파티션 너머로 메모지를 받자 바로 자기자리의 컴퓨터로 향했다. 설마 인터넷으로 검색을 하고 있는 걸까? 몇 건은 성공할지도 모른다. 큰 절이라서 시주도 많기에 성묘를 갔을 때의 일을 블로그에 올리는 사람이 있어도 이상하지 않다. 미즈노는 실재하는 사찰이라고 하면 안심할까.

유코도 화면을 바꾸고 '록은사'를 검색해보았다.

— 록은사에 오신 것을 환영합니다.

홈페이지가 있는 줄은 몰랐다. 그것도 아마추어가 만든 게 아니라 프로의 손으로 제작된 것이었다. 사계절 꽃들이 화면에 차례로 떠오르고는 사라진다. 범부채꽃, 제비붓꽃, 보라수국, 도라지꽃, 피안꽃, 흰 국화… 록은사의 정원에 피어 있는 꽃들일 것이다. 그 배경에는 낯익은 본당과 창고가 보인다. 주지의 프로필 페이지를 보니 가사를 입은 본요가 카메라 시선으로 온화하게 웃고 있다. '오늘의 행사'라는 페이지도 있어서 거의 매일 업데이트 되고 있다. 업무시작까지는 아직 시간이 있어서 서둘러 훑어보았다. 본요와 결혼하겠다고 말한 체면상, 그를 자세히 알고 있지 않으면 곤란하다.

미즈노 쪽을 힐끗 보니 그는 컴퓨터화면을 뚫어지게 쳐다보고 있었다. 같은 홈페이지를 보고 있는 것일까.

— 태국의 오지를 여행했을 때 찍은 사진입니다.

사진이 실려 있었다. 보이는 것은 온통 산밖에 없다. 그 가운데 아기를 안은 소녀가 우두커니 서 있다. '이곳은 조혼 풍습이 남아 있는 마을입니다.'라는 설명이 있다.

— 부처님께 불경을 바치는 것만으로 세계의 빈곤을 구할 수는 없습니다.

스님이 그런 말을 해도 괜찮을까? 아무리 봐도 본요스러움에 무심코 쓴웃음이 번졌다. 하지만 다음 순간, 난민 구제 NPO에서 활동하고 있는 나루세 마사요를 떠올렸다. 그는 지금도 마사요를 좋아하는 것이다. 그리고 그녀가 활동하는 세계를 조금이라도 알고 싶다고 생각하고 있는 것은 아닐까.

계속 페이지를 넘기다보니 본요가 '서당'을 열고 있는 것을 알았다. 빈곤가정의 아이들을 본당에 모아놓고 공부를 봐주고 있었다. 함께 카레라이스를 만들어 먹고 있는 사진도 있었다. 머리를 금빛으로 물들인 고교생도 섞여 있었다.

— 방과 후 공부할 장소가 마땅치 않은 친구들 모이세요.

타이틀은 그렇게 쓰여 있었다.

— 요즘은 시주가 적어서 못 당하겠어. 법명도 그렇게 비싸면 필요 없다고 말하는 스님도 있는 세상이라고.

본요는 분명히 그렇게 말했다. 아이들 돌보는 비용은 어떻게 마련하고 있는 것일까. 종파 안에서 잘 나가면 이사나 지부장이라고 하는 명목으로, 많은 돈이 들어올 수 있을까.

"훌륭한 사람이네."

미즈노가 감탄한 듯 혼잣말로 중얼거렸다.

얼굴을 드니, 부드러운 미소를 이쪽에 보내고 있다. 록은 사도 본요도 실재한다는 것을 알고 안심했을 것이다. 하지만, 그 미소의 의미는 그뿐만이 아니라는 느낌이 들었다. 훌륭한 사람이라 다행이에요. 나도 안심했어요, 라고 말하는 것처럼 보였다. 미즈노는 좋은 성장과정에서 오는 단순함이 있다. 사람을 의심하지 않는 것은 미즈노 자신이 거짓말을 할 수 없는 사람이기 때문이다. 분명히 오늘밤이라도 당장 사에에게 이야기할 것이다.

— 홈페이지에 실렸어. 실재인물이야. 블로그의 경력을 보니 미야무라 씨하고 동갑이고 고등학교가 같다는 것도 알았어.

사에는 뭐라고 할 것인가.

— 동창생이라는 것만 알지 정말 아이 아버지인지는 정확히 알 수 없는 거잖아요.

사에에 대한 인상이 점점 변해간다. 처음엔 청초한 아가씨라고 생각했지만 늦은 밤, 찻집에서 마주했을 때는 어떻게해서라도 미즈노를 손에 넣겠다는 집착에 가까운 것이 보였다. 그 정도의 미인이라면, 꼭 미즈노가 아니더라도 다른 남자들을 고를 수 있을 텐데.

조심하지 않으면 사에 때문에 들키는 날이 올지도 모른다.

앞으로, 이런저런 이유로 회사를 다니기가 어려워지면 어떻게 하지?

그럼 시골로 돌아갈까. 문득 그렇게 생각했다. 집으로 돌아가서 어떤 일이라도 좋으니 열심히 일한다. 좁은 동네라 순식간에 소문이 나겠지. 아버지 없는 사생아를 안고 돌아왔다고.

그런 것은 아무래도 좋다. 어쨌든 먹고 살아야 한다. 학원에 보낼 돈이 없거나 자녀가 등교거부를 한다면, 본요의 '서당'에 다니게 하자.

음, 어떻게든 되겠지. 걱정을 일일이 세자면 한이 없다.

하지만… 엄마나 친척들에게 폐를 끼치는 것은 확실하다. 역시 집에는 돌아갈 수가 없다.

7

도카이 지방은 기온이 삼십 도였다.

2020년 프로젝트를 맡아야 할지 고민하고 있었다. 부장이 팀장으로 추대했지만, 출산을 앞둔 몸으로는 주위에 폐를 끼칠 것이 뻔하다. 하지만 한편으로는 국내 업무에서 일할 수 있는 기회이기도 했다. 아이가 태어나면 해외출장은 어려워진다. 국내에서라면, 장소에 따라서는 당일에 돌아갈 수 있고 하룻밤이면 언니에게 맡기거나, 숙소의 보육원을 이용할 수 있다.

그날, 급히 야이즈에 가게 된 것은 국내여행 담당자가 감기로 쉬었기 때문이다. 국내 팀에서는 짬이 나는 멤버가 하나도 없었기 때문에, 부장으로부터 나에게 지시가 내려왔다. 2020년 프로젝트를 내다본 사전 점검도 겸하고 있다고.

배가 조금씩 커지기 시작했다. 그러나 초산이라서인지 그렇게 눈에 띄지 않았다. 지금까지는 긴 길이의 재킷을 입는 것으로 속이고 있다.

나고야역에 내려선 순간 현기증이 일어 벤치에 앉았다. 일기예보에서 '올해 가을은 평년보다 덥다'고 발표한 지 오래다. 그 평년이라는 것은 대체 언제냐고 묻고 싶어진다. 임신 때문인지 평소보다 더 더위를 탔다.

바람이 잘 부는 벤치에서 쉬니 기분이 조금 나아져서 택시를 탔다. 냉방이 잘돼 있어서 기분이 좋다. 좀 전까지 덥다고 느끼던 바다도, 맑게 갠 하늘도 시원한 차 안에서 바라보니 산뜻하게 느껴졌다.

문득 그때, 꼬치꼬치 묻던 미즈노의 얼굴이 떠올랐다.

— 혼자 가요?

회의실에서 일정에 대해 이야기를 할 때 그는 놀란 듯이 물었다.

— 응, 그래. 이번엔 대타라서 야이즈 여관은 나 혼자서도 괜찮아.

그때까지 출장은 언제나 미즈노와 함께였다. 그래서 그가 의아하게 생각하는 것은 무리도 아니다.

그 외의 멤버들은 신경도 안 쓰는 듯 자료에서 얼굴을 들지 않고 있었다. 미즈노만 복잡한 얼굴을 하고 있었다.

라쿠요여행사는 야이즈 시내에 계약 중인 여관이 아직 하나도 없었다. 이번에 신규로 개척을 하는 것이다. 야이즈는 생선이 맛있고, 후지산도 그곳에서 바로 보이고, 유명한 쿠로시오 온천도 있다. 베이징에서 후지산 시즈오카공항까지 직항편이 개통되면서 해마다 후지산을 찾는 관광객이 늘어나고 있다. 개척하는 보람이 있는 지방 도시였다.

지방에서는 아직도 성차별이 심한 곳이 많아서 협상할 때 여자가 앞에 나서면 한 수 아래로 대하는 경우가 왕왕 있다. 그런 것도 있고 해서 남녀가 콤비인 편이 수월했다. 그런 사정을 감안하면 여자인 자신이 혼자 가는 것을 미즈노가 납득하지 못하는 것도 무리는 아니었다. 하지만 그의 얼굴에는 다른 불안이 일고 있는 것처럼 보였다. 자신의 장래에 희미한 그늘이 생겼다고 생각한 것은 아닐까. 단 한 번의 실수로 여자 상사가 자신을 꺼려하게 되었다, 돌이킬 수 없는 일을 하고 말았다, 라고 생각했는지도 모른다. 그래서 미즈노를 멀리하게 되는 건 아니었다. 미즈노가 가만히 바라볼 때마다 그 검은 눈망울에 빨려 들어가는 것만 같았다. 곧 마흔이 되는 여자가 스물여덟의 미즈노에게 사랑을 느끼게 된다. 그것은 설마 잃어버린 청춘의 모습을 미즈노의 젊음에서 보기 때문이 아닐까. 원조교제를 하는 중년 남자의 마음을 처음 알게 된 것 같은 느낌이었다. 나도 그들과 한패일까. 여고생을 갈구하는 그들은 애초에 자신의 고등학생 시절, 동창생 중 누군가와 연인 사이가 되고 싶었던 건 아닐까. 아련한 연정이 나이를 먹고 보니 결혼도 하고 여자 다루는 것도 익숙해졌다. 지금이라면, 고교시절에 꿨던 꿈을 수만 엔으로 이룰 수 있다. 그렇게 되면, 시험해보지 않을 수 없는 것이 아닐까.

"저기예요."

바닷가를 따라 도로를 하나 더 들어가서 택시 기사가 말했다.

전방을 보니, 길게 이어진 담 밖으로 훌륭하게 자란 소나무가 얼굴을 내밀고 있었다.

"육중해서 그런지 더 노포 같다는 느낌이죠. 어렸을 때는 한 번이라도 좋으니까 묵어 보고 싶었는데 지금은 저렇게 쇠퇴해서 쓸쓸하기만 하죠. 이제 문을 닫을 거라는 소문도 있어요."

최근에는 회사원뿐만 아니라, 가족여행객들조차도 여관보다 호텔을 선호하게 되었다. 숙박과 세트로 묶인 같은 여관에서 나오는 가이세키는 이제 일본인들에게는 싫증이 난 것들이다. 그런 음식보다, 가이드북에 실린 라면집과 이탈리안 레스토랑에 가고 싶어 하는 고객이 많다. 여관의 저녁은 비싸게 느껴진다. 절약하면서 여행을 하는 젊은이 중에는 편의

점에서 사온 것으로 때우는 자유로움도 있었으면 하고 바란다. 주부들의 여행이라면 지역의 슈퍼나 반찬가게에서 희귀한 음식을 사다가 방에서 먹는 즐거움도 있을 것이다.

버블이 터진 이후, 온천여관은 경영이 어려워져서 문을 닫는 곳이 늘어났다. 세태가 바뀌어 직원들의 단체 관광을 중단한 기업이 속출한 것도 큰 이유 중 하나였다.

그렇지만 소위 최고 일류로 꼽히는 여관들은 오히려 승승장구했다. 부자들이 주요 고객이지만 서민들도 평생에 없을 사치를 맛보기 위해 기꺼이 지갑을 열기 때문이다. 그런 만큼 현대식 건물과 시설에 투자할 자금력이 있는 여관들만 살아남는 시대가 되었다. 그 이외의 여관은 이대로 망할 수밖에는 없을 것 같기도 했다.

"아까워요. 외국인 관광객은 오지 않나요?"

이미 조사 후였지만, 노파심에서 물었다.

"여기까지는 발걸음을 하지 않는 것 같네요. 좋은 곳인데 말이에요."

담 앞에 택시가 섰다. 영수증을 받고 차에서 내렸다. 마중을 나온 사람은 마흔 살 중반 정도로 보이는 여주인이었다. 노르스름한 기모노가 잘 어울린다. 투명하게 비칠 듯한 하얀 피부에 큰 눈이 매력적이고, 목덜미가 요염했다.

"잘 오셨습니다."

고개를 갸우뚱하며 공손하게 인사하는 모습이 아름다웠다.

웃는 얼굴 하나에도 마음속에서 나온 자연스러움으로 착각하기에 충분한 연기력이다. 안에는 한눈에 반한 남자 손님이 있을지도 모른다. 나 같은 여자와는 다른 느낌이 들었다.

깨끗이 닦인 복도에 천장 조명이 반사되었다. 여주인이 앞장서서 방으로 안내했다. 소문처럼, 손님이 적은 것인지 실내는 쥐죽은 듯 조용하다.

본채와 떨어진 방으로 안내되었다. 다다미 여섯 장의 방에 세 장짜리 곁방이 딸린 방으로 안뜰에 접해 있었다. 아마도 가장 좋은 방일 것이다. 망대 천장이나 벚꽃 장식 기둥이 아름답다. 둥근 창문과 나무격자도 있어서, 호텔에는 없는 전통적인 분위기를 선사했다. 이런 정취 있는 여관이라면 외국인들에게도 환영받을 것이 틀림없다. 2020년 프로젝트에서도 쓸 수 있다.

여관 측에도 이익은 크다. 투어에 편입되면 일단 숙박료 수입이 크게 늘어난다. 수십 명의 단체여행객을 받으면 같은 메뉴를 대량으로 만들면 되니까, 식재료도 효율적으로 쓰여 경비절감으로 이어진다.

툇마루 등나무 의자에 앉는 순간, 석양에 비친 후지산에 압도되었다. 캄보디아와는 기후나 경치도 전혀 다르지만, 스스로가 작은 존재로 느껴지는 것은 마찬가지였다. 인류가 탄생하고 수십만 년도 더 지났다. 아찔할 만큼 오랜 역사 속에서 인간의 일생은 한낱 일순간의 빛에 불과하다. 그런 가운데 자신은 아이를 낳을지 말지를 온종일 생각한다. 참으로 사소하고 하찮은 고민이다.

"저녁식사 가지고 왔습니다."

문 저편에서 나는 소리에 번쩍하고 정신이 들었다.

여종업원에 이어 여주인도 들어왔다. 호화로운 요리였다.

"이것이 관광객에게 낼 예정인 가이세키 요리입니까?"

"야채도 생선도 제철음식이니까 가격도 훨씬 줄일 수 있어요."

반찬 양이 너무 많다고 느꼈다. 양 또는 종류를 줄여야 경비를 더 내릴 수가 있다.

하지만, 젊은 남자나 천천히 시간을 두고 술을 즐기려는 사람들은 반대로 적다고 느낄 수도 있다. 이런 때는 단체로 품평하는 것이 좋다. 가능하면 세대도 성별도 다른 편이 좋다. 미즈노의 의견이 알고 싶어졌다.

숙박에 드는 비용을 조금이라도 깎는 협상은 여행사 기획부가 능력을 발휘할 좋은 기회다. 하지만 얼마 전 너무 깎아서 여관주인을 격분시켰던 동료가 있다. 여관주인의 분노가 가라앉지 않은 것은, 지금까지의 불만이 쌓였기 때문인 것 같았다. 여행사 사람들이 갑질을 한다, 자신을 바보 취급한다, 라는 주인의 설교가 두 시간이나 이어졌다고. 비용 이야기를 조심스럽게 하는 동료조차도 오해를 살 때가 있다고 생각하니 주의가 필요하다. 이곳의 여주인이 능률적으로 일을 처리하는 사람이기를 바랄 뿐이다.

"외국인 여행객은 매너에 문제가 있지만, 괜찮을까요?"

"큰 것을 얻기 위해 다른 것을 희생해야겠죠. 일본인뿐이면 휴일에 집중 되니까요."

외국인 관광객의 최대 장점은 관광시즌이 제각기 다르다는 점에 있다. 일본인뿐이면 추석명절과 골든위크에 손님이 집중된다. 그러나 중국의 휴가는 2월의 춘절과 4월의 국경절이고, 태국의 설은 4월이다. 유럽인의 크리스마스 휴가도 있다. 더구나 그들은 일본인처럼 1박, 2박의 짧은 기간이 아니라 오래 체류한다.

"실은 저희 여관은 지역의 여관조합에 가입하지 않았거든요."

여주인은 느긋하게 말하지만, 내용은 뜻밖이었다.

"이 부근에서는 내가 이 여관을 빼앗은 것으로 돼 있어요."

"… 네?"

"나는 돌아가신 전 주인의 후처입니다."

"예, 그런가요."

말하는 것이 조심스러워 불편하다.

"젊었을 때 나는 이곳 종업원이었는데 남편에게 반했고, 아이가 생겼어요. 세상에서 말하는 불륜입니다. 당시 부인은 건강했는데, 저에게 악다구니를 퍼부었고, 저는 결국 쫓겨나고 말았죠. 그 이후에 부인이 암으로 돌아가셨기 때문에 남편의 부탁으로 다시 돌아오게 된 겁니다."

"그건…."

수고하셨다, 라고 말하는 것도 이상하고, 이런 경우엔 어떻게 대답을 해야 할지 망설이자 여주인은 후훗 하고 웃었다.

"갑자기 이런 이야기를 해서 놀라셨죠?"

"네, 뭐."

혹시 이쪽의 임신을 알고 있는 것일까. 게다가 미혼이라는 것도? 설마, 아무리 그래도 생각이 지나치다. 어쨌든 지금은 협상을 성사시키는 것이 우선이다. 그러려면 좋은 인상을 줘도 나쁘지 않다. 여주인을 칭찬하는 것이 최선이다.

"그럼 이제는 원만하게 해결되었겠네요. 아이에게도 아버지가 생긴 셈이고, 다행이군요."

"그게… 그렇지도 않습니다. 쫓겨난 직후에는 좋아한 남자의 아이니까 낳아 기르기로 정했지만요."

당시에는 경제적인 불안이 심했을 것이다. 더부살이 종업원을 했을 정도니까, 살 집조차 없었을 것이다.

"아이를 낳고도 남편으로부터 아무런 소식도 없었어요. 금전적인 지원도 없어서 빠듯한 생활이었죠. 같은 시내에 살아서 소문도 귀에 들어갔을 텐데 완전히 무시를 했어요. 남편은 세상에서 가장 미운 사람이 돼버리고 말았어요."

"그래도 본처가 돌아가신 후에는 호적에 올려주었겠죠?"

"아들 때문입니다. 제대로 된 인생을 살게 해주고 싶었지요. 남편하고는 침실도 따로 썼고 내게 손끝 하나도 대지 못하게 했어요. 그나마 그게 복수였으니까요."

왜 그런 사적인 얘기를 초면인 나에게 하는 걸까. 차분하고 조용한 말투도 좋으나, 몇 번이나 연습을 한 것은 아닐까.

"왜 이렇게 털어놓는지 이상하게 생각하셨죠?"

"네, 뭐."

"이런 복잡한 얘기를 하면 나를 잊지 않을 거라고 생각했어요."

그렇게 말한 뒤, 장난스러운 눈을 하고 웃었다.

"동정을 사려고 한 건 아녜요. 이렇게 비슷한 규모의 여관이 즐비하니까, 필사적으로 사는 여자가 있다는 걸 기억하게 하면 인연으로 이어질지도 모른다고 생각해서."

아무래도 생각 이상으로 경영이 어려워진 것 같다. 이런 고백에 혐오감을 갖는 사람도 있을 것이다. 그것을 알고도 모 아니면 도라는 승부에 나선 것일까. 아니면 유코를 보고 직감적으로 통할 사람이라고 판단한 것일까. 남자를 주무르는 것도 잘 할지는 모르겠지만, 동성의 마음을 사로잡는 것도 잘하는 것 같았다.

"훌륭합니다."

그렇게 인정한 순간 유코에게 미소가 넘쳤다. 그것을 본 여주인은 안심한 듯한 표정을 지었다. 그 순간에 팽팽한 줄이 끊겼는지 그녀의 화사한 얼굴이 나이가 들어 보였다.

"어떻습니까? 이 요리, 입에 맞으셨는지요?"

걱정스럽게 유코의 얼굴을 들여다본다.

"정말 맛있었습니다. 하지만 경비절감을 위해서는 계란찜이 있으면 국은 없어도 되지 않을까 싶은데요."

유코의 제안에 여주인은 재빨리 메모를 했다.

"생선회는 오늘처럼 제철 것이 있으면 좋겠지만, 겨울은 비싼 생선 양을 줄이고, 대신 야채튀김을 늘려서 호화롭게 보이도록 해주세요."

"잘 알겠습니다."

여관 여주인은 그 자리에서 동의하고 조금이라면 가격을 내려도 좋다고 협상에 참여했다.

"지금, 자녀분은?"

"도쿄에서 대학에 다니고 있어요. 졸업 후에는 도쿄에서 요리사수업을 하고 여기로 돌아온다고 해요."

"효자네요."

"엄마가 고생하는 것을 보고 자랐기 때문이죠. 좋아하는 길로 가라고 했지만요."

"좋은 어머니네요. 지금까지 아이를 낳아서 후회를 한 적은 없었나요?"

그 질문에 여주인은 정말로 놀란 모양이었다. 그건 것은 전혀 생각해본 적이 없다는 듯 눈을 부릅뜨고 유코를 보았다.

"후회한 적 없어요. 오히려 그 아이가 인생의 보람이 되었죠."

자신도 아이를 낳으면 이렇게 될까.

"하지만, 나를 여우라거나 마녀라거나 하는 엉뚱한 소문이 돌고 돌아서 내 귀에 들어오기도 했어요. 아들이 학교에서 왕따를 당하진 않을까 정말 걱정했어요."

도쿄에서는 어떤가. 요즘에는 혼혈은 물론 외국인 자녀도 크게 늘었다. 균일화된 옛 시골마을 사회와는 크게 다르다. 미혼인 것 때문에 왕따를 당할 가능성은 부정할 수는 없다. 하지만, 미혼인 것을 멋있다고 생각해주는 젊은 세대가 있을지도 모른다.

"운 좋게 저희 아들은 왕따를 당하진 않았어요."

거기서 말을 끊고 뭐가 생각났는지, 웃긴다는 듯 웃었다. 억지웃음이 아닌, 마치 순진한 여학생처럼 웃었다.

"왜냐면, 덩치가 컸어요. 아마 초등학교부터 고등학교까지 학년에서 키가 가장 컸을 거예요. 저희 집안이 모두 커요. 남자아이들은 단순하죠. 올려다볼 만큼 큰 아이를 괴롭히거나 하지는 않더군요."

"그렇습니까, 그거 다행이네요."

"아이를 키우면서 인생이 부쩍 풍요로워졌다고 생각해요. 곡절이 많은 인생이었어요. 날마다 싸움의 연속이었어요. '평범하지 않다'고 낙인찍힌 사람은 다른 사람들과의 교제에 어려움이 있어요. 눈에는 보이지 않는 장벽이 쳐지고 말죠. 아들은 왕따를 당하진 않았지만, 저는 학부모 모임에 거의 참가를 하지 못했어요. 처음에는 소문거리로 표적이 되었지만, 조만간 잊히겠죠. 이제는 저를 '주부의 적'이라고 험담하는 사람조차 없어졌어요. 마치 없는 거나 마찬가지예요."

여주인은 쓸쓸하게 웃었다.

자신도 세상에서 배제되는 것일까. 그러나 지금은 여주인 때와는 시대가 다르다. 풍조도 바뀌었다. 싱글맘도 급증하고 있다. 미혼모도 조금은 늘어가고 있는 것 같다.

그날 밤은 노천탕에 다녀온 후에 컴퓨터를 열고 평가서 작성에 착수했다. 사진도 첨부 하고, 익숙한 서식을 차례로 작성해나갔다.

이곳의 여주인 하고는 향후에도 거래를 해야겠다고 생각했다. 대놓고 말할 수는 없지만, 육아에 대한 조언을 받고 싶은 개인적인 마음도 들어 있다. 여주인의 작전에 감쪽같이 걸렸는지도 모른다. 모르는 사이에 높은 평가를 하고 있었다.

내일은 토요일이라서, 역 주변을 산책하고 돌아가려고 한다. 백화점 임산부용품 매장에 가보는 것도 좋겠다. 그 다음은 서점에서 임산부가 읽는 잡지를 넘기며 볼까. 괜찮아 보이는 한 권을 사서, 돌아가는 신칸센 안에서 읽어야지. 도쿄 도심 서점에는 어디에 누구의 눈이 있을지 모르니까, 임산부 잡지를 차분히 고르는 것조차도 할 수 없을지도 모른다.

8

신칸센을 타기 전에 어딘가에서 점심을 먹자.

여자 혼자라도 들어가기 편한 가게는 없나 하고 찾고 있었다. 토요일이라 그런지, 거리는 가족 단위로 붐볐다. 그때 누군가가 멈춰서는 것이 시야 끝에 들어왔다. 무심코 그쪽으로 눈을 돌려보니, 오빠 히로노부가 이쪽을 보고 서 있었다.

"오빠!"

오빠에게 다가가려 하자 뒤에 외국인 여자와 소년이 있는 것을 깨달았다. 여자는 한껏 멋을 냈는지, 값싼 액세서리를 목에도 팔에도 치렁치렁 소리가 날 만큼 달고 있다. 날씬한 바지와 스웨터가 단단한 몸매를 강조했다.

눈을 마주치자, 그 여자는 쓱 하고 오빠 팔짱을 꼈다. 소년은 여전히 뒤에 우두커니 선채 이쪽을 지켜보고 있다. 눈이 커서 멀리서도 눈동자의 움직임이 보인다. 누구에게나 저렇게 경계하는 눈빛일까. 괴한을 보는 듯한 눈빛이었다.

"유코, 어떻게 된 거야, 이런 데서 만나다니."

오빠는 낭패라는 표정으로 물었다.

"출장 왔어. 여관 답사야."라고 대답하면서도 찌를 듯한 여자의 시선이 신경이 쓰여 불안하다.

"혼자 왔어?"

"응, 이번엔 혼자야. 오빠, 그쪽 분들은 누구야?"

그렇게 묻자, 여자는 오빠에게 바싹 몸을 붙였다.

"이 여자 누구? 히로노부 애인이야?"

적의를 표출한다고 말해도 좋을 만큼의 눈총을 보내고 있다.

"마리아, 얘는 내 여동생이야."

"여동생 유코라고 합니다. 처음 뵙겠습니다."라며 애써 미소를 지으며 고개를 숙였다.

"여.동.생? 정말이야?"

의심스러운 눈으로 뚫어지게 쳐다본다.

"정말입니다. 여동생이에요."

애인이 아니니까 안심하세요, 라고 마음속으로 말했다.

"어, 정말. 쪼금 닮아 있다."

믿음이 생겼는지 갑자기 미소로 바뀌며, 양손을 벌리고 다가왔다고 생각한 다음 순간, 꼭 껴안고 있었다. 부풀어 오른 배가 들통 나버릴까 봐 순간적으로 허리를 당겼다.

"이 사람은 마리아 씨, 이쪽은 아들인 리카르도 군."

"나, 마리아. 잘 부탁해. 리카르도, 인사해."

"안, 안녕하세여. 리카르도입니다."

마리아보다 더욱 더듬거리는 일본어였다.

"안녕하세요. 잘 부탁해요."

"지금 식사하러 가는데 유코도 함께 갈래?"

"아, 그래도 실례가 안 된다면."

궁금해서 마리아를 슬쩍 보았다.

"여동생 만나, 기뻐~"라며 마리아가 흐뭇하게 웃는다.

"어떤 식당이 좋을까? 리카르도 군은 뭔가 먹고 싶은 게 있어?" 하고 오빠가 물었다.

"다 좋아."라고 리카르도가 조심스럽게 대답했다.

"싫어하는 건 없어?"

오빠는 리카르도의 음식취향을 모르는 모양이다. 교제가 아직 얕은 것일까.

"있어… 많이."라고 리카르도가 중얼거리는 듯 대답한다.

"리카르도 초등학교 가서, 급식 못 먹어, 일본 음식 냄새 힘들어. 지금도 안 돼."라고 마리아는 빠른 말로 떠들었다.

"그럼, 패밀리 레스토랑으로 할까. 거기라면 각자 좋아하는 음식을 주문할 수 있으니까.”

패밀리 레스토랑으로 향했다. 음식점에 들어가 네 명 자리에 앉았다. 오빠와 마리아가 나란히 앉고 그 건너편에 유코와 리카르도가 앉았다.

“리카르도 군, 좋아하는 걸 주문해. 사양하지 말고.”

“감사합니다.”

그렇게 말하고 살짝 고개를 숙였다. 마리아와는 달리 리카르도는 서먹서먹해 한다.

“난 스테이크 세트로 할게. 오빠가 사줄 거지?”

사진이 들어간 메뉴를 가리켰다. 메뉴 중에서 가장 비싼 음식이었다. 오빠는 쓴웃음을 지으며 “물론이지.”라고 대답했다.

“나도 먹고 싶어 그거.”라고 리카르도가 말했다. 속내를 들켜버렸다는 듯 얼굴이 붉어졌다.

오빠는 “그래, 리카르도 군도 스테이크를 좋아하는구나.”하며 환한 미소를 지었다. 리카르도가 처음으로 응석을 부린 것 같았다. 마리아는 그라탕 세트, 오빠는 히레카츠정식으로 정했다.

“어느 나라 분들이야?”

“일본계 브라질인이야.”

"정말 그렇구나. 뉴스에서 본 리우카니발 분위기가 있잖아."

"아, 그런가. 마리아가?"

"응, 그래. 미인에다 스타일도 좋으니까."

마리아는 미인이라고 듣는 순간, 흐뭇한 표정이 되었다.

"리카르도 군은 몇 살이야?"

"…열 살이에요."

겁먹은 듯한 눈빛이었다. 어른을 믿지 못하는 걸까. 혹시 어른에게 나쁜 일이라도 당한 걸까.

"열 살로 안 보이는데. 나보다 키가 큰 걸."

이 모자는 대체 오빠와 어떤 관계일까. 팔짱을 낄 정도면 남녀 사이가 맞는데 마리아는 카바레의 호스티스로 보이지는 않는다. 액세서리를 제외하면, 늠름하고 가난한 여자투우사 같은 느낌이었다.

"유코, 오늘은 토요일이잖아. 휴일인데 출장 온 거야?"

"일은 어제 끝냈어. 이제 도쿄로 돌아가려던 참이야."

"그럼, 금~토 말고 목~금으로 출장가면 되겠네. 귀중한 토요일을 망치잖아."

"오빠가 그런 말을 하다니, 믿을 수가 없네."

오빠의 이혼은 가정을 돌볼 여유가 없을 정도로 지나치게 일했던 것도 하나의 원인이었다.

"개나 소나 과로야. 마리아도 토요일인데도 출근한다고 하는 걸. 돈이 필요한 건 알겠지만, 지나치다고."

"일본 생활 겨우겨우, 힘들어."라며 마리아가 얼굴을 찌푸렸다. 미루어 짐작컨대 오빠가 경제적 지원을 하지 않는 것 같았다.

"마리아는, 리카르도의 장래를 위한다고 저축만 하니까 그렇지. 조금은 즐겨야지. 많이 벌고 있잖아."

"낭비 안 돼."

"왜?"

"장래, 불안."

"저기 오빠, 이 두 사람은 어디에서 만난 거야?"

"마리아는 내 거래처 공장에서 일하고 있었어. 상담 차 처음 갔을 때, 마리아가 공장장 하고 대판 싸워서 우연히 내가 중재를 해줬어."

"계약보다 월급 쌌다. 용서 안 한다. 일본인 나쁘다 생각했다. 그런데 히로노부 도왔다."

당시의 일을 떠올렸는지, 성난 표정을 했다. 생각한 것이 바로 얼굴에 나타나는 성격인 것 같다.

"마실 거 가져올게."

마리아와 리카르도가 음료 코너를 향해 걸어갔다. 그 뒷모습을 바라보며 말했다.

"오빠, 마리아 씨와는 어떤 사이야?"

"어떤 사이라니…."

"설마, 진지하게 사귀는 건 아니겠지?"

"왜, 설마인건데."

오빠로서는 드물게 험한 표정을 지었다.

"너도 차별하는 거지. 국적이나 피부색으로."

놀라서 오빠의 얼굴을 보았다. 그때 문득, 아버지 7주기 때 일이 떠올랐다. 삼촌들이 표구점의 며느리가 필리핀인이라느니, 동창생인 나루세 마사요가 흑인과 결혼을 했다느니 해서 야유를 보냈었다.

그때 오빠가 목청을 높인 것은 분명히 마리아와 관계가 있었을 것이다.

"오빠, 그런 의미가 아니라, 다만… 놀랐을 뿐이야."

처음으로 삼촌들 마음을 알 수 있을 것 같았다. 시골 사람들이 놀라는 것은 어쩔 수 없는 일이다. 외국인을 좀처럼 보지 못하다가 피부색이 다른 사람이 나타나면 본능적인 호기심으로 누구나 멈춰 서서 빤히 쳐다보게 된다. 왜 그렇게 눈이 큰 걸까. 왜 그렇게 눈썹이 긴 걸까. 손발의 길이는…. 자신과 다른 점이 있으면 관찰하고 싶어진다. 진기한 동물이 있으면, 누구라도 보고 싶어지는 것과 같다. 가까운 사람이 이방인과 결혼하게 되면 막연한 불안감을 느끼게 될 것이다. 그런 소박한 마음도 있는 것이다.

"일본계라고 해도, 마리아도 리카르도 군도 일본인의 피가 섞인 것처럼 보이지는 않는데."

"마리아는 일본계 3세 남편을 따라왔는데, 남편의 도박 때문에 이혼하고, 그 후에 그 남편이 교통사고로 죽었어. 브라질에 돌아가도 살 곳이 없기 때문에 일본에서 열심히 살고 있지. 영주권은 취득했으니까."

"리카르도 군은 일본의 공립초등학교에 다니고 있어?"

"그게… 등교거부야."

"왜?"

"시립초등학교에 들어갔는데, 곧 가지 않게 돼버렸어. '화장실'이나 '오줌'이란 단어조차 몰라서 누구에게 묻지도 못하고 싸 버렸나봐. 그래서 세균으로 불리게 됐나봐."

"저런 가엾다. 그래서 지금은 어떻게 지내?"

"하루 종일 집에 있어."

"프리스쿨엔 가지 않아?"

"거긴 돈이 들고, 외국인 아이까지 배려할 여유가 없데."

"저런…."

가슴이 무너지는 느낌이었다. 아직 열 살인데 어두운 눈빛을 했던 이유를 알게 된 것 같았다.

"별로 이상한 일은 아니야."라고 오빠가 변명하듯 빠르게 말했다.

"그게 일본어를 모르는 아이가 입학하면 그 아이를 가르칠 프로그램이 학교 측에는 없어. 게다가, 일본에서는 외국국적 아이에겐 취학의무가 없으니까, 등교거부를 해도 교사는 보고도 못 본채 하는 거라고."

"그건 심하잖아."

"학교 선생도 바쁜 가봐. 등교를 거부하는 일본인 아이도 많고, 문제를 일으키는 아이도 많고, 가정폭력도 있어. 그래서 외국인 자녀들을 봐줄 시간이 없다는 걸 모르는 것도 아니지. 교원이나 상담원을 더 늘리면 좋겠는데…."

"통역을 고용하거나 일본어 특별수업을 짜거나 하면 좋을 텐데, 왜 그런 예산은 안 나오는 걸까? 도대체 일본이란 나라는 부자인지, 가난한지 모르겠어."

"리카르도 장래가 걱정이 돼. 어릴 때 최소한의 교육을 받지 않으면, 앞으로 일본이든 브라질이든 자리를 잡을 수 없게 된다고."

"열 살이면, 쇼타 군과 동갑이네."

"사실은 그래."

"쇼타 군은 잘 지내지?"

"아마도. 일단은 걱정 없다고 생각하고 있어. 그 사람은 초등학교 선생을 계속하고 있고, 친정 근처 아파트에 살아. 그 집은 부자니까, 같은 싱글맘이라도 마리아와는 천양지차야."

"히로미 씨는 똑똑한 사람이고 부모님도 고학력자에 다정하신 분들 같던데."

내가 앉은 자리에서 리카르도가 쥬스를 따르고 있는 뒷모습이 보였다. 키는 크지만 여위어 있고 가냘픈 등이 기댈 곳이 없어 보였다.

"리카르도 군은, 왠지 무서워하는 것처럼 보여."

"그럴지도 모르지. 마리아는 이혼 후에 몇몇 남자와 사귄 것 같아…."

오빠는 말하기가 거북한 듯이 허공을 보았다.

"그래서?"

제대로 알고 있는 것이 좋을 것 같은 느낌이 들었다. 오빠가 진지하게 교제하고 있다면, 자신에게도 저 모자가 조만간 남이 아닌 사람이 될 가능성도 있다.

"마리아가 안 볼 때 애인들이 리카르도에게 폭력을 휘두른

것 같아. 그게 알려질 때마다 큰 싸움 끝에 헤어졌어. 그런 것
도 있고 해서 나는 리카르도와 있을 때는 항상 웃는 얼굴로
다정하게 대하려고 하고 있어. 그래도 쉽게 마음을 열지 않
는 건 전 애인들도 처음엔 웃으며 다정하게 대했는지도 모르
지. 상상하니까 가슴이 아팠어."

오빠는 괴로운 듯이 얼굴을 찡그렸다.

리카르도가 음료수를 가지고 테이블로 돌아왔다. 오빠와
내 몫의 커피도 가져다주었다.

"고마워요."라고 말하자, 리카르도는 싱긋도 하지 않고 머
리를 살짝 숙였다.

"천만에요, 말해야지."라고 마리아가 말한다.

"리카르도 군은 그다지 일본어를 잘하지 못하는 건가?"

그렇게 묻자, 오빠가 슬픈 얼굴로 고개를 끄덕였다.

"그렇다면, 포르투갈어로만 말할 수 있구나."

"그랬으면 좋겠지만."

오빠는 한숨 섞인 듯이 말했다.

"무슨 뜻이야? 브라질은 포르투갈어가 아니었나?"

"이 아이, 포르투갈어, 일본어 모두 잘하지 않아요."

"그럼 영어로 말할 수 있어?"

그렇다면 의사소통이 가능하다. 그렇게 생각하고 기대를

담아 리카르도를 바라보았다.

"아냐."라고 마리아가 말하고 얼굴을 일그러뜨리며 울 것 같은 얼굴로 아들을 쳐다보았다.

"어느 나라 말도 하지 못해."

"어떻게 된 거야? 귀가 들리지 않는 거야?"

"그건 아냐. 잘 듣고 있어."

그때 요리가 나왔다. 리카르도의 눈이 빛나고 있다. 평소에 좋은 음식을 그다지 맛보지 못한 걸까.

"나, 바빠~. 리카르도 옆에 있어 주지 못해. 나, 나빠. 그래도 일 안 하면, 돈 없어, 어떻게 할지 모르겠어. 슬퍼~"

마리아는 빠른 말투로 떠들어댔다. 문법도 발음도 상관없다. 내가 일 때문에 영어를 쓸 때에는 머릿속으로 문법을 조립하고 단어를 떠올리며, 발음이 이상하지 않은지, 초보적인 문법이 틀리지 않은지, 그런 긴장감과 자존심과 열등감이 뒤섞인 기분으로 얼굴이 굳어지기 일쑤였다. 그것에 비해 마리아는 그런 쩨쩨한 자존심은 없기 때문인지 기관총처럼 말해댄다. 낯선 나라에서 살아남기 위해 필사적으로 일본어를 배웠을 것이다. 그리고 사용하면서 점점 실력이 늘고 있을 것이다. 마리아는 아침 일찍부터 밤늦게까지 공장에서 일하고 리카르도는 집에서 외톨이로 있다고 했다. 계속 그렇게 해왔기 때문에 누구와도 말하지 못하고 모국어인 포르투갈어조차 제대로 못했다.

"뭐냐고, 그게…."

자신도 모르게 두 손으로 입을 막았다. 너무 심각한 가정환경에 말을 잃고 말았다. 그것을 본 오빠는, 당황한 듯이 말했다.

"리카르도만이 아니야. 대화조차도 불안한 외국인 아이들이 상당수에 이른다고."

오빠의 얼굴에 필사적인 것이 보였다. 리카르도만 불행하고 모자란 아이라고 생각하는 것이 억울한 듯했다.

"마리아, 어떤 말이든 좋으니까, 리카르도에게 말을 걸어주지 않으면 안 돼."

오빠가 그렇게 말하자 마리아는 큰 눈으로 오빠를 가만히 바라보았다. 노려보고 있는 것처럼 보인다.

"나, 시간 없어. 아침부터 밤까지 일해."

"응, 그건 알지. 정말로 잘하고 있어. 대단하다고 생각해."

오빠는 웃으며 마리아를 칭찬했다.

"그래도 짧은 시간이라도 괜찮으니까, 이야기를 하는 편이 좋다고."

부드럽게 타이르듯이 말한다.

"무리야. 나 열심히 일해. 아이 학교 가지 않아. 나 화가 나 있어."

리카르도는 자신의 일이 화제에 오른 것을 모르는지 묵묵히 먹고 있다.

오빠가 "마리아는 필사적이라고."라고 말하며 변명하듯이 이쪽을 보았다.

"마리아는 말야, 리카르도에게 편한 생활을 하게 해주고 싶은 거야. 꼭 대학에 보내겠다고 열심히 하고 있어. 팔꿈치에 통증이 와도 일을 쉬지도 않고 하루 열두 시간씩 일하고 있다고."

"열심히 일하는 거 나쁘지 않다. 좋은 거야."라고 마리아가 정색하며 말했다.

"그래. 정말 잘하고 있긴 한데… 아, 참, 유코, 마침 잘됐다. 유코는 어릴 때부터 책을 좋아했었지. 리카르도에게 책을 사주려는데, 일본어 공부에 도움이 되는 게 좋을 것 같아. 뭐가 좋을까."

"글쎄."

어느 정도의 레벨이면 좋을까. 아이우에오(일본어 철자)조차 위태롭다면, 그림책이 좋을지도 모른다. 하지만, 4학년이 된 아이에게 그런 태평한 말을 해도 괜찮을까.

"오빠가 리카르도에게 공부를 가르쳐주고 있어?"

"조금씩은 가르쳐주긴 하지만, 휴일만으론 좀처럼 초등학교 4학년 수준을 쫓아가는 건 어렵지. 4학년이 되면 한자도 많이 알아야 하고, 산수나 과학이나 음악까지 해야 되잖아."

"근처에 살면, 나도 분담해서 가르쳐주면 되는데."

"근처라…."

"요즘 가끔 생각해. 도쿄에 친가가 있는 사람이 부럽다고."

만약 엄마가 근처에 산다면, 리카르도에게 한자나 수학은 물론 예절과 인사 등도 가르쳐주겠지. 아니, 피부색이 다르니까, 엄마는 싫어하며 다가가지 않을지도 모른다. 어쨌든 친척인 삼촌들하고 같은 세대니까, 피부감각이 비슷할 가능성이 높다.

"가끔은, 언니나 오빠가 내 아파트에서 도보로 3분 정도 되는 곳에 살고 있다면, 하고 생각할 때가 있어. 그러면, 서로 도우면서 살 수 있을 텐데 하고. 게다가 엄마도 근처라면, 가끔 얼굴을 볼 수 있어서 안심이 되잖아?"

"그런 거 한 번도 생각해본 적 없어. 하지만 그렇게 생활하는 사람은 많은 것 같아. 그 사람도 이혼 후에 친정 옆 아파트에서 살고 근처에는 친척이나 친구들이 많이 있다고 해. 원래 시골에 살고 있는 동창생은 모두 그런 생활을 하고 있는 거잖아."

부모형제가 이웃에 산다면 아이를 낳고도 잘 생활해나갈 수 있지 않을까. 실제로 도움을 주고 받을지는 차치하더라도 적어도 든든한 것은 분명하다.

"초등학교 1학년부터 차근차근 시작하는 게 좋긴 하지. 하지만, 아이가 집에서 그것도 혼자서 끈기 있게 공부한다는 건 어렵다고 생각하거든."

"오빠, 만화는 어떨까. 일본어를 외우는데 빠를지도 몰라."

만화라고 듣는 순간, 리카르도가 얼굴을 들었다.

"저기 리카르도 군, 뭐 보고 싶은 만화 있어?"라고 물어보았다.

리카르도가 무슨 말인지 알아들었는지, 스테이크를 넣은 입을 오물거리며 허공을 바라보았다. 히라가나도 심각하니 만화 지식도 없을 것이라고 생각했더니, "드래곤…볼" 하고 아주 가냘픈 목소리로 대답했다.

"그래 좋다. 그건 수십 권이나 있을 걸."

"내용이 궁금하니 계속 읽겠군."

"모르는 글자나 의미는, 오빠나 누군가에게 물어보면서 읽는 거지. 그러면, 전권을 다 읽었을 때쯤에는 일본어를 잘 알게 되겠지."

"초사이언(드래곤볼 캐릭터)이라든가, 이상한 말만 외울지도 모르지만, 그래도 뭐, 괜찮아. 식사가 끝나면 사러가자. 응, 리카르도 군."

"고맙습니다."라고 리카르도는 처음으로 희미하게 미소를 보였다.

"히로노부, 여동~생, 고마~워요."

마리아의 눈이 뿌옇게 젖은 듯 보였다.

식사를 마치고, 함께 대형서점으로 갔다.

오빠는 "일단은" 하고 말하며 코믹북을 1권부터 3권까지 샀다. 정말로 흥미를 갖는지, 상태를 보고 전권을 사줄 생각인 것 같았다.

그 후, 더 쇼핑할 것이 있다는 마리아 모자와 헤어지고 오빠가 역까지 데려다주었다.

"얘기 좀 더 할까?"라며 오빠가 역구내의 벤치를 가리켰다. 나도 좀 더 이야기를 하고 싶던 참이었다.

남매라곤 해도 얼굴을 보는 것은 귀성했을 때 정도로, 엄마에게는 걱정을 끼치지 않겠다고 일상적인 얘기만 하게 된지 몇 년이나 지났다.

"마리아 씨는 어떤 일을 하는 거야?"

좀 전에 레스토랑에서 마리아 벌이가 좋다고 말한 것이 궁금했다. 공장에서 일하는 외국인의 월급이 그다지 좋다고는 생각할 수 없었다. 혹시 윤락업소에서 일하고 있는 것은 아닐까. 자신은 경험이 없지만, 동성으로서 그 역겨움과 고통을 상상하는 것만으로도 몸의 심지가 얼어붙을 것만 같다.

"마리아는 마루나카 수산가공회사에 다니고 있어. 내가 프랑스로 수출하는 가쓰오부시를 매입하러 갔었어."

오빠 말에 의하면 그곳은 종업원 50명가량의 회사로 32명의 정규직은 모두 일본인 남자뿐이고, 나머지는 파견회사를 통해서 일하는 일본계 브라질인 노동자라고 했다. 품질관리를 위해 15도로 유지된 실내에서 비닐로 된 작업복을 입고 큰 기계를 다루는 남자들과 섞여서 일하는 여자는 마리아 혼자인 듯했다. 대부분의 여성들은 제품을 자루에 담는 일이나 포장을 담당하고 있다고.

"마리아는 고글 위에 캡을 쓰고 있어서 얼굴도 나이도 알아볼 수 없었지만 진지하게 일하는 모습이 왠지 거룩한 느낌이었어."

오빠는 그것을 보고 첫눈에 반해버린 것일까.

"그때 전무가 마리아의 기술이 출중하다고 말했지. 가쓰오부시는 어떻게 자르느냐에 따라 품질이 결정된다고 해. 그래서 여러 공장에서 그녀를 원하는 것 같아."

"왜 프랑스인이 가쓰오부시를 사는 거야?"

아까부터 궁금한 것을 물었다.

"일식이 유네스코 세계유산이 되었잖아. 그때부터 세계 각지에서 일본음식 열풍이 일면서 가쓰오부시는 오코노미야키, 타코야키에 뿌리는 것뿐만 아니라, 국물을 내기 위해서도 사용되고 있는 것 같아."

"상당히 본격적인 일식이네."

"마리아는 절삭 중에서도 하라스리라고 불리는 작업을 담당하고 있어. 고속으로 회전하는 여섯 장의 날이 있는 그라인더에 꽁꽁 언 가다랑어의 배 부분을 대고 내장과 뼈를 긁어내는 거지."

그런 위험한 기계에 접근하는 것을 상상만 해도 오싹했다.

"얕게 대면 완전히 없앨 수 없어. 그렇다고 너무 깊게 대면 몸을 깎아내서 낭비일 뿐 아니라 가죽이 오그라들어 상품이 안 되지. 절묘한 균형과 스피드가 요구되는 공정이래."

"마리아 씨 대단하네."

규칙으로는, 위험방지를 위해 얇은 고무장갑을 낀 위에 스테인리스로 된 장갑을 끼게 되어 있지만 장갑이 무겁고 능률이 떨어져서 벗고 작업하는 것이 일상화되어 있다고.

"가끔 손가락이 절단되는 사고가 일어난다고 전무가 한탄을 했는데, 능률을 위해서 못 본 척하나 봐."

마리아는 한시도 긴장을 놓아서는 안 되는 작업을 아침 8시부터 밤 8시까지 하고 있다고 했다. 점심시간 이외의 휴식시간은 오전과 오후 십 분 외엔 없다. 위생상 실외에 나갈 때는 작업복을 갈아입어야 하니까, 자동판매기에서 캔 커피를 뽑아먹거나 화장실에 가든가 둘 중 하나만 가능하다고.

"나 같으면, 참을 수 없어."

"전무는 마리아의 성실함을 높이 샀다고 해. 지각, 결근이 전무해서 신뢰할 수 있대. 용무로 일을 쉴 때도 며칠 전에 신청을 한대."

마리아의 수입은 한 달에 30만 엔이라고 하는데 근처에 사는 브라질인 근로자 중에 그 정도로 버는 사람은 15%정도라고 하니까, 그걸 생각하면 여성으로서는 파격적인 수입이었다.

"마리아의 일은 여성이 할 수 있는 최대한의 육체노동이라, 여성에게는 가장 돈이 되는 일이지."

"정말로 열심히 사네."

"그래도, 마리아는 그것만으로 만족하지 않고, 출퇴근하는 브라질들인을 픽업도 하고 있어."

"마리아가 운전면허도 가지고 있어?"

"보통은 브라질에서 딴 면허를 전환신청 하는데, 마리아는 일본에서 면허를 땄어."

필기시험에 합격한 것은 무려 열두 번째였다고 했다. 떨어질 때마다 사람들 눈길을 개의치 않고 큰소리로 울어서 학원에서도 유명했다고. 굉장한 노력가임에 틀림없다.

"오빠는 뭔가 달라졌어. 도쿄 본사에 있을 때는 자기 이야기를 거의 하지 않았는데, 동해 지사로 전근 간 건 다행이야."

"사실 엄마에게 말하지 않았지만, 내가 자원한 거야. 본사에서의 바쁜 일상에 질렸고, 게다가 '마누라가 도망간 주제에'라고 놀리는 상사가 있는 것도 싫고 해서. 괜찮은 사람에다 악의가 없는 것도, 술자리에서의 농담인 줄은 알지만, 너무 빈번하면 좀 그렇잖아."

"그건 싫다. 근데 오빠…."

묻기 어려웠지만, 마음껏 물어보았다.

"히로미 씨하곤 왜 이혼한 거야. 마리아 씨를 대하는 오빠 태도를 보면 굉장히 다정한데."

"사람에게 상냥하게 대하게 된 건 시간적으로 여유가 생겼기 때문이지. 요즘은 '가족관계의 심리학' 같은 책을 닥치는 대로 읽으면서 내가 얼마나 한심한 남편이었는지 절감했어. 마흔을 넘은 요즘 겨우 조금은 어른이 되었는지도 몰라."

"그렇게까지 자책하지 않아도…."

"예전에는 아이에게 어떻게 대해야 좋을지도 몰랐어. 웃는 얼굴로 적극적으로 말을 걸어주고 이야기를 들어주는 게 중요하다는 것을, 공교롭게도 지금에 와서야 알았지. 도쿄 본사와 달리 여기서는 가족이 참여하는 소프트볼대회 같은 것도 있고, 부자관계를 관찰할 수 있는 기회가 늘어났으니까. 아니야…, 그런 기회 같은 건 지천에 깔려있다고. 지금까지 보려고 하지 않았을 뿐이야."

그러면서 다시 자조하듯 입을 일그러뜨리며 웃었다.

9

아직 오전 중인데도 태양이 작열하고 있었다.

세탁기를 돌리고 나서 슈퍼로 향했다. 부드러운 무명 원피스는 통풍이 좋은데도 몇 분 만에 땀으로 흠뻑 젖었다. 문득 캄보디아의 더위가 떠올랐다.

쇼핑을 마치고 아파트로 돌아와 샤워를 하자, 갑자기 피곤함을 느꼈다. 침대에 누워 천장을 멍하니 바라보았다. 체력이 날마다 떨어지고 있었다. 몸속에서 태아를 성장시킨다는 대단한 일을 해서인지 누워 있는 것만으로도 피로가 쌓인다. 이런 상태로, 직장생활을 계속할 수 있을까.

세키구치 토모에게서 전화가 온 것은 그렇게 푹푹 찌는 어느 날 오후였다.

"세키구치 군이 전화를 하다니 별일이네. 무슨 일 있어?"

동창생 중 누군가가 사건이나 사고를 당했나 해서, 침대에서 벌떡 일어났다.

— 지금 좀 만날 수 없을까.

"뭐? 세키구치 군 지금 도쿄에 있어?"

— 응, 도쿄역에 막 도착했어.

"연수나 뭔가로?"

— 아니… 이번엔 그런 게 아닌데.

그럼 뭐냐고. 대학시절을 도쿄에서 지냈기 때문에, 그리워서 가끔 놀러 오는 건가. 아니면 다른 사람의 경조사? 어차피 그쪽에서 얘기하지 않는 것을 시시콜콜 묻기도 싫고 원래 세키구치에게 그리 관심이 있는 것도 아니어서 "오느라 수고했어. 멀었지."라고 흘려버렸다.

호텔을 어디에 잡았을까. 지방에서 왔으니까, 이쪽에서 호텔 근처까지 가는 것이 예의이기는 하지만, 그럴 기력도 체력도 남아있지 않았다.

"세키구치 군, 미안하지만 코엔지까지 와줄래? 분위기 좋은 찻집이 생겼거든."

예전이라면, 뭐든지 상대방 사정에 맞추는 경향이 있었다. 그러나 아기를 낳겠다고 결정한 뒤에는 달라졌다. 자신 때문이 아니라 태아를 위해서 무리는 하고 싶지 않았다. 낳겠다고 마음먹은 것이 언제였더라? 아니, 낳겠다고 결정한 적은 없다. 낳으면 생활은 어떻게 될까. 더 곤란해지는 것은 아닐까. 이것도 저것도 안 된다고 망설이는 사이에, 절대로 지울 수 없다는 자신의 강한의지를 어느 날 깨달았을 뿐이다.

— 그럼 지금 갈게.

한 시간 후에 역 앞 찻집에서 만나기로 했다. 복장은 이대로가 좋겠다. 허리가 고무줄로 된 바지 위에 넉넉한 임부용 니트를 입고 있었다. 슈퍼에서 돌아오자마자 침대에 드러눕고, 밤에는 한가롭게 녹화해둔 여행프로그램을 보려던 참이었다.

천천히 침대에서 내려와 간단하게 화장을 하고 머리를 빗었다. 목이 말라서 끓인 물을 조금 마셨다.

5분 전에 찻집에 도착했지만 세키구치가 먼저 와 있었다. 건너편에 앉자 그는 "오랜만이야." 하고 웃었다. 아버지 7주기 때 술집에서 봤을 때와는 분위기가 다르게 보였다. 그때는 티셔츠 차림이었지만 오늘은 말쑥한 정장차림이다.

"실은, 너희 어머니가 나에게 전화를 주셨어."

세키구치는 그렇게 말하고 커피 잔에 입을 댔다.

"우리 엄마가? 무슨 일로?"

세키구치가 근무하는 고등학교는 엄마의 모교이기도 하다. 동창회 명부나 뭔가로 문의를 했을까.

"그럼, 엄마가 학교에 전화를 걸었는데 세키구치가 받았다는 거네."

"아냐, 집으로 왔어. 그때 부모님이 안 계셔서 내가 받았어. 정말 다행이야. 내가 전화를 받아서."

무슨 뜻일까.

'설마 우리 엄마가 무슨 폐를 끼친 거야?'

엄마는 결코 비상식적인 사람은 아니다. 오히려 예의가 너무 바른 쪽이다. 하지만, 도시에서 살았던 경험도 없고 어쨌거나 요즘 세상일에는 소홀한 시골 할머니다. 그래서 세키구치처럼 매일 젊은 학생들과 접하는 고등학교 교사가 보면, 상식을 벗어난 엉뚱한 뭔가가 있었는지도 모른다. 아니면… 설마라고 생각하지만, 치매가 시작된 것은? 엄마는 혼자 계시기 때문에 증상을 알기 어렵다. 하지만 얼마 전 집에 갔을 때는 여전히 쾌활하고, 그렇게 솜씨 좋게 요리를 만들었던 사람이 치매일 리가 없다고 생각하지만….

"너희 어머니가, 누가 들으면 안 된다고 말씀하셔서 너희 집까지 갔었다고."

"말도 안 돼. 엄마가 세키구치 군을 집으로 부르다니, 미안해. 세키구치 군도 바쁠 텐데."

세키구치는 담임을 맡고 있었고, ESS(영어활동) 고문이기도 하고, 나이대로 봐서 학교에서 중요 직책을 맡고 있어도 이상하지 않다.

"그런 건 신경 쓰지 않아도 돼. 맛있는 케이크와 커피를 대접 받았으니까."

엄마가 세키구치를 집으로 부른 이유를 생각해봤지만, 짐작도 가지 않았다. 세키구치와는 고등학교는 같지만 초등학교가 다르다. 때문에 집이 가까운 것도 아니고 엄마가 세키구치를 어려서부터 아는 것도 아니다.

"그래서, 우리 엄마의 용건은 뭐였어?"

"아, 미야무라, 어머니에게 못 들었어?"

"못 들었는데."

"정말?"

세키구치는 의심하는 듯했다.

"정말로 못 들었다니까."

"음, 그렇구나. 틀림없이 미야무라가 어머니에게 부탁했다고 생각했는데."

좀처럼 본론으로 들어가지 않아 초조했다.

"저기 세키구치 군, 확실히 말해주면 좋겠는데."

"너희 어머니에게 부탁을 받았어. '유코 뱃속 아이의 아버지가 돼주지 않겠니.'라고."

"아아!"

무심코 소리를 질렀다. 주위 사람들이 일제히 이쪽을 보았다.

"그게 언제야?"라며 황급히 목소리를 낮추었다.

"토요일인가, 바로 일주일 전에."

"왜 그때 바로 전화해주지 않은 거야?" 하며 모르는 사이에 목소리가 커지고 있었다. 이번 일주일 사이에 자신도 모르는 일이 벌어진 것이 정말 싫었다.

"당장은 결론이 안 나서."라고 세키구치는 말하고 느긋한 동작으로 커피 잔을 입으로 가져갔다.

"결론이라니, 무슨?"

"그러니까, 네 뱃속 아이의 아버지가 돼줄지, 말지 말이야."

'돼줄지, 말지라고?'

상대를 업신여기는 말이라는 걸 본인은 알아채지 못하는 것 같다. 가만히 있자, 세키구치가 계속 말을 했다.

"미야무라는 지금까지 충분히 열심히 살아왔다고 생각해. 대학을 나온 지 벌써 한참 지났지. 그대로 도쿄에 남아 취직해서 생활하고 있다니 훌륭하다고 생각해. 고향과 멀리 떨어져 회사에서 일하는 건 남자도 힘든데, 여자인 네가 잘 해왔다는 사실에 감탄했어."

세키구치가 이렇게 인자한 눈빛으로 쳐다보는 일이 있었

던가. 아무래도 고교시절과는 입장이 반대가 된 것 같다. 세키구치가 보는 나는 약하고 불쌍한 여자인 거다.

"정말 고민하고 또 고민했어."

세키구치는 뱃속 아이의 아버지가 돼줄지, 말지를 망설이고 있다. 이쪽이 거절할 수 없다는 전제를 깔고 말이다.

"정말, 우리 엄마는 무슨 생각을 하는 거야. 세키구치 군, 이 얘기는 없었던 걸로 해줘."

"왜? 어째서?"

"왜냐면, 내가 임신할 리가 없잖아. 남자도 없는데."

언젠가는 들키고 말까? 아기를 안고 집으로 돌아가면 마을에 소문이 돌지도 모르지만, 돌아가지 않으면 모른다. 하지만 그렇게 되면 고향에 다시는 돌아가지 못하는 걸까. 아니, 그럴 일은 없다. 아이가 고등학생 정도가 되면 혼자 가면 된다. 하지만 그때까지 엄마가 건강할까.

세키구치는 "그려? 임신한 게 아니여?"라며 갑자기 사투리로 돌아왔다. 그리고 이쪽의 배 부분을 빤히 보았다. 헐렁한 스웨터로 배를 푹 덮고 있으니까, 부푼 부분은 숨겨져 있다.

"너희 어머니, 치매 같지는 않아 보였는데."

"우린 오빠도 언니도 도시에 나와 있으니까, 엄마가 혼자 계시는 게 왠지 불안해. 형제 중 누군가 한 사람이 시골로 돌아가거나, 엄마를 이리로 모셔오거나 어떻게 하지 않으면 안 되겠어. 노인 혼자 두면, 화재도 걱정이고."

실망했는지, 세키구치의 얼굴이 순식간에 바뀌더니, 동등한 관계가 되었다는 듯한 표정이다.

이로써 단순한 동창생으로 돌아왔구나, 하고 생각하니 갑자기 힘이 빠졌다.

"그 후에 모모코와 만났어? 미니 동창회에서 키도 군의 발언에 화가 나서 돌아갔잖아."

동창생다운 화제로 돌리고 싶었다.

"만나지 못했어. 같은 동네에 살면서도 우연히 마주치는 일은 거의 없더라고."

"모모코는 별로 돌아다니지 않는가봐."

"그렇지 않아. 인구에 비해 면적이 넓기 때문이 아닐까."

"정말, 그럴지도."라고 웃는 얼굴로 맞장구를 치면서 홍차를 다 마셨다.

"아~아, 내일은 휴일 출근이네. 싫다."

"아, 그래?"

생각대로 세키구치는 못내 아쉬워하는 표정을 지었다. 내일도 만나서 데이트라도 할 작정이었었나. 입덧도 있고 당장 침대에 눕고만 싶었다.

"다른 용건이 있었던 거지? 연수나 뭐 그런~"

"아니, 특별한 건….”

이 일 때문에 상경했다고. 그것도 평상복이 아니라 일부러 정장차림으로….

"모처럼 왔으니까 여기저기 가보는 건 어때? 세키구치 군은 대학이 여기였으니까 익숙하잖아.”

"응, 그렇지.”

세키구치가 일부러 상경한 것은 자신의 엄마 탓이다. 그래서 정말 미안하게 생각하지만, 다음부터 세키구치와는 만나지 않을 생각이다.

역 앞에서 세키구치와 헤어지고 아파트로 돌아가면서 언니에게 전화를 했다.

— 여보세요, 유코, 잘 지냈니?

느릿한 목소리가 거슬린다.

"언니, 내가 임신한 거 엄마한테 말했지. 어떻게 할 거야.”

방금 세키구치와 만나고 온 것도 말했다.

"언니가 입이 가벼운 건 알았지만, 설마 이럴 줄은 몰랐어. 성격이 의심돼.”

지나친 것은 알고 있었지만, 점점 더 언니에게 상처가 되는 말이 줄줄이 나왔다.

"저기 언니, 듣고 있냐고?"

— 엄마도 대단한데.

언니는 태연하다. 빌며 사과할 줄 알았기 때문에 화가 더
치밀어 올랐다.

"적당히 하라고."

— 들어봐, 유코, 어차피 들킬 일이야. 대체 언제까지 감출
생각이야? 벌써 칠 개월째 접어들었어. 이제 와서 지울 순 없
으니까, 호들갑 떨어도 소용없어.

그 후 언니는 몇 번이나 아파트로 찾아왔다. 지우려면 빨
리해라, 낳을 거면 호적에 넣어라, 라고 말하는 것은 매번 같
았다. 미혼인 채로 낳겠다는 동생의 어리석은 생각을 어떻
게든 바로 잡으려고 필사적이었으나 몇 번째인가에서 포기
한 듯했다. 아니, 포기했다기보다 어이가 없어서 말하기도
싫은 느낌이었다.

"고향에 안 가면 들키지 않아."

— 유코, 너 평생 집에 가지 않을 작정이니? 앞으로도 엄마
한테 비밀로 하려고 한 거야? 그건 불가능하잖아. 어차피 알
거면 빠른 편이 좋아. 몇 년 지나서 알면, 엄마가 얼마나 충격

을 받을지 생각해본 적 있어?

언니의 말도 일리는 있다. 그렇게 생각하니 분노가 조금씩 잦아들었다. 그러나 이번에는 엄마의 경박함에 분노가 솟아올랐다.

"엄마는 왜 그렇게 비상식적인 거야? 정말 믿을 수 없어."

— 하지만 엄마도 생각했을 거야. 태어나기 전에 누군가의 호적에 올릴 수 있다면 확실히 문제없지. 굿 아이디어지.

"무슨 말을 하는 거야. 망신스런 일을 당한 내 입장이 돼보라고."

— 그건 나로서도, 말도 안 되는 방법이라고는 생각하지만, 그 외에 뱃속의 아이를 사생아 만들지 않을 방법이 있어?

사생아…, 뭔가 질척거리는 습기와도 같은 말이었다. 그것도 불쾌지수가 높은 습기. 누가 이런 단어를 만든 걸까. 호적에 아버지 이름이 없다는 이유만으로 평생 꼬리표를 달고 살아야 한다는 건 모순이다.

— 그건 그렇고, 예정일은 언제니?

"12월 23일."

— 한겨울이네. 망토 같은 코트가 있으니까, 너한테 줄게.

"고마워."

— 어쨌든 세키구치 군과는 결혼하고 싶지 않다면, 빨리

아기 아버지에게 털어놔. 그리고 혼인신고만 먼저 해, 결혼식은 나중에라도 좋아. 뭐하면 안 해도 좋아. 아~, 바보 아들이 돌아온 거 같아. 자, 그럼.

갑자기 전화가 끊어졌다. 차를 한 잔 마셨다. 마음을 가라앉히고 엄마에게 전화를 하려고 했는데 시간이 지나면 지날수록 분노가 치밀어 올라왔다.

"여보세요, 엄마!"

― 유코구나, 몸은 어떠냐.

"엄마 쓸데없는 짓 하지 마요. 이제 절대로 나의 동창생에게 부탁하거나 하지 마세욧."

냉정하려고 했는데 날카롭게 소리를 지르고 있었다.

― 그려도 세키구치는 그렇게 마음에 없는 거 같지는 않더라구.

"그런 문제가 아니라니까.

― 정말이여, 그 사람은 어렸을 때부터 유코를 마음에 들어 했잖여? 아직 독신이고, 고등학교 선생님에다가 흠잡을 데가 없구먼.

"진심으로 하는 말씀이세요? 바보 같은 소리 하지 마시라고요. 학창시절하곤 아무 관계없잖아요."

― 사람을 좋아하는 건 나이가 들어도 변하지 않는 거여.

더 이상 말해도 결말이 나지 않는다. 초조함만 더할 뿐이다.

"엄마, 어쨌든 앞으로 제일에는 관여하지 말아주세요."

— 그게 태어날 아일 생각하면….

"그냥 좀 놔두라고요."

일방적으로 전화를 끊었다. 홀로 지내는 엄마에게 못되게 굴었다는 생각에 속이 메슥거렸다.

엄마나 언니의 생각이 일반적인 것일까. 세상의 잘못도 있다는 내 생각은 너무 튀는 걸까. 사람들은 출신에 대해서는 관용이 없다는 말일까.

문득, 몸서리치는 계산이 머리 한 구석을 스쳤다. 세키구치가 호적에 올려준다면…, 도움이 된다. 그런 마음이 생겨나고 있었다. 누구라도 좋으니까, 호적에 올려준다면 세상이 편해진다.

가뜩이나 임산부나 아이가 있는 여성이 일 하는 것이 어려운 세상이다. 게다가 마흔이 되면 어떤 봉변을 당할지도 모른다. 회사에서 계속 일을 하기 위해서도 혼인신고를 하는 것이… 중요할지도 모른다. 그렇게 하면 태어나는 아이가 세상의 편견에 노출될 걱정도 없다. 혼인신고라는 그저 단 한 장의 종이 쪼가리가 큰 역할을 한다.

태어나면 바로 이혼하면 된다. 세상은 미혼모보다 이혼한

쪽을 더 납득한다. 그래서 돌싱이라는 가벼운 말이 있을 정도다. 그렇다. 그렇게 하는 수밖에는 없다. 혼인신고를 하고, 출생신고를 하고, 그리고 당장 이혼신고를 한다. 그렇게 종이 쪼가리 한 장 조작한 것으로 세상에 대한 체면을 갖출 수가 있다.

그것을 이루어줄 편리한 남자가 세키구치 외에 또 있을까. 태어날 때까지 앞으로 몇 달. 그동안, 이처럼 좋은 조건의 남자를 찾기란 쉽지 않다. 아니, 불가능하다. 세키구치는 행복을 전해줄 처음이자 마지막인 남자는 아니었을까. 그것을 그만 놓쳐버렸다. 호적에 올리는 것만 부탁해보는 것이 낫지 않을까. 내일 세키구치가 돌아가기 전에 만나서 다시 얘기해볼까.

진심으로 그런 생각을 한 걸까. 호적만 빌리다니 아무리 그래도 세키구치에게 실례잖아. 세키구치의 인격을 무시하고 있어. 편리하게 써 먹고 그 뒤엔 획 하고 버릴 셈인가. 하지만 만약… 그래도 좋아, 라고 세키구치가 말해준다면? 그럼….

머릿속이 타산적으로 움직인다. 요즘엔 뱃속의 아이를 위한 최선이 무엇일까라는 것이 생각의 중심이 되고 말았다. 그것을 위해서는 남이 어떻게 되든지 알 바가 아니다. 이런 것이 부모의 마음인 건가. 단순한 자기중심주의가 아닌가. 머릿속에서 생각이 빙빙 돌기를 계속한다.

다음 순간, 지금 세키구치를 만나지 않으면, 이 기회를 놓친다면, 이제 다음은 없다는 생각이 든다. 당황하며 재킷을 입고 세키구치에게 전화를 걸면서 현관을 나섰다.

해가 짧아졌다. 세키구치가 머물고 있는 호텔로 갔을 때는 이미 어둠이 짙게 깔렸다. 오랜만에 도쿄에 왔으니 거리에 나와 있는 것은 아닐까 했는데, 세키구치는 어디에도 가지 않고 계속 방에 있었다. 로비의 카페라운지 소파에서 다시 전화를 걸자 세키구치가 내려왔다.

"전화, 놀랐어. 역시 임신했었구나."

화를 내고 있나 했는데, 세키구치는 기쁨을 감추지 못한 듯한 얼굴을 하고 있었다.

"나는 말이야 별거결혼도 좋다고 생각하고 있어."

"정말? 그래도 돼?"

걱정하는 것보다 낳는 것이 쉽다는 게 이런 말인가. 역시 엄마가 옳았다. 연륜이란 이런 것을 말하는지도 모른다.

"그냥 도쿄에서 일하라는 거지?"

"응, 그런 거야."라며 진지한 표정으로 이쪽을 본다.

"하지만 부모님은 어떻게 생각할까. 호적이 더러워지는 것을 반대하잖아?"

"더러워지다니, 그런 생각은 안 해. 내 자식이라고 단언해 버리면 되니까."

"부모님을 속일 거야?"

무리가 있다. 엄마 때문에 들통 나진 않겠지만, 실제론 세키구치에게 이렇게 말했다.

학창시절에 자신을 좋아했던 것 같다는 추측에 한 가닥 희망을 걸고 있는 것은 경솔한 행동임에 틀림없다. 세키구치의 부모님에게 알려지는 것은 시간문제다.

만일 아이가 미즈노 타쿠미를 많이 닮으면 어떻게 될까. 그의 윤곽이 뚜렷한 아이돌 같은 얼굴과 세키구치의 담백한 간장과 같은 얼굴하고는 전혀 닮지 않을 것이다. 미즈노의 짙은 눈썹과 큰 눈동자를 가진 아이가 태어난다면 누구라도 이상하게 생각하지 않을까.

"난 여름방학과 봄방학에 며칠 정도의 휴가를 쓸 수 있어. 학생들처럼 한 달간 꼬박 방학은 아니지만. 여러 가지 일로도 바쁘니까."

"미카도 말했어. 여름방학도 거의 출근하고 있대. 취주악부의 고문이기도 하고 말야."

"그래도 조정하면 일 년에 몇 번은 상경할 수 있을 거야."

"여름방학과 봄방학에 세키구치 군이 도쿄에 온다는 거야? 왜? 뭐 하러?"

"역시 부부니까, 같이 지내는 게 중요하다고 생각하니까."

그의 수줍어하는 표정을 보니 무심코 머리털이 곤두섰다. 단순히 호적만 빌려주겠다는 것이 아니다. 실질적으로 부부가 된다고 생각하는 모양이다. 당연한 것이 아닐까. 너무 쉽게 생각했다. 그렇게 나 좋은 일만 있는 일이 세상 어디 있겠나?

"아아, 그런 얘기였구나. 그렇다면…."

없던 일로 하자는 말을 세키구치가 상처받지 않도록 어떻게 말하면 좋을까. 그리고 세키구치를 편하게 써 먹으려 했던 것을 눈치 챌 수 없게 하는 말은….

"미야무라가 열등감을 느낄 필요는 없어."

"뭐?"

열등감이라니, 뭐가? 결혼 조건으로 최악의 핸디캡을 가진 여자를 며느리로 데려오는 거야. 감사해야지, 그런 뜻인가.

"안심해도 좋아."

아아, 이 눈빛이다. 고향의 술집에서 만났을 때도 느꼈지만 그때보다 더욱 중년 남자의 변태도가 증가했다. '중년 남자의 변태도'라는 말은 동기인 나미가 이십 대 초반 때 만든 말이다. 나이가 들면, 섬세하던 소년이 이토록 바뀌나 하고, 충격을 받을 정도로 여자를 깔보는 후안무치가 된다. 그것이 인류 공통의 것인지, 아니면 일본 남성들에게만 두드러지게 나타나는 것인지는 모른다. 나미는 부드러운 분위기를 가진 여성이지만 의외로 관찰력이 날카롭고 신랄한 면도 있다. 남성 상사를 나미의 잣대로 재서는, 둘이서 깔깔대고 구르던 이십 대 시절을 떠올렸다.

세키구치의 시선이 어느덧 입술로 흐르고, 거기에서 목을 더듬고는 쇄골을 거쳐 바로 지금 가슴을 응시하기 시작했다. 두 팔에 그야말로 왈칵 소름이 돋는다. 나미가 여기 있었다면 반드시 말했을 것이다. 중년 남자의 변태도가 팔십을 넘었어, 라고.

"나도 처음엔 많이 망설였어. 하지만 생각하기에 따라서는 기회라고 느꼈어. 난 널 고등학교 때부터 좋아했으니까."

이 남자, 자신에게 취해 있다. 혹시 나미라면 얘기를 빙빙 둘러댈 것이다.

"역시 좋아하는 사람하고 결혼하는 게 가장 행복하다고 생각해."

아까와는 다른 소년처럼 얼굴을 붉힌다.

"하지만, 누구의 아이인지는 제대로 가르쳐줘야 해. 그건 알지?" 하고, 이번에는 위협적인 표정으로 바뀐다.

이 남자와 결혼하는 건 무리다. 얌체같이 호적만 올렸다가 낳는 대로 이혼한다. 그런 안이한 생각을 한 자신이 처음부터 나쁘다. 당장이라도 이 자리를 떠나고 싶었다.

그때 휴대폰 벨이 울렸다. 힐끗 보니 아무상관 없는 스팸 메시지였다.

"싫다, 토요일인데 업무 연락이야. 미안, 잠깐 받고 올게."

그렇게 말하고 라운지를 나와 똑바로 걸어가 세키구치의 시선을 가로막는 커다란 기둥 뒤로 숨었다. 자신도 모르게 그대로 화장실로 향했다. 화려한 세면대 앞에 서서 먼지 하나 없는 큰 거울에 비친 모습을 바라보았다. 싫은 얼굴을 하고 있었다. 더 행복한 얼굴로 있고 싶다. 심신이 건강하게 살고 싶다. 그러기 위해서는 어떻게 해야 할까. 불안해서 견딜 수가 없다. 어쨌든 지금은 거짓말을 하고라도 이 자리를 벗어나야 한다.

"세키구치 군, 미안, 갑자기 일이 생겼어."

라운지로 돌아와 소파에는 앉지도 않고 선 채 말했다. 매우 서두르는 듯이.

"토요일은 쉬지 않니?"라고 세키구치가 비난조로 묻는다.

"손님 장사라서 토요일과 일요일이 대목이야. 기획부라고는 하지만, 손님이 까다로운 개인여행을 제안하면 창구만으로 감당하기 어려울 때 날 호출하는 거지."

"… 힘들구나."

세키구치는 못내 안타까워했다.

"내일은 휴일 출근이지. 그럼, 오늘밤은? 일이 끝나고 호텔 방으로 오든가. 늦어도 괜찮아. 뭐하면 내가 미야무라 아파트에서 기다려도 되고."

"오늘은 꽤 늦어질 것 같아서 안 되겠어."

"혹시… 뱃속 아기 아버지와 안 끝났어?"

"응? 설마. 원래 끝내고 말고는 그런 건 애초에…."

"무슨 말이야? 좀 더 자세히 듣고 싶은데."

"오늘은 안 되겠어."

"알았어. 그럼 또 연락해줄 거지?"

"그래, 그럴게."

"그것보다, 가끔 시골로 내려가 봐. 어머니도 힘들어 하시더라."

"뭐가?"

"거실에 형광등이 끊어져서 방 안이 캄캄했어. 스스로 코타츠 위에 올라가서 바꾸려고 하신 모양인데, 휘청거리며 떨어져서 이마를 많이 다치셨대. 그 이후엔 바꾸는 걸 포기하셨대."

"음…."

엄마가 어두운 방에서 불편한 생활을 하고 계시다. 그것을 생각하니 안타까웠다. 누구나 가차 없이 나이가 든다. 그것이 당연한 일인데, 자신의 부모만은 항상 건강하다고 착각하고 있었던 건 아닐까.

"그래서 내가 바꿔드렸어."

"고마워."

아까 낮에, 세키구치와는 두 번 다시 만나고 싶지 않다고 생각했었다. 그런 자신이 싫어진다.

"그럼, 또 봐."

빠른 걸음으로 라운지를 나와 정면의 현관으로 향했다.

나중에 문자메시지를 보내자. 그 후에는 다시는 연락하지 않는다. 경박하고 무책임한 여자라고 생각하면, 그것으로 됐다. 그는 바쁜 토요일과 일요일을 이용해 시골에서 멀리 와주었다. 그런데도 고함이 나올 정도로 초조했다. 어제까지 남이었던 세키구치가 이제 이쪽의 개인사를 전부 알권리가 있다고 생각한다. 물론 그건 지나친 것도 아니고 그가 나빠서도 아니다. 부글부글하고 엄마의 경솔한 행동에 분노가 생긴다. 그리고 언니에 대해서도.

언니가 말하지 않았더라도 언제까지나 임신을 숨기고 있을 수 없다는 것을 안다. 하지만, 스스로의 마음의 준비라는 것도 있다. 임신한 건 자신인데, 엄마도 언니도 이쪽에 아무런 상의도 없이 제멋대로 움직인다. "유코를 위해서."라고 하는데 참견도 유분수다. 이제 곧 마흔이다. 철부지 계집애가 아니다.

간선도로로 나와 군중 속에 뒤섞이자 그제야 천천히 숨을 들이마셨다.

문득, 밤하늘을 올려다보았다.

앞으로는 집안사람과 함부로 상담하는 것은 그만두기로 결심했다.

10

퇴근하는 길이었다. 출입문을 나오자마자 바로 앞에 동기인 나미가 걷고 있는 것이 보였다.

"나미!"라고 외치자, 그녀는 마치 슬로모션처럼 천천히 돌아섰다. 항상 상냥한 그녀는 드물게 표정이 굳은 것처럼 보였다. 오늘 낮에도 회사 식당에서 함께 점심을 먹었다. 그때 다음 주부터 휴가를 얻어 부부가 대만으로 여행을 간다고 했다. 유코 선물도 사올게, 라고 했고 여행용 옷들도 사놓았다고 즐거워했다. 하지만, 점심시간과는 표정이 달라졌다.

옆으로 다가가자, 나미가 "실은 이상한 소문을 들었거든." 하고 말했다.

"소문이란 본인 귀에는 들어가지 않잖아. 그러니까, 말해주는 게 진정한 친구라고 생각해."

"소문은, 나? 어떤?" 하고 물으면서 나란히 역으로 향했다.

"유코가 임신했다는, 묘한 소문 말이야."

나미가 미간을 찡그리며 이쪽을 본다. 있을 수 없는 소문이 나서 불쌍하다, 라는 느낌이었다.

나미는 "누가 그런 얘기를 꺼냈을까. 용서할 수 없어."라며 자신의 일처럼 분노했다.

"독신여성에 대해서 그런 소문을 흘리다니 말도 안 돼."

어떻게 대답을 해야 할지 한순간 망설였다.

배가 점점 커지고 있다. 이제 곧 들키게 된다. 재킷으로 숨길 수 없게 되는 것은 시간문제다. 그러니까, 여기서 거짓말을 하면 안 된다. 나중에 거짓이라고 알게 되면 나미와의 신뢰가 깨지고 만다. 적은 입사동기 가운데서도 나미는 소중한 동료다.

솔직하게 말할 수밖에 없다.

"사실은, 임신했어."

"뭐?"

나미가 갑자기 걸음을 멈췄다. 그리고 아무런 말없이 얼굴을 뚫어지게 쳐다보았다.

"거짓말이지?" 하고 묘하게 느린 어조로 묻는다.

"정말이야."

"유코, 언제 결혼한 거야?"

"결혼은 아직 안 했어. 그런데… 이제 혼인신고를 하려고 해."

"상대는 어떤 사람?"

순간적으로 세키구치와 본요 두 사람이 떠올랐다.

"고교시절 동창생이야. 오랜만에 재회해서."

마음속으로 아이 아빠를 한 사람으로 몰지 않으면 나중에 모순이 생길 거라는 생각이 들었다. 앞으로는 본요를 떠올리기로 하자. 온화한 본요를.

"상대도 독신이야?"

"물론."

자신도 모르게 말투가 강해졌다. 언니가 가장 먼저 불륜을 의심한 것을 떠올렸다.

"어떤 사람이야? 몇 살? 상대는 재혼이야?"

나미의 입에서 질문이 줄줄이 튀어나온다.

"동갑이야. 고교동창이거든. 상대도 초혼."

그러면 왜 빨리 결혼하지 않느냐고 나미는 분명히 물을 것이다. 그때는 유서 깊은 사찰이라서 여러 가지 어려운 문제가 있었다고 하면 된다. 숨을 깊이 빨아들이면서 무엇을 물어도 능숙하게 거짓말을 할 수 있게 마음의 준비를 했을 때였다.

"몇 번 했어?"라면서 나미가 물끄러미 쳐다보았다.

"했다니, 뭘?"

"그러니까, 매달 했냐고?"

"그게… 뭘?"

"배란일을 계산하고 했어?"

무심코 숨을 멈추고 나미의 얼굴을 보았다.

"이봐 유코, 제대로 알려줘. 기초 체온은 매일 쟀어?"

나미의 표정이 점점 일그러졌다.

"그런 거 잰 적 없는데. 원래 부인체온계 같은 것도 없고"

"뭐야, 그게."

나미에게 혼나고 있는 느낌이었다.

"만들 생각은 아니었지만, 우연히 생겨버렸어." 하고 그만
변명하듯 말했다.

"그런 거, 불공평하잖아."

나미가 갑자기 소리쳤다. 가로등 불빛이 나미의 눈에 눈물
이 고여 있는 것을 알려주었다.

"난 말이야, 십오 년이나 불임치료를 해왔어. 그게 얼마나
힘들었는지 알아? 마음의 문제만이 아니야. 시간도 돈도 도
대체 얼마를 써왔는데. 그런데 나만 바보 같잖아."

단숨에 말을 하는 바람에 나미는 답답한 듯 기침을 했다.
뭐라고 대답하면 좋을지 몰랐다. 생각지도 못한 반응에 그저

놀라울 뿐이었다. 사실은 나도 힘들어. 결혼 예정 따윈 없어. 앞으로의 일을 생각하면 불안해서 견딜 수가 없다고, 그렇게 솔직히 말하고 나면 얼마나 편할까.

"나, 갈래."

나미는 그 말을 남기고, 재빨리 역으로 향했다. 자신도 나미와 같은 역에 가고 있지만, 나란히 걷는 것을 허락하지 않는 것 같았다. 구두를 신은 작은 몸집의 나미가 열심히 걸어도 속도는 뻔하다. 따라가지 않으려면 부자연스러울 만큼 천천히 걸을 수밖에 없었다.

그때, 가방 속에서 휴대폰 진동이 울렸다. 보니까 오빠로부터였다. 마침 다리 위에 접어들어 멈춰 서서 난간 아래의 도로를 내려다보았다. 나미와 거리를 두는 데도 도움이 되었다. 도시한복판인데 다리 밑에서 풀벌레소리가 들려왔다. 늦더위가 심해서, 밤이 되어도 온도가 떨어지지 않지만, 계절은 시시각각으로 가을이 오는 듯했다.

"오빠, 웬일이야. 전화를 다하고."

― 왜 그래? 목소리가 어두운데. 무슨 일 있어?

"그런 거 아니야. 잘 지내. 오빠야 말로 무슨 일이야?"

― 실은 나, 도쿄 본사로 돌아오게 됐어.

"전근이야?"

― 어, 그래. 그래서 어딘가에 아파트를 빌릴까 하는데, 너희 동네 어때? 치안은 괜찮니?

"우리 집은 신주쿠로 나오기도 편리하고, 조용하고 좋은 곳이야. 그런데 오빠 회사는 대기업이니까, 사택 정도는 준비해주지 않을까?"

― 응, 있기는 있지만, 사적인 시간까지 회사 동료들과 만나는 것도 좀 그런 것 같아서.

오빠는 홀몸이니까 가족이 사는 임대아파트가 아니라, 독신자 숙소를 할당받는 것일까. 사십 대에 홀몸이 되면 기분이 썩 좋지 않을지도 모른다.

"원룸이나, 작은 집이라면 근처에 얼마든지 있어."

오빠가 근처에 있어주면 마음이 든든하다고 생각해서 말해보았다. 바쁜 오빠에게 출산 후에 도움을 받을 것이라고는 생각하지 않는다. 다만, 근처에 가족이 있다고 생각하면 든든하다.

― 원룸 말고, 방 두 개나 세 개짜리를 찾고 있어.

왜 그렇게 큰 곳에 살려고 하냐고 물었을 때, 문득 마리아와 리카르도의 이국적인 얼굴이 떠올랐다.

"설마… 그 일본계 브라질인들 하고 함께 살 거야?"

― 그게 왜 '설마'냐고?

오빠는 따지듯 말했다. 인종차별을 한다고 생각했는지도 모른다. 야이즈로 출장 갔을 때, 우연히 만났지만, 마리아와 리카르도가 오빠에게 어떤 존재였는지 지금까지 몰랐다. 마리아가 오빠를 좋아하는 것은 뻔해보였지만 리카르도가 오빠를 따르는 기색은 보이지 않았다. 오빠는 리카르도에게 동정심을 가졌을 뿐이었다.

"미안, 오빠, 설마라는 건 이상한 의미가 아니야. 단지 같이 도쿄에 산다는 건 마리아 씨가 생선공장을 그만둔다는 얘기잖아?"

— 맞아. 그런데?

항상 온화한 오빠가 차가운 어조로 반문하는 것이 충격이었다. 사회의 편견으로부터 마리아와 리카르도를 지키려고 하는지도 모르지만, 동생에게까지도 경계심을 갖는 건 의외였다.

"내가 참견할 일은 아닐지 모르지만… 마리아 씨가 일을 그만둔다는 건 오빠가 앞으로도 계속 책임을 지겠다는 말이잖아."

— 알고 있어.

"무책임한 결정은 아니라고 생각하지만…."

— 물론, 그런 마음은 아니야.

하지만, 그건 한 순간의 동정심이잖아? 정말로 그렇게 묻고 싶었다. 일상생활 속에서 동정심이 희미해졌을 때 오빠는 어떻게 할 건데? 그 후에도 계속 책임을 가지고 두 사람의 뒷바라지를 할 수 있을까?

"오빠, 기분 나빠하지 마. 앞으로 장래를 생각하면, 왠지 걱정이다."

― 사실은… 벌써 혼인신고 했어.

"어, 정말? 엄마한테도 말했어?"

만약 엄마와 언니가 알고 있다면 바로 자신에게 연락이 왔을 것이다.

― 엄마에게는 아직 말하지 않았어.

역시 그랬군.

― 말할 필요가 있을까?

"뭐?"

무심코 귀를 의심했다.

"결혼한 걸 부모에게 알리지 않다니…."

상상할 수 없다.

― 내가 불효잔가.

오빠의 가라앉은 목소리가 귀에 남는다.

"불효자는… 아니라고 생각해. 그래, 일부러 알릴 필요는 없겠지."

말하지 않으면 모를 수도 있다. 엄마가 갑자기 올라와서 자식들 집을 둘러볼 일은 있을 수 없다. 계속 시골에서 살아 왔으니까, 혼자서 지하철이나 신칸센을 갈아탈 용기는 없을 것이다.

고향에는 인종차별적인 것을 태연하게 말하는 분위기가 아직도 있다. 그런 시골에 마리아와 리카르도 일이 소문이 난다면 엄마도 살기가 힘들어진다. 그렇다면 말하지 않는 편이 좋다. 삼촌들만 해도 나쁜 사람들은 아니다. 단지 도덕심과 교양이 그것밖에 안 된다. 그래서… 수준이 떨어지는 것이겠지만.

— 이사를 도와주러 올 수 있니?

"오빠, 미안. 난 안 될 것 같아."

— 왜, 바쁜 거야?

"무거운 걸 못 들어."

— 어디 아파?

"아냐. 임신 중이야. 이제 칠 개월 돼가."

침묵이 흘렀다. 전화 너머로 말문이 막힌 것 같았다.

— 임신이라니, 설마 유코가?

머뭇거리는 듯 오빠가 물었다.

"응, 나야."

— 그거 엄마나 누나도 알고 있어?

"응, 알아."

— 상대는 회사 사람이야? 결혼은 언제 할 건데.

어떻게 설명해야 할지 우물거리고 말았다.

— 설마, 유부남?

한숨 섞인 목소리로 오빠가 물었다. 질문형식으로 묻지만, 마음속으로는 몰아가는 것 같았다.

"상대는 독신이야. 그런데 사정이 있어서 결혼 못해. 자세한 건 다시 말하겠지만."

— 알았어. 이삿짐업체에 포장 예약할게. 유코가 마리아와 리카르도가 생활하기 쉽도록 도와주면 좋겠어.

"알았어. 할 수 있는 건 할게. 힘이 된다면 나도 기쁘니까."

— 유코가 그렇게 말해주니 든든한 걸. 그럼 또 보자.

오빠는 억지로 밝은 목소리를 내며 전화를 끊었다.

11

오후가 되어 부장의 호출을 받았다. 언제나처럼 구내식당 한 구석에 있는 카페가 아니라 일부러 회의실을 지정했다.

"부르셨습니까?"

노크를 하고 들어가자, 부장은 대답도 않고 차가운 눈초리를 보냈다.

"왜 불렀는지 알고 있지?"

놀라서 부장을 쳐다보았다. 아마도 임신 중인 사실이 귀에 들어간 것이겠지만, 그렇다 해도 이렇게 위압적으로 말을 하지 않으면 안 되는 걸까.

"왜 부르셨는지…."

"임신했다고 들었는데 말이지."

그렇게 말하고 부장은 품평하듯이 거리낌 없이 온몸을 훑어보았다.

"네, 임신… 했는데요?"

"그래서, 여자는 안 되는 거야."라며 다짜고짜 화를 냈다.

여기 화석 같은 남자가 있다. 마치 자신이 TV 드라마 속에 있는 느낌이다. 얼굴을 붉히며 분노하는 부장은 오빠와 같은 사십 대이다. 그런데 오빠와는 전혀 다르다.

"여자는 교활한 동물이야. 정말."

"왜요?"

"이봐, 그렇잖아. 2020년 프로젝트 팀장이 되지 않겠냐고 했을 때, 이미 임신한 걸 알고 있었지?"

그래요. 알고 있었어요. 하지만 아이가 있는 요코다 씨나 쿠리야마 씨 같은 선배 여성사원 욕을 그렇게 듣고, 도저히 말을 꺼낼 수가 없었어요. 사실은 그렇게 말하고 싶었다.

"그런 몸으론 애초에 팀장은 무리였던 거잖아. 그런데 뭐? '그런 그릇인지 아닌지 생각해주세요.' 나를 망신준 거 아니야?"

"죄송합니다." 하고 머리를 숙였다.

"부장회의에서 자넬 추천한 내 입장이 돼 보라고. '추천을 취소합니다. 미야무라 유코는 임신 중입니다.' 하고 다음 회의에서 고개를 숙이지 않으면 안 된다고."

"대단히 죄송합니다."

망신을 줄 생각은 조금도 없었지만, 얕은 생각이었다고 생각한다. 그러나 그때 순간적으로 어떻게 대답을 하면 좋았을지 지금도 모르겠다. 임신출산이 결코 축복이 아니라, 핸디캡이 되어버린 회사생활 안에서 솔직하게 털어놓는 순간 내 위치를 인정받지 못하게 된다. 그것이 두려웠다. 기혼여성과는 다르게 자신에게는 사활이 걸린 문제였다.

"이사회에 보고하겠지만 아마 모두 좋게 생각하지 않을 걸. 그만두는 수밖엔 없어."

"그런가요? 알겠습니다. 안타깝지만, 2020년 프로젝트는 포기 하겠습니다."

그러나 어떻게 해서든지 해외출장이 없는 부서로 이동하지 않으면 안 된다.

"자네, 농담하는 건가?"

"네?"

"자네한테 회사를 그만두라고 말하는 거야."

"왜인가요? 그건 이상하잖아요. 의미를 모르겠네요."

"머리를 식히고 생각해보라고."

"임신했다고 회사를 그만두라는 건 임신부 이지매입니다."

"나쁜 말은 안 할 테니까."

부장은 갑자기 차분한 목소리를 냈다.

"국내투어 담당이었던 스기우라를 기억하지?"

스기우라 아키코는 동기였다. 임신을 하고 지각이나 조퇴가 부쩍 늘었다. 입덧이 가라앉자 이번에 일이 늦어진 것을 만회하려고 무리한 탓에 유산기가 있어서 입원하게 되었다. 그러자 그녀가 담당했던 일을 분담하느라 같은 팀 동료들이 더욱 곤욕을 치렀다. 그래도 금방 퇴원해서 출근했지만 너무 무리할 수가 없어서 다른 멤버 전원이 막차를 겨우탈 정도로 일하는 가운데, 아키코 혼자 정시에 귀가하는 날이 계속되었다.

그 일은 당시 기획부에서 같이 근무하던 나미로부터 자세히 들었다. 최대한으로 일하지 못하는 사람이 한 명이라도 있으면, 주변 사람들이 힘들어진다. 그 후에 아키코는 무사히 출산하고 육아휴직을 냈다. 그것을 나미가 좋아하지 않을 것이 뻔했다. 나미는 불임치료 중이라 아키코 흉을 보면아이가 생기지 않는 질투라고 생각할지도 모른다고 털어놓았다.

도대체 누가 나쁜 것일까. 왜 매번 이렇게 돼버리는 걸까. 동료들에게 울분이 쌓이고 원활했던 팀워크가 어색해지고싫증이 나서 이직을 하는 사람도 나왔다. 그래도 아키코가육아휴직을 끝내고 제대로 복귀하면 그마나 다행이었다. 보육원에 자리가 없어서 아키코는 복귀하지 못하고 회사를 그만두게 되었다. 그렇게 되니 지금까지 참고 아키코의 몫까지 일 해온 동료들은 결국 헛수고를 한 셈이 돼버렸다.

"일에 책임을 지지 못할 거면 그만두는 게 좋아."

"그건 곤란합니다. 일 년의 육아휴직 후에는 바로 복귀해서 계속 일하고 싶습니다."

"일 년이나 유아휴직을 낸다? 그거 진심으로 하는 소리야."

"법률로 정해져 있습니다."

"그건 대기업 얘기지. 우리 같은 작은 회사에선 있을 수 없다고."

"요코다 씨나 쿠리야마 씨는 육아휴직을 내고 지금도 계속 일하고 있잖아요."

"아마 일 년씩은 아닐걸?"

"아, 그런가요?"

"그것보다 요코다나 쿠리야마가 모두에게 얼마나 폐를 끼치는지 알잖아. 주위 사람들은 정말로 화가 나 있다고."

"그럼, 보충 아르바이트를 고용하면 되잖아요?"

"하루 이틀 사이에 할 수 있는 일이 아냐. 숙소와의 협상과 교통, 기관과의 연계나 그것들에 얽힌 법률적인 것도 포함해 전문적인 지식이 필요하니까."

"그렇다면 그런 인재를 늘리면 좋겠다고 생각해요. 남자도

장시간 노동이 빈번하고."

"사람을 늘려? 그 월급은 어디서 나오나? 애 엄마인 여성들이 줄 건가?"

"그런···."

"저기요."

부장은 보란 듯이 크게 한숨을 내쉬었다.

"출산 후에도 그렇게 열심히 일하는 이유를 난 전혀 모르겠어. 자기실현이란 거? 옛말로 하면 우먼 리브(여성해방운동)라고 하는 건가."

"일하지 않으면 경제적으로도 곤란합니다."

"별거결혼이라고 했잖아. 얼른 얼른 주지의 사모님이 되는 게 좋아."

"제가 절의 주지하고 결혼한다는 얘기는, 누구에게 들었나요?"

"누군지 잊어버렸어. 이미 회사 사람 누구나 알고 있기도 하고."

미즈노가 사에나 누군가에게 말했고, 순식간에 소문이 퍼진 것인가.

"별로 숨길 필요도 없잖아."

듣고 보니 그랬다. 고향의 동창생과 결혼한다. 그런 평범한 얘기를 비밀로 할 이유가 없다. 미즈노나 사에가 가볍게 화제에 내놓아도 이상하지 않다.

"처음 자네의 임신 사실을 알고 깜짝 놀랐어. 뱃속의 아이 아버지가 누군지 모른다느니, 상대는 자식이 있는 유부남이라느니, 여러 가지 소문이 난무했으니까."

"음, 그랬군요."

"고등학교 동창생에 주지라는 것을 처음부터 모두에게 말했으면 좋았잖아? 어느 날 갑자기 미혼인 여자 배가 눈에 띄면 누구라도 놀라지. 성실할 것 같은 얼굴을 하고는 안 보이는 곳에선 할 짓 다했다는 게 알려지면 그건 자신에게도 손해야. 게다가 일단 그런 강한 인상을 남기면 나중에 착오였다는 걸 알아도 나쁜 이미지는 쉽게 지워질 수가 없으니까."

그래서 그랬을까, 소문이 돌고 있는데도 누구하나 아는 척을 하지 않았다. 만일 자신이 기혼 여성이었다면 복도에서 지나칠 때나 엘리베이터 안에서도 속속 말을 걸었을 것이다.

— 축하해. 예정일은 언제야?

— 아들이야 딸이야? 남편이 좋아하시죠?

— 이름은 정했어?

하지만, 실제는 멀찍이 떨어져서 쳐다만 보았다. 오랫동안 같은 기획부에서 일하는 동료조차도 정면으로 물어오는 사람이 없었다. 이건 아주 부자연스러운 일이다. 원래라면….

— 뭐, 임신했어? 근데 미야무라 씨는 독신 아니었어? 어떻게 된 일이야. 설마 불륜?

그렇게 말하거나 어이없게 물어보기를 바랐다. 역시 일본에선 미혼모에게 좋지 않은 꼬리표가 따라 붙는 것 같았다. 외국에 갈 때마다 일본만큼 좋은 나라는 없다고 깨닫는다. 청결은 으뜸이고 길을 물으면 누구나 친절하다. 하지만….

— 일본인, 불쌍해. 일본인은 인생을 다시 바꾸지 못해.

그렇게 말한 것은 아마도 중국인 가이드였다.

— 나쁜 짓 하면 대대적으로 보도해서 인생 망쳐. 하지만, 중국은 넓어. 먼데로 가서 이름 바꾸고 다른 사람으로 살면 돼.

작고 행정 체계가 잘 잡힌 나라는 이렇게 갑갑하다. 사람의 눈이 귀찮다. 따뜻하고 상냥한 눈이라면 대환영이지만,

"여자는 젊었을 땐 예쁘지만, 배가 나오면 끝이야. 얼마나 뻔뻔한지 모른다고, 아줌마들이 진상이고 후안무치한 건 세상의 상식이잖아."

그렇게 말하고 더러운 것이라도 보듯이 복부를 빤히 쳐

다본다.

"수치심이 없어지면 여자는 싹 달라진다고. 그래도 뱃속 아이의 아버지가 확실해서 다행이야. 그렇지 않았으면 회사 안이 문란해진다고. 옛날식으로 말하면 소위 '그늘진 여자'라고, 묘하게 요염한 느낌이 들어서 색안경을 끼고 보는 게 무리는 아니지. 그렇지만 유서 깊은 사찰의 주지와 결혼한다니 다행이 아닌가. 자네 또래의 여자에게는 사치스러울 정도야. 아, 이건, 성희롱이 아니야. 어디까지나 일반론이니까. 그럼 그렇게 알고."

이야기가 끝났다는 듯이 부장은 빠른 걸음으로 방을 나갔다.

자리로 돌아온 후에 일이 진척되지 않았다. 회사에서 버틸 자신이 없었다. 보육원에 보낼 수 있을지 말지도 모른다. 요코다나 쿠리야마를 보고도 알 수 있지만, 아이 병을 핑계로 빈번하게 쉬는 것은 불가능할 것 같다. 그렇게 되기 전에 그만두라는 말인가. 저출산 대책 등을 정부가 내세우고 있지만, 중소기업은 허우적대고 있는데 그런 자선사업 같은 것을 하고 있을 수는 없다. 회사조직 안에서는 확실히 아이를 갖는 것이 불리하다.

집에서 멀리 떨어진 장소에서 혼자 아이를 키우며 정년까지 근무하는 그런 것은 도저히 불가능하다고 느꼈다. 아이 낳기는 그만큼 무모한 일인가. 아기를 낳으면 회사 안에는 온통 적밖에 없을 것인가. 벌써 그렇게 돼 버렸다. 나미조차, 그 후로 연락이 없었다.

어두운 기분이 된 채 귀가했다. 이 세상에서 사라지고 싶은 기분이었다. 임신을 한 후 인간관계도 생활도 모든 것이 깨져간다. 어디에도 있을 곳이 없다.

아파트의 다세대 우편함을 들여다보니 엄마한테서 온 편지가 들어 있었다. 뭔지 불룩하게 튀어나와 있고 우표도 통상보다 많이 붙어있다. 엘리베이터에서 봉투 위를 만져보니 부드러웠다. 천으로 만든 건가. 혹시 양모로 만든 후낫시(배의 요정)인가? 그렇다면 필요 없는데, 이런 물건이 가장 성가시다. 엄마가 손수 만든 것이라면 불필요한 것이라도 버리기 어렵다. "오늘 최악이야." 아무도 없는 엘리베이터 안에서 소리를 질렀다.

엘리베이터 문이 열리자 높은 웃음소리가 들렸다. 스치듯이 젊은 남녀가 탄다. 인사를 나눈 적은 없었지만 여자가 같은 층에 사는 것은 전부터 알고 있었다. 아마도 둘 다 아직 학생일 것이다. 캐주얼 복장이지만 가방만은 고급브랜드다.

언제 봐도 같은 가방이라 하나밖에 없을 것이다. 그런 점이
정겨웠다.

— 너희들, 학교 졸업하면 바로 결혼하는 편이 좋다고.

그렇게 마음속으로 말하고, 그건 쓸데없는 참견이야, 라고
혼자 대화를 하니 괜히 웃음이 새어나왔다.

나도 학생 시절에 애인이 있었다. 졸업 후, 각자 다른 분야
에 취직해서 바빠지고, 휴일엔 피곤에 지쳐서 잠만 자느라
자연히 만날 기회가 줄어들었다.

— 결혼 시기를 놓치면 나처럼 엉망인 인생이 된다고.

복도를 걸어가며 다시 참견을 입 안에서 우물거리며 말해
본다. 사실은, 머릿속에 들어앉아 있는 부장의 기분 나쁜 얼
굴을 쫓아내고 싶었다. 그래서 마음을 달래려고 다른 것을
생각하려고 하고 있다. 그것을 자신도 알고 있었다. 하지만,
집에 들어가 구두를 벗는 동안에도 부장의 차가운 말이 머릿
속을 빙글빙글 돌고 있었다.

— 자네에게 회사 자체를 그만두라는 말이야.

실내복으로 갈아입고 슈퍼에서 사온 반찬을 테이블에 늘
어놓았다. 엄마한테 온 봉투는 테이블에 둔 채였다. 개봉하
면 더 우울해질 것 같은 예감이 들었다. 후낫시를 보면 엄마
의 낙천적인 얼굴이 생각나서 어쩔 줄 모르는 분노가 더 커

질 것만 같았다. 세키구치에게 아버지가 되어 달라고 부탁하다니, 몰상식해도 분수가 있다. 그리고 무엇보다 세키구치의 호적을 빌리려고 한 순간이라도 마음이 움직인 파렴치한 자신을 떠올리자, 자기혐오에 빠질 것만 같았다.

아아, 이제 모두 다 싫다. 오늘은 한 번도 배를 만져보지 않았다. 뱃속의 자식이 사랑스럽지 않다고 느낀 순간이 있다니, 지금까지는 몰랐다.

컵에 생수를 따른 후 간단한 식탁을 차렸다. TV를 켜고 뉴스채널에 맞췄다. 가끔 편지봉투를 곁눈질로 노려보면서, 늦은 저녁을 먹기 시작했다. 이토록 우울한데도, 식욕만은 그대로였다. 그것이 한층 더 비참함에 박차를 가했다. 스스로가 그저 동물처럼 느껴져서 집 근처 신사에서 본 아귀 그림이 다시 떠올랐다.

저녁식사를 마치고, 어쩔 수 없이 엄마가 보내온 봉투를 뜯었다. 어떤 얼굴의 후낫시일까 생각했는데, 금실로 수놓은 '순산기원'이란 주황색 부적이 나왔다. 편지가 한 장 들어 있었다. 고향집의 소박한 냄새가 났다.

— 유코, 잘 지내고 있나요. 뱃속의 아기도 건강하지요. 출산할 때는 고향으로 돌아오세요. 집근처 병원이 안심이 되니까요. 내가 잘 돌봐줄게요. 그럼 몸조심 하세요.

"… 엄마."

부적을 뺨에 대니 눈물이 흘러나왔다.

잠시 후 기분이 가라앉자 엄마에게 고맙단 말을 하려고 전화를 걸었다.

"여보세요, 엄마, 부적, 고마워요."

— 유코, 가끔은 내려오는 게 어떨까?

"그건…."

이런 큰 배를 움켜쥐고 고향에 갈 용기는 없었다. 아버지 없이 임신을 했다는 소문이 순식간에 온 시내에 퍼지는 것은 당연하다 해도 실제로 이 모습을 보여주는 것 자체가 싫었다.

— 얘, 얼마 전에 나루세 생선가게 아가씨가 손주를 데리고 돌아왔어.

"아, 마사요가?"

— 그래, 그래. 남자아이하고 여자아이였어.

미니 동창회에서 마사요는 두 번 다시 돌아오지 않겠다고 했다고 들었다. 그 소문은 잘못된 것이었을까.

— 들어보니, 여섯 살과 네 살이랴. 셋이서 손잡고 마을을 산책하고 있더라구. 엄마가 자란 장소를 되도록 가르쳐주고 싶다고 유치원에서 고등학교까지 보며 걷고, 또 여기저기를

돌아다녔다는구먼. 그 도중에 우리 집 앞을 지나다가 그쪽에서 말을 걸어왔어. '유코 어머니, 안녕하세요.' 하고.

엄마가, 뭔가 조심성 없이 말한 것은 아닌지, 걱정이 되었다.

— 가까이서 보니까, 둘 다 무척 귀여운 얼굴이었어. 속눈썹도 2센티 이상 있더구먼. 웃는 얼굴이 무척 귀엽더라구. 아마 그런 걸 영어로 큐트라고 하는 거지.

"뭐야, 엄마가 뚫어지게 쳐다봤지?"

— 그래, 봤지. 정말 신기하더라구. 시골에 살면 흑인은 매우 드무니까, 찬스였구먼.

"마사요가 화내지 않았어?"

— 왜 화를 내. 생글생글 웃고 있더라구. 그래서 '우리 집에 가서 차나 한 잔 마시고 갈래?' 하니까, '그럼, 사양 않고 조금만 마실 게요.' 하더구먼.

"아, 우리 집에 왔어?"

— 그래. 아이들이 둘 다 영어도 일본어도 유창했어. 둘 다 합창단 활동을 한다면서 「스와니강」을 부르는데 엄청 잘 불러. 그래서 나도 답례로 민요를 살짝 불러줬지. 진지한 얼굴을 하고 듣더라고. 큰 박수를 받았어. 갈 때 토템폴에 키도 재줬으니까. 유코도 이번에 내려와 봐.

"응, 그럴게요."

— 미사요가 많이 바뀌었더라구. 나이를 먹고도 키를 재 달라고 하더라구.

왜일까, 눈물이 그치지 않았다. 괜히 미사요가 보고 싶어 졌다.

12

곤도 본요에게 연락이 온 것은 토요일 밤이었다. 종교학회 참석차 상경했다고 했다. 혹시 세키구치에게 임신 얘기를 들은 것은 아닐까. 세키구치는 의외로 입이 가벼운 남자였나. 생각해보면 그의 사람됨을 그렇게 잘 알고 있는 것도 아니었다.

롯폰기에 있는 스타벅스로 가니 안쪽 자리에 본요가 앉아 있는 것이 보였다. 심각한 얼굴로 노트북을 노려보고 있었다. 스님이 아니라 영리한 영업사원처럼 보였다. 그도 그럴 것이 머리를 길렀기 때문이다. 커피를 들고 건너편에 앉자, 큰 소파에 가라앉을 뻔했다.

"미안하네, 바쁜 데 불러내서."

아무래도 임신에 관한 일을 모르는 것 같다. 그 증거로 세키구치처럼 이쪽의 배를 응시하거나 하지 않는다.

"본요도 잘 지내는 것 같은데. 도쿄에는 자주 오니?"

"일 년에 두 번은 와. 시골에서 조용하게 살려고 했는데, 나도 모르는 사이에 사람들에게 알려졌어. 학회에 갈 때마다 예리하게 질문을 했던 게 실수였나 봐. 천재성은 좀처럼 감추기 어려워서 금방 들통 나버린다고."

본요가 유머 있게 말했지만, 사실일 것이다.

"머리 미는 거 그만 둔거야?"

"그렇지, 지난번 올라왔을 때, 창에 비친 나를 보고 깜짝 놀랐어. 옷차림이 이상하더라고. 지나가는 사람들이 힐끔힐끔 쳐다본다는 걸 그제야 알았지. 머리를 빡빡 민 통통한 아저씨를 이상한 눈으로 쳐다보는 건 당연할지도 몰라. 우리 시골이라면 주변 모두가 록은사 주지로 아니까, 길에서 마주치면 모두 친절하게 인사해줘서 오랫동안 몰랐지."

"듣고 보니, 확실히 이상하긴 하다."

"이 머리라면 두 달에 한 번 이발소에 가면 끝이니까, 전처럼 삼 일에 한 번 미는 것보다 훨씬 편하지. 나머진 나온 배야. 운동으로 빼기로 결심했어."

그렇게 말하고 있지만, 본요 앞에는 달달한 음료가 놓여 있다.

"본요, 그건 뭐야?"

"미야무라, 도쿄 살면서 이런 것도 몰라? 이건 다크모카칩

크림프라프치노잖아."

그렇게 말하고 놀란 듯이 이쪽을 본다.

"도쿄에 산다고 스타벅스 메뉴를 다 알고 있는 건 아냐."

"그건 그래."

"일 년에 두 번이나 도쿄에 왔었다면서 이제야 연락하는 거야?"

그는 아무 말도 하지 않은 채 빨대로 천천히 갈색액체를 들이마셨다. 그때 임신에 대해 알고 있는 것은 아닐까, 라고 생각했다. 그의 인품으로 봐서는 어떤 질문에도 공손히 대답해줄 것이다. 친절할 뿐만 아니라, 말하는 것 자체를 좋아한다. 고교시절에도 설법을 잘하기로 시내에서도 평판이 자자해서, 그때부터 훌륭한 후계자가 될 거라는 말들이 있었다. 그런 그가 지금 입을 다물고 있다. 게다가 일 년에 두 번씩 상경했지만, 연락을 한 것은 이번이 처음이다.

"왜 그래? 본요가 나한테 볼일이 다 있고, 무슨 일이야?"

"음… 지난주였던가, 미야무라 어머님이 우리 절에 오셨어."

아연실색했다. 엄마에 대해 맹렬히 화가 치밀었다. 도대체 엄마는 어디까지 어리석은 것일까. 순산기원 부적을 보고 울컥했던 자신이 바보 같았다. 엄마는 세키구치가 안 되면 다음은 본요라고 생각한 것일까.

"아, 록은사엔 뭐 하러?"

사실은 묻고 싶지 않았다. 듣지 않아도 안다. 고향집이 록은사 내에 있는 것도 아니고, 훌쩍 산책 겸 들릴 수 있는 이웃에 있는 것도 아니다.

"단적으로 말하면, 음, 그러니까…."

단적이라고 말하지만, 본요는 우물거리고 있다.

"뭐야? 분명히 말해봐. 우리 엄마가 뭔가 폐를 끼친 거지?"

호적에 올려달라고 부탁하러 간 것이 틀림없다. 당장 자리를 박차고 달아나고 싶은 기분이었다. 그런 한편으로 그래서 어쩔 건대라는 자포자기하는 생각이 마음구석에서 솟아나며 나를 자리에 붙들어 앉혔다.

— 모두 시끄러워요! 날 좀 내버려두시라고요.

입 밖에 꺼내진 않지만 요즘은 '시끄러워!'라고 마음속에서 외치는 일이 많아졌다. 그렇게라도 하지 않으면 스트레스가 쌓여서 미칠 것 같았다.

"어머님을 본당으로 안내하고 차를 대접했지."

"그건 죄송합니다. 바쁘실 텐데."라며 머리를 숙였다.

어조가 차갑게 들렸는지 깜짝 놀란 듯 본요는 이쪽을 바라보았다.

"폐 같은 건 없었어. 게다가, 마침 절 사무실에서 받은 맛있는 만두도 있었으니까."

"그런데? 뭐야? 무슨 말을 하고 싶은데?"

좀 전과 다르게 억센 어조가 되고 말았다.

"그래서 말이지…."

빨리 말하라고.

"알고 있구먼. 우리 엄마가 '우리 유코 뱃속 아이의 아버지가 돼줄 건가.'라고 말한 거 아니여?"

감정이 고조되어 무심코 사투리가 튀어나왔다.

"뭐여, 미야무라 알고 있었구먼."

본요의 얼굴이 풀어졌다.

"모를 리 없지. 말해두지만 엄마가 마음대로 움직이는 거야. 내가 부탁한 게 아니라고."

"그건 알지. '유코에게 비밀로 하고 와버렸구먼.' 하고 어머님이 자꾸 말씀하시더라고."

"폐를 끼쳐 대단히 죄송합니다."

다시 고개를 숙였다.

"그게 우리 엄마라고 생각할수록 창피해."

"미야무라, 그런 말하면 안 되지. 어머님은 필사적이었어. 진심으로 딸을 걱정하고 계셨구먼."

"물론 그렇겠지만 방법이 엉망이잖아. 내가 결혼도 안 하고 임신했다고 들었을 때 놀랐지?"

"아니, 전혀 놀라지 않았어. 그건 벌써 알고 있었으니까 말이여."

말문이 막혀서 본요를 쳐다보았다.

"어떻게? 세키구치 군에게 들었어?"

"세키구치? 그 녀석은 전부터 알고 있었던 거여?"

그러면 엄마가 세키구치에게 부탁하러 간 것을 본요는 모른다는 말인가.

"세키구치가 아니라면 누구에게 들은 거야?"

그 외에는 누구에게도 얘기하지 않았을 것이다.

"누구라니… 벌써 마을에 소문이 다 났구먼. 집에서 키우는 미야코도 알고 있을 정도지."

키우는 고양이 이름을 꺼내며 유머러스하게 말했지만 웃지 않았다. 마을 사람들이 모두 알고 있다. … 아아, 시골에서 나고 자란 것이 한스럽게 느껴진다. 도쿄 출신들이 부러워졌다. 도쿄에도 커뮤니티가 있기는 하지만, 대대로 그 땅에 사는 사람들은 적다. 결혼해서 집을 나와 새 보금자리를 만들고, 아이가 태어나면 넓은 곳으로 옮기고, 계약금이 모이면 집을 사고, 노후에는 아담한 아파트로 옮긴다. 그때마다 모르는 지역으로 이사를 간다. 그것에 비해 시골은 일단 소문이 나면 후세까지 전달된다. 자신이 미혼모가 된 것도 앞으로 오랜 세월에 걸쳐서 잊는 일은 없을 것이다.

그나저나 대체 누구의 입에서 나왔는지 마을에서 아는 것은 엄마와 세키구치뿐이다. 아마도 엄마는 입이 굳은 키와 이모에게만 상담했을 것이다. 아니, 그뿐만이 아닐지도 모른다. 왜냐면 세키구치나 본요에게 부탁하러갔을 정도다. 뭐든 '우리끼리 비밀 얘기로 하고 싶구먼.'이라는 전제를 달고선 옛날부터 지인들에게 털어놓지 않았던가. 신뢰할 수 있는 인물이라고 생각했다손 치더라도, 사람의 입은 막을 수가 없다. 오락이 없는 시골에서 종일 한가하고 심심한 것을 주체하지 못하고 화제에 굶주려있다면 소문이 도는 것은 순식간일 것이다.

― 조용히 해요! 남남인 당신들하고 무슨 상관이 있어요! 마음속에서 다시 외치고 있었다.

"고마워, 일부러 그걸 전하러 와줘서."

비아냥거림을 담아 말한 것이었다. 전화로 물어봐도 충분했다. 이렇게 만나게 되면, 태연한 얼굴로 포장하게 되니까, 더 피곤하다.

비아냥거림이 안 통했는지, 본요는 온화한 표정으로 어려운 이름의 달콤한 음료를 맛있게 마셨다.

지금쯤 엄마는 주변의 호기심에 얼마나 노출되어 있는 것일까. 이런 상태라면 삼촌들의 귀에도 들어갔을 것이다. 엄마는 얼마나 면목이 없을까. 자신의 임신으로 많은 사람들이 소동에 말려들고 말았다. 엄마는 쇼핑을 나가서 다른 사람들을 만날 때마다 싫은 소리를 듣고 있는 것은 아닐까. 삼촌들에게 불려가서 '망신시키지 마라.'는 등 힐책을 당하는 것은 아닐까.

"지난주였지. 도쿄에서 어떤 여자가 찾아온 것이."

어서 일어나고 싶다. 그것밖에 생각이 들지 않았다. 그래서 커피를 단숨에 마시고 보란 듯이 가방에 손을 넣고 휴대폰을 꺼내 시간을 확인했다.

"마침 그때, 묘석가게의 젊은 부부가 묘석토대 치수를 재러왔었어."

"어, 그래."

그런 화제에는 전혀 관심이 없었지만, 맞장구를 칠 수밖에 없었다.

"묘석가게 며느리가 도쿄에서 온 여자를 보고 '저건 누구여. 주지 애인 아니여.' 하며 끈질기게 물어서 혼났구먼. 묘석가게 며느리가 그렇게 보여도 여자란 말이지. 저런 옷은 시골에서 팔지 않는다느니 세련된 분위기라느니 하면서 엄청 칭찬을 하더라구."

"음."

천하에 천재적인 본요도 시골에서 살다보니, 이런 아무 상관없는 이야기를 끝없이 하려는 걸까. 그렇게 생각하니 신물이 났다.

"확실히, 황록색 줄무늬 원피스였구먼."

"아, 황록색? 거기다 줄무늬?"

모르는 사이에 큰소리를 냈다. 옆에서 노트북을 노려보던 청년이 몸을 떨며 고개를 쳐들었지만 그대로 다시 노트북으로 향했다.

그 특징 있는 원피스라면 사에가 몇 번이나 회사에 입고 온 바 있다. 인상 깊었던 것은 왜 그렇게 멋진 걸까, 라고 생각했기 때문이다. 매우 잘 어울렸고 허리가 조여 있어서 전체 라인이 아름다웠다.

"본요, 미안, 지금 한 얘기 처음부터 다시 한 번 해줄 수 없어?"

"뭐여, 듣고 있지 않은 거여?"

"그런 건 아니야. 듣긴 들었지만."

하지만 쓸데없는 잡담이라고 생각해서 진지하게 귀를 기

울이지 않았을 뿐.

"그러니까, 어느 날 갑자기 낯선 여자가 도쿄에서 절로 찾아온 거여."

"그 사람 이름이 뭐야?"

"그게, 말이지, 몇 번을 물어도 '이름을 밝힐 수 없습니다.'라고 말하는 거여."

"어떤 느낌이었어?"

"거 대단한 미인이었구먼. 하지만 뭔가 성실한 느낌은 아닌 것처럼 보였지."

"예를 들어, 어떤 점이?"

"뭔지는 모르겠지만 신뢰할 수 없는 느낌. 내내 눈동자가 흔들리고, 나 같은 시골촌뜨기는 말로 간단히 속일 수 있다고 생각하는 분위기였지."

그 여자, 아오키 사에일까. 하지만 그렇게까지 하겠는가. 도쿄에서라면 하루 만에 다녀가기 힘들다. 그 원피스는 명품이니까, 어느 백화점에서도 판매하고 있다. 그렇다고 해도 몸매에 자신이 있는 여자 이외에는 사지 않을 것이라고 생각한다. 그렇다면… 아아, 실패했다. 미리 본요와 말을 맞췄어야 했다. 설마 사에가 록은사까지 일부러 찾아갈 줄은 생각지도 못했다.

"그게 언제였어?"

절망적인 기분으로 물었다.

"지난주 토요일."

본요와의 결혼이 거짓말이라는 걸 사에에게 이미 들킨 것이다. 당연히 미즈노의 귀에도 들어갔을 것이다. 하지만 아는 것 치고는 아무 말이 없었다. 미즈노의 표정에도 특별한 변화가 없었다.

"그 여자 혼자 왔어?"

"응, 혼자였지."

사에가 미즈노 몰래 온 것일까. 그래도… 아아, 들통이 나버렸다. 큰 한숨이 새어나왔다.

"내가 무슨 사정인지 몰라서 적당히 얘기를 맞춰두었지만 잘한 걸까."

"이야기를 맞췄다고, 어떻게?"

"인사도 대충하고는 갑자기 '결혼은 하셨나요?'라고 물어와서 의심을 했구먼. 그래서 '그것보다 어째서 도쿄에서 일부러 이런 유명하지도 않은 절에 오셨나요.'라고 질문으로 답해주었지."

대답이 막히면 질문으로 돌린다. 직장인이 아닌 본요도 그수법을 쓰는 것 같다.

"그러니까, 횡설수설하더라구. 그 전까지는 여배우 같았어. 어딘가에 카메라라도 있나 생각할 정도로 품위 있게 웃거나 연극하는 것 같은 태도였는데 말이여."

사에의 행동을 보고 있는 듯했다.

"거기에서 흥미를 느꼈지."

본요가 매우 재미있다는 듯이 웃는다. 본요의 얼굴이 평소의 본요로 돌아왔다. 이야기를 좋아하고 사람의 호감을 느끼게 하는 표정이다.

"시골에 살면 한가하니까, 그런 낯선 사람은 대환영이여."

"본요는 가난한 아이들을 돌보느라 바쁘잖아? 홈페이지에서 읽었어."

"그래, 미야무라도 알고 있었구먼. 그 홈페이지는 내가 만든 거여. 꽤 잘 만들었지. 프로에게 부탁했냐고 묻는 사람도 있을 정도니까. 나는 문과도 이과도 잘 했잖아. 그래서 내 덕분에 등교거부 하는 아이들이 부쩍 줄었지. 방과 후에는 절이 진학학원처럼 북적거리지만, 낮에는 등교거부가 줄어든 탓에 한가하구먼. 가끔 장례식이라도 있으면 괜찮지만, 최근 몇 달 동안은 아무도 죽는 사람도 없어. 동네 노인들은 농사일을 한 탓인지, 모두 건강해서 장수한다고. 절의 수지도 좀 생각해서 어느 정도 나이가 되면 돌아가주시지 않으면 곤란한데 말이여."

"그것보다 그 여자 얘기를 들려줘."

"아아, 그렇지. 이런 시골에 왜 온 거냐고 다시 물으니까, '출장으로 왔습니다.'라고 하는 거여. 어떤 일이냐고 물었더니 다시 말문이 막히더라고. 그러더니 '스님께는 약혼자가 있나요.'라고 물었어. 뭔지는 모르지만 기특하게 나의 결혼에 관심이 있는 것 같더라구. 그래서 약혼자가 있는 듯 없는 듯 적당히 말해줬어. 그러니까, '절의 사람들이 반대하고 있나요.'라고 물었어."

아아, 역시 아오키 사에였다. 사에는 총무부의 컴퓨터로 사원 명부를 조사해서 혼인신고를 하지 않았다는 것을 알았다. 그것을 들은 미즈노가 추궁했다. 그때 나는 절의 반대에 부딪혔다고 순간적으로 대답했었다.

"도대체 무슨 얘기를 하고 있는 건지. 내가 모르는 곳에서 이상한 스토리가 완성된 것을 알고 무서웠어. 그래도 어쨌든 이 여자가 누군지, 그리고 어떤 목적으로 왔는지를 알기 위해서 대충대충 대답하고 넘어가기로 했지. 분명히 그 사이에 그쪽에서 꼬리를 보이겠지, 라고 생각하고. 이럴 때는 항상 돌아가신 어머님께 감사하지. 이렇게 똑똑한 아이를 낳아주셔서 고맙습니다, 라고."

"그런 얘기는 됐으니까, 그 다음을 들려줘."

"미안, 이야기가 또 샛길로 새고 말았네. 미야무라, 그렇게 무서운 얼굴 하지 마. 나는 여자가 화내면 무서우니까."

"화내는 거 아니라니까, 그래서 어떻게 됐어?"

"원래 내가 누구와 결혼을 하던 절에서 관심이나 간섭이 있을까. 그렇게 큰 사찰도 아니고 상대가 어떤 여성이든 시집을 와주면 고마워해야 할 거여. 하지만, 상대의 질문에 대해서는 '허어'나 '그럭저럭'이라며 건성으로 대답했지."

"그래서?"

"그 사람은 기다림에 지친 건지 '반대하더라도 언젠가는 결혼 하실 거죠.' 하고 결정한 듯이 말했어. 그래서 나는 '그건 어떻게 될까요.'라고 답하자, 여자는 대담한 기세로 '그게 상대 분은 임신을 했잖아요.'라고 외치듯 말했어. 거기서 겨우 미야무라 일이라고 감 잡았지. 네가 미혼인데 임신을 했다는 소문을 알고 있어서 다행이었지."

계속 이야기를 하다 보니 목이 말랐는지 본요는 물을 꿀꺽꿀꺽하고 마셨다.

"즉, 내가 미야무라 뱃속 아이의 아버지라고 생각하고 있다. 혹은 그렇지 않을까 의심하고 있다. 그래서 이런 먼 곳까지 발걸음을 해주었다. 그렇다면, 즉, 그 미인은 미야무라의 뱃속 아이의 부친의 아내나 애인 둘 중 하나지."

본요의 추리에 깜짝 놀랐으나, 무표정하게 넘어갔다.

"재미있는 생각이네. 그래서?"

"거기서 나는 더 알아보기로 했지. '여행사에 근무하십니까?'라고 물었더니 놀란 얼굴을 하고 나를 쳐다보더군. 그런 얼굴은 긍정하고 있다는 거나 다름없지. '왜 그렇게 생각합니까.'라고 되물어서 '출장으로 이런 시골에 온다고 하면 국내여행 패키지 활용을 위한 답사라고 생각했죠.'라고 대답했어. 내가 있는 이 절은 이래 봬도 실은 유서 깊은 사찰이고, 정원도 문화재라고 해도 이상하지 않을 정도로 정취가 있어. 단체여행 코스에 넣어주면 꼭 관람료를 받자고 사찰 사람들과 손가락 걸며 준비하고 기다렸지. 삼백 엔으로 할까 했지만 마당의 가지치기 관리의 수고를 생각하면 사백 엔이라도 벌 받지 않을 거라 생각했구먼. 미야무라, 어떻게 생각하니. 사백 엔은 너무 많지?"

"그런 건 아무래도 좋아. 그것보다 그 뒤엔 어떻게 됐어?"

"그 여자가 결국 묻더라구. '상대 이름은 어떻게 되죠.'라고. 그 바보스러움에 놀랐지."

"무슨 뜻?"

"그럼, 첫 대면에 약혼자의 이름을 알고 싶어 하는 사람이 어디 있어? 그런 질문을 하면 의심받을 거라고 보통은 생각하잖여. 그런 것도 모르다니, 정말 둔하더라구."

그럴까. 아오키 사에는 예리해서 얕볼 수 없다고 생각했지만, 본요가 본 사에는 전혀 다른 인상인 것 같았다.

"아니면, 내가 시골의 멍청한 스님이라고 생각하고 방심했는지도 모르지. 모르는 사람이 보면 멍해서 바보처럼 보인다고 어렸을 때부터 자주 들었지."

"그래서 뭐라고 대답했어?"

"내 약혼자 이름은 미야무라 유코입니다, 라고 거짓말을 하는 편이 미야무라에게 도움이 되겠지. 그걸로 원만히 해결을 할까 했는데, 그쪽에서 '혹시, 비밀인가요.'라고 물어서 '네, 그래요. 절 사람들이 시끄러워서 지금은 밝힐 수 없지요.'라고 답하자, 상당히 납득한 것 같았어."

"그 사람, 바로 돌아갔어?"

돌아보고 싶다고 해서 안내해주고, 피아노와 색소폰 연주도 해주었지.

본요는 스포츠엔 젬병이라 관악부에서 동아리 활동을 했다. 거기에서 알토 색소폰을 불고 있었다. 천재적으로 잘한다고 동아리 고문이었던 음악교사가 최고로 칭찬을 했었다. 본요는 어릴 때부터, 다양한 것들을 배우고 있었고, 그 안에

피아노도 있었다. 배우기 시작한 것이 초등학교 3학년이라는 늦은 시기였지만 숙달이 놀랄 만큼 빨랐다. 나는 유치원부터 배우고 있었지만, 본요가 앞질러 버렸던 것을 문득 떠올렸다.

"그 뒤에 차를 대접하고 신변 얘기를 했지."

"어떤?"

사에에게 신세타령이라고 할 정도로 어두운 과거가 있다고는 생각하지 못했다.

"뭔가 복잡한 가정에서 태어났기 때문에 상류가정에 대한 강한 동경을 가지고 있었던 것 같아. 지금 사귀고 있는 사람이 좀처럼 청혼하지 않는다며 초조해 했지. 상대의 나이를 물어보니 스물여덟이라고 해서, 당연히 서른아홉의 나도 여전히 독신인데, 그렇게 젊을 때는 좀처럼 결심을 하지 못할 거라고 말해줬어. 하지만 여자인 자신은 그렇지 않아요, 여자는 잘 나갈 때가 있어요, 지금 스물여섯이니까, 어물어물하다가는 금방 서른이 된다고요, 하더라구."

사에가 초면의 본요에게 마음을 열었다고 했다. 가사를 입고, 침착한 태도를 취하는 모습을 보고 마음을 연 것일까. 본요의 관대함과 상냥함을, 잠깐이나마 느꼈을지도 모른다.

13

일곱 달이 지나자 배가 상당히 눈에 띄게 되었다.

새벽의 회사는 매우 고요했다. 아직 정문이 열리지 않는 시간이라 언제나처럼 경비실에 들러 열쇠를 받았다. 일흔 살 전후로 보이는 경비원은 정년퇴직 후에 제2의 인생을 즐기고 있는지 항상 온화한 미소를 짓고 있다. 이쪽도 미소로 대하다보니 낯이 익게 되었다.

좁은 복도를 지나니 한 번에 시야가 트였다. 넓은 로비와 정문 현관이 보였다.

약간의 한기를 느끼며 엘리베이터 버튼을 눌렀다. 문이 열리자 졸린 표정을 한 젊은 남자가 나왔다. 이 오피스빌딩에는 다양한 회사가 들어와 있다. 그중에서도 IT 업종에 근무하고 있는 사원은 밤샘이 많은 탓인지 아침이 돼서야 퇴근하는 사람도 적지 않았다. 텅 빈 엘리베이터에 혼자 탔다. 평소라면 기획부가 있는 8층까지 멈추지 않지만, 이날은 회의실이 있는 3층에서 멈추며 문이 열렸다.

탄 사람은 세지마 요스케였다. 몇 년 전에 전무로 승진했고, 지금은 차기 사장으로 지목되고 있다. 미간에 주름을 잡고 언짢은 얼굴을 하고 있었다. 두꺼운 서류에 눈을 떨군 채 얼굴을 들지 않는다. 가려는 층 버튼을 누르려고도 하지 않았다. 자신과 같은 총무부나 기획부가 있는 층에서 내릴 생각인가. 이 좁은 공간 안에 전 불륜상대와 단둘이 있다는 것은 상상도 하지 못할 일이다.

이쪽도 가만히 있었다. 모르게 내리고 싶었을 뿐이었다.

"이런, 안 돼."

세지마는 그렇게 말하며 서둘러 엘리베이터 버튼을 눌렀다. 사장실과 중역실이 있는 7층이었다. 그러고는 들고 있는 서류로 시선을 되돌리려던 중 아무생각 없는 듯 이쪽을 보았다.

"아!" 하는 짧은 감탄사뿐이었다.

그의 시선이 이쪽의 복부로 내려왔다.

"어, 왜?"라고 말하며 배와 얼굴을 번갈아 보았다.

"미야무라 씨, 좋은 일 있어?"

유코라고 불렀었는데, 막힘없이 미야무라 씨라고 불러주니 안심이 됐다.

"네, 그렇습니다."

"그랬구나, 축하해."

웃으려고 애쓰는 것 같았지만 어색했다.

"결혼했구나. 몰랐어."

"아니, 결혼은… 하지 않았어요."

"뭐? 그게 무슨 뜻?"

그때, 엘리베이터가 7층에 도착하며 문이 열렸다. 그는 문을 잡은 채 내리려고 하지 않았다.

"혹시 카라스 야마 부장이 떠들던 임신부가 미야무라 씨 얘기였어?"

"부장이 떠들다니, 무슨 말이에요?"

"지난번 회의 때 말이야, 그 부장 몹시 화가 난 모습이었어." 하고 쓴 웃음을 짓는다.

다음 순간, 속에서 분노가 솟아올랐다. 웃고 넘기기엔 가벼운 문제가 아니다. 이쪽은 생계가 걸려있다.

"그럼, 힘내세요."

그렇게 말하고 세지마는 문에서 손을 떼고 복도로 나갔다.

"대체, 어떻게 더 힘을 내면 되냐고!"

조용한 복도에 큰소리가 메아리쳤다.

말하고 금방 후회했다.

"… 죄송해요, 아무 것도 아네요. 지금 일, 잊어주세요."

세지마와 사귀기 시작했을 때, 스물여섯이었다. 일을 잘하는 세지마는 당시 마흔 살이라는 나이에 부장들을 통솔하는 총무부장이었다. 아버지의 일 때문에 영국에서 태어나 자랐기 때문에 영어가 능숙했다. 세지마에게는 동갑내기 아내가 있었고, 그때 결혼 20년 가까이 되었지만 아이가 없었다.

지금 생각해보면, 자신도 세지마의 아이를 임신하지 않았던 것은 그에게 생식능력이 결여 되어 있었기 때문인지도 모른다. 아내와 헤어지라거나, 결혼을 해달라고 말한 적도 없었다. 하지만 며칠이나 집에 안 들어가도 아무 말도 하지 않는 아내와는 사이가 식어버린 것이 분명했다. 아이가 없는 것도 있고, 그 사이에 아내와 헤어지고 청혼할 거라고 멋대로 생각해버렸다. 그리고 그때는 생각보다 빠르게 뜻밖의 형태로 찾아왔다. 사귀고 오 년째 되었을 때 세지마의 아내가 유방암 확진을 받았다. 이미 림프에 전이가 된 상태였다. 사람의 죽음을 기뻐하는 것은 아니지만, 아내 자리가 비는 것은 시간 문제였다. 그리고 여생이 일 년이라고 했지만 반년도 채 되지 않아 죽고 말았다.

하지만 그 뒤에 유서가 발견되었다.

— 미야무라 유코 하고 만은 재혼하지 말아주세요.

병원에서 가지고 온 일기장에 몇 번이나 반복해서 쓰여 있었다고 했다. 두 사람의 관계가 아내에게 알려지고 있었 다니, 세지마는 꿈에도 생각하지 못했다고 했다. 심한 충격 을 받고 고개를 숙이고 있던 모습을 지금도 선명하게 기억 하고 있다.

— 사모님, 들어주세요. 처음에 말을 걸어온 것은 세지마 쪽이었어요. 당신 남편은 이쪽이 황당할 정도로 적극적이었 어요.

그렇게 고백하고, 죄를 벗어나고 싶은 심정이었다.

세지마와의 관계는 회사 사람 아무도 모른 채 끝이 났다. 그 후 세지마가 재혼했다는 소문을 들은 적은 없다.

"알고 있어."

세지마는 돌아서서 그렇게 말하고, 씩씩하게 걸어갔다. 이 미 오십 대 중반일 텐데 호놀룰루 마라톤 대회에 나갈 만큼 단단한 뒷모습이다.

그가 말한 "알고 있어."의 의미를 알 수 없었다.

14

"여기 앉아도 될까?"

구내식당에서 혼자 점심을 먹고 있는데, 건너편에 요코다와 쿠리야마가 쟁반을 들고 서서 말했다.

"물론입니다. 앉으세요."

몇 안 되는 아이가 있는 여성 직원이 말을 걸어준 것이 기뻤다. 오랜만에 자연스러운 미소를 지었다.

"몇 개월째야?"라고 쿠리야마가 젓가락으로 생선구이의 살을 바르며 물었다.

언젠가 부장이 쿠리야마를 비난했었다. 아들이 고등학교 입시 전이니까 일찍 귀가하는 날이 많다고. 쿠리야마는 사십대 중반이지만, 아직도 자신과 같은 과장대리였다.

"칠 개월이에요."

"보육원은 정한 거야?"라고 요코다가 물었다.

"구청에 가서 등록은 했지만 어떻게 될지는."

"남편이 스님이라며."

"별거하면서까지 일하다니, 대단하다."

"…아, 예."

"사실은 우리도 걱정이 돼서."라고 요코다가 목소리를 내렸다.

"임신한 것 때문에 부장한테 불쾌한 소리를 듣고 있지 않을까 해서."

요코다는 초등학교와 보육원에 다니는 두 아이가 있다고 들었다. 아이가 열이 날 때마다 회사를 쉰다고 카라스 야마 부장이 불쾌하게 말하던 것을 떠올렸다.

"불쾌하다고 할까… 네, 조금은."

"역시."

두 사람은 얼굴을 마주보며 고개를 끄덕였다.

"두 분은 출산 전후를 어떻게 극복하셨어요?"

"나 때는 상사가 세지마 씨였기 때문에 다행이었지."라고 쿠리야마가 말한다.

"예! 세지마 씨였어요?"

"어머, 미야무라 씨가 세지마 씨를 알고 있어?"

"… 아, 네, 조금."

"그 사람, 얘기가 통하는 사람이죠? 세지마 씨와 부인은 대

학 동기에다, 부인은 매가뱅크의 관리직 사원이었어. 그래서
맞벌이가 남 일이 아니라고 말해주더라고."

말문이 막혔다. 세지마의 아내가 커리어 우먼이었다는 것
을 몰랐다. 게다가 세지마랑 같은 일류대학을 나왔다고는 상
상도 못했다.

아이가 없는 전업주부로 대낮부터 친구들과 수다를 떨고
있는 속편한 여자. 아무런 쓸모도 매력도 없는 여자라고 함
부로 얕잡아 본 것은 왜였을까. 지금 생각하면, 불가사의할
뿐이다. 자신이 좋은 대로만 생각한 것뿐이다. 몇 년이나 사
귀었지만, 세지마는 조금도 아내에 대해 말하지 않았다. 자
신도 아내에 대해 듣고 싶지 않았기 때문에, 두 사람 사이에
아내는 없는 것이나 마찬가지였다. 하지만, 이제 와서 따지
고 보면, 아내의 벌이가 있었기에 세지마가 그렇게 풍족했을
지도 모르겠다. 호텔은 언제나 콘래드도쿄나 만다린오리엔
탈도쿄였고, 호화로운 디너도 그곳에서였다.

"세지마 씨에 비하면, 카라스 야마 부장은 케케묵은 남자
인 걸." 하고 쿠리야마가 한숨이 섞인 듯이 말한다.

"출산 후에도 일할 수 있는지 없는지는 상사의 마음먹기에
따라 결정된다는 겁니까?"

"아쉽게도 그런 거지."라고 요코다가 말한다.

"그럼, 전 어떻게 해야 좋을까요?"

"무슨 일이 있어도 계속 일하고 싶은 거죠?"

"네, 경제적으로도 일하지 않으면 안 되니까…."

"흠."

사실은 어떤 사정인지 듣고 싶을 것이다. 왜 별거를 하는지, 왜 순순히 절의 며느리가 안 되는지, 왜 경제적으로 어려운 건지, 그런 의문이 계속 두 사람의 머릿속에서 꼬리를 물었겠지만, 둘 다 아무 것도 묻지 않았다. 그런 상냥한 배려가 기분 좋았다. 더 이상 거짓말을 하는 것은 자신조차도 진저리가 났다.

"경제적으로 곤란하다면 사양할 때가 아니야. 카라스 야마의 말 따위 무시하면 된다고."

쿠리야마는 부장이란 호칭을 빼버렸다. 과거에 열 받았던 일이 있는 모양이다.

"하지만, 주변 동료가 민폐라고 말한다면…."

"그거야, 민폐 맞지. 지금도 우리는 폐를 끼치고 있긴 하니까, 그치."라고 쿠리야마가 요코다를 향해 말했다.

"쿠리야마 씨는 나은 편이에요. 아이가 컸잖아요. 나는 둘째가 아직 보육원이라서 정시에 퇴근 하고 있고, 조퇴할 일도 너무 잦아서…, 사실은 바늘방석이에요."

"그건 나도 마찬가지야. 그룹 동료들의 눈을 정면으로 볼수가 없는 걸."

"내 친구 중 대기업에 다니는 여성이 있는데."라고 요코다가 햄버거를 젓가락으로 잘라 나누며 말했다.

"산전 산후 휴가도 많고, 단축근무는 당연하고, 집에서 할수 있는 일은 재택근무도 허용된대요. 정말 부러워요."

"대기업은 좋네요. 우리 회사는 무리죠. 대체 어떻게 극복해야 좋을까요."라고 반은 절망적인 기분으로 물었다.

"더 큰 의미를 부여하는 거지."라고 말한 쿠리야마는, 이상하게 후훗 하고 소리 내어 웃었다.

"일본의 미래를 지탱할 아이를 키우고 있다고 생각하지 않고는 견딜 수 없어."

"그래, 맞아요."라고 요코다가 맞장구를 친다.

"결국 아이들 세대에 신세를 지는 거죠. 일본인 모두가."

"그런 것을 부장과 주위의 사람들에게 말씀하셨어요?"

"설마, 말했을 리가 없지. 웃음거리가 되고, 오히려 반감만더 살 뿐이라고."

"그러니까, 우리끼리 비밀이야. 그렇지 않으면 아이가 아파 휴가를 내야만 될 때가 온다면 더 이상 참을 수 없고, 자신도 아이가 점점 방해물처럼 느껴져서, 아이에게 심하게 대

276

할 수도 있으니까."

"앗, 안 돼. 빨리 먹어요. 얘기만 할 시간이 없어."

쿠리야마의 말에 벽시계를 보았다. 양치질을 할 시간이 없을 뻔했다.

"여러 가지로 도움을 주셔서 고맙습니다. 앞으로도 가르쳐주세요."

"응, 불평을 들어주는 정도밖에는 할 수 없겠지만."

"업무시간엔 모두 바빠서 푸념을 들어줄 시간도 없을 거야. 하지만, 점심시간이나 문자메시지면 오케이야."

"앞으로도 점심은 셋이서 먹기로 하죠, 그럼 이야기를 들어줄 수 있으니까."

"정말요? 고맙습니다."

단숨에 든든해진 느낌이었다.

"아~, 싫어!"라고 요코다가 갑자기 목소리를 낮추었다.

"미야무라 씨, 돌아보지 말고 그대로 들어. 저쪽에서 카라스 야마 부장이 노려보고 있어."

등 뒤로 시선이 꽂히는 것 같아서 기분이 나빠졌다.

"카라스 야마 부장 입을 다물게 할 방법은 없을까."라고 요코다가 고개를 숙인 채 말한다. 조금이라도 고개를 들면, 부장과 눈이 마주칠 것이다.

"더 이상 갈등을 낳는 것은 현명한 일이 아니야. 미야무라 씨, 분명히 카라스 야마 부장이 당신을 인정한 거야. 그래서 출산과 육아로 일이 중단되는 걸 아깝게 생각하는 거라고."

"꼭 그런 것 같지는 않지만."

"그런 생각이 아니더라도, 그대의 마음속에는 그런 걸로 해놓는 게 좋아."

"무슨 뜻이에요?"

"사람은 숨기려고 해도 감정이 얼굴에 나타나지. 그러니까, '카라스 야마 부장을 증오함'이라고 얼굴에 쓰여 있으면, 더욱 관계가 악화되는 거야."

부장의 말에 날카롭게 반응하고, 일일이 신경 쓰는 것을 그만두고, 둔감하고 낙천적인 임신부로 지내는 것이 좋을지도 모른다. 게다가 그 외에 극복하는 방법은 없다.

"누군가 당신을 도와줄 사람 없어?"

"구청 상담 창구에 가볼까 하고 생각하고는 있지만."

"그렇게 하면 구청에서 회사로 연락이 와서 카라스 야마 부장에게 주의를 주게 되니까, 아마도 미야무라 씨가 지금 이상으로 찍히게 되는 거지."

"역시 그렇게 될 것 같네요."

"정정당당하게 하는 것 보다, 뒤에서 손을 쓰는 게 잘하는 거지. 그런 여자는 질색이지만."

"누군가 카라스 야마 부장을 찍소리 못하게 할 분이 있으면 좋을 텐데."

문득, 세지마의 얼굴이 떠올랐다.

"혹시 그런 사람이 있는 거야?"

"아뇨, 설마….''

"사양할 때가 아니라고. 경제적으로도 곤란하잖아?"

"네, 사실은… 생존 문제입니다."

— 스스로 길을 개척하지 않으면 아무도 도와주지 않아.

그때 세지마는 분명히 그렇게 말했다.

— 앞으로 곤란한 일이 생기면, 그때 힘이 돼 줄게.

십 년도 전에, 세지마와 헤어질 때의 말을 떠올리는 날이 올 줄은 생각지도 못했었다.

하지만, 차기 사장으로 지목될 만큼 유력한 사람이라면….

아니, 이제는 그런 옛날에 말한 것 등은 벌써 잊었을 것이다.

"오늘 함께 이야기할 수 있어서 기뻤어요. 고맙습니다."

"우리도 아이가 있는 동료가 늘어서 기뻐. 아이를 낳으면 그만둬버리잖아. 언제나 소수파라, 주눅이 들어."

"미야무라 씨, 응원할 테니까. 우리가 도울 일이 있으면 말하고."

두 사람은 그러면서 핸드폰번호를 일러주었다. 이렇게 따뜻한 기분이 된 것은 오랜만이었다. 식사를 마치고, 언제나처럼 위층 화장실에서 이를 닦았다. 임신 중엔 충치가 생기기 쉽다고 들어서 꼼꼼하게 닦았다. 그래서인지 문득 시계를 보니 점심시간이 끝나기 직전이었다. 황급히 입을 행구고 빠르게 립크림을 발랐다. 화장실을 나와 종종걸음으로 계단문을 열었다. 엘리베이터를 이용하는 사람이 많아서 계단은 텅 비었다. 절반 정도 내려갔을 때였다. 뒤에서 다다닷 하고 쏜살같이 내려오는 소리가 들렸다. 놀라서 돌아보니 여성 두 사람의 그림자가 보였다. 역광 때문에 얼굴이 잘 보이지 않았지만, 엇갈리면서 어깨와 어깨를 부딪쳤고 그 때문에 아래로 굴러 떨어지고 말았다.

멀리서 꺅 하는 비명이 들린 것 같은 생각이 들었다.

"괜찮아요?"

귓가에서 목소리가 들렸으나 점점 의식이 멀어졌다.

15

정신이 들었을 때, 병원 침대 위였다.

"괜찮아?"

걱정스러운 듯 쳐다보는 이는 언니였다.

"여기가 어디야? 언니, 왜 여기에."

"여긴 병원이야. 너 구급차로 실려 왔어."

희미하게 언니의 창백한 모습을 보았다. 그러고 보니, 계단에서 굴러 떨어졌다. 그 후 얼마나 시간이 지났을까.

"언니, 지금 몇 시야?"

"네 시 반."

"아침?"

"오후야."

"몇 월 며칠?"

"뭐야~, 네가 굴러 떨어진 건 오늘이야. 얼마 안 됐어."

벌써 며칠째, 정신을 잃고 있었던 것 같다. 계단에서 떨어진 것이 먼 옛날의 일 같다.

"정말로 죄송합니다."

소리 나는 쪽을 보니 여성 두 명이 나란히 서 있다. 앞에 있는 사람은 올해 갓 입사한 겸손하고 조용한 총무부 여직원이다. 이름이 우메자와 시즈카이다. 그 뒤에 숨은 듯 서 있는 사람은 누구? 머리를 조금 들고 보니, 아오키 사에였다.

앗, 그것보다, 내 아기는? 서둘러서 담요 속으로 아랫배를 더듬어보았다.

배는 여전히 불룩하게 튀어나와 있다.

"뱃속의 아기는 괜찮습니까?"

자신이 알고 싶었던 것을 사에가 대신 언니에게 물었다.

"괜찮은 게 당연하잖아요. 그렇지 않았으면 면회사절이겠죠."

언니는 화난 듯 사에를 향해 말했다.

"아, 괜찮군요."라고 얼빠진 소리를 냈다. 그 순간, 언니는 사에를 노려보았다.

그에 비해 시즈카는, "아아, 다행이다."라고 숨을 크게 몰아쉬며 말하고는 집게손가락으로 눈물을 닦아냈다.

"정말 안심했습니다. 유산한 건 아닐까 하는 사에 씨의 추측에 저도 정말 죽고 싶었습니다."

"가벼운 뇌진탕을 일으킨 것뿐이에요."라며 시즈카에게 상냥하게 말한 언니는 "유코에게 부딪친 건 당신이지?"라며 사에에게 시비조로 말했다.

"네? 아뇨, 제가 부딪쳤는지 아닌지… 확실히 기억하지는 못하지만."

사에의 말에 시즈카가 놀란 듯이 사에를 보았다.

"사에 씨?"

"당신, 무슨 말이야? 기억을 못한다니?"라고 언니가 목소리를 올렸다.

사에는 "아뇨… 그러니까, 저, 죄송했습니다." 하며 어설프게 고개를 숙였다.

"뭐야, 그 태도는, 죄송하다고 될 일이야."

언니는 부딪친 사람이 사에란 사실이 꺼림칙한 모양이었다.

"이 정도로 배가 커지면 아기뿐만 아니라 엄마까지 위험할 뻔했다고."

언니의 분노는 누그러질 것 같지 않았다. 평소의 자신이라면, 그런 언니에게 말했을 것이다.

— 저기, 언니, 그 정도만 해. 나도 아기도 무사하니까.

하지만, 지금은 분노에 찬 언니를 막으려 하지 않았다. 사에가 자신에게 부딪힌 게 고의였을지도 모른다는 생각이 들었다. 물론, 증거는 없다. 점심시간이 끝나기 직전이었기 때문에 서둘렀다는 것도 부자연스럽지는 않다. 하지만….

"그럼, 저희는 이만 가보겠습니다."

사에가 인사 후 돌아가려 했다.

"푹 쉬시는 게 좋을 것 같아서요. 이봐, 시즈카, 돌아가요."

"아, 그렇군요… 그럼, 저희는 실례하겠습니다. 정말 죄송합니다."

시즈카가 머리를 조아리는 옆에서, 사에는 허둥지둥 문으로 향했다.

"잠깐 기다려."

유코가 뜻밖에 위협적인 목소리를 냈다.

"아오키 씨, 당신에게 묻고 싶은 게 있어."

문고리를 잡으려는 사에의 어깨가 움찔하고 떨렸다. 사에는 일부러 본요의 절까지 찾아갔다. 그때 태아의 아버지는 본요가 아니라고 판단할 무언가가 있었던 걸까. 그리고 미즈노의 아이라고 확신한 것일까. 이미 낙태할 시기를 놓쳐서 밀어 떨어뜨려서라도 유산시킬 수밖에는 없다고 생각한 것일까.

"점심시간이 끝났을 때 아오키 씨는 어디 있었어?"

"전 위층에 있는 영업부 동기가 있는 곳에서 얘기하고 있었어요."라고 대답한 건 사에가 아니라 시즈카였다.

"도중에 곧 점심시간이 끝나는 걸 알고 급하게 계단을 내려갔어요."

시즈카 씨, 당신한테 묻는 것이 아니에요. 목까지 나왔지만, 분노로 몸이 떨려서 목소리가 나오지 않았다. 사에가 마치 남의 일처럼 창문 밖을 멍하게 바라보고 있었기 때문이었다.

"영업부에 있는 동기와는 입사 이후에 친해졌어요. 그래서 언제나 점심시간이면 전…."

"우메자와 씨, 당신은 이제 됐어요."

"네? 아, 죄송합니다."라고 시즈카는 상당히 놀란 듯 눈이 흔들리고 있다.

"당신은 이제 회사로 돌아가세요."

"네? 하지만…."

"됐으니까, 돌아가세요."

"… 네, 그렇습니까, 그럼 실례하겠습니다."

그렇게 말한 시즈카가 사의를 표하며 방을 나가려고 하자, 사에도 따라서 발을 한 걸음 내디뎠다.

"농담해요? 아오키 씨는 갈 수가 없잖아요? 일부러 날 밀어 떨어뜨려놓고."

"네? 그건… 그건 오해입니다."

사에의 목소리가 쉬었다. 방을 나가려고 하던 시즈카는, 열려고 하던 문을 소리 없이 닫고는, 이쪽으로 몸을 돌렸다. 돌아갈 마음이 없는 것 같았다. 얌전한 얼굴을 하고 끝까지 사태의 전말을 보고 말겠다는 심산가.

신입사원인 시즈카에게는 들려주고 싶지 않은 얘기였다. 하지만 임신부를 태연히 밀어 떨어뜨리는 인간과 같은 방에 있다는 것이 무서웠다. 한 명이라도 사람이 많이 있는 것이 안심이 된다. 언니도 위험을 느꼈는지 의자에서 일어나 침대 바로 옆으로 다가와 등 뒤의 간호사 콜 버튼을 잡았다.

"오늘 점심 때, 아오키 씨는 어디 있었어?"

물으면서 사에에게서 눈을 떼지 않았다. 어떤 작은 표정의 변화도 놓치고 싶지 않았다.

"한 층 위 화장실입니다."

"거짓말 하지 마. 영업부 화장실엔 나 이외엔 아무도 없었어."

"아, 착각했어요. 영업부에 있었어요."라고 사에는 간단하게 바꿔 말했다.

"아오키 씨가 왜 영업부에 있었던 거지?"

"아는 사람이 있어서요."

"그게 누구? 이름을 알려줘."

"그건⋯."

"저기, 우메자와 씨, 당신은 아오키 씨가 영업부에 있는 걸 봤어?"라고 시즈카에게 물었다.

"아뇨⋯ 확실히 기억하고 있지는 않지만 아마 계셨던 것 같습니다."

"무슨 말이야? 난 있었어. 영업부에서 부장하고 얘기하고 있었다고. 게다가 플로어가 그렇게 넓으니까 내가 있었는지 알 수 없었겠지. 엉뚱한 소리 마요."

사에가 화를 내기 시작했다.

시즈카는 "왜냐면, 난, 정말⋯."이라고 했다가 포기한 듯 입을 다물었다.

"뭐에요? 우메자와 씨, 말하세요. 사양하지 말고." 하고 가급적 온화한 목소리를 냈다.

"사에 씨는 눈에 띌 정도의 미인이고, 오늘 입은 옷은 모스그린의 스트라이프 원피스라서 쓸데없이 그만⋯ 저희 신입 여직원들 사이에서는 전부터 매우 멋지다고 평판이 나 있어서."

"하? 무슨 말이 하고 싶어? 내가 거짓말이라도 하는 거 같

40세, 미혼출산 **287**

잖아."

사에가 시즈카를 윽박질렀다.

"죄송해요. 전 별로 그럴 생각은…."

"아오키 씨, 대체 뭐가 목적이야? 유산시키려고 했던 거야?"라고 사에의 얼굴을 보며 분명하게 물었다. 무엇을 어떻게 물어보든 끝까지 잡아떼고 꼬리를 보이지 않겠지만 따지지 않으면 직성이 풀리지 않는다.

"내가 왜 그런 짓을 하나요? 적당히 하시라고요."하면서 사에는 울부짖듯 말했다.

"비겁한 것은 미야무라 씨 쪽 아닌가요?"

바로 옆에서 마른 침을 삼키며 과정을 지켜보던 언니가 다리를 넓게 벌리고 버티고 있는 모습이 눈에 들어왔다.

"내가 비겁? 왜?"라고 차분한 목소리를 찾은 것은 사에의 광기가 무서웠기 때문이었다.

"왜냐면, 결국은 임신한 여자의 승리 아닌가요?"

"승리? 뭐에 이기는데? 대체 무슨 소리야?"

"미야무라 씨, 솔직히 말해주세요. 뱃속 아이의 아버지가 정말 미즈노 씨 아닌가요?"

사에가 그렇게 묻자, "에엣!"하고 시즈카가 크게 소리치며 두 손으로 입을 막았다.

"그거 거짓말이죠? 미즈노 씨가 미야무라 씨랑? 싫어. 난 안 믿어요."

"거짓말 아냐."라고 사에가 단언한다.

"아오키 씨, 농담이 지나치네. 정말 민폐라고."

"그럼, 누가 아버지에요?"

"그러니까, 고교시절 동창생이야."

"거짓말 하지 마세요."

"왜 거짓말이라고 생각하는데?"

"왜냐면, 누군지 안 알려주는 게 이상하잖아요. 절의 주지 스님과 결혼하는데 일부러 별거해 있다니, 미야무라 씨가 그 렇게까지 일을 좋아하는 걸로 보이진 않는 데요."

사에의 관찰력에 감탄하고 말았다. 하지만 여기서 미즈노 의 아이라고 인정할 수는 없다.

"아오키 씨가 미즈노의 아이라고 생각한 건 왜일까? 다른 이유가 있는 건 아닐까?"

"… 없어요."

"당신이야말로 거짓말 하지 마. 당신은 미즈노 군이 지금 까지 프러포즈를 안 하니까, 그걸 내 탓으로 돌리고 싶은 거 아닌가? 이번 일도 있으니, 확실히 말해줄게. 이건 심술이 아 니야. 당신을 위해서 하는 말이니까, 그 점은 오해 말아줘."

말하면서도 사실 심술이라는 걸 알고 있었다.

"미즈노 군은, 당신과 결혼하지 않아."

사에는 눈을 번쩍하고 떴다.

"왜 그걸 미야무라 씨가 아는 거죠?"

"왜냐면, 미즈노 군은 마흔이 될 때까지 독신생활을 즐기고, 그 다음에 이십 대 여성과 결혼한다고 결정했더라고."

사에는 미동조차 하지 않았다. 마치 숨을 정지한 것처럼 보였다. 그때, 시즈카가 한 발 앞으로 나왔다.

"지금 무슨 얘기에요? 미즈노 씨와 사에 씨가 사귀나요?"

충격을 감추지 못하는 모습부터가 아무래도 시즈카도 미즈노를 진심으로 좋아하는 것 같다.

"아무튼 우메자와 씨는 이제 돌아가세요."

"돌아갈 수 없어요."

"어째서? 당신하고는 상관이 없으니까, 돌아가라고."

"관계가 있어요. 왜냐면, 미야무라 씨와 부딪친 건 저니까요."

"뭐?"

"계단을 급하게 쏜살같이 내려가는 도중에 사에 씨를 앞질렀어요. 점심시간이 겨우 삼십 초면 끝날 거라서 서둘렀어요. 신입사원은 오 분 전에는 자리에 착석해야 하는데 오늘은 동기와 이야기가 너무 재미있어서 깜박했어요. 그래서 사에 씨를 추월하고 모퉁이를 돌면서 미야무라 씨에게 부딪쳤어요. 정말입니다. 전 당황해서 어떻게 해야 할지 몰라서…… 하지만, 사에 씨가 핸드폰으로 곧바로 앰뷸런스를 불러주었어요. 그러니까, 제가 다 나빠요."

"시즈카만 나쁜 건 아냐."라고 사에가 말했다.

"그 몸을 하고 계단을 뛰어 내려간 미야무라 씨도 어떨까 싶은데요."

사에는 화가 난 표정을 짓고 나서 방을 나갔다.

큰소리로 문이 쾅하며 닫혔다.

16

며칠 만에 출근을 하니, 바로 부장에게 호출이 왔다.

회의실을 노크하자, "들어와."라는 언짢은 목소리가 들렸다.

"부르셨나요."

"깜짝 놀랐어." 하고 부장은 갑자기 의자에 잔뜩 기댄 채 이쪽을 노려보았다.

"미야무라 씨가 고지식한 사람이라고 생각했어. 정말 속았어. 여자는 무서워."

"무슨 말씀인가요?"

"미즈노는 미남이지. 그런 젊은 남자와 좋은 일을 하고 있었다니."

"하? 의미를 모르겠습니다만."

"그런 걸 역성희롱이라고 하는 거라면서 여직원들이 떠들고 있다고. 그 녀석은 여자에게 인기 만점이니까."

"그러니까, 미즈노 군이 뭔가 했나요? 대체 무슨 말입니까?"

"미야무라 씨, 또 시치미를 떼는군."

"말씀하시는 의미를 모르겠군요."

"아아, 질렸어. 사람은 겉만 보고 모른다더니, 미야무라 씨를 말하는 거였네."

너무 질척인다 싶어서 생각 없이 벽시계를 보았다. 입원했을 동안 못한 일이 쌓여 있었다.

"그럼, 말씀해드리지. 그 뱃속 아이 아버지가 미즈노 군이라면서."

"농담이시죠. 왜 내가 하필 그렇게 젊은 남자하고? 있을 수 없잖아요."

거울이 없어도 자신이 어떤 얼굴을 하고 있는지 알 수 있었다. 감정을 드러내지 않는 철면피다. 마음속에서 본요의 아이라고 착각하면 얼굴에 동요가 생기지 않을 것이다.

"어? 그래? 왜냐면 소문엔…."

"그런 해괴한 소문, 대체 누가 떠들고 다니는 거예요? 정신이 나갔군요."

"아니, 그렇게 나쁜 애는 아니야. 진지해 보이고, 귀엽고…."

"귀엽다, 라는 건… 떠들고 다니는 게 젊은 여자예요?"

"…응, 그냥."

"농담이라도 아주 악질적입니다. 생각 같아서는 범인을 찾아, 명예훼손으로 소송을 걸 수도 있어요."

"그건 너무 지나치잖아. 내가 잘못 들었을 수도 있고…."

오히려 양보 없이 강하게 나가자 부장은 태도를 바꿨다.

"소문의 발신지가 누구일까요. 저로서는 용서할 수 없어요."

사에나 시즈카 둘 중 하나가 틀림없다. 어느 쪽이든 소문을 퍼뜨린 사람과 부장에게 적당히 넘어가지 않겠다고 엄포를 놓는 것이 좋겠다는 생각이 들었다. 사실 미즈노의 아이니까, 앞으로 어떻게 될까 하는 불안감도 있었다. 하지만 앞으로도 이 회사에서 계속 일할 생각이기 때문에 이상한 눈으로 볼 수 있는 요소를 모두 차단하고 싶었다.

"계단에서 굴러 떨어진 거라며."

부장은 화제를 바꿨다.

"굴러 떨어져도 사흘이면 출근을 한단 말이야. 틀림없는 여자의 모습이지."

도대체 무슨 말이 하고 싶은 것일까. 부장은 오만상을 찌푸린 듯한 얼굴로 이쪽을 보았다.

"만약에 말이야, 떨어져서 급소를 맞고 유산이라도 했으면 정말로 민폐라고."

"민폐라니…."

"왜냐면, 그렇잖아. 이 건물에서 누군가가 죽는다면, 모두가 싫은 기분이 되겠지."

부장과의 사이에 더 이상 갈등이 생기는 건, 아무래도 좋을 것이 없다. 쿠리야마나 요코다의 충고를 문득 떠올렸다.

"부장님이 말씀하신 그대로입니다. 걱정을 끼쳐 대단히 죄송합니다."

"그러니까, 나쁜 건 말하지 않을게. 회사를 그만두는 편이 좋다고 생각해서."

"하나만 묻겠는데요. 부장님은 왜 저를 내보내고 싶다고 생각하신 거죠?"

"어, 이봐, 마치 내가 임신부를 괴롭히는 것 같은 말투는 그만둬. 난 미야무라와 개인적 감정은 전혀 없어. 그냥 이쪽의 처지가 돼 보라고. 출산 전후의 휴가나 육아휴가를 받으면 일이 안 돌아가서 주위 사원들한테 불평이 나온다고. 그것을 내가 달랬다 쳐도 결국 나만 미움을 사게 되는 거지. 또 지금 이상으로 초과근무수당이 발생해. 그렇게 되면 부서의 이익률이 하락하게 되는 거야. 그것도 전부 부장인 내 탓이 된다고. 이제 악순환이 눈에 보이고 있어. 분명히 말하자면 미야무라 씨의 월급이면 신입이면 두 명, 파견사원이면 네 명을 고용할 수가 있다고."

— 과연.

듣고 보니 그럴지도 모른다는 생각에 납득할 뻔했지만, 먹고 살기 위해서는 회사를 그만둘 수는 없다.

"되도록 민폐가 되지 않도록 힘껏 노력하겠습니다."

"저기요, 열심히 해도 쿠리야마나 요코다를 봐도 알겠지만 아이가 열이 나면, 매번 쉬게 되잖아."

"그럴 때는 언니나 올케가 봐주기로 했으니까, 괜찮을 거예요."

반은 속임수였다. 언니의 도움은 받지 않을 생각이다. 마리아는 도움을 줄지는 모르지만 양육방법이 브라질하고 크게 다를 테니, 어디까지 의지할지는 모른다.

자리에 돌아와, 대각선의 미즈노를 훔쳐보았다. 소문이라는 것이 본인의 귀에는 들어가지 않는다는 것이 사실인 것 같다. 별다른 기색도 없이 일에 집중하고 있는 모습이었다.

그날 밤, 나미에게 전화가 왔다.

— 여보세요, 유코?

나미와 얘기하는 것은 오랜만이었다. 얼마 전까지 매일 회사에서 만났고, 구내식당에서 어깨를 나란히 하고 점심을 먹고 있었는데.

"전화도 다 주고, 고마워. 무슨 일 있어?"

일부러 밝은 목소리를 냈다. 나미의 어두운 목소리는 이미 사과하는 투였다.

— 요전에 심한 말을 해서 미안해.

상상했던 그대로 나미가 말했다. 냄비의 불을 끄고 안방에 들어가 침대에 걸터앉았다.

"뭐야, 그것 때문에 일부러? 고마워."

— 정말 부끄럽다.

"그건 괜찮아. 난 전혀 신경 쓰지 않아."

— 유코, 사실은 많이 놀랐지. 몇 번이나 했느냐, 배란일을 노리고 했느냐고 해서.

"응, 조금은."

— 불임치료 과정을 모르는 사람이라면 너무 노골적이고 상스럽게 들렸을 거야.

"그렇지 않다니까."

사실은 상스럽기보다는 괴이할 정도였다. 그때 한순간이지만 나미에게 불쾌감을 느낄 정도였으니까.

— 오랫동안 불임치료를 하고 있으면 아무래도 그렇게 돼. 로맨틱한 분위기나 에로틱한 분위기와는 점점 멀어진다고.

좋게 말하면 과학적, 나쁘게 말하면 동물적이랄까. 교미란 말이 딱 맞아. 그 정도 되면 계산적이라 결국은 고통만 남게 돼. 그 증거로 임신할 가능성이 없는 날에는 절대 하지 않아.

그런 사정을 모르고 불쾌감을 느꼈던 게 부끄러웠다.

— 유코가 부러웠어. 그래서 피가 거꾸로 솟아버렸어.

"응, 그랬구나."

— 아이는 깨끗이 포기하고 부부끼리 즐겁게 살려고 결정했는데.

"그러고 보니, 대만은 갔다 왔어?"

들으면 괴로워지기 때문에 화제를 바꿨다.

— 응, 굉장히 즐거웠어. 맛있는 음식을 먹으러 다니고, 쇼핑하러 다니고, 여러 곳의 절도 갔었어. 왠지 상쾌한 기분이 들었어. 남편도 즐거운 것 같았고.

아이를 원하는 것은 나미뿐이라고 결혼 초에 들었다. 아이에게 집착하지 않았던 남편은 오랜만에 해방감을 느꼈을지도 모른다.

— 유코, 별거결혼이라고 들었는데 정말이야?

"누구한테 들었어?"

— 후배인 스기타 군에게 들었는데 왜?

나미의 부하 직원인 스기타는, 얼굴은 알고 있지만 말을

298

섞어본 적은 없다. 게다가 스기타는 아마 미즈노나 사에 와의 접점은 없을 것이다. 역시 소문이 퍼지고 있는 것 같았다. 미혼이라고 생각하던 여자의 배가 갑자기 그렇게 불러오면 소문이 나는 것은 어쩌면 당연지사다.

— 상대는 고교시절 동창생이라며.

"그래, 스님이야."

— 스님인데 알토 색소폰을 잘 분다고. 맞아, 그리고 피아노도 무척 잘 친다고 들었어. 절 주지가 재즈를 좋아하다니, 멋있잖아.

"그거 누구한테 들었어?"

— 그러니까, 스기타 군이라고.

록은사의 홈페이지에 그런 것은 쓰여 있지 않다. 그가 음악을 좋아하는 것을 아는 건 아오키 사에뿐이다.

— 있잖아, 유코. 쓸데없는 참견일지도 모르지만, 아이를 생각하면 시골로 가는 편이 좋지 않을까?

"그건… 그럴지도 모르지만."

— 별거하면서까지 일을 계속하고 싶은 마음을 난 모르겠다. 이 일이 그렇게 재밌니?

"그건 어떤 일이라도 괴로운 점이 많을 걸. 하지만 이제 나이도 있고 이제 와서."

이제 와서 뭐야? 잘 나오던 거짓말이 순간적으로 떠오르지 않는다.

— 알아, 알아. 나도 지방에서 왔으니까, 유코 마음 알아. 가끔 집에 가지만 시골은 지루하고 따분하잖아. 사람들 눈도 있고, 스님 사모님 정도 되면 평판도 신경 쓰이게 되니까.

"그러니까, 그래서 결심이 서지 않아. 부장한테도 실컷 들었다고."

부장의 위압적인 공격을 솔직하게 얘기했다.

— 그거 직장 권력이야. 지면 안 돼. 후배 여성들을 위해서도 싸워줘. 나도 응원할 테니까.

"고마워. 나미가 그렇게 말해주니까, 마음이 든든하다."

전화를 끊고 나서 허브티를 마셨다.

정말 한 순간이지만 불안을 잊고 나미의 상냥한 목소리의 여운에 젖어 있고 싶었다.

17

감출 수 없을 만큼 배가 커졌다.

오빠는 마리아와 리카르도를 데리고 상경해서 세타가야 쿠에 있는 한적한 주택지에 세워진 아파트로 이사했다. 자신의 아파트에서 멀어서 아쉬웠지만 마리아가 공원이며 녹지가 많은 환경을 마음에 들어 했다. 공립초등학교도 가깝다고 들었다.

그런 모습을 오빠는 문자메시지로 낱낱이 알려줬다. 예전에는 문자메시지를 주고받는 일이 거의 없었지만, 가족 중에서 자신만이 마리아와의 일을 알고 있기 때문일까. 그날은 오빠의 부탁으로 리카르도가 다니게 될 초등학교에 인사를 가는데 따라가기로 했다. 몇 주 전, 오빠가 구청에서 전학절차를 밟을 때, 리카르도가 등교거부로 학습능력이 없는 것 등을 의논했지만 그런 구체적인 것은 초등학교 담임에게 직접 얘기하라며 상대해주지 않았다고 했다. 그 자리에 없어서 구체적인 것은 알 수 없었지만 오빠는 심한 불안감을 느꼈던 모양이다.

— 남자인 내가 모르는 게 있을 수도 있으니까, 같이 가주지 않을래? 마리아는 일본어의 미묘한 뉘앙스를 모르잖아.

그래서 오후 반차를 쓰고 오빠와 마리아와 리카르도에 나를 더해 네 명이서 초등학교에 가게 되었다. 오랜만에 보는 리카르도는 이전보다 아이다운 천진난만함을 되찾고 있는 것처럼 보였다. 오빠에 대한 경계심을 풀었는지 표정이 부드러워지고 있었다.

"배, 커졌어."

마리아는 그렇게 말하고 부풀어 오른 배를 살짝 쓰다듬어준다.

"아기 태어날 때 도와줄래."라고 기쁜 듯이 말했다.

학교에 도착했다.

"잠깐, 기다려요. 신발은 벗어야죠."

교장실로 가기 위해 현관에 들어섰을 때 마리아와 리카르도가 신발을 신은 채 오르려고 해서 주의를 주었다.

"맞아. 교실에서 구두 벗어서 일본 청결 해."라고 마리아가 감탄한 듯 말했다.

학교라는 곳에 온 것이 오랜만이라 신발 벗는 것을 잊어버

302

렸다고 했다. 리카르도가 등교거부한 지 삼 년이 지났기 때문에, 쉽지 않을 거라고 생각했다. 오빠가 밝게 웃어넘기면 좋을 텐데 잔뜩 긴장한 표정이다. 현관에 놓아둔 손님용 슬리퍼를 신고 젊은 여성 사무원에게 안내되어 교장실로 향했다. 교장은 오십 대 중반 정도의 품격 있고 차분한 느낌의 여성이었다. 느긋한 미소가 다정해 보이고, 모성적인 분위기가 있어서 긴장이 누그러졌다.

오빠가 리카르도의 사정을 설명했다. 일본어를 잘하지 못하는 것, 학교에는 거의 다니지 않은 것 등. 교장은 고개를 끄덕이며 메모했다.

"연령적으론 4학년이지만 처음에는 2학년 교실에 들어가는 것이 적당할 것 같습니다."라고 오빠가 말했다. 리카르도의 키를 생각하면 2학년 학급에서는 너무 눈에 띈다고 생각하지만 4학년에 들어가도 키 차이는 있다.

"사정은 알겠어요."

교장은 엄마 같은 미소를 지었다. 세세한 것들을 말하지 않아도 모든 것을 터득하고 있었다. 역시 교육의 프로라고 생각했다. 그래서 마음 놓고 맡길 수 있을 것 같았다.

그때 노크소리가 들리고 중년의 남성과 거무스름한 피부의 남자아이가 들어왔다.

"조제 군을 데리고 왔습니다."라고 중년 남성이 말했다.

"야마자키 선생님, 감사합니다."라고 말하며 교장이 일어섰다.

"소개할게요. 이 아이도 일본계 브라질인으로, 조제 군이라고 해요. 지금 3학년입니다. 사이좋게 지내면 좋겠네요."

무심코 오빠와 눈이 마주쳤다. 이렇게까지 배려를 해줄 거라고는 생각지 못했다. 오빠가 감격한 것을 그 표정에서 알 수 있었다.

— 처음 뵙겠습니다. 제 이름은 조제입니다.

아마 포르투갈어로 말했을 것이다. 리카르도는 놀란 듯 조제를 바라보며 작은 목소리로 똑같이 인사말을 하며 악수를 했다.

오빠는 리카르도를 2학년에 넣어달라고 당부했지만 조제와 같은 3학년 학급에 넣어줘도 좋을 것 같았다. 확실히 교장도 그런 생각으로 조제를 이 자리에 불렀을 것이다. 지금처럼 오빠가 집에서 공부를 봐준다면 3학년이라도 어떻게든 되지 않을까.

그 후, 사무원에게 교내를 안내받았다.

"학교 내의 화장실 위치를 확인하고 싶은데요."라고 오빠가 사무원에게 부탁하자 선뜻 "알겠습니다."라고 말해주었다. 모두 각자 바쁠 텐데, 친절한 사람들뿐이다. 리카르도도 진지한 표정으로 따라온다. 이번엔 실패하지 않겠다는 각오가 전해지는 듯했다.

어린 마음에도 이대로는 안 된다고 느끼고 있었겠지, 라고 생각하면 가엾어서 견딜 수가 없다.

돌아오는 길에 "유코, 어떻게 생각했니?"라고 오빠가 물었다.

"교장 선생님의 세심에 배려에 안심했어. 조제 군이 교장실에 들어왔을 때는 감동했어."

"그래서 나도 안심했어. 유코, 오늘 고마웠어. 휴가도 내고 괜찮아?"

"그런 거 신경 쓰지 마. 앞으로도 서로 돕자고."

그런 말을 꺼내니, 왠지 부끄러워졌다. '서로 돕자.'는 말은 분명히 초등학교 이후 쓰지 않았다. 어른이 되면서 그런 아름다운 말을 하지 않게 됐다. 언제부터인가 사람에게 어리광을 피우지 않게 되었다. 생각해보니 자신에게조차 걱정을 끼치지 않도록 조심하고 있었다. 가끔은 비명을 지르고 '도와줘요.'라고 외쳐도 되는 것은 아닐까.

역으로 가는 도중에, 그런 것을 생각했다.

그리고 몇 주가 지났다.

오빠가 놀러오라고 해서 새 집으로 가보기로 했다. 세타가야의 주택지는 마리아가 마음에 들어 했던 만큼 공원도 많고 가로수도 큰 나무라 녹음이 우거져 있었다.

"어서 와."

오빠가 문을 열어준 순간 그때까지 맡아보지 못한 향신료 냄새가 났다. 브라질 요리일까. 상경한 후에 마리아는 전업주부가 되어 리카르도에게 관심을 가질 수 있게 됐다.

마리아가 만들어준 콩 요리를 대접받으며 물었다.

"리카르도 학교는 어때?"

리카르도 본인은 거실 소파에서 낮잠은 자고 있었다. 어젯밤 늦게까지 만화책을 읽었다고 했다. 덩치는 크지만, 잠든 얼굴은 천진난만하다.

"일본 답답하다."라고 마리아는 당돌하게 말했다.

히라가나와 가타카나, 한자와 산수는 오빠가 집에서 가르치고 있어서 2학년이라면 여유를 가지고 수업에 참여할 수 있다고 오빠는 생각했다. 하지만 조제를 소개받으면서 그와 같은 3학년이 좋겠다고 생각했다. 그러나 교장은 리카르도를 나이대로 4학년 반으로 들여보냈다. 진급제도가 없는 일본에서는 동갑이 아닌 아동이 같은 반에 있으면 위화감을 줄 수 있고, 그것이 원인이 돼 왕따를 당하는 일도 있다고 교장이 말했다고 한다.

"리카르도 군은 수업을 쫓아가?"

"쫓아가지 못해."

마리아는 한숨을 섞어 말했다.

"리카르도 공부 전혀 모른다."

마리아는 턱을 괴고 벽을 바라보고 있다. 식사도 더 안 하고 포기한 듯한 표정이었다.

"선생님이 보충해주거나 하지 않아?"

"그런 거 전혀 없어." 하고 오빠가 대답했다.

"요즘 초등학교는 방과 후에 보충이 일절 없어. 내가 어렸을 때는 교사가 공부가 뒤처지는 아이의 계산문제 같은 것을 봐주셨어. 그건 시골이라서 그랬을 거야. 중요한 건 수업에 따라오지 못하는 아이는 학원에 가라는 말이지."

수업 중에 리카르도는 어떻게 하고 있을까. 내용을 모르는 채 앉아만 있는 걸까, 언제 선생님에게 지적당할지 몰라 걱정하고 있는 것은 아닐까. 외국인뿐만 아니라 전국 각지의 초중고에 비슷한 학생이 분명히 많을 것이다. 매일매일이 견디기 힘들어지고, 그런 사이에 학교에 갈 수 없겠다고 생각하게 되는 기분을 알 수 있을 것 같았다.

"조제하고는 잘 지내고 있지?"라고 물으면서 유코는 한 가닥 희망을 걸었다.

"조제 3학년, 리카르도 4학년. 클래스 달라."

"하지만 쉬는 시간 정도는 같이 지내기도 하잖아?"

학교에 있는 하루 중, 조금이라도 좋으니 안심할 수 있는 시간이 있었으면 하는 애타는 심정으로 물었다.

"조제 화났어. 조제 일본어 잘해. 일본인 친구 많이 있어. 통역해주는 거 힘들어."

"그래? 그렇군. 조제는 통역사가 아니지. 아직 어리니까. 자신의 일도 겨우 할 텐데, 그렇게 남을 위해 이용당하면 참을 수 없을 거야."

"나, 다음 달 일하기로 했다."

마리아가 지금까지 대화와 아무런 맥락도 없는 말을 했다.

"일한다고? 왜? 어디서?"라며 오빠가 놀라며 물었다.

"신오쿠보역 근처. 브라질 사람 경영하는 슈퍼다."

"생활비는 제대로 주고 있잖아? 부족하면 말을 해줘."

"부족 안 해. 매월 남는다."

"그럼, 왜 일하는 건데. 그것도 일부러 왜 신오쿠보까지 가는데?"

"이 근처 가게, 모두 거절당했다. 나, 일본말 많이 잘하는데."

"마리아, 잘 들어. 리카르도는 지금이 아주 중요한 시기야. 이번에야말로 제대로 학교에 다니며 공부하지 않으면 장래를 망쳐. 지금은 엄마가 딱 옆에서 돌봐주는 편이 좋아. 리카르도는 아직 일본어도 서투르고, 학교에서는 불안해 하니까."

"남자 금방 배신해."

"대체 무슨 소리야? 지금은 리카르도 이야기를 하고 있잖아."

"나, 무서워."

"뭐가 무섭냐고."

"남자 빨리 배신한다. 그래서 여자는 자기 돈 필요해."

"우린 정식으로 결혼했다고. 앞으로도 계속 함께라고."

"남자 모두 처음에 그렇게 말해."

거실에서 바스락거리는 소리가 들렸다. 리카르도가 잠에서 깬 것 같다.

"근처 사람 나, 힐금힐금 본다. 웃는 얼굴로 안녕하세요. 말해도 안 들은 척한다."

그러면서 억울한 듯이 벽을 노려본다.

"알았어, 오늘은 속마음을 뭐든지 말해보자. 리카르도도 불러와."

"오빠, 난 방해만 되니까 돌아갈게."

"왜 그래. 유코도 얘기를 듣고 의견을 말해주라고."

리카르도를 부르러 가는 마리아의 뒷모습을 보면서 오빠는 작은 소리로 말했다.

"실패한 결혼에서 배웠어, 평소에 철저하게 대화를 해야 한다고."

리카르도가 부스스한 머리에 트레이닝복 차림으로 나타났다. 푹 잤는지 개운한 얼굴이었다. 유코를 슬쩍 쳐다보고 작은 목소리로 "안녕하세요."라고 말했다.

"리카르도, 식사하면서 얘기 좀 하자. 여기 앉아."

리카르도는 말없이 식탁 건너편에 앉았다.

"학교는 어때? 재미있어?"

리카르도는 고개를 조금 흔들었다.

"학교에 가는 게 힘든 거야?"

리카르도는 말없이 묵묵부답이다.

"생각한 것을 솔직히 말해도 괜찮아."

그렇게 말하자, 눈을 치켜뜨며 오빠를 쳐다보았다.

"… 죄송해요." 하고 리카르도는 갑자기 사과를 했다.

덩치는 크지만 초등학생이다. 그저 아이인데 무엇에 대해 사과하는 것일까. 피로 연결되지 않은 일본 남자에게 양육받고 있는 이런 꼴이 죄송하다고 말하는 건가.

"음악이나 체육은 어때? 그건 재미있지 않니?"

"리카르도, 도레미 읽지 못해. 피리 어려워. 나도 읽을 수 없어. 그래서 가르치기 어려워."

도레미는 음표를 말하는 것 같다. 히라가나와 한자뿐아니라 음표까지도 읽는 법을 집에서 가르쳐야 하나 보다.

"그럼, 체육은?"

리카르도는 고개를 숙인 채 대답하려고 하지 않는다.

"리카르도만 키 커, 재미없다."라고 마리아가 대답한다.

"리카르도 군, 브라질에 가고 싶다고 생각한 적은 있니?"

그렇게 물었을 때, 마리아가 날카로운 시선으로 리카르도를 보았다. 가고 싶다고 하면 용서하지 않아, 라는 듯한 표정이었다. 이제는 여기서 살아갈 수밖에는 없다고, 라며 그 날카로운 눈이 말하고 있었다.

"리카르도는 일본이 싫어?"

"… 응."

겨우 알아들을 정도의 소리로 말했다.

"브라질 가도 집 없다."라고 마리아가 리카르도를 탓하는 듯한 어조로 말한다. 브라질에서 생활할 수 있다면 마리아도 돌아가고 싶다는 말일까.

"브라질에서는 학교가 즐거웠어?"

리카르도는 초등학교 1학년 여름방학을 브라질에서 보냈다.

"즐겁다."라고 리카르도가 작은 소리로 대답했다.

"브라질 학교, 일본하고 전혀 달라."라고 마리아가 말했다.

마리아가 설명해준 바에 따르면, 브라질 학교는 4년제인데 오전반과 오후반으로 나뉘어져 있다고. 학교에 있는 시간은 일본보다 훨씬 짧고 내용도 필요한 최소한의 공부뿐이라고 했다.

"일본 학교 이거 안 돼, 저거 안 돼, 힘들어. 브라질 모두 다 자유."

복장은 물론, 액세서리를 해도 되고, 머리를 염색하는 것도 자유라고. 경제적으로 어려운 가정의 아이들도 많아서 초등학교 3학년쯤 되면 학교가 끝나고 곧장 일하러 가는 아이가 적지 않다고.

"브라질에 있을 때 친구는 있었니?"

"많아."

당시를 그리워하는지 리카르도 뺨에 화색이 돌았다.

"브라질 간 때, 리카르도 근처 아이들과 노는 거 너무 좋았다."라고 마리아는 당시를 그리워하는 듯 눈을 가늘게 떴다.

브라질에서는 집에서 저녁을 먹은 뒤 아이들은 나가서 노는 것이 일상적인 것이었다고 했다. 나이가 많든 적든 근처 아이들은 모두가 친구로 일요일이 되면 아침부터 교회에 가는 것이 즐거움이었다. 예수상을 청소하고 천주님의 가르침을 열심히 들었다고. 거기에선 노래를 부르거나 공부를 하거나 하는 것도 좋아했고, 모두 따뜻하고 좋은 사람들만 있어서 기분이 좋았다고 했다.

"우리가 자란 시골도 옛날에는 그랬어. 유코, 그렇지?"

"그래, 근처 아이들과 잘 놀았어."

하지만 어느 새 아이들의 세계도 변했다. 어른과 마찬가지로 점점 인간관계가 얇아지고 있다. 유코가 대학을 졸업하고 회사에 들어갔을 때는 또래의 선배가 차를 내주며 회사 이야기를 들려줬지만, 지금은 그런 광경도 볼 수 없게 되었다.

리카르도가 이대로 학교생활을 계속하는 것이 의미가 있을까. 수업을 알아듣지도 못한 채 자신감만 더 잃게 되는 건 아닐지 모르겠다.

"어떻게 하면 좋을까." 하고 오빠가 허공을 바라본다.

"리카르도, 대학 보내고 싶다."라고 마리아가 강한 어조로 말한다.

"응, 그건 알고 있지."

마리아는 가난한 집안에서 태어나 열두 명의 형제자매가 있다. 아버지가 술을 좋아해서, 월급을 집에 제대로 가져오지 않았다고. 마리아도 집을 지탱하기 위해 열 살부터 일을 하느라 학교를 제대로 다니지 못했다고. 그래서 리카르도에게 교육을 시키고 싶다고 생각하고는 있지만 현실적으로 초등학교 수업조차 듣지 못하는 아이가 어떻게 대학에 갈 수 있을까.

"학교관계에 정통한 지인이 있으니까, 상담해볼게."라고 오빠가 말했다.

"오빠에게 그런 지인이 있었나? 그럼 왜⋯."

왜 좀 더 빨리 상담하지 않았을까. 오빠에게 갑자기 화가 치밀었다.

"음, 그냥, 뭐라고 할까. 지인이 있기는 있지만."

혹시, 전처인 히로미! 그녀는 지금도 초등학교 교사를 하고 있다. 그렇다면 외국인을 배려하는 초등학교를 알고 있을지도 모른다.

18

본요에게서 전화가 온 것은 토요일이었다.

일 때문에 상경하는데 좀 만날 수 없느냐고 했다. 도쿄역 구내의 대합실을 지정했다. 1박 예정이었는데 시골에 장례식이 생겨서 오늘 중으로 돌아가야 한다고 했다.

여행객들로 북새통을 이룬 대합실을 둘러보았는데 본요의 모습이 보이지 않았다.

"미야무라, 여기."

소리가 들리는 쪽을 보자, 몰라보게 날씬해진 본요가 손을 흔들었다.

"어떻게 된 거야? 너무 날씬해진 거 아냐." 하고 맞은편에 앉으면서 물었다.

"얼마 전에 만났을 때 말했잖아. 이상한 몸매를 극복하겠다고."

"그랬지. 머리스타일과 체형 둘 다 바꾼다고 했었어. 그래도 어떻게 날씬해진 거야?"

햇볕에 타서 암팡진 모습이 되었다. 어디를 봐도 스포츠맨 같은 느낌이다. 모르는 사람이 보면 운동신경 제로라고는 생각하지 않을 것이다.

"조깅이지. 그건 누구나 할 수 있어. 아침 일찍 달리니까 기분이 좋더라고. 의사들에게도 훌륭하다고 칭찬 받았지."라고 말하며 본요는 손목시계를 보았다.

"이런 얘기 할 때가 아니야. 시간이 없으니까, 요점만 말할게. 어머님의 부탁 생각해봤어."

본요와 만나는 것이 오랜만이라서 무슨 말인지 언뜻 떠오르지 않았다.

"미야무라만 좋다면, 뱃속 아이의 호적상 아버지가 되려고 생각하는데."

"그거, 진심으로 말하는 거야?"

"요는 호적제도의 문제라고."

"호적 같은 건 없으면 좋을 텐데."

"그렇긴 하지만, 제대로 관리되는 만큼, 법적으로 보호받을 수 있는 면도 있겠지. 그러니까, 태아를 위해서 호적을 역으로 이용하는 것도 좋다고 생각해. 정식으로 결혼함으로써 얻는 혜택이 많이 있어. 그걸 전부 누리는 편이 낫지. 이유가

있어서 아이를 키우지 못하는 여자에게 아기를 받아서 키우
는 특별 입양 제도가 있긴 하지만, 그것도 호적상은 친자로
등록한다고, 그것과 다르지 않으니까, 나쁜 짓을 한다고 생
각할 필요는 없어."

"하지만, 그건, 그게… 나하고 본요가 결혼한다는 거잖아."

"그런 거 걱정하지 말라고. 내가 사랑하는 여자는, 난민을
돕는 NPO 직원인 나루세 마사요뿐이니까. 호적을 빌려주겠
다는 거야. 내가 아무것도 요구하거나 하지 않아."

"하지만, 록온사는 유서 깊은 사찰이잖아? 절에서 뭐라고
하지 않을까?"

"내 자식이라고 주장하면 문제없어."

본요의 얼굴을 응시하는 사이에 어떤 것을 깨달았다. 미즈
노는 미남이고, 본요는 얼마 전까지 머리를 빡빡 민 통통한
아저씨였기 때문에 두 사람이 닮았는지 몰랐다. 하지만 지금
이렇게 눈앞의 본요를 보니, 이목구비가 선명하다는 의미로
는 닮았다. 짙은 눈썹 바로 밑에 있는 커다란 눈, 콧날도 오
뚝하고 잘 생긴 입술…. 본요의 돌아가신 어머니는 미인이었
다. 그래서 엄마를 꼭 닮았다고 생각은 했지만, 미즈노와 똑
같은 아이가 태어나도 본요의 아이로서 의심할 사람은 없을

지도 모른다.

"본래, 아이가 태어나는 것은 참으로 축복할 일이지."

"그건 그렇지만."

"내가 지구의 역사를 생각해봤지."

"너무 스케일이 큰 이야긴데."

"그건 그렇지. 난 스님이니까, 수십억 년 중 지구의 역사 속에서 한 인간의 목숨 따위는 고작 백년밖에 안 돼. 지구의 목숨에 비하면 한 순간의 반짝임인 거지."

"어, 나도 요즘 같은 생각을 했어."

"그러니까, 호적이며, 체면이며, 소문이며 그런 사소한 것에 좌우되는 시간이 아까운 거야. 한 순간의 목숨이니까, 생각한대로 자유롭게 살지 않으면 안 돼."

그렇게 말하고 허공을 바라보았다. 나루세 마사요의 삶을 떠올리고 있는 건 아닐까. 그녀의 무사를 매일 빌고 있는지도 모른다.

"나라나 회사와 싸우는 것은 훌륭한 자세는 아니라고 생각해. 하지만 그 때문에 개인의 인생이 크게 휘둘리는 건 옳지 않아. 인생은 한 번뿐이니까. 그리고 싸울 때는 조직을 만들어서 분담해서 본격적으로 하지 않으면 안 된다고 생각해."

"본요, 멋지다."

"뭐? 그런 식으로 말하니까, 쑥스러워지는네." 하면서 정말로 수줍은 듯이 어쩔 줄 몰라 했다.

분명히 세키구치도 상경해서 이야기했을 때 수줍은 얼굴을 한 적이 있었다. 그때는 등골이 오싹했는데, 본요는…, 따뜻한 기분이 된다.

"본요의 제안, 정말 고맙습니다. 집에 가서 천천히 생각해 볼게요."

"그래, 잘 생각해봐. 그건 그렇고 배가 많이 불렀네."

본요는 신기하다는 듯 배를 바라보았다. 이제는 테이블에 가려지지 않을 만큼 커졌다.

"움직인다고. 봐, 여기, 만져봐."

"어? 만져봐도 될까?"

조심조심하는 느낌으로 손을 뻗어온다. 본요의 팔목을 잡아채서 손바닥을 태아가 막 움직이고 있는 곳에 댔다.

"움직인다는 걸 들어는 봤지만, 배 위에서도 이렇게 확실히 알 수 있는 건 몰랐어."

본요가 눈을 깜박였을 때, 눈물이 흐르는 것이 보였다.

"뭐야, 나, 감동하고 말았어."라고 본요는 눈물을 티슈로 훔치며 코를 풀었다.

"고맙습니다. 이런 것도 없었으면 임신한 여자의 배를 만지는 경험 같은 건 아마 평생 할 수 없었을 거야. 미니 동창회에서 쿠마자와가 말했지. '너희들 인생의 절반도 모르면서.'라나 뭐라나. 그 말도 반드시 잘못된 건 아니야. 아이가 태어나면, 더 많은 경험을 해야 하니까 말이야."

그때 멀리서 흐뭇하게 웃으면서 이쪽을 보고 있는 노부부가 있다는 것을 깨달았다. 이제 신칸센을 탈 시간이 됐는지, 일어서서 큰 짐을 들고 이쪽으로 다가온다.

"당신들을 보고 있으니까, 우리 젊었을 때가 생각나서요."

아내 분이 말을 걸어왔다. 칠십 대 중반일까. 얼굴에는 깊은 주름이 새겨져 있지만, 신체도 곧고 정정해서, 햇볕에 탄 것을 보면 아직 현역으로 일하고 있는 것 같았다. 힘줄이 올라온 손이 농사의 어려움을 대변하고 있었다.

"아이가 태어나면 지금보다 더 힘들어져요. 하지만 세월이 지나서 뒤돌아보면, 그때가 가장 빛나는 순간이었다고 분명히 그리워할 거요. 힘내요."

아내가 그렇게 말하는 뒤에서 남편은 아무 말 없이 웃고 있다.

"고맙습니다." 하고 본요가 고개를 숙였다.

"쓸데없는 말해서 실례했습니다. 그럼 건강하세요."

노부부의 뒷모습을 배웅했다.

"우리가 부부로 보인 모양이네."

자신도, 본요도 같은 것을 생각하고 있었다.

19

그리고 며칠 뒤였다.

오빠로부터 할 이야기가 있다는 전화가 와서 퇴근길에 약속장소인 카페로 갔다.

"실은 요코하마로 이사하기로 했어."

오빠는 건너편에 앉자마자 갑자기 말했다.

"아니, 시즈오카에서 도쿄로 이사한 지 얼마 안 됐잖아."

"그렇지만, 봐봐, 맹모삼천지교라는 말도 있잖아."

"그럼, 리카르도 군을 위해서 이사를 한다는 거야?"

"그래, 역시 그 학교는 안 좋아."

"그럼, 외국인 자녀를 극진히 봐주는 학교를 찾았어?"

"얼마나 잘 해줄지는 모르겠지만, 시행착오를 거치면서 몰두하는 공립초등학교가 있어."

"어떻게 찾았어."

"그게…."

오빠는 말하기 거북한 듯이 커피를 마셨다.

"그 사람한테 전화해봤어."

"그 사람이라면, 히로미 씨?"

"어, 그래."

이혼한 아내에게 전화를 하는 것이 흔한 일인가. 아니면 양육비만 제대로 보내고 있으면 저쪽은 불평도 하지 않는 건가.

"외국인 학생을 배려하는 초등학교를 모르냐고 일반론으로 물어봤지."

"그러니까, 히로미 씨는 뭐라고 해?"

"자원봉사인가 뭔가의 일환이냐고 묻더라. 왜 당신이 그런 일에 목을 빼고 있는 거냐고 화를 냈어."

히로미 씨가 왜 화를 내. 잘못 들은 거 아냐?

"아니, 정말로 시비조였어. 예전에는 가정을 돌보지도 않더니 뒤늦게 남의 자식 때문에 봉사활동이라니 뭐 하는 거냐고 엄청 비난을 받았지. 봉사활동이 아니라고 했더니, 그럼 뭐냐고 물었어."

"그래서 결국 재혼한 거 말했어?"

"말했지. 브라질인하고 결혼했다고. 쇼타 또래의 의붓자식이 있는 것까지."

히로미의 놀란 얼굴이 보이는 듯했다.

"그랬더니, 너무 어이가 없다는 듯이 '변하고 바뀌는 거구나.'라고 말했어. '당신이 처자식을 위해서 안간힘을 쓰다니.'라고."

히로미가 상처를 받은 것은 아닐까. 아내가 바뀌니 남편이 이렇게도 바뀌는 걸까 하고.

"새로운 가정만 위하고, 왜 쇼타하고는 만나주지 않느냐고, 또 괴롭혀서 두 번이나 놀랐어. 하지만 이젠 쇼타도 커서 아버지를 그리워한다고 하더라."

오빠는 비난하는 듯한 말투지만 표정은 느긋했다.

"그러면, 히로미 씨가 오빠에게 연락하면 되는데."

"나도 그렇게 말했어. 그랬더니 내가 먼저 연락하는 게 도리라고 했어."

"도리라고, 그건, 즉…."

그건 히로미가 피해자이고, 오빠는 가해자라는 뜻이다.

"그때 처음으로 생각했지. 이혼의 원인이, 정말로 나에게만 있는 걸까 하고."

"그러네. 서로 노력하고 의사소통을 하지 않으면 안 될 거야. 결국은 남이니까."

"싸울 때도 내가 무슨 말을 해도, 그 사람은 정연하게 반론을 해. 그 사람의 말은 언제나 도덕적이고 바르지. 그래서 도중에 지겨워져서 '이제 됐어.' 하고 내가 토라져서 대화가 끝나지. 언제나 그랬어. 하지만 마리아는 달라. '이제 됐어.'를 허락하지 않아. 철저하게 이해가 될 때까지 대화를 한다고."

리카르도의 성장과정과 학습지연에 대해서 말하자 히로미가 놀랐다고 했다. 리카르도와 같은 환경에서 자란 아이들이 소년범죄에 연루되는 일이 많아서, 어떻게든 도움을 주고 싶다고 했다고 한다.

"교사만 탓하지 말라고 하더라. 가뜩이나 바쁜데 일본어를 모르는 아이가 갑자기 눈앞에 나타나면 교사라고 해도 어떻게 해야 할지 당황스럽다고. 그 사람 반에도 외국인이 있는 것 같아."

"어머, 그래? 어느 나라?"

"브라질인도 베트남인도 말레이시아인도 있다는데, 요즘은 애국 교육이 강조되고 있으니까, 외국인 아이들은 어떤 기분으로 그걸 받아들여야 하냐고 고민에 빠졌더라고."

"히로미 씨가 근무하는 학교엔 외국인 아이에 대한 특별한 배려가 있어?"

"시에서 통역사가 자주 오는 모양이야. 나머진 외국어대학 학생 자원봉사자를 늘 부른다고 하더라고."

"그런 초등학교도 있구나, 근데 히로미 씨는 몇 학년을 가르치는데?"

"4학년이야."

"리카르도 군도 4학년이니까, 히로미 씨 같은 담임이면 좋을 텐데."

"역시, 유코도 그렇게 생각하는구나."

오빠는 그렇게 말하고 한숨을 푸하고 숨을 토했다.

"사실은…."

"뭐야, 설마 오빠, 요코하마로 이사해서, 히로미 씨 반에 리카르도를 넣으려는 것 아냐?"

"그게, 나쁜 일인가?"

"진심이지?"

"저 출산으로 한 학년이 한 반이라고 하니까, 그 초등학교가 있는 지역으로 이사하면 반드시 그 사람 반으로 들어갈 수 있어."

"대단한 걸 생각했네. 리카르도 군을 위해선 수단을 가리지 않겠다는 거군."

"그런 거야. 어른끼리의 싸움은 아이 하고는 상관이 없지."

"하지만, 히로미 씨 같은 선생님은 찾으면 또 있지 않을까?"

"그게 있긴 하겠지만, 어떻게 찾아?"

"확실히 그건 어렵겠다. 그래서 히로미 씨는 뭐래? 리카르도를 히로미 씨의 반에 넣는 걸."

"아직 말 안 했어."

"뭐? 미리 얘기 해놓지 않아도 괜찮아?"

"말할 필요 없어. 그렇게 속이 좁은 사람은 아니야."

말과는 달리 불안한 기색이 보였다. 혹시 미리 히로미에게 전화해서 '농담하지 마.'라는 말을 듣는다든가, 거절해버리면 다음에는 방법이 없을지도 모른다는 생각에 이판사판 걸고 있는 걸까. 오빠 말처럼 히로미가 마음이 넓은 사람이기를 비는 수밖에 없었다.

"히로미 씨라면 믿을 수 있어."

"그렇지? 유코가 보증해주니 안심했어. 그런데 유코도 우리와 같은 아파트로 이사 가지 않을래?"

"방 두 개짜리와 세 개짜리가 이웃해서 비어 있어."

"이웃사촌? 그거 좋겠다."

"그러면 서로서로 도울 수 있는 게 많을 거야. 마리아는 성질이 좀 있지만 괜찮은 사람이고, 항상 노력하고 있으니까, 유코와도 잘 지낼 것 같아. 그리고 거기는 보육원에 들어가기도 쉽다고 들었어."

"하지만, 통근하려면 멀어. 아이가 없으면 통근권이지만 보육원 마중시간이 맞질 않아. 두 번 갈아타야 하고 출퇴근 시간엔 막혀서 오래 걸려서, 계산해보면 집에서 나오는 게… 아아, 역시 무리야. 체력적인 벽에 부딪치는 게 눈에 보여."

"그럼, 출산 후에 요코하마 지사로 전근 받으면 되잖아."

"그거 진심이야? 그렇게 회사가 배려할 것 같아?"

"상사에게 제대로 부탁해보면 되잖아?"

"안 되는 걸로 생각하는 게 좋아. 아마 더 심한 대우를 받을 것 같은 예감이야. 아시아 담당에서 아프리카 담당이 돼 버리거나."

"어째서 그렇게 되냐고."

"우리 부장은 그런 사람이니까. 그 오만상을 찌푸린 듯한 얼굴을 떠올리는 것만으로 미치겠다고."

"회사가 개인사정을 고려하지 않는 건, 나 역시 오랜 직장 생활로 잘 알고 있지만."

그렇게 말하고 오빠는 크게 한숨을 쉬었다.

"도대체 이 나라는 어디로 향하고 있는 거지. 가정이나 아이를 소중히 하자니, 많은 벽들이 가로막는다고."

"요즘은 세상 살기 힘들지."

커피가 여느 때보다도 씁쓸했다.

20

또 부장에게 호출을 받았다.

"자네, 혹시 뒤에서 손 쓴 것 아냐?"

유코가 회의실에 들어서자마자 그렇게 말했다. 눈에 띄게 배가 커지고 있는데, 앉으라는 말도 하지 않는다. 우뚝 선 채로 있는 것이 괴로웠다.

"대체 무슨 말씀인가요?"

"간부회의에 나갔더니, 세지마 전무가 말하던데. 우리 회사는 앞으로 여성이 일하기 쉬운 직장이 될 거라고. 그 내용을 듣고 경악했다고."

"어떤 내용이었어요?"

"육아휴직을 1년 동안 준대. 복귀했을 때도 예전과 같은 부서에서 같은 직책으로 일하도록 조치하고."

"아주 고마운 일이군요."

세지마와 엘리베이터 안에서 만났을 때, 그가 "알고 있어."

라고 말한 것이 이런 것이었나.

"자네는 세지마 전무 하고도 뭔가 관계가 있어?"

"무슨 뜻이죠? '세지마 전무 하고도'라는 말이 걸립니다만."

상사와 갈등이 있으면 아무것도 좋을 것이 없다는 쿠리야마의 충고를 잊은 것은 아니었지만, 그만 입 밖으로 튀어나왔다.

화를 낸다고 생각했는데, 오히려 부장은 당황한 듯이 말했다.

"지금 건, 내 실언. 세지마 전무 귀에라도 들어간다면 내 목숨이 위험하게 되니까, 비밀로 해주겠어?"

"네?"

"어쨌든 그렇다는 거야. 자네가 바라는 대로 돼서 다행이잖아."

"네, 고맙습니다."라고 말하면서, 왜 이 남자에게 고마움을 표해야 하는지 화가 났다.

"부장님, 그래서 드리는 말씀인데요. 복귀 후에도 같은 부서라고 했지만, 가능하면 요코하마 지사로 전근을 보내줄 수는 없을까요?"

"뭐? 자네, 무슨 말이야?"라면서 부장은 심보가 나쁜 듯한 평소의 표정으로 돌아왔다.

"무슨 뜻인지 설명해보라고."

"네, 보육원 때문에 요코하마에 사는 게 좋을 것 같아요. 게다가 요코하마라면 언니도 살고 있고, 오빠도 근처라 아이가 열이 날 때에도 회사를 쉬지 않을 가능성이 조금은…."

"스톱, 어리광 부리지 말라고. 왜 자네 입맛에 맞는 일만 하려는 거야? 뻔뻔한 것도 정도가 있지. 자넨, 아시아 담당 아냐? 복귀하면 요코하마는커녕 펑펑 외국출장을 가게 될 거야. 그게 당연하지."

"그렇지만…, 해외에 가는 건 무리예요. 회사를 그만두라고 하시는 거나 다름없어요."

"우린 자선 사업이 아니라고. 아니면 정사원 말고 아르바이트를 하면 되겠네. 그러면 근무지 선택에 융통성이 있지. 시급이 970엔인가, 그럼 고용해주지."

마치 자신이 오너사장인 것처럼 말한다. 깊은 늪에 빠진 것 같은 기분이었다. 어떻게 해야 할까. 아이를 낳으면 다시는 늪에서 올라올 수 없게 될까.

"오늘 또 간부회의가 있으니까, 자네 얘긴 보고해놓지. 요코하마 지사로 옮기고 싶다는 등 버릇없고 방자하게 말해서 정말 힘들었다고. 이상, 이야기 끝."

그렇게 말하고 부장은 일어서서 회의실을 나갔다.

21

그날도 회사에 새벽에 도착했다. 넓은 사무실에 아무도 없었다. 고요 속에서 집중하며 일하고 있는데, 문이 열리는 소리가 났다. 고개를 들어보니 세지마가 들어오는 것이 보였다. 마치 산책이라도 하듯 손을 뒤로 잡고 느긋한 분위기로 다가온다.

"좋은 아침."

세지마는 파티션을 끼고 맞은편에서 말을 걸어왔다. 마침 미즈노의 자리가 있는 곳이다.

"좋은… 아침입니다. 이렇게 일찍 무슨 일이세요?"

"뭔가 곤란한 일은 없나 싶어서."

며칠 전 간부회의에서 부장에게 이야기를 들은 것일까. 버릇없는 임신부가 있다고.

"별로 없습니다."

그렇게 대답하자 세지마는 눈썹을 8자로 하고 창밖으로

눈길을 돌렸다.

"애초에 세지마 씨에게 도움을 받을 처지는 아니니까요."

말한 순간, 후회가 밀려왔다. 뱃속의 아이를 위해서는 뭐든지 할 수 있다고 생각했는데 정작 오기와 자존심이 방해를 한다.

"너 때문만은 아냐."라고 세지마는 창문 쪽을 향해서 말했다.

"회사를 위해서야. 우수한 인재를 확보해두기 위해 제도 개혁을 하려고 생각하고 있어. 물론 여성을 위한 것만은 아냐. 남자도 병이나 부모의 간병 때문에 회사를 쉬게 될 때가 있잖아?"

그렇게 말하고 이쪽으로 돌아서서 다정한 미소를 짓는다.

"알았지? 너 때문에 움직이는 게 아니라는 걸."

"… 네."

"그래서 우리 회사 사원이 무슨 일로 곤란해 하는지를 알아 두고 싶고. 적어도 회사 차원에서 말이야. 게다가 앞으로도 임신 출산하는 후배 여성이 많을 거니까, 미야무라 씨의 의견이 도움이 될 것 같아."

"알겠습니다. 그럼, 곤란한 것을 말하겠습니다."

그렇게 말하자, 세지마는 빙긋이 웃으며 고개를 끄덕였다.

"자, 부담 없이 말해보세요."

"출산 후에는 해외출장이 있는 부서라면 힘들어요."

어리광에다 방자하다고 버려질 것을 각오하고 과감하게
말해보았지만 세지마는 "그건 당연하지. 누가 생각해도 무리
겠지."라고 시원하게 말해서 맥이 빠졌다.

"네? 그래요, 그렇겠죠. 음, 그래서… 보육원에 맡기려면
가능하면 요코하마 지사로 전근 가고 싶어요. 창구 업무든
사무실이든 뭐든 할 각오입니다."

"아, 그래, 좋아."

"네? 좋나요?"

"그밖엔 없어?"

"혹시 보육원에 빈자리가 없으면 육아휴직을 연장하고 싶
어요."

"오케이. 다른 건?"

"복귀 후 한동안은 단축 근무를 하고 싶습니다. 가능하면
아침 열 시부터 네 시까지."

"좋아, 다른 건?"

"음… 그것뿐입니다."

"알겠습니다."

"정말입니까?"

"미야무라 씨는 지금까지 투어기획에서 여러 번의 히트를 기록했지. 그런 우수한 사람이 회사를 그만둔다면 곤란하지. 게다가 남녀불문하고 간병이나 상사의 괴롭힘에 의한 이직을 막기 위해서도 근무 장소나 근무 시간을 유연하게 하지 않으면 사회에 뒤쳐질 거야."

과거에 대한 사과도 약간은 있어, 라고 말하는 것 같다. 그렇지만 진심으로 회사를 개혁하고 싶어 하는 것도 같다. 어쨌든 히트한 투어상품 등을 핑계로 이쪽의 부담을 가볍게 해 주려는 것 같기도 하다.

"그럼, 힘내세요."

세지마의 뒷모습을 배웅했다.

— 겨우 어깨가 가벼워졌어.

그의 등은 그렇게 말하는 것 같았다.

22

출산 전 휴직에 들어가고 얼마 되지 않아서 키와 이모부가
사고로 돌아가셨다.

엄마가 전화를 해서 장례식에 참석하라고 당부했다. 갑작
스런 일이라 키와 이모가 몹시 낙심하고 있다고 했다. 이모
부부에게는 아이가 없어서 우리 세 남매를 자기자식처럼 귀
여워했다. 키와 이모부는 낚시를 좋아해서 오빠를 데리고 다
녔다. 이모는 항상 상냥하고 놀러갈 때마다 맛있는 음식을
만들어주셨기 때문에 어린 마음에도 우리 집보다 좋다고 생
각할 정도였다.

내려가서 키와 이모를 위로해주고 싶은 마음은 굴뚝같았
지만 이 만삭의 배를 하고는 임신한 것이 만천하에 알려질
게 분명하다. 이미 마을에 소문이 났다고 본요에게 들었지
만, 정작 귀성하게 되니 겁부터 났다. 틀림없이 장례식에는
많은 사람들이 모일 것이다.

어떻게 해야 할지 고민하고 있는데, 본요로부터 전화가 왔다.

— 실은, 내가 장례식에서 불경을 올리게 됐어.

들어보니 키와 이모가 시주하는 절의 주지스님이 고령으로 입원하고 있어서, 같은 종파인 본요가 대신 맡게 되었다고 했다.

"그것 때문에 일부러 전화한 거야?"

— 아니, 이야기를 조금하고 싶어서. 마사요가 얼마 전에 집에 왔어.

"엄마한테 들었어. 아이들에게 동네를 알려주면서 다녔다고."

— 그렇지. 그때 록은사에도 와주었지. 그 사람도 집에 와서 미야무라가 미혼에 임신을 한 걸 들은 것 같았어. 그래서 내가 일본의 호적문제를 이야기 했더니 도중에 크게 웃더라고.

"마사요가 웃었다고? 왜?"

— 일본은 평화롭구나, 라고 말했어. 세상에는 굶어죽는 아이들이 많은데, 종이 한 장으로 이렇다, 저렇다 복잡하게 따진다고. 부친이 누구든 상관없잖아. 신뢰할 수 있는 어른이 키울 수 있다면 은덕인 거지, 라며 날 바보취급하며 웃더

구면.

난민 구제 NPO에서 일하는 사람이 보면 사소한 문제일 것이다. 아니, 문제조차도 되지 않는다. 잘 곳도 음식이나 물조차 제대로 없는 난민과 함께 있는 마사요가 웃는 것도 당연할 것이다. 하지만, 일본에서 미혼모로 살아가기 위해서는 어려운 현실도 있는 법이다.

— 그런 사람이랑 얘기하니까, 내 인생이 송두리째 잘못됐다는 생각이 들었어.

"확실히 난민을 생각하면, 내 고민 따위는 하찮게 느껴지겠지만…."

캄보디아에 갔을 때도, 대자연이나 개나 소의 모습을 보고, 도쿄에서의 비인간적인 삶을 돌아볼 수 있었다. 한 우주비행사도 우주선에게 지구를 보았을 때 농사지으며 살겠다고 결심했다고. 하지만, 막상 눈앞의 현실은 피할 수가 없는 것이다.

— 마사요가 미국인 남편과 이혼한 건 알고 있어?

"이혼했다고? 그건 몰랐는데."

마사요가 귀성했을 때 엄마가 집에 초대해서 아이들이 「스와니강」을 노래한 것은 들었다. 하지만, 이혼 이야기까지는 나오지 않았나보다.

— 미국에서는 이혼은 별나지도 아무렇지도 않아, 라고 태연한 얼굴을 하고 있었어. 하지만 아이들에 대해서는 꽤 걱정하는 것 같았어. 앞으로도 NPO 활동을 계속하려는 작정인데, 그렇게 되면 마사요 자신에게 무슨 일이 있을 때 아이들의 신원보증인이 필요하다고 해서 상담해줬지.

"대단한 신념이네. 아이들을 두고라도 위험한 지역에 가겠다니."

그래서일까. 마사요가 토템폴에 키를 새긴 것은. 여기저기에 살아온 증거를 남겨두고 싶었던 걸까. 아이들이 언젠가 그것을 보고 어머니의 따스함을 느끼도록 하려는 배려일까.

— 아무튼 마사요의 머릿속은 지구 규모의 회로라서 따라잡을 수 없어.

싱글맘이 되었는데, 마사요는 자신의 아이들을 돌보는 것보다 신념을 관철하는 쪽을 우선시 하고 있다. 그것이 과연 칭찬할 일인지는 나도 잘 모른다.

— 호적에 올린다, 안 올린다, 그런 건 웃음거리가 될 날이 올 거라 생각해. 그렇게 먼 일은 아닐 거야.

"웃음거리가 된다는 것은 어떤 의미로?"

— 듣기로는 호적제도가 있는 건 세계에서 일본과 중국뿐인 것 같아. 중국은 산아제한 시대에 둘째 아이 밑으로는 시

청에 신고하지 못해서 무호적인 아이들이 많다고 해. 그래서 이제 호적은 유명무실해지고 있지. 한국에서도 호주제도는 차별로 이어진다는 이유로 십 년도 전에 폐지됐지. 지금은 어느 나라에서도 주민증 같은 것이 있을 뿐이야. 일본도곧 호적 같은 건 없어지지 않을까. 그렇게 된다면 지금의 고민도 웃음거리가 되겠지만.

"그러면 좋겠다. 부모 성씨 선택제도 시행됐으면 좋겠고."

만일 아이의 성을 선택할 수 있게 된다면, 아버지나 어머니 어느 한 쪽을 선택하면 된다. 그러면 어머니와 아이가 같은 성이고, 아버지가 다른 성인 경우가 이상하지 않은 세상이 된다. 그렇게 되면 미혼모인 것이 탄로 나기도 어렵다.

"일본은 선진국이라고 믿기지 않을 만큼 봉건적이네."

— 그렇지. 정말 일본 정부는 안 된다고. 매번 인기 위주에 근시안적인 정책만 내놓고 있으니까.

"왜 항상 그런 거냐고. 이상해서 참을 수가 없어."

— 그건 이상한 것도 신기한 것도 아무것도 아니야. 단순히 진심으로 전념하지 않는다는 얘기지.

"음, 역시 그런가."

무심코 깊은 한숨이 새어나왔다.

— 근데, 내가 마사요에게 한 가지 부탁을 받았어. 혹시 자

신에게 무슨 일이 있으면 아이들의 후견인이 되어주겠냐고
해서, 아주 쉬운 일이라고 허락했지.

"그래. 그거 참 잘됐다. 마사요도 안심했을 거야."

자기 아이를 맡기겠다는 것은 본요를 진심으로 신뢰하기
때문일 것이다. 전화를 끊은 뒤에도 한동안은 마사요와 자신
의 가치관 차이를 생각하지 않을 수 없었다. 매사에 앞장서
는 그녀의 씩씩함이 부러웠다. 같은 시골마을에서 고등학교
까지 함께 보냈는데 이 차이는 어디에서 생긴 것일까. 타고
난 감성적 차이일까. 생각하면 할수록 마사요는 점점 더 먼
존재인 듯 느껴졌다.

23

이모부 장례식에 참석하기 위해 도쿄역에서 신칸센을 탔다.

신요코하마역에서 언니가 타기로 되어 있었다. 무거운 몸을 걱정해서 언니가 먼저 같이 가자고 했다. 신요코하마역에 소리 없이 스르르 차량이 진입하자 언니 옆에 오빠도 서 있는 것이 보였다. 오빠 일가가 요코하마에 살게 되면서 언니는 가끔 오빠네 집에 기서 마리아와 리카르도 뒷바라지를 하게 됐다고 오빠에게 들었다. 입이 가벼운 언니니까, 오빠가 재혼한 것은 물론 작은 에피소드들까지 벌써 엄마 귀에 들어갔을 것이다.

자세히 보니, 오빠 뒤에 마리아와 리카르도도 있었다. 일부러 배웅을 나온 것일까. 정차하고 문이 열리자 사람들이 속속 올라탔다. 언니가 손을 흔들며 통로를 따라 들어오고 있는 것이 보였다.

언니는 "유코, 컨디션은 어떠니?"라고 물으며 옆에 앉았다.

"괜찮아, 고마워."

입덧이 진정되자 요즘 들어서는 몸이 좋아졌다. 의사가 태아도 건강하게 자라고 있다고 했다.

"유코, 건강해 보이네."라는 오빠의 말과 함께 신칸센이 소리 없이 출발했다. 마리아와 리카르도도 눈인사를 보냈다. 함께 귀성할 줄은 몰랐다. 오빠도 각오를 한 것 같았다.

마리아가 여행 가방을 선반에 올렸다. 키가 크고 힘이 세서 남자 힘을 빌리거나 하지 않는 점이 멋졌다.

"유코, 안녕하세요." 하고 마리아가 미소를 지었다. 옆자리의 리카르도도 "유코 씨, 안녕하세요."라고 짜랑짜랑한 소리로 말했을 뿐 아니라 이쪽의 눈을 똑바로 보며 활짝 웃었다. 이전처럼 두려워하는 눈빛이 사라졌다.

"이 아이, 신칸센 너무 좋아해, 매우 신나해."라는 마리아의 말처럼 리카르도는 창가 쪽 자리에 앉자마자, 창문에 딱 들러붙어서 밖을 보고 있다. 마냥 즐거운 표정이다.

언니가 쇼핑백을 부스럭거리며 주먹밥과 계란말이를 꺼내서는 "어이, 이건 유코 거, 이건 내거." 하고 작은 테이블 위에 놓았다. 나머지는 뒷줄의 오빠네 가족에게 주었다.

"형니임, 언제나 고맙습니다. 나 콩조림 만들어왔어요. 형니임 거도 있어요."

"마리아, 나는 필요 없어."

"왜에 사양하세요."

언니가 "사양하는 게 아니라, 난 그 콩 요리가 딱 질색이야."라고 잘라 말해서 놀랐다.

"저기 언니." 하고 언니에게만 들리도록 작은 소리로 말했다.

"그런 말은 심하잖아. 마리아가 상처받는다고."

"뭐라는 거야? 앞으로 수없이 많은 날을 더 봐야 할 거 아니니. 한 번이라도 '어머, 왜 이렇게 맛있는 거야.'라고 거짓말을 하면 마리아는 친절한 사람이라 만날 때마다 꼭 도시락에 넣어서 가져올 거 아냐."

"그건 그렇지만…."

"일단 거짓말을 하면 죽을 때까지 계속 거짓말을 해야 하잖아."

"거창하네."

"거창하지 않아. 사실은 싫어하고, 먹을 수가 없어서 받을 때마다 쓰레기통으로 직행한다는 걸 나중에 알면 얼마나 상처받겠어. 고작 요리 하나라고 생각할지도 모르지만, 인간관계에 금이 갈 수도 있거든."

"… 그러네, 언니 말대로인 것 같아. 거짓말하는 건 좋지

344

않으니까."

문득 창밖을 보았다. 빌딩이나 주택이 날아가듯이 흘러
간다.

— 내 자식은 아니죠?

— 그래. 미즈노 군의 아이가 아니야.

가라오케에서의 그 한 마디가 거짓말의 시작이었다. 하지
만 그때는 방법이 없었다. 도무지 말을 할 수가 없었다.

아이가 스무 살이 될 때쯤에는 미혼이든 기혼이든 이혼이
든 그런 일에 개의치 않는 세상이 되길 바란다. 일본이 언제
나 유럽을 추종하는 것을 생각하면 그렇게 먼 일은 아닐 것
이다. 실제로 사람들의 생각은 매일 조금씩 새로워지고 있
다. 단지 그 속도가 자신에게는 너무 늦다고 생각하지만….

세지마는 사내규정에 새로운 시대의 목소리를 담았다. 노
동시간 단축, 보육원이나 간병시설을 찾지 못할 경우의 휴가
연장, 근무지 배려, 그리고 간부나 상사의 괴롭힘에 의한 이
직 등을 배려한 내용도 있었다. 간부회의에서도 그 의제가
무난히 통과된 것은 요즘의 인재부족에서 오는 위기의식에
따른 것일 거다. 결국 인력부족에 미국과 유럽의 압력으로

일본 정부는 크게 방향을 돌린 것이다.

여성에 대한 인권의식에서 정치가나 기업이 자발적으로 움직일 일은 결코 없다. 세지마도 같은 생각일 것이다.

경위야 어떻든, 안심하고 육아휴직을 신청할 수 있게 되었다. 출산휴가가 끝나면 요코하마 지사에 배속될 예정이다. 육아휴직 사이에 언니와 오빠의 도움을 받아 요코하마에 있는 오빠의 옆집으로 이사하기로 했다.

"마리아 씨 일을 엄마한테 전화해서 뭐라고 했어?"라고 언니에게 물어보았다.

"처음엔 말도 안 나올 정도로 놀랐는데, 일주일 후엔, 총명한 히로노부가 하는 일이니 틀림없을 거야라고 결론을 내고 침착해지신 것 같았어."

"엄마는 괜찮아도, 삼촌들은 어떤 반응을 보일까?"

"그거야 놀라겠지."

"싫은 얼굴을 할라나?"

"그렇지만 장례식장에서는 내색하지 않을 걸. 집에 돌아가서 가족들한테 이러쿵저러쿵 얘기하겠지만."

미혼에 임신을 한 자신에 대해서 친척들은 벌써 알고 있을 것이다. 본요가 키우는 미야코도 알고 있을 정도니까. 엄마는 그것에 대해서는 아무 말도 하지 않지만, 삼촌들이 책망을 하지는 않았을까. 사람들의 시선을 상상하면 귀성하는 것이 귀찮아진다.

하지만, 이미 늦었다. 신칸센을 타버렸으니 말이다.

24

모퉁이에 있는 우체국 왼쪽으로 돌자, 토템폴이 보였다.

그 앞에서 엄마가 이쪽을 지켜보고 있었다. 유코가 크게 손을 흔들자, 엄마도 흔들어주었다. 점점 가까워지면서 엄마의 시선은 유코의 배를 지나 그 뒤에서 걸어오는 마리아와 리카르도에게 쏠려있는 것을 깨달았다.

"엄마, 소개할게요. 이쪽은 마리아와 리카르도예요."

총명한 아들이 선택한 여성은 틀림이 없다고 엄마는 얘기하지 않았던가. 그런데 경계심 가득한 얼굴을 하고 있다.

"먼 곳까지, 수고했어요."

엄마는 어느 때보다도 힘없는 목소리로 말했다. 마리아는 두 팔을 벌리고 엄마에게 다가가더니, 엄마를 마음껏 끌어안았다.

"어머니, 처음 뵙습니다. 만나고 싶었어요."

갑작스런 일이라 엄마는 눈을 부릅뜨고 곧추선 채 마리아에게 안겨 있었다.

엄마의 표정이 조금씩 풀리더니 "히로노부를 잘 부탁해요."라며 마리아의 등을 톡톡하고 다독였다.

마리아와 떨어지며 엄마는 리카르도에게 손을 내밀었다.

"잘 왔어요."

리카르도는 쑥스러운 웃음을 띠면서도 엄마의 손을 꼭 잡았다.

"역시 히로노부가 첫눈에 반할만하네. 마리아 씨도 리카르도 군도 튼튼한 턱을 가졌어. 단단한 것도 잘 씹을 수 있겠어. 턱은 건강의 기본이야."

그렇게 말하고 엄마는 혼자 고개를 끄덕였다. 대체 이걸 칭찬이라고 한 걸까. 엄마의 감정을 이해 못한 유코는 무심코 언니와 눈이 마주쳤다. 다음 순간, 자매는 동시에 웃음을 터뜨렸다. 아마 엄마는 뭐 하나라도 좋은 점을 찾고 싶었을지도 모른다. 그리고 아들의 선택에 실수가 없었다고 자신을 납득시키고 싶었는지도. 대부분의 일본인이 그런 것처럼 엄마도 백인에 대한 막연한 동경을 가지고 있었기 때문에 까무잡잡한 건강미를 잘 모르는 것 같았다.

장례식에 생각보다 많은 사람이 참석했다.

사람들의 호기심 어린 눈빛은 상상 이상이었다. 시선의 흐름은 판박이였다. 마리아는 키가 큰 만큼 모두의 시선을 단번에 모았다. 그 시선은 리카르도로 향했다가 유코의 복부에 이르렀다. 유코를 보고 빙그레 웃어 보이는 부인들도 적지 않았다. 아마 동네소문에 어두운 사람들은 유코가 정식으로 결혼하고 임신했다고 생각하고 있을 것이다.

"모두, 힐끔힐끔 본다."

마리아의 목소리가 들렸다. 평소에는 개방적인 성격인 만큼 감정을 억누르고 있는 낮은 음성을 들으니 안타까운 마음이 든다.

"당당하게 있어도 괜찮아."라는 오빠의 목소리가 들렸다.

"마리아가 특별히 예쁘니까 다들 보는 거야."

무심코 옆에 있는 언니를 보자, 언니는 까닭이 있는 듯 실실 웃었다.

장례식 사회자가 시작을 고하며, 스님의 입장을 알렸다. 또렷한 얼굴의 본요가 가사를 입고 있으니 이국적이라서 국적불명의 사람인 듯했다.

낭랑하게 메아리치는 바리톤 가수 같은 독경이 끝나고 그때까지 등을 돌리고 있던 본요가 참석자 쪽으로 돌아섰다. 주머니에서 종이 한 장을 꺼내 키와 이모부의 경력과 생전의 일을 소개하며 공적을 기렸다. 그 후 종이를 다시 주머니에 넣고 기침소리 하나 없는 식장 전체를 둘러보더니 천천히 입을 열었다.

— 불교를 연 부처님은 태어나자마자 '천상천하 유아독존'이라고 말씀하셨습니다.

본요는 침착한 분위기에서 법회를 시작했다.

— 요즘은 이 말의 의미를, 세상에서 자신이 가장 훌륭하다고 해석하는 사람도 있는데 그것은 잘못입니다. 원래의 뜻은 자신이라는 존재는 다른 누구하고도 대체할 수 없는 오로지 하나의 존재이므로 그 자체로 소중하다는 뜻입니다.

말을 끊고 조용한 청중을 천천히 둘러보았다.

유코와 눈이 마주치자, 본요는 희미하게 고개를 끄덕였다.

— 그래서 국적이나 피부색이나 빈부 등의 가치를 넘어 목숨을 가지고 있다는 사실만으로도 고귀한 것입니다. 그 이외의 잣대로 판단해서는 안 된다고 부처님은 말씀하시고 계십니다.

오빠가 깜짝 놀란 듯 고개를 들어 본요를 쳐다보는 것이 시야에 들어왔다.

— 또, '산천초목 실유불성'이라는 말처럼 인간뿐만 아니라 자연계의 모든 것에 불성 즉, 부처님의 마음의 원천인 진

리가 존재합니다.

문득 캄보디아가 떠올랐다. 사람을 잘 따르는 원숭이와 도로를 유유히 횡단하는 소, 더위에 턱을 내던지고 있던 개들, 그리고 그 뒤에 펼쳐진 밀림….

— 그리고 어떤 사람도 누구라도 모두 동료라는 말이 있습니다. 바쁜 일상생활을 보내고 있자면, 이 말을 잊기 쉽습니다. 그래서 모두가 동료라는 인식이 녹슬지 않도록 노력하는 것이 중요합니다. 「세상에서 하나 뿐인 꽃」이라는 노래가 유행을 했지만, 그것은 아미타경과 겹쳐서 어떤 색이나 형태에도 각자 아름답고 각자 가치가 있다. 다르다면 그것으로 됐다고 보는 것입니다.

노인들도 가만히 본요의 설법에 귀를 기울였다. 피부색이 다른 마리아와 리카르도가 있고, 미혼인데도 배가 부른 유코도 있다. 그것을 의식하면서 듣고 있는지 장내가 조용해졌다. 그러나 본요는 마사요의 아이들을 생각하고 말하고 있을지도 모른다.

장례식이 끝나고 집에 돌아오니, 엄마가 서두르며 "차라도 마시면서 보고회를 해야지."라고 말을 꺼냈다.

마리아가 "어머니, 나, 도울게요."라며 엄마를 따라서 부엌으로 들어갔다.

"임신부라 힘들지. 넌 안 도와줘도 돼."라고 말하며 언니
도 들어갔다.

"리카르도, 오셀로 게임하자." 나도 할 일을 찾았다.

"응, 할레요." 하고 리카르도는 기뻐하는 것 같다.

잠시 후, 차와 과자가 준비되고 모두 코타츠에 둘러앉았
다. 지난번과는 달리 마리아와 리카르도도 있으니까, 코타츠
하나로는 부족했다. 그래서 이층에서 하나를 더 가지고 내려
와 두 개를 붙였다.

"나는 여전히 잘 지내고 있어요."라고 엄마가 말문을 열
었다.

"바뀐 게 있다면 백내장 수술을 한 것 정도예요. 그리고 혈
압이 높아지지 않도록 저염식을 하고 있어요."

마리아와 리카르도도 알아듣도록 배려한 것인지 엄마는
큰소리로 천천히 말했다. 하지만 백내장이나 저염식 등의 말
이 어려운 듯했다. 마리아는 엄마에게 뜻을 물었다. 모르는
말은 그대로 두지 않고 바로 물어보겠다는 욕심이 없으면 어
학실력을 바랄 수 없을지도 모른다. 마리아는 가방에서 노트
를 꺼내 엄마의 설명을 적고 있었다. 역시 열두 번 만에 운전
면허 필기시험에 합격 할만하다. 오빠가 이렇게 열정 넘치는

여성을 골랐다는 사실이 새삼 자랑스럽기도 했다.

"그럼, 다음은 마치코, 어차피 달라진 건 아무것도 없겠지만."

"안 됐지만, 이번엔 있는데."

"그래? 뭔데"

"나, 싸우기로 했어"

"싸우다니 누구랑?"

"마사시게를 지키기로 했어요. 엘리트 아버지를 두면 힘들어요. 그 애는 아버지만큼 머리가 좋지 않다고요. 노력하고는 있지만 한계가 있어요. 더 이상 추궁하지 않는 게 좋겠다고 전부터 생각하고 있었지만, 남편이나 시어머니에게 좀처럼 말이 안 나와서."

"그러니까, 시어머니나 카즈시게와 싸우겠다는 거여?"

"히로노부나 유코를 보고 결심한 거예요. 둘 다 세상과 싸우는데, 셋 중에 나만 한심하단 생각이 들어서요."

언니가 이렇게 생각할 줄은 꿈에도 상상 못했다.

오빠는 "그런가, 나도 싸우고 있었구나…."라며 처음 깨달았다는 듯이 말했다.

"알겠어. 마치코가 맞구먼. 누구라도 참을 거 없어. 엄마가 아이를 지키는 것은 당연한 일이니까. 아버지도 저승에서 응원해주실 거여."

엄마는 스스로를 납득시키는 듯 몇 번이고 고개를 끄덕였다.

마리아와 리카르도는 조용히 듣고 있다. 뜻을 알고 있는지는 모르지만 얼굴을 보니, 둘 다 흥미진진한 표정으로 왠지 즐거운 듯했다.

"그럼, 다음은 히로노부."

"난 보시다시피. 새로운 가족이 생겨서 순조롭게 지내요."

"리카르도 군, 학교는 재밌어?" 하고 물어보았다.

"응, 재미있어요."라고 바로 대답했다.

"정말 좋은 학교다."라고 마리아가 말한다.

"선생니임 우수해. 알 때까지 가르쳐요."

"너무 싫다."라고 언니가 말참견을 했다.

"알 때까지 가르치는 건 내가 어렸을 때도 당연했지."

"언니 시대는 시골에 학원이 없었으니까, 교사도 책임이 컸겠지."

뭐든지 옛날이 좋았다고 말할 생각은 없다. 분명히 옛날보다 좋아진 쪽이 많을 것이다. 하지만, 나쁜 쪽으로 향하는 면도 분명히 있다.

"그럼, 히로노부 쪽은 별로 문제가 없네."라고 엄마가 정리한다.

"응, 난 괜찮아요. 즐겁게 지내니까요."

"그래. 좋은 며느리가 와줘서 다행이야. 지금까진 걱정했지만, 마리아도 리카르도 군도 맑은 눈을 가진 걸 보고 안심했어." 그런 후, "다음이 중요해." 하고 이쪽을 보았다. 미혼인 임신부가 가장 걱정스러운 것 같다.

"유코는 어떻게 할 작정이지. 우선은 솔직한 심정을 들어보자."라고 엄마가 말했다.

"어떻게 할지 말한다면… 회사엔 돌아갈 수 있고, 싱글맘이라 보육원에 들어가기도 쉽고, 만약 자리가 없으면 육아휴가를 연장해주기로 했어. 그래서 별로 걱정하지 않아. 게다가 육아는 언니나 마리아가 거들어준다고 했고."

"그럼, 일단은 안심이야. 앞으로도 정신 차리고 벌지 않으면 안 되니까."

"유코, 뱃속 아기 부친 누구?"

마리아의 질문은 단순했지만, 말없이 고개를 숙이고 말았다.

"회사 후배지?"

엄마는 벌써 언니에게 모두 들었을 것이다.

"언제였지 사진에 나왔던 젊은 남자애였지? 난 학생인줄 알았어."

"…응, 그냥."

"그 사람에게는 부친이라고 아직도 말하지 않은 거야?"라고 엄마가 묻는 순간, 마리아가 갑자기 소리를 지르며 뭔가를 말했다. 아마 포르투갈어일 것이다. 뭐라고 하는지 알 수는 없지만 미간에 주름을 잡고 떠들었다.

— 왜 상대에게 말하지 않았어. 웃긴다. 유코는 도대체 뭘 생각하고 있는 거야?

아마도, 그런 말을 하지 않은 걸까. 마리아의 찌르는 듯한 시선을 피하려고 고개를 숙이고 차를 마셨다.

"왜에 말 안 해? 유코, 이상해."라고 마리아는 겨우 일본어로 말했다. 마냥 얼굴을 찌푸리고 있다.

"나라면, 기필코 알릴 거야, 몇 년 후에 갑자기 '당신 자식이에요.'라고 말했을 때의 충격을 상상하면 무서워."

"그건 그렇지. 일단은 말해보는 게 어떨까?"

"거봐, 모두 그렇게 말하잖아? 남자도 책임을 지게 하지 않으면 이상한 거라고."

"언니, 또 그 책임 같은 말 쓰고…."

"언젠가는 반드시 들킬 일이야."

"왜? 모르는 채 살 수도 있지."

"바보네. 아이가 물을 거 아냐, '내 아빠는 누구야.' 하고."

언니는 아이 목소리를 흉내 내며 말했다.

"그런가. 그래도 묻지 않을 수도 있지."라고 저항을 해보 았다.

"만약 묻지 않는다면 아이가 엄마를 배려하고 있는 거야. 아이의 배려를 유코는 모른 채 할 거니?"

"그렇게 차가운 모자관계라면 틀려먹은 거야."라고 오빠는 단언하듯 말했다.

"아이가 찾아오지 않아도 그 마음을 헤아리는 게 부모잖 아."

이 자리에서 달아나고 싶어졌다. 이제 와서 당신의 자식입 니다, 라고 말을 할 수는 없다. 하지만, 언니나 오빠의 말대로 언젠가 알아버리는 날이 올 가능성은 제로가 아니다.

"유코가 이래도 저래도 안 된다고, 전전긍긍할 필요는 없 다고 생각해."라고 엄마가 말한다.

"상대에게 알릴 경우, 상대가 어떤 생각을 할지, 어떻게 나 올지, 뭐라고 할지 그런 건 유코가 상상 해봐야 소용없다고."

"그래, 남의 기분은 알 수가 없는 거니까"

"오랜 세월을 함께 지낸 부부도 서로 모르는 게 많지."

"진심으로 거짓말 하지 않고 생각 그대로 말하면 되잖아."

라고 오빠가 진지한 눈으로 말한다.

"이건 어떨까." 하고 언니가 새로운 제안을 했다.

"생각한 걸 진심으로 말할 필요는 없어. 유코는 단순히 '당신 자식이에요.'라고 사실만 말하면 되는 거야."

"누나, 그건 무슨 뜻이야?"라고 오빠가 묻는다.

"유코가 생각대로 말한다면 '결혼은 물론이고, 알리기도 싫어요. 남자의 책임이니 뭐니 그런 낡은 생각을 가지고 있지 않아요.'라고 하거나 횡설수설할 게 틀림없어."

"그러면, 왜 안 되는데."

"거봐, 유코는 그렇게 말하려던 작정이었지?"라며 언니는 기세등등한 표정이다.

"그런 쓸데없는 말을 입 밖에 낼 필요는 없다니까. 점점 여자가 불리할 뿐이라고."

"정말, 언니는 불리하다는 건지, 유리하다는 건지….."

"왜 유코가 한숨을 쉬냐고. 나를 옛날사람 취급하는 건 아니겠지. 봐봐, 일본 사회는 있잖아, 아직도 봉건적인 부분이 많아서 출산 후에도 순조롭게 계속 근무할 수 있을지 아무도 몰라. 아이의 병뿐만 아니라, 유코가 언제 사고를 당할지도 모르잖아. 그럼 어떻게 할래?"

"거기까진 생각해보지 않았어."

"그렇게 말하면 할 수 없지만, 나도 나이가 있어서, 유코 아이가 성장할 때까지 돌봐주는 것은 아무래도 무리야."

"나도 어디까지 도와야 할지 모르겠다. 매정한 말 하는 거 같지만, 각자의 생활이 있으니까."

"어머, 유코, 뭘 놀라는 거니. 그게 당연하잖아."라고 언니가 어이가 없다는 듯이 말한다.

"각자의 생활이 있는 거야. 나도 앞으로 시부모 간병으로 꼼짝하지 못하는 날이 올지도 모르고."

"… 그렇겠지."라고 답하며 여차하면 부모형제에게 의존하면 된다고 생각했던 것을 깨닫고 있었다.

자신이 요절하면 아이는 어떻게 되는 것일까. 그것은커녕 출산과 동시에 목숨을 잃는 엄마도 있다. 역시 난 모자란 것 같다. 그것도 엄청.

25

그날 밤, 컴퓨터를 마주하고 미즈노에게 메일을 몇 번이나 썼다 지웠다. 다 쓰고 나니 새벽 두 시를 넘고 있었다. 내일 아침에 다시 한 번 읽어보고 보내기로 했다. 밤에 편지를 쓰면 안 된다고 어릴 적, 아버지에게 배웠다. 밤은 누구의 마음에도 감정이란 악마가 숨어 있어 나중에 다시 읽었을 때 죽고 싶을 정도로 부끄러워서 쓴 것을 후회할 때가 많기 때문이라고 했다.

다음날, 눈을 뜨자마자 바로 메일을 읽어보았다.

— 미즈노 군, 안녕하세요. 지금 나는 출산휴가로 고향에 와 있습니다. 다음달 23일이 출산예정일입니다. 이제 와서 말하기는 어렵지만, 뱃속의 아이는 미즈노군의 자식입니다. 지금까지 거짓말을 해서 진심으로 미안합니다. 몇 번이나 말하려고 했어요. 하지만 가라오케에서 "만약 미즈노군의 자식

이라면 어떻게 할 거에요?"라고 물었을 때, "무릎을 꿇고서라도 지우게 할 것"이라고 대답했어요. 그래서 당신의 자식이라고 말할 수 없었어요. 하지만 나는 어떻게든 낳고 싶었습니다. 서른아홉 살이란 나이도 있고 아이를 낳을 마지막 기회라고 생각했기 때문입니다. 백퍼센트 나의 이기심입니다. 그래서 알리고 싶지 않았습니다. 그러나 미즈노 군에게는 알리는 편이 좋겠다고 집안에서도 얘기를 했어요. 만약 내가 미즈노 군의 입장이라면 하고 생각해보았죠. 여자인 내가 남자의 입장을 상상하기는 어렵지만 눈을 감고 집중해보니, 나 같으면 알고 싶다는 결론이 나왔습니다. 평생 모를 수도 있다면 이야기는 달라질지도 모릅니다. 하지만 언젠가 아이가 아버지를 만나고 싶다고 할 때가 오겠죠. 나로서는 아이가 소중하니까 아버지를 만나고 싶다는 아이의 절실한 소망을 무시하는 것은 어려울 거라 생각해요. 경제적인 것 등으로 미즈노 군에게 바라는 것은 하나도 없습니다. 다만, 사실을 알려주고 싶었습니다. 그럼, 안녕히.

별로 감정이 고조된 문장은 아니었다. 담담하게 사실대로 썼다.

시계를 보니, 여덟 시 삼십오 분이었다.

지금쯤 미즈노는 통근열차 안일 것이다. 그럼 핸드폰 문자 메시지로 보내자. 그렇게 결정했지만 송신버튼을 누르려고 하자, 아무리해도 손가락이 움직이지 않았다. 돌이킬 수 없는 짓을 자신이 하려는 것은 아닐까. 좀 더 생각해보는 것이 좋겠다. 무슨 일이든 마음에 의혹이 생긴다면 그만두는 편이 좋지 않았던가. 결심이 굳을 때까지 그만두자.

그렇게 결정하고 다른 내용을 써서 문자메시지를 보냈다.

— 미즈노 군, 자리를 비우게 되어 미안합니다. 일의 순서는 확실하게 설명해두었고 미즈노 군의 일처리는 평소부터 믿고 있었지만, 만약 모르는 일이 있으면 사양하지 말고 문자메시지 주세요. 출산휴가 중이지만 가급적 서포트하고 싶다고 생각하니까요.

송신하자, 바로 문자메시지에 읽음 표시가 떴다. 가만히 휴대폰을 바라본 채로 답장을 기다렸다.

— 걱정해주셔서 고맙습니다. 지금은 괜찮아요. 육아휴가 후에는 요코하마 지사에서 근무하시는 거죠. 이젠 기획부 소속도 아닌데 마음써주셔서 감사합니다! 앞으로 무슨 일이 있으면 말씀에 힘입어 미야무라 씨에게 상담하겠습니다. 그때 잘 부탁드립니다. 사실은 저, 다음 주엔 휴가를 내고 하와

이에 갑니다.^^

— 그거 잘됐네. 아오키 사에 씨와 둘이서 가니?

캐물을 생각은 없었다. 알고 있는 편이 좋다고 생각했다. 태아 아버지의 장래를.

— 깜짝이야. 아오키 씨랑 내가 사귀는 걸 미야무라 씨가 알고 있었어요? 저번 달에 아오키 씨가 회사에서 사라졌어요. 파견지를 갑자기 바꾸고 싶어졌다느니 하면서요.

— 정말? 그건 몰랐어. 하지만 미즈노 군은 지금도 사에 씨랑 사귀고 있잖아?

— 벌써 헤어졌어요. 여기저기에 나의 숨겨진 자식이 있지 않을까 의심하고 있었어요, 질려버렸어요.

— 아, 왜 그렇게 생각했을까. 아니면 의외로 그렇게 걱정할 만큼 여기저기에서 실수를 했다 거나?

— 농담 그만두세요. 내게 자식이 있다니 상상하고 싶지도 않아요.

— 그래도 미즈노 군은 여자에게 인기가 많으니까, 그럴 가능성도 있지 않을까?

끈질기다고 생각은 했지만 들어두고 싶었다.

— 그건 술이 들어가거나 하면 그 여세로 그렇게 되는 일은 꽤 있지만, 설마 아이까지는.

대체 이렇게까지 자신이 유리한 쪽으로 생각할 수 있을까.

— 하와이는 누구랑 가는데?

— 새 여자 친구요.

문득, 야이즈의 여주인이 한 말을 떠올리고 있었다.

— 아이를 낳고도 남편으로부터 아무런 소식이 없었습니다. 금전적인 지원도 없고 빠듯한 생활이었어요. 같은 시내에 살아서 소문이 귀에 들어가고 있었을 텐데, 완전히 무시했어요. 그런 남자를 좋아했던 것을, 남자를 보는 눈이 없는 스스로에게 어이가 없었습니다. 남편은 세상에서 가장 미운 사람이 됐어요, 라고 털어 놓았는데, 자신도 그렇게 될지도 모른다.

만약 미즈노가 무시하기로 마음을 먹었다면? 그런 일은 모른다고 잡아뗀다면? 왜 그때 지우지 않았느냐고 따진다면? 그렇다면 미즈노가 이 세상에서 가장 용서할 수 없는 남자가 된다.

— 그럼, 안녕. 일에서 모르는 것이 있으면 부담 없이 문자주세요.

— 마음 써주셔서 감사합니다!

미즈노뿐만 아니라, 자기자식이 세상에 존재하는 줄 모른

채 사는 남자는 의외로 많을 것이 아닌가. 그런 일을 지금까지는 생각해보지 않았지만.

미즈노에게 알릴 생각이 없어졌다.

다시 이불로 기어들어가 눈을 감았다.

언제까지 그러고 있었는지 문득 시계를 보니 벌써 열 시가 넘었다. 옷을 갈아입고 아래층으로 내려가니 조용했다. 엄마는 새벽시장이라도 갔는지 보이지 않는다. 오빠 일가는 어디에 갔을까. 마리아와 리카르도에게 시내를 안내하고 있을까.

부엌에 들어가 당근과 사과 스무디를 만들어 마시고 있는데 문자메시지 소리가 울렸다.

본요로부터였다.

— 미야무라 씨, 호적에 올리는 얘기, 그 다음은 어떻게 됐어? 미야무라 씨가 시골집에 있는 동안 만나서 이야기하는 게 좋지 않겠어? 만일 호적을 넣을 거라면 태어나기 전에 받아두는 것이 쉽잖아. 어렵게 생각하지 말고, 어머님에게도 내 친자식이라고 말해도 좋아. 출산 후에는 도쿄로 돌아가서 다시 열심히 일하면 되잖아. 아니면 대도시에 지치면 내가 있는 절에서 공동생활을 해도 오케이니까. 그래서 언젠가 미야무라 씨가 좋아하는 사람이 생기면 그때는 나와 이혼하고

재혼을 해도 괜찮아. 나는 앞으로도 절에서 느긋하게 살아갈 생각이고 연애를 할 예정도 없으니까 나한테 신경 쓰지 않아도 된다고. 그냥 편하게 생각해도 좋다고.

26

중국어회화 이어폰을 빼는 순간 엄마 목소리가 들렸다.

"여보, 시간이 참 빠르군요. 유코가 집에 온 지 3주가 지났네요."

옆방의 불단에서 아버지 위패에 말을 거는 것 같았다. 귀가 잘 들리지 않는지 목소리가 커서 이쪽 방까지 또렷하게 들린다.

"당신이 돌아가시면서 난 쭉 혼자였는데 집 안에 누가 있어주니 안심이 됩니다. 유코는 임신부라서 영양에 신경을 써야 해서 음식에도 힘쓰고 있습니다. 그러니까, 자동적으로 내 식생활도 좋아졌으니 일석이조예요. 유코는 도쿄로 돌아가지 않고 여기 병원에서 아이를 낳기로 했어요. 나도 이젠 늙었지만 제대로 돌봐주어야겠다고 생각하고 있어요. 그리고 깜짝 놀란 것은 마치코예요. 지난 달, 키와의 남편인 신지로 씨의 장례식에 얘들 셋이 다 참석했는데 마치코의 표정이 달라졌어요. 이전에는 마사시게의 성적이 좋지 않았던 탓인지 귀성할 때마다 지친 얼굴을 하고 있었지만, 이번에 해방된 듯한 미소를 몇 번이나 봤답니다. 마사시게 군은 장차 물리치료사가 되기로 마음먹은 모양이에요. 시험공부가 어렵지 않고 해서, 학원이며 예비학교도 그만둔 것 같아요. 그리고 마치코는 일본어 자격증을 따겠다고 전문학교에 다니기 시작했어요. 일본에 사는 외국인 아이들에게 일본어를 가르쳐야 한다고 기세가 대단했어요. 아마 히로노부의 영향을 받은 게 아닌가 합니다. 히로노부는 얼마 전 보고 한 대로 마리아와 결혼을 했는데 데려온 리카르도 군은 높이뛰기가 특기랍니다. 올림픽에 나가겠다고 열심히 연습하고 있다고 합니다. 히로노부는 토템폴에 리카르도 군의 키를 새겨놓았어요. 그래, 잊어버리면 안 되지. 중요한 보고가 있습니다. 유코가 록은사의 아들과 혼인신고를 했습니다. 그런데 유코는 왜 그렇게 자란 걸까요. 보면 볼수록 단정치 못한 딸이에요. 태아의 아버지는 본요라고 합니다. 마치코한테는 부하직원인 남자애라고 들었지만…. 여보, 말하기 어렵지만 유코는 여기저기에서 남자와 관계를 맺고 있어서 누구의 자식인지 모를 정도로 많았던 것 같아요. 내 교육방식에 문제가 있었을까요. 언니인 마치코는 나에겐 첫아이였으니, 예의범절이다, 뭐다 엄하게 키웠습니다. 지금 생각하면 신경질을 많이 냈다고 반성하는 점도 많습니다. 그리고 다음에 태어난 히로노부는 남자라서 똑똑한 사람이 되라고 세세하게 잔소리를 많이 했어요. 시끄러운 엄마라고 반성하고 있습니다. 하지만 유코만은 막내라고 내팽개쳤습니다. 5학년인 마치코가 엄마처럼 돌봐주었기 때문에 어쨌든 유코만은 너무 응석받이로 키웠지요. 그래서 저런 착한 얼굴을 하고, 사실은 닳고 닳은 여자가 되었네요. 그래도 결국은 절의 스님과 결혼해서 잘되긴 했지만요. 뭐, 이런 내 교육방식도 그럭저럭 성공한 게 아닌가 싶네요. 하지만 아직 안심하면 안 돼요. 무슨 일이 일어날지도 모르니까요. 장수해서 아이들이며 손주들의 장래를 지켜보지 않으면 안 되니까. 여보, 당분간은 그곳에 못가서 죄송해요."

땡~ 하고 투명한 종소리가 울렸다.

정말, 그렇게 생각하고 있었던 것일까. 평소에는 뭐든지 꺼리지 않고 묻던 엄마가 본요와 혼인신고를 한 후에는 아무것도 물어오지 않아서 이상하게 생각하고 있었다.

"엄마, 쇼핑 하러 가지 않을래?" 하고 옆방에서 물었다.

"그러자."

저녁 일곱 시가 지나면 시골의 슈퍼는 텅텅 빈다. 가급적 얼굴을 아는 사람과 만나지 않는 시간대를 노려서 밖에 나갔다. 본요와 결혼한 것을 동네 누구나 알고 있고, 속속 말을 걸어왔기 때문이다.

— 록은사 주지와 결혼을 했다고. 그런데 도쿄의 회사에서 계속 근무를 한다고 들었는데 무슨 일이여?

그렇게 거리낌 없이 물어오는 것은 숨길 필요가 없는 사소한 이유라고 생각하는 증거다.

— 미야무라가의 제멋대로인 막내는 아무래도 여행사 일이 너무 즐거워서 좀처럼 그만두지 못하는 거여.

— 주지가 불쌍하지. 제멋대로인 며느리가 들어오면 고생한다구.

소문을 좋아하는 사람들의 머릿속에는, 벌써 답이 나와 있는 것처럼 보였다.

"이 나이에 밤에 나가게 될 줄이야."

조수석에 앉은 엄마는 어딘지 모르게 들떠 보였다. 엄마는 자기가 집에 오기 전까지는 해질 무렵이면 문을 걸어 잠그고, TV와 소일하는 생활이 전부였을 것이다.

"차가 있으니까, 참 편리하구나."

중고 경차를 삼촌 주선으로 싸게 샀다. 이제까지 엄마는 옆 동네의 대형 쇼핑센터에 가려면 버스를 이용했기 때문에 차가 편하고 순식간에 도착한다며 기뻐하고 계셨다. 엄마는 아이를 세 명이나 낳아 길러서 배짱이 두둑해진 건지 만삭의 딸이 운전하는 것을 걱정하는 모습도 없다. 낙천적이고 익살스러운 느낌마저 든다. 엄마와 있으면 무심코 신경질적으로 되기 쉬운 일상 속에서도 후련한 기분이 들었다.

주차장은 생각대로 텅텅 빈 채 몇 대의 차밖에 서 있지 않았다. 그것을 확인하고 안도했다. 원래 이 시간대에 슈퍼에 오는 사람은 낯선 젊은이들 뿐, 아는 사람은 없다. 쇼핑카트를 밀면서 점내를 돌아다녔다. 식료품뿐 아니라 신생아 용품 대부분을 이 쇼핑센터에서 사 모았다.

"우유병도 내복도 손수건도 아기포대기도 샀으니까, 이걸로 다 준비됐어요."

엄마에게 그렇게 말한 때였다. 강한 시선을 느끼고 얼굴을 돌리자, 조금 떨어진 곳에서 누군가 이쪽을 지켜보고 있었다. 무심코 "아" 하고 입을 연 순간, 세키구치가 이쪽을 마음껏 노려보고는 홱 하고 옆을 향해 에스컬레이터 쪽으로 가버렸다.

— 나, 화났어.

그 화를 마음껏 나타낸 거야, 라고 말하고 싶은 기색이었다. 일련의 임신소동은 정말로 분노할 수밖에 없었을 것이다.

— 유코의 뱃속 아이 아버지가 돼주지 않겠나?

엄마한테 그런 부탁을 받고 세키구치는 생각하고 생각한 끝에 결심하고 일부러 상경했었다.

세키구치가 본 그날의 사건—그때 찻집에서 유코는 임신 같은 건 하지 않았다고 해놓고, 웬일로 밤이 되어 호텔로 와서 했던 말을 철회했다. 로비에서 만나 본론으로 들어가자, 유코의 휴대폰으로 전화가 와서 바쁘게 돌아갔다. '정말, 정말 미안해. 임신이라는 것은 거짓말이야. 머리가 어떻게 됐었나봐. 제발 용서해.' 유코한테 온 문자메시지는 그것뿐이었다. 도대체 어떻게 된 거냐고 몇 번이나 문자메시지로 물었는데도, 감감무소식이었다.—그로부터 몇 달도 안 되어 큰 배를 하고 귀성한 것에 대해 세키구치는 분명히 놀랐을 것이다. 그것도 소문에 의하면 본요의 아이라고 한다. 본요의 아이를 자기한테 떠맡기려고 했던 걸까, 그렇게 생각하고 자신의 인격을 의심했음에 틀림없다. 아니, 그 이전에 모녀 둘 다 이해할 수가 없는 머리가 이상한 여자들이라고 생각했을 것이다.

백퍼센트 이쪽이 나쁘다. 향후, 동네에서 세키구치를 만나도 어떤 얼굴을 해야 할지 모르겠다. 사죄한다고 해도 그는 납득하지 않을 것이다. 말하기에 따라 더 상처를 주게 된다.

사실은 본요의 아이가 아니라고, 미혼모가 되는 게 무서웠다고, 그렇게 솔직하게 말하지 않는 한, 이해 받지 못할 것이다. 그러니까, 앞으로도 계속 세키구치에게 경멸당하고 원망을 받아도 할 수 없다고 생각한다. 게다가 내가 터무니없는 상식 밖의 여자인 것은 사실이다. 그때 세키구치를 이용하려 했던 것에 대해서 변명할 수는 없다. 호적에 넣었다가 바로 이혼하면 된다고도 생각했다. 왜 이렇게도 이기적이 되었을까. 태아를 위해서 남의 마음은 짓밟고도 모른 채 하면 되는 것일까.

"차까지 짐을 옮겨 드릴까요?"

계산대에서 계산을 마치자 남자 직원이 말을 걸어주었다. 한가한 시간대기도 해서지만 그 배려가 기뻤다.

일요일에 미카가 찾아왔다. 취주악부 고문으로 토요일도 바쁘다고 했는데, 콩쿠르가 끝나서 한가하다고 했다.

"유코가 본요와 결혼을 하다니 아직도 못 믿겠어."

그러면서, 진지하게 쳐다보자, 나도 모르게 눈을 돌리고 말았다.

"게다가 경사가 있는 혼인이라며."라고 말하면서 이쪽의 배 주위를 가만히 본다.

"유코랑 본요가 연애하는 거 잘 상상이 안 돼."

"그래?"

"왜냐면, 너희들 남자니 여자니 서로 의식하지 않는 친구 관계였잖아?"

"그랬었나. 음, 전에는 그런 관계였지만."이라고 얼버무렸다.

"미안, 미안, 더 솔직하게 축하해줘야 하는데, 뭐야, 난, 위화감만주고. 아, 말해두지만 먼저 가서 질투하는 건 아니야."

"응, 알고 있어."

그때 엄마가 문을 열고 들어왔다.

"변변치 않은 차지만, 들어요."

"아주머니, 고맙습니다. 근데 아주머니도 유코 결혼이 기쁘시죠?"

"당연히 부모로서 기쁜 일이지. 미카도 빨리 부모님을 안심시켜드려야지."

엄마가 무신경하게도 쓸데없는 말을 해서 초조했다. 어서 방을 나갔으면 했는데, 방석을 가지고와서 정좌를 했다. 보니, 찻잔도 세 개가 있다.

아아, 정말.

"아주머니, 솔직히 저 쇼크였어요. 왜냐면 지금에 와서 본

요라니요."라는 미카의 말을 가로막고 "그 생각은 틀렸어."라
며 엄마가 단호하게 말을 했다.

"너, 최근에 록은사 아들을 만나 봤니? 그 사람은 전하고
달라져서, 훨씬 마르고 암팡진 모습이 되었는데, 그래서 유
코가 반해도 무리는 아니지."

기가 막혀서 엄마를 보았다.

"그렇군요. 아주머니가 그렇게 말씀하시면 그런 거겠죠.
확실히 본요는 몰라보게 멋있어졌지만, 그래도 역시…."

"거봐, 그러니까, 이상하지도 않잖아."라고 엄마는 다시 태
연하게 말했다.

그때, 현관의 초인종이 울리고, "미야무라 씨, 슬슬 가볼까
요."라는 목소리가 들렸다.

"아, 맞다, 오늘은 습자교실이 있지."라고 말하며 엄마는 서
둘러 방을 나갔다.

미카는 납득할 수 없다는 표정으로 차를 홀짝 마셨다.

27

─ 산기가 돌면, 사양하지 말고 전화하거라. 바로 차를 내줄 테니까. 물론 새벽에도 괜찮으니까.

근처에 사는 친척들은 모두 빠짐없이 그렇게 말해주었다.

유코가 록은사가 아닌 친정에 있는 것을 이상하게 생각하는 사람은 없었다. 본요의 부모님은 다 돌아가셔서 안 계신다. 벌써 오래전부터 본요는 혼자 살았다. 만삭의 임신부가 낯선 절에서 남편 치다꺼리를 하며 지내기보다, 친정에서 엄마의 수발을 받는 것이 안심이라고 생각하는 모양이다.

그리고 본요에게 제안이 있었다.

─ 우린 부부로 되어있으니까, 출산 때는 내가 달려가도 이상하지 않겠지.

말하는 그대로였다. 언제까지나 부부인양 살지 않으면 안 된다. 그것을 생각하면 마음이 무겁고 본요에게 미안함이 가득했다.

엄마는 자꾸 "결혼은 해놓고 본요를 혼자 지내게 해서 미안하네."라며, 본요를 자주 저녁식사에 부르거나 손수 만든 반찬을 록은사에 보냈다.

— 아기가 태어나는 것이 너무나 기대된다.

그렇게 말할 때의 본요는, 천진난만한 미소를 보인다. 아기의 탄생을 진심으로 기다리는 듯했다.

예정일을 사흘 정도 지났을 무렵, 새벽녘이 되자 산기가 돌았다. 엄마가 본요에게 바로 전화를 하자, 몇 분 후에 본요가 현관 앞에 나타났다. 한기가 가득한 추위 속, 내쉬는 숨이 뿌옇다. 아직 하늘이 밝아지기 직전이었으나 평소에 일찍 자고 일찍 일어나는 본요는 이미 일어나서 걸레질을 하려는 참이었다고 했다.

본요가 운전하는 차를 타고 병원으로 갔다. 초산은 시간이 많이 걸린다고 들었는데, 건강한 남자아이가 태어난 것은 한밤중이 되어, 날짜가 바뀔 무렵이었다. 그동안 본요는 복도를 오락가락하며 쭉 기다린 것 같았다.

"유코랑 쏙 닮았어. 어머, 네 아버지 얼굴도 많이 닮았네."

엄마가 그렇게 말하고 눈살을 찌푸렸다. 엄마에게 손자의 탄생은 오빠 히로노부의 아들 쇼타 이후 약 십 년 만이었다.

젊은 간호사들도 "엄마랑 쏙 닮았네." 하고 저마다 말했다.

태어난 지 얼마 안 되서 주름투성이의 새빨간 얼굴을 하고 있어서 누구를 닮아있는지 확실히 모르지만, 러시아인처럼 선이 뚜렷한 본요와는 닮지 않았다고 모두가 느끼는 듯했다. 그런데 미즈노와도 닮지 않았다. 이 아이는 나만 닮았다. … 그렇게 생각하자, 마음이 얼마나 안정되는지 그때까지는 상상도 하지 못했다. 자신의 피만 받은 것처럼 느껴졌다. 누구의 아이냐고 묻는다면 당당히 "내 아이입니다."라고 말할 권리를 얻은 듯했다.

후유다카라고 이름을 붙인 것은 본요였다. 조류의 왕자인 독수리처럼, 설원을 자유롭게 날아다니는 모습을 상상했다고 한다. 퇴원 후, 친정에서 놀면서 밥상 앞에서 보내기는 했지만, 나는 세 시간 간격의 수유만으로도 벅차 언제나 졸려서 어쩔 줄 몰라 했다. 그 후의 육아휴가도 친정에서 지냈고 본요도 가끔 보러 와주었다.

후유다카는 무럭무럭 자랐다. 몸을 뒤집을 수 있게 됐구나 했더니, 앉을 수 있게 되었다. 그리고 어느 새인가 붙잡고 설 수 있게 되더니, 몇 주 후에는 콧노래라도 부를 것처럼 재미있는 얼굴을 하고 아장아장 걷기 시작했다.

그날은 좋은 날씨여서 후유다카를 유모차에 태우고 록은

사에 갔다.

"이런 말하면 미야무라 씨는 오싹할 수도 있는데, 나는 아이가 태어나서 무척이나 기뻐. 나는 외아들이고 이미 부모님도 돌아가셨어. 도시의 떠들썩함은커녕 밤에는 소리 하나 없는 시골이야. 그 속에서 나는 몇 년이나 살아왔어. 점점 나이가 들면서 몹시 외로웠지. 그런데 지금은 호적상이지만 나에게도 자식이 있다고 생각하면, 여기가 뜨거워져."

그러면서 본요는 가슴 근처를 눌렀다.

"정말로 고마웠어. 앞으로도 여러 가지 폐를 끼칠지 모르지만."

"그런 거 마음 쓰지 마. 후유다카가 있잖아. 그것만으로 난 들뜬다고."

그렇게 말하고, 본요는 무릎 위에 앉힌 후유다카의 등 뒤에서 볼을 대고 비볐다.

"그리고~"라고 본요는 소리를 낮추어 말했다.

"알다시피, 우리 집안은 암 체질이야. 아버지는 내가 대학생 때 돌아가셨고 어머니는 십 년 전쯤에 돌아가셨어. 그래서 나도 일찍 죽을지도 모르겠어. 그럼, 유전자검사도 할 수 없게 된다고. 요는, 자네만 조용히 하면 나는 저 세상에 가서도 후유다카의 아버지가 될 수 있다는 거지."

말문이 막혀서 본요를 보았다.

"여기에 후유다카가 있어. 이제 그것만으로 충분하지. 호적이 어쨌든, 누가 아버지든, 그런 것은 후유다카에 비하면 얼마나 작은 것이냔 말이지."

낳기를 참 잘했다.

즐겁게 살자. 후유다카와 함께.

에필로그

여보, 들어주세요.

내가 이렇게 나이가 들어서 대도시에서 살게 될 줄은 생각도 하지 못했습니다. 후유다카가 보육원에 들어가지 못하고 유코가 도와달라고 해서, 멀리 요코하마까지 나오게 되었답니다. 그래도 회사에도 복귀했고, 요코하마 지사에서 근무하는 것은 좋았지만, 단축근무나 휴가를 많이 내서 상사에게 엄청난 잔소리를 듣고 있는 것 같습니다.

나는 난생 처음 도시생활로 너무 많은 사람들 때문에 눈이 빙빙 돌고 기분이 나빠지기도 했지만, 최근에 겨우 슈퍼나 유치원을 다니는 것에 익숙해졌습니다. 마음이 든든한 것은 히로노부가 같은 아파트의 바로 옆집에 살고 있다는 겁니다. 게다가 마치코의 집은 전철로 세 정거장이니까 자주 얼굴을 내밀어줘서 이야기꽃을 피운답니다. 마치코는 요리를 잘해서 항상 맛있는 음식을 만들어주니까, 많은 도움이 됩니다.

그나저나, 도시에서 여자 혼자, 아이를 데리고 산다는 것은 정말로 힘든 일입니다. 본요 씨는 학회 때문에 상경할 때마다 자주 와줍니다. 후유다카가 귀여워서 어쩔 줄 모른답니다. 막 태어났을 때는 유코와 흡사하다고 생각했는데, 요즘엔 본요 씨를 닮아가기 시작했습니다. 가끔은 나도 시골의 공기를 마시고 싶지만, 그럴 때는 본요 씨의 학회일정에 맞춰서 같이 내려갈 수가 있어서 안심입니다. 혼자는 아직도 기차환승이 어렵습니다.

무엇이 행복일까요. 작은 손주들이 모두 건강하게 자라는 것입니다. 아이들은 모두의 재산이니 뭐니 하는 사람이 있지만, 나는 그것과 달라서 아이들이 기쁘고 즐겁게 지내는 것을 보는 것이 그저 좋습니다.

그러고 보니, 여보, 히로노부의 아들 쇼타를 만났어요. 정말 오랜만이었는데도 나에게 "할머니" 하고 정답게 불러줘서, 눈물이 나올 뻔했답니다.

리카르도 군은 키가 더 자라서 이젠 어른 같습니다. 늠름한 남자가 돼 가고 있습니다. 그래도 보기와는 다르게, 수줍음을 많이 타는 아이라서 놀리면 금방 귀가 빨개지는 게 귀엽습니다. 리카르도 군이 여자아이들에게 받아온 밸런타인 초콜릿은 엄청난 양이었어요. 히로노부와 유코, 마치코 세

집이 초콜릿을 일 년 동안 살 필요가 없을 정도였어요.

그리고 마치코네 마사시게 군도 마음 편하게 잘 지내는 것 같았어요. 요전에 이곳에도 마치코와 같이 놀러와 주었답니다.

유코는 별로 말하진 않지만, 이렇게 도와주는 사람들이 있어도 매일 피곤해 하는 것 같습니다. 단축근무는커녕 야근하는 날도 늘어났어요. 이제 슬슬 고향에 돌아가서 본요와 함께 절에서 사는 게 어떠냐고 말하고 있습니다. 후유다카에게도 형제가 있는 편이 좋다고 생각해서 둘째를 만들면 어떨까 하고 물었더니, 유코가 갑자기 얼굴을 붉히더군요. 알만한 나이에 웬 내숭일까요.

브리짓 존스와 도나, 그리고 유코

미혼인 여성이 임신해서 홀로 출산할 권리가 있을까요, 없을까요. 아기 아빠가 누군지 분명하든 혹은 누구인지 분명하지 않든지 간에 말입니다. 아니면, 여성 혼자 출산을 결정하고 책임을 떠맡는 것이 바람직할까요, 혹은 바람직하지 않을까요.

40세 여성이 아기를 낳는다? 결혼도 하지 않고? 아기 아빠에게 알리지도 못하고 혼자서? 처음 이 책을 훑어보며, 아, 이거 난감한 설정이구나 싶었습니다. 입에서 저절로 '어떡하려고?'소리가 새어 나왔습니다. 하긴 제 주위를 둘러 봐도 노처녀 노총각들이 넘쳐납니다. 결혼을 했든 안 했든, 숨만 쉬고 있다면 나이를 먹는 것 아니겠습니까. 특히 여성의 경우라면 마치 과일나무의 북방한계선이 있는 것처럼, 임신할 수

있는 한계선이라는 게 분명 존재하니 조바심을 느끼게 되는
건 당연합니다.

이 소설의 주인공 유코는 겨울이 되면 마흔이 됩니다. 일
본식 나이(병원카드에 찍히는 만 나이)가 그렇다는 얘기니
까 한국식 나이로는 아마 41~2세 쯤 되는 나이일 겁니다. 시
골에서 자란 유코는 도쿄로 대학을 진학하고 졸업 후 여행
사에 입사해서 이제 17년차 된 과장대리. 아시아지역 상품개
발을 위해 평소 귀엽게 여기던 28세의 미혼인 남성 부하직
원과 출장을 갑니다.

캄보디아의 밀림은 끝없이 펼쳐지고, 숨 막히는 더위 속에
서 갑자기 먹구름이 부풀어 올라 엄청난 스콜이 쏟아집니다.
온몸은 비와 열기에 뒤덮이고 열대과일과 함께 곁들인 달콤
한 와인 몇 잔의 힘을 빌려 은은한 달빛 아래 하룻밤 불장
난 같은 일이 벌어집니다. 하지만 곧 큰일이 터집니다. 귀국
후 어느 날, 유코는 자신이 덜컥 임신해버렸다는 사실을 알

게 되는 겁니다. 어쩌면 좋을까요. 당신이라면 어쩌시렵니까.
당신이 사십 세 싱글이라면, 회사 후배와 해외출장을 가서
불장난 같은 일이 벌어지고 뜻하지 않게 임신 해버렸다면?

유코는 자기의 임신이 자신에게 처음이자 마지막 기회가
아닐까, 라고 생각하게 됩니다. 소설은 처음 몇 페이지에서
이미 부하 직원과의 사건이 벌어지고 임신 사실을 알게 되
는 급박한 구조입니다. 훨씬 천천히 재미있게 멜로를 풀어도
좋을 텐데 말이죠. 그러나 작가의 시선은 임신 이후에 초점
이 맞춰져 있습니다. 뱃속에 아이를 어떻게 할지 유코는 고
민에 빠집니다.

친언니는 불륜을 벌인 것이 아니냐며, 그 사람의 아내 입
장에서 생각해보라며, 눈에 불을 켜고 닦달을 합니다. 불임
으로 고생하는 회사 동기는 '몇 번이나 했어?' '체온은 재고
한 거냐?'며 공격적인 질문을 퍼부어 댑니다.

직장상사의 야릇한 시선, 가족 친척 친구들과의 오해와 갈

등이 끝없이 벌어집니다. 아이를 낳는다면 호적은 어떻게 할지도 큰 문제! 드디어 유코는 자신을 둘러싼 모든 사회적인 불합리와 정면으로 마주하게 됩니다. 유코에게 어떤 해결방법이 있을까요. 어떤 현명한 결정을 내리게 될까요.

이 작품을 옮기는 중에 영화채널에서 르네 질위거 주연의 로멘스 코미디 「브리짓 존스의 베이비」를 보았습니다. 비슷하지만 정반대의 경우였습니다. 영화의 주인공인 브리짓도 역시 43세의 노처녀. 뮤직페스티벌의 광란 속에서 우연히 원나잇을 즐깁니다. (열대든 술이든 음악이든, 들뜬 열기가 문제입니다!) 그런데 브리짓이 며칠 후 또 다른 남성과 원나잇을 하는 겁니다. 문제는 얼마 후 임신 사실을 알게 된 브리짓이 누가 아빤지 모른다는 것. 브리짓에게는 유코가 가진 고민 같은 것은 없습니다. 주위의 동료나 친구들의 축하 속에서 자신도 누군지 모르는 아빠가 대체 누굴까 궁금해 할 뿐입니다. 유코의 주된 고민인 호적, 가족, 양육, 직장에 대한 고민은 없는 걸로 보입니다.

　비슷한 콘셉트로 역시 대단한 인기를 끌었던 뮤지컬 영화 「맘마미아」가 있었습니다. 여주인공 도나(메릴 스트립) 역시 홀로 아이를 낳아 키웠습니다. 이제 딸의 결혼식이 다가옵니다. 딸은 엄마의 일기 속에서 자신에게 세 명의 아빠 후보가 있다는 사실을 알게 됩니다. 그리고 딸은 세 명을 모두 자신의 결혼식에 초청하는 겁니다. 공교롭게도 엄마인 도나 역시 이십 년 전, 며칠 간격으로 세 명의 남자와 일(?)을 벌였던 겁니다. 도나 역시 임신과 출산에서 유코와 같은 고민은 없었을까요. 극중에서 보이지는 않았습니다.

　자, 여기 40세 한국 여성이 비혼인 채 임신했다면 어떻게 될까요. 브리짓 같을까요, 도나의 처지일까요, 유코와 비슷할까요. 아마 유코보다 더 힘들면 힘들지, 더 나은 처지에 놓일 거라 상정하기 힘듭니다.

　사상 최저의, 전 세계 최저 출산율의 나라, 그러나 눈앞의 인구절벽이 두려우면서도 아직도 해외입양을 보내는 나라가 한국입니다. 유코 같은 여성의, 혹은 어린 미혼모의 아기도 넉넉하게 사회일원으로 품어주고, 길러내는 사회가 되어야 하지 않을까 생각하게 되었습니다.

이 소설 『40세 미혼 출산』은 별별 에피소드가 가득한 '유코의 새 인생 만들기 프로젝트'입니다. 이 세상의 모든 유코와 브리짓 존스와 도나에게 위로와 격려의 말씀을 드리고 싶습니다. 여성 여러분을 응원합니다.

2019년 봄날에

권경하

등장인물

미야무라 유코 - 39세 미혼. 여행사 과장.

유코의 가족
- 미야무라 노부에 - 유코의 엄마.
- 미야무라 마치코 - 10살 많은 언니. 전업주부. 아들 마사시게. 남편 카즈시게.
- 미야무라 히로노부 - 유코의 오빠. 브라질인 마리아와 아들 리카르도를 보살핌. 전처 히로미. 아들 쇼타.

유코의 동창생
- 곤도 본요 - 스님. 애인이었던 마사요를 못 잊음.
- 세키구치 토모 - 고등학교 영어교사. 유코를 짝사랑.
- 나루세 마사요 - 난민돕기 NPO에 근무. 흑인과 결혼.
- 다나카 미카 - 중학교 음악교사. 요릿집 '히고'의 장녀.
- 모모코 사와다 - 시립병원 간호사.
- 키도 - 지압원 운영. 대머리.
- 쿠마자와 - 농부. 저녁엔 술집에서 아르바이트.

유코의 회사 동료
- 미즈노 타쿠미 - 28세. 유코의 부하직원.
- 아오키 사에 - 미즈노의 애인.
- 사사키 나미 - 남아있는 유일한 여자 동기.
- 세지마 요스케 - 차기 사장. 유코의 과거 불륜상대.
- 카라스 야마 - 부장.
- 우메자와 시즈카 - 신입 여직원.
- 요코다 - 여자 선배.
- 쿠리야마 - 여자 선배.

이 도서의 국립중앙도서관 출판예정도서목록(CIP)은 서지정보유통지원시스템 홈페이지(http://seoji.nl.go.kr)와 국가자료공동목록시스템(http://www.nl.go. kr/kolisnet)에서 이용하실 수 있습니다. (CIP제어번호: CIP2019011315)

40세, 미혼출산

지은이 / 가키야 미우
옮긴이 / 권경하

펴낸이 / 조유현
편 집 / 이부섭
디자인 / 박민희
펴낸곳 / 늘봄

등록번호 / 제300-1996-106호 1996년 8월 8일
주소 / 서울시 종로구 동숭4길 9 (동숭동 19-2)
전화 / 02)743-7784   팩스 / 02)743-7078

초판발행 / 2019년 4월 10일

ISBN 978-89-6555-080-8 03830

※ 값은 표지에 있습니다.

인류 역사를 바꾼

동물과
수의학

임동주 지음

인류 역사를 바꾼 동물과 수의학

초판 1쇄 2018년 5월 22일
　　　3쇄 2022년 3월 23일

저자 임동주
발행처 도서출판 마야
발행인 임동주
편집 김유진
디자인 김유진, 이재희

등록 1993년 2월 9일 제 313-1993-000002호
주소 10881 경기도 파주시 회동길 262
전화 영업부 031) 955-0200
팩스 편집부 031) 955-0205
홈페이지 www.mayaco.co.kr
블로그 blog.daum.net/profdrlim
독자의견 이메일 profdrlim@hanmail.net (저자)

ISBN 978-89-85821-66-7 03520

인류 역사를 바꾼

동물과
수의학

임동주 지음

MAYA

인류 역사를 바꾼 동물과 수의학

동물은 움직이지 않는 식물과 달리 살아 움직이는 모든 생명체를 말한다. 우리가 키우는 반려동물이나 닭과 돼지, 소 같은 가축 그리고 동물원에 있는 야생동물과 강이나 바다에 있는 수생동물, 또 꿀벌과 같은 곤충도 포함된다. 물론 사람들은 동물이 인류의 역사를 바꿀 만큼 그렇게 대단한 존재냐고 코웃음을 칠 수도 있다. 하지만 섭씨 50도를 넘나드는 열사에 발이 푹푹 빠지는 중동의 사막에 만약 낙타가 없었다면, 과연 이슬람교가 7세기 사우디아라비아 메카에서 이웃나라로 전도가 되었을까. 양과 염소가 없었다면, 황량한 초원지대인 몽골에 유목민이 존재했을까. 또 몽골에 말이 없었다면, 칭기즈칸이 유럽 일부와 러시아, 중동 그리고 중국을 아우르는 대제국을 건설할 수 있었을까. 존재도 없었을 것이다. 아시아에 소가 없었다면, 문명이 발달할 수 있었을까. 문명은커녕 아직도 기아에서 벗어나지 못하고 있을 것이다. 이외에도 너무 많아 이루 열거 못할 정도로 동물은 우리 인류 역사에 지대한 영향을 끼쳤다.

수의학은 바로 이런 다양한 동물들의 질병과 이에 파생되는 것을 연구하는 학문이다. 동물을 키우지도 않는데 동물이나 수의학은 알아서 뭐하게 하는 사람들도 있을 것이다. 사람이 아프면 병원을 찾아가야 하고, 평소에도 자신의 건강 때문에 의학지식을 눈여겨보아야 하겠지만 동물이나 수의학에 대하여 관심을 가질 기회는 많지 않다. 수의사는 알다시피 동물을 치료할 뿐, 사람을 직접 치료하지는 않는다. 하지만 수의학은 인간의 질병을 다루는 의학인 인의학(人醫學) 못지않게 우리의 건강과 직접 관련이 있다. 수의학은 현대 문명을 이룩한 주요 학문 가운데 하나이며, 궁극적으로 동물만이 아닌 바로 인간을 위한 의학이며, 점점 더 가치가 높아지고 있는 학문이다.

필자는 대학에서 수의학을 강의했고, 아울러 동물사료를 취급하는 무역회사도 운영하고 있다. 또 동물에 관한 책뿐만 아니라 역사에 남달리 관심이 있어『우리나라 삼국지』등 역사소설을 다수 집필하기도 했다. 대학에서 수의학을 전공하고 다양한 경험을 가지고 있는 필자에게 선후배 교수들이 동물과 수의학이 어떤 학문인지를 알려주는 책을 써보라는 권유를 해왔다. 필자 역시 인문학에 관심이 남달랐기에 동물과 수의학 관련 책도 인문학 책처럼 쉽게 풀어 쓰면 좋겠다는 생각을 가지고 있었다.

현대의 학문은 복잡다단한 사회의 영향으로 각기 다른 학문이 개별적으로 존재하지 않고 서로 융합하여 발전하고 있다. 이 책 또한 인간과 동물과 수의학 그리고 사회학을 통합하여 설명하고 있다.

동물과 수의학의 개론서가 아니라, 동물과 수의학이 무엇인가를 알려주는 입문서로서 군이 동물과 수의학을 전공하는 학생들이 아니더라도 자연과학을 좋아하는 사람들과 직접 개와 고양이를 키우면서 동물과 인간에 관심을 가진 이들을 위해서 집필했다.

현대 도시문명은 분뇨를 마구 쏟아내며 냄새를 풍기는 동물들을 도시 밖으로 추방하면서 만들어졌다고도 할 수 있다. 도시인들에게 개와 고양이 등의 반려동물을 제외하면, 나머지 동물은 단지 상점에서 사 먹는 단백질 공급원에 불과할 것이다. 굶주림을 해결하기 위해 사냥해서 동물을 잡거나, 집에서 고기를 얻기 위해 가축을 사육하거나 직접 도축을 하던 시대는 이미 오래전에 사라져 버렸기 때문이다. 동물과 함께 농사를 짓거나, 동물이 끄는 수레를 타는 사람들도 거의 없다. 사나운 맹수들의 위협에 시달려 보기는커녕, 소와 말도 제대로 만나지 못했으니 살아 움직이는 대부분의 동물들이 낯설게 여겨질 정도가 되었다. 멧돼지가 민가에 출현했다고 TV 뉴스에 나오는 자체가 이미 동물이 우리 곁에서 떨어져 있음을 보여주는 사례라고 하겠다. 물론 개나 고양이가 도시인의 반려동물이 되어 사랑받고 있지만, 대다수 동물은 동물원에 가야만 볼 수 있는 시대가 왔다.

현대 도시문명을 지탱해주는 주요한 기둥의 하나가 동물이다. 만약 동물 없는 세상에 인간이 살고 있다면, 현대 도시문명을 건설할 수 있었을까.

인간은 동물들에게 엄청난 빚을 지고 있다. 오늘도 수많은 가축들이 우리가 상점에서 구입하는 육류로 변신하기 위해 도축장으로 끌려가고 있다. 불과 수십 년 사이에 인류의 육류 소비량은 엄청나게 늘어났다. 육류 소비량이 늘어난 만큼, 많은 동물들이 목숨을 잃어야만

했다. 인류는 여전히 더 많은 고기를 먹고자 한다. 소득이 올라가고 생활수준이 높아질수록 육류소비는 늘어만 가고 있다. 우리는 육류 소비가 늘어난 만큼, 더 많은 동물들이 희생을 당해야만 한다는 사실을 간과하고 있다.

자동차가 등장하기 전까지 동물은 인간의 가장 중요한 교통수단 노릇을 하고 있었다. 말, 소, 낙타, 나귀 등을 비롯해서 코끼리, 라마, 순록, 대형견 등 많은 동물들이 인간의 발이 되어 주거나, 썰매, 마차 처럼 짐과 사람을 끌어주는 도구가 되어 주었다. 뿐만 아니라 동물의 가죽, 털 등 다양한 부산물은 인간 생활에 많은 도움을 주었다. 양이 나 순록 등을 키우며 살아가는 유목민에게 동물은 살아가는데 필요 한 모든 것을 제공해주는 어머니와 같은 존재다. 개와 고양이는 현대 인의 외로움을 달래주는 반려동물로서 큰 역할을 하고 있다. 쥐, 모르 모트 등 실험용 동물은 인간 건강을 위해 오늘도 실험실에서 죽어가 고 있다. 동물의 희생이 없었다면 인간은 오늘날과 같은 의·약학의 발달을 전혀 보지 못했을 것이다. 동물이 없었다면 인간은 지구상에서 이렇듯 번성하지 못했을 것이다.

인간을 일러 만물의 영장이라고 하지만 이렇게 다른 생명체를 이용하고 또 의지하며 살아간다. 인간은 모든 지구 생명체의 먹이사슬에서 가장 정상(頂上)에 있다. 하지만 단순히 최상위 포식자이기 때문에 만물의 영장이라고 일컬을 수는 없다. 우리는 다른 동물들과 달리 자신뿐만 아니라, 다른 생명체를 치료할 수 있는 능력을 지니고 있다. 즉 인간은 생명체를 죽이기도 하지만, 살릴 수도 있는 능력을 갖고 있다. 인간이 만물의 영장일 수 있는 중요한 이유는 바로 다른 생명체를 살릴 수 있기 때문이다.

다른 생명을 치료하는 것은 곧 사람을 치료하는 것이기도 하다. 인간의 질병 가운데 상당수는 동물로부터 유래한다. 특정 질병에 걸린 동물의 고기를 섭취하면 사람도 병들게 된다. 동물이 건강해야만 사람도 건강할 수 있다. 동물을 해부하고 치료하는 수의학은 바로 인간 의학에 응용되어 의학의 발전에 지대한 영향을 끼쳤다. 인의학과 동물의학은 하나이고 따로 분리해서는 생각할 수 없다. 만약 동물을 치료하는 수의학이 없었다면 인간은 지금처럼 장수할 수 없었을 것이다. 이런 의미에서 수의학은 인간을 치료하는 일반의학 못지않게 중요하며, 지구상에서 인간이 동물들에게 진 엄청난 빚을 갚는데 가장 알맞은 학문이라고도 할 수 있다.

핵가족이 늘어나면서 외로워진 사람들은 반려동물을 많이 키우고 있다. 반려동물의 건강을 책임지는 것은 물론 수의사의 임무이지만, 반려동물을 키우는 인간의 정신건강을 지키는 일에도 의사 못지않게 수의사의 역할이 크다. 어떻게 보면 수의학은 동물을 위한 학문이라기보다 사실 인간을 위한 학문이다.

필자가 수의학을 사랑하는 이유는 수의학이 인간을 가장 인간답게 만들어주기 때문이다. 수의학은 진정 생명을 살리는 학문이다. 또한 인간의 영원한 동반자인 동물을 이해할 수 있는 가장 중요한 학문이기 때문에 더욱 그러하다.

그럼에도 수의학은 여전히 개와 고양이, 소나 말 등 가축만을 단순히 치료하는 것으로만 알려져 있는데, 이는 수의학 본연의 중요성에 비하면 극히 일부다. 수의사들이 하는 일은 매우 다양하다. 수의학은 현대 문명을 만들고 지탱시켜주며, 미래에도 인류가 다른 생명체들과 공존하기 위해서 꼭 필요한 학문이다. 오늘도 필자의 동료들은 인류의 동반자인 동물의 건강을 위해, 인류의 안전한 먹을거리를 위해, 현대문명의 번영을 지속시키기 위해 묵묵히 자신의 일을 하고 있다. 수의학이 무엇이고, 동물과 수의학이 어떻게 인류 역사를 바꾸었는지 또 수의사들이 어떤 일을 하는지 궁금하다면, 필자와 함께 동물과 수의학의 세계로 떠나보자.

수의학 박사 임동주

목차

6부 | 인류를 위한 수의학

1부

인간과 동물

동물을 키우는 인간
농업혁명과 가축
가축으로 인한 6가지 변화
인간이 만물의 영장인 이유

지구에는 수많은 동물이 있다.
인간도 그런 동물들의 한 종이다.

1
동물을
키우는 인간

산책길에 개를 데리고 운동하는 이웃과 마주친 적이 있을 것이다. 어떤 이웃은 새를 키우거나 어항에 구피나 디스커스 같은 열대어를 키우기도 한다. 햄스터, 사슴벌레와 장수풍뎅이를 키우는 사람도 있다. 뱀, 악어와 같은 파충류, 심지어 서구에선 호랑이나 사자와 같은 사나운 맹수를 키우는 사람도 있다. 우리나라의 경우, 개와 고양이를 키우는 가정의 인구가 천만 명이 넘는다고 한다.

동물을 좋아하든 싫어하든 간에, 동물이 우리 인간의 삶에 지대한 영향을 끼치고 있다는 사실에 모두 동의할 것이다. 우리가 좋아하는 음식이나 착용하는 의복, 구두 또는 의약품 등의 상당수가 동물로부터 나온다. 오랜 세월 인간은 지구라는 환경에서 살아가면서 다른 동

개는 인간의 오랜 친구다.

물들과 먹고 먹히는 생존경쟁을 해오며 살아왔다. 다행히 인간은 도구를 사용하고 지혜를 발휘해 동물과의 생존경쟁에서 압도적인 우위를 차지하여 마침내 지구를 인간을 위한 행성으로 만들어 버렸다. 유독 우리 인간만이 지구상에서 다른 동물을 사육하고 동물과 정서적인 공감을 나누며 살고 있다. 악어와 악어새 같은 공생관계인 동물들도 있지만, 인간과 동물 관계와 비교할 바가 아니다.

구석기 시대 말부터 인류는 동물을 가축화하기 시작해, 많은 동물과 함께 생활하게 되었다. 인간보다 훨씬 덩치가 크고 힘도 센 소, 말, 낙타 등을 가축으로 만들었고, 그들의 힘을 이용해 쟁기로 논밭을 가는 등 농사에 이용하거나, 운송 수단으로 사용하는 지혜를 발휘해 왔다. 심지어 육상에서 가장 크고 힘이 센 코끼리마저도 사육하는 것이 인간이다. 서커스단이나 동물원에서는 호랑이, 사자 등 맹수까지도 훈련시켜 원하는 행동을 하도록 유도한다. 오직 인간만이 할 수 있는 일이다. 치타처럼 빨리 달리지도 못하고 사자처럼 강한 이빨도 없는 인간이 오로지 지혜와 도구로써 다른 동물을 사육한다는 것은 실로 대단한 능력이라고 할 수 있겠다.

인간이 사육한 가장 오래된 가축은 개이다. 중동 지역의 팔레가우라 동굴에서는 14,000년 전 개의 두개골 파편이 발견되었다. 늑대에 비해 두개골 용량이 상당히 줄어들고, 주둥이도 늑대에 비해 짧고 이빨들도 촘촘해 이미 늑대와 다른 형태 변화가 일어났음을 알 수 있다.[1] 개의 가축화의 시기를 알려주는 보다 분명한 증거는 이스라엘에서 발견된 12,000년 전 무덤에서 출토되었다. 이 무덤에서 노인은 5개월 된 개와 함께 묻혀 있었는데, 노인의 손이 개의 유골 위에 마치 어루만지듯 올려 있었다. 이 유적에서 출토된 개의 뼈에서 가축화 이후에 발견되는 형태학적인 변화들이 뚜렷이 보이고 있다.[2]

개의 가축화는 여러 동물들 가운데 가장 빨리 시작되었다. 그 과정에 대해서는 여러 가지 주장이 있지만 대체로 무리로부터 이탈된 늑대 새끼를 사람이 기르기 시작하면서, 여러 세대에 걸쳐 서서히 모양과 성격이 변했다고 여겨진다. 그들 중에서 사람을 피하지 않고 특별한 친밀성을 보인다거나 늑대와는 다른 독특한 모양과 색깔을 가진 개체가 나왔을 때, 이를 선호함으로써 선별과 도태를 통해 마침내 오늘날의 개가 생겨났다는 것이다. 즉 인간의 선택에 의해 현재의 개가 생겨났다고 하는 것이 일반적인 학설이다.

그런데 이와 다른 주장도 있다. 개가 사람을 따라다니는 것은 굶주리지 않고 안정적으로 식량을 확보할 수 있기 때문에, 개 스스로가 가축화의 길을 걸었다는 것이다. 늑대는 사람의 감정 변화를 세세히 읽지 못하지만, 개는 이것을 매우 잘 아는 동물이다. 어떻게 보면 개가 자기의 생존을 위해 스스로 깨달아 가축으로 적응했다고 할 수도 있겠다. 개는 사람을 잘 따를 뿐만 아니라, 여러모로 도움을 준다. 개는 사람보다 훨씬 발달된 후각을 갖고 있다. 무서운 맹수가 다가올 때 사람보다 먼저 반응해 사람을 보호하기도 하고, 사냥물이 어디로 이동했는지, 어디에 숨었는지를 알려주기도 한다. 개를 키우기 시작하면서 사람들은 개를 다양한 용도로 개발하게 된다. 사냥개 종류만 해도 그레이하운드(사냥감을 보면서 따라잡는 개), 포인터(풀숲에 숨은 새를 몸동작으로 알려주는 개), 폭스하운드(냄새로 사냥감을 찾는 개), 리트리버(물에 떨어진 사냥감을 회수하는 수영 전문 개), 닥스훈트(오소리 사냥 전문 개), 테리어(땅속 사냥감을 찾아내는 개) 등 매우 다양하다. 이렇게 다양해진 개의 품종들은 사육과 개량의 결과다.

최근의 연구에 따르면 개는 늑대, 코요테와의 유전자 정보에서 매

개는 다양한 품종으로 개량되어, 인간의 수요에 맞게 이용되고 있다.
닥스훈트(좌)는 오소리나 여우 사냥에 이용되며,
리트리버(우)는 물에 떨어진 사냥감을 물고 온다.

우 큰 차이를 보이고 있다고 한다. 그래서 개는 가축화되기 전부터 늑대와 분리된 종(種)이라는 주장도 나왔다. 최초의 개는 아시아 늑대로부터 유래되었지만, 개가 가축이 된 이후에는 늑대와 거의 교잡이 일어나지 않은 채, 여러 지역으로 퍼져 나가 지금의 다양한 모습이 나왔다고도 한다. 개가 늑대에서 분리된 시점이 13만 5천 년 전까지 거슬러 올라간다고 보면, 개의 가축화 시기도 더 끌어올릴 수 있을 것이다.[3]

개의 경우와 달리, 인간이 양, 염소, 돼지, 소 등을 가축으로 순치시킨 것은, 신에게 살아 있는 제물을 바치려는 종교적 신앙심 때문에 비롯되기도 했다. 터키 동부지역에 위치한 괴베클리 테페 유적은 지금부터부터 약 12,000년 전에 만들어진 신전이다. 2m가 넘는 T자형 돌 수십 개가 발견되었다. 여우, 멧돼지, 전갈, 뱀, 들소, 거위나 오리, 가젤 등이 새겨져 있고, 개와 늑대 같은 동물은 완벽한 입체로 조각되어 있다. 이 유적은 농경민 것이 아니라, 수렵민의 사원이었다. 농경이 탄생하기 전에 이미 수렵 채집사회에서도 종교의식이 있었던 것이다. 이 유적의 상징적인 장식품은 모두 동물이다. 그리고 사냥꾼들이 신에게 바친 제물은 가축이 아니라 당연히 사냥한 동물이었다.[4] 그런데 사냥은 계절이나 기후조건에 영향을 많이 받는다. 원하는 날짜에 원하는 동물을 그냥 잡을 수 있는 것은 아니다. 악천후인 경우 사냥을 포기해야 한다. 따라서 제물로 바치고자 하는 동물은 미리 포획해서 기르고 있어야 한다. 수렵민은 동물우리를 만들고 동물에게 먹이

쾨베클리 테베 유적 발굴 장면
수렵민들의 사원인 쾨베클리 테베 유적. 인간은 신에게 제물을 바치기 위해 동물을 사육했다.

를 주면서 제삿날까지 건강하게 키워야했다. 이 과정에서 인간은 순치시킬 수 있는 동물과 그렇지 않은 동물을 구분하게 되었다. 가젤은 순치시키지 못했지만, 돼지는 가능했다. 순한 양은 굳이 우리를 만들지 않더라도 쉽게 순치시킬 수 있었다. 사냥꾼이 동물을 가축으로 삼게 되면, 사냥에 허탕을 쳤다거나 해서 먹을거리가 부족할 때에도 고기를 얻을 수 있어 생활의 불안정을 피할 수 있게 되었다.

인간이 동물을 가축화시킨 계기는 종교적, 경제적 이유였다고 할 수 있다. 인간은 동물을 가축화시키면서 동물에 대해 많은 지식을 축적하게 되었다.

많은 사람들이 관상어를 어항에서 키운다.
관상어를 키우면 실내 습도 조절, 정서 안정 등 많은 이로움이 있다. (맘모스 수족관 제공)

사육은 길들이기와는 조금 다르다. 결국 동물의 성질과 형상까지
변형시킨다. 사자, 호랑이를 서커스 공연을 위해 길들일 수는 있지만,
자연 상태의 야성을 변형시키지는 못한다. 그렇기 때문에 사자와 호
랑이를 가축이라고 말하지는 않는다. 가축은 인간이 인간 구미에 맞
게 길들여 사육하는 동물을 말한다. 수많은 동물 가운데 인간이 가축
화에 성공한 동물은 그 숫자가 많지 않다. 하지만 인간에 의해 가축화
가 된 동물들 덕분에 인간의 삶은 비약적으로 발전하게 된다.

2

농업혁명과
가축

신석기혁명이란 용어를 들어보았을 것이다. 구석기 시대를 마감하고 신석기 시대에 접어들면서 인류의 삶이 획기적으로 변화된 것을 일컫는 말이다. 이 말을 최초로 사용한 영국의 고고학자, 고든 차일드(1892~1957)는 수렵 채집에만 의존하던 인류가 농경이라는 전혀 새로운 차원의 생산양식으로 접어듦으로써 여러 가지 사회문화적 발전을 이루었다고 주장한다.[5] 그가 말한 신석기혁명은 곧 농업혁명이다. 농업혁명이 잉여 생산물을 만들어 농사일에서 해방된 사람들로 하여금 다른 전문적인 분야에 종사하게 함으로써, 요즘과 같은 인류 문명을 탄생하게 했다는 것이다. 고든 차일드는 가축 사육의 시작과 목축을 농업혁명의 부수적인 요소로 보았다. 하지만 가축 사육은 농업혁명의 부수적인 것이 아니라, 농업혁명과 맞먹는 또 하나의 혁명, 즉 가축혁명으로 따로 분리해서 정리되어야 한다고 생각한다.

　가축의 힘을 빌리지 않은 농사는 높은 생산성을 기대할 수 없었다. 물론 옥수수와 같이 생산성이 높은 작물을 재배한 남아메리카에서는 가축 없이도 문명을 탄생시킨 예외는 있다. 하지만 대다수 고대 문명이 싹튼 곳은 소 등을 농업에 이용하여 단위당 높은 생산성을 올려 좁은 지역에 많은 사람들이 밀집해 살 수 있게 된 지역들이다. 이런 곳에서 마을이 형성되고 문명이 탄생했다.

　가축 키우기가 단지 농업의 변화만 가져온 것은 아니다. 가축 없이 오로지 인간의 노동력으로만 이룩한 아즈텍 문명이나 마야 문명은 거대 문명으로 성장하지 못했다. 단위당 작물 생산량이 한계에 이르고 우마차, 도로 등 교통인프라가 발달하지 못했기 때문이다. 아즈텍에는 가축이라고는 기껏해야 칠면조뿐이었고, 마야에는 가축이라고 할 것도 별반 없었다. 안데스 산맥에서 발전한 잉카에는 가축으로 소와 말 대신, 오직 라마와 알파카가 있을 뿐이었다. 다 자란 라마는 몸무게가 155kg 정도이고, 알파카는 65kg에 불과해 소량의 짐을 운반하는 일에는 약간의 도움을 주지만, 소나 말처럼 수레를 끌 정도의 힘을 가진 동물은 아니었다. 따라서 남아메리카에서는 우마차가 나올 수 없었다. 가축 없이 농업을 발전시키는데 절대 한계가 있었다. 만약 남아메리카에 가축화된 소와 말이 있었다면, 마야, 아즈텍, 잉카 문명은 보다 발전했을 것이고 16세기에 이르러 스페인에 어처구니없이 당하지도 않았을 것이다.

치첸이차 유적, 또는 아즈텍 테노치키틀란 유적. 가축없이 만들어진 신석기 문명이다.
만약 마야, 아즈텍에 소, 말 같은 가축이 있었다면 보다 더 발전된 문명을 만들었을 것이다.

신석기 시대에 인류의 삶을 변화시킨 것은 농업뿐만 아니라, 가축 사육도 그에 못지않게 중요했다. 가축 사육이 어떻게 인류의 삶을 변화시켰는지를 살펴보기 전에, 일반적으로 알려진 주요 동물들의 가축화된 시기를 정리해보자.[6]

가축 이름	가축화 시기(B.C.)	처음 가축화를 시작한 곳
개	12,000 이전	동아시아, 서남아시아, 북아메리카
양	8,000	서남아시아
염소	8,000	서남아시아
돼지	8,000	중국, 서남아시아
고양이	7,000	키프로스, 이집트
소	6,000	인도, 서남아시아, 북아프리카
말	4,000	카자흐스탄, 우크라이나
당나귀	4,000	이집트
물소	4,000	인도, 중국
라마, 알파카	3,500	안데스
단봉낙타	2,500	중앙아시아
쌍봉낙타	2,500	아라비아
닭	2,000	인도, 동남아시아
칠면조	500	멕시코
순록	?	러시아
야크	?	티베트

모든 가축은 야생동물에서 비롯되었다. 인간은 많은 동물을 가축으로 만들고자 노력했지만, 가축화에 성공한 동물은 소수일 뿐이

라마
수레를 끌거나 사람을 태우지 못하지만,
안데스산맥에 사는 사람들에게는
너무나 중요한 삶의 동반자다.

알파카
라마보다 작지만 털과 고기를 제공해 준다.

다. 인간이 가축화에 성공한 동물들 대부분은 대체로 B.C. 8000년~
2000년 사이에 이루어졌다.

영국의 인류학자 프랜시스 골턴과 J.C.브록은 야생동물이 가축이
되기 위해 필요한 조건으로 다음 6가지를 제시한 바 있다.[7]

1. 튼튼해야 한다.

2. 천성적으로 사람을 잘 따르고 좋아해야 한다.

3. 생활환경에 대한 욕구가 너무 높지 않아야 한다.

4. 유용성이 커야 한다.

5. 자유로운 번식이 가능해야 한다.

6. 사육이나 관리가 쉬워야 한다.

얼룩말
하얀 바탕에 검은 줄무늬가 특징인
얼룩말은 초원의 신사로 불린다.

주로 아프리카 초원에 서식하는 치타는
순간 최대속도 시속 110km를 달릴 수도 있다.
사냥을 위해 사육되기도 했지만,
끝내 가축이 되지 못했다.

코끼리는 너무 사육비용이 많이 들어, 일부 지방을 제외하고는 가축으로 키울 수가 없었다. 치타의 경우 한때 사냥에 이용하기 위해 대량으로 키워지기도 했지만 번식이 어려워 가축화에 실패했다. 얼룩말은 말보다 신체 능력이 우수하지만, 성질이 난폭해 사육할 수가 없었다. 가젤은 성격이 급하고 계속해서 이동해야 하는 동물이며, 예민해서 갇힌 상태에서는 번식하지 못한다. 속도도 빨라서 시속 70~80 km로 달리면 잡을 수가 없어 가축화되지 못했다. 또 안데스 산맥에서만 사는 비쿠냐는 최고품질의 털을 갖고 있어 사람들이 탐내는 동물이지만, 1년 중 며칠 동안만 우리에 가두어 털을 깎고 다시 자연으로 돌려보낸다. 갇혀 있는 상태를 견디지 못하기 때문이다. 이처럼 가축으로 키울 수 있는 동물은 많지가 않다. 또 가축화가 가능한 동물도, 지역에 따라 상당히 제한되어 있다.

가축화된 동물 가운데 역사·경제적으로 가장 중요한 가축은 단연코 소와 말이다. 그 다음으로는 고기를 공급해 주는 돼지와 닭을 들 수 있겠다. 이에 못지않게 양, 순록, 야크, 낙타 등도 지역에 따라 매우 중요한 가축이다. 이러한 가축들을 키우게 됨에 따라, 인간의 삶은 크게 변하게 된다.

3
가축으로 인한
6가지 변화

농업혁명에 버금하는 가축혁명은 인간의 삶을 크게 변화시켰다. 가축으로 인해 인간의 삶이 어떻게 변화되었는지를 정리해보겠다.

첫 번째 변화는 굶주림에서 벗어나 문명을 창조할 시간이 생긴 것이다.

사냥은 성공확률이 높은 생산 활동이 아니다. 가축을 키우지 않았던 수렵민은 식량을 얻기 위해 아주 먼 사냥터까지 가야 할 때도 있었다. 수렵민은 며칠이고 굶주리다가도 사냥한 날에는 폭식을 한다. 사냥을 하다가 맹수에게 생명을 잃을 수도 있고, 숲 속을 헤매다가 독사에게 물리거나 낭떠러지에서 떨어질 수도 있다. 이처럼 수렵은 여러 위험이 동반된다. 하지만 소, 돼지, 닭, 오리 등의 가축을 키우게 됨에 따라 인류는 언제든지 필요할 때 고기를 먹을 수가 있게 되었다. 식량을 안정적으로 확보하게 되고, 식량을 마련하는데 들어가는 시간을 절약하게 된 것이다. 또한 사람의 영양상태도 개선되고 사냥보다 덜 위험한 일에 종사할 수 있게 되었다. 사냥감을 놓고 인간끼리 서로 싸울 필요가 없게 됨에 따라, 사람은 한곳에 모여 살 수 있게 되었다. 이것이 결국 인류가 문명을 창조할 시간적 여유와 지혜를 모을 기회를 갖게 해주었던 것이다. 그러므로 가축 사육은 문명 창조의 중요한 계기였다고 할 수 있다.

두 번째 변화는 가축 키우기에 전념하는 유목민의 등장이다.

처음 인류가 가축을 키우기 시작했을 때 가축은 비상시 식량에 불과했다. 인류는 여전히 사냥과 채집, 어로(漁撈)를 하거나, 농사짓기를 했다. 그런데 차츰 가축을 전문적으로 키우는 유목민이 등장했다. 유목민의 등장 시점에 대해서는 논란이 많다. 수렵과 목축, 목축과 농경을 겸하던 사람들이 목축에 전념하기 시작한 시점이 언제인지 명확하게 알 수는 없다. 농업과 목축 가운데 어떤 것이 먼저인지도 명확하지 않다. 유목사회 연구의 세계적 권위자인 하자노프의 분류에 따르면, 순수유목(純粹遊牧), 반유목(半遊牧), 반정주목축(半定住牧畜), 방목(放牧), 하영지·동영지목축(夏營地·冬營地牧畜), 정주방목(定住放牧) 등 유목에도 여러 형태가 있다.[9] 즉, 유목민 가운데는 농사를 병행하는 사람도 있다. 가정 경제에서 유목의 비중이 50% 미만인 경우도 있다. 남편은 목축을 하고, 부인은 농사를 짓는 경우도 있다.

유목민은 양, 염소, 소, 순록, 말 등을 키우며, 이곳저곳을 돌아다니며 생활한다. 하지만 그들이 무조건 떠돌이 생활을 하는 것은 아니다. 대개는 여름철유목지(하영지)와 겨울철유목지(동영지)를 왕복하면서 생활한다. 유목민이 수렵민보다 안정적인 생활이 가능한 것은 가축으로부터 지속적인 먹을거리를 얻기 때문이다. 소와 양, 염소는 사람들에게 고기뿐만 아니라 소중한 젖도 제공해준다. 러시아의 마이스키가 20세기 초 몽골인의 칼로리 섭취원을 분석해본 결과 우유와 유제품이 55.3%, 곡류가 24.38%, 육류는 20.31%로 유제품의 비율이 절반을 넘었다고 한다.[10] 몽골인들은 유제품을 '차강이데'라고 부르는데 그들이 이용하는 유제품의 종류는 수십 가지에 달한다.[11] 유제품은 즉석에서 마시는 것뿐만 아니라, 치즈 등으로 만들어 장기간 보관해두기도 한다. 유제품의 장점은 가축을 죽이지 않고도 매일 식량을 얻을 수 있다는 것이다. 유목민에게 유제품은 고기보다 월등한 가치가 있다.

유목민은 늦가을에 양들을 도축해 고기를 저장하여 봄까지 먹는다. 특별한 손님이 오는 경우에는 언제든지 양을 잡아 훌륭하게 대접할 수가 있다. 이들은 동물을 죽이기보다는 동물을 보호하는 것에 더 많은 시간을 들이며 살아가는 사람들이다. 이들은 사랑하는 가축에

유목장면
양, 소 등을 가축화함으로써, 유목생활이라는 새로운 삶의 형태가 등장했다.

관한 전문가들이다. 유목민은 동물을 죽여야 할 때에도 되도록 피를
흘리지 않고 동물이 고통을 느끼지 않게 순간적으로 죽인다. 유목민
도 농민 못지않게 시간의 변화에 따른 생활리듬을 갖는다. 농민이 곡
식의 성장과 수확 등에 맞추어 매해 연중행사를 갖는 것처럼, 유목민
도 가축의 번식과 사육, 그리고 도살과 부산물 처리 등의 일로 연중행
사를 갖게 된다.

　유목민의 등장은 인류 역사에 있어서 엄청난 변화를 가져온다. 가
축을 키우며 이동하는 유목민 덕분에 동서 문명 교류가 가능하게 되
었고, 농경민을 자극해서 다양한 문명을 만들어냈다. 인류 최대의 국

가였던 몽골제국을 세운 몽골 사람들은 농경민이 아닌 유목민이었다. 만약 인류가 가축을 키우지 않아 유목민이 없었다면, 인류 역사는 어떻게 되었을까? 지금보다 인류 문명이 훨씬 못했을 것임에 누구도 이의를 제기할 수는 없을 것이다.

세 번째 변화는 농업생산성의 급증이다.

옛날 우리나라 농민들에게 재산목록 1호는 '소'였다. 소를 가진 농민은 그렇지 않은 농민보다 보다 넓은 땅을 힘들이지 않게 농사를 지을 수가 있었다. 쟁기를 끄는데 소 한 마리가 장정 10명 몫[12]을 할 수 있었으니, 소가 가져온 농사의 변화는 실로 대단하다고 할 수 있다. 소를 이용한 농사인 우경(牛耕)은 지역마다 그 시작 시점이 다르다.[13] 메소포타미아, 이집트, 인더스 등 우경이 먼저 시작된 곳에서 고대문명이 탄생한 것은 결코 우연이 아니다. 소를 활용한 농사는 농업생산성을 높여, 보다 많은 잉여생산물을 생산해냈다. 그러자 많은 사람들이 곡물생산에 매달리지 않고 기술자, 예술가, 군인, 관료, 학자 등 문명을 창조할 수 있는 다양한 직업에 종사할 수 있게 되었다. 우경의 시작은 농업사에서 실로 커다란 전환점이었다.

농사짓기에서 소를 대신할 동물로 말, 당나귀, 노새 등이 종종 이용되곤 한다. 한편 개, 양, 돼지, 닭 등 농사짓기에 도움이 되지 못하는 가축들도 그 분뇨로 퇴비를 생산해 훌륭한 질소비료가 되어 농사에 큰 공헌을 했다. 이렇듯 가축은 농업생산성을 높이는데 절대적 역할을 해왔다.

네 번째 변화는 교통, 운송, 군대, 전쟁 분야의 변화이다.

인간이 말을 타게 되면서, 말은 요즘의 자동차와 같은 역할을 하게 되었다. 소는 느려 보이지만, 말 못지않게 중요한 운송수단이 된다. 소는 말과 함께 수레를 끄는 중요한 가축이다. 특히 소는 말보다 더 많은 짐을 달구지에 실을 수 있다. 지역에 따라 낙타, 코끼리, 노새, 물소, 당나귀, 순록, 야크 등도 수레를 끄는 역할을 했다. 만약 인류가 야크나 순록 등을 키울 줄 몰랐다면 어떤 일이 벌어졌을까? 인류는 티베트 고원이나 시베리아에서 전혀 살아갈 수 없었을 것이다. 말이나 낙타를 탈 줄 몰랐다면, 인류는 유럽과 중동, 인도와 동아시아 등 지구상의 극히 제한된 지역에서 농사를 짓고 살면서, 타 지역에 사는 사람들과 교류도 할 수 없었을 것이다. 물론 배를 만들어서 해상교통로를 이용할 수 있었겠지만, 실크로드와 차마고도 같은 내륙 교통로를 만들거나 이용하기는 곤란했을 것이다. 낙타나 말이 없었다면, 사막을 건너는 일은 아예 엄두도 못 냈을 것이다.

조선시대 여행자들은 하루에 대략 40km 정도를 이동했다고 한다. 그런데 몽골의 조랑말은 하루에 보통 150km 정도 달릴 수 있으며, 빼어난 준마는 무려 550km를 갈 수가 있다 한다.[14] 사람이 등에 봇짐을

고구려 수레
수레는 자동차의 조상으로, 인류 교통문화를 바꾼 혁신적인 발명품이다.
소와 말은 수레를 끄는 핵심 동력원이다. 특히 말은 인간을 빠르게 이동시킬 수 있다.

지고 터벅터벅 걷는 것과 말을 타고 달리는 것은 상상을 불허할 정도
로 차이가 있다.

　인간이 가축을 이용하게 되자, 군대에서도 큰 변화가 생겼다. 말이
끄는 전차병의 등장으로 전투의 양상은 움직임이 신속한 거대한 기
동전(機動戰)으로 바뀌었고, 말이 수레를 끄는 전차의 숫자가 곧 국력
을 상징하게 되었다. 전국시대에 나오는 만승천자(萬乘天子)★, 천승제

★ 춘추전국시대에서는 말이 끄는 전차를 승(乘)이라 했다. 전차 1대당 마부를 포함해 10여 명의
병졸이 따른다.

두 마리의 말이 끄는 로마시대 전차

후(千乘諸侯)라는 말은 고대 중국에서 전차의 숫자가 곧 국력을 표현하는 지표였음을 보여준다.[15] 하지만 기병이 등장하자, 전투의 양상은 또 바뀌어 전차는 사라졌다. 과거 보병이 주류를 이룰 때, 기병의 등장은 전쟁사를 바꾼 중요한 계기로 평가된다. 그 영향은 마치 활, 화약무기, 전투기, 원자폭탄의 등장과 다름없었다. 기병이 등장함으로써, 보병과 더불어 기병을 어떻게 운용하느냐가 전쟁의 승패를 좌우하는 핵심 요소가 되었다. 물론 장갑차, 탱크의 등장으로 기병이 사라졌지만, 기병의 등장은 인류 전쟁사에서 가장 중요한 변화의 계기라고 할 수 있다.

이처럼 가축은 인간의 교통, 군대, 전쟁 분야에서도 많은 변화를 가져왔다. 특히 수레를 끄는 소와, 전차를 끌거나 기병을 탄생케 한 말은 노예보다 비싼 값으로 거래될 만큼 가치가 높았다. 이처럼 소와 말은 인류문명을 크게 바꾼 중요한 가축이었다.

다섯 번째 변화는 동물에 대한 지식이 크게 증가한 것이다.

가축을 키우려면 그 동물에 대해 많은 것을 알아야 한다. 뭘 먹는지, 무엇이 독초이고 약초인지, 어떤 병에 잘 걸리고, 예방 및 치료법은 무엇인지, 언제 번식하는지, 가축의 천적을 어떻게 막아야 하며,

VI. 1. MEDICAL PAPYRUS. PAGES 1, 2.

고대 의학서적
가축을 키우면서 인간은 많은 지식을 확보하고 축적할 수 있었다.
특히 의학분야 지식이 크게 증가했다.

어떤 기후와 어떤 환경에서 잘 자라는지를 습득해야 한다. 그리고 어떻게 해야 도망가지 않는지, 언제 도살해야 하는지, 어떻게 젖을 짜야 하고, 언제 털과 뿔을 잘라야 하는지를 인지해야만 했다. 또 유제품과 고기는 어떻게 장기간 보관할 수 있는지, 털과 가죽은 어떻게 활용해야 하는지, 기후 변화가 닥치면 가축을 어떻게 보호해야 하는지 등등 가축을 키우기 위해서는 그에 상응하는 사육에 관련된 공부가 필요했다. 인간은 가축을 키우면서 다양한 지식을 얻게 되었다. 또한 가축을 해부하면서 얻게 된 지식은 나아가 의학 발달에 지대한 공헌을 하게 된다.

가축 가운데 인간이 가장 관심을 가진 것은 역시 소와 말이다. 특히 말의 경우 고대 로마 전차 등에 유용하게 사용되었기 때문에, 말의 조련(操鍊)에 대한 관심이 높았다. B.C. 14세기 히타이트에서는 미탄니 출신 말 조련사인 키쿨리가 전차용 말 조련법을 저술했다. 키쿨리는 말과 교감하는 동물 교육학적 차원의 말 훈련 지침서를 만들었다. 야생말은 전차를 끌기에 부적합한 걸음을 걷는다. 그래서 말은 훈련이 꼭 필요하다. 훈련 지침서에 몇 가지 조련법이 나온다. 갤럽(gallop-단속적으로 네 발을 땅에서 떼고 달리는 전력 질주), 캔터(canter-천천히 달리는 것), 트로트(trot-속보), 엠블(amble-앞다리와 뒷다리가 동시에 같은 방향으로 움직이며 걷는 것), 완보(walk) 등 걷는 방법과 방향 바꾸기 등을 기본으로 한다. 키쿨리는 말에게 이런 훈련을 매일 정해진 숙제로 부여하고, 반드시 휴식시간을 주도록 했다. 조련사에게는 말과의 심리적인 교감을 가질 것을 권장했다. 다시 말해서 일정한 커리큘럼을 갖고 훈련과 연습에 변화를 주되 끊임없이 반복적으로 학습하도록 지침서를 만들었던 것이다.[16] 그의 말 조련법은 지금도 동물 훈련의 교본이라고 할 수 있을 정도로 훌륭했다.

고대 중국에서도 지식인이 익혀야 할 예(禮)·악(樂)·사(射)·어(御)·서(書)·수(數) 6가지 지식(六藝) 가운데 하나로 어(御) 즉 말 다루는 기술이 있었다.[17] 요즘으로 치면 자동차 운전이라고 할 수 있다. 자동차 면허를 따기 위해 공부하듯이, 옛날에는 전차를 타기 위해 말에 대해 공부를 했다. 자동차도 제대로 운전하려면 기본적인 구조나 정비에 대해 알아야 한다. 옛날에도 말이 아플 때, 말이 굶주렸을 때, 편자가 닳았을 때 등 다양한 상황에 대응할 기본적인 지식을 갖고 있어야 했다. 또 잘 달리는 말을 좌우 어느 쪽에 배치해 전차를 끌어야 할지, 채찍이나 당근을 언제 어떻게 사용해야 할지 등 말에 관한 온갖 지식을 습득해야 했다. 요즘 사람들이 자동차를 애마라고 부르며 애지중지하며 세차를 하듯이, 수시로 목욕도 시켜주었다. 옛사람들에게 말은 소중한 가족과 같은 존재였다.

가축 사육이 늘면서, 사육사, 도축사, 마부, 수의사 등 가축과 관련한 전문 직업인도 등장했다. 뿐만 아니라 동물과 자주 접하게 된 인간은 자연에 대한 지식, 동물과 다른 인간에 대한 성찰, 그리고 가축을 활용하는 방법과 관련된 많은 지식을 얻게 되었다. 만약 인간이 가축을 키우지 않았다면, 인류의 지식 발전도 한참 늦어졌을 것이다.

여섯 번째 변화는 동물로부터 다양한 부산물을 얻어 이를 활용하게 된 것이다.

인류는 동물을 이용해 생활에 필요한 많은 것을 얻었다. 구석기 시대 사람들도 동물을 사냥해서 그 고기는 먹고, 가죽과 털은 옷을 만들어 입었다. 뼈는 갈아서 바늘 등 도구로 사용했다. 소의 가죽은 갑옷이나 추위를 피할 수 있는 가죽옷으로, 매머드(맘모스) 뼈는 집의 골격이 되기도 했

털 가죽 옷
동물은 인간에게 많은 것을 제공한다. 인간은 가축을 키우면서 그 부산물을 얻어 삶을 풍요롭게 할 수 있었다.

다. 뿔로는 피리를 만들기도 했다. 가축을 키우게 되면서, 인간은 특정 동물의 부산물을 잘 활용할 수 있게 된 것이다.

가축의 젖은 다양한 유제품으로 활용됐다. 말의 젖을 이용해 마유주 등의 술을 빚기도 했고, 차와 섞어서 새로운 음료를 만들기도 했다. 양을 거의 키우지 않았던 조선시대 사람들은 유제품을 전혀 몰랐지만, 몽골 유목민들은 수많은 유제품을 만들 줄 알았다. 유목민들은 생활에 필요한 거의 모든 것을 자신들이 키우는 동물들로부터 얻었다. 소를 중요하게 여겼던 조선시대 농민들도 소는 버릴 것 하나 없는

동물이라고 여겼다. 소의 고기도 백여 가지 부위별로 나누어 각기 다른 조리법으로 요리했고, 가죽, 뼈, 힘줄, 뿔 등 소의 모든 것을 이용해 다양한 물품을 만들어 냈다. 이처럼 인간은 가축을 사육하게 되면서 동물의 부산물을 안정적으로 얻을 수 있어 더 다양한 요리를 하게 되었고, 더 다양한 제품을 생산할 수 있게 되었다. 이로 인해 점차 문명화된 사회를 열어 갈 수 있었다.

이처럼 가축 키우기는 인류의 운명을 크게 바꾼 사건이었다. 인간은 가축이라는 든든한 동반자를 얻음으로써 많은 일들을 효과적으로 할 수 있게 되었다. 식량 생산을 늘렸을 뿐만 아니라, 남는 여유 노동력을 활용해서 거대 건축물을 만드는 등 문명을 창조해낼 수 있었다. 그래서 가축 사육의 시작을 농업혁명에 못지않은 혁명, 즉 가축혁명이라고 말할 수도 있겠다.

4
인간이
만물의 영장인
이유

'인간을 일컬어 만물의 영장이다(Man is the lord of all creation)'라고 한다. 인간이 신의 창조물 가운데 우두머리라는 의식은 기독교의 사고방식만은 아니다. 유교 경전인 『서경』에도 하늘과 땅은 만물의 부모요, 사람은 만물의 영이다(惟天地 萬物父母, 惟人 萬物之靈)라는 말이 있다.[18] 인간이 자연을 모두 정복하고 지배할 운명을 타고난 존재는 아니겠지만, 누구나 인간이 만물의 영장이라는 말에는 동의를 한다.

인간은 지구상에 사는 다른 동물들과 차별화된 지능을 갖고, 다양한 도구를 사용하며, 고도로 발달된 언어와 문화 창조 능력을 지니고 있기에, 엄청난 문명을 이룬 특별한 생명체다. 인간은 비록 치타처럼 빨리 달릴 수도 없고, 공룡처럼 크지도 않고, 상어처럼 날카로운 이빨과 강한 턱도 없으며, 독수리처럼 하늘을 마음껏 날지도 못한다. 그럼에도 인간은 지혜를 발휘하고 도구를 사용함으로써 동물과의 먹이사슬에서 최고 정상에 오를 수 있었다. 인간은 다른 동물들의 생명을 언제든지 말살할 수 있는 능력도 있다. 하지만 이런 능력이 있다고 해서 정말 인간이 만물의 영장일까?

철학자 데카르트는 '인간은 생각할 수 있는 존재이므로 인간이 만물의 영장'이고, 동물은 영혼이 없는 기계와 같아 고통을 느낄 수 없다고 생각했다. 그럼에도 그는 인간이 역사에서 수많은 비극을 일으켰고, 수많은 시행착오를 범하고 있으므로 인간은 결코 만물의 영장이 아니라고 말한 적도 있다. 그는 끝없이 자신을 의심하고 생각해야 인간의 존재 가치가 있다고 주장했다.[19] 데카르트가 동물에게 영혼이 없다고 주장한 것은 잘못된 생각이다. 인간이 동물과 달리 고차원적 사고를 할 수 있다고 해서 만물의 영장일까? 인간이 다른 동물을 마구 죽일 수 있는 능력이 있다는 이유로 인간이 다른 생명체들과 달리 존중받는 영장이라고 할 수는 없다. 인간은 다른 동물을 지구상에서 안전하고 편안히 살 수 있도록 잘 돌봐주는 리더로서의 역할을 제대로 하지 못해왔다. 인간을 위해 많은 동물을 마구 죽이고, 여러 용도로 이용만 해왔던 것이 사실이다. 다른 동물에게 인간은 그저 무서운 천적에 불과할 뿐이다.

그럼에도 인간이 만물의 영장이라고 불릴 수 있는 정당한 이유가 하나 있다. 인간은 다른 생명체의 목숨도 살려낼 수 있기 때문이다. 다른 동물은 자신의 몸만 겨우 가누지만 인간은 다르다. 인간이 다른 동물과 차별되는 가장 중요한 능력은 바로 다른 생명체를 살릴 수 있는 수의학을 가지고 있다는 것이다.

동물도 인간과 마찬가지로, 암에 걸리고, 칼에 베이면 상처가 나고 피를 흘린다. 동물에게도 전염병이 돈다. 동물도 사람과 마찬가지로 생각할 수 있으며 아픔을 느끼며 괴로워한다.[20] 병든 동물은 다른 동물에게 병을 옮기기도 한다. 이들의 질병을 치료해 줄 수 있는 것은 오직 인간뿐이다.

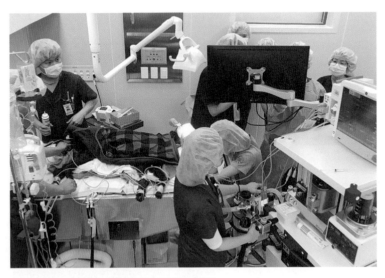

수술 중인 수의사 (출처: 서울대학교 수의대 동물병원)

기독교에서는 인간을 모든 생물을 다스리는 존재로 여긴다. 다스리는 말은 책임을 동반하는 관계적인 용어다. 인간이 다른 생명체를 억압하기만 하면 생태계는 무너진다. 신이 뜻하는 세상을 만들기 위해서는 다른 생명들이 지구상에서 함께 살 수 있게 해주어야 한다. 만물의 영장인 인간이 부여받은 임무 중의 하나는 지구상의 모든 생명체가 함께 살 수 있는 조화로운 세상을 만드는데 있다.

2부

동물과
함께 만든 문명

춘추전국을 통일한 진시황의 무덤에는 갑옷을 입은 병사와 말의 테라코타 조각품이 널려있다.

1
말; 교통과 전쟁의 혁명을 가져온 동물

인간이 동물로부터 받는 여러 혜택을 누리지 못하고 살았다면, 오늘날의 화려한 문명세계는 존재하지 않았을 것이다. 인류문명이 동물과 함께 만들어졌던 만큼, 동물이 인류 문명 발전에 어떤 기여를 했는지 살펴보아야겠다.

  인류 역사에 가장 큰 영향을 끼친 동물을 꼽자면 단연코 말이라고 할 수 있다. 본래 말의 조상은 숲 속에서 나뭇잎을 먹고 살았던 작고 겁 많은 동물이었다. 말을 최초로 사육한 것은 B.C. 4천 년경 유라시아 초원지대와 바빌로니아 일대로 여겨지고 있다. B.C. 3천 년대에 수레를 발명한 수메르인들은 말로 하여금 수레를 끌도록 했다. 이때는 아직 말이 크지 못해서 사람을 태울 수가 없었다.[21]

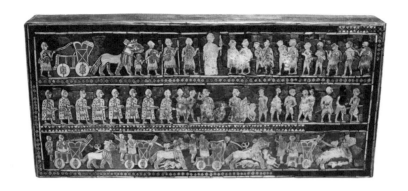

바그다드 부근에서 발견된 약 4,600년 전의 수메르 시대의 유물로,
말을 이용해 수레를 끄는 사람들의 모습이 표현되어 있다.

　그렇지만 수레를 끌거나 짐을 옮기고, 때로는 농사에도 사용되는
말의 가치는 대단히 커서, 말을 다루는 기술이 나날이 발전하게 된다.
사람들이 말 위에 직접 올라타게 된 것은 B.C. 1천 년 무렵, 중앙아시
아에서 유전자 변이와 의도적인 교배에 의해 큰 말이 생산되면서부
터이다. 이전까지 말은 힘이 세지 않아 덩치가 작은 사람이 타도 말의
허리가 아닌 엉덩이 쪽으로 타야 했다. 기동력과 체력도 현재의 말과
비교할 바가 아니었다.

　가장 먼저 말을 탔고, 가장 즐겨 탄 사람들은 유목민들이다. 사람
이 걸으면서 양을 돌보면 혼자서 겨우 150~200마리 정도밖에 돌보
지 못하지만, 말을 타면 1,000마리까지 관리할 수 있다고 한다. 말을

타고 활을 쏘면 양떼를 노리는 늑대를 쉽게 쫓아낼 수도 있다. 광활한 초원지대는 말이 자라던 곳이고, 말을 타기도 좋은 곳이다. 유목민들에게 말은 생활의 동반자로, 가장 소중한 가축이었다.

말은 시속 60~70㎞로 자동차보다는 느리지만, 사람에 비하면 엄청나게 빨리 달린다. 세계적인 마라톤 선수는 42㎞ 거리를 시속 20㎞ 정도로 달릴 수 있지만, 그 속도로 계속 달릴 수는 없다. 1,000m를 전속력으로 달리면 어지간한 사람들은 심장이 터질 듯 한 고통을 호소할 것이다. 하지만 말은 몇몇 짐승들보다는 단거리에서 비록 속도가 느리지만, 장거리에서는 오래도록 계속해서 달릴 수 있는 지구력을 갖고 있다. 이것이 말의 가장 큰 장점이다. 말 위에 탄 사람은 자신의 발로 달리는 것이 아닌 만큼, 말이 지치면 조선시대 파발마처럼 다른 말로 갈아타고 하루에도 많은 거리를 주파할 수 있다. 이처럼 말은 속도와 거리 혁명을 가져왔다.

인간은 말을 타게 됨으로써, 세상을 보는 눈이 달라졌다. 좌견천리, 입견만리(坐見千里, 立見萬里)라는 말이 있다. 앉아서 천리를 내다보는 사람이 일어서면 만리 밖을 바라볼 수 있다는 뜻이다. 말을 타면 세상이 달라 보인다. 말이 귀했던 조선시대 사람들은 3개월을 걸어서 명나라와 청나라의 수도였던 북경에 오고 갔다.[22] 조선 사람들이 본 세상은 중국이 거의 전부였다. 하지만 말을 타고 다녔던 고구려 사람들은 초원길을 달려 우즈베키스탄의 사마르칸트까지 달려가, 동서 교

말은 인간에게 속도라는 훌륭한 선물을 주었다.

역을 주도했던 소그드왕국과 외교 교섭을 했다. 고구려인이 바라본 세계는 광활한 아시아 대륙이었다. 비행기를 타고 온 세상을 다니는 요즘 사람들과, 해금(海禁)정책[23] 탓에 넓은 바다로 나가지 못했던 조선 사람들이 보는 세계는 다를 수밖에 없었다. 이처럼 말은 자동차, 비행기 등이 발명되기 전에 살았던 사람들에게 넓은 세상을 볼 수 있는 눈을 갖게 해주었던 소중한 친구였다.

인간은 말을 이용해 힘들이지 않고 먼 거리를 자유롭게 왕래할 수 있었다. 그래서 초원길, 실크로드와 같이 동서를 연결하는 교통로가 만들어졌고, 이를 통해 인류 문명을 더 빠르게 발전시킬 수 있었다. 말 덕분에 소식을 더 빨리 전달할 수 있었고, 더 많은 물자들을 더 신속하게 옮길 수 있었다. 그로 인해 인간의 행동반경은 크게 넓어졌고, 국가를 운영하는 사람들은 넓은 영토를 효과적으로 다스리게 되었다.

인간이 말을 타게 됨에 따라, 사냥의 효율도 크게 높아졌다. 빨리 달리는 사슴을 사냥할 수도 있게 되었고, 호랑이와 같은 맹수 사냥도 좀 더 안전해졌다. 화살이 떨어졌을 때에도 말이 있으면 빨리 도망갈 수 있었다. 사냥터도 넓어졌고, 더 많은 짐승을 사냥할 수 있게 되었다. 말을 타고 사냥하면, 예전보다 더 많은 사냥감을 잡을 수 있게 되어 수렵민의 삶도 나아졌다.

B.C. 480년경 그리스의 역사가 크세노폰은 『마술(馬術) 입문』에서 말을 타는 방법을 포함해 말에 대한 상세한 기록을 남겼다. 말에 대한 관심은 중국도 마찬가지였다. 중국의 전설적인 인물인 순임금에게는 가축을 관리하는 '백예'라는 신하가 있었다. 그가 말을 잘 번식시키자, 순임금은 그를 제후로 봉하고 성씨를 내려주었다는 이야기가 전해진다. B.C. 9세기 주나라 효왕도 말과 가축을 좋아했는데, 그의 곁에 말 사육과 번식에 뛰어난 재주를 가진 비자(非子)라는 인물이 있었다. 비자가 왕의 말을 대량으로 번식시키자, 왕은 그를 한 지역의 제후로 삼았다.[24] 이런 기록들은 말이 얼마나 중요하고 사랑받는 동물이

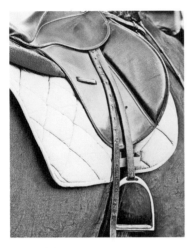

등자와 안장
인간은 고삐와 안장, 등자를 고안해
말을 자유롭게 통제하게 되었다.

었는지를 알게 해준다.

말을 안전하게 타려면 말을 조종하는 고삐와 함께, 등자라는 발걸이와 편하게 탈 수 있는 안장이 있어야 한다. 이 가운데 고삐가 가장 먼저 등장했고, 안장이 그다음, 마지막으로 등자가 등장한다. 최초의 안장은 B.C. 5세기경 중앙아시아 초원지역에서 등장했다. 처음에는 두 개의 긴 가죽방석을 엮어, 그 속에 건초나 털을 넣고 나무로 된 고리를 달았다. 그리스인들은 안장 없이 말을 타거나, 천에 가죽 띠를 묶어서 사용했다. 그러다가 서기 1세기에 이르러 비로소 로마에서 안장이 사용되기 시작했다.

등자의 기원에 대해서는 여러 설이 존재한다. 대체로 3~4세기에 고구려와 북중국, 몽골일대에서 사용하기 시작했다는 주장이 설득력이 있다.[25] 현대인들이 승마를 배울 때, 등자 없이 말을 타기가 어렵지만, 어린 시절부터 말과 가깝게 지낸 몽골인들은 아이들에게 승마를 가르칠 때, 등자 없이 타게 한다. 용맹한 초원의 전사로 키우기 위해 일부러 악조건을 감내시키는 것이다. 등자는 말을 탈 때 반드시 필요한 것은 아니지만, 보다 쉽게 말을 탈 수 있게 해주는 매우 유용한 발걸이 도구다. 이렇게 다양한 승마용 마구가 개발되면서 말은 가장 사랑받는 교통수단이 되었다.

말은 전쟁 양상을 크게 바꾼 동물이기도 했다. 말을 탄 기병의 등장은 전쟁사를 바꾼 중요한 계기로 평가된다. 말을 탄 기병은 보병에 비해 3~10배의 위력을 발휘한다.[26] 사람이 말을 타는 순간, 위력은 엄청나게 강해진다. 사람은 말을 키우고 활용함으로써, 엄청난 능력을 갖게 되었다. 더 빨리 이동하고, 더 많은 짐을 옮기고, 더 강한 전투력을 갖게 되었다. B.C. 1천 년 무렵부터 보이기 시작한 기병은 말이 끄는 전차보다 빠르며, 순간 회전이 자유롭고 좁은 길에서도 운신이 가능하다. 또 2명 이상이 타야 전투에 참여할 수 있는 전차와 달리 혼자서도 전투에 참여할 수 있으며, 속도가 느린 값비싼 전차를 따로 만들 필요도 없었다. 전차에 비해 기병은 유지비용도 적다. 마르고 평탄한 대지에서만 운전이 가능한 전차와 달리, 기병은 산길 등 다양한 지형에서도 활용될 수 있어 운신의 폭이 넓다. 또한 실전에서도 빠른 속도로 전차를 압도하는 경우가 많았고, 다양한 전술을 자유자재로 구사할 수도 있어 기병은 전차병보다 효과적인 병종이다. 기병이 전쟁에서 탁월한 능력을 발휘하자 말이 끄는 전차는 역사 속에서 서서히 자취를 감추게 된다.

기병의 등장과 함께 유목민들은 농경민에 비해 군사적으로 월등한 우위를 갖게 된다. 말을 타는 것이 일상이 된 유목민의 기마술은 농경민에 비해 매우 뛰어났기 때문이다. 스키타이를 시작으로 흉노, 훈, 돌궐, 거란, 몽골 등 유목제국이 건설될 수 있었던 것도 바로 기병 때문이었다. 만약 칭기스칸이 말을 탈 줄 몰랐던 평범한 농부였다면, 그토록 거대한 제국을 결코 건설하지 못했을 것이다.

유럽이 아메리카를 정복할 수 있었던 이유로 총과 세균과 철제무기가 거론된다.[27] 여기에 하나 더 승리의 요인을 든다면 말이라고 하겠다. 말이 없었던 아메리카 원주민들은 말을 탄 유럽인들을 괴물이나 신으로 보았다. 따라서 유럽인과 아메리카 원주민과의 전쟁은 싸우기도 전에 이미 승부가 갈렸던 것이다.

중세의 기병들. 말은 전쟁의 양상을 바꾸었다.

값비싼 말을 소유한 기병은 보병보다 여러모로 우월한 자들이다. 또한 전투력에서도 보병보다 앞섰기 때문에 기병은 대체로 상급 군인의 신분을 누렸다. 그래서 중세 유럽에서는 영주 아래에 기사라고 하는 전문 군인이 등장해, 서민들의 지배계급으로 군림했다. 그러다 기병은 장갑차와 탱크의 등장으로 인해 사라진다. 하지만 기병이 수천 년간 세계 전쟁사를 바꿔왔고, 인류 역사를 변화시킨 주역의 하나였음은 분명하다.

말은 초식동물이며 겁이 많은 동물이다. 함부로 상대를 공격하는 성격도 아니다. 그런데 말이 호랑이를 추격하기도 하고, 포탄이 날리는 전쟁터를 누비기도 한다. 말이 혼자라면, 도저히 불가능한 행동을 하는 것은 말을 탄 사람과 신뢰와 교감이 이루어졌기 때문이다. 말을 잘 다루려면 정서적 교감이 대단히 중요하다. 승마 경기도 그렇다. 사람이 말에게 믿음을 주면, 말도 사람을 신뢰한다. 그래서 말도 사람을 믿고, 심지어 무서운 맹수를 추격할 수 있다. 말과 사람이 한 몸이 되면 무서울 것이 없는 천하무적의 생명체가 된다. 그래서 그리스 사람들은 말을 타는 유목민인 스키타이 사람들을 보고 크게 놀라, 반인반마(半人半馬)인 켄타우로스 종족을 상상해냈던 것이다. 당시 그리스에는 말이 없었다. 그리스인들은 그들을 난폭한 자들이라고 불렀지만, 실상 우러러 보았다. 켄타우로스로 등장하는 케이론은 그리스 신화에 나오는 이름난 영웅들을 대부분 제자로 둘 만큼, 사냥, 의술, 음악, 예언 등 다방면에 걸쳐 뛰어난 인물로 묘사되고 있다.[28] 그리스인

아킬레우스에게 무술을 가르치는 케이론
말과 인간은 정서적 교감을 통해 하나가 될 수 있었다.
켄타우로스는 그러한 상상의 산물이다.

들은 스키타이 사람들을 두려워하면서도 케이론의 경우처럼 배울 바가 많은 존재라고 여겼던 것이다. 말은 인류에게 소중한 동물이었다. 그렇기 때문에 수의학의 역사도 인간에게 오랫동안 가장 소중한 가축이었던 말을 치료하는 마의(馬醫)로부터 시작했다.

2
소; 농업 혁명의 주역

물론 말만이 교통혁명을 일으킨 주역은 아니다. 말 외에도 인간의 교통수단이 되어준 소중한 동물들이 있었다. 인간이 만든 위대한 발명품인 수레를 끌어주었던 소, 당나귀, 노새, 코끼리, 낙타 등이 그것이다. 특히 소는 말보다 느리지만, 끄는 힘은 더 세다. 말이 여행용, 의장용, 지휘용 수레를 끌었다면, 소는 많은 짐을 실은 달구지와 좋은 승차감을 원하는 귀족들의 수레를 끌었다.

인도나 태국에서는 코끼리가 수레를 끌기도 했는데, 코끼리를 키우려면 워낙 많은 비용이 들었으므로 왕과 귀족들 정도가 코끼리 수레를 이용했다. 인도에서는 낙타가 수레를 끌기도 한다. 발이 넓은 낙타는 평지에서 수레를 끌기보다는 발이 푹푹 빠지는 사막에서 사람과 짐을 안전하게 운반해주는 것으로 정평이 나 있다. 말은 낙타보다 빠르지만, 물이 없는 사막에서는 낙타만큼 목마름을 견딜 수가 없다. 그래서 사막에서는 낙타가 가장 유용한 교통수단으로 지금까지도 각광받고 있다. 하지만 전 세계적으로 볼 때 수레를 가장 많이 끌었던 동물은 말과 더불어 소였다. 인류의 교통혁명을 일으킨 주역이 말이었다고 하지만, 소 역시 많은 짐을 실어 날라준 수레의 소중한 동력원이었다.[29]

소는 평상시 말보다 훨씬 쓸모가 많은 동물이다. 소는 농사를 짓는 사람들이 가장 귀중히 여긴 가축이었다. 농사를 지으려면, 먼저 씨를 뿌려야 하는데 굳은 땅에는 싹이 잘 나지 않기 때문에 먼저 땅을 갈아야 한다. 신석기 시대 이후로 인류는 막대기나 따비라는 농구를 사용해 땅을 팠다. 여기서 발전한 것이 쟁기이다. 사람이 동물의 도움 없이 땅을 갈려면 너무나 큰 힘을 필요로 한다. 이때 쟁기를 끌어주는 것이 소다. 농부들은 소가 끄는 쟁기를 뒤에서 조정하면서 논밭을 간다. 쟁기에 철로 만든 보습을 끼우는데, 고구려에서 만들어진 보습 가운데는 폭이 50㎝가 넘는 초대형도 있다. 대형 보습을 복원한 연구에 따르면, 보습 자체 무게가 약 $27kg$, 쟁기에 장착하면 무려 $48kg$에 달한다. 이런 것들은 소가 끌지 않으면 사용하기 어렵다. 2마리의 소를 이용해 쟁기를 끄는 것을 겨리(結犁)라 한다. 겨리 농사는 우리의 옛 땅인 만주와 한반도 중북부 일대에 널리 행해졌다. 이렇듯 소는 농민들에게 너무나 소중한 존재였다.[30]

소로 농사짓는 장면, 김홍도 그림
가축의 등장은 농업 분야에 엄청난 혁명을 일으켰다.

농부들은 벼 심기 전 논을 무르게 한 뒤 논바닥을 평탄하게 하는 일
인 써레 끌기도 소를 시킨다. 소는 볏단 등 농산물을 운반하는 달구지
도 끌어준다. 농부들은 소 덕분에 보다 넓은 농경지에서 힘들이지 않
고 쉽게 농사를 지을 수 있었다.

이러한 우경(牛耕)의 힘은 농업생산성을 높여 주어, 전업농의 잉여 농산물이 늘어났다. 그 결과 식량의 거래가 활발해졌다. 따라서 농사를 짓지 않고도 살아갈 수 있는 전문 직업인이 더 많이 탄생할 수 있었던 것도 소 덕분이라고 할 수 있다. 아메리카의 경우 옥수수가 워낙 생산성이 높은 곡물이기 때문에 소 없이도 고대문명을 건설할 수 있었다. 하지만, 아시아와 중동에서 고대 문명이 등장할 수 있었던 것은 단연 소의 역할 때문이었다.

다 자란 소는 무게가 $400kg$에 이를 만큼 거대하고 힘도 세지만, 성격이 온순해서, 나이 어린 소년들도 쉽게 부릴 수 있다. 소는 주인을 잘 따르고 의리가 있는 동물이다. 경북 구미시 산동면 인덕리 문수점에 의우총(義牛塚)이라 불리는 소의 무덤이 있다. 의우총과 관련해 다음과 같은 이야기가 전해온다.

문수점에 사는 김기년이 암소 한 마리를 길렀는데 어느 해 여름 이 소를 부려 밭을 갈고 있을 때, 갑자기 숲 속에서 사나운 호랑이가 뛰어나와 소에게 덤벼들었다. 김기년이 당황하여 소리를 지르며 가지고 있던 괭이를 마구 흔들었다. 그러자 호랑이는 소를 버리고 사람에게 덤벼들었다. 김기년이 급하여 양손으로 호랑이를 잡고 어찌할 바를 모르고 있을 때 소가 크게 우짖고는 쇠뿔로 호랑이의 배와 허리를 무수히 쳐받았다. 마침내 호랑이는 피를 흘리며 달아나다가 몇 걸음 못 가서 힘이 다하여 죽고 말았다. 김기년은 비록 다리를 여러 군데 물렸으나 정신을 차려 소를 끌고 집으로 돌아왔다. 그는 이때 입은 상처가 덧나 시름시름 앓다 20일 후 죽고 말았다. 죽기 전에 가족에게 이르기를 "내가 호랑이에게 잡아먹히지 않고 살아남은 게 누구의 힘이었겠는가? 내가 죽은 후에도 이 소를 팔지 말고, 늙어서 스스로 죽거든 그 고기를 먹지 말며 내 무덤 옆에 묻어 달라."하고는 숨을 거두었다. 소는 물린 데가 없었고, 김기년이 누워 있을 때는 평상시처럼 스스로 논밭 일을 했다. 주인이 죽자 마구 뛰며 크게 울부짖으며 쇠죽을 먹지 않더니 삼일 만에 그만 죽고 말았다. 마을 사람들이 놀라 이 사실을 관가에 알렸다. 당시 선산부사로 있던 조찬한이 그 사실을 알고 1630년, 의우전을 기록하고 돌에 새겨 무덤가에 비를 세우고, 이를 '의우총'이라 불렀다 한다.[31]

경북 구미시 인덕리 문수점에 있는 의우총

이처럼 소는 주인에게 충성심이 높은 가축으로, 농부들에게 사랑을 가장 많이 받은 가축이었다. 게다가 소는 신의 가축이라고 말할 정도로, 인간에게 모든 것을 제공해주는 동물이다. 소가 죽으면 등심, 안심 등 살코기 부위뿐만 아니라, 꼬리와 뼈는 사골로, 발은 우족탕으로, 창자는 곱창과 대창구이로, 머리는 소머리국밥으로, 피는 선지 해장국으로 먹는다. 소의 담낭에 생긴 응결물인 우황은 신경안정제인 우황청심환의 주재료로 사용되며, 소의 연골은 퇴행성관절염 예방 및 통증 완화제의 원료가 되며, 소뿔은 국궁의 소재나 화각 공예품을 만들 때 사용하며, 가죽은 가죽제품의 재료로 사용되고, 소의 기타 여러 다양한 부위는 잡식동물 사료의 주원료 및 각종 화장품의 필수 원료가 된다. 또 고기만큼이나 중요한 우유도 제공해준다. 심지어 소의 배설물은 비료로 활용되거나 말려서 연료로도 사용된다. 그야말로 소는 머리부터 발끝까지 하나도 버릴 것이 없는 아주 귀중한 가축이다.

1970년대까지만 하더라도 소는 시골에 사는 농부들에게 중요한 재산이었다. 그래서 자식이 대학에 입학하게 되었을 때, 소를 팔아서 등록금을 마련했다는 우골탑(牛骨塔) 이야기가 나올 정도였다. 1670년 조선에 기상재해가 겹쳐 온갖 재앙이 닥쳤는데, 이때 소의 전염병이 크게 번져 경기도에 남은 종자가 거의 없을 지경이 되었다. 그래서 소 대신 사람이 논밭 갈이를 했는데, 9명의 힘으로 겨우 소 한 마리의 일을 해낼 수 있었으므로, 힘이 너무 들어 농사일을 포기하는 백성이 속출했다.[32] 1670년 대기근을 연구한 학자에 따르면, 이때 소 전염병으로 인해 소가 죽어서 생긴 피해액이 최소 120만 냥에서 최대 240만 냥이었다. 당시 조선 8도 1년치 벼농사와 맞먹고, 호조의 2년 수입과 비슷한 엄청난 규모였다고 한다. 심지어 소가 없어서, 한강에서 얼음을 저장하던 빙고(氷庫)에서 얼음을 떠내는 일도 중단될 형편이었다.[33] 조선시대에는 소가 중요한 노동력이었다. 그런데, 소가 없어져 국가의 중요한 사업조차도 중단될 정도니 역우(役牛)로서의 소의 가치는 실로 엄청났다.

산업혁명을 거치면서 가축이 하던 일을 기계가 대신하면서, 소의 역할이 줄어든 것은 사실이다. 우리나라에서도 20세기 후반 들어 농업이 빠르게 기계화됨에 따라 소가 끄는 쟁기 대신 트랙터, 소달구지 대신 경운기 등으로 대치되었다. 그렇다고 해서 소의 중요성이 사라진 것은 아니다.

현재 전 세계적으로 약 12억~13억 두의 소가 사육되고 있다. 이렇게 소를 많이 키우는 이유는 소고기가 돼지고기, 닭고기와 더불어 인간이 가장 선호하는 육류이기 때문이다. 소는 매년 7억 마리 이상이 도살된다. 엄청난 덩치만큼이나 많은 사람들이 그 고기를 먹는다. 현재 한국인의 소고기 소비량은 1인당 연간 10kg이 넘는데, 1970년에 비해 10배 이상 늘어났다. 최근 10년간 한국인의 쌀 소비량은 40%가 줄어든 반면, 육류 소비는 무려 67%가 늘어 1인당 연간 45kg을 넘게 소비하고 있다. 2016년 말 현재 한국인의 1인당 쌀 소비량은 61.9kg으로, 우유 소비량보다 적다.[34] 소득이 늘어날수록 맛있는 고기를 더욱 선호하므로 소고기 소비량은 매년 늘어날 수밖에 없다.

2013년 세계식량농업기구(FAO)의 보고에 의하면 전 세계의 소는 약 12억 2,700만 두인데 이 중 약 60%인 7억 2천만 두가 이른바 선진국에서 사육되고 있다. 이외에도 남아메리카와 동남아시아에서도 많이 키워지고 있다. 선진국의 경우 젖소를 많이 사육하고 개발도상국 또는 저개발국일수록 역우의 비중이 상대적으로 높다. 특히 농사에 주로 이용되는 물소는 1억 2천만 두 정도인데, 그중 약 80%가 동남아시아의 열대 또는 아열대지방에서 사육되고 있다. 앞으로 농사일에 쓰이는 역우는 줄어들겠지만, 전체적으로 소의 사육두수는 늘면 늘었지 줄지 않을 것으로 보인다. 소는 인류에게 고기뿐만 아니라 각종 의약품과 화장품 원료, 가방, 구두, 의복, 잡식동물의 사료 등의 재료로 사용되어 여러모로 아주 소중한 가축이기 때문이다.

3
양; 유목민의 동반자

비가 거의 내리지 않는 황량한 초원지대에 인간이 살 수 있게 된 것은 양을 가축으로 사육하면서부터라고 할 수 있다. 양은 성질이 온순하며, 무리를 지어 다니기 때문에 가축으로 키우기가 편해, 약 8,000년 전부터 서남아시아 지역에서 가축화되었다. 양은 인간에게 대단히 유용한 가축이었다. 털은 깎아 옷을 만들어 입을 수 있고, 젖은 짜서 마실 수 있으며, 고기는 맛있기 때문이다. 게다가 양은 사람을 해치지 않는 순한 동물이다. 가축들은 때로는 인간에게 위협이 되기도 한다. 사나운 발톱과 송곳니 혹은 엄청난 괴력의 뒷다리를 갖고 있기 때문이다. 하지만 양은 그렇지 않다. 양은 키우기 쉬우면서도, 인간에게 큰 이득을 주는 동물이다. 따라서 양은 개에 이어 두 번째로 가축화된 동물이다. 다만 양은 풀을 많이 먹기에, 양을 키우기 위해서는 풀이 많은 목초지를 찾아 이동해야 한다. 유용한 양을 키우기 위해 인간의 생활이 양에게 맞춰지기 시작했다. 양을 따라 이동하면서 살게 된 것이다. 양은 인간으로 하여금 유목생활을 하도록 만들었다.

양을 키울 때는 염소를 함께 키운다. 양은 무리를 지어도 양들 사이에서는 리더가 없기 때문에, 이동할 때 우왕좌왕하는 경우가 많다. 하지만 염소는 양들과 섞이면 무리 속의 리더가 된다. 양들은 리더를 따라 무리를 지어서 움직이는 습성을 갖고 있다. 따라서 염소와 양을 함께 키우면서 리더인 염소를 조정하면, 양의 무리까지 함께 원하는 방향으로 이동시킬 수 있다. 또한 양은 한곳에 머물러 있기를 좋아하는데, 나서기를 좋아하는 염소가 이리저리 양을 이끌고 다님으로써 초

양떼와 염소

지를 보호할 수도 있다.

양고기는 돼지고기, 소고기, 닭고기에 이어 인류가 소비하는 4번째 육류다. 미국과 유럽연합에서는 칠면조가 4번째 육류이지만, 광범위하게 사육되지는 않는다. 칠면조는 오직 미국, 유럽연합이 전 세계 소비량의 83%를 차지할 정도로 미국과 유럽에 치우쳐 있다.[35] 하지만 양고기는 사우디아라비아, 이란 등 무슬림국가들 뿐만 아니라, 중국 등 세계 각국에서 널리 소비되고 있다. 최근 우리나라와 일본도 양고기 소비량이 크게 증가하고 있다. 인류는 소와 말, 양과 염소 등에서 채취하는 젖을 음료로 이용하기도 했다. 가공하여 치즈, 요구르트, 버터, 크림 등 다양한 유제품을 만들면 식량을 구하기 어려운 겨울철에도 풍족하게 식생활을 즐길 수 있다. 양젖은 우유나 염소젖과 비교해 진하고 영양가도 높다. 하지만 젖소에 비해 단위당 생산량이 적기 때문에, 양을 키우는 목장에서는 양젖 보다는 털과 고기 생산에 중점을 두기 마련이다. 대량 생산은 어렵지만, 유목민들에게 양젖은 무엇보다 소중한 식량이었다. 양이 없었다면, 사람들은 황량한 초원에서 살아남을 수 없었을 것이다.

양은 행동반경이 하루 평균 6km이기에, 어린 소년이나 아녀자들도 양떼를 돌볼 수가 있다.[36] 양은 온순하기 때문에, 유목민들은 남성들이 외지에 나가도 별 탈 없이 양떼를 관리할 수 있다. 양이 없었다면, 칭기즈칸과 같은 몽골 유목민의 등장은 결코 보기 어려웠을 것이다.

유목민이 없었다면, 동서 문명 전파와 세계적인 교역 등이 단절되었을 것이고 인류는 각자 저마다의 세상에서 오래도록 고립된 채, 교역을 통한 발전이 거의 정체된 상태에서 지내왔을 것이다.

야크가 티베트인들에게 생활에 필요한 것을 주었고, 순록이 에벤크족 등 툰드라에 사는 사람들의 삶에 모든 것을 준 것처럼, 양은 유라시아 내륙의 유목민뿐만 아니라, 정착민들에게도 많은 것을 제공해준다. 정착민들이 목장을 만들고 양을 키우는 이유 중의 하나는 양털 때문이기도 하다. 양털은 보온력이 높고 질겨 직물의 원료로 많이 이용된다. 또한 높은 흡습성을 갖고 있고 많은 기공을 내포해 열전도를 차단해서 보온 효과를 높여주기 때문에 방한복을 만들 때 널리 쓰인다.

15세기 말부터 17세기 중반까지 영국에서는 엔클로저(encloser) 운동이 일어난다. 엔클로저 운동은 양 등 목축업을 하기 위해 공유지나 황무지 등 무주지(無主地)에 돌담 울타리나 목책 등을 설치하고 임의로 사유지임을 표시해서 땅을 선점하는 행태를 말한다. 이때부터 영국에서는 지주, 농업자본가와 농업노동자가 탄생하게 된다. 소위 대규모 농업이 시작되어 자본의 본원적 축적이 가능해졌다. 이때는 전 세계적으로 기후가 추워지는 소빙기(小氷期) 시대였다. 날씨가 추워지자, 사람들은 따뜻한 옷을 선호하게 되었고, 이로 말미암아 모직물 산업이 크게 발전하게 된다. 그래서 영국의 지주들은 곡물 생산보

한가로이 풀을 뜯어먹는 양떼들

다 양모생산을 위해 농지를 차츰 양을 키우는 목장으로 전환시켰다. 농지에서 쫓겨난 농민들이 도시로 몰려와 당시 붐을 일으킨 모직물 산업에 대거 종사하게 되면서 산업혁명이 시작되었다. 양털 수요가 계속 늘자, 영국은 새로 개척한 식민지인 호주와 뉴질랜드에도 양을 키울 목장들을 만들었다. 그리하여 전혀 양이 살지 않았던 호주와 뉴질랜드가 불과 일이백 년 사이에 세계적인 면양(綿羊) 생산국으로 탄생하게 되었다.[37]

동물 털 가운데는 가장 가늘고 질이 좋은 것은 남아메리카에서 사는 비쿠냐의 털이다. 하지만 비쿠냐는 성질이 급해 인간이 가축으로

고대 에세네파 사람들이 필사한 양피지 성경
종이가 사용되기 전까지,
중동과 유럽의 지식은 양피지를 통해
후대에 전달되었다.

키울 수 없는 동물이다. 비쿠냐 다음으로 좋은 털은 같은 라마 속(屬)에 들어가는 알파카다. 하지만 안데스 산맥과 같은 고원지대에서 서식하는 알파카는 번식력이 뛰어나지 못하다. 반면 양은 번식력이 뛰어나며 지나칠 정도로 습기가 많은 곳이 아니라면, 고원지대나 더운 곳에서도 잘 자란다. 또한 다른 모피동물에 비해 털이 풍부하다. 그 때문에 양은 대량으로 사육될 수 있었다.

　양은 고기, 털, 젖만 인류에게 제공해준 것은 아니다. 양가죽도 인류 역사에 기여했다. 대(大) 플리니우스가 쓴 『박물지』에 양에 관련된 글이 있다. 프톨레마이오스왕조의 이집트가 현재 터키 아나톨리아반도 서부지역에 위치한 페르가몬왕국에 파피루스 수출을 금지하자, B.C. 190년경 페르가몬의 왕 에무메네스 2세가 양피지를 개발했다고 한다.[38] 파피루스는 이집트 특산의 카야츠리그사 과(科)의 식물을 재료로 해서 만든 일종의 종이를 말한다. 양피지는 8세기 무렵부터는 파피루스보다 훨씬 많이 사용되기 시작했다. 양가죽을 석회수에 담가 털을 제거하고, 깎아 얇게 펴서 햇빛에 건조시킨 후 돌 등으로 문질러서 반질반질하게 마무리해서 양피지를 만든다. 양피지는 부드럽고 유연한 표면에 양쪽 모두 글을 쓰기에 좋았으므로, 바느질로 묶어

책을 만들 수 있었다. 하지만 양피지는 값이 비싸고, 부피가 크며 무겁다는 단점이 있었다. 따라서 중국에서 시작된 종이가 14세기경 유럽에 대거 전파된 이후로 양피지의 사용량은 급속히 줄게 된다. 그렇지만 종이에 비해 품격이 뛰어나므로, 최근까지도 조약 등 중요한 문서에 일부 사용되었다. 양피지가 없었다면 중세 유럽의 지식은 후세에 전달되기 어려웠을 것이다. 이처럼 양은 다방면에 걸쳐 인류에게 큰 도움을 주고 있는 가축이다.

4

돼지와 닭;
인류의 식생활을
바꾼 동물

인류가 가장 많이 소비하는 육류는 무엇일까? 치맥의 대명사인 치킨, 아니면 미국인이 좋아하는 소고기일까? 아니다. 단연코 돼지고기다. 전 세계 인류의 1/5을 차지하는 무슬림들이 혐오하는 육류임에도 불구하고, 2014년 세계 돼지고기 소비량은 100,064킬로톤으로, 닭고기 소비량인 84,668킬로톤보다 많고, 소고기 소비량인 57,629킬로톤의 약 2배에 달한다. 돼지고기가 닭고기나 소고기를 제치고 소비순위 1위인 이유는 세계 인구의 약 19%를 차지하는 중국인들이 전 세계 돼지고기의 51.9%를 먹어치우고 있기 때문이다. 고기를 많이 먹기로 유명한 미국인들은 전 세계 인구에서 약 4.5%의 비중을 차지하지만, 전 세계 소고기의 19.5%를 소비하고, 닭고기도 16.6%를 소비하고 있다. 하지만 돼지고기는 덜 먹는 편이다.[39]

중국 다음으로 돼지고기를 많이 소비하는 곳은 유럽연합으로, 중국과 유럽연합은 전 세계 돼지고기의 70%를 소비하고 있다.

유럽에서 장기 저장식품인 소시지가 발전하고, 중국에서 동파육을 비롯한 돼지고기 요리가 발전한 것도 두 지역에서 오랫동안 돼지를 많이 길러왔기 때문이다. 유럽은 오랫동안 삼포농업을 해왔다. 비료를 주는 방법이 발달하지 않았던 시기에, 한곳에서 계속해서 농사를 지으면 땅이 황폐해진다는 것을 알게 되었기 때문이다. 그래서 유럽인들은 한 해 농사를 지으면 다음해에는 그곳을 쉬게 하거나, 방목지로 사용했다. 유럽인들의 주식인 밀은 쌀과 달리 영양학적으로 불완전식품이라고 한다. 밀이 주식인 경우, 부족한 영양분을 고기로 보충해주어야 한다. 밀이나 호밀을 주로 재배한 탓인지, 유럽과 북중국 사람들은 돼지를 키워 곡식에서 부족한 단백질을 보충했다. 유럽인들은 돼지고기로 소시지를 만들어 먹었고, 우리나라에서는 돼지 창자로 순대를 만들어 먹기도 한다.

돼지는 풍만한 육체를 갖고 있어, 신에게 바치는 제물로 널리 이용되어 왔다. 처음 인간이 신에게 제물로 바친 돼지는 물론 야생의 멧돼지였다. 사람들이 멧돼지를 가둬 키우자 성질이 온순해져, 차츰 키우기 알맞은 가축으로 변해갔다. 잡식성인 돼지는 아무것이나 잘 먹어, 키우기도 편하다. 돼지가 번식력이 뛰어나고, 지방이 풍부해 부족한 영양을 보충하는데 아주 좋다는 것을 깨닫게 되면서 많이 키우게 되

돼지는 풍요의 상징으로, 신에게 바치는 제물로, 맛있는 고기를 제공하는 동물로
널리 사랑받았다.

었다. 다만 돼지는 이동시키기에 불편해서 유목민들은 돼지를 키우
기 어려웠다. 또 돼지고기는 영양가가 너무 높아 더운 여름철에 빨리
상한다는 문제가 있다. 이러한 이유로 더운 사막과 초원에서 살았던
무슬림들은 돼지를 키우지 않았다.[40]   .

　하지만 숲이 많은 곳에서는 돼지에 필요한 먹이도 풍부해, 사람들
은 돼지를 널리 키웠다. 큰 코를 가진 돼지는 특별한 향을 가진 최고
급 버섯인 송로버섯을 찾을 때에도 아주 유용했다. 중국은 물론 고구
려도 돼지를 많이 키웠다. 고구려는 돼지를 키우는 관리를 두어, 신에
게 바치는 제물로 사용하기도 했다. 고구려 특유의 고기요리인 맥적

(貊炙)은 멧돼지, 또는 돼지고기로 만든 것이라는 주장이 유력하다.[41]

잠깐 고구려 시대 이야기를 하나 해보자. 필자가 집필한 고구려 백제 신라 800년의 역사를 다룬 『우리나라 삼국지(총 11권)』에도 자세히 소개된 이야기이기도 하다.[42] 고구려 2대 유리명왕 19년(B.C. 1년) 가을 8월에 도성 밖에서 지내는 제사인 교제(郊祭)에 쓸 돼지를 잃어버리는 사건이 벌어졌다. 왕은 탁리와 사비 두 사람의 관리를 시켜 도망친 돼지를 잡아오게 했다. 그들은 장옥 늪이란 곳에 이르러 돼지를 발견하고, 도망가지 못하게 하려고 칼로 돼지 다리의 힘줄을 잘랐다.

왕이 이를 듣고 크게 노하여 말했다.

"하늘에 제사 지낼 희생용 제물에 어찌 상처를 낼 수 있는가?"

유리명왕은 두 사람을 구덩이 속에 던져 죽여 버렸다. 돼지 다리 힘줄을 끊은 일로 관리를 죽게 한 것은 매우 심한 벌이었다. 그해 9월 왕이 병들었는데, 무당이 말하기를 "탁리, 사비의 귀신이 화근이 되었다"고 하므로, 왕이 무당을 시켜 귀신에게 사죄하게 했다. 그러자 곧 왕의 병이 나았다고 한다.

고구려에는 제사에 쓰일 희생물 제물을 담당하는 관리들의 지위나 영향력이 대단했던 모양이다. 임금을 병들게 하고, 왕의 사죄를 받았으니 말이다.

『삼국사기』에는 돼지 이야기가 많이 나온다.

역시 유리명왕 21년 때 일이다. 불과 2년 전에 희생용 돼지가 도망갔음에도 불구하고, 또다시 돼지가 도망쳤다. 그러자 왕이 희생용 제물을 관리하는 설지로 하여금 돼지를 쫓아가게 했다. 설지는 국내위나암에 이르러 돼지를 잡았다. 설지는 돼지를 근방에 사는 백성에게 맡겨 두고 돌아와 왕을 뵙고, 이렇게 말씀을 드렸다.

"신이 돼지를 쫓아 국내위나암에 이르렀는데, 그곳의 산수가 깊고 험하지만 땅이 오곡을 재배하기 알맞고, 또 사슴과 물고기와 자라도 많았습니다. 왕께서 그곳으로 도읍을 옮기시면 백성들이 살기 좋아 이익이 무궁할 뿐 아니라, 전쟁의 피해도 덜 보게 될 것입니다."

유리명왕은 심사숙고 끝에 이듬해 수도를 국내*로 옮기고, 위나암성을 쌓았다.[43]

수도를 옮기는 천도(遷都)는 매우 중요한 일이다. 그런데 수도를 옮기는 일이 돼지 때문에 벌어졌다니, 놀라운 일이다. 고구려인들은 희생용 제물인 돼지가 선택한 곳이 곧 하늘의 뜻이라고 생각했을지도

★ 국내(國內)는 만주 길림성 집안현의 옛 이름이다.

모른다.

돼지 이야기가 재미있을 것 같아 하나 더 소개한다. 서기 208년 고구려 사람들이 돼지우리를 만드는 법을 잘 몰랐던 탓인지, 돼지가 워낙 재빨랐는지 하여튼 제천에 희생물로 쓰일 돼지가 또 도망가는 일이 생겼다. 그러자 관리가 돼지를 쫓아, 술을 빚는 마을인 주통촌에 이르게 되었다. 그런데 20세쯤 된 어여쁜 처녀가 웃으면서 나서서 치마폭으로 돼지를 붙잡았다. 관리들은 아가씨 덕에 돼지를 잡을 수 있었다. 관리가 궁으로 돌아와 고구려 10대 산상왕에게 이 일을 아뢰자, 왕이 주통촌 여자에게 호기심을 갖게 되었다. 마침내 왕은 주통촌을 방문해 그녀와 관계를 맺게 되었다. 산상왕은 자신을 왕으로 옹립해준 우씨왕후의 눈치를 보는 처지여서, 자식이 없었음에도 불구하고 후궁을 들이지 못하고 있었다. 그런데 돼지가 맺어준 인연으로 인해 주통촌 여인을 후궁으로 맞아들여 왕자가 태어났으니, 그가 바로 11대 동천왕이다. 동천왕의 이름을 '교체(郊彘)'라고 했는데, 그 말은 제사용 돼지라는 뜻이다.[44]

이처럼 희생용 돼지의 행동은 신의 의지로 여겨져, 고구려에

옛 사람들은 거북의 배를 불에 구슬려 나타난 것을 보고 길흉을 점쳤다.

서는 천도를 하고, 후궁을 맞아들이고, 왕자를 보는 일들이 벌어졌다. 제물의 행동이나 징조를 신의 의지로 보려는 것은 전 세계적인 현상이다. 고대 중국이나, 부여 등에서는 신의 뜻을 알기 위해 제물에 나타난 징표를 통해 신의 뜻을 읽으려고 했다. 글자를 적은 거북의 등을 태워서 갈라진 금으로 점을 쳐서 신의 응답을 해석하기도 했다.

돼지와 친했던 고구려시대와 달리, 조선시대에는 돼지를 많이 키우지 않았다. 조선시대에는 주로 닭고기와 소고기를 먹었다. 왜냐하면 당시 곡식이 귀했고, 돼지는 사람도 먹을 수 있는 곡물과 야채를 먹고 자라기 때문이다. 특히 조선 후기에는 인구가 늘고 산을 경작지로 개간했기에 숲이 많이 사라졌다. 돼지의 먹이를 산에서 조달하지 못함에 따라, 농가에서 돼지를 키우기가 더더욱 어려웠다. 소나 양은 인간이 먹지 않는 풀을 먹고 성장하지만, 돼지는 인간과 곡물을 놓고 경합한다. 조선시대에 새해 첫 번째 돼지날(上亥日)에 횃불을 땅에 끌면서 '돼지주둥이를 지진다.'고 외치는 풍습이 있었는데, 돼지가 게으르고 곡식만 축내는 동물이라고 경계했기 때문이다.[45]

돼지가 인간의 곡물을 축내는 동물이란 생각 때문에, 조선에서는 돼지를 많이 키우지 않았다. 돼지고기 요리도 다양하지 못했다.

한국인들이 소고기만큼 좋아하는 삼겹살은 불과 몇 십년도 안 된 역사를 갖고 있다. 맛과 영양가가 뛰어나지만 상온에서 빨리 상하는 돼지고기는 여름철 식중독의 주범으로 취급받았다. 그러다 냉장고의 등장으로 보관상의 문제가 해결되자 돼지고기는 널리 소비되기 시작

닭과 돼지는 서로 잘 어울리는 동물이다.

했다. 값도 소고기 보다 훨씬 저렴한 돼지고기는 삼겹살을 필두로, 족
발, 목살, 대창, 막창 등 여러 부위를 이용한 다양한 요리가 개발되었
다. 그래서 이제는 돼지고기가 소고기를 제치고 명실상부 한국인이
가장 많이 먹는 대표적인 육류가 되었다.

삼국시대 돼지가 하늘에 제사 지내는 제물로 사용된 것처럼, 닭 역
시 오래전부터 우리 조상들의 사랑을 받는 가축이었다.

경주 김씨의 시조인 김알지 탄생 설화에는 "시림 숲 속에서 닭의
울음소리가 나는 것을 듣고 신라왕이 신하 호공을 보내어 알아보니

금빛의 궤가 나뭇가지에 걸려 있었고, 흰 닭이 그 아래에서 울고 있었다. 그래서 그 궤를 가져와 열어보니 안에 사내아이가 들어 있었는데, 이 아이가 경주 김씨의 시조가 되었다."고 한다. 그래서 그 뒤에 시림 숲의 이름을 계림(鷄林)이라고 불렀고, 당시 신라의 국호로도 사용되었다.[46]

닭은 지네의 천적이다. 지네는 독을 가진 벌레이다. 지네의 독은 히스타민 성분으로 사람이 물리면, 빨간 반점 등 알레르기를 일으킨다. 지네 독이 사람을 죽이지는 않지만, 발열 증세를 일으켜 사람들을 대단히 아프게 한다. 그래서 지네의 화를 모면하기 위해 닭을 이용했다는 이야기가 많이 전해온다.

충주시에 있는 계명산은 본래 오동나무가 많아서 오동산(梧桐山)이라 불렸다. 그런데 옛날에 지네가 하도 많아 지네들의 천국이었다. 한 촌로가 산신령에게 치성을 드렸더니 어느 날 도인이 나타나 "지네는 닭과 상극이니 닭을 길러 보라"고 일러주어 그대로 했더니 지네가 없어졌다. 그래서 사람들은 오동산을 계족산(鷄足山), 계명산(鷄鳴山)으로 불

지네는 독을 지녔다. 닭은 이들의 천적이다.

렀다. 지네를 한자로 백족충(百足蟲)이라 한다.[47]

대전광역시에 있는 계족산에도 천년 묵은 지네가 사람들을 해쳤기에, 마을 사람들이 매년 처녀를 제물로 바쳤다. 그러다 닭이 지네의 천적이라는 것을 깨닫고부터 닭을 풀어 지네가 사는 굴을 찾아 지네를 소탕하게 되었다는 이야기가 전해온다.

황해도 장연군의 학림사에도 흰 닭 전설이 전해온다. 매일 아침마다 승려가 한 명씩 없어졌는데, 승려를 잡아먹는 것은 큰 지네였다. 그런데 흰 닭 2마리를 풀어놓자, 닭이 지네를 제거해 사람들을 편하게 살게 했다는 이야기도 있다.

이렇듯 닭은 사람들을 해치는 해충을 제거해주는 착한 가축이다. 그래서 닭을 신의 전령처럼 여겼다. 수탉은 울음을 울어 새벽을 알린다. 시계가 없던 시절, 수탉의 울음소리는 알람시계와 같은 역할을 했다. 또 암탉은 지구촌에 존재하는 가장 완벽한 영양식품인 달걀을 낳아준다. 그래서 닭은 오래전부터 집집마다 몇 마리씩 키우고 있다가, 귀한 손님이 오면 잡아 대접하는 동물이었다.

아름다운 자태를 뽐내는 닭

중국 한나라 학자, 한영(韓嬰)이 지은『한시외전(韓詩外傳)』에 닭을 선비에 빗대어 다섯 가지 덕을 칭송한 대목이 있다. "머리의 관은 문(文), 발의 갈퀴는 무(武), 적에 맞서 용감히 싸우는 것은 용(勇), 먹이를 보고 동료를 부르는 것은 인(仁), 때에 맞추어 시간을 알림은 신(信)이다." 닭을 선비에 빗댄 것은 닭이 그만큼 인간과 가까운 가축이고, 많은 사랑을 받았기 때문일 것이다.

1kg짜리 닭을 키우는 데는 사료 1.7kg 정도가 필요하다. 반면 돼지를 1kg 살찌우는 데는 사료 4.4kg가 들고 소는 7.5kg 정도를 먹여야 체중이 1kg가량 불어난다. 소고기와 돼지고기보다 닭고기 가격이 저렴한 것은 닭의 사료효율이 대단히 높기 때문이다. 쉽게 말해서 닭은

현대식 양계장

사료를 조금만 먹어도, 대부분 살로 간다는 것이다. 붉은 고기인 소고기와 돼지고기보다 백색 고기인 닭고기는 지방이 적고 맛이 담백해 소화 흡수가 잘되기에, 유아나 위장이 약한 사람에게 좋은 단백질원이 된다. 국민 소득이 높은 나라일수록 닭고기를 많이 먹는다. 전 세계적으로 닭고기를 돼지고기보다 더 많이 소비한다고 할 정도로, 닭고기 소비량이 빠르게 증가하고 있다. 닭이 낳는 달걀도 20세기 이후 크게 늘었다. 달걀은 날로 먹거나, 삶아서 먹기도 하지만, 빵이나 과자, 전 같은 여러 요리에 활용된다. 달걀이 들어간 요리는 그 수를 헤아리기조차 어려울 만큼 많다. 불과 30~40년 전만 해도 닭고기는 귀한 음식이었다. 닭 한 마리를 잡게 되면, 온 가족이 먹을 수 있도록 쌀과 인삼, 야채 등을 넣어서 백숙을 만들었다. 양을 크게 불려야 여러 사람이 먹을 수 있기때문이다. 그런데 지금은 누구라도 기름에 튀겨 만든 치킨을 손쉽게 먹을 수 있기에 국민간식이라 불린다.

사람들의 큰 사랑을 받는 치킨의 등장은 인류의 식생활에 커다란 변화를 일으킨 사건이라고 할 수 있다. 언제 어디서고 쉽게 고기를 먹을 수 있는 시대로 대전환이 이루어진 것이다. 치킨의 등장은 한국 식생활사에서 혁명적 사건으로 기록될 만하다. 양계도 집집마다 몇 마리 키우는 방식에서 탈피해서 대량생산으로 접어들었다. 수의사가 닭의 질병을 연구하고 예방했기에 닭의 대량생산이 가능했다. 닭은 돼지와 더불어, 현대인들에게 풍족한 식생활을 만들어준 귀중한 가축으로 자리 잡았다.

5
개;
인류의 가장
오랜 벗

현재 우리나라 사람들 가운데 90% 이상은 도시에서 생활한다.[48] 도시에서 살아가는 현대인들은 개나 고양이 정도를 제외하면, 살아 있는 동물을 만날 기회가 거의 사라졌다. 그 대신 조리된 닭고기, 소고기, 돼지고기는 과거보다 훨씬 흔하게 접한다. 그러다 보니 우리는 동물을 그저 먹을거리에 불과하다고 생각하기도 한다. 하지만 역사를 돌이켜 보면, 동물의 역할은 너무나도 지대해서 그들이 없었다면 인류는 오늘날과 같은 문명을 만들어 낼 수 없었을 것이다.

인간과 가장 친숙한 동물은 단연코 개가 아닐까 한다. 앞서 언급한 것처럼 개는 인간이 가장 먼저 가축화시킨 동물이다. 소나 양, 말과 같은 초식동물이 아닌, 육식동물인 개를 인간이 가축으로 삼게 된 가장 중요한 이유는 사냥 때문이었다. 지금은 사냥만을 전담하는 사냥개는 일부 품종에 불과하다. 개가 가축화되면서 개의 모습이 크게 바뀌었기 때문이다. 가장 먼저 변한 것은 주둥이다. 야생 늑대에 비해 사냥감을 직접 잡을 기회가 줄면서, 품종에 따라 주둥이가 짧아지고, 이빨 간격도 좁아졌다. 개는 인간이 주는 먹이를 먹다 보니, 인간의 말과 행동을 빨리 알아듣는 능력이 발달되었다. 보통 개의 지능지수는 3~4살 나이의 어린 아이와 같다. 개는 가축화의 길을 걸음으로써 야생의 습성을 잃어버렸지만 안전하게 번식할 수 있었다.

가축화된 초기의 개는 늑대나 호랑이와 같은 맹수가 사람에게 근접하는 것을 막으며 사냥을 돕던 사냥개였다. 개는 인간에 비해 후각과 청각이 매우 발달된 동물이다. 게다가 사람이 원하는 대로 길들일 수 있다. 그래서 사람은 개를 필요에 의해 다양한 성질과 체형으로 변형시켜왔다. 양과 염소를 키우는 목축민들에게 가장 괴로운 문제는 맹수들의 습격이었다. 늑대나 호랑이 등이 나타나 양들을 위협할 때 이들의 출현을 알려주는 조력자가 필요했다. 그래서 목양견을 키우기 시작했다. 개는 목축업에서 결코 없어서는 안 되는 소중한 조력자다. 양떼를 몰아주고, 야생동물의 위협으로부터 가축을 지켜주는 목양견은 지형과 지역, 기르는 가축의 종류에 따라 다양하게 출현했다. 프랑스의 브리야드, 헝가리의 폴리, 벨기에의 셰퍼드 등이 대표적인 목양견종이다. 목양견은 결코 가축을 물거나 죽이는 일이 없다. 그래서 목양견은 자제력이 있고, 타 동물들의 움직임을 읽을 줄 아는 두뇌

늑대와 개
늑대에서 분화된 것으로 알려져 있는 개는 늑대와 달리 잡식성으로 변화되었고, 사람을 잘 따른다.

를 가진 걸로 사료된다.[49]

경비견은 짖거나 으르렁거리는 행동으로 낯선 사람 혹은 불법 침입자의 존재를 주인에게 알린다. 또 주인의 지시에 따라 상대를 공격하기도 한다. 경비견은 훈련을 통해 길들여지는데, 대부분의 개들은 경비견의 자질을 갖고 있다. 경비견은 영역을 지키며 주인과 주인의 집을 보호하며, 주인의 명령에 순종적이어야 한다. 소형견인 치와와, 퍼그도 가능하지만, 세인트버나드, 도베르만, 독일 셰퍼드와 같은 대형견들은 전투견으로도 활용이 가능한 우수한 경비견들이다.

시베리안 허스키, 에스키모 도그, 치누크와 같은 품종들은 썰매개로 이용되고 있다. 추위에 강하고, 지구력이 남다른 이런 개들이 없었다면, 에스키모를 비롯한 북극권역에 사는 사람들은 편하게 살아갈 수가 없었을 것이다. 또한 1909년 미국의 피어리가 북극점 주변을 탐험하고, 1911년 노르웨이의 아문센이 남극점을 도달할 수 있었던 것도 바로 썰매개 덕분이었다.

전투견이나, 공항이나 항만의 마약탐지견, 실종자 탐색견 등과 같은 특수 목적으로 키우는 개들은 전문적인 지식을 갖춘 훈련사들에 의해 양성된다. 또 최근에는 시각이나 청각에 장애가 있는 사람들을 돕는 맹도견이 훈련에 의해 키워지고 있다. 이들 덕분에 시각과 청각에 장애를 가진 이들이 보다 편리하게 삶을 살아갈 수가 있다. 맹도견

썰매를 끄는 시베리안 허스키

은 주로 리트리버나 독일 셰퍼드가 선발된다.

개가 인간에게 널리 사랑받는 가축이 될 수 있었던 것은, 인간의 말을 잘 알아듣는 영리함과 인간에게 충성을 다하는 성격 때문이다. 이러한 특성 때문에 개는 겨우 1만 년 남짓한 단기간에 인간들에 의해 다양한 품종으로 변화될 수 있었다.

사람 곁에 가까이 살게 된 개는 다양한 역할을 지니게 되었다. 개는 고양이와 달리 충성심이 강하다. 기독교 성화에서도 개는 종종 신뢰와 믿음의 상징으로 그려지기도 했다. 인간은 키우던 개를 쉽게 버리기도 하지만, 개는 자기의 주인을 버리지 않는다. 개의 조상인 늑대는

정찰임무를 수행하는 군견

맹도견이 시각장애인을 보살피고 있다.

공항에서 마약을 탐지하는 리트리버

계급사회를 이루며 살아간다. 개도 강한 자에 복종하는 본성을 갖고 있다. 반면 약한 자를 깔보고 무시하기도 한다. 인간에게 버려진 유기견들은 늑대처럼 도시 외곽이나 주변 산을 무리지어 배회하다가 사람들을 보면 위협한다. 게다가 인간에게 치명적인 광견병을 옮기기도 하며, 때로는 날카로운 송곳니로 사람을 물어죽이기도 한다. 그래서 종종 개는 무섭고 두려운 존재로 표현된다. 추리소설의 대가, 아서 코난 도일이 저술한 『바스커빌가의 개』는 귀족인 위고 바스커빌을 물어 죽인 '악마 개'를 모티브로 삼은 소설로 유명하다.[50] 근자에 가정에서 키우던 개가 이웃집 사람을 물어 죽인 사고가 난 이후로, 대형견에 입마개를 하고 외출해야 한다는 여론이 들끓었다. 주인이 관리를

만강청파 만돌이 (출처; 한국진돗개육종연구소)
진돗개는 전남 진도가 원산지로 용맹하고 민첩하며 충성심이 강하다.
우리나라 천연기념물로 2005년 세계애견연맹(FCI)에 정식 품종으로 등록됐다.

소홀히 하면, 개가 사람을 공격하는 경우도 생긴다. 도사견, 로트와일러, 아메리칸 핏불 테리어, 코카이안 오브차카, 도코 아르젠티노와 같은 개들은 엄격하고 체계적인 훈련을 받지 않으면 사나운 맹수로 돌변할 수 있는 무서운 투견들이다. "우리 개는 안 물어요."라며, 자신이 키우는 개에게 목줄과 입마개를 하지 않은 채로 풀어놓는 것은 매우 그릇된 사육 방법이다. 근본적으로 개는 훈련하기에 따라 성품이 달라지는 동물이다. 어릴 적부터 잘 훈련시키면, 개는 주인에게 충성하는 가장 가까운 친구가 될 수 있다.

우리 조상들도 개를 많이 키웠는데, 부여(夫餘)에서는 왕 밑에 여섯 가축의 이름을 딴 마가(馬加-말), 우가(牛加-소), 저가(豬加-돼지), 구가

풍산개
함경남도 풍산이 원산지로 날래고 용맹해 호랑이 사냥에 동원되었다.
털이 촘촘해 추위에 강하다. 눈·코·발톱이 검은 색이다.

무용총 벽화의 수렵도
개와 함께 사냥하는 고구려 사람들.

(狗加-개) 등의 대가(大加)들이 있었다.[51] 대가는 부족장을 말한다. 구가를 단순히 풀어보면 개부족의 우두머리라는 뜻인데, 개를 많이 키웠거나, 개가 부족의 상징이었기에 구가라는 이름이 사용되었을 것이다.

그리스 신화에 저승의 입구를 지키는 문지기에 머리가 세 개 달린 개인 케르베로스가 등장한다.[52] 고대 이집트 사람들은 개를 죽은 사람을 저승으로 이끄는 길잡이로 생각했다. 2015년, 이집트 북부 사카리 사막의 한 대형 지하묘지에서 동물 사체가 무더기로 발굴된 바 있다. 이 가운데 헝겊에 싸인 미라 형태로 보존된 동물의 대다수는 인간과 가장 밀접한 관계를 가진 개였다.[53] 고구려와 이웃이었던 오환족 사람들도 개가 인간을 저승으로 이끈다고 생각했다.[54] 고구려 각저총, 송죽리 고분벽화, 무용총, 안악 3호분, 덕흥리 고분벽화 등에 인간과 함께 살아가는 개가 그려져 있다. 무용총 벽화에는 말을 탄 무사들이 개를 거느리고 함께 사냥하는 모습이 있고, 안악 3호분 그림에는 부엌 옆에 개 2마리가 있다. 고구려 시대에도 사냥개와 집개가 구분되어 있었다고 볼 수 있다. 일본의 절과 신사 입구에는 고마이누(狛犬)라고 불리는 개의 석상이 수호동물로 자리 잡고 있다. 이처럼 개는 이승은 물론 저승까지도 인간과 함께하는 동물로 여겨져 왔다.

개가 인간에게 사랑받은 가장 중요한 이유는 인간에 대한 충성심 때문이다. 고려시대 문인인 최자가 1254년에 간행한 『보한집』에 거령현(전북 임실군)에 사는 김개인(金盖仁)과 개와 관련된 이야기가 실려 있다.[55]

고마이누(狛犬)라고 불리는 개의 석상.
(일본 하꼬네 신사)

의견비
전북 임실군 오수리에는 사람을 구한
오수견을 기념하는 동상과 비가 세워져 있다.

'김개인은 개 한 마리를 길렀는데 매우 귀여워했다. 어느 날 그가 외출하는데 개도 따라 나섰다. 김개인이 술에 취해서 풀밭에 쓰러져 잠을 잤다. 이때 근처에서 들불이 크게 번져 오고 있었다. 개는 곧 곁에 있는 냇물에 몸을 흠뻑 적셔 주인 주위를 빙 둘러 풀과 잔디를 적셨다. 이렇게 불길을 막기를 수십 차례나 했다. 개는 너무 지치고 탈진해 그만 죽고 말았다. 김개인이 잠에서 깨어나 개가 한 자취를 보고는 감동해서 노래를 지어 슬픔을 기록했다. 그리고는 무덤을 만들어 장사 지낸 뒤에 지팡이를 꽂아 이것을 표시했다. 그런데 이 지팡이가 나무로 자라났다 한다. 사람들은 그 땅의 이름을 개 오(獒), 나무 수(樹)를 써서 오수라고 했다.'

김개인이 지어 불렀던 개 무덤 노래가 견분곡(犬墳曲)이다. 뒤에 어떤 사람이 시를 지었다.

사람은 짐승이라 불리는 것을 부끄러워하지만 (人恥時爲畜)

공공연히 큰 은혜를 배신한다네. (公然負大恩)

주인이 위태로울 때 주인 위해 죽지 않는다면 (主危身不死)

어찌 족히 개와 한 가지로 논할 수 있겠는가. (安足犬同論)

오수개는 교과서에 수록될 정도로 유명하다. 이 이야기가 전해오는 전북 임실군 오수면 오수리 원동산 공원에 의견비(義犬碑)가 세워져 있다. 이곳에서는 현재 오수개 육종사업장이 만들어져 오수개를 널리 보급하고 있다. 또 임실군에서는 매년 오수의견문화제가 열린다.

오수개는 지혜와 용기, 자기희생의 덕목을 갖춘 인간보다 더 인간다운 개였다. 그래서 오수개는 지금까지도 칭송받고 있다. 우리나라에는 오수개와 유사한 많은 이야기가 전해오고 있다.

구비문학자 최래옥은 이를 12가지 유형으로 구분했다.[56]

- 호랑이나 다른 맹수를 물리쳐 주인을 구한다.
- 둔갑하여 주인을 해치려는 동물이나 귀신을 물리치고 주인을 구한다.
- 독약, 독이 든 물건을 주인이 받거나 먹거나 만지려 할 때에 막아서 주인을 구한다.
- 억울하게 주인이 죽으면, 관청에 알리고 시체와 범인을 찾아 주인의 원수를 갚는다.
- 주인의 글이나 옷자락을 물고 와 죽음을 알리거나 시신을 지킨다.
- 위험에 빠진 주인을 지켜준다.
- 개는 죽으며 발복(發福)할 명당 터를 잡아 준다.
- 산에 길을 내어 사람을 돕거나 길 잃은 사람을 인도한다.

- 밭을 갈아 주고, 죽은 후 무덤에서 나무가 자라 보화를 얻는다.
- 주인이 없는 사이에 어미개가 주인의 아이에게 젖을 먹인다.
- 중요한 문서를 전달한다.
- 눈먼 주인에게 길을 인도하여 동정을 사게 한다.

이처럼 개는 인간을 돕는 동반자로서 사랑을 받았다. 그래서 '개는 사흘을 기르면 주인을 알아본다', '사람이 개를 버려도 개는 사람을 배신하지 않는다' 는 속담도 있을 정도다

요즘 들어 우리가 가장 흔히 볼 수 있는 개는 단연코 애완견으로, 집 안에서 사람들의 사랑을 듬뿍 받으며 가족과 같이 생활하기에 반려동물(伴侶動物)로 불려지고 있다. 반려라는 말은 한평생 짝이 된다는 말로, 예전에는 부부 사이에만 사용하던 말이다. 개가 이렇게 사랑 받게 된 원인은 다른 동물들과 달리 사람에게 충성을 바치며, 사람을 잘 따르기 때문이다. 개는 점점 개인화되는 사람들의 삶에 아주 깊숙이 들어와 함께하는 가족이 되어가고 있다.

6

고양이;
깜찍한 친구

개와 더불어 고양이는 반려동물의 대표주자다. 개는 충성스럽고, 다양한 역할을 통해 인간의 사랑을 받아온 동물이다. 고양이는 개와 달리 야생의 본능을 지녔으며 아직까지도 완전히 길들여지지 않는 동물이다. 고양이는 사람과의 유대를 중시하면서도, 자신만의 세계를 갖고 있기 때문에, 개와는 다른 오묘한 기쁨과 즐거움을 준다.

고양이는 평소 사랑스럽지만, 쥐를 잡을 때는 무자비한 야생동물로 돌변한다. 사냥 무기인 날카로운 발톱을 발가락 끝 털 속에 숨겨두었다가 언제고 필요할 때 들어낸다. 무서운 맹수인 호랑이, 사자 등과 같은 고양이과 동물 가운데 가장 작은 고양이는 쥐를 사냥하는 야성 때문에 인간에 의해 길러졌고, 그것 때문에 시대에 따라 부정적인 동물로 인식된 적도 있었다.

아프리카 칼라하리 사막의 들고양이

들고양이는 여전히 사냥하며 살아가지만, 인간 세계로부터 완전히 떨어져 살지는 않는다. 포식자로부터 안전하며, 사냥감인 쥐와 각종 설치류가 풍부한 인간세계는 고양이에게 살기 좋은 공간이었다. 인간이 들고양이를 가축으로 받아들이게 된 것은 탁월한 쥐 사냥꾼이면서도, 곡식을 축내지 않기 때문이다. 하지만 고양이가 쥐를 잘 잡기 때문에, 애완동물이 될 수 있었던 것은 결코 아니다. 쥐를 잘 잡는 동물은 고양이보다는 족제비다. 족제비는 먹지도 않을 쥐를 마구 잡아 죽이기도 한다. 족제비의 꼬리는 붓을 만들 때 훌륭한 재료가 되고, 가죽은 담비 대용품이 될 정도로 고급 가죽이다. 그렇지만 족제비는 성질이 매우 사납고, 냄새도 심해 애완동물로 알맞지 않은 동물이다.

반면에 고양이는 족제비에 비해
비교적 사람을 잘 따른다. 고양
이는 약 700만년 전에 지구에 등
장했는데, 현대 모든 집고양이들
은 리비아 고양이인 아프리카 담
황색 고양이가 진화한 것이다.
고양이의 가축화는 이집트에서
가장 먼저 시작되었다.[57]

고양이의 가축화는 이집트에서 시작되었다.

  최근 프랑스 국립과학연구소
에바-마리아 가이글 박사 연구
진이 '네이처 생태학과 진화'에
게재한 논문에 따르면, 인류는 9천 년 전, 이집트와 중동에서 처음으
로 아프리카 들고양이를 길들였으며, 두 차례에 걸쳐 유럽으로 고양
이들이 대거 반출됐다는 사실을 확인했다고 한다. 인간이 농업을 시
작하면서 곡물을 축적하자, 쥐와 같은 설치류가 모여들었다. 이때 사
람들은 고양이를 길들여, 곡식을 훔쳐 먹는 괘씸한 쥐를 잡기 시작했
다고 한다. 고양이는 쥐를 잡아먹으면서 쥐를 통해 퍼지는 전염병의
확산을 막는데 결정적인 역할을 했다.[58]

  농경민이었던 이집트인들에게 창고의 곡식을 축내는 쥐는 골칫거
리였다. 농가에 사는 고양이는 하루에 평균 10마리의 쥐를 잡는다. 쥐

고양이 얼굴을 한 여신, 바스테트

가 매일 먹어치우는 곡물의 양과 왕성한 번식력을 감안할 때, 고양이를 키우게 되면 1년에 10여 톤 이상의 엄청난 곡물을 절약할 수 있게 되는 셈이다. B.C. 2040~1782년 중왕국 시기 이집트에서는 고양이를 가족 구성원처럼 여겼다. 쥐의 피해를 막는 구원자였다. 애완용으로도 최적인 고양이는 다른 동물과 달리 특별히 먹이를 주지 않아도 살아갈 수 있는 동물이었다. 이러한 자유와 자립성은 신성의 상징으로까지 받아들였다. 그래서 이집트 사람들은 본래 사자의 모습이었던 바스테트(Bastet) 여신의 모습을 고양이로 바꿔 숭배했다. 바스테트 여신은 태양신 라(La)의 딸인 동시에 아내인 신으로, 죽은 자를 수호하는 여신이다. 고양이 얼굴을 한 바스테트 여신은 이집트 전역에서 숭배되었다. 암컷 고양이를 여신으로 숭배한 이집트인들은 어둠 속에서도 빛나는 고양이의 눈이 태양을 연상시킨다는 점 때문에, 수컷 고양이를 태양신 라와 동일시하기도 했다.[59]

이집트인들은 고양이를 바스테트의 분신이라고 여겼기 때문에, 해외 반출을 엄격하게 금지했다. 하지만 이집트에 드나들던 페니키아

상인들에 의해 마침내 고양이가 그리스, 로마 등 지중해 주변 지역으로 전파되기 시작했다. 그리스와 로마에서 고양이는 페스트를 옮기는 쥐를 잡는 유용한 동물로 사랑받기 시작했다. 중국의 경우, B.C. 200년 경에 비로소 고양이가 도입되었다. 우리나라의 경우, 한참 늦은 고려시대 이후부터 역사에 등장한다. 1295년 들고양이 가죽 83장, 누런 고양

이집트 고양이 벽화
이집트인들은 고양이를 바스테트 여신의 분신으로 여길 만큼, 귀하게 여겼다.

이 가죽 200장을 원나라에 보냈다는 기록[60]을 보면, 고양이는 처음부터 순수하게 애완용으로만 키워지지는 않았던 것으로 보인다. 고양이는 몇몇 귀족들의 애완용으로 키워지다가, 특유의 애교와 사랑스러움, 그리고 쥐를 잘 잡는 특성 덕분에 차츰 대중적으로 키워지게 되었다.

고구려 고분벽화에 개가 등장하는 반면, 고양이는 등장하지 않는다. 고양이가 늦게 가축이 되었기 때문이다. 동양에서는 12지신이란 개념이 있어서, 띠. 시간, 방위를 나타낼 때 사람들과 친근한 동물의 이름을 사용했다. 그런데 십이지에는 쥐, 소, 호랑이, 토끼, 용, 뱀, 말, 양, 원숭이, 닭, 개, 돼지가 들어가지만, 고양이는 없다. 인간과 친근한

마늘고양이(들고양이).
주로 밤에 활동하며 몽골이나 중앙아시아 사막이나 수목이 없는 산에서 생활한다.
바위틈이나 다른 동물이 판 구멍을 이용해 집을 만든다.

고양이가 십이지에 없는 것은 고양이를 키우는 사람들에게는 아쉬운 부분이다.

고양이가 12지신에 포함되지 않은 이유에 대해 사람들은 많이 궁금했던 모양이다. 그래서 전해오는 몇 가지 이야기가 있다. 필자가 어려서 동네 어르신께 들었던 이야기를 소개해보겠다. 하나님이 십이간지 선발 달리기 시합을 연다고 모든 동물들에게 공지를 했다. 그때 고양이와 친했던 쥐가 고양이에게 시합일자를 하루 늦은 날로 알려주었고, 자신은 먼저 출발한 소의 등에 타서, 가장 먼저 1등으로 도착했다는 것이다. 쥐가 1등을 하고 자신은 탈락했음을 알게 된 고양이는 이후 쥐를 원수로 여겨 쥐만 보면 잡아 죽이게 되었다고 한다. 필자가 들었던 이야기 외에도 고양이가 십이지신에 포함되지 않은 이유를 설명하는 몇 가지 이야기가 더 있다. 고양이가 마땅히 십이지신에 포함되었어야 할 만큼, 인간과 가까운 동물임을 증명하는 이야기인 셈이다.

십이지신은 서기 1세기 중국에서 처음 등장했다. 그런데 이때는 중국에는 고양이가 거의 없던 시기였다. 따라서 십이지신에 고양이가 빠졌다. 십이지신 개념을 받아들인 한국, 일본에서 고양이가 누락되었던 이유다. 인도, 태국, 베트남, 몽골에도 십이지신이 있는데, 태국과 베트남에서는 토끼 대신에 고양이를 넣었다.[61] 그래서 태국에는 고양이 띠가 따로 있다.

중세 유럽에서는 고양이가 악마의 동물로 취급받기도 했다. 이집트 달의 여신 이시스는 고양이 형상의 바스테트와 동일시되기도 했다. 이것이 그리스, 로마로 퍼져 그리스 여신 아르테미스와 로마 여신 다이아나의 신화에 스며들었다. 그래서 다이아나가 남자 형제인 루시퍼를 유혹하기 위해 고양이로 변신하는 마법을 부리는 장면이 나온다. 그래서 자연스럽게 고양이는 악마와 마술의 이미지도 갖게 되었다. 1233년 로마 교황 그레고리우스 9세는 고양이를 악마의 분신으로 규정했다. 고양이는 무조건 죽여 버려야하고 키우는 사람도 처벌할 수 있다는 칙서를 공포했다. 또 1484년 교황 인노켄티우스 8세도 고양이는 악마와 계약을 맺은 이교도의 동물이라고 선언했다. 15세기 유럽에서 시작된 마녀사냥에서 마녀를 수행하는 존재로 각인된

마녀들의 성경, 아라디아에서 달과 사냥의 여신 다이아나는 루시퍼와 형제로 나온다.

고양이는 산 채로 불태워지거나, 강에 던져지기도 했다. 하지만 수십만 마리의 고양이가 억울한 죽임을 당하던 암울한 중세에서도 도시 지역을 벗어나면 고양이는 여전히 사람들의 사랑을 받은 동물이었다. 고양이는 다양한 성화에 그려지며, 여성으로부터 가장 사랑받는 동물로 치부되었다.[62] 20세기에 이르러 고양이는 개와 함께 대표적인 반려동물로 자리 잡게 된다. 그런데 개와 고양이는 대대로 사이가 그리 좋지 않았다.

우리나라 민담에 『개와 고양이의 구슬다툼』 이야기가 전해 내려온다. 줄거리를 요약해보자.

'가난한 어부가 어렵게 생계를 잇고 있었다. 어느 날 영감이 물고기를 잡으러 갔으나 허탕을 치고, 겨우 잉어 한 마리를 잡았다. 하지만 잉어가 눈물을 흘리는 것을 보고 놓아 주었다. 다음 날 영감이 다시 바닷가에 낚시를 하러 갔는데 한 사람이 나타나 자신이 전날 구해준 은혜를 입은 잉어인데 용왕의 아들이라 밝혔다. 용왕의 아들은 은혜를 갚고자 영감을 용궁으로 초대했다. 영감은 용궁에서 후한 대접을 받고 선물로 보배 구슬을 얻은 뒤, 집으로 돌아와 큰 부자가 되었다. 소식을 들은 이웃 마을 노파가 찾아와서, 다른 구슬과 바꿔치기하여 보배 구슬을 훔쳐갔다. 어부 부부는 다시 가난해졌다. 부부가 기르던 개와 고양이는 주인을 돕기 위해 노파의 집에 찾아가서 그 집에 사는 쥐를 위협해 구슬을 되찾았다. 돌아오면서 강을 건널 때, 개는 헤엄치고 고양이는 구

슬을 물고 개의 등에 업혀 있었는데, 개가 구슬을 잘 간수 하고 있느냐
고 자꾸 묻자 고양이가 마지못해 대답하다 구슬을 그만 물에 빠뜨린
다. 이 일로 크게 다투다가 개는 집으로 가고, 면목이 없어진 고양이는
강가에서 살며 물고기를 잡아먹다가 우연히 구슬을 찾게 되자 주인에
게 돌아갔다. 주인은 다시 큰 부자가 되어 고양이를 예뻐해 집안에 들
이고 개를 박대하여 집밖의 마당을 지키게 했으므로, 그 뒤로 둘의 사
이가 나빠지게 되었다.'[63]

이 이야기는 인간의 동물에게 선행을 베풀자, 동물이 은혜를 갚는
다는 '동물보은담'이 핵심 주제다. 더불어 개와 고양이가 사이가 나
빠진 유래를 이야기하는 '동물유래담'의 성격도 갖고 있다. 이 이야
기에서 고양이는 개보다 더 똑똑하고, 충성심이 강한 동물로 등장하
며, 사람들의 사랑을 듬뿍 받게 되었다고 소개한다. 하지만 과거 우리
나라에서는 고양이에 대해 좋지 않은 생각도 갖고 있었다. 대표적인
예가 김득신(1754~1822)이 그린 『야묘도추(夜猫盜雛)』라는 그림이다.
화창한 봄날, 도둑고양이가 병아리를 채어 달아나자 놀란 어미 닭이
새끼를 되찾겠다고 뒤를 쫓고, 마루와 방에 있던 주인 부부가 일을 팽
개치고 내달려 병아리를 구하려는 장면을 묘사하고 있다.

고양이는 인간 주변에 머물지만, 완전히 가축화되지 않는 동물이
다. 야생으로 살면서 쥐나 병아리 등 작은 동물을 잡아먹으면서 야생
성을 가진 상태로 인간 주변에 살기도 한다. 주인 없는 도둑고양이는

김득신의 야묘도추
도둑고양이라는 말처럼 고양이는 한때 좋지 않은 동물로 여겨진 때도 있었다.

김홍도의 황묘농접
고양이의 아름다운 자태는 사람으로 하여금 사랑을 불러 일으킨다.

조선시대에도 문제였다. 하지만 김홍도(1745~1806)의 『황묘농접(黃貓弄蝶)』 그림에서 보듯이, 조선 사람들은 고양이의 아름다운 자태에 빠져 애완동물로 키우기도 했다.

고양이는 농촌보다 도시에서 키우기 적합한 동물이다. 유럽에서도 고양이에 관한 많은 이야기가 전해온다. 특히 1697년 프랑스의 동화작가 샤를 페로가 발표한 『장화신은 고양이(Le Maistre Chat ou Le Chat Botté)』가 대표적이라 할 수 있다. 애니메이션[64]으로도 만들어진 탓에 많은 이들이 익히 알고 있는 이야기다. 간단히 요약해보겠다.

'방앗간을 운영하던 주인이 나이가 들어 더 이상 일을 할 수 없게 되자 세 아들에게 재산을 나눠주기로 한다. 첫째에게는 방앗간을, 둘째에게는 당나귀를, 막내에게는 고양이 한 마리를 남기고 그는 세상을 떠난다. 형들보다 적은 재산을 물려받은 것도 모자라 쫓겨나기까지 한 막내가 자신의 신세를 한탄하자, 고양이는 가방 하나와 장화 한 켤레를 주면 지금의 상황을 해결해주겠다고 약속한다. 가방을 메고 장화를 신은 고양이는 왕에게 찾아가 허구로 지어낸 카라바 공작을 자신의 주인으로 이야기 한다. 이후 카라바 공작의 이름으로 왕에게 여러 차례 선물을 보낸다. 그리고는 카라바 공작이 옷을 도둑맞은 것처럼 꾸며내어 막내가 왕으로부터 값비싼 옷을 선사받을 수 있도록 해준다. 고양이는 이어 사람을 잡아먹는 거인을 물리치고 거인의 성을 차지한다. 고양이는 왕에게 그 성을 카라바 공작의 성으로 소개한다. 마침내 왕은 방앗간 집 막내아들인 카라바 공작과 자신의 딸을 혼인시킨다. 그래서 방앗간 집 막내아들과 공주, 고양이는 함께 오래오래 행복하게 살았다.'

페로는 상속 받은 재산보다 지혜가 더 가치가 있다는 메시지를 전한 것이다. 페로가 선택한 지혜로운 자는 사람이 아닌 고양이였다. 페로가 고양이를 선택한 것은 당시 유럽인들이 고양이를 총명하고 신뢰할 수 있는 동물이라는 인식을 갖고 있었기 때문일 것이다.

앞발로 사람을 부르는 형태를 한 고양이 장식물인 마네키네코. 일본인들은 고양이를 길조로 여긴다.

일본의 경우를 살펴보자. 일본은 복고양이(마네키네코)라는 도자기 장식품이 있을 만큼, 고양이를 좋아하는 나라다. 최근 일본에서는 고양이 키우기 붐이 일어나 고양이 관련 산업이 호황이라고 한다. 고양이 가격이 1마리당 천만 원을 넘는 경우도 있다. 고양이는 개와 달리 자기 앞가림을 하면서도 산책을 시키지 않아도 되기 때문에, 고령자나 집을 비우는 일이 많은 독신자가 기르기 쉬워서 고양이 사육 붐이 일어나고 있다. 일본에서는 2017년 반려견이 약 892만 마리인데 비해, 반려묘는 952만 6천 마리로 고양이를 더 많이 키우고 있다.[65] 지금

시베리안 고양이
노르웨이 숲처럼 강하고 튼튼하다.
시베리아에서 자연 발생했다고 알려져
있으며 추위에 적응하기 위해
털이 길고 촘촘하다.

브리티시 숏헤어
영국이 토착 고양이를 품종화 시켰다.
털은 짧고 촘촘하다.

의 추세라면, 우리나라에서도 개보다 고양이를 많이 키우는 시대가
올 것이다.

우리나라에서도 고양이를 키우는 사람들이 크게 늘고 있다. 최근
한 조사 결과에 따르면, 2017년 우리나라 전체 593만 가구중 반려동
물을 보유한 가구 비율은 28.1%로, 2010년 17.4%에서 매년 증가 추
세에 있다. 전체 가구수 대비 반려견을 키우는 가구수는 24.1%, 반려
묘는 6.3%(반려견, 반려묘 중복 포함)로, 아직은 개를 키우는 가구수가

많다. 하지만 2012년 반려견의 수가 440만 마리에서 2017년 662만 마리로 1.5배 증가한 반면, 같은 기간 반려묘는 116만 마리에서 233만 마리로 2배나 증가해 고양이를 키우는 가구의 증가세가 더 빠르다.[66]

고양이가 인기가 높은 비결은 훈련하지 않아도 대소변을 가리고, 강아지처럼 시끄럽게 짖거나 집을 더럽히지 않으며, 보호자가 없어도 분리불안을 느끼지 않는다. 그래서 혼자 두고 외출하더라도 보호자의 죄책감이 상대적으로 덜할 수 있다. 고령화, 1인 가구 증가로 개보다 손이 덜 가는 고양이를 키우는 인구가 많아지고 있다. 1~2인 가구가 선호하는 원룸이나 오피스텔에서 특히 고양이를 많이 키우는 것은 이런 이유 때문이다. 또 고양이는 개에 비해 귀속성이 매우 강하다. 이사를 가더라도 개는 주인을 쫓아가서 새집에 곧 적응하지만 고양이는 옛집을 그리워하는 기특하고 정이 가는 동물이다.

마을 공동체가 사라지고, 차츰 핵가족이 되어가는 오늘날, 사람들은 희로애락을 같이 누리며 자신의 말동무가 되어줄 친구가 더욱 절실해지고 있다. 그래서 고양이와 개가 누구에게는 친구로, 노인에게는 딸이나 아들을 대신해 외로움을 달래주고, 기쁨을 주는 동물로 사랑받고 있다. 개와 고양이가 없다면, 많은 사람들은 더 외로워하고, 더 쓸쓸하고 무미건조하게 살는지도 모른다.

7

인류 역사를 바꾼
여러 동물들

인류 역사를 바꾼 동물은 너무나 많다. 낙타는 인류가 사막에서도 활동할 수 있게 해주었다. 낙타가 없었다면, 사막은 인류의 소통을 방해하는 거대한 장벽으로만 남았을 것이다. 아프리카 북부에 살던 무슬림들은 낙타를 타고 아프리카 북단 동서 길이 6,400km, 폭 300km의 사헬지대(사하라 남쪽 초원지대)를 횡단해 가나, 말리왕국과 대규모 교역을 했다. 가나와 말리는 엄청난 황금을 이용해 북아프리카와 유럽, 중동의 다양한 문물을 수입했는데, 특히 이때 이슬람교가 전해졌다. 만약 낙타가 없었다면, 이슬람교가 사하라 사막 남쪽으로 전파되기는 불가능했을 것이다.[67] 뿐만 아니라 실크로드를 중간에서 가로막는 타클라마칸 사막도 낙타가 없었다면 다니지 못했을 것이기 때문에, 고창, 누란 등 실크로드 주변의 많은 나라가 번창하지 못했을 것이다.

낙타가 없었다면, 동서교류는 크게 제약을 받았을 것이다.

물론 낙타를 대신해 말이 일정한 역할을 할 수 있지만, 말은 특성상 짧은 거리의 사막은 다녀도, 큰 사막을 다닐 수는 없다. 물이 부족한 사막을 오랜 기간 여행하기에 분명 한계가 있기 때문이다. 반면에 낙타는 발바닥이 넓어서 모래땅을 걷기에 알맞고, 귀 주위의 털도 길어 모래먼지도 막을 수 있다. 또 지방이 저장된 등의 혹 덕분에 며칠간 굶어도 활동할 수 있고, 3일 이상 물 없이도 견딜 수가 있다. 또한 힘도 강해서 많은 물건을 싣고 그 위에 또 사람까지 태우고 다닐 수 있다. 그래서 낙타를 일러 '사막의 배'라 부른다. 또한 낙타의 젖은 음료로, 고기는 식용으로, 털은 직물로 이용되어, 사막에 사는 사람들에게는 많은 것을 제공해주기도 한다. 만약 낙타가 없었다면, 사막이라는 장벽에 막혀 인류 교류의 역사가 더디게 발전했을 것이다.

　순록은 광활한 시베리아에서 사는 유목민들에게 가장 중요한 동반자이자, 그들 삶의 모든 것이었다. 순록이 없었다면 시베리아는 인류가 살지 못하는 땅으로 좀 더 오래 남아 있었을 것이다. 라마와 알파카는 안데스 산맥에서 살았던 잉카를 비롯한 여러 인디오들에게 짐을 옮겨주고, 젖과 고기를 제공하는 오랜 삶의 동반자였다. 야크는 티베트인들이 필요한 거의 모든 것을 주는 가족 같은 가축이었다. 인도코끼리는 인도와 동남아시아 등에서 말을 대신하는 교통수단으로 이용되기도 했다. 이처럼 인류는 여러 동물에 의지해 지구의 다양한 환경에 적응하면서 살아갈 수 있었다.

시베리아에는 순록을 키우며 살아가는 사람들이 있다.
순록은 유목민에게 삶의 모든 것을 제공해준다.

물론 인류 문명사에 영향을 끼친 동물이 모두 가축뿐은 아니다. 가축은 아니지만, 동물 때문에 인류 역사가 바뀐 예는 너무나 많다. 인간을 일컬어 털이 없는 원숭이라고도 하듯, 인간은 털이 없기 때문에 추위에 매우 약하다. 그래서 옷을 만들어 입어야 했다. 최초의 옷은 동물의 뼈로 만든 바늘과, 동물의 힘줄로 만든 실을 이용해 동물의 털가죽을 연결해 만든 것이었다. 그 덕분에 인류는 매머드를 쫓아 시베리아로 진출할 수 있었고, 나아가 아메리카 대륙으로 건너갈 수도 있었다.[68] 만약 동물이 없었다면 아메리카 대륙에 인디언이 존재하지 못했을지도 모른다.

가죽은 동물의 피부를 벗겨낸 것으로, 털을 제거하고 무두질을 한 것을 피혁이라 한다. 털이 포함된 채로 무두질한 것을 모피라고 한다. 동물의 가죽은 벗겨낸 상태로 그대로 방치해두면 안 된다. 동물 가죽은 대체로 수분 64%, 단백질 33%, 기타 지질과 탄수화물 등으로 구성되어 있기 때문에, 미생물이나 자기분해효소 등에 의해 부패한다. 이를 막기 위해 가죽을 건조시키는데, 그냥 건조시키면 탄성을 잃게된다. 따라서 가죽에 지방을 바르고 문지르거나, 불을 이용해 가죽을 연기에 그을리는 방법을 사용해서 가죽을 부드럽게 만든다. 잿물에 가죽을 담그면 털이 빠지고, 염색을 하면 가죽이 부드러워지기도 한다. 과거 유목민은 동물의 뇌척수액을 이용해 가죽을 연하게 하는 방법을 사용했지만, 요즘은 화학약품인 유화제로 가죽을 처리한다.

사람들은 이러한 피혁으로 가죽옷, 가방, 혁대, 장갑, 지갑 등 다양한 가죽제품을 만들고 있다. 주로 소, 말, 돼지, 양, 여우, 담비, 수달, 친칠라토끼 등 포유동물의 가죽을 사용한다. 그러다 고급화의 물결로 악어, 도마뱀, 뱀 등 파충류 가죽도 이용하고 있다.

모피는 털 때문에, 털이 없는 피혁에 비해 추위를 막는 효과가 우수하여 고급 방한제품으로 사용된다. 하지만 멋을 위해서 모피목도리와 같이 액세서리로 사용되는 경우도 많다. 모피제품은 털이 풍성한 짐승으로부터 얻는다. 호랑이, 표범, 담비, 족제비, 곰, 여우, 해달(바다족제비), 물개, 밍크 등이 주요 대상이다. 모피는 지금까지 모든 이들이 탐을 내는 외투 재료였고, 과거 북방 특산물이자 중요한 교역 상품이었다.

고조선, 고구려와 발해는 모피를 중국과 일본에 수출해, 경제력을 키웠다.[69] 떼거리로 몰려다니던 마적 떼에서 탈피해 청나라를 세운 여진족들도 그들이 국가로 성장할 때 모피류 수출이 인삼 못지않게 전쟁 자금원으로 큰 역할을 했다.[70]

유럽에서도 16세기 말 이후 세계적인 소빙기(小氷期) 시기가 닥치자, 모피 수요가 크게 늘게 된다. 이때 모피의 주요 수출 국가였던 러시아는 모피를 찾아 동으로, 동으로 나아가 마침내 시베리아를 개척하게 된다. 오늘날 러시아가 세계 제일의 거대 영토를 갖게 된 것은

인간들은 추운 겨울을 나기 위한 털가죽 옷을 만들기 위해 담비 등 모피 동물을 많이 희생시켰다. 러시아가 시베리아를 개척한 것도 모피 때문이었다.

모피 때문이라고 해도 과언은 아니다.[71]

호랑이와 같이 가축이 될 수 없는 맹수류도 인류의 역사 발전에 엄청난 영향을 주었다. 구석기 시대 인류는 생존을 위해서 맹수와 길고 긴 투쟁을 거쳐야 했다. 호랑이, 표범, 곰, 사자, 늑대와 같은 맹수류와의 투쟁이었다. 투쟁에서 이기기 위해서 인류는 활과 투창기를 개발했다. 특히 활의 출현은 동물과의 투쟁에서 인류가 압도적으로 승리할 수 있는 하나의 계기가 되었다.

그럼에도 맹수류는 인류의 생명을 끝없이 위협했다. 그래서 인류는 스스로를 지키기 위해서 집단으로 생활하는 것에 익숙해졌다. 마을에는 해자나 방벽을 쌓는 방어 시스템을 갖추었다. 맹수류는 인류의 생존 의지를 끝없이 자극했다. 맹수가 없었다면 인류는 게을러졌을 것이고, 도시문명을 창조하지 못했을지도 모른다.

맹수와 같은 위협적인 동물뿐만 아니라, 우리가 평소 주목하지 않는 동물도 현대 문명의 많은 부분에 기여하고 있다. 원숭이, 돼지, 쥐, 모르모트 등 많은 동물들은 인간을 대신해 각종 의학실험 동물로 이용되어 의학과 약학 발전에 큰 기여를 했다. 소의 우황이나, 멧돼지·곰의 쓸개는 귀중한 약재로 사용되어 인간의 생명을 연장시켜주었다. 거미의 거미줄이 인류로 하여금 그물을 만드는데 아이디어를 제공해준 것처럼 어류, 조류, 곤충류, 갑각류 등 다양한 동물들이 현대

알래스카 흰곰은 무분별한 포획과 기후 온난화로 인해 개체수가 크게 줄고 있다.

122

문명 발전에 많은 도움이 되는 물질을 제공해주거나, 과학 발전의 아이디어를 주었다.

　우리는 멸종 위기에 놓인 희귀동물을 보호하고 또 멸종된 동물을 복원해 생태계의 건강한 먹이사슬을 유지하기 위해 애쓰고 있다. 한 포식자의 지나친 번식으로 생태계에 큰 위험이 닥치는 것을 막거나, 상위 포식자가 없어짐으로써 하위의 동물이 지나치게 번식하는 것을 예방해야 한다. 자연 생태계를 보호하여 먼 미래에도 인류가 다양한 생명체와 함께 계속해서 공존하며 살아갈 수 있도록 하기 위함이다. 인류의 과거사는 수많은 동물들과의 협력과 갈등 속에서 이루어져 왔다. 인류의 미래사 역시 인류는 동물들과 함께 살아가면서 함께 발전시켜 가야 한다. 동물들과 함께 공존하기 위해서는 우리가 동물들을 귀하게 여기고, 그들과 같이 살아가는 방법을 꾸준히 모색해야만 한다.

8

유목민에 대한
오해

가축을 키우며 사는 유목민이 잔인하다거나, 육류를 많이 먹으면 폭력적이 된다는 말이 있다. 고기를 즐겨 먹으면서도, 살아 있는 짐승을 죽이는 것을 매우 못마땅하게 여기는 것이 사람들의 속성이다. 조선시대에는 동물을 죽이는 일을 하는 사람을 백정이라고 부르며 아주 천대했다. 동물을 죽이는 일을 잔인하다고 보고, 동물을 죽이는 자들 역시 몹쓸 짓을 하는 사람이라고 생각했다. 그러다보니 동물을 죽여 고기를 먹는 유목민들을 잔인한 자들이라고 생각하는 경향마저 있었다.

　일반적으로 육식을 즐기면 폭력성이 증가한다는 것이 정설로 받아들여진다. 하지만 최근 캐나다 맥길대학교의 프랭크 카차노프 박사가 이끈 연구팀은 흥분한 남자에게 고기를 보여주면 흥분을 가라앉힐 수 있다는 연구 결과를 발표하기도 했다.[72] 유목민이 폭력적이라는 말은 일종의 바버리즘(barbarism: 야만주의)과 화이관(華夷觀)에서 유래했다. 유목민을 악당으로 규정한 것은 농경민들의 언어폭력이다. 고대 그리스인과 로마인 그리고 중국인들은 자신들을 중심으로 기록을 남기면서, 유목민을 만리장성이나 로마의 리메스(Limes; 장성, 국경) 바깥에 사는 흉악한 자들이며 나쁜 침략자로 규정했다. 그들은 유목민을 순한 양이나 잡아먹는 사나운 늑대와 같은 존재라고 비하했다. 물론 그들이 장성을 넘어 농경민의 제국을 유린한 것은 사실이다. 하지만 그들에 대한 잔인한 보복을 한 것은 농경제국이었다. 늑대는 농장의 펜스를 넘어와 양을 죽이지만, 농장주인도 사나운 개를 키워 늑대를 물어뜯게 하고 결국은 잔인하게 죽인다. 유목민과 농경민의 관계도 이와 전혀 다를 바가 없다.

몽골의 유목민은 가축과 함께 이동하며 살아 간다.

유목민들이 장성을 넘어오는 것은 그들이 처한 현실 때문이다. 유목민을 괴롭히는 것에 '조드(dzad)'와 '강(gan)'이 있다. '조드'는 매서운 추위를 말하며 '강'은 이상 기온에 따른 집중적인 가뭄을 말한다. 유목민이 사는 곳은 초원이 발달한 내륙이다. 기후 변화가 심한 곳이다. 1999년 몽골에는 여름부터 시작된 가뭄 즉 '강'으로 인해 가축의 절반이 죽어 초원에 시체가 산더미처럼 쌓이기도 했다.[73] 한여름엔 30℃를 넘는 초원지대도 겨울에는 엄동설한의 기후대로 변한다. 2009년 몽골을 초토화시킨 것은 영하 50℃를 넘나들었던 살인적인 한파였다. 무려 5백만 마리가 넘는 가축들이 동사했다. 유목민들은 하루아침에 생계 수단을 잃고 말았다.[74] 이러한 재앙이 닥치면, 굶주린 유목민은 먹고 살기 위해 어쩔 수 없이 이웃한 농경민을 습격해 식량을 약탈할 수밖에 없었다. 물론 요즘의 몽골은 체계 잡힌 국가여서 나라에서 여러모로 피해보상을 해 주겠지만 예전 유목민 사회에서는 그런 보상을 전혀 기대할 수가 없었다. 야생동물이 산에서 살다가 가뭄, 폭설 등의 이유로 먹잇감이 부족해지면 민가에 나타난다. 마찬가지로 유목민이 농경민을 습격하는 것은 절박한 생존의 이유 때문이지, 고기를 먹어서 잔인한 습성을 가졌기 때문은 아니다.

농경민들도 굶주리면 사람을 잡아먹는 등 오히려 더욱 잔인한 행동을 일삼았다. 명나라 말 절강성 가흥부 출신의 왕포(王逋)가 쓴 『인암쇄언(蚓菴瑣言)』이란 책에 1640년과 1641년 극심한 대기근을 겪은 후 자신의 고향 등지에서 광범위하게 행해졌던 카니발리즘을 이렇게 묘사하고 있다.

'숭정 15년(1642)에서 16년, 연이어 크게 가물었다. 나무껍질과 풀뿌리
는 벗겨지고 파헤쳐져 남아 있는 것이 없었다. 굶주린 사람들은 서쪽
성 안에서 인육(人肉)을 발라내어 끼니를 채웠다. 시장의 장사치는 몰
래 인육을 만두로 만들어 팔았다. 어떤 이는 인육을 절여서 노새나 말
고기라고 속였다. 여러 사람이 성 밖에서 살아 있는 사람을 묶어서 죽
이고 그것을 먹는 경우가 있었다. 또 어떤 아낙은 매일 저자거리에서
버려진 아이를 거두어 기른다는 핑계로 유괴하여 죽여서 삶아 먹었다.
이때 산동 일대에서는 민간에서 공공연히 가게를 열어 사람을 도살하
여 인육을 팔았다. 한 근에 8푼으로 쌀고기(米肉)라고 하는데도 조금
도 괴이하게 여기지 않았다.'[75]

이뿐만이 아니다. 청나라 사람 고산정(顧山貞)의 『객전술(客滇述)』
에 수록된 구절을 보자.

'남명 영명왕 영력 원년(1647) 사천 지방에 대기근이 들어, 남편과 아
내, 아버지와 아들이 서로 잡아먹는 일도 있었다. 대개 갑신년(1644) 이
래 3년간의 큰 전쟁으로 농민들이 모두 도망가 농사짓는 사람이 없었
고, 저장된 곡식도 폐기되어 바닥이 났다. 기근의 참상이 이 지경에 이
른 것이다. …… 성도 지방에서는 식인 행위가 더욱 심했는데, 강자는
무리 수백을 모아 사람을 약탈하여 잡아먹기를 마치 양이나 돼지를

도살하는 것과 같았다. ⋯⋯ 남자 고기는 한 근에 7전이었으며, 여자 고기는 한 근에 8전이었다. 무덤 속의 오래된 뼈도 모두 발굴하여 가루를 내서 먹었다.'[76]

사람이 잔인해지고, 포악해지는 것은 육류를 먹어서가 아니고 생활여건 탓이다. 요즈음은 동물의 복지에 관심이 높아져 많이 사라졌지만, 불과 20-30년 전만 하더라도 선진국이라고 자부하는 나라에서조차 소나 양, 닭 등을 잡을 때 벌이는 행동은 진실로 야만스러웠다. 동물이 살아 있음에도 분쇄기에 집어넣거나, 마구 칼로 잘라 피범벅을 만들고도 단순히 효율적으로 오늘 몇 마리를 도살했는지 생산성에만 관심을 갖고 있었다. 소, 양, 닭 등을 생명체가 아니라 공장에서 생산하는 상품으로만 여기고, 생명에 대한 존엄성은 전혀 아랑곳하지도 배려하지도 않았기 때문이었다.

실제로 카니발리즘은 농경 사회에서 벌어졌지, 유목민들 사이에서 벌어진 적이 없다. 생명을 존중하지 않는 행위는 동물과 함께 살지 않는 사람들이 저지른 것이다. 동물과 함께 사는 사람들은 동물을 자신의 가족으로 여기기 때문에 생명경외에 보다 더 신경을 쓰기 마련이다. 사람들이 동물을 모르기 때문에, 동물에 대한 두려움이나 무시하는 마음이 생기고, 그에 따라 동물을 잔인하게 죽이는 것이다. 사람이 사람을 잔인하게 죽이는 것도 마찬가지다. 평소 사람과 자주 만나지 않는 외톨이일수록 범죄를 저지를 때는 아주 잔인하게 사람을 살해

하기도 한다.

　사람이 인간답게 살기 위해서는 생명체와 더 많은 교류가 필요하다. 이러한 면에서 동물은 인간의 정서 순화에도 큰 도움이 되는 존재들이다. 최근 1인 가족이 늘어나면서 개와 고양이를 키움으로써, 정서를 안정시키고 마음의 평화를 얻으려는 사람도 늘어나고 있다. 반려동물 키우기가 우울증 극복에 아주 좋다는 여러 사례가 있다. 다시 말하거니와 양과 같이 온순한 동물을 키우는 유목민들이 잔인하다는 것은 그들과 자주 전쟁을 한 농경민이 조작한 편견이다. 이러한 생각은 반드시 고쳐져야 한다.

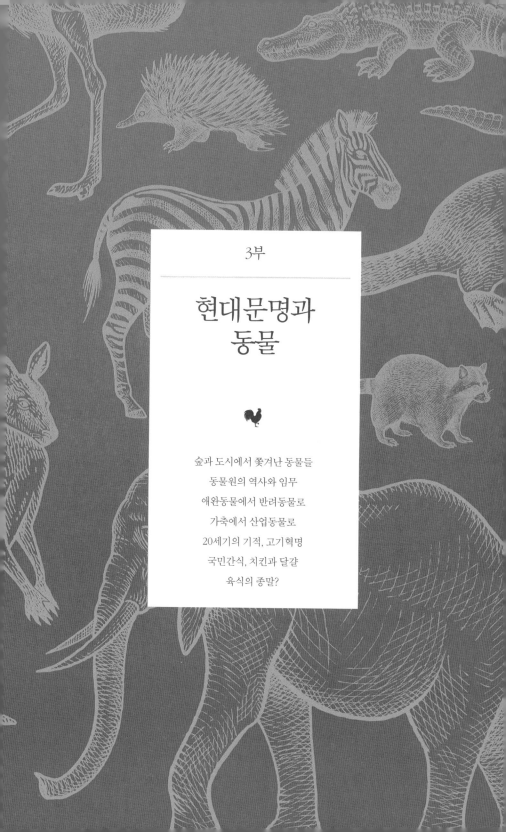

초원에서 쫓겨나 우리에 갇힌 버펄로

1

숲과 도시에서
쫓겨난 동물들

17세기부터 세계는 인구 폭증의 시대로 접어든다. 청나라(1616~1912) 시대 약 300년 동안 중국의 인구는 1억에서 4억 3천만으로 폭발적으로 증가했다. 조선 역시 이때 인구가 6백만에서 1천 7백만으로 크게 늘었다. 유럽도 예외가 아니다. 인구가 크게 증가한 유럽의 경우, 신천지를 찾아 아메리카와 오세아니아, 아프리카 남부 등으로 대량 이주하기 시작한다. 인구가 급증하자, 사람들은 식량을 구하기 위해 숲을 파괴하고 경작지를 늘렸다. 또 산업혁명이 일어나 상품의 대량생산이 시작되었다. 그 결과, 많은 지하자원을 소비하게 되었고 에너지를 얻기 위해 많은 숲이 파괴되었다.

조선의 경우를 보자. 조선은 농경지를 확보하기 위해 부단히도 노

호랑이 사냥꾼, 1917년 조선

력한 나라였다. 조선은 건국 초기부터 호랑이를 잡는 포호(捕虎)정책
을 실시했다. 호랑이는 사람을 해치고 소를 잡아먹기도 했다. 농민들
이나 화전민들에게 가장 무서운 동물이었다. 그래서 조선 정부는 호
랑이를 전문적으로 잡는 착호갑사(捉虎甲士)라는 전문적인 포수들을
두고 1년에 수백 마리의 호랑이를 잡았다. 호랑이 가죽은 명나라에
보내는 진상품으로 필요했고, 가격도 비싸서, 용감한 무사들이라면
호랑이를 사냥하고 싶어 했다. 그러자 19세기에 이르러 산에서 호랑
이를 만나는 일이 사라져만 갔다.[78]

일제강점기 시절 조선총독부는 해로운 맹수를 구제한다는 명분으

숲 속에서 자태를 뽐내는 뱅갈 호랑이

로 '해수구제(害獸驅除)' 정책을 시행했다. 그러자 일본에서 야마모토 다다사부로 같은 호사꾼들이 우르르 몰려와 본격적으로 호랑이를 사냥하기 시작했다. 그들이 쓴 한국 호랑이 사냥기인 『정호기(征虎記)』에 따르면 1917년부터 1924년까지 사살된 호랑이가 89마리, 표범이 521마리가 된다고 한다. 그나마 얼마 남아 있던 한국 호랑이와 표범이 이때 거의 멸종하다시피 되었다. '조선조에서 펼쳤던 착호갑사의 뒤를 잇는 것뿐이다'라고 변명할 수도 있겠지만 일본에 없는 최고 맹수인 호랑이 사냥은 그들에게는 일종의 로망이었다.[79]

하지만 호랑이가 줄어든 것이 착호갑사나, 일본인 사냥꾼 때문만

조선 시대의 땔감 장수

은 아니다. 17세기 들어서 전 세계적으로 기온이 낮아졌다. 조선에서는 방을 따뜻하게 하는 온돌이 널리 보급된다. 온돌 보급으로 땔감 수요가 크게 늘어났다. 나무를 많이 베어 버리자 산이 헐벗게 되었다. 헐벗은 붉은 산에서 아래 논밭으로 내려오는 토사로 인해 종종 농사를 망치는 일이 생겨났다. 또 농민들은 부족한 농토를 해결하기 위해 무리하게 산을 개간해 화전(火田)을 만들었다. 화전을 만들면 숲이 파괴되고 없어진다. 그 결과 울창하던 조선의 숲은 점점 사라졌다. 1910년 전국의 임목축적량이 1헥타르 당 10m^3도 안 되었다. 특히 전남과 경북은 5.2~5.3m^3 정도에 불과했다.[80] 현재 우리나라의 입목축적량이 약 130m^3인 것을 고려하면, 당시 조선의 산들은 모두 헐벗은

소를 대량으로 키우기 위해 원시림이 많이 파괴되었다.

민둥산이라고 말할 수 있다. 숲이 사라지니 작은 동물들의 먹이인 도 토리 등도 사라졌다. 이로 인해 하위 포식자인 다람쥐나 토끼 같은 설 치류가 줄어들었다. 그러자 상위 포식자인 족제비, 오소리, 너구리 등 도 줄었다. 마침내 이들의 최고 포식자인 호랑이와 같은 대형 맹수류 도 자연히 사라지게 되었다.

  조선만 그러했던 것은 아니다. 스페인, 포르투갈, 네덜란드, 영국, 프랑스 등 당시 유럽의 열강들이 식민지 개척을 위한 대항해시대를 열면서, 수많은 배를 만들었다. 그 많은 배들을 모두 나무로 만들었 다. 또한 산업혁명이 일어나면서, 석탄뿐만 아니라 도시에서 필요한 집이나 공장 등 건축용 나무 수요 역시 엄청나게 늘어났다. 또 코코넛, 커피, 담배, 고무 등 플랜테이션 농업이 일반화되면서 열대우림이 파괴되기 시작했다. 미국도 예외는 아니었다. 거대한 면화 농장과 목장이 생기면서 북미의 수많은 숲들이 자연히 파괴되었다. 20세기 말부터 세계의 허파라 불리는 아마존 일대의 원시림도 소를 키우기 위한 목장과, 옥수수나 밀을 생산하기 위한 농장 건설 등으로 인해 수없이 파괴되고 있는 중이다.[81]

숲이 없어지면서 동물은 살 곳을 잃어가고 있다. 숲에서 쫓겨난 동물은 자연히 개체수가 줄어들었다. 여기에 인간들의 욕심이 겹쳐 밀렵 등에 의해 멸종된 동물도 생겨났다. 영국이 호주 태즈메이니아 섬을 개척하면서, 그곳에만 서식하고 있는 태즈메이니아 호랑이를 비롯한 수많은 동물이 멸종했다는 것은 이미 널리 알려진 사실이다.

문명을 뜻하는 'civilization'이란 단어는 라틴어의 'civilis'에서 유래되었는데, 시민을 뜻한다. 상냥하고 예의 바르고 정중하다는 뜻도 내포한다. 농촌 삶에 비해 도시적이고 정치적인 삶이 우월하다는 의식이 담긴 말이다. 인간은 도시를 발전시킨다는 핑계로 무분별하게 숲을 파괴하고, 도시를 확장했다. 20세기 들어와서 인간은 광산, 목장, 골프장, 군사 훈련장 등 다양한 용도로 자연을 더욱 더 파괴하면서까지 인간을 위한 시설물을 만들었다. 인류는 문명사회 건설이라는 명분만을 앞세워 동물의 생태환경을 무시해 왔다. 인간 때문에 삶의 터전을 잃어버린 동물은 점점 살아남기 힘들어졌다.

동물은 숲에서만 쫓겨난 것이 아니다. 도시에서도 쫓겨났다. 인간이 집을 짓고 살게 된 것은 다른 동물들로부터 피해를 보지 않기 위해서였다. 집 가(家)라는 글자는 돼지 시(豕) 위에 집 면(宀)을 합친 글자인데, 돼지가 아래에 있고 그 위에 사람이 사는 공간을 지었다는 의미이다. 이런 글자가 나온 것은 사람들에게 피해를 주는 뱀의 천적인 돼지를 아래층에 살게 하면, 위에 있는 사람은 안전하게 지낼 수 있다는 의미라고도 볼 수 있다. 뱀은 물론, 호랑이, 늑대 등 맹수로부터 인간의 안전을 보장하는 최소한의 시설이 바로 집이다. 나라에서는 마을 안에 사는 사람들의 안전을 위해, 마을 둘레에 해자를 파거나 목책 또는 성벽을 쌓았다. 외침에 대비한 성도 있지만 부수적으로는 맹수들이 마을에 들어와 사람들에게 피해를 주지 않도록 하기 위함이었다. 호랑이나 늑대 같은 큰 동물뿐만 아니라, 여우, 오소리, 살쾡이 등 작은 육식동물도 노약자에게는 큰 위협이 된다. 때문에 사람들은 모여 살면서 짐승들의 습격으로부터 안전하게 지낼 수 있는 마을을 만들었다. 마을에서 발전한 도시는 당연히 도시인의 안전을 위한 시설물을 만들었다. 성벽을 쌓고, 성벽에 군사들을 배치해두기도 했다. 도시는 처음 탄생할 때부터 인간의 안전을 위해 맹수 등의 동물을 배척하는 구조로 만들어졌던 것이다.

맹수들은 도시에서 배척당했지만, 인간이 길들인 가축들은 도시에서 오랫동안 함께 살 수 있었다. 도시의 길에는 소나 말, 당나귀 등이 끄는 수레가 지나다녔다. 사람들은 말을 타고 도시를 활보하기도 했다. 도시에 사는 사람들은 양이나 소 등을 이끌고 도시 바깥으로 나가 방목을 하거나, 농사를 짓기도 했다.

그런데 20세기 들어 본격적으로 동물이 도시에서 쫓겨나기 시작한다. 쫓겨난 대표적인 동물이 소와 말이다. 말은 오랫동안 사람들의 주요 교통수단이었다. 1914~1918년에 발발했던 제1차 세계대전만 하더라도 엄청난 말이 동원됐다. 말은 전쟁터에서 군수품을 운반하는 수레와 대포를 끌었다. 기병대도 여전히 활약했다. 하지만 세계대전 이후 급속하게 늘어난 자동차로 말미암아 운송수단으로써의 말의 위상은 크게 손상됐다. 말이 기병과 교통수단의 위상을 잃자, 승마장이나 경마장에서나 볼 수 있는 동물로 전락해 대중으로부터 멀어졌다.

불과 40~50년 전만 해도 번잡한 서울에서도 말과 당나귀가 끄는 달구지를 볼 수 있었다. 그런데 지금은 농촌에서조차 달구지를 볼 수 없게 되었다. 자동차가 널리 보급되면서 도리어 교통의 방해물이 된 것이다.

소도 마찬가지다. 비록 계획에 의해 도시로 편입되었지만, 도시 속에도 논과 밭이 적지 않았다. 소는 농사에도 사용되었고, 벽돌공장이나 시장에서 물건을 실어 나르는 달구지를 끌기도 했다. 하지만 도시 속의 논과 밭은 점점 아파트나 상업 용지 등으로 바뀌면서 도시 농부들은 자취를 감추기 시작했다. 이런 현상은 비단 우리나라에만 국한된 것은 아니라 전 세계적이다. 인도처럼 소를 숭배하는 나라가 아니라면, 세계적인 대도시에서 소나 말 같은 대형가축을 보기란 매우 어려워졌다.

인간은 소에게 농사일을, 말에게 군대에서 기마의 역할, 그리고 두 동물 공히 운송수단의 역할을 요구했었다. 하지만 기계문명의 발달은 소와 말에 대한 인간의 관심을 크게 떨어뜨렸다. 이제 말은 경마용으로, 소는 고기와 우유를 제공해주는 용도로 그치게 되었다. 경마용 말은 특정한 곳에서만 필요로 하고, 소는 대규모 목장에서 키워질 뿐, 도시에서 사람들과 함께 생활할 필요가 없어졌다.

소와 말이 도시에서 인간들과 함께 살아가던 시절, 이들이 길거리에 쏟아내는 배설물은 도시 위생에 큰 걸림돌이 되었다. 도시에서 깨끗하고 화려한 생활을 즐기려는 사람들에게 문제를 일으키는 동물은 추방 대상이 되었던 것이다. 조선시대에도 한때 청계천 4가쯤에 있던 마시장이, 조선 후기에는 청계천 6가 쪽으로 밀려난 적이 있었다. 1963년부터 서울에서 하루에 소 250여 마리, 돼지 2천 마리가 도축되던 마장동 도축장은 도시개발로 인해 1998년 문을 닫게 되었다. 지금도 남아 있는 마장동 축산물시장은 도축장 없이 단순 도매시장의 역할만 하고 있다.

도시가 커지면서 동물들도 점점 멀어져갔다. 1950년 영국은 도시

주변의 녹지공간의 개발을 제한해서 자연환경을 보전하자는 취지로 그린벨트를 지정했다. 우리나라도 과밀도시의 방지, 도시 주변의 자연환경 보존과 대기오염 예방, 상수원 보호 등을 위해 1971년부터 그린벨트를 지정했다. 하지만 도시가 커질수록 그린벨트를 유지하기가 어려워졌다. 시간이 지날수록 그린벨트가 해제된 지역이 늘어났다. 그 곳에 대규모 아파트 공사가 이루어지면서 점차 도시화 되어갔다. 그린벨트가 축소되자 도시인들이 자연에 사는 동물을 접하려면, 더 먼 곳까지 나가야 했다. 도시가 확대될수록 동물은 인간으로부터 더욱 멀어진 셈이다.

사람들은 살아 있는 소를 비롯한 가축의 배설물과 냄새 등을 싫어하지만, 그 고기는 여전히 선호한다. 사람들은 일부 반려동물을 제외하면, 동물을 살아 있는 동물이 아닌 고기 상태로만 접하게 된다. 그러다 보니 도시인들은 인간이 동물과 더불어 존재해야만 한다는 생각을 차츰 잊어버리기 마련이다.

매연과 시멘트로 이루어진 삭막한 도시의 공간은 야생동물의 생활환경으로는 낙제점에 가깝다. 필자가 어렸을 때만 해도 자주 볼 수 있었던 철새인 제비를 서울 같은 대도시에서 만나기가 점점 어려워지고 있다. 멧돼지를 비롯한 야생동물이 도시에 나타났다는 것이 뉴스가 될 정도로, 야생동물들은 이제 도시로부터 완전히 쫓겨나고 말았다. 가축들도 개와 고양이처럼 도시 생활에 완전히 적응한 반려동물을 제외하곤 도시로부터 추방당하고 말았다. 그렇다고 동물을 다시 도시로 불러올 수도 없다. 도시에 호랑이가 마구 출몰한다면, 사람들은 시장에서 장사를 하거나, 사무실로 출근하는데 엄청난 공포에 떨어야 할 것이다. 자동차가 씽씽 달리는 도심 도로에 양떼가 천천히 걸어가고 있다면, 심각한 교통문제를 일으킬 것이다.

이처럼 현대 도시문명은 사람들에게 조금이나마 피해를 주거나, 별다른 이익을 주지 않는 동물을 배척하면서 만들어졌다고 할 수 있다. 도시문명이 발달할수록 많은 동물은 점점 설 땅을 잃어갈 것이다. 소중한 동물들이 빠르게 멸종하게 되자, 인류는 비로소 사태의 심각성을 깨달았다. 이미 많은 동물이 사라져버렸으므로 동물을 보호해야 한다는 인간의 깨우침은 때늦은 감이 있다. 그렇지만 늦게나마 동물을 보호해야 함을 깨우쳤으니, 이제라도 동물들을 잘 보호해서 지구촌에 사는 많은 동물들과 함께 공존할 수 있는 길을 찾아야 한다.

2

동물원의 역사와 임무

동물원은 다양한 동물을 볼 수 있는 곳이다. 동물원의 첫 시작은 희귀한 동물을 보고 싶어 하는 일부 지배층들의 욕구에서 비롯되었다. 동물이 많았던 고대에도 진기한 동물은 왕과 귀족들도 쉽게 도시에서 볼 수가 없었기 때문에, 이들을 즐겨 보기 위해 동물원을 만들었다.

세계 최초의 동물원은 B.C. 3500년경 상이집트의 수도였던 히에라콘 폴리스에서 탄생했다. 2009년 고고학자들은 이곳에서 개, 새끼 하마, 수사슴, 소와 송아지, 코끼리, 하마, 야생고양이, 개코원숭이 등을 포함한 112마리의 동물을 집단으로 감금한 흔적을 찾아냈다. 개코원숭이, 야생 고양이, 하마 등이 보호된 환경에서만 나타날 수 있는 뼈 골절의 징후를 찾아냈다. 또한 코끼리 등이 먹은 음식은 인간이 준 먹이라는 것을 확인했다.[82] 즉 잡아먹기 위해 동물을 가둔 것이 아니라, 특정 목적에 의해 동물을 가둬두고 장기간 사육한 동물원이었음이 확인되었다.

고대 이집트뿐만 아니다. 메소포타미아, 인도, 중국, 이스라엘, 그리스 등에서도 우리에 다양한 동물을 가두고 키웠다. 기록상으로 서양에서는 B.C. 974~937년 솔로몬 왕 때 동물 사육 기록이 가장 오래된 것으로 보인다.[83] 중국에서는 궁궐 안에 황제의 위엄을 상징하는 동산과 연못을 만들고 진기한 짐승을 길러서 오락장으로 삼았다. 서한시대에는 궁중 정원에 호랑이와 곰 등 맹수를 잡아다 우리에 가두어 기르면서 구경거리로 삼기도 했다.[84] 한무제는 장안(오늘날 서안시)에 건장궁이란 궁궐을 짓고, 궁궐 서쪽에 호랑이를 키우는 호권(虎圈)을 만들었는데 둘레가 수십 리나 됐다고 한다.[85]

그리스는 B.C. 7세기에 동물원을 지었는데, 동물을 단순히 놀이의 대상으로만 사육한 것이 아니라, 학문적으로 접근하는 경향이 있었다. 아리스토텔레스(B.C. 384~322)는 동물원의 동물을 열심히 연구하고 관찰해 『History of animal』을 펴냈는데, 이 책은 동물학의 선진적인 업적으로 여겨지고 있다. 그가 살던 시기 그리스 각 도시에 동물원들이 있어서 학습 자료로 많이 이용되었다. 아리스토텔레스는 동물을 크게 유혈동물(척추동물)과 무혈동물로 구분하고, 척추동물을 젖빨이강, 새강 등으로 나누었고, 무혈동물을 곤충류, 조개류, 유연류

『History of animal』
아리스토텔레스는 최초의 동물학 책을 만들었다.

(문어, 오징어), 연갑류(새우, 게) 등으로 나누었는데, 오늘날의 동물 분류법과 거의 유사하다.

　고대에 동물원이 학술연구와 교육 목적으로 이용된 것처럼 오늘날에도 동물원은 중요하다. 하지만 그리스 이후 오랫동안 동물원은 동물에 대한 연구에 큰 도움이 되지는 못했다. 유럽에서는 로마제국 멸망 이후 동물원이 쇠퇴했다가, 16세기 대항해시대 이후 탐험이 활발해지자 세계 각지에서 기이한 동물을 가져오면서 동물원 설립 붐이 일어났다. 이로써 동물 연구를 위한 기초가 다져지게 되었다.

근대 동물원의 시작은 1752년 오스트리아의 빈에 설립된 쇤브른 동물원이 처음이다. 본래 이 동물원은 오스트리아제국의 프란츠 1세가 마리아 테레지아 왕비를 위하여 세운 것인데, 1765년 요제프 2세에 의하여 대중에게 공개되었다. 이로써 처음으로 대중들이 동물을 관람할 수 있게 되었다.[86]

우리나라도 서기 500년 백제 동성왕이 궁궐 안에 임류각을 세우고, 연못을 파고 기이한 짐승을 길렀다. 신라도 674년 궁내에 연못을 만들고, 여기에 화초를 심고 진기한 새와 동물을 길렀다. 이곳이 바로 안압지이다. 당시로서는 동궁이자, 연회장으로도 사용한 임해전 일대였다. 동물원을 만든 것은 특별한 짐승을 보며 즐기는 재미를 위함도 있었겠지만, 진기한 동물에 온갖 의미를 부여해서 왕과 국가의 권위와 힘을 과시하기 위해 동물원을 만들기도 했다.[87]

우리나라의 근대적 동물원은 1909년 일제가 창경궁을 헐고 그 자리에 동물을 키우는 창경원을 만든 것이 시초라고 하겠다. 아시아에서는 1865년 베트남, 1882년 일본, 1906년 중국에 이어 4번째로 생겼다.[88] 요즘은 다양한 놀이공원이 많아 인기가 떨어졌다지만, 서울을 방문한 사람들이 반드시 보고 싶어 하던 곳이 창경원이었던 시절도 있었다.

오랫동안 야생동물과 치열한 생존 투쟁을 하던 시기가 지나고, 이제 인류는 힘세고 사나운 동물들마저 사육장에 넣어 키울 만큼, 동물

호수에서 놀고 있는 펠리컨. 오스트리아 쇤브룬 동물원

과의 관계에서 확실히 우위에 섰다. 그렇다고 승자인 인간이 패자인 다른 동물을 단지 구경꺼리로 삼기 위해 동물원에 넣고 사육하는 것은 결코 바람직한 것은 아니다.

동물원이 인간의 호기심 때문에 만들어졌다고는 하지만, 현대의 동물원은 새로운 임무를 부여받고 있다. 동물원이 현대판 '노아의 방주' 역할을 하기 때문이다. 현대 도시문명의 발달로 멸종 위기에 처한 동물이 점점 늘어가고 있다. 멸종 동물이 늘어난다면, 지구상의 생물 다양성은 큰 위협을 받게 된다. 다양한 동물들이 함께 공존하는 것이 인류의 미래를 위해 훨씬 더 큰 이익이라는 것을 깨달은 인류는 드디어 멸종위기 동물을 보호해야겠다는 생각을 하게 된다. 세계자연 보호연맹(IUCN)은 1966년 멸종 가능성이 있는 호랑이나 반달가슴곰 같은 야생생물의 명단(Red-data book)을 만들어 그 분포와 생식상 황을 상세하게 소개하는 안내 책자를 만들었다. 이를 계기로 무질서 한 자연 파괴를 방지하고, 멸종 위기에 닥친 동식물을 보호하자는 움 직임이 생겨나게 되었다. IUCN에서 2~5년마다 갱신해서 발간하는 자료집에 따르면, 현존하는 포유류의 1/4, 조류의 1/8, 파충류의 1/4, 양서류의 1/5, 어류의 30%에 달하는 1만1천종이 멀지 않은 장래에 멸종할 위기에 처했다고 한다. 멸종 원인은 도시개발과 산림훼손에 따른 서식지의 축소와 무분별한 포획 때문이다. 이렇게 동물들을 멸 종하게 만든 가장 큰 주범이 바로 인간이지만, 동시에 인간만이 동물

아프리카 사막에 서식하는 한 쌍의 사막여우

들의 멸종을 막아낼 수 있는 유일한 생명체이다. 만물의 영장인 인간은 동물을 보호하고, 그들을 지켜줄 의무가 있다.

동물원은 단순히 동물을 보고 즐기기 위한 놀이시설이 아니다. 동물을 전시하는 박물관이며, 사회교육시설이다. 동물원은 멸종 위기에 처한 동물의 보존과 동물에 대하여 과학적으로 연구하는 시설이기도 하다.

우리나라의 대표적인 동물원인 서울대공원의 서울동물원은 핵심 가치를 동물복지, 동물과 서식지 보전, 생태환경교육, 시민 감동 등 4가지로 정하고, 동물복지와 보전을 추구하는 선진 동물원이 되는 것을 목표로 하고 있다. 서울동물원에는 종(種) 보전연구실이 따로 있

희귀동물인 코알라가 나무에 앉아 있다. 동물원은 현대판 '노아의 방주' 역할도 한다.

다. 이곳에서는 멸종위기에 처한 동물의 번식과 복원, 그리고 서울대공원 내 동물의 전문적인 건강관리를 실시하고 있다. 종 보전 사업은 멸종되어가는 동물에 대한 관심과 노력의 일환인 셈이다.

조류사(출처; 태국 치앙마이 동물원)

사자(출처; 일본 후지 사파리)

호랑이(출처; 과천 서울동물원)

버펄로(출처; 과천 서울동물원)

코끼리(출처; 일본 후지 사파리)

코뿔소(출처; 과천 서울동물원)

원숭이 우리
행동풍부화 프로그램에 의해 동물의 다양한 자연의 행동을 유도하도록 사육사가 만들어졌다.

자연 친화적으로 설계된 태국 치앙마이 동물원

인간들에 의한 무분별한 도시개발과 산림훼손에 따른 서식지의 축소와 환경파괴, 밀렵과 남획, 그리고 무관심에 의해 많은 동물이 멸종위기에 처해있다.

동물원은 이러한 멸종위기종의 보전을 위해 새로운 역할을 부여받고 있다. 멸종위기 동물의 유전자원은행 역할을 통해 멸종한 동물의 복원을 추진할 수도 있다.

동물원은 인간의 관람 목적을 위해 동물을 가둬두는 감옥이 아니라, 인간과 동물이 친해지고, 함께 공존할 수 있는 방법을 모색하는 공간으로 활용되어야 한다. 인간이 야생의 자연과 함께 살기 위해 많은 준비가 필요하듯, 야생동물 역시 인간과 살기 위해서는 많은 배려와 준비가 필요하다. 서울동물원은 2003년부터 행동풍부화 개념을 도입하여, 사육되고 있는 야생동물에게 자연과 유사한 환경을 제공해주고 자연에서 보이는 고유한 행동을 유도해내고, 비정상적인 행동을 감소시키기 위한 동물 행동풍부화 프로그램(Behavioral enrichment) 을 운영하고 있다. 행동풍부화는 먹이풍부화, 사회성풍부화, 환경풍부화, 인지풍부화, 감각풍부화, 놀이풍부화로 나누어 시행한다.[89]

인간의 입장뿐만 아니라, 동물의 입장에서도 동물원은 편한 공간이 되도록 해야 한다.

자연생태계를 무시한 도시 속의 동물원은 동물의 입장에서는 과히 편한 공간만은 아니다. 2013년 중앙아메리카의 코스타리카 정부가 동물원의 완전 폐쇄를 선언해, 세계에서 유일한 동물원이 없는 나라가 된다는 뉴스보도가 있었다. [90]하지만 동물원 운영주체와의 문제로 코스타리카가 동물원을 폐지하는 첫 번째 나라가 될 지는 아직 불투명하다. 코스타리카에서는 동물원 폐지를 요구하는 가두행진까지 있었다.[91]

동물원이 동물을 위한 사파리 등 자연친화적인 공간으로 거듭나고, 동물을 위한 진정한 '노아의 방주'가 된다면 동물원 폐지 논란은 없어질 것이다. 관람욕구를 충족시켜주는 인간만을 위한 인간 중심의 동물원이 아니라, 동물과 인간이 함께 살아가기 위한 동물원으로 변신을 계속해야 한다. 따라서 우리 인간들의 관심도 변해야 한다. 그런 의미에서 멸종 위기의 동물을 치료하고 연구하는 종 보존 연구실의 기능은 더욱 강화되어야 마땅하다.

3

애완동물에서
반려동물로

현대 문명이 발전하고, 인구가 급증하면서, 대다수 동물은 숲은 물론 인간이 사는 도시에서도 쫓겨났다. 이들은 인간의 발길이 드문 오지나, 인간이 만들어 놓은 동물 보호구역 혹은 동물원에서 살게 되었다. 인간이 살지 않는 바다 속 동물들도 인간의 지나친 남획으로 인해 급격히 개체수가 줄어들어, 보호받지 않으면 멸종 위기에 처할 동물이 늘어나고 있다.

전반적인 동물들의 위기 속에서 도리어 인간의 보호를 받고, 살아가는 동물도 있다. 또 인간의 필요성에 의해 개체수가 엄청나게 늘어난 동물도 있다. 이들이 바로 반려동물과 산업동물이다.

개와 고양이는 대표적인 반려동물이다. 반려(伴侶)라는 말은 평생의 동반자가 된다는 말로, 오랫동안 부부 사이에 사용되던 말이다. 1983년 10월 오스트리아 빈에서 열린 인간과 애완동물의 관계를 주제로 국제 심포지엄이 열렸다. 심포지엄에서 동물 행동학자 콘라트 로렌츠[92]가 애완동물(pet)이란 말 대신 생을 함께하는 동물 즉, 반려동물(Companion animal)로 인식하자는 취지로 사용을 제안했다. 인간의 장난감인 애완동물이 아니라 더불어 살아가는 동물이란 의미로 반려동물이란 용어가 이제는 보편적으로 사용되고 있다.

단순히 명칭의 변경만이 아니라 인간과 동물의 관계에 있어서도 변화가 있었기에, 반려동물이란 단어가 널리 사용된 것이라고 할 수 있다. 사회가 발달하고 물질이 풍요로워졌지만, 도시인들은 점점 이웃으로부터 소외되고 있다. 각박한 도시 생활을 하면서, 이웃과 왕래도 끊겼다. 가족이 해체되어 핵가족은 물론 심지어 1인 가구도 탄생하게 되었다. 집에 돌아와도 함께 이야기를 나눌 상대가 없는, 정서적으로 소외된 사람들이 크게 늘어난 것이다.

소외된 사람들에게 위로를 주는 존재로 반려동물이 등장하게

귀엽고 앙증맞지만 집도 잘 지키는 치와와

되었다. 인간은 자기중심적이지만, 동물은 항상 천성 그대로이며 가식이 없고 순수하다. 사람은 동물과 접함으로써, 상실되어가는 인간 본연의 따뜻한 마음을 되찾으려고 한다. 사람들은 다양한 동물을 곁에 두고 키우고 있다. 개, 고양이, 승마용 말, 카나리아와 같은 조류, 금붕어를 비롯해 디스커스나 엔젤피시와 같은 관상어, 뱀, 도마뱀, 악어, 거북, 개구리, 도룡뇽 등의 파충류와 양서류 등등 그 종류도 매우 다양하다. 이들 동물들을 반려동물로 부르기를 주저하는 사람들도 있다. 키우는 당사자들이 동물을 어떻게 생각하는지가 가장 중요한 관건이라고 할 수 있을 것이다. 반려동물을 대표하는 개의 경우에도, 일부 사람들은 아직도 식용으로 생각한다. 어떻든지 동물에 대한 사람들의 태도에 따라 반려동물의 범위는 변하고 있다.

반려동물은 점점 늘어가고 있다. 농림축산식품부 자료에 따르면 2015년 국내에서 반려동물을 기르는 가구는 약 457만으로 전체 가구의 21.8%에 해당된다. 현재 약 1천만 명으로 추정되는 반려동물 사육 인구는 고령화와 1인 가구의 증가에 따라 계속 늘어날 것으로 사료된다. 농협경제연구소 분석 결과 반려동물 관련 시장 규모는 2012년 9천억 원, 2016년 2조 2천 9백억 원, 2020년에는 약 5조 8천억 원 규모로 성장할 것으로 전망되고 있다. 반려동물과 함께하면 노인의 신체, 정신적 건강에 도움이 된다는 것이 다양한 연구 결과로 입증되고 있다. 반려동물과 함께하면 좀 더 건강해지는 현상을 '반려동물 효과(Companion animal effect)'라고 한다. 특히 개와 함께 생활할 때 두

반려동물과 노인
인간이 반려동물과 함께 하면 좀 더
건강해지는 효과를 볼 수 있다.

드러진다. 미국 미주리대 연구팀이 2016년에 발표한 자료에는 개를 기르는 60세 이상 노인이 그렇지 않은 노인보다 혈압과 콜레스테롤 수치 등 주요 건강지표에서 상대적으로 양호한 것으로 나타났다. 반려동물을 기르는 노인은 일상적인 밥 주기나 산책, 놀아주기와 같은 신체 활동을 통해 신체 건강을 유지할 수 있다. 또 영국 퀸스대 동물행동학 연구소의 웰스 교수팀의 연구 결과에 따르면 반려동물과 함께 지내는 노인은 그렇지 않은 노인보다 우울증을 적게 느낀다고 한다. 일부 지방자치 단체는 '반려동물 돌보미 양성'을 통해 노인 일자리를 창출하는 곳도 있다. 이렇듯 반려동물 산업은 노인의 새로운 일자리 창출에도 기여하고 있다.[93]

반려동물의 증가와 더불어 이제 반려동물의 건강도 과거보다 더욱 중요한 문제가 되고 있다. 반려동물의 아픔이나 죽음은 보호자에게는 가족의 아픔이나 죽음처럼 커다란 상처가 되기 때문이다. 반려동물이 건강하게 살기 위해서는 각종 질병에 대한 예방과 위생관리가 무엇보다 중요하다. 반려동물의 건강이 중요해지면서, 동물병원을 찾는 이들도 크게 늘었다.

　반려동물의 숫자가 증가하자 2013년 1월부터 반려동물등록제도가 실시되었다.[94] 개를 소유한 사람들은 반드시 시, 군, 구청에 등록하도록 하는 제도다. 인간이 사육하는 반려동물의 숫자가 증가하는 반면 버리는 경우도 늘어나고 있다. 유기견이 그것이다. 주인으로부터 버림받은 개나 고양이는 결국 야생으로 돌아가 살게 되는데, 이들은 자연 생태를 파괴하기 마련이다. 북한산 등 서울 인근의 산에 버림받은 개들이 등산로에 불쑥 나타나 사람을 위협하고, 버려진 고양이들은 숲에 있는 다람쥐 등을 닥치는 대로 잡아먹어 생태계를 파괴하는 등 새로운 사회 문제로 등장하고 있다.[95] 현재 유명무실한 반려동물등록제를 보다 엄격히 시행하고, 동물을 유기하는 사람을 동물학대죄로 더욱 강력히 처벌하는 제도적 보완이 필요하다고 하겠다. 반려동물이 늘어갈수록 반려동물에 대한 사람들의 인식이 보다 향상되어야 할 것이다.

4

가축에서
산업동물로

미국의 역사학자 블리엣은 가축 사육을 전기사육시대, 사육시대, 후기사육시대로 구분하면서 사육의 개념을 각 시대별로 특징지었다.[96] 그에 따르면 전기사육시대는 인간과 동물의 경계가 모호하고 동물에 대한 신성한 상징이 넘쳐나던 시기였다. 동물의 얼굴을 한 신의 모습 등이 대표적이라 할 수 있다. 사육시대는 가축화된 동물을 기르고 이용하는 인간 지배적인 시기다. 인류는 동물과 함께 교감하며 살아오는 과정을 통해 동물을 길들였고, 그들로부터 젖과 고기를 얻어 인류의 오랜 염원인 '굶주림으로부터 해방'도 달성할 수 있었다. 인류는 젖과 고기를 얻는 과정에서 가축에게 온갖 정성을 쏟아 부었다. 가축들이 맹수들로부터 안전하게 살아갈 수 있도록 해주었고, 먹이를 주며 키워왔다. 가축은 인간의 동반자였고, 인간은 가축의 보호자였다.

가축과 인간의 관계가 변화하기 시작한 것은 공장식 가축사육이 등장하는 후기사육시대부터라고 할 수 있다. 후기사육시대에 접어들면서 동물과 인간의 유대관계가 크게 약화되었다. 개와 고양이는 집에서 키우는 가축에서 벗어나 반려동물로 지위가 격상한 반면, 오래도록 인간과 함께 일하던 소중한 가축인 소는 산업동물로 탈바꿈되어 대중과 멀어졌다. 인간은 고기와 가죽 등 축산물을 얻기 위한 목적으로 산업동물을 공장에서 상품을 찍어내듯이 대규모로 사육한다. 대규모 목장에서 대량으로 키워지는 산업동물은 일반 사람들이 내부를 거의 볼 수 없는 도축장에서 생을 마감하고 깨끗한 포장육으로 도시 상점에서 부위별로 판매된다. 가죽은 의류 가공업체 등에 넘겨져 가죽옷이나 벨트, 가방 등으로 새롭게 변신해 우리 앞에 나타나고 있다. 도시에 사는 사람들은 상점에서 고기를 구매하면서 동물들이 어떻게 여기까지 왔는지 또 어떻게 도살되었는지에 대한 고민은 하지 않는다. 그저 맛이 좋거나, 보기 좋거나, 값이 싼지 여부에만 관심을 가질 뿐이다.

산업동물의 등장은 그리 오래된 것이 아니다. 대량 생산과 대량 소비로 상징되는 현대문명의 결과로 가축이 산업동물로 분류된 것뿐이다. 소득 수준이 올라감에 따라 육류를 섭취하고자 하는 인간의 욕망은 커지기 마련이다. 그러한 욕구를 충족시키려는 목적으로 각종 설비를 갖춘 대규모 농장이 생겨났다. 이들의 목적은 단지 짧은 시간 내에 크게 키워 출하하는 것뿐이다. 닭의 경우, 예전 농가에서는 겨우

현대식 돼지 사육 농장

산업동물을 진찰하는 수의사
대규모 밀집 사육이 성행하면서, 동물 질병의 발생은 높아져 가고 있다.

십여 마리 키우는 정도였다. 그러나 오늘날에는 수십만 마리를 키우는 초현대식 양계장으로 탈바꿈했다.

소나 돼지, 닭 등 대규모로 키워지는 산업동물들은 과거의 가축들과는 많은 점에서 다르다. 반려동물의 경우 인간과 정서적 교감이 오가지만, 산업동물들은 그렇지 않다. 주인이 일일이 가축과 정서적 교감을 가질 수도 없고, 또 그럴 필요성도 못 느낀다.

산란용 닭을 A4 종이 크기의 좁은 케이지 안에 넣고, 잠도 덜 자게 전등을 오래 밝히면서 물과 사료만 준다. 전등을 오래 밝히면 닭은 잠 잘 생각을 못 하고 계속 사료를 먹으면서 알만 낳는다. 몸은 곯지만 생산성이 매우 높아지게 된다. 육계용 닭도 비좁은 비닐하우스 등지에서 과밀 사육하고 있는 실정이다. 육계용 병아리는 생후 30일 만에 치킨용으로 팔려간다. 산란계가 되면 2년까지 살지만, 거의 매일 알을 낳아야 한다. 자연 수명인 10살까지 사는 경우란 거의 없다. 이렇듯 대규모 농장은 경제적 이익을 내세워 생필품 공장처럼 알과 고기를 뚝딱 만들어 내고 있다. 한국인들에게 필요한 닭고기 수요를 충족시키려면 매년 수억 마리가 넘는 육계를 생산해야 한다. 넓은 공간에서 기르는 복지사육은 이상적이지만, 생산성이 너무 떨어진다.

공장식 사육은 필요악이라고도 할 수 있다. 대량생산 방식인 공장식 사육을 완전히 없애고자 한다면, 현대인은 지금처럼 고기를 싸게 구입할 수 없게 된다. 대규모 사육 덕분에 인간의 식생활이 개선되고, 영양이 개선되었으며, 축산농가가 경제적 성장을 이룰 수 있었다. 하지만 경제적인 이익만 추구하는 공장식 대규모 밀집 사육은 조류인플루엔자, 구제역 등 유행성 전염병에 매우 취약하다. 산업동물의 위생과 건강, 복지를 위해 축산농가, 수의사, 그리고 정부의 노력이 더욱 필요하다고 하겠다.

5

20세기의 기적,
고기혁명

인류는 굶주림에 시달리며 생존의 위협을 받으며 살아왔다. "빵을 달라"는 파리 시민들의 한 서린 외침을 들은 프랑스의 마리 앙투아네트 왕후가 "빵이 없으면 고기를 먹지, 왜 저렇게 떼를 써"라고 말했다는 이야기가 있다. 다소 과장되고 실제와 달리 왜곡된 말이라고도 하지만, 배부른 사람들이 굶주림에 지친 사람들의 고통을 이해하지 못한다는 것을 표현한 대표적인 말로 지금까지도 회자되고 있다. 지금도 아프리카 등지에서는 굶어서 죽는 사람들이 있지만, 대부분의 지구촌 사람들은 과거 어느 때보다 풍족한 식생활을 즐기며 살고 있다. 그래서 사람들은 굶주림의 공포를 잊고 살아간다.

하지만 인류의 오랜 소원인, 굶주림으로부터의 완전한 탈피가 이루어진 것은 불과 얼마 되지 않았다. 최근에 이르러서야 생물학, 화학, 공학, 농학 등의 발전 덕분에 비료의 개발, 종자의 개량, 농업의 기계화 등이 이루어져 단위면적 당 곡물 생산량이 크게 증가했다. 식량 생산이 늘어나면서 인류가 굶주림으로부터 해방된 것은 20세기 현대 문명의 가장 위대한 업적이라고 할 수 있을 것이다. 하지만 굶주림에서 벗어났다고 해서, 인류의 욕망이 다 해결된 것은 아니다.

해방 이후 대한민국은 일제강점기 시절 일제의 가렴주구로 인해 농촌이 피폐해진 가운데 만성적인 식량 부족에 시달려야 했다. 식량 자급을 위해 농촌진흥청은 단위면적 당 생산량이 높은 통일벼를 개발해, 1972년부터 전국에 보급했다. 그 결과 우리나라는 1977년에 이르러 비로소 쌀을 자급자족할 수 있게 되었다. 부족한 쌀 때문에 혼식을 장려하던 정부의 정책도 사라졌고, 오랫동안 금지했던 쌀막걸리의 제조도 다시 허가되었다. 정부는 이를 녹색혁명의 성취라고 대대적으로 선전했다. 그렇지만 인간의 욕심은 끝이 없어 녹색혁명의 효과는 오래가지 못했다.

단순히 식량생산만 늘린다고 모든 것이 해결되지 않았기 때문이다. 통일벼는 생산성이 높았지만 밥맛이 떨어지는 단점이 있었다. 경제학의 창시자 애덤 스미스의 '한계효용체감(限界效用遞減)의 법칙'에 따라 배불리 먹게 된 이후, 사람들이 원하는 것은 좀 더 맛있는 음식, 보다 질 좋은 음식을 추구하게 되었다. 1970년 우리 국민들의 1인당 연간 쌀 소비량은 약 136.4kg이었고, 1985년에도 128.1kg이었지만, 2016년에는 겨우 61.9*kg*에 불과할 정도로 30년 사이에 소비량이 거의 절반 이하로 줄었다.[97] 국민 소득이 증가한 만큼, 사람들은 점점 맛있는 쌀을 원하게 되었고, 한때 맛은 떨어지지만 생산성이 높아 기적의 벼라고 칭송받던 통일벼는 이제 철저히 외면당하고 있다.

쌀 소비는 줄어들었지만, 30여 년 사이에 과일과 채소의 소비는 3배 이상 증가했다. 특히 육류는 약 10배, 우유는 천 배 이상 늘었다. 이렇게 식량소비의 패턴이 변하면서, 외국으로부터 사료용으로 사용되는 옥수수를 비롯해, 설탕의 원료가 되는 사탕수수, 소고기, 치즈, 삼겹살 등의 수입이 꾸준히 증가하고 있다. 농민들도 더는 쌀농사만 고집하지 않고, 채소와 과일, 인삼 등 특용 작물 그리고 닭과 소, 돼지 등 축산물 생산에 눈을 돌리고 있다.

현대문명은 먹을거리의 질을 변화시켰다. 가장 중요한 식생활의 변화는 육류 소비의 급증이라고 할 수가 있겠다. 대다수 사람들은 잘 먹고, 잘 사는 기준을 고기를 먹는 것에서 찾는다. 가난했던 우리 조상들은 쌀밥에 고기반찬을 먹는 날이 오기를 소원했다. 수년 전 모 개그맨이 유행시킨 "돈 벌면 뭐하겠노, 소고기 사 묵겠지." 라는 말은 고기 소비에 대한 사람들의 욕망을 단적으로 표현해준 말이었다.

20세기 후반 소득수준이 높아지면서, 한국인의 육류 소비량은 계속 증가해왔다. 1970년 1인당 연간 육류 소비량은 5.2*kg*이었으나, 1980년에 11.3*kg*, 90년에 19.9*kg*, 95년에 27.4*kg*, 그리고 2014년에는 45.1kg이나 되었다. 소고기의 경우 1970년에 겨우 1.2kg을 소비했지만, 2014년에 10.8kg을 소비해, 무려 10배로 증가했다. 돼지고기는 2.6kg에서 21.5kg으로 역시 8배 이상 늘었고, 닭고기도 1.4kg에서 12.8kg으로 9배 이상 증가했다. 달걀의 경우도 77개에서 254개로 3.3배 증가했다.

가장 크게 급증한 것은 우유 소비량이다. 조선시대에는 우유가 매우 귀해서 궁중에서나 겨우 맛볼 수 있었다. 1961년 국민 1인당 우유 소비량은 불과 45g이었다. 그런데 2014년 국민 1인당 우유 소비량이 대폭 늘어나 72.4kg에 달했다. 무려 1,600배 이상이나 늘어난 것이다. 우유의 생산량 역시 1961년 1,168톤에 불과했는데, 이는 2014년 하

조선시대 우유는 궁중에서만 먹는 귀한 음식이었다.

루 평균 생산량에도 못 미치는 수준이다. 최근 생산량은 약 200만 톤에 달하고 있어 무려 1천 7백 배 이상 급증했다. 과거에는 젖소가 드물었지만, 지금은 젖소사육이 보편화되고 사육 두수가 크게 증가한 때문이다.[98]

육류 수요가 계속 늘어난다면, 그에 맞게 생산도 늘어나야 한다. 육류 공급량이 변하지 않았는데 수요만 늘어난다면 육류 가격은 천정부지로 급등할 수밖에 없다. 소득이 올라도 소고기 값이 자꾸 비싸진다면, 소고기를 마음껏 먹을 수가 없으니 소득 향상의 효과가 반감될 수밖에 없다. 사람은 자신이 좋아하는 먹을거리를 풍족하게 먹었을 때 행복감을 느끼게 된다. 늘어난 수요를 만족시키려면, 공급도 빠르게 증가해야 한다. 그래야 가격이 안정되기 때문이다.

비교적 저렴한 가격에 대량의 육류를 공급하여 많은 사람들이 값싸게 고기를 먹을 수 있게 된 것은 '20세기의 기적'이라고 할 수 있다. 값싼 고기의 등장은 '고기 혁명'이라고 부를 수 있겠다. 헐벗고 굶주렸던 보릿고개를 기억하던 어르신네들의 입장에서 본다면, 인류의 오랜 로망인 맛난 고기를 마음껏 먹을 수 있는 고기 뷔페의 등장은 천국이 도래한 것에 비유될 수 있을 것이다.

6
국민간식,
치킨과 달걀

'사위는 백년손님'이라는 속담이 있다. 사위는 처갓집에서 소홀히 대할 수 없는 존재임을 뜻하는 말이다. 불과 얼마 전까지만 해도 사위가 처가에 가면, 장모님이 처음으로 대접해주신 음식이 닭백숙인 경우가 많았다. 닭은 농가에서 몇 마리씩 키우는 가축이기는 하지만, 늘 먹을 수 있는 고기가 아니었다. 그래서 사위처럼 귀한 손님이 올 때만 씨암탉을 잡아서 대접했던 것이다.

닭이 귀했기 때문에, 요즘 프라이드치킨처럼 살코기만 먹는 경우는 드물었다. 닭을 솥에 넣고, 밤, 대추, 인삼 그리고 닭 안에 쌀까지 넣어 끓이는 닭백숙이 가장 일반적인 닭 요리법이었다. 닭고기에서 우러나온 육수 국물에 밥까지 말아먹어야만, 닭 한 마리로 여러 사람이 식사를 할 수 있었기 때문이다.

　2002년 개봉되어 4백만이 넘는 관객을 동원한 이정향 감독의 영화『집으로』는 외할머니의 손자에 대한 사랑을 그린 작품이다. 도시에 살던 어린 상우는 어머니의 손에 이끌려 산골에 홀로 사는 외할머니에게 맡겨진다. 말도 어눌하고, 상우의 말도 잘 알아듣지도 못하지만 아낌없이 사랑을 베푸는 할머니는 손주에게 닭백숙을 끓여준다. 하지만 손주는 닭백숙이 아닌 프라이드치킨을 사달라고 투정을 부린다. 영화는 이를 통해 손주와 할머니의 세대차를 보여주었다. 물론 상우는 차츰 할머니의 사랑을 이해하게 되어간다. 닭백숙에서 프라이

국민간식이 된 치킨은 불과 한 세대 전만 해도, 먹기 힘든 음식이었다.

드치킨으로 닭고기 소비 형태가 달라진 것은 새로운 조리법이 알려졌기 때문만은 아니다.

필자와 함께 치킨 맥주를 즐기던 지인 한 사람이 닭고기에 얽힌 자신의 추억을 이렇게 말해주었다. 40년 전 그 사람의 집 달력에 매달 25일에 동그라미가 그려져 있었다고 한다. 그날이 아버지의 월급날이었기 때문이다. 월급날이면 아버지가 가족을 위해 전기구이 통닭을 사가지고 오시는데, 전기구이 통닭은 당시에는 매우 특별한 음식이었다. 온 가족이 모여 고기를 먹다보니 겨우 한두 점만 먹고 그치기도 했지만, 한 달간을 기다렸다고 한다. 그 때문인지 요즘처럼 아무때나 먹을 수 있는 치킨보다 그때 먹던 통닭 맛이 그립다고 했다. 필자 역시 그 시절 통닭에 대한 추억을 간직하고 있다. 먹기 어려웠던 닭고기를 요즘처럼 쉽게 먹게 되다니, 참으로 격세지감이 아닌가.

미국의 31대 대통령 허버트 후버(임기:1929~1933년)는 대통령선거를 치를 때 '모든 냄비에 닭고기를, 모든 차고에 자동차를 약속한다(I will promise you a chicken in every pot and a car in every garage)'라는 구호를 외치며 유세장을 누벼 당선된 인물이다.[99] 이런 공약이 나올 당시 미국의 닭고기 소비량은 지금에 비해 보잘 것이 없었다. 식탁 위 닭고기 한 마리가 풍요의 상징이었던 셈이다. 그런데 2014년 통계에 따르면 미국은 1인당 한 해에 무려 44.6kg의 닭고기를 소비했다 한다. 이렇게 닭고기 소비량이 늘어난 것은 기업형 축산이 시작되고, 양계 기술이 발달했고, 닭의 성장을 촉진하는 사료가 대량 공급되었지만 무엇보다도 더 중요한 것은 닭의 전염병을 막는 수의학이 발전했기 때문이다. 그래서 미국의 닭고기 소비량은 100년간 약 10배가 늘어났다.

한국의 경우는 미국보다 더욱 빠르게 늘어났다. 1970년대에 닭고기는 노인들이나 집안 어른들이 드시는 특별한 보양식이었고, 아이들은 겨우 한입 맛보는 수준이었지만, 지금 자라나는 청소년들에게는 길거리 간식에 불과하게 되었다. TV를 틀면 수시로 치킨 광고를 볼 수 있고, 거리마다 치킨 배달 오토바이를 쉽게 만날 수가 있다. 치킨은 이제 국민간식이란 호칭을 부여받았고 전 국민의 사랑을 받는 음식이 되고 있다. 뿐만 아니라, 도시나 시골 전국 곳곳의 식당에서 닭백숙, 닭볶음탕, 닭칼국수, 닭갈비, 안동찜닭, 닭강정 등 다양한 닭요리가 소비자를 유혹하고 있다.

오랫동안 귀하게 여겨져 왔던 닭고기가 어떻게 국민간식이 되었고, 돼지고기와 함께 인류가 가장 많이 먹는 육류가 될 수 있었던 것일까?

2014년 농수산식품 통계[100]에 따르면, 우리나라는 3만여 가구가 닭을 키우고 있는데, 닭의 총 숫자는 무려 1억 5,641만 마리라고 한다. 1가구당 평균 약 5천 마리를 키우는 셈이다. 치킨 집에서는 한 달 정도 자란 1.5kg 미만의 육계를 주로 소비하는 만큼, 5천만 한국인이 1년간 잡아먹는 닭의 숫자는 무려 6억 마리, 1인당 12마리를 먹는 셈이다. 미국은 우리보다 3배 이상 소비를 하는 만큼, 3억 미국인이 매해 먹는 닭 소비량은 한국의 18배 즉 100억 마리 이상이다. 전 세계적으로는 매년 수백억 마리의 닭이 소비되고 있는 셈이다.

2010년 한국의 농림업 상위 10개 상품 가운데 1위는 쌀로 겨우 15.6%를 차지하는데 그치고, 2위부터 7위까지는 돼지 12.2%, 한우 10.5%, 닭 4.9%, 우유 3.9%, 계란 3.1%, 오리 3.0% 등 모두 축산물이 차지하고 있다. 2010년 축산업생산액은 17조 5천억 원으로, 전체 농업생산액의 42%를 차지할 만큼 이제 농업은 축산업으로 확실히 변모하고 있다. 2000년 대비 10년 만에 축산분야가 2.2배가 성장하여, 농촌을 이끌어가는 성장 산업이 되고 있다. 농촌경제연구원이 발표한 자료에 따르면, 2016년 드디어 연간 쌀 생산액 6조 4570억 원보다 돼지고기 생산액이 더 많은 6조 7700억 원을 기록했다. 서로 순위가 바뀌는 한국 농업사의 획기적인 사건이 발생한 것이다.[101] 쌀의 비중이 해가 지날수록 줄어들고, 그 빈자리를 축산물이 대신하고 있는 셈이다.

1인당 연간 육류 소비량은 통계마다 조금씩 다르다. 정부 발표에 따르면 2014년 기준 미국은 89.7*kg*, 아르헨티나 85.4*kg* 순인데, 우리는 아직 51.3*kg* 수준에 머물고 있다.[102] 또한 돼지고기, 닭고기, 소고기 등 3대 고기를 제외한 오리, 양, 칠면조, 타조 고기 등의 소비량은 아직 미미하다. 따라서 우리나라의 육류 소비량은 더욱 늘어날 여지가 있고, 그에 따라 우리나라 축산업 역시 계속해서 빠르게 성장할 것으로 예상되고 있다.

특히 닭은 달걀과 고기 두 가지를 제공하고 있어, 2010년 현재 농업생산의 8%나 차지할 정도로 비중이 나날이 커지고 있다. 농가에서 부업으로 닭 몇 마리를 키우고, 달걀 3~4개를 매일 거둬들이는 과거의 닭 키우기가 아닌 것이다. 양계 농가가 5천 마리를 키우려면, 우선 닭장의 규모가 과거와 달라져야 한다. 과거 농가에서는 닭을 집 마당에 풀어놓고 방목하듯이 키웠지만 지금 그렇게 키워서는 경쟁력이 떨어진다.

닭을 대량으로 키울 수 있게 된 것은 선진화된 유럽 양계방식의 도입 때문이다. 브로일러는 부화 후 30일간 키워 몸무게 1.5kg 정도에서 출하시키는 육계를 말한다. 유럽에서 도입된 브로일러 양계 방식은 전자동으로 고단백질의 배합사료와 물을 급여해주며 사육한다. 우리나라는 40-50년 전부터 본격 도입하기 시작해서 이제는 거의 모든 농가에 퍼졌다. 이렇게 자동화된 방식으로 닭을 키우면 혼자서 1~2만 마리를 수월하게 관리할 수 있다.[103] 닭은 육류 중에서 생산비가 가장 저렴하므로, 서민들에게 가장 경제적이고 대중적인 단백질 공급원이다. 브로일러는 주로 프라이드치킨용으로 소비된다. 이렇게 대량으로 생산되어 값싸게 치킨 집으로 공급되는 브로일러 덕분에 사람들은 싼 가격에 닭을 먹을 수가 있게 된 것이다.

시간이 지날수록 많은 상품의 가격은 오르고 있다. 원자재나 인건비의 상승 탓인지 수십 년간 물가는 끝없이 올라왔다. 그런데 축산물은 다른 물가와 달리 심각하게 오른 것은 아니다. 1975년과 2010년 물가를 비교해보자.[104]

종류	영화 관람료	유치원 납입금	금반지	사립대 등록금	커피
상승폭	21.3배	64.2배	338배	29배	23.1배
종류	시내 버스 요금	자장면	닭고기	달걀	돼지고기
상승폭	24.4배	24.6배	6배	6.5배	6.8배

35년간 전체 소비자 물가 상승률이 9.1배임에 비해, 닭고기, 달걀, 돼지고기 등은 불과 6배 정도 올라 다른 물가에 비해 가격이 오르지 않았다. 축산물끼리 비교를 한다면, 가격이 많이 오른 것은 소고기로 무려 28.7배가 올랐다. 소고기가 다른 육류보다 많이 오른 것은 여러 가지 이유가 있겠다. 우선 사료가격 상승의 영향을 가장 많이 받는 육류이기 때문이다. 또한 구제역 등 무서운 질병 탓에 대규모로 폐사하는 경우도 생겼기 때문이다. 과거 닭이나 돼지는 각종 전염병의 문제가 아주 심각했다. 걸핏하면 전염병에 걸려 모조리 폐사하기 십상이었다. 축산물의 소비량이 크게 늘었음에도 닭고기나 돼지고기의 가격이 적게 오른 것은 그만큼 가축 질병을 다루는 수의학이 발전했기 때문이라고 단언할 수 있다.

2014년 우리나라의 1인당 달걀 소비량은 254개로, 3일에 2개 소비하는 셈이다. 달걀은 프라이나 계란찜으로 직접 소비하는 경우도 있지만, 빵, 과자 등의 원료로 쓰이는 것이 훨씬 많다. 수요에 비해 달걀 생산이 부족하여 가격이 대폭 오르면, 빵, 과자 등의 가격도 폭등하게 될 것이다. 하지만 달걀은 꾸준히 낮은 가격을 유지해 왔다.

하지만 값싸게 달걀을 생산하는 양계방식이 만능은 아니다. 브로일러의 경우도 그렇다. 닭을 방사하지 않고, 좁은 닭장 안에서 키우다 보니, 신경 써야 할 것이 많다.

달걀 생산이 급증한 것은 수의학의 발전과 사육방식의 개선이 이루어졌기 때문이다.

무엇보다 중요한 것은 닭이 질병에 걸리지 않게 해주어야 한다. 오밀조밀한 닭장 안에서 한 마리의 닭이라도 전염병에 걸리게 되면, 모든 닭들이 순식간에 감염된다. 닭도 생활공간이 좁으면, 운동 부족으로 인한 스트레스로 병에 대한 저항력이 떨어진다. 따라서 철저한 예방이 절대적이다. 병이 돌더라도 재빨리 대처하여 폐사를 최소한으로 줄일 수 있어야 한다. 조류인플루엔자와 같은 가축 전염병이 돌면, 대량으로 닭을 생산하던 대규모 양계장이 하루아침에 문을 닫게 되는 경우가 비일비재다.

벼나 밀에 해충이 생기면 농약을 뿌리고, 잡초가 무성해지면 제초제를 살포하면 되지만, 동물은 그렇게 간단하지 않다. 소, 돼지, 닭, 양 등 가축은 살아 있는 복잡한 생명체다. 동물도 사람과 마찬가지로 기기묘묘한 신체 구조와 다양한 질병에 노출되어 있다. 우선 병에 걸리지 않게 예방해야 하고 아프면 원인을 파악해 치료를 하거나 위험한 전염병일 경우, 소각 또는 매몰을 해야 한다.

수의학의 발달로 인해 닭의 질병을 예방하고 처치해 준 덕분에 오늘날과 같은 대규모 생산이 가능할 수 있었다. 닭의 대량 생산이 이루어지지 않았다면, 우리가 즐겨 먹는 프라이드치킨은 구경하기 어려웠을 것이다. 닭고기는 부자들이나 먹는 특별한 음식으로만 남았을 것이다. 그러나 닭의 치명적인 전염병 문제가 해결되었기에 대량생산이 가능할 수 있게 되었고 마침내 닭고기와 달걀 값이 기타 물가에 비해 상대적으로 훨씬 저렴해진 것이다.

　대규모로 닭을 사육하는 것이 닭의 성장 환경에 나쁘고, 다량의 약물과 인공 배합사료로 인해 품질이 조악한 닭을 생산하는 것이 아니냐는 우려도 있다. 물론 닭을 산이나 논밭에 방사하는 것이 질병 예방에 좋고 고기나 달걀의 품질을 높인다. 하지만 산악지역이 대부분인 우리나라 좁은 땅에서 방목만을 고집한다면, 산림이 황폐화될 수 도 있고 분뇨로 인해, 상수원 오염을 불러일으킬 수도 있다. 또한 닭고기는 현재 가격의 몇 배가 되어야 하고 달걀 값도 많이 올라야 한다. 그렇게 된다면 서민들은 닭고기나 달걀을 저렴하게 먹을 수 없을 것이다.

7

육식의 종말?

『노동의 종말』, 『엔트로피』 등을 통해 현대 과학기술과 인간의 생활 방식에 대해 날카롭게 비판해온 세계적인 환경철학자 미국의 제러미 리프킨은 『육식의 종말』이란 책을 통해 인류가 육식을 지나치게 탐하는 문제에 대해 다방면으로 경고한 바 있다.

그는 현대 문명의 위기를 초래한 중요한 원인 가운데 하나로 인간의 식생활을 지적했다. 그는 인간이 육류를 과다 소비하면서, 다방면에 걸쳐 심각한 문제가 야기되고 있다고 주장한다. 지구상에 존재하는 12억 8천만 마리의 소가 전 세계 토지의 24%를 차지하며, 미국 곡물의 70%를 소를 비롯한 가축이 먹어치우고 있는 현실을 지적한다. 고기는 곡물에 비해 매우 생산성이 낮은 비싼 먹을거리이므로, 고기 소비를 줄여 고기 생산에 들어가는 곡물을 활용한다면 궁핍에 허덕이는 가난한 수억 명의 인류를 먹여 살릴 수가 있다고 주장한다. 그의 말은 물론 일부 공감되는 바가 없지 않다.

세계의 허파라 불리는 아마존 열대우림지대는 최근 들어 급격히 숲이 파괴되고 있다. 숲이 소를 키우는 목장이 되거나, 사료용 곡물인 옥수수를 생산하는 농장으로 변모되고 있는 것이다. 늘어난 인간들의 육류소비 욕구 때문이다. 수요가 있으니, 물건을 팔아 이익을 얻으려는 사람이 있기 마련이다. 그래서 제러미 리프킨은 수요를 줄이면 공급도 줄 것이고, 아마존 숲이 목장이나 농장으로 바뀌는 일도 없어질 것이라고 했다. 아마존의 숲이 파괴되어 가는 현실은 인류의 미래를 볼 때 분명 불편한 진실이다. 늘어난 육류 소비를 줄이는 것은 인류의 미래를 위해 필요한 방법이라고 할 수도 있다.[105]

현재 추세라면 세계 육류 소비는 2050년에 이르면 지금보다 76%가 증가할 것으로 전망된다. 가축 사육의 증가는 새로운 환경문제를 야기 시킬 것으로 예상되고 있다. 가축의 대량 사육으로 인한 메탄가스, 질소산화물, 이산화탄소 배출량의 증가는 피할 수 없다. 또 그로 인한 지구 온도의 상승과 가축에 대한 항생제 투여로 인한 내성균의 증가 등의 문제도 무시할 수 없다.[106] 또 하나의 문제는 과일이나 채소도 병이 들면 먹지 못하게 되듯이, 육류 또한 사람이 먹을 수 없는 위생상의 문제가 발생할 수가 있다. 소, 돼지, 닭 등에서 발생하는 수많은 질병 때문이다.

　제2부 '동물과 함께 만든 문명'에서 이미 말한 바와 같이, 닭고기
나 돼지고기 1kg을 생산하기 위해서는 1.7~4.4kg 정도의 사료가 들
어간다. 그러므로 '곡물을 가축에게 먹일 것이 아니라, 사람이 직접
먹으면 더 많은 인류가 굶주리지 않을 수 있다'는 논리가 성립될 수도
있다. 하지만 이것은 하나만 알고 둘은 모르는 어리석은 얘기다. 사료
에 들어가는 주원료는 쌀겨, 밀기울, 육골분, 축모, 연골, 지방 등과 같
은 농축산물의 부산물이다. 다시 말해서 인간이 먹지 않고 버리는 것
들을 모아서 가축에게 먹이는 것이다. 물론 사료 원료 전부다가 찌꺼
기인 것은 아니다. 사람이 먹을 수 있는 옥수수 정도는 그대로 사료로
사용된다. 사람이 먹을 수 있는 옥수수를 가축이 먹는다고 닭이나 돼
지를 사육하지 말고 내쳐야만 할까?

　자동차를 생각해보자. 자동차는 석유를 대량으로 소비할 뿐만 아
니라, 유독 가스를 배출하는 등 환경오염의 주범이다. 또한 교통사고
를 일으켜 많은 이들의 목숨을 앗아가기도 한다. 자동차가 없다면 우
리는 보다 깨끗한 환경에서 교통사고 없이 살 수 있을 것이다. 그러나
자동차가 없다면, 오늘날과 같은 인류의 거대한 문명이 존재할 수 있
을까. 천만의 말씀이다. 문제점을 지적하는 것은 좋지만, 그렇다고 문
명의 이기(利器)를 버릴 수는 없다.

우리를 유혹하는 대표적인 가공육, 햄과 소시지

육식도 마찬가지다. 인간은 육식과 채식을 함께 하는 잡식성 동물
이다. 누구나 맛있는 음식을 먹고 싶어 하는 것은 동물 본능에 가깝
다. 소득이 늘어나면, 보다 비싼 값을 치르고도 맛있는 육류를 먹게
된다. 인류는 지구상에 처음 등장한 수백만 년 전 이래로 줄곧 고기를
먹고 살아왔다.

인간에게 육류는 사치품이 아니라 생필품이다. 생리대가 현대 여
성에게는 필수품이지만, 과거에는 생리대가 없었다. 하지만 생리대
는 환경을 파괴하는 제품이므로 앞으로 생산을 금지할 터이니 여성
들에게 더 이상 사용하지 말라고 하는 것이 올바른 정책일까. 생리대
가 필요 없는 남성들의 머리에서 나온 아둔한 정책이라고 비난을 받

을 것이다. 과거 육류가 비싸서 쉽게 먹지 못했지만, 육류가 값싸게 대량으로 공급되는 지금에 다시 육류가 환경을 파괴하니 먹지 말자는 게 최선의 해결책은 아니다. 채식주의자들을 위한 정책이라고 여기저기에서 아우성이 그치지 않을 것이다.

물론 제러미 리프킨은 고기 소비를 하지 않는 완전한 채식주의자가 되자고 주장하지는 않는다. 당장의 목표로 육류 소비를 절반 가까이 줄이자는 데 있다. 인류가 채식으로 전환하면 먹는 사람의 건강에도 좋고, 불필요하게 동물을 죽이지 않아도 된다. 가축을 기르는 공간에 농사를 지어 기아를 해결할 수 있고, 가축 분뇨로 인한 수질오염 및 탄산가스의 방출로 인한 온실효과도 방지할 수 있는 장점이 있다고 주장한다. 그는 육류를 과도하게 소비함에 따라 인류 건강이 훼손되었으며, 소 등을 키우기 위해 지나치게 자연을 파괴한다고 비판한다. 또 비위생적인 육류 생산 문제 등도 지적한다. 당연히 그의 비판은 경청할 필요가 있다.

상추, 토마토 등 다양한 야채

하지만 지나치게 육식을 하는 사람들은 대부분 선진국 사람들이다. 개도국의 경우 경제적으로 부를 축적한 사람들만이 육류를 즐길 수 있다. 저소득층들은 육류만이 아니라, 곡물도 제대로 먹지 못하고 있다. 가난하다고 해서 고기는 먹지 말고, 거친 곡물이나 먹으며 살아가라는 것은 가진 자의 횡포일 것이다.

인간이 꿈꾸는 보다 나은 미래는 누구나 더 맛있는 음식을 먹는 풍요로운 세상이다. 육류는 인간이 가장 선호하는 가장 맛있는 식품이며, 인간의 영양에도 매우 필요하다. 적당히 섭취하는 육류는 우리 몸에 꼭 필요한 동물성 단백질원으로서 콩이나 두부와 같은 식물성 단백질보다 면역 증진 등 건강에 훨씬 도움이 된다. 과거 조상들에 비해 현대 한국인이 키와 몸무게, 건강상태가 현저하게 개선된 이유는 위생환경이 개선된 탓도 있겠지만, 무엇보다 육류 소비량이 늘어나는 등 식생활이 변했기 때문이다. 무조건 가축 사육 두수를 줄이고, 육류 소비를 줄이라고 하는 것은 인류의 건강이나 식량 문제의 진정한 해법이 될 수 없다. 육류 생산이 줄어 가격이 올라도, 선진국 사람들은 여전히 육류를 소비할 수 있다. 하지만 저소득 국가 사람들은 몇몇 부유층들을 제외하고는 육류를 전혀 맛보지 못하게 된다. 그러면 저소득국가 사람들의 영양 상태는 더욱 악화될 수밖에 없다.

인류의 식량부족 문제는 인간이 먹을 수 있는 옥수수 등의 곡물이 사료로 이용되기 때문에 발생한 것이 아니다. 현재 지구상의 인구는 날이 갈수록 증가해 무려 75억에 달하지만, 세계적으로 볼 때 곡물 생산이 부족한 것은 아니다. 곡물이 소비량에 비해 생산량이 부족하다면, 아직도 숱하게 버려져 있는 황무지를 개간해 보다 생산성이 높은 작물을 재배할 수도 있다. 굶주림의 문제는 저소득과 분배의 문제이지, '육류냐 곡물이냐'는 그 다음의 문제다.

2016년 초 세계 30개국의 대표들이 모인 다보스 세계 경제포럼에서 식량 손실과 낭비를 줄이기 위한 '챔피언 12.3 계획'이 발표되었다. 주된 슬로건은 'No more food to waste'이다. 더 이상 음식을 낭비하지 말자라는 캠페인이다. 아킴 슈타이너 유엔환경계획(UNEP) 사무총장은 "매년 생산되는 식량의 1/3은 쓰레기통으로 버려진다.…… 식량 손실과 낭비에 대한 의식을 제고시키고, 이를 위한 실천과 정책을 장려하자."고 했다.[107] 당연한 말이다. 현재 우리나라도 식량 자급률이 45% 수준에 불과하지만, 현재의 낭비 수준을 반으로만 줄여도, 식량자급률은 곧 60%로 올라갈 수 있다. 농업 생산으로 식량 자급률을 1% 올리려면 1조원의 비용이 드니, 15%라면 엄청난 비용을 절감하는 것이 된다.

이외에도 각종 식료품과 사료의 유통기한도 문제가 된다. 사람들은 멀쩡한 식품이나 사료를 개봉도 안한 채, 단지 유통기한이 넘었다는 이유로 무작정 폐기시키고 있어 지구 환경을 병들게 하고 있다. 일본 식품업계에서는 '상미기한(賞味期限)' 표시를 변경하려는 움직임이 일어나고 있다고 한국농수산식품유통공사(aT)가 소개했다. 상미기한은 우리로 치면 유통기한이다. 일본에서는 아직 먹을 수 있지만

슈퍼마켓에서 식품을 구입하는 주부

산더미 같은 음식물

버려지는 음식물

단지 유통기한이 지났다는 이유로 개봉도 안 하고 버려지는 식품이 매년 늘어나자 사회적 문제로 떠올랐다. 일본 농림수산성에 따르면 2014년에만 식품 621만 톤이 이렇게 버려졌다 한다. 상황이 이렇게 되자 개봉전과 후를 분간하며 유통기한을 조정해 폐기되는 식품을 줄이자는 목소리가 커지고 있다.[108] 일본에서의 이러한 움직임이 남의 일이 아닌 만큼 우리도 식품의 낭비를 줄여야 하겠다.

2014년 미국인 1인당 연간 육류 소비량은 89.7kg인데 비해, 세계에서 가장 고기를 적게 먹는 방글라데시 사람들은 연간 평균 2.1kg를 소비한다. 만약 방글라데시와 같은 저소득 국가의 소득수준이 크게 오른다면, 과거 우리나라가 그러했던 것처럼 육류 소비가 가파르게 증가할 것이다.[109] 저개발국가 사람들에게는 영양가가 많은 고기가 향후 더 많이 필요하지 않겠는가.

최근 우리나라는 저출산의 영향으로 인구 증가가 둔화되고 있어, 미래에는 인구가 감소할 우려가 있다고 한다. 하지만 아직 세계적으로는 인구가 증가하는 추세다. 인구가 늘어나는 만큼, 육류 소비도 지속적으로 늘어나기 마련이다. 우리나라의 경우도 최근 식량소비패턴을 보면 1인당 평균 곡물 소비량은 줄고 육류 소비량은 계속 늘어가고 있다.

육류 소비가 늘어나는 추세를 당장 막을 수는 없다. 또 목장으로 인해 자연생태계가 파괴되는 것을 막고자 한다면, 목장의 신규 진입을 억제하면서 기존 목장을 효율적으로 운영하는 것이 최선의 해결책이 될 것이다.

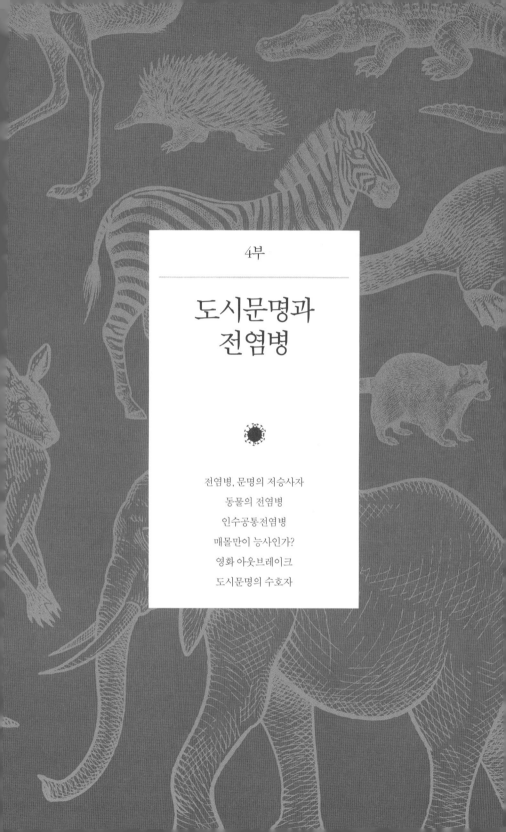

4부

도시문명과
전염병

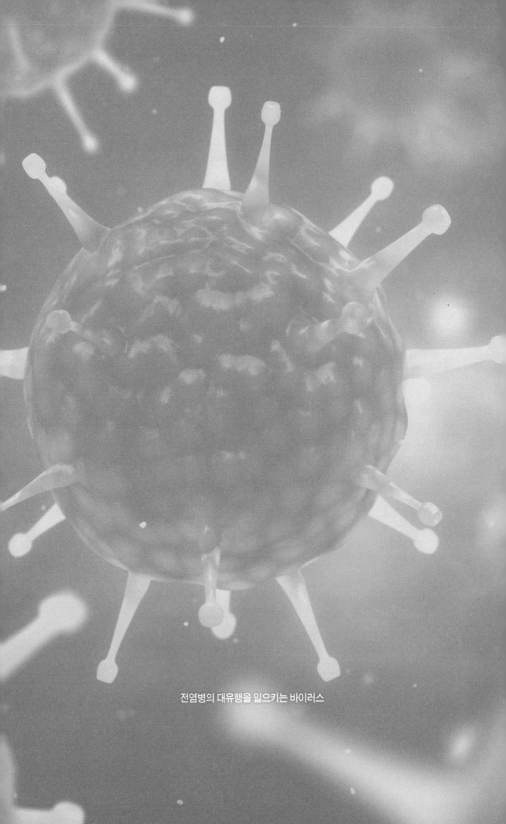

전염병의 대유행을 일으키는 바이러스

1

전염병,
문명의 저승사자

현대 한국인들 가운데 열에 아홉은 도시에 산다.[110] 1800년 무렵만 해도 전 세계 인구의 1.7%만이 도시에 거주할 뿐이었다.[111] 도시가 늘어나고 도시 인구가 급증하게 된 것은 19세기 말 이후의 일이다. 우리나라도 산업화의 물결로 불과 수십 년 사이에 도시 인구가 급증한 것이다. 조선시대에는 사람들이 농사에 의존해 살았기에 대부분 촌락에서 살았다.

도시는 촌락과 더불어 인간의 2대 거주 공간이라고 한다. 산업혁명의 여파로 전 세계적으로 도시 인구가 촌락 인구보다 많아지는 현상이 벌어지고 있다. 도시가 늘어나면서 예전에 볼 수 없었던 새로운 일들이 생기게 되었다.

가장 중요한 현상은 인류가 자연으로부터 멀어졌다는 것이다. 오랜 기간 자연스럽게 형성된 촌락과 달리, 도시는 계획에 의해 만들어진 인위적인 공간이라고 할 수 있다. 삼국시대의 경우, 전체 면적 가운데 인간이 만든 주거지와 경작지는 마을 전체 면적의 4~7%에 불과했다.[112] 나머지 공간은 숲과 습지 등 자연 상태 그대로인 공간들이었다. 숲이 울창한 공간에 많은 야생동물들이 살았다. 동물원이 아니면 볼 수 없는 호랑이도 마을 주변에 수시로 나타났다. '인왕산 호랑이'라는 말을 들어보았을 것이다. 조선시대에도 왕궁을 에워싼 한양 도성의 서쪽 산인 인왕산에 호랑이가 자주 출몰했다. 때로는 궁궐 안에도 호랑이가 나타나기도 했다.

촌락이 삶의 주 무대였던 시대에 인간은 야생동물들과 함께 호흡하며 더불어 살아갔다. 하지만 도시에 사는 사람들은 동물들과 점점 멀어졌다. 승냥이 떼가 어슬렁거리고 멧돼지가 거리를 질주한다면, 도시는 성립될 수 없을 것이다. 옛 도시들이 성벽으로 둘러싸여 있는 것은 외적의 침입을 막고자 하는 이유도 있지만, 맹수들의 접근을 막으려는 생각도 있었다.

도시는 높은 인구밀도, 분화된 직업을 가진 사람들의 모임, 과다한 인구라는 점에서 촌락과 구분된다. 도시는 행정, 공장, 상업, 무역, 교통 등의 특화된 기능을 가진 공간이다. 도시는 문명의 상징이라고 할 만큼, 인간이 만든 다양한 물적, 정신적 산물이 축적되는 공간이다.

현대인들은 촌락보다 도시를 선호하지만, 도시가 과거 오랜 세월 동안 지금처럼 커지지 못한 것에는 여러 이유가 있었다.

먼저 도시는 먹을거리를 자급자족할 수 없기에, 주변 촌락으로부터 양식을 공급을 받아야 한다. 주변의 생산성이 높지 않거나, 도로망과 같은 인프라가 충분히 발전하지 않으면 도시가 크게 성장하거나 유지할 수 없게 된다. 제국의 수도였던 곳이라 해도, 그 나라가 망하거나, 천도 등을 하게 되면, 도시로 집중된 물자의 운송이 중단되고 마침내 도시는 몰락하게 된다. 촌락의 잉여생산의 한계와 인프라의 미발달로 인한 물자 운송의 문제 때문에, 고대에는 도시가 성장하는 데 일정한 한계가 있었다. 20세기에 들어, 인류는 농업생산성 개선에 따르는 잉여농산물의 축적과 운송수단의 발달을 이루었다. 그리고 농경민이 아닌 도시민을 먹여 살릴 수 있는 2차 산업인 공장과 3차 산업인 각종 서비스 산업이 발달했기에, 비로소 도시를 주된 삶의 공간으로 이용하게 되었던 것이다.

또한 도시가 꾸준히 발전하지 못한 이유에 크게 두 가지 요인을 추가로 제시할 수 있다. 전쟁과 전염병이 그것이다. 도시는 모든 혈액이 집중되고 있는 심장과도 같은 공간이었기에, 늘 적의 주된 타겟이 된다는 점이다. 그래서 전쟁이 나면 가장 먼저 도시가 파괴되었다. 그러나 전쟁이 모두 다는 아니다. 전쟁만큼이나 도시를 몰락시키는 요인은 바로 전염병이다.

전염병은 한 가지 두드러진 특징이 있다. 대부분의 전염병은 임계 집단(臨界集團)의 크기를 갖는다는 점이다. 한 사람이 병에 걸렸다가도 병원체가 계속 다른 개체에 옮겨가야 전염될 수 있으므로, 일정한 인구수 및 인구 밀집도가 높은 집단이 필요하다. 즉 임계집단이 있어야 전염병이 발생하고 전파될 수 있다는 말이다. 어느 선 아래로 인구가 줄면, 전염병이 더 이상 존속할 수 없을 수도 있다.[113]

예를 들어 홍역은 열흘간 감염상태가 지속되는데, 홍역이 계속 퍼지려면 홍역을 유발하는 바이러스인 파라믹소바이러스가 새롭게 감염될 사람을 찾아야 한다. 홍역은 최소 50만 명 이상이 살고 있는 도시에서 그 위력을 충분히 발휘할 수 있다. 다시 말해서 인구 밀집도가 떨어지는 지역에서는 새로운 숙주를 빨리 찾아낼 수 없기 때문에, 바이러스가 스스로 죽고 말아 전염병이 창궐하지 못한다. 게다가 한 번 전염병을 앓은 사람은 대개 면역이 생기기 때문에, 환자가 많이 발생했다가도 시간이 지나면 사그라진다. 새로운 발병 대상자를 구할 수 없기 때문이다.[114]

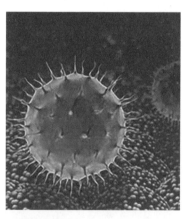

파라믹소바이러스
홍역은 최소 50만명 이상 도시에서 위력을 발휘할 수 있다. 도시의 발달은 전염병의 전파를 더욱 빠르게 했다.

전염병은 인간이 농사를 시작해서 정착생활을 하면서부터 발생했다고도 할 수 있다. 농사를 지으려면 노동력이 필요하다. 또 잉여 생산물이 생기므로, 많은 사람을 먹여 살릴 수가 있다. 따라서 유목이나 수렵, 채집과 달리 농업이 시작된 곳에는 인구의 밀집도가 높아지기 마련이다. 따라서 전염병은 농사의 시작과 더불어 시작되었고, 도시를 기반으로 활동했다고 할 수 있다.

중세 유럽의 도시들은 규모는 작았지만, 인구밀도는 높았다. 좁은 도로를 사이에 두고 건물을 빼곡하게 지어 살았다. 또한 생활용수를 풍족하게 사용할 수 없었기 때문에 주민생활이 청결하지 못해 많은 위생문제를 야기했다.

독일의 소설가 파트리크 쥐스킨트가 쓴 『향수』에서 18세기 프랑스의 한 도시에 대해 기술한 부분을 잠시 인용해보겠다.

'거리에는 똥 냄새가, 뒷마당에는 오줌 냄새가, 건물 계단에는 썩어가는 나무와 쥐똥 냄새가 코를 찌르고 있었다. 부엌에서는 상한 양배추와 양고기 기름의 악취가 퍼져 나왔고, 환기를 안 한 거실에서는 곰팡내가 났다. 침실에는 땀에 젖은 시트와 눅눅해진 이불 냄새와 함께 요강에서 나는 지린내가 배어 있었다. …… 사람들한테서는 땀 냄새와 더불어 빨지 않은 옷에서 풍기는 악취가 배어났다. 썩은 이빨로 인해 구취가 심했고 입에서는 위(胃)로부터 썩은 양파즙 냄새가 올라왔다. 어느 정도 나이가 든 사람들은 오래된 치즈와 상한 우유 악취가 났다. 심지어 왕까지도 맹수의 냄새를 풍겼으며 왕비한테서는 늙은 염소의 냄새를 맡을 수 있었다.' [115]

소설에서 묘사된 것처럼 당시 유럽의 도시들은 악취와 오물로 가득 차 있었다. 포장되지 않은 흙길은 진창이 되기 십상이었고, 오물은 거주지와 가까운 강으로 흘러들어 강은 거대한 하수구나 다름없었다. 1589년 영국에서는 존 해링턴에 의해 수세식 변기가 창안되면서 주택에서 위생적 측면이 강조되기 시작했지만, 수세식 변기는 수도가 미비했던 당시 물이 귀하고 값도 비싸서 빨리 확산될 수 없었다.

화려한 유럽 사교계
겉으로는 화려하게 보이나 위생에 무지했다.

1841년 영국의 수도 런던의 인구는 27만 가구나 되었다. 런던의 각 가정에서 배출한 생활 오수들은 템스강으로 마구 흘러들었다. 이 무렵 수세식 화장실이 크게 증가했지만, 오늘날과 달리 정화조가 구비된 것은 아니었다. 화장실에서 하수구를 통해 정화장치 없이 직접 강으로 오물을 이송 시키는 것에 불과했다. 수세식 화장실로 인해 급격하게 늘어난 화장실 오수는 콜레라와 같은 수인성(水因性) 전염병의 온상이었다. 처리되지 않은 생활하수가 흘러넘치는 템스강 하류에 1849년부터 물고기가 사라졌다. 그래서 강물을 직접 떠서 먹던 당시 런던에서는 콜레라가 크게 유행할 수밖에 없었다.[116] 당시 프랑스와 전 세계 1, 2위를 다투던 선진 강국이었던 영국도 이 모양이었으니 다른 나라는 두말할 나위도 없는 지경이었다.

비위생적인 도시들에 전염병이 퍼지기 시작하면서 순식간에 많은 사람들이 병들어 죽을 수밖에 없었다. 전염병 때문에, 사람들은 도시를 떠나 한적한 지방으로 내려가기도 했다. 우리나라에서는 이를 통칭 피병(避病)이라고 불렀다. 1348년 페스트가 유럽을 강타할 때, 이탈리아에서도 피병하는 사람들이 많았다. 보카치오의 『데카메론』은 이때 피렌체 교외의 별장으로 피병을 온 숙녀 7명과 신사 3명이 2주일간 체류하면서, 하루에 열 가지씩 이야기를 해, 모두 100가지(금요일과 토요일은 제외) 이야기 한 것을 담은 것이다. 페스트는 무서운 질병으로 유럽인구의 1/3이 사망한 것으로 추정되고 있다. 페스트는 17세기 초에도 베네치아 도시 인구의 1/3 이상을 죽게 했으며, 1665년

데카메론, 14세기 페스트를 피해 피렌체 교외에 모인 10명의 남과 여.
보카치오의 소설 데카메론은 전염병을 피해 피렌체로 피병 온 사람들을
주인공으로 삼고 있다.

런던에서의 대유행을 마지막으로 서유럽에서 물러났다. 하지만 러시
아에서는 19세기까지도 페스트가 유행해 많은 사람들을 사망에 이르
게 했다.[117] 이처럼 전염병은 엄청난 파괴력을 지닌, 도시문명의 훼방
꾼이자 저승사자였다.

옛사람들은 먼 곳에서 상인이 짐을 싣고 마을에 도착하면, 그를 우
물가로 데려갔다. 우물가에서 물을 떠서 온몸을 씻어냈다. 즉 외부에
서 온 나쁜 기운을 씻어내는 정화의식을 치른 후에, 비로소 물건을 거
래하게 했다. 외부에서 온 사람이나 물품 가운데 나쁜 기운을 가진 것

이 도시를 파괴할 수 있다는 것을 경험적으로 알고 있었기 때문에, 이러한 의식을 거행했던 것이다.

『삼국지』〈예(濊)〉전에 고대 한국 역사에 존재했던 동예의 '책화(責禍)'라는 풍습에 대해 이렇게 전하고 있다.

'그 나라의 풍속에는 산천을 중요시하여 산과 내마다 각기 구분이 있어, 함부로 들어가지 않는다. 동성끼리는 결혼하지 않는다. 꺼리는 것이 많아서 병을 앓거나 사람이 죽으면 옛집을 버리고 곧 다시 새집을 지어 산다. …… 부락을 함부로 침범하면 벌로 소와 말을 부과하는데, 이를 책화라고 한다.'[118]

외부에서 오는 것에 대한 두려움 때문에 생긴 책화라는 풍습은 동예뿐만 아니라, 세계 곳곳에서 자주 발견된다. 20세기 말에도 파푸아 뉴기니의 파유족 사람들은 이방인들이 자기 마을에 들어오면 다짜고짜 죽여 버렸다고 한다. 이방인들이 자신들의 사냥감을 약탈하고, 자기 부족의 여인을 범하고, 질병을 옮기고, 자신들의 영토를 습격하기 위해 정찰할 것이라고 생각했기 때문이었다.[119]

이러한 사고방식을 가진 부족들은 궁극적으로 큰 도시를 만들어 문명을 창조하지 못한다. 고립된 상태에서 현상 유지를 하다가, 마침내 강력한 외부 세력에 의해 필연적으로 멸망하게 된다. 그럼에도 불구하고 이들이 고립을 택한 것은 외부에서 들어오는 위험 요소, 즉 적

군의 침략과 더불어 소리 없는 살인자인 전염병이 두려웠기 때문이었다. 이처럼 전염병은 인류에게 공포를 가져다 준 신의 징벌로 여겨져 왔다.

2

동물의 전염병

20세기 이후 산업동물들이 많아지면서 좁은 공간에 많은 가축을 키우다 보니, 가축들 사이에 발생하는 전염병의 전파 속도가 과거와 달리 대단히 빨라졌다. 가축들 사이에 퍼진 전염병 가운데 치사율이 높고 전파 속도가 빠른 일부 전염병은 가축을 키우는 농가들뿐만 아니라 국가적인 관심의 대상이 되고 있다. 가축이 전염병으로 떼죽음을 당하면, 가축을 키우는 농가는 커다란 경제적 타격을 입는다. 또한 우리가 먹는 고기 가격이 급등하게 된다. 뿐만 아니다. 만약 인수공통전염병(人獸共通傳染病)일 경우, 사람의 건강마저 위험에 빠지게 된다. 그래서 가축 전염병이 발생하면, 나라에서 당장 나서서 전염병 확산을 막는 조치를 적극적으로 취하게 되는 것이다. 대표적인 동물전염병에 어떤 것들이 있는지 알아보도록 하자.

구제역(FMD)

항상 언론에 많이 보도되는 동물 전염병은 구제역이다. 구제역은 소, 돼지, 양, 염소, 라마, 낙타 등 발굽이 둘로 갈라진 우제류(偶蹄類)에 감염되는 질병이다. 구제역은 소, 돼지 등에서 침을 흘리고 입과 발에 물집이 생기는 증상을 보인다. 영어 이름도 Foot and Mouth Disease(FMD)라고 한다. 구제역은 세계동물보건기구(OIE)에서 지정한 가장 중요한 가축 전염병이다.

구제역 바이러스는 작은 RNA바이러스로, 7가지 혈청형으로 분류되며 다시 80여 가지 아형(Subtype)이 있고 남미, 아프리카, 동남아시아 등 광범위한 지역에 분포한다. 구제역은 크게 4가지 경로를 통해서 확산된다.

1. 감염동물의 수포액, 침, 유즙, 콧물, 분뇨 등의 접촉으로 이루어지는 직접 접촉감염.
2. 감염지역 내 사람, 차량, 차량기사, 의복, 물, 사료, 장비, 기구에 의한 간접 접촉감염.
3. 오염된 농장의 가축과 분비물, 배설물에 접촉할 수 있는 쥐, 개, 고양이, 조류, 곤충 등의 매개로 인한 매개감염.
4. 일정한 요건을 갖출 경우 공기에 의한 전파, 구제역 바이러스에 오염된 고기나 부산물 등 축산물을 통한 전파 등으로 나눌 수 있다.

또한 구제역 증상이 나타나기 전에도 감염된 가축에서 바이러스를 배출해 질병을 전파할 수 있기 때문에, 구제역은 매우 급속도로 전파된다.

구제역은 특히 소와 돼지에게 심하게 나타나기 때문에, 우리나라 축산 농가들에게는 아주 무서운 전염병이다. 소의 경우 구제역에 걸리면 침흘림 현상이 시작되고, 혀와 잇몸 등에 물집이 생겨 피부가 짓무르거나 헐게 된다. 다 자란 소는 구제역으로 죽는 경우는 드물지만, 송아지는 이 병으로 죽기도 한다. 임신한 소는 유산을 하기도 한다. 또 감염된 소는 1주 이상 거의 먹지 못한다. 젖소는 우유 생산량이 50% 정도 감소하는 등, 농가에 경제적 피해를 크게 준다. 돼지의 경우 입안에 물집이 생겨 사료를 제대로 먹지 못한다. 어미 돼지가 감염될 경우 새끼 돼지가 집단으로 폐사하는 경우도 있다.

구제역의 전형적인 증상. 잇몸에 물집이 생기고 침을 많이 흘린다.

구제역이 발생했다고 해서 우리가 감염된 소나 돼지의 고기나 우유를 먹지 못하는 것은 아니다. 구제역 바이러스는 섭씨 50℃ 이상에서 파괴되므로 고기를 익혀 먹으면 아무런 문제가 없다.[120] 그러나 윤리적인 문제로 병든 소나 돼지의 고기를 먹는 것을 막고 있다.

구제역 바이러스는 다양한 아종이 있기 때문에 백신 접종만으로 완전히 해결되지 못하는 경우가 있을 수 있다. 백신 접종으로 구제역을 예방할 수는 있지만, 주변 국가와의 인적, 물적 교류로 인한 새로운 구제역 바이러스의 유입 위험성을 계속 막아야 한다.

돼지열병

과거 돼지콜레라라고 불려왔던 돼지열병은 전염성이 매우 강하고 일단 발병하면 치료가 불가능하다. 돼지열병은 급성 폐사를 동반하는 바이러스성 악성가축전염병이다. 이 병 역시 RNA바이러스로 감염 돼지의 분변, 오줌, 눈물, 콧물에서 배출된 바이러스에 직접 접촉하거나, 사람이나 기구 등의 매개체로 전염이 된다. 돼지열병은 오직 돼지에게만 발병하며, 고열과 피부에 열점이 나타나고 식욕이 감퇴한다. 만성으로 감염된 돼지는 장염이나 기관지폐렴을 앓기도 하며, 출혈 없이 폐사한다.

돼지열병에 감염된 돼지와 감염이 의심되는 돼지는 살처분해서 매몰 또는 소각하게 된다. 또 빠른 전염성 때문에, 40일간 이동을 통제하고, 병을 전파할 우려가 있는 돼지들을 외부로 이동할 수 없게 막아야 한다. 돼지열병을 막기 위해서는 반드시 예방접종이 필요하다. 다행히 사람에게 전염되지는 않는다. 이 병이 유행하더라도 돼지고기는 안심하고 먹어도 된다.[121]

돼지열병은 수시로 농가를 위협한다. 돼지를 많이 키우는 제주도에서는 1999년 이후 18년 만인 2016년 6월에 돼지열병이 발생해 1,347마리를 도살 처분하고, 도축 후 냉장실에 보관 중인 3,324마리분 돼지고기도 모두 폐기 처분했다.[122] 또 연천에서도 돼지열병이 발생해 217마리를 매몰 처분한 사례가 발생한 적이 있었다.[123] 돼지 사육 농가에는 너무나 위협적인 전염병인 만큼, 이를 예방하는 일이 무엇보다 중요하다.

돼지를 진료하는 수의사

꿀벌의 전염병

세계적인 천재 물리학자 아인슈타인은 "꿀벌이 사라지면 인류는 기껏해야 4년 정도 더 살 수 있을 것이다."라는 유명한 예언을 한 바 있다. 꿀벌이 꽃과 꽃을 날아다니며 암술에 수술의 꽃가루를 붙여 주지 못하면 식물이 혼란에 빠지고 식물을 먹이로 삼는 동물도 치명타를 맞을 것이라는 경고였다. 꿀벌은 자연 생태계의 유지에 대단히 중요한 역할을 하는 곤충이다. 또한 꿀벌은 일찍부터 사람들 손에 의해 키워진 유익한 산업동물이라고도 할 수 있다. 인간은 구석기 시대부터 벌집에서 꿀을 채취해 먹었다. 꿀벌을 키워 꿀을 채취하는 양봉업 또한 신석기 시대부터 시작된 것으로 추정되고 있다.

아인슈타인은 꿀벌이 사라지면, 인류의 생존이 위협받는다고 경고했다.

인간은 꿀벌과 오랜 세월 함께 생활해 오면서 벌이 건강하게 꿀을 모을 수 있도록 노력해왔다. 그런데 꿀벌 역시 여러 전염병에 시달리고 있다. 애벌레가 썩으면서 죽는 부저병(腐蛆病)과 곰팡이에 감염된 꿀벌 애벌레가 굳으며 폐사하는 백묵병(白墨病), 다 자란 벌이 죽는 노제마병(Nosema disease) 등이 대표적인 질병이다.

그런데 2010년 토종벌 에이즈로 불리는 낭충봉아부패병이 창궐해, 38만 통이 넘던 토종벌이 무려 98%가 궤멸된 적이 있었다. 다행히 토종 꿀벌 농가의 노력으로 3만 통까지 회복되었지만, 2016년 이 병이 확산되어 다시 1만 통으로 줄어들기도 했다.[124] 우리나라뿐만 아니라 세계 곳곳에서 벌들이 떼죽음을 당하는 일들이 자꾸 벌어지고 있다. 꿀벌이 줄어드는 이유는 서식지 축소, 질병의 만연, 그리고 살충제의 살포가 주요 원인이 되고 있다.

우리가 이용하는 식량자원의 3분의 1이 곤충에 의해 수정이 된다. 그중 대부분이 꿀벌에 의해 이루어진다. 꿀벌 등 꽃가루 매개 곤충이 사라지면 매년 142만 명 이상이 영양결핍 등 기아로 사망할 것이라는 섬뜩한 연구 보고도 있다. 전 세계적으로 과일 생산량 22.9%, 채소 16.3%, 견과류 22.3%가 줄면서 저소득층을 중심으로 사망자가 급속히 늘 것이라고 한다. 꿀벌이 없으면 식물생태계가 붕괴된다. 연이어 동물생태계, 나아가 인간 생태계의 파괴까지 불러올 수도 있다.[125]

단순히 양봉산업의 성장과 보존만이 전부가 아니다. 지구 생태계의 안전을 위해서 꿀벌 질병에 대한 연구 인력과 방역체계 전반에 대한 관심과 개선이 요구되는 상황이다. 낭충봉아부패병으로 토종벌이 멸종 위기에 처한 것은 물론, 서양벌 역시 작은벌집딱정벌레 발생 등 악성 질병으로 우리나라 양봉업은 위기에 처해 있다. 꿀벌 질병에 대한 방역체계 구축과 질병 연구가 시급히 요구되는 상황이다. 6개의 꿀벌 연구소를 운영하고 있는 중국과 달리, 우리나라는 농림축산검역본부와 농촌진흥청 국립농업과학원 등에서 소수의 인원만이 꿀벌 질병을 연구하고 있다. 양봉산업의 성장뿐만 아니라, 자연 생태계의 보존을 위해서 꿀벌 질병에 대한 연구 인력 확대와 방역체계 전반에 걸친 개선이 절실하다.

수생동물의 전염병

20세기 들어 세계 인구의 급격한 증가와 더불어 식량 소비량이 급격히 늘었다. 수산물 소비 역시 빠르게 증가했다. 늘어나는 수요를 감당하기 위해서, 수산업에서 커다란 변화가 시작되었다. 즉 잡는 어업에서 기르는 어업으로 전환되기 시작한 것이다. 해조류, 패류, 어류 등을 기르는 양식어업이 우리나라 어업 생산량에 차지하는 비중도 1980년 22.4%에서 2011년 45.4%로 계속 증가해왔다.[126]

양식업의 발전을 위협하는 요소에는 바다 수온의 변화, 바다 사막

병에 걸린 물고기
물고기 질병은 점점 중요해지고 있다.

화 등 여러 요인이 있지만, 수생동물의 질병도 주요 요인이다. 수생동물의 대표적인 질병으로는 바이러스성 신경괴사증이 있다.[127] 이 병은 노다바이러스가 원인으로, 돔류, 능성어류, 가자미류, 넙치 등에서 발병되고 있는데, 대단히 높은 폐사율을 나타내므로, 양식어장에 큰 피해를 입힐 수가 있다. 이 병에 걸리면 물고기가 선회하다가 가라앉아 죽게 된다. 현재 노다바이러스 질병에 대한 백신은 개발되어 있지 않으므로, 건강한 치어를 받아 양식하는 것이 최선의 예방책이다. 질병이 발생할 경우 감염 여부를 일일이 확인하는 것은 불가능하므로, 신속히 제거하여 감염 확산을 방지해야 한다.[128]

잉어, 금붕어, 관상어 등 온수성 담수에서 발생하는 물이증도 있다. 세계적으로 유행하는 이 질병은 기생충에 의해 발병하며, 육안으로 기생충을 확인해 병을 진단한다. 이 질병은 유기인제를 연속 살포해 구제할 수 있다. 수생동물의 다양한 질병을 소홀히 하면, 양식어민의 경제적 피해를 막을 수 없게 되며, 안정적인 수산물 공급이 불가능해진다.

과거와 달리 현대인들은 금붕어, 열대어 등을 관상어로 집에서 키우고 있다. 관상어 역시 수온 조절과 함께 질병 예방을 잘해주어야 오래 키울 수가 있다. 현대사회에서 수생생물 질병의 중요성은 나날이 커지고 있다.

동물의 기타 질병

국가동물방역통합시스템의 법정가축전염병 발생통계 자료에 따르면, 2000~2015년까지 전국에서 발병한 동물의 개체 수는 4천만 두 수가 넘는다.[129] 특히 구제역 파동이 크게 일었던 2000~2003년에는 2천만을 상회했다.

모든 동물은 저마다 고유한 질병을 갖고 있다. 소의 경우는 구제역을 비롯해 우역, 설사병, 쇠가죽파리증, 소 아까바네병 등 다양한 질병이 있다. 급성전염병인 우역은 과거 많은 소를 폐사시켰지만, 백신을 통한 예방이 효과적이어서 1931년 이후 우리나라에서 우역은 종식되었다.

소의 설사병은 특히 어린 송아지에서 많이 발생해 발육 저하, 폐사 등 경제적 피해가 큰 전염병이다. 이 병은 전해질을 공급해서 탈수를 방지해주고 설파제나 항생제 등을 투여해 치료한다.

쇠가죽파리증은 외부기생충인 파리의 유충이 소의 몸속에서 성장해, 소가죽 피하에 살면서 마지막에 소가죽을 뚫고 나온다. 이때 소는 신경질적 알레르기 반응을 보이기도 하고, 식욕이 감퇴해 체중이나 우유 생산이 감소하기도 한다. 치료는 살충제를 투여하거나, 쇠가죽파리의 유충을 외과적으로 빼내는 방법으로 한다.

소 아까바네병은 모기 등 흡혈곤충이 아까바네 바이러스를 매개하는 바이러스성 질병으로 임신한 소와 양이 감염되면 유산이나 사산을 일으킨다. 이 병은 치료가 불가능하다. 백신으로 예방하거나 소독약을 살포해서 모기를 방제하는 수밖에 없다. 이 병은 1981년 이후로 해마다 산발적으로 발생한다.

돼지는 구제역과 돼지열병 외에도 돼지오제스키병과 같은 전염병을 앓곤 한다. 돼지오제스키병은 오제스키바이러스에 의해 발생하는 전염병이다. 나이 어린 돼지일수록 치사율이 높고, 성숙한 돼지는 병에 걸려도 회복은 되지만 감염원이 될 수 있다. 오제스키병에 걸리면 새끼 돼지는 구토, 설사, 벌벌 떨거나 뒷걸음치거나 빙빙 도는 증상을 보인 후에 폐사한다. 임신한 돼지는 번식 장애를 보이기도 한다. 이 병은 특별한 치료법이 없으므로 방역과 예방만이 최선이다.

닭의 대표적 전염병으로는 뉴캐슬병이 있다. 뉴캐슬병은 전파가 매우 빠른 병으로, 어린 닭이 걸리기 쉬우며 치사율이 거의 100%이다. 이 병은 예방접종만이 유일한 대응법이다. 이 병에 걸리면 경련, 다리와 날개의 마비, 호흡 곤란 등의 증상을 보인다.[130]

소나 돼지, 닭 등을 괴롭히는 가축전염병들에 대한 최선의 대책은 예방접종과 철저한 방역뿐이다. 산업동물을 대규모로 사육하면서부터 가축 전염병의 전파 속도는 눈에 띄게 빨라졌다. 밀집사육과 국제 교류로 인한 해외 전염병의 유입 등 전염병이 전파될 수 있는 조건이 형성되었기 때문이다. 병의 종류에 따라 정도의 차이는 있겠지만 전염병이 유행하면 가축을 키우는 농가에 엄청난 경제적 피해를 주게 된다. 완벽한 방역을 위해서는 전염병이 발생한 농가의 출입을 통제하고, 쥐, 파리, 모기 등 전염병 전파매개체의 번식을 억제해야 하는 등 많은 사람들의 협조가 필요하다.

매년 수많은 가축들이 전염병에 희생되는 만큼, 동물 전염병 문제는 가축을 키우는 농가뿐만 아니라, 국가적으로도 중요한 문제라고 하겠다.

3

인수공통전염병

전염병 가운데 상당수는 인류가 동물을 가축으로 키우기 시작하면서 생겨난 것이다. 앞서 언급한 홍역을 일으키는 파라믹소바이러스(우역바이러스 포함)는 인간과 동물 그리고 조류에 영향을 끼치는 높은 전염성을 가진 바이러스다. 소의 결핵은 사람에게 폐결핵을 일으킨다. 세상을 공포에 떨게 하는 탄저병은 소에서 발생하지만 인간에게도 옮겨진다.

인류는 동물들을 순치시켜 가축으로 만들어 인간의 필요에 의해 동물을 마음껏 부렸다. 자연 상태에서 살던 동물이 가축이 되면서 그들은 자신들의 의지가 아닌 인간의 통제를 받게 되었다. 하지만 인류가 오랫동안 동물을 통제하지 못했던 것이 있다. 그것이 바로 동물로부터 발생해 인간에게도 병을 일으키는 인수공통전염병이다.

1917년 토마스 혈은『동물에서 인간으로 전염된 병에 대한 연구』를 통해 인간이 가축과 함께 걸리는 인수공통전염병(Zoonosis)의 종류를 정리한 바 있다. 미국의 역사학자 윌리엄 H. 맥닐은 인수공통전염병의 숫자를 계산했는데, 가금류 26개, 쥐 32개, 말 35개, 소 50개, 개 65개, 양과 산양이 46개라고 했다. 하지만 지금은 그 종류가 훨씬 많아졌다.[131]

인수공통전염병은 과거는 물론 미래에도 인간의 삶을 위협할 무서운 적이기 때문에, 전 세계인이 함께 대처해야 한다. 인수공통전염병은 오랜 세월 인간을 괴롭혀 왔다. 그러나 19세기 말부터 항생제와 백신의 등장, 위생과 영양의 향상으로 인해 해결되는 듯 보였다. 1967년 미국의 외과의사 윌리엄 스튜어트는 "전염병의 문을 닫을 때다."라고 공표했다. 당시에 천연두가 사라졌고, 홍역, 말라리아, 황열병, 성병 등 많은 병들이 제거되거나 치료될 수 있다고 믿었기 때문이다. 하지만 그는 샴페인을 너무 일찍 터뜨렸다. 그간의 면역학적 성과는 20세기 말부터 다시 역전되어 갔다. 에이즈, 조류인플루엔자(AI)를 비롯한 새로운 질병들이 계속 등장했던 것이다. 미생물도 진화했다. 항생제에 저항하여 내성을 가진 슈퍼세균이나 바이러스가 나타났으며 새로운 전염병들도 계속 발생하고 있다.[132]

20세기 환경의 변화로 인한 동물 생태계의 변화, 산업화로 인한 인구의 도시 밀집으로 동물에게서 발생한 질병이 일시에 많은 사람에게 쉽게 전파할 수 있는 조건의 탄생, 산업동물과 반려동물들의 급증과 접촉의 증가, 육류소비의 급증, 국제 교류의 증가로 인해 인수공통전염병은 다시 창궐하고 있다.

환경 변화로 인해 인수공통전염병이 증가하는 사례를 살펴보자. 인간에 의해 숲이 파괴되자 서식지를 잃은 박쥐와 가축이 만나는 일이 잦아졌다. 박쥐는 15종 이상의 인수공통전염병 바이러스를 가진 동물이다. 박쥐가 일으키는 대표적인 질병이 사스(SARS, 심급성호흡기증후군)이다. 2011년 동남아시아에서 사스가 발생했을 때, 사향고양이를 숙주로 간주해 대규모로 학살했지만, 뒤늦게 박쥐가 주범으로 밝혀졌다. 박쥐가 바이러스를 보유해 전파한 것을 밝혀낸 것이다. 또 2015년 우리나라를 공포에 떨게 했던 중동호흡기증후군(MERS)의 경우도 처음에는 메르스바이러스를 전파한 숙주로 낙타를 꼽았다. 동물원 낙타가 한때 격리되기도 했다. 하지만 메르스바이러스는 박쥐의 몸에 있다가 1990년대 낙타로 옮겨갔고 최근에는 사람을 감염시키는 것으로 밝혀졌다. 또한 1999년 말레이시아에서 1백 명의 사망자를 발생시키고, 1백만 마리의 돼지를 폐기시켜 양돈산업을 괴멸시켰던 니파바이러스 사태의 원인도 박쥐였다. 과일을 주식으로 하는 큰 박쥐들이 숲 파괴로 먹이가 부족해지자 양돈농장 주변에 심은 과일나무로 몰렸다. 돼지는 큰 박쥐의 침과 배설물에 오염된 과일을 먹고 감염되었다가, 돼지농가와 농민들에게 자연스럽게 병원균을 퍼뜨린 것이었다. 이처럼 환경 변화로 인해 인간은 새로운 인수공통전

메르스 바이러스와 전파 경로
2015년 한국을 공포의 도가니로 몰아넣은 메르스는 이처럼 작은 바이러스가 일으킨 것이다.
낙타를 통해 인간으로 전파된다.

염병에 쉽게 감염될 수도 있다.[133]

미국질병통제 예방센터에 따르면, 전염병 가운데 동물에서 사람으로 옮기는 전염병은 1980년대 전체 감염병 991건 가운데 490건, 1990년대 1,924건 가운데 781건, 그리고 2000~2009년 사이에 3,420건 가운데 1,602건이었다고 한다.[134] 점점 동물에서 인간으로 전파되는 전염병이 증가하는 만큼, 이에 대해 관심을 기울여야 할 것이다.

인수공통전염병 가운데 인간에게 큰 영향을 끼친 주요 전염병에 대해 알아보자.

광견병

인수공통전염병 가운데 개와 관련한 대표적인 질병으로는 광견병이 있다. 광견병은 광견병 바이러스(Rabies virus)를 가진 동물이 사람을 물어서 발생하는 질병으로 급성 뇌척수염의 형태로 나타나는 무서운 병이다. 개와 고양이는 체내에 광견병 바이러스를 가지고 있을 수 있지만, 대개는 바이러스에 감염된 너구리, 여우, 코요테, 원숭이 등 야

광견병에 걸린 개
인수공통전염병인 광견병을 예방하기 위해, 반려견의 예방접종은 필수라고 할 수 있다.

생동물과 접촉해서 전염된다. 그리고 감염된 개가 사람을 물었을 때 사람에게도 병이 전파된다. 요즘은 발생 보고가 드물지만 애완견에게 광견병 예방주사를 놓는 것은 사람의 안전을 위해서도 필요한 것이라고 할 수 있겠다.

탄저병

소가 일으키는 대표적인 인수공통전염병에 탄저병이 있다. 탄저병은 역사상 아주 오래 전부터 인류에 피해를 입혀왔다. 탄저균은 매우 저항력 있는 포자를 형성하기에 토양이나 다른 물질 속에서 수십 년간 살아남을 수 있다. 이러한 포자가 동물의 체내로 들어오면 탄저병을 일으키게 된다. 탄저병은 주로 소, 말, 면양 등에 발생하며, 사람에게 전염된다. 죽은 초식동물의 항문, 코 등에서 응고되지 않은 암적색 혈액이 흘러나오는 것이 특징이다. 몸 내부 피하조직에도 부종과 출혈 등이 생긴다. 병의 경과는 매우 신속해서 발병 1~3일에 대부분 폐사한다. 감염된 동물 사체는 소각처리 하거나 땅을 깊게 파서 묻어야 한다.

생물학적 무기라는 말을 들어 보았을 것이다. 탄저균이 대표적인 세균 무기다. 인간의 경우 피부, 장, 폐 탄저 3가지 타입으로 구분된다. 피부의 상처를 통해 감염되는 경우가 가장 많다. 만약 호흡기로 흡입되어 폐렴을 일으키는 경우 치사율이 거의 100%에 이른다. 탄저병은 뚜렷한 치료약도 없는 매우 위험한 전염병이다.

1860년대 유럽을 강타한 탄저병이 영국으로 확산되자, 영국의 목축업은 엄청난 타격을 입었고 소고기 가격은 천정부지로 올랐다. 그러자 영국의 목축업자들은 탄저병이 없는 청정지역을 찾아 미국으로 눈을 돌렸다. 그래서 미국 서부 지역에 영국과 미국인에 의해 대규모로 소를 키우는 목장이 들어섰다. 미국 땅의 40%를 차지하는 광대한 초원에 살던 야생의 버펄로들은 유럽 소를 키우기 위해 마구 학살되고, 그 가죽은 헐값으로 팔려나갔다. 1870년경 버펄로는 사실상 멸종위기에 처하게 되었다. 유럽에서 발생한 탄저병이 북아메리카 초원 지대에 많았던 버펄로의 대량 학살로 이어졌던 것이다.[135]

세균학의 아버지라고 불리는 독일의 로베르트 코흐가 1876년에 탄저병의 병원체를 처음 발견했다. 이를 바탕으로 1881년 세균학자인 루이 파스퇴르가 탄저병 백신을 가축에 접종하여 탄저병 방역의 길을 열었다. 만약 탄저병에 대한 연구가 조금이라도 일찍 이루어졌다면, 버펄로의 운명은 달라졌을지도 모른다.

브루셀라병

브루셀라병은 브루셀라균에 의해 소, 돼지, 산양, 개 등과 사람에게 감염되는 중요한 인수공통전염병이다. 브루셀라균에 감염된 소는 태반에 염증과 괴사가 생기며, 임신 말기에 유산, 사산 등을 일으킨다.

이와 같은 유산 후 분비물과 접촉하게 되면 다른 동물과 사람이 감염된다. 이런 특성 때문에 동물과 접촉이 빈번한 목장 주인이나 수의사, 도축업자, 정육업자 등이 감염에 노출되어 있다. 또 살균되지 않은 우유나 유제품을 섭취해도 일반인이 감염되기 때문에 매우 심각한 병이다.

사람이 브루셀라에 감염되면 고열과 통증을 나타내며, 치사율은 높지 않지만, 방치할 경우 척추염이나 골수염을 일으킨다. 브루셀라균은 세포 내에 기생하기 때문에 쉽게 치료할 수도 없다. 수개월간 지속적인 항생제 투약 치료를 받아야만 하는 골치 아픈 병이다. 아직까지도 효과적인 치료법이 없기 때문에 오직 백신 접종으로 예방만이 가능하다.

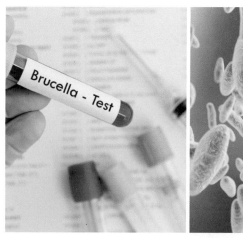
브루셀라 검사

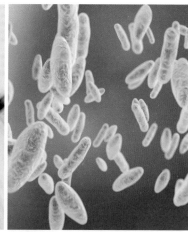
브루셀라 균

세계보건기구에서는 이 병을 예방하기 위해 진단법을 표준화하는 등 적극적인 노력을 기울이고 있다. 브루셀라병을 근절시키기 위해 매년 수의사들은 우유윤환반응을 통해, 브루셀라병이 발생한 목장을 찾아내고, 개체별로 혈청응집반응을 통해 발병한 소를 찾아내 도살 처분하고 있다.[136]

결핵

지난 200년간 10억 명의 사상자를 낸 살인마가 있었다. 범인은 백색 페스트라 불리는 결핵균이다. 결핵은 세균에 의해 생기는 무서운 질병이다. 결핵은 몇 년간 잠복기를 거쳐 나타난다. 영양부족이나 과로, 질병 등 인간의 면역체계가 손상될 때 증상이 발현한다. 결핵은 발작적인 기침 증상을 보이며 나아가 혈관과 폐를 손상시킨다. 감염된 청년들은 젊은 나이임에도 불구하고 아깝게 생을 달리하게 된다. 결핵은 영양상태가 나쁜 빈민가와 작업환경이 좋지 않은 곳에서 쉽게 발생한다. 1800년대 결핵은 유럽인 사망원인의 1/4이었다.

결핵은 폐결핵이 주를 이루는데, 과거 유럽에서는 이를 전염병으로 인식하지 못하고 단지 유전병으로만 치부했다. 그래서 결핵 환자들이나 의심 보균자들을 그냥 방치했고 또 외부로부터 들어오는 결핵환자들에게도 검역을 실시하지도 않았다. 결핵환자들은 일반인들과 섞이게 되었고, 결핵은 순풍에 돛을 달고 널리 전파되었다. 19세기 서양인들에게 결핵은 열정과 천재성의 상징으로 여겨지기도 했다. 결핵에 걸려 붉게 달아오른 뺨과 핏기 어린 피부, 피가 섞인 기침과 나약해진 몸은 예술에 대한 내적 열정의 징표로도 여겨졌을 정도였다. 실제로 많은 예술가들이 결핵으로 세상을 하직했다.

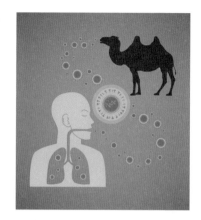

소 결핵균은 사람에게 전파된다.

결핵은 소에서 소결핵균의 감염에 의한 만성 전염병으로, 감염된 소는 지속적으로 체중이 줄고, 기침 등의 호흡기 증상과 림프절 이상 등이 생긴다. 이 병은 특히 허약한 소들에게 급속히 전염된다. 또한 사람에게도 전파되기 때문에, 발견 즉시 소를 살처분해야 한다. 유럽에서 결핵이 가장 크게 유행했던 이유는 소를 많이 키웠기 때문이다. 당시 유럽인들은 결핵의 일차적인 원인이 소에서 비롯된 것임을 알지 못했기 때문에 많은 이들이 억울하게 죽었던 것이다.

1880년 파스퇴르의 『세균 병원설』이 출간된 후, 연구자들은 감염성 세균을 발견하게 되었다. 1882년 로베르트 코흐는 결핵 박테리아를 분리해내어 유전이 아님을 밝혔다. 코흐는 결핵균의 발견과 이와 관련된 연구로 1905년 노벨 생리의학상을 수상하기도 했다. 그만큼 코흐의 발견은 당시 유럽인들에게는 엄청난 사건이라고 할 수 있다. 결핵이 세균에 의한 것임이 알려지면서 사람들은 청결에 집착하게 되었다. 이후 주거환경 개선, 상하수도 개선 등이 이루어졌다. 그래서 1828년 영국의 결핵 사망자가 인구 1백만 명당 4천 명이던 것이, 1948년 미국에서는 10분의 1로 떨어졌다. 아울

세균학의 아버지 코흐는 탄저균과 결핵균을 발견해, 질병 치료의 획기적인 계기를 만들었다.

러 스트렙토마이신 같은 효과적인 항 결핵약이 나오면서 1백만 명당 90명 수준까지 떨어졌다. 하지만 아직도 후진국에서는 결핵이 위협적인 병으로 남아 있다. 현재 지구상에 약 20억 인구가 결핵균을 지니고 있다. 이 가운데 약 9억이 활성화된 결핵을 갖고 있어서 최대 3억이 죽을 수도 있다. 결핵은 아직도 우리나라를 비롯해서 지구상에서 가장 치명적인 질병이다.[137]

결핵의 확산을 막기 위해 우리나라에서는 투베르쿨린 반응 검사를 실시하고 있는데, 아직도 매년 결핵에 걸린 수백 마리의 소가 발견되고 있다. 발견 즉시 도살 처분하고 있다. 수의사들은 정기적인 검사를 통해 결핵에 걸린 소를 찾아내고, 질병의 확산을 막기 위해 노력하고 있다. 사람의 경우 예방을 위해 결핵균을 약독화 시킨 BCG 접종을 실

시하고, 감염 시 결핵약을 복용해 치료한다.

결핵이나 브루셀라병에 걸린 젖소의 우유를 살균하지 않고 사람이 먹거나, 고기를 익혀 먹지 않을 경우 사람도 이들 병에 감염될 수 있다. 따라서 우유는 철저한 위생과 살균과정을 거치고 있다. 도축장에서도 수의사들은 엄격한 식육 검사를 실시하여 합격한 고기만을 사람이 먹도록 하고 있다. 만약 이러한 일을 하지 않는다면, 우리의 건강은 크게 위협받을 수밖에 없을 것이다.

소해면상뇌증(광우병)

2008년 5월 미국산 소고기 수입을 반대하기 위한 대규모 촛불 시위가 있었다. 광우병이라 불리는 소해면상뇌증에 걸린 미국산 소고기를 먹으면 큰일 난다고 소란이 벌어졌던 것이다.

소해면상뇌증은 1985년 영국에서 처음으로 보고되었는데, 영어로는 BSE(Bovine Spongiform Encephalopathy)다. 광우병(Mad Cow Disease)으로 불리기도 한다. BSE는 병에 걸린 소의 뇌가 스펀지처럼 구멍이 숭숭 뚫려 있는 모습으로 변한다고 해서 붙여진 학술적인 이름이고, 광우병은 뇌신경의 물리적 손상으로 인해 소가 자세를 제대로 잡지 못해 비틀거리는 것이 미친 듯 보이기 때문에 생겨난 말이다. 영국에서는 18만 3,191마리의 소에서 발생했다. 경제적 손실이

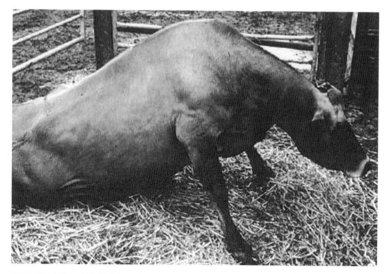

광우병에 걸린 소가 일어서지 못하고 있다.

무려 9조 파운드 정도로 추정될 만큼, 축산 선진국 영국에 엄청난 경제적 타격을 입힌 전파성 질병이었다. 이 병에 걸린 소들은 청각 자극에 과민반응을 하거나, 불안한 동작을 보이고, 서 있지 못할 때도 있으며, 흥분하기도 하고, 체중이 감소하기도 한다. 증상이 발현되고 폐사하기까지 2주에서 6개월이 걸린다.[138] 동물에서 이러한 해면상뇌증을 앓고 있는 동물이 발견된 것은 1732년 면양이 스크래피라는 질병에 걸린 것이 처음이다. 이후 밍크, 사슴, 소, 고양이에서 이 병이 보고되었다.[139]

소해면상뇌증은 현재까지 소가 스크래피에 걸린 면양이나 소해면상뇌증에 감염된 소의 육골분(肉骨粉)이 함유된 동물성 사료를 섭취함으로써 대규모로 확산된 것으로 추정되고 있다. 육골분은 뼈와 살이 붙어 있는 부분을 갈아서 만든 것으로 잡식동물 사료의 재료로 쓰이고 있다. 소에게 동물성 사료를 급여한 것은 이른 시일 안에 몸무게를 늘리기 위함이었다. 소해면상뇌증의 병원체는 소의 뇌에 생기는 변형된 프리온 단백질로 알려져 있다. 변형 프리온은 구조가 매우 안정적이라, 일상적인 조리 과정뿐만 아니라 소독약, 심지어 고압살균에서도 파괴되지 않는다는 데에 문제의 심각성이 있다.

1996년 사람에서 해면상뇌증이 발견되었다. 사람으로의 전파는 당연히 광우병에 걸린 소고기를 먹으면서 비롯되었다. 사람에게 발생한 이런 질환을 변종 크로이츠펠트-야콥병(vCJD)이라 부르는데, 치사율이 50%에 이를 만큼 위협적이다. 영국에서 124건의 환자가 발생했고, 프랑스 등지에서도 환자가 발생했다.[140]

2003년 이후 미국에서도 소해면상뇌증이 발생했는데, 우리나라는 미국산 소고기 수입을 잠시 중단하기도 했다. 이당시 우리나라에서는 소해면상뇌증에 대한 잘못된 정보와 공포가 괴담 수준까지 발전해 사회를 혼란에 빠트리기도 했다. 다행히 근래에 들어 전 세계적으로 이 병이 거의 진정되었지만, 여전히 프리온 단백질로 인한 새로운 질병의 위험성 문제는 남아 있다.[141] 현재까지 우리나라는 광우병에 걸린 소가 없다.

조류인플루엔자(AI)

우리나라에서 2016년 11월 16일 발병하여, 발병 48일 만에 3천만 마리 이상의 닭과 오리, 메추리 등을 매몰 처분하게 만들었던 조류인플루엔자(AI, Avian Influenza)는 최근 들어 가장 심각한 인수공통전염병으로 인식되고 있다. 법정 제1종 가축 전염병으로 지정된 AI는 전염성이 강하고, 폐사율이 높은 치명적인 질병이다. 2016년 유행한 AI는 H5N6형으로 바이러스가 고병원성이다. AI는 원래 조류끼리만 감염성이 있는 것으로 알려져 있었다. 그런데 최근 동남아와 중국 등지에서 사람으로 감염된 사례가 빈번하게 발생하고, 사망자도 발생해 충격을 주었다. 중국에서는 2013년 처음으로 AI 인체감염이 발생한 이후, 매년 겨울철을 중심으로 유행하고 있다. 2016년 10월부터

조류 인플루엔자에 걸린 닭들

2017년 2월 중순까지 총 429명이 발생했는데, 1월까지 99명이 사망했다.[142]

우리나라의 경우, 2003년부터 2016년까지 무려 6번이나 닭, 오리 등 가금류에서 고병원성 AI가 유행했는데, 아직까지 사망자가 발생하지 않았다. 감염된 고기라도 익혀서 먹으면 사람에게 감염되지 않는다. 닭고기나 오리고기 등을 섭씨 75도 이상에서 5분 이상만 가열하면, 바이러스가 죽기 때문이다. 하지만 결코 안심해서는 안 된다. 야생 조류, 특히 야생 오리와 집 오리는 AI에 감염되어도 증상이 매우 미미해 육안으로 구별하기 어렵기 때문이다. 만약 AI가 닭으로 옮아가면 순식간에 치명적으로 변한다. 중국에서 발생한 감염자들은 주로 농장과 도계장에서 AI에 걸린 생닭, 생오리를 만지거나 접촉했던 사람들이다. 생닭과 생오리를 함부로 만지지 말고, 닭과 오리 농가, 철새도래지와 같은 AI 발생 위험지역의 방문을 자제해야 한다.

이 밖에도 인류의 건강을 위협하는 인수공통전염병은 매우 많다. 최근 유행했던 사스, 메르스 등이 그것이다. 사람에게 전염되기 때문에 동물에서 유래한 인수공통전염병이 끼치는 사회적 영향력은 엄청나다고 할 수 있다. 전염병의 예방과 근절을 위해서는 보균동물의 치료 또는 살처분, 야생동물을 포함한 동물에서 동물로 전파 차단 그리고 동물에서 사람으로 질병전파 통제, 인간과 인간의 감염경로 차단 등이 이루어져야 한다.[143] 따라서 이러한 전염병을 예방하고 진압하는 것은 개인의 힘만으로는 불가능하기 때문에, 국가 조직의 힘을 빌려야만 실행할 수 있다.

국가는 전염병을 막기 위해, '가축 전염병 예방법'을 제정하고 있다.[144] 축산 경영인, 수의사, 경찰관에게 각각의 역할과 임무를 부여한다. 법정 전염병이 발생하면, 곧 전염된 가축의 박멸을 명하고, 사체를 소각 또는 매몰하고, 사람과 가축의 왕래를 철저히 통제한다. 또한 건강한 가축의 격리를 비롯한 그 밖의 필요한 여러 가지 조치를 취한다. 이 경우 축산가의 입장에서는 자신이 키운 가축이 억울하게 죽는 것을 지켜보아야 하기 때문에, 강제로 매몰하는 것 등에 반발할 수도 있을 것이다. 정부는 축산 경영주가 강제 매몰 등의 조치에 따르지 않는 경우, 벌금을 물리고 있다. 병의 확산을 막고, 다른 축산농가의 피해를 예방하며 국민 건강을 지키기 위해 어쩔 수 없기 때문이다.

정부는 동물의 건강을 위협하는 전염병이 발생하는 것을 막기 위해 가축들에게 예방주사를 놓고, 수시로 가축의 건강을 체크하여 전염병 발생을 억제하기 위해 힘쓰고 있다. 또한 인수공통전염병을 근본적으로 없앨 방법도 연구하고 있다. 앞서 박쥐로부터 여러 종류의 전염병이 인간에게 옮겨지는 이야기를 했다. 그런데 박쥐는 치명적인 바이러스를 많이 보유하지만 감염되어도 별다른 증상을 보이지 않는다. 이에 착안한 미국 질병통제센터(CDC)는 박쥐의 면역체계 내에서 바이러스의 증식을 억제하는 해결책을 찾고자 연구하고 있다.[145]

4
매몰만이
능사인가?

축산농가에게 가장 위협적인 재해는 전염병으로 인한 가축의 집단 폐사다. 우리나라 축산업과 수의학 역사에서 충격적인 장면들이 있다. 2002년 소와 돼지 구제역으로 16만 마리가 살처분 되었다. 2010~2011년에는 제주를 제외한 전국에 구제역이 퍼져, 약 347만 마리의 소와 돼지가 살처분되어 총 3조원의 피해를 입은 최악의 사태를 맞이한 적이 있었다.[146]

구제역이 발생했을 때, 가장 논란이 되는 것은 구제역 발생 초기에 벌어지는 살처분 정책이다. 구제역에 대한 최초의 기록은 16세기 이탈리아부터 시작되었다. 처음 구제역이 발생하자 사람들은 소에게 따뜻한 쇠죽과 부드러운 건초를 먹이고 짚을 갈아 주고 알뜰하게 살

퍼 주었다. 제대로 돌보기만 하면 구제역은 어느 정도 진정될 수 있었다.[147] 하지만 구제역에 걸리면 치사율은 낮지만 먹이도 안 먹고 새끼도 안 낳는다. 송아지는 죽기도 한다. 구제역은 접촉을 통해서도 전염되지만 주로 습기를 머금은 바람을 타고 다른 농장으로 순식간에 전파된다. 살처분 외에는 방법이 없다면 경제적인 측면에서 농가의 피해는 극심해진다.

전염병에 걸린 가축들을 살처분하기 시작한 것은 18세기 이탈리아에서 시작되었다. 18세기 로마 교황청은 많은 장원과 목축장을 운영하고 있었다. 1711년 우역이 발생하자, 교황 클레멘트 11세는 교황주치의인 란치시(1654~1720)를 불러 우역을 막을 방법을 찾게 했다. 우역의 증상과 전파 양상을 연구한 란치시는 7가지 대안을 제시했다. 1번째와 2번째 대책은 지금도 시행하고 있는 효과적인 방법으로 교역제한, 정기적인 육류 검역이다. 3, 4번째는 살처분과 매몰이다. 그는 병든 가축은 석회를 뿌려 매장하거나 곤봉으로 때려죽여야 전염병이 퍼지는 것을 막을 수 있다고 생각했다. 5, 6, 7번째에는 규칙을 어기는 자들에 대한 가혹한 형벌을 제시했다. 즉, 소(牛) 상인이 소를 허가 없이 사고파는 등 규칙을 어길 경우 교수형에 처해 내장을 꺼낸 다음 사지를 찢어 죽이고, 신부 등이 위반할 시 노예선으로 방출하며, 농부가 위반했을 경우 능지처참을 하는 엄격한 법 집행이 그것이다.

란치시는 우역에 대한 치료법을 찾으려고 시간을 보내기보다, 먼

저 질병에 걸렸거나 혹은 걸렸다고 의심되는 모든 동물을 도살해 버리는 것이 보다 효율적이라고 생각했다. 교황은 그의 방법을 받아들였다. 그 결과 18세기 유럽에서 2억 마리 이상의 소들이 도살되었다. 이러한 잔혹한 대량살상 방식의 살처분 정책(Stamping out)은 아직 세계 각국에서 채택되어 시행되고 있다.[148]

란치시의 살처분 방식은 외부에서 유입되는 동물의 주요 전염병을 제어하는데 효과적이었다. 다만 란치시의 방식을 위해서는 강력한 법집행이 필요했고, 검역과 방역을 위한 국가 기구들이 필요했다. 란치시가 방역대책을 제시한 이후 동물 전염병에 대해 국가가 개입하는 것은 지극히 당연해졌다. 하지만 살처분은 병원체를 없애기 위해 숙주를 없애는 극단적인 방법이다. 모든 생명체는 저마다 생명의 존엄성을 갖고 있다. 그런데 살처분은 생명존엄성을 무시한 대단히 폭력적인 방법이다. 가축을 키우는 사람들은 물론, 살처분을 집행하는 사람들에게도 엄청난 고통을 가져다주는 방식이다.

2001년 영국에서 구제역이 발생했을 때, 영국정부는 끝까지 살처분을 집행하여 구제역을 종식시켰으나, 당시 700만 두의 가축이 희생되었고 18조원의 경제적 손실을 감수해야 했다. 우리나라 역시 구제역 근절을 위해 살처분 정책을 우선으로 했다. 하지만 이것이 최선의 방법이었다고 말하기는 어렵다.

구제역에 걸렸거나 의심이 되는 동물을 매몰하는 장면

구제역과 관련해 우리가 주목할 것은 구제역청정국이라는 지위다. 구제역청정국이란 구제역 비발생국가를 의미한다. 국제수역사무국 (OIE)는 구제역이 발생하지 않은 나라에 구제역청정국의 지위를 부여한다. 우리나라는 원래 구제역청정국이었다. 그러나 2000년, 2002년, 2010년과 2011년에 구제역이 발생해 청정국 지위를 상실했다. 그러다 다시 구제역을 근절해 다시 구제역청정국 지위를 획득하곤 했다. 구제역청정국에서 구제역이 발생했을 때, 청정국 지위를 유지하기 위해서 가장 효과적인 통제방법은 즉각적인 살처분과 가축의 이동을 엄격히 통제하는 것이다. 그런데 우리나라가 구제역청정국 지위를 반드시 유지해야 하느냐에 대해서는 논란이 많았다. 청정국 지위를 유지하면 우유나 한우 등을 수출할 수 있지만, 우리가 수출하는 축산물 규모가 극히 미미한 현실에서 굳이 이를 고집할 필요성이 있 느냐는 반론이 제기된다.

구제역이 발생해 대규모 살처분을 하느니 차라리 백신으로 예방하 는 것이 더 합당한 조치라는 데 의견이 모아졌다. 드디어 정부는 장고 끝에 백신 사용을 결정했다. 그러나 구제역 백신 제조는 구제역 바이 러스 관리와 전파의 우려 때문에 선진국도 섣불리 결행할 수가 없다. 자칫 구제역 바이러스의 온상이 될 우려가 있기 때문이다. 구제역 백 신 공장은 타 백신과 달리 입지조건 등 숱한 제약과 난관이 뒤따른다. 하지만 정부는 여러 민간 업체와 컨소시움을 구성해 '구제역백신연 구센터'를 만들고 백신 제조를 향한 첫발걸음을 내 디뎠다.

구제역보다 더 심각한 것은 가금류에서 빈발하는 AI(조류인플루엔 자)다. 2006년 11월에서 2007년 3월까지 닭 390만 마리 살처분, 2008 년 4월~6월의 650만 마리 살처분, 2010년 12월~2011년 5월의 336 만 마리 살처분, 2014년 1월~2015년 6월의 1,299만 마리 살처분, 2016년 11월~2017년 1월의 약 3천만 마리 살처분 등 엄청난 경제적 손실을 감수했다. 10년간 무려 5천만 마리 이상이 살처분 되었다는 얘기다. AI로 인한 닭사육 농가 피해를 비용으로 환산하면, 2006년부 터 2017년까지만 무려 2조원에 달한다. 여기서 중요한 것은 2014년 에서 2015년까지 살처분된 1,396만 마리의 가금류 중 62.3%인 870

만 마리가 AI 음성 판정임에도 불구하고 억울하게 살처분 당했다는 것이다.[149]

    AI의 경우 백신을 사용하지 않고 순식간에 수천만 마리의 닭과 오리를 매몰 처분해야 하는지에 대해서 의문을 품는 사람들이 많다. 문제는 AI 바이러스는 유전정보 저장방식이 달라 변종이 많다는 점이다. DNA에 유전정보를 저장한 천연두 바이러스는 DNA에서 곧바로 DNA를 복제하지만, 유전정보가 RNA에 담긴 AI는 다르다. RNA를 DNA로 만든 다음 복제하는데, 이 과정에서 변이가 많이 생겨 유전자 염기서열이 다른 돌연변이 바이러스가 나타나게 된다.[150] 백신을 개

전염병이 돌아 매몰이 임박한 양계장

발해 대항하려고 해도 바이러스가 계속 변형되기 때문에 백신 개발에 어려움이 많기 때문이다.

2016년 말 우리나라에서 발생한 AI는 H5N6바이러스로 인체감염이 일어나지 않았지만, 2017년 중국에서 유행한 H7N9바이러스는 조류를 통해 500명이 넘는 사람을 감염시켰고, 감염된 사람의 88%가 폐렴으로 발전했고, 감염자의 41%가 목숨을 잃을 만큼 치사율이 높았다. H7N9은 아직 사람과 사람 사이에 잘 전염되지 않지만, 만약 변이를 일으켜 감기처럼 전염된다면 순식간에 수백만 명을 죽일 수 있는 치명적인 전염병이 될까 우려된다.[151] 인간에게 전염되지 않는 구제역보다 AI가 더 무서운 이유가 이 때문이다.

닭의 경우 집단 사육으로 인해 전염병이 자주 발생하고 병에 대한 저항력이 약해지는 것은 주지의 사실이다. 따라서 집단 밀집사육을 피하거나 여의치 않는 경우, 병이 전염되지 않도록 해당 지역 농장의 닭을 빨리 매몰 처분해서 전염병의 확산을 막는 것이 현재로서는 유일한 대책이다. 빠르게 변종을 일으키는 AI에 대응할 슈퍼백신을 개발하기 전까지는 발병 초기 대응이 무엇보다도 중요하다. 2016년 AI가 발생했을 때, 우리나라는 3천만 마리를 살처분했다. 반면, 일본은 단지 57만 마리만 매몰했다. 우리나라가 일본보다 가금류 사육에서 방역위생이 철저하지 못했고, 초기 대응이 부족했기 때문이다. 초기 대응에 성공하려면 발병한 농장을 출입하는 차량과 사람에 대한 철

저한 소독, 외부인의 출입 제한 등 많은 사람들의 협조가 필요하다. AI
의 초기 대응에 실패하면 많은 닭이 폐사되므로, 농가의 피해는 극심
해진다. 또 닭고기와 달걀 가격의 상승을 시작으로 각종 식재료 가격
이 오르는 사회경제적인 문제가 발생한다. 더 중요한 것은 국민의 건
강 안전이 위협받는 것이다.

현재 한국 농업 생산의 절반 정도가 축산에서 비롯된다. 축산은 곡
물 생산만큼이나 중요한 식량생산 방식이다. 축산농가의 안정적인
육류 생산이 이루어지도록 구제역이나 AI와 같은 위협적인 전염병에
중지를 모아 효율적으로 대응해야 한다. 우리가 이러한 전염병을 제
대로 방어하지 못한다면, 그토록 좋아하는 육식을 포기해야할지도
모른다.

5

영화
아웃브레이크

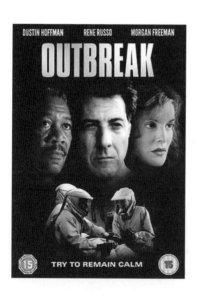

더스틴 호프만, 모건 프리먼, 르네 루소 등이 열연한 1995년 볼프강 페터젠 감독의 영화『아웃브레이크(Outbreak)』는 가상의 전염병을 소재로 한 영화로, 과학적인 검증을 거친 탄탄한 시나리오를 바탕으로 만들어졌다.[152]

이 영화의 간략한 줄거리를 소개하자면 이렇다.

1967년 아프리카 자이르의 모타바 계곡 용병 캠프에서 의문의 유행성 출혈열이 발생해 군인들이 죽어가는 것부터 시작한다. 긴급 의료 지원을 나간 미군은 상황의 심각성을 느끼고 혈액만 채취한 뒤 일방적으로 용병 캠프에 폭탄을 투하, 모두 몰살시켜 버린다. 30여 년의 세월이 지난 뒤, 자이르에서 다시 출혈열이 발생했다. 감염자 모두 사망하자 미국에 다시 지원 요청을 하게 된다.

이때 파견된 닥터 샘 다니엘즈 중령은 열대 오지에서 발생한 에볼라 바이러스보다 더 짧은 잠복기에 치사율 100%의 무시무시한 바이러스균이 휩쓸고 간 마을을 발견한다. 샘 중령은 1967년 아프리카에서 있었던 모타바 바이러스와 동일한 이 바이러스가 미국 전역에 퍼질 수 있다고 결론을 내렸다. 그는 정부 각료에게 비상조치를 취해줄 것을 건의한다. 하지만 미군 지휘부는 이를 무시한다.

한편 자이르에 있던 감염된 원숭이 한 마리가 실험용 동물로 잡혀오다가, 산호세에 있는 검역소에서 탈출한다. 짐보라는 청년이 원숭이와의 접촉으로 바이러스에 감염되어 죽는다. 이후 사람들이 그 원숭이와 접촉한 사람들로부터 공기를 통해 감염되기 시작한다. 샘은 치명적인 바이러스의 등장에 경고를 했다. 하지만 30년 전 모타바 바이러스를 추출, 생물학적 무기로 개발한 군부는 치료제를 보유하고 있음에도 불구하고 생물학적 무기의 보안을 위해 사용하지 않고 숨긴다. 변형 모타바 바이러스가 출현하여 자신들의 무기가 무력화되는 것을 염려했기 때문이다. 매클린 토크 소장은 대통령으로부터 '무차별 폭격'을 재가 받는다. 그는 이 바이러스와 바이러스에 감염된 2600명의 시더 크릭 마을 사람들 모두에게 강력한 폭탄을 터트려 몰살시키려 했다. 그러나 다행히 샘의 활약으로 약을 만들어 마을 사람들을 치료하고, 마을로 향하던 폭탄을 바다로 빠트려 대참사를 막는다.

영화 속에 등장하는 치사율 100%의 모타바 바이러스는 물론 가상의 바이러스다. 하지만 이 영화의 소재가 되는 치명적인 병원성을 가진 유사한 병원체는 세계 각처에서 발생하고 있다. 영화의 소재가된 에볼라 출혈열은 1976년 자이르와 수단에서 처음 확인된 질병이다. 병원체는 필로바이러스라는 병원성이 강한 바이러스로 치사율이 80~90%에 이른다. 만약 에볼라 바이러스와 같이 치사율이 높으면서

아웃브레이크 영화와 같은 전염병이 발생하면, 무엇보다 초기 대응이 중요하다.

공기에 의해 전파되는 질병이 유행한다면, 전 세계는 공포에 휩싸이게 될 것이다.

1997년 홍콩에서 발생한 조류인플루엔자(AI)는 공기를 통해 감염되었다. 1918년 스페인독감이라는 인플루엔자가 크게 유행했는데, 이때 죽은 사람이 2,500만 명이나 되었다. 근래에 발생하는 AI는 닭 등에서 사람으로 감염될 수도 있는데, 사람에게서 사람으로 감염되었다는 보고는 아직 없다. 홍콩은 닭을 대량 살처분함으로써 이 바이러스를 소멸시켰다. 하지만 홍콩을 중심으로 광동성 등 중국 남부에서는 여전히 신형 AI가 발생해 인간 사회로 침투할 기회를 호시탐탐 노리고 있다.

1998년 말레이시아에서 다수의 뇌염환자가 발생했다. 뇌염환자의 대부분은 양돈업자로 돼지도 증상을 일으켰다. 니파바이러스가 원인균이다. 이 신종 바이러스는 감염된 돼지를 통해 사람에게 전파되는 것으로 밝혀졌다. 말레이시아에서는 돼지를 대량 살처분함으로써 사태의 진전을 막았지만, 이미 사망자가 100명이 넘는 참사를 일으킨 후였다.

HIV 바이러스가 병원체인 에이즈(AIDS, 후천성면역결핍증)는 1980년대 초부터 아프리카와 서양을 중심으로 계속 발병자가 나오고 있다. 아프리카 침팬지에서 유래되었다고 추측되는 HIV는 사람에게 후

천성면역결핍증을 일으킨다. 1983년 파스퇴르연구소의 몬타니에 박사가 AIDS 병원체인 HIV 바이러스를 발견했지만, 아직까지 완벽한 치료약은 개발되지 못하고 있다. 아프리카에서 기원한 이 병은 2000년까지 사망자수가 2,200만 명에 달했고, 2001년에도 연간 5백만 명이 새롭게 감염되어 3백만 명이 사망했다. 중세 페스트에 버금가는 대 질병이 아닐 수 없다.

낯선 전염병은 지금도 세계 곳곳에서 인류를 위협하고 있다. 세계보건기구(WHO)는 2015년 12월 10일 스위스 제네바에서 회의를 갖고, 인류를 위협할 것으로 예상되는 유행성 전염병 8가지를 선정해서 발표했다.[153] 8가지 전염병에는 인수공통전염병이 주를 이룬다. 앞서 소개한 2011년 동남아시아를 강타한 사스 코로나 바이러스, 2013년 서남아프리카에서 발생해 1만 명이 순식간에 죽은 에볼라 바이러스 질병[154], 2015년 우리나라를 강타한 메르스를 위시하여 크림 콩고 출혈열, 마르부르크 바이러스, 라사열, 리프트 밸리열, 니파 바이러스가 그것이다. 이 리스트에 중요한 질병인 에이즈, 결핵, 말라리아, AI, 뎅기열 등은 포함되지 않았다. 이미 WHO를 비롯

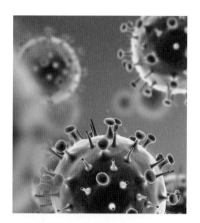

작은 바이러스 하나가 인류에게 치명적인 판데믹을 일으킬 수도 있다.

해서 전 세계적으로 이 전염병들을 연구하고 강력히 통제하고 있기 때문이다.

크림 콩고 출혈열은 진드기가 매개체이다. 크림 콩고 출혈열 바이러스를 보유한 진드기는 황소 등 포유류, 조류, 설치류 등에 붙어 다닌다. 사람이 이 진드기에 물리면 감염된다. 혈관계통에 치명적인 손상을 입히며 심한 경우 피를 토하고 곧바로 사망한다. 감기 증상부터 시작되지만, 구토와 출혈 반점이 나타난다. 내출혈을 동반하며 사망률도 50%에 달한다.

마르부르크 병은 1967년 독일 마르부르크에서 집단 발생했다. 병원균 보유 동물은 아프리카 원숭이로 추측된다. 마르부르크 바이러스는 고열과 구토, 설사와 심한 출혈과 고열을 일으킨다. 원숭이가 사람과 접촉함으로써 감염되며 공기나 상처, 성교 등으로 사람끼리도 전염된다. 에볼라보다 치명적인 바이러스로 알려져 있다.

라사열은 아프리카 사바나지대에 서식하는 쥐의 침이나 오줌에서 배출되는 아레나 바이러스가 일으키는 급성 출혈열병이다. 설치류와의 접촉, 사람과 사람 접촉에서도 일어날 수 있는 이 병은 전염력이 강하고 치사율이 15~25%에 달하는 무서운 병이다.

리프트 밸리열은 모기에 의해 전파되며, 소나 양 같은 가축에서 발생하지만, 사람에게도 감염되는 인수공통전염병이다. 1930년 케냐에서 발견되었고, 주로 아프리카에서 유행되었지만, 2000년에 사우디와 예멘에서 유행한 적도 있다. 아직 사람간 전파는 보고된 바 없지만, 발열, 근육통, 출혈과 합병증으로 신경학적 후유증을 동반할 수 있다.

이들 전염병은 아직 백신이나 치료약이 없는 것들이다. 인류 미래의 위협요소로 핵무기, 기후변화 등을 거론하기도 하지만, 판데믹(Pandemic)이라 부르는 전염병의 대유행도 대단히 위협적이다.

이처럼 세계 곳곳에서 다양한 새로운 질병들이 등장하여, 동물과 인간의 건강을 위협하고 있다. 그럼에도 인간이 신의 징벌인 전염병을 극복하고, 도시문명을 건설해낼 수 있었던 것은 수의학의 역할이 컸다. 문명의 파괴자 전염병 문제를 해결하는데 결정적인 계기는 검역의 시행이었다.

6

도시문명의
수호자

몽골제국이 한참 영토를 넓히던 서기 1330년경 미얀마 혹은 운남성에서 귀환하던 몽골 군사들은 괴상한 병을 앓고 있었다. 옐시니아 페스티스가 원인균인 페스트였다. 사람의 피부가 흑자색으로 변하며 죽기에 소위 흑사병(黑死病)이라고도 하는 페스트에 걸린 몽골군대가 귀환하자, 당시 몽골의 수도였던 베이징 인구의 2/3가 이 병에 걸려 죽게 되었다.

1346년 몽골군은 크림 반도의 카파라는 도시를 포위하고 있었는데, 몽골군은 도시의 성벽 너머로 병들어 죽은 시체를 발사했다. 도시 안에 전염병이 크게 돌아 많은 이들이 죽었다. 페스트균이 몽골군과 함께 실크로드를 따라 여행하면서 흑해 주변 크림반도에 도착한 것이었다. 몽골군이 철수한 후 이곳에 머물렀던 제노바 상인들이 배를 타고 시칠리아의 메시나로 갔다. 이들은 배 안에서 페스트가 발현되어 병들고 죽어갔다. 이 당시 살아 남은 제노바 상인들은 전염병에 무지했다. 이들에 의해 페스트는 1347년 10월 메시나를 시작으로 지중해부터 스칸디나비아에 이르는 유럽 전역에 본격적으로 퍼졌다. 페스트는 환자에게 고열과 악취를 유발하는 고통스러운 유행병이다. 이후 채 4년도 안 되어 페스트로 인해 유럽 인구의 1/3 이상이 죽었다.[155] 심지어 아침에 멀쩡하다가도 밤이 되기 전에 피를 토하며 죽기도 했다. 그래서 이 병을 'Big Death'라고도 불렀다.

이탈리아 피사에서는 하루에 5백 명, 파리에서는 8백 명씩 사람들

페스트는 중세 유럽인구의 1/3을 죽인 최악의 전염병이었다.

이 죽어나갔다. 1348년에 영국으로 전파되었으며 이어 북극의 섬, 그린란드까지 퍼졌다. 1351년 페스트가 끝나갈 때까지 약 2,384만 명이 죽은 것으로 추정되고 있다.

페스트가 왜 중앙아시아 등은 건너뛰고, 유럽에서만 빨리 전파된 것일까? 페스트 전파 전 유럽의 당시 인구는 7천 3백만 명에 이르고 있었다. 도시들은 혼잡하고 더러웠고, 목욕 못 한 사람들로 가득했다. 하수와 쓰레기 처리 시설이 미비해 쓰레기가 길에 쌓이고 오물은 아무렇게나 하천에 내던져졌다. 더러운 환경에서는 페스트의 중간숙주인 쥐와 쥐벼룩이 창궐할 수밖에 없었던 것이다.

1894년 알렉산더 예르신이 페스트균을 발견해 흑사병의 원인을 밝혀냈지만, 14세기 말 유럽인들은 이 병의 원인에 대해 아무것도 몰랐다. 페스트균은 설치류의 피를 빨아먹는 벼룩 속에 사는 세균이다. 벼룩이 설치류 숙주에서 뛰쳐나와 인간을 물면, 수천 개의 병원성 세균이 사람 몸속으로 들어간다. 그리고 세포를 죽이는 독소를 분비한다. 특히 세균이 허파로 옮겨가면 인간은 곧 죽게 된다. 페스트균에 감염된 환자는 세균이 섞인 기침을 하면서 호흡곤란으로 몇 시간 내에 사망한다.

당시 유럽인들은 무서운 페스트를 신의 심판이라고 여기며 채찍 고행을 하며 신에게 용서를 빌기만 할 뿐이었다. 당시 교회는 인간

페스트를 신의 징벌이라고만 생각한
중세 유럽인들

은 원죄를 안고 태어났기에 저주
받은 채 산다는 믿음을 심어주
고 있었다. 교회는 개혁을 거부
하고 교리에 어긋나는 행동을 용
납하지 않았다. 1300년 이래 교
회는 계속 인체 해부를 금지하고
있어서 당시의 의학 수준은 로마
시대보다도 퇴보하고 있는 실정
이었다. 중세유럽의 최고 지도자
인 교황이나 성직자들도 페스트
에 무기력했다. 성직자들도 떼죽음을 당하면서, 교회의 권위는 크게
추락했다. 도리어 각 지방정부가 페스트에 신속히 대처하면서, 사람
들은 성직자보다 정부를 더 믿게 되었다. 이를 계기로 공용어였던 라
틴어 대신 각국의 세속 언어가 공식 문서에 널리 사용되기 시작했다.
교회가 역할을 못 하자, 새로운 종교개혁과 계몽주의가 싹트기 시작
했다. 많은 사람들이 죽자, 농민들의 지위는 오히려 향상되었다. 농민
들은 농지에 묶여 있지 않게 되었고, 그들이 원하는 곳에서 더 높은 임
금을 받으며 일하게 되었다. 토지가 황폐화된 탓에 귀족은 재산을 잃
고 돈을 대여해준 상인의 지위는 상승했다. 지위가 상승된 농민과 상
인들은 서서히 시민으로 성장했다. 페스트병의 유행은 많은 유럽인을
죽음으로 몰아넣기도 했지만, 동시에 유럽 전체를 새로운 사회로 변화
시켰다. 페스트는 유럽의 중세를 마감하고 근세로 이행하도록 만든 계

기가 되었다.[156]

과거에 전염병이 인류 역사를 크게 바꾸었듯이, 미래에 새로운 전염병이 등장해서 역사를 바꿀지도 모르는 일이다. 늘 경각심을 갖고 전염병 예방에 관심을 가져야 한다. 페스트는 의학사에서 큰 변화를 가져왔다. 페스트로 인해 교황은 인체 해부 금지령을 철폐했다. 해부 금지령 철폐는 현대 의학의 발전에 거대한 기폭제가 된 사건이었다.

또한 페스트로 인해 전염병을 막는 기막힌 방법이 이때 등장한 것이다. 유럽 지방 정부들은 페스트와 같은 전염병의 확산을 막는 가장 효과적인 방법으로 페스트 환자를 나병환자처럼 격리하기 시작했다. 이때가 1346년이었다.[157]

오늘날 검역제도의 시작은 1377년 해상무역국가인 라구사공화국(현재 크로아티아 두브로브니크)에서 시작되었다. 항구로 들어오는 모든 배의 선원과 승객을 내리지 못하게 하고 바다에서 30일 동안 고립 기간을 갖도록 조치했다. 전염병에 감염되었을지도 모르는 승객이 일반 군중에 섞이기 전에, 배에 실려 온 유행병이 스스로 소멸되기를 기대했던 것이다. 초기 검역 30일을 뜻하는 트렌티나(trentina)도 여기서 유래되었다. 또한 거의 같은 시기 이탈리아 동북부의 해상무역국가인 베니스공화국에서는 전염병 발생지역에서 육로로 들어오는 사람들을 40일(quaranta) 동안 도시 안으로 들어오지 못하게 했다. 오늘날의 검역(quarantine)이란 용어도 여기서 비롯되었다. 40일은 예수님이 광야에서 고행한 것을 기리는 의미도 있다. 하지만 사실은 히

세계 최초로 검역이 시행된 베니스 항구

포크라테스가 모든 급성질병은 40일 내에 발병되고, 40일이 넘으면 급성질병이 일어날 수 없다고 말한 것에서 비롯된 것이다.[158]

격리검역(檢疫)은 1465년 해상무역국가인 라구사공화국과 1485년 이탈리아 동북부의 해상무역국가인 베니스에서 차례로 제도화되었다. 이후 지중해의 다른 지역에서도 아드리아해의 두 무역항에서 시작된 검역조치를 따라하게 되었다. 물론 이러한 조치가 취해진다고 해도 쥐나 벼룩의 상륙은 막을 수 없었다. 그럼에도 이런 조치가 페스트 확산을 효과적으로 억제했다. 격리가 제대로 이루어질 경우 40일이란 기간은 감염의 사슬이 배 안에서 소진되기에 충분한 시간

이었기 때문이다.[159]

현재의 검역도 그때와 별반 다르지 않다. 전염병 위험지역에서 출발하거나, 전염병 환자가 있었던 선박은 항구에 접안하기 전 필수적으로 승선검역을 받고, 나머지는 서류심사로 대신하게 된다.

우리나라 항구도 매한가지다. 외국에서 배가 들어오면 선원들은 곧장 육지에 내리지 못하고, 검역관을 기다려야 한다. 검역관이 와서 배에 대한 검역을 하기 전까지 선원들은 물론 화물도 하역이 금지된다. 배에 대한 검역은 바다 한가운데서 이루어진다. 검역소는 검역 전 검역신청을 받는다. 배의 명칭, 최초 출발지, 국내에 들어오기 10일 전부터 머물렀던 나라, 전염병 의심환자, 사망자 유무, 도착시간 등의 정보를 미리 등록해야 한다.

검역관 2명이 한 조가 되어, 세관 검역선을 타고 가서, 검역 대상 선박에 옮겨 탄 후, 검역을 시작한다. 가장 먼저 선박 위에 검역중이라는 노란색 깃발을 올린다. 빨간색 깃발을 세울 경우는, 위험물질이 적재되어 있음을 말해준다. 검역관은 선장과 만나 항해 일지와 항해 중 환자 발생 여부 등 특이사항을 확인한다. 검역관은 선박 위생관리 증명서, 세계보건기구 지정 감염지역 방문여부 등 9가지에 이르는 사안을 확인하는 선박 보건상태 신고서를 작성하는데 선원들도 건강상태 질문서를 작성해 제출한다.

검역관은 선원의 체온을 일일이 체크하는 등, 선원의 건강상태를 파악한다. 또 선박 내부에 쥐 또는 벌레 등 전염병 매개체가 있는지를 확인하는 위생검사도 진행한다. 변기, 도마 등에서 가검물을 채취하기도 한다. 검역 후 이상이 없으면 검역증이 교부된다. 검역증이 교부되면, 검역이 모두 끝나게 된다. 이후에 선원과 화물은 항구에 내릴 수 있다. 병원균에 오염돼 살균 소독을 해야 할 경우에는 다시 승선검역을 하게 된다. 채취한 가검물 조사결과에 통상 2~3일이 걸린다. 이 경우 선박이 항구를 떠날 가능성도 있다. 이때 양성판정이 나면, 선박에 대한 정보를 전국 검역소에 알려 공유한다. 승선검역은 보통 40분에서 1시간 정도 걸린다. 검역이 전 세계에 일반화되어 있기 때문에 모든 배들은 검역에 협조적이다.

검역은 바이러스, 세균 등 우리를 위협하는 적들로부터 사람들을 보호하기 위한 것이다. 검역은 총칼 없는 싸움이라고 할 수 있다. 현재 우리나라는 13개 국립검역소와 11개 지소를 갖고 있다. 우리나라를 지키는 또 하나의 보루다. 이곳에서 검역관들은 해외 전염병 유입을 막기 위해 국내로 들어오는 항공기, 선박 등에 가장 먼저 승선해 검역을 실시한다. 검역관들의 활동 덕분에 각종 전염병으로부터 국민이 보호되고 있는 셈이다. 특히 가장 중요한 검역 대상인 동물이나 축산물 검역을 담당하는 국립수의과학검역관의 경우는 수의사 면허가 반드시 필요하다. 수의사는 보이지 않는 각종 세균이나 바이러스로부터 나라를 지키는 최전방의 전사들인 셈이다. 검역이 없었다면,

과거 역사에서 이미 증명이 된 것처럼 전염병으로 인해 현대 도시문명 자체가 붕괴될 수도 있을 것이다.

2015년 5월 대한민국을 들썩이게 했던 메르스는 100여 명의 환자를 발생시켰지만, 국민들의 불안감은 대단했다. 최첨단 의료시설과 위생시설을 갖춘 우리나라 최고 종합병원에서도 메르스 환자들이 속출했다. 의사들조차 메르스라는 질병이 생소했기 때문에 초기 대응을 잘못한 탓이다. 메르스와 같은 질병은 초기 대응이 무척 어렵다. 메르스 발원지인 중동지역을 여행한 사람이라도 증상이 없다면 쉽게 공항 검색대를 통과할 수 있기 때문이다. 다행히도 우리나라는 환자 발생 이후 후속 대응을 적극적으로 했기에, 비교적 단기간에 메르스 공포로부터 벗어날 수 있었다.

농림축산검역본부의 일은 평소 보이지 않는 듯하지만, 국민 건강과 안전을 위해서 꼭 필요한 기관이다. 메르스나 AI 등이 발생할 때마다 가장 바쁘고, 힘든 사람들은 검역소에서 일하는 사람들이다. 이들 덕분에 전염병의 확산이 통제될 수 있는 것이다.

국가 방위만큼이나 중요한 검역을 책임지는 검역기관은 1909년 8월 수출우 검역소 창설이 시원(始原)이다. 2011년 6월 15일 농축수산식품의 안전관리와 국가재난형 가축질병 방역업무의 효율성과 전문성을 강화하기 위해, 이들 임무를 담당하고 있던 국립수의과학검역원, 국립식물검역원, 국립수산물품질검사원을 통합하여, 농림수산검

검역은 현대인의 안전을 지키는 방패와도 같다.

역검사본부로 출범했다. 그러다 2013년에 이르러 수산물분야는 국립수산물품질관리원으로 이관되었다. 그래서 농림수산검역검사본부는 농림축산검역본부로 명칭을 변경했다.[160]

현재 농림축산검역본부에서는 국민 식생활의 안전을 위하여 국내외 축산식품에 대한 위생관리와 검사를 실시하고, 가축질병의 예방·퇴치 및 해외 악성 가축전염병의 유입 방지를 위한 검역 등의 업무를 하고 있다. 검역기관의 역할은 날이 갈수록 중요해지고 있다.

검역본부 외에도, 우리나라에는 가축에게 질병이 번지는 것을 막

농림축산검역본부
평소에는 거의 알려져 있지 않지만, 국민건강과 안전을 위해 중요한 일을 하는 기관이다.

검역 장소임을 표시하는 팻말

가검물을 채취해서 질병 유무를 확인하는
검역관

검역소로 이용하는 외딴 섬에 갈매기가 날고 있다.

야생동물 검역 울타리

기 위해 농림축산식품부 산하에 비영리 공익업무 수행을 목적으로 가축위생방역지원본부가 설립되어 있다. 1999년 돼지 사육 농가에 가장 문제가 되는 돼지열병을 근절하기 위해 돼지열병박멸비상대책본부를 시작으로, 2007년에 가축위생방역지원본부로 확대 개편되어 가축위생과 방역 지원 업무를 하고 있다. 이곳에서는 가축방역과 도축검사업무 그리고 2009년 3월부터는 수입식용축산물의 현물검사 업무를 수행하는 정부 산하 기타공공기관의 임무를 하고 있다.

가축위생방역지원본부에서 시행하는 중요 사업을 예로 들자면, 닭에게 치명상을 주는 뉴캐슬병 근절사업, 돼지에게 위협적인 오제스키병 근절사업, 돼지열병 근절사업과 소에게 무서운 전염병인 브루셀라병 근절사업과 구제역 청정화 유지사업 등이다. 이곳에서는 초동방역업무 수행과 농장방역 실태점검을 꾸준히 시행하고 있으며, 가축 사육 농가를 대상으로 가축위생과 방역 교육도 진행하고 있다. 또한 축산물 위생검사와 수입축산물 현물검사도 실시하고 있다.

가축위생방역지원본부가 하는 일은 일반 대중들에게는 거의 알려져 있지 않다. 묵묵히 축산농가에 가축 전염병에 관한 정보를 제공하고, 검진사업을 시행하면서 가축질병 근절에 노력하고, 소비자에게는 위생적이고 안전한 축산식품을 제공할 수 있는 터전을 마련하는 일을 하고 있다. 다만 구제역(FMD), 조류인플루엔자(AI) 등 악성가축전염병이 발생하여 사회적인 문제가 되었을 때만, 가축위생방역지원본부가 하는 일이 알려질 뿐이다. 하지만 무소식이 희소식이다. 가축위생방역지원본부가 언론에 주목을 받지 않는 것이 사실은 제대로 일을 하는 것이다.

현대 도시는 과거에 비해 인구가 훨씬 많다. 멕시코시티, 동경, 상해, 서울 등은 가까운 주변도시까지 포함해 무려 2천만 이상이 살고 있어, 메가시티라고 부른다. 이런 거대 도시가 등장할 수 있었던 것은, 인류가 전염병을 예방하는 시스템을 구축했기 때문이다. 수의학이 발달하지 못했다면, 아무리 교통과 통신이 발달하고, 산업생산이 늘어났다고 해도 이러한 메가시티는 절대 탄생할 수 없었을 것이다.

현대문명이 발전하면서 과거에 없었던 새로운 질병이 생겨나고 있다. 빠르게 등장하는 각종 세균, 바이러스 등의 질병은 우리의 건강을 앞으로도 계속 위협할 것이다. 현대 문명을 위협하는 가장 무서운 적은 핵무기가 아니라, 어쩌면 새로운 질병의 도래라고도 할 수 있다.

페스트나 콜레라를 능가하는 판데믹이 우리를 위협하고 있다. 그래서 미국 시사주간지 타임지는 '전 세계를 위협할 가장 시급한 안보 현안은 전염병이다'라고 주장하기도 했다. 페스트가 유행했을 때, 베니스는 외부인의 유입을 40일간 늦추면서 페스트 유행으로부터 안전할 수 있었다. 하지만 지금은 비행기를 타면 하루나 이틀 만에 전 세계 어디든지 갈 수 있다. 전염병을 옮기는 속도도 너무나 빨라지고 있다. 2016년 메르스의 대유행도 전염병의 전파 속도가 너무 빨라서 공항에서 검역이 불가능했기 때문이었다. 2014년 미국 시카고에서 열린 미국과학진흥협회(AAAS) 연례총회에서 전 인류가 판데믹에 휘말리는데 불과 72시간이면 충분하다는 연구 결과가 발표되었다. 전염병이 대거 유행하면 언제 얼마나 많은 사람이 죽을지 아무도 모른다.

판데믹을 막을 수 있는 가장 근본적인 방법은 검역이다. 검역 덕분에 에볼라 바이러스가 아직 서아프리카에서만 머물고 있는 것이다. 하지만 전염병을 막기 위해 사람의 왕래를 완벽하게 통제하거나 교역까지 중단한다면, 엄청난 경제적 손실이 발생할 수도 있다. 판데믹을 막을 가장 유용한 방법은 예방백신이다. 마이크로 소프트 창업주 빌 게이츠가 세운 '빌 앤드 멀린다 게이츠 재단'에서는 2017년 '전염병대비혁신연합(CETI)'을 출범시켜 백신을 개발하는 기업과 과학자들에게 앞으로 5년간 10억 달러를 지원하기로 했다. 그래서 최근에는 유전자를 이용한 새로운 백신을 개발하거나, 전염병을 일으키는 바이러스와 세균 800만 종에 대한 DNA 분석 데이터베이스를 구축하는 등 다양한 연구가 진행되고 있다.[161]

핵전쟁 이상의 위협으로 다가오는 전염병의 대유행을 막기 위한 검역과 방역의 중요성은 나날이 커지고 있다. 앞으로 수의사들이 해야 할 가장 중요한 책무 가운데 하나도 새롭게 등장하는 전염병을 막을 백신 개발로 동물의 질병으로부터 인간의 건강을 지키는 일이라고 할 수 있다.

5부

동물의 권리

동물의 권리를 보호하자.

점점 중요해지는 동물복지

지구 생태계의 보존

호모데우스와 동물의 기도

동물의 권리를 인정하자는 동물권리 옹호주의자들이 미국 애틀랜타 시에서 시가행진을 벌이고 있다.

1
동물의 권리를
보호하자

1948년 12월 10일 유엔 총회는 제2차 세계 대전과 독일의 나치가 자행한 강제수용소 유태인 학살 등과 같이 인권을 무시한 행위가 반복되는 것을 막으려는 목적으로 세계 인권 선언을 채택하고 선포했다. 유엔은 인간 존중과 존엄이 세계의 자유와 정의 그리고 평화를 위한 토대라고 선언한 것이다. 그간 전쟁의 참화로부터 벗어나 평화스러운 시대를 영위하자, 인류는 동물에게도 눈을 돌렸다. 드디어 1978년 10월 15일 유네스코(UNESCO)는 세계동물권리선언을 선포했다. '인권이 소중한 만큼, 동물권도 소중하다'라는 것을 국제사회가 인정한 사건이었다. 이후 1989년 국제동물권리연맹에 의해 개정된 본문은 1990년 유네스코 지도자 총회에 제출되고 대중에게도 공개되었다. 세계동물권리선언의 주요 내용은 다음과 같다.

전문

- 생명은 하나다. 모든 생명체는 하나의 조상에서 다양한 종으로 분화되어 왔다.
- 모든 생명체는 천부적 권리를 갖고 있고, 신경계통이 있는 모든 동물은 특별한 권리를 갖고 있다.
- 천부적 권리에 대한 경멸 혹은 무지는 심각한 자연 파괴와 동물에 대한 죄악을 초래한다.
- 인류가 다른 동물의 권리를 인식할 때 우리는 다양한 생명체와 공존할 수 있다.
- 인간이 다른 동물을 존중하는 것은 인간이 다른 인간을 존중하는 것과 다르지 않다.

이러한 연유로 다음과 같이 선언한다.

| 1조 | 모든 동물은 생태계에서 동등한 생존권을 가지며, 개체와 종의 차이를 가리지 않는다.
| 2조 | 모든 동물의 삶은 존중 받아야 한다.
| 3조 | 동물은 부당하게 취급되거나 학대받지 않아야 하며, 도살이 불가피할 경우에도 불안과 통증 없이 즉각적으로 진행해야 하고, 사체는 관대하게 처리해야 한다.

|4조| 야생동물은 자연 환경에서 자유로운 삶과 생식의 권리를 갖는다. 야생동물의 자유를 지속적으로 박탈하는 것과 오락을 위한 사냥과 낚시 등 생존에 불필요한 목적으로 야생동물을 이용하는 것은 기본권을 침해하는 행위이다.

|5조| 인간에게 의존하고 있는 동물은 생명을 유지하고 보호받을 권리를 갖는다. 그들은 어떠한 경우에도 유기되거나 부당하게 살해되지 말아야 한다. 동물의 이용과 번식에서 생리학적 종 특성이 존중되어야 한다. 전시, 공연, 영화 등에 동물을 이용할 경우 폭력이 배제되고 존엄성이 존중되어야 한다.

|6조| 동물실험은 동물의 권리에 대해 육체적 정신적 침해를 유발하므로 대체할 방법을 개발하고 체계적으로 실행해야 한다.

|7조| 동물의 죽음을 초래하는 모든 행동과 그 행동을 유발하는 어떠한 의사 결정도 모두 생명에 대한 범죄로 간주한다.

|8조| 야생종의 생존을 위협하는 행동과 그러한 의사결정은 대량 살육과 다르지 않으며, 생물 종에 대한 범죄행위다. 야생동물의 집단학살과 생물권에 대한 오염과 파괴는 대량 살육행위와 같다.

|9조| 동물의 특별한 법률적 상태와 권리, 보호와 안전은 반드시 정부 조직에 의해 법적으로 제도화되고 인정되어야 한다.

|10조| 교육과 수업의 주체는 반드시 아동기에 동물에 대한 관찰, 이해, 존중이 학습될 수 있도록 보장해야 한다.[162]

요약하자면, 세계동물권리선언은 생명으로서 모든 종(種)은 동등

한 기본적 권리를 갖고 있으므로, 인간은 동물의 한 종으로서 다른 동물을 멸종시키거나 비윤리적으로 착취하는 등 다른 동물의 권리를 침해해서는 안 된다는 것이다.[163]

2017년 10월 15일 세계 동물권 선언 기념일을 맞아, 국회의원과 동물보호시민단체 회원들이 헌법에 동물의 권리를 명시할 것을 촉구하고 나서기도 했다.[164] 우리나라는 아직 동물권에 대해 적극적이지는 않은 상태다. 하지만 최근 급격한 반려동물 증가와 동물에 대한 관심 증대로 동물권 보호에 대한 관심이 높아가고 있다.

『동물권리선언』의 저자인 미국 콜로라도대학 생물학 교수인 마크 베코프는 우리가 동물의 소리에 귀를 기울여야 하는 이유 6가지를 설득력 있게 제시한 바 있다.

- 모든 동물은 지구를 공유하며 우리는 그들과 더불어 살고 있다.
- 모든 동물은 생각하고 느낀다.
- 모든 동물은 온정을 느끼며 온정 받을 자격이 있다.
- 교감은 배려로, 단절은 경시로 이어진다.
- 우리가 사는 세상은 동물들에게 온정적이지 않다.
- 온정은 모든 살아 있는 존재와 세상에 도움을 준다.[165]

마크 베코프는 인간에게 보내는 동물들의 절절한 메시지를 책을

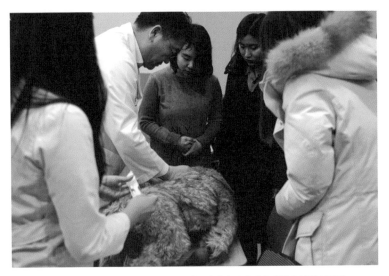

동물권리와 복지에 입각해 실험동물의 고통을 최소화하기 위해 생체 대신 모형을 이용해 주사 실습하는 서울대학교 수의대 학생들

통해 말하고 있다. 그는 우리가 시급히 행동에 나서지 않을 경우 인류는 지구상의 모든 생명체들과 함께 공멸하고 말 것이라고 주장했다. 우리 인간은 모든 동물과 지구를 공유하며 더불어 사는 존재다. 그런데 우리 인간은 너무도 쉽게 동물들의 삶을 바꾸기도 하지만 그들에게 고통을 주는 행위를 당장 멈출 수도 있는 대단히 특별한 존재다. 우리 인간이 다른 동물들에게 어떤 행동을 해왔고, 하고 있는지를 냉정히 돌아볼 필요가 있다.

마크 베코프는 우리 인간이 동물을 대하는 태도가 근본적으로 잘못되었다고 지적한다. 그는 공장식 가축농장, 과학이란 미명하에 자행하는 갖가지 동물 실험, 인간에게 즐거움을 주기 위해 동물을 우리에 가둬놓은 동물원 등을 비판한다. 어떤 동물을 막론하고 모든 동물은 생각하고 느낀다. 단지 오래된 관행이라는 이유만으로 동물의 삶을 짓밟아 온 것에 대해 우리는 아무런 반성을 않고 있다. 하지만 동물과 크든 작든 교감을 나눠본 사람들이라면 동물에게 온정을 품게 된다. 그는 모든 동물은 온정을 느낄 수 있으며, 또 온정을 받을 자격이 있다는 것을 강조한다. 또 모든 동물은 배려를 통해 교감하며, 단절은 생명경시로 이어지는 만큼 동물과의 교감을 확대해야 한다고 말한다. 그런데 우리는 종종 이것을 망각하고 있다.

서양 근대철학의 출발점이 된 철학자 데카르트는 이성에 대해 전지전능한 가치를 부여한 합리주의자로 알려져 있다. 그런데 그는 동물들에게는 인간과 같은 사유 능력이 없고 심지어는 고통을 느끼지도 못한다고 믿었다. 그는 동물은 인간처럼 의식을 갖지 못하고 그저 기계적인 자극에 반응하는 기계와 같다고 주장했다. 데카르트뿐만 아니라, 그가 살던 시기의 서구 계몽주의 과학은 동물은 인간보다 열등하고 인간과 근본적으로 다르다는 기독교적 관점을 강조하는 논리를 펼치고 있었다. 다시 말해서 동물은 정신적, 영적으로 텅 비어 있다는 것이 그들의 잘못된 주장이었다.[166]

불교 교리에는 동물을 함부로 죽이지 말라는 불살생(不殺生)이 인간이 지켜야 할 다섯 계율에 들어있다. 동물을 자비로 대하라는 것이다. 불교를 국교로 삼았던 고려시대에는 육식을 자제했다. 불교도들은 살아 있는 생명체는 근본적으로 서로 연결되어 있다고 믿는다. 불교 도입 이전 전통신앙인 샤머니즘은 모든 생명체에 영이 깃들어 있다는 애니미즘을 망라한다. 그렇기 때문에 고대인들은 동물을 함부로 죽이지 않았다. 신라 시대 사람들이 지켰던 세속오계에도 살생유택(殺生有擇)의 덕목이 들어 있다.

그런데 20세기에 들어 우리는 서양의 문물을 받아들이면서 인간과 동물이 다르다는 생각을 무심코 갖게 되었다. 현대인들은 과거 촌락에서 동물과 함께 살아오던 생활에서 벗어나 도시에서 살아간다. 반려동물을 키우지 않는 사람들은 하루 종일 살아있는 동물을 거의 만나지 않고 살아가며, 마트에서 포장된 동물의 사체만을 만나게 된다. 동물과 격리되면서, 사람들은 동물을 그저 먹을거리로만 받아들이기 일쑤다. 그러다 보니 동물 이야기를 들어보려는 관심조차 사라지고 동물이 감정과 생각이 있는 생명체라는 사실을 망각하게 된다.

2005년 미국 농무부 통계에 따르면, 1,177,566마리의 영장류와 개, 돼지, 토끼, 기니피그, 햄스터 등의 동물 종들이 실험 과정에 사용되었는데, 이는 1년 전보다 7% 증가한 수치다. 여기에는 66,610마리의 개, 57,531마리의 영장류, 58,598마리의 돼지, 245,786마리의 토끼, 22,921마리의 고양이, 32,260마리의 양 등이 포함되어 있다. 실험용 쥐는 동물복지법의 보호를 받지 못하기 때문에, 통계에 포함조차 되지 않았다. 만약 이들이 포함될 경우 미국에서만 연간 2천만 마리 이상의 동물이 실험에 사용되고 있는 셈이다. 2005년 전 세계 179개국에서 의약품 개발 목적으로 인간을 제외한 척추동물 약 5,830만 마리가 의약 연구나 독성 테스트 또는 교육 목적으로 이용됐다.[167]

실험동물의학은 의학의 지속적인 발전을 위해서 꼭 필요하다. 실험동물의학은 수의학, 의학, 약학, 생물학, 동물학 등 많은 학문이 연결된 학문이다. 실험동물은 동물실험을 목적으로 사육되는데, 살아있는 시약이라고 할 수도 있다. 주로 사용되는 동물은 쥐, 햄스터, 기니피그, 토끼, 개, 돼지, 원숭이 등이 있다. 그중 가장 많이 사용되는 동물은 쥐이다. 유전자가 인간과 85%가 유사하면서도 사육비용이 저렴하기 때문이다.

2차 대전 당시 나치 독일은 유대인을 상대로 무자비한 생체실험을 했다. 일본 역시 만주 731부대에서 전쟁포로 등을 상대로 잔인한 생체실험을 했다. 인류의 존엄성을 무시한 천인공노할 범죄행위였다. 전쟁이 끝나자 미국 등 전승국은 패전국인 일본과 독일이 얻었던 생체실험 자료를 활용해서 그들의 의학수준을 크게 발전시켰다. 인체실험은 의약품 등의 안전성과 유효성을 예측하기 위해 실시된다. 그러므로 직접 인간을 실험대상으로 해야 그 효과가 어떤지를 확실하게 알 수 있다. 하지만 어떤 부작용이 있을지도 모를 신물질을 처음부터 사람에게 적용시키는 것은 실험용 동물이 된 사람에게 끔찍한 결과를 초래할 수도 있다. 그래서 오늘날 모든 국가는 이와 같은 비윤리

침팬지는 인간과 유전자가 98.6% 유사하기 때문에 실험동물로서 활용도가 매우 크지만 값이 만만치 않다.

적인 인간 생체실험을 금지하고 있다.

그러므로 인간에게 테스트하기 전에 동물에게 실험을 하는 것이다. 실험동물은 인체실험을 대체하며, 정확한 의학적 생물학적 정보를 수집할 수 있고, 비용도 매우 저렴하다는 장점이 있다. 의약품 개발에 있어서 동물실험보다 인간을 대상으로 한 실험경비는 수천 배까지 차이가 난다. 따라서 동물실험은 어쩔 수 없이 계속될 수밖에 없다.

오늘도 인간의 질병 치료를 위해 개발된 약품의 안전성과 효과를 점검하기 위해서 수많은 동물이 실험용으로 사용되고 있다. 수의대에서는 실험용으로 죽어간 동물들의 영혼을 달래고자, 수혼비(獸魂碑)를 세우고, 수혼제(獸魂祭)를 지낸다. 일종의 위령제인 셈이다. 인간은 인간의 건강을 위해 죽어가는 동물들에게 엄청난 빚을 지고 있는 셈이다.

그래서 실험동물 및 동물실험의 적절한 관리를 통하여 동물실험에 대한 신뢰성 및 윤리성을 높여 생명과학 발전과 국민보건 향상에 이바지하기 위해 "실험동물에 관한 법률"이 2008년부터 제정 시행되고 있다. 이 법에 따라 동물실험윤리제도가 도입되면서, 동물실험을 하는 기관은 외부인사로 구성된 동물실험윤리위원회를 구성하고 실험동물의 복지, 안락사 등을 명시한 표준 작업서와 동물실험지침을 만들도록 법률로 정하고 있다. 동물실험지침들은 현재 권고사항이라 강제성이 없다. 동물보호법이 존재하지만 대부분 반려동물을 보호하는데 초점이 맞춰져 실험동물에 대한 내용은 다소 부실한 상황이다. 앞으로 실험동물의 고통 최소화와 동물실험을 대체할 수 있는 대체실험 개발에 노력해야만 한다. 농림축산식품

인간을 위해 희생되는 실험동물의 영혼을
위로하기 위해 세운 수혼비
(서울대 수의대 소재)

부 자료에 따르면 2012년 183만4천 마리였던 실험동물 수는 2016년에 287만 8천 마리로 크게 증가했다. 늘어가는 실험동물에 대해서 더 많은 관심을 기울여야 할 때다.

각종 의약 실험에서 인간을 위해 각종 독성 테스트로 무자비하게 희생당하는 동물에 대해 우리는 얼마나 배려하고 관심을 기울여왔던가를 생각해보자. 지구는 모든 동물이 사는 공간이다. 지구상에 사는 하나의 구성원에 불과한 인간이 우월한 지위에 있다는 이유만으로 다른 동물을 함부로 대하는 것이 과연 정당한가. 동물이 스트레스 받지 않고 덜 고통스럽게 죽을 권리만이라도 보장해주는 것이 인간의 마땅한 도리다. 또한 단순한 즐거움을 위해 동물을 상대로 벌이는 잔인한 놀이도 중지해야 한다. 사람들은 생존이 아닌 오락을 위해 다른 동물을 잔인하게 죽이는 사냥놀이를 한다. 단순히 보고 즐기자고 동물을 우리에 가두고 가혹하게 훈련시킨다. 서커스나 동물 쇼는 동물들에게 엄청난 스트레스를 유발하며, 정신질환과 육체적 고통을 안겨준다. 반려동물을 키우다가도 병원비가 발생하거나 싫증을 느끼면, 아무 거리낌 없이 유기해 버리는 경우도 흔하다.

우리가 지구상에 지속적으로 행복하게 살아가기 위해서는 살아있는 모든 생명체들에게 온정을 베풀고, 그들과 더불어 살 수 있는 방안을 모색해야 한다. 만물의 영장인 인간은 하루아침에 동물들의 삶을 바꿀 수가 있다. 어제까지 몇 평 남짓한 공간에 큰 몸을 겨우 웅크리고 살던 호랑이를 수만 평 대지에서 자유롭게 살아가게 할 수 있는 것도 인간이며, 동물에게 행하던 온갖 가혹 행위도 한 순간에 멈추게 할 수 있는 것도 인간이다.

인간이 다른 동물보다 우월하다는 '종(種) 우월주의'를 버리고 동물도 인간과 함께 같이 살아야 한다는 것을 인식해야 한다. 동물도 하나의 생명체로서 행복하게 살아갈 권리가 있다. 지금 전 세계 국가들은 동물권을 적극 인정해주고 있는 추세다. 동물권을 인정하는 것은 바로 인간의 생명권을 보장하는 것이기 때문이다.

2
점점 중요해지는 동물복지

2012년 한국은 유럽연합(EU)과 FTA 협상을 진행하고 있었다. 그런데 유럽연합 측에서는 한국에 동물복지가 보장돼야만 시장을 개방할 수 있다는 조건을 내걸었다.[168] 왜 EU측에서 이런 조건을 제기한 것일까? 1985년 발생해 유럽을 떠들썩하게 만들었던 광우병은 오직 높은 수익을 얻기 위해, 초식동물인 소에게 동물성사료를 먹인 것이 원인이었다. 경제적인 이유로 빨리 키워 출하하려는 인간의 욕심이 빚어낸 참극이었다.[169] 광우병 사태를 계기로 유럽의 소비자들은 안전한 축산물을 먹으려면 보다 비싼 값을 치러야 한다는데 공감했다. 수입하는 축산물에 대해서도 값싼 것이 아닌, 친환경적으로 생산된 안전한 먹을거리를 찾기 시작했다. 따라서 유럽연합은 동물복지의 개념을 이해하고 친환경적으로 가축을 사육하는 나라와 FTA를 체결하고

자 한 것이다.

2012년 3월 20일 농림수산검역본부는 동물복지축산농장 인증기준 세부실시요령을 최종 확정해서 공포한 바 있다.[170] 동물복지축산농장 인증제는 2012년에 산란계(産卵鷄)를 시작으로 매년 지속적으로 돼지, 소 등 다른 동물로 확대해가고 있다.[171] 유럽연합과의 FTA만을 염두에 둔 것이 아니라, 동물이 건강하지 않으면 사람도 안전할 수 없다는 인식을 우리 정부도 공감했기 때문이다. 우리나라 수의학계에서도 지속적으로 동물복지를 건의해 왔다. 동물복지축산농장 인증제도는 그러한 노력의 결과라고도 할 수 있겠다.

이 법에 따라 동물복지축산농장으로 인증을 받으려면, 여러 조건들을 충족시켜야 한다. 양계장의 경우 다음과 같은 조건을 충족시켜야만 한다.[172]

종류	기준
닭장 면적	11㎡당 9마리 이하
관리 기준	2년 이상 동물 출입 현황 관리
사료 공급	품종 및 연령에 따라 영양 균형에 맞게 매일 1회 골고루 준다.
사료 금기	포유류 또는 조류에서 유래한 단백질 사료
먹이그릇	직선형은 10㎝ 이상, 원형은 최소 4㎝ 이상
물 공급	생활용수 수질 기준
급수기	벨형은 100마리당 1개, 니플형과 컵형은 10마리당 1개 이상
닭장 환경	충분한 자연환기 및 햇빛 제공

산란 장소 크기	7마리당 1개 이상 또는 120마리당 1㎡ 이상
산란 장소 환경	외풍 없고, 안은 어둡고, 바닥의 철망, 플라스틱 코팅 와이어는 금지
홰	1마리당 15㎝ 이상 제공. 높이 40㎝~1m, 재질은 미끄럽지 않은 것.
닭장 바닥	1/3이상 깔짚 덮이고, 충분한 깊이 유지
조명시간	8시간 연속 밝고, 6시간 연속 어둡게, 조도 10럭스 이상
기체 농도	암모니아 25ppm 이하, 이산화탄소 5,00ppm 이하
방목장 크기	1마리당 1.1㎡ 이상

이와 같은 기준을 만든 것은, 동물도 편안하게 살도록 하기 위함이다. 닭이 날개도 펴고, 스트레스 없이 생활할 공간을 확보하는 것은 매우 중요하다. 대규모 양계장에서는 닭을 밀집해서 키우는 탓에 스트레스를 받은 닭들이 서로를 쪼는 일이 벌어진다. 일부 양계장에서는 서로 쪼지 못하도록 심지어 닭의 부리를 잘라버리기도 한다. 마치 붕어빵 찍듯이 생산성만을 우선하기 때문이다. 닭 역시 살아 있는 생명체인 만큼, 살아 있는 동안에는 가급적 스트레스를 적게 받도록 배려해 주어야만 한다.

닭이 편히 쉴 수 있는 홰 같은 시설이나, 모래목욕 등 생리적 욕구를 충족시킬 수 있게 닭장 바닥의 모래 깊이도 배려해야 한다. 조명도 닭이 하루의 변화를 인식할 수 있도록 해주고, 공기의 질도 점검해 주는 노력이 필요하다. 동물복지축산농장으로 인증을 받기 위해서는 관리자는 동물의 숫자나 발육 현황 등을 체계적으로 관리해야만 한다. 동물이 스트레스를 받지 않게 하고, 빠른 성장을 위해 사료도 억

경제적 효과를 위해 밀집 사육하는 브로일러 양계장

지로 많이 먹이는 '강제급여' 없이 적당히 섭취할 수 있게 배려해야
한다. 먹이 그릇의 크기까지 정한 것도 이 때문이다. 또 깨끗한 물을
충분히 먹을 수 있도록 수질 검사도 종종 시행해야 한다.

　이러한 인증제도를 마련한 것은 동물이 건강해야 사람도 건강할
수 있다는 평범한 진리를 깨달았기 때문이다. 예전에는 닭이나 돼지
의 경우 빠른 성장을 위해 사료에 항생제를 마구 넣어 먹이기도 했다.
항생제를 사료에 첨가하면 발병률이 떨어지고 사료효율이 개선되어
가축의 성장속도와 체중이 크게 증가하기 때문이다. 항생제가 들어
있는 육류를 인간이 먹을 경우, 인간도 각종 항생제에 내성이 생긴다.

요즘 전 세계적으로 사회적 이슈
가 되는 슈퍼박테리아라는 말을
들어 봤을 것이다. 슈퍼박테리아
는 인류가 사람 병원이나 농장에
서 항생제를 오남용한 결과, 어
떠한 항생제에도 듣지 않는 골치

동물복지 축산농장 인증
정부는 동물의 복지를 위해 인증제도를
마련하고 있다.

아픈 강력한 세균이 출현한 것을 말한다. 한국을 포함 미국, 일본 등
선진국은 1980년대 초반부터 가축의 고기에 들어 있는 항생제가 인
간의 건강에 위협을 준다는 것을 깨닫고, 사료에 항생제 첨가와 사용
을 크게 제한했다.

프랑스에서는 값비싼 식재료인 거위의 간인 프아그라의 무게를 늘
리기 위해 호스를 이용해서 거위에게 먹이를 강제로 주입시키는 등,
오직 생산성만을 고려해 동물의 정상적인 발육과 성장을 무시하는
일도 벌어진다. 이익을 위해서라면 동물의 생리도 무시하는 추악한
일도 서슴지 않는 것이다.

1979년 영국의 농장동물복지위원회(FAWC, Farm Animal Welfare
Committee)[173]는 동물의 5대 자유를 다음과 같이 선언했다.

· 갈증, 배고픔, 영양불량으로부터의 자유

· 고통, 상해 및 질병으로 부터의 자유

- 정상적인 행동을 표현할 자유
- 불안과 스트레스로부터의 자유
- 불편함으로부터의 자유

농장동물복지위원회는 이 5가지 동물 자유를 농장동물복지 평가 기준으로 삼았다. 하지만 아직까지 산업동물을 대규모로 사육하고 있는 현실에서 이러한 동물의 자유는 완벽하게 지켜지지 않고 있다. 특히 좁은 공간에서 많은 가축을 대량으로 키우다보니, 구제역이나 조류인플루엔자와 같은 질병들이 빈번하게 발생한다. 2017년 유럽과 우리나라를 강타한 살충제 계란 사태의 근본 원인도 밀집사육이 주요 원인이었다.[174]

수천 년간 인간은 가축을 키우면서 가축의 보호자의 역할을 해왔다. 때로는 친구로서 애정을 베풀어왔다. 가축에게 안전함과 먹거리를 주었고, 아플 때는 보살펴 주었다. 그 대가로 가축은 인간에게 자신들의 고기와 젖과 가죽을 제공했다. 인간과 동물은 서로 긴밀한 유대관계를 맺은 동반자적 관계였다. 하지만 동물과 유대관계가 깨진 후기 사육시대에 접어들면서, 인간은 동물을 경제적 동물로만 치부해 함부로 대해왔다. 엄연히 존엄한 생명을 갖고 태어난 존재인 동물들이 인간의 잔혹한 이익을 위해 마구 다루어졌다. 먹을 것도 아니면서 재미로 죽이고, 잔혹하게 도살했다. 동물이 대중으로부터 멀어진 이 시기에 육류 소비를 위해 희생되는 동물에 대해 죄책감과 혐오감

을 동시에 갖게 된 것도 후기 사육시대의 특징이다.[175]

우리 인간이 생명을 유지하기 위해서 육식을 하는 것은 자연스러운 본능이다. 동물을 도살해서 그 고기를 먹는 인간의 행동 자체는 비난할 일만은 아니다. 하지만 동물을 죽이더라도 마지막 순간까지 동물을 배려하는 것은 꼭 필요하지 않겠는가. 동물을 대하는 태도는 도리어 옛사람에게 배워야 할 점이 많다.

유목민이 세운 몽골제국에 1206년 칭기즈칸 시기 최고회의인 코릴타의 승인을 거쳐 정했다는 대샤자크라는 법령이 있다. 대샤자크 36조 가운데 제8조에 다음과 같은 내용이 있다.

"짐승을 잡을 때에는 먼저 사지를 묶고 배를 가르며 짐승이 고통스럽지 않게 죽도록 심장을 단단히 죄어야 한다. 이슬람교도처럼 짐승을 함부로 도살하는 자는 그같이 도살당할 것이다."[176]

실제로 몽골 사람들은 양을 잡을 때, 칼로 명치 윗부분을 조금 자르고는 그 작은 틈으로 손을 집어넣어 맥만 짚어서 양을 죽인다. 그것이 양을 가장 편안하고 고통 없이 죽이는 방법이라고 한다. 몽골인들은 채 1분도 걸리지 않고 양을 죽인다. 이때 양은 '메에' 하는 소리 한 번 지르지 않는다. 수천 년의 역사를 동물과 함께 살아온 그들은 지금도 동물을 죽일 때에 자신이 갖출 수 있는 예를 모두 보여줌으로써 동반자임을 확인하고 있는 셈이다. 비가 오거나, 날이 어두워지면 결코 동물을 죽이지 않는다. 동물이 죽어 먼 길을 떠나는 데, 어찌 나쁜 날을 택할 수 있느냐는 것이 그들의 지론이다.

1206년 당시 칭기즈칸은 쉽게 정복되지 않았던 이슬람 제국들에 대한 적개심으로 인해, 그들을 폄훼하기 위해 악의로 과장해서 말했을 가능성이 높다. 원래 무슬림은 동물을 죽일 때 단칼에 목을 내리쳐 순간적으로 죽이는데, 보는 이에 따라 잔인하게 보일수도 있다. 그들은 할랄이라는 신성한 의식을 치른 고기만을 먹는다. 그들도 신이 창조한 동물을 함부로 죽인다는 것은 신에 대한 모독으로 여겼다.

몽골사람들은 양을 죽인 후에는 양가죽부터 벗긴다. 가죽을 다 벗긴 후 내장을 꺼내고, 몸통을 통째로 바비큐를 만든다. 그리고는 곧장 먹지 않고, 예쁘게 꾸며진 상 위에 고기를 다시 정렬한다. 고기를 자

몽골 유목민들은 가축을 도살할 때, 고통 없이 순간적으로 죽인다.

르기 전에 정중히 양에게 예를 표한다. 이것이 가축에 대한 유목민의 태도다. 유목민들이야말로 동물의 생명에 대한 경외심을 가진 사람들이다.

몽골인들뿐만이 아니다. 시베리아에서 곰을 숭배하며 순록을 키우며 살아가는 에벤키(Evenki)족 사람들이나 한티(Khanty)족은 곰을 사냥할 때 역시 동물을 몹시도 존중함을 볼 수 있다.[177] 그들은 생존을 위한 살생 외에는 어떤 짐승이든 생명을 존중한다. 그들은 사냥할 때에는 곰이 듣고 있다는 것을 전제로 하여 곰에게 존칭어를 사용한다. 은유나 비유를 써서 속삭이듯 대화를 한다. 또한 곰이 죽은 것이 확인되면, "난 너를 안 죽였다. 까마귀가 너를 죽였다."라고 말하면서 죽인 것 자체에 대해 자랑하거나 하지 않고, 곰에게 미안하고 측은하게 생각한다. 그들은 동물이 사람에게 원한을 갖지 말고 편안하게 저승으로 갈 것을 기원한다.

우리는 이러한 생각을 배워야 하지 않을까. 현대를 사는 우리들은 스스로를 높은 문명을 이룬 문명인이라고 말한다. 하지만 동물을 대하는 태도는 도리어 과거 야만인이라 불렸던 사람들보다 더 야만적이다. 다른 생명체를 존중해주면서, 지구상에서 함께 공존할 방법을 그들에게 배울 필요가 있다. 동물복지 축산농장의 전면 실시뿐만 아니라, 잔인하게 도축하는 문제도 반드시 개선해야 한다.

최근 들어 바다에서 포획한 고래와 상어, 다랑어 등 커다란 물고기

순록을 보살피는 러시아 야말족

의 내장에서 인간이 버린 비닐을 비롯한 쓰레기들이 종종 발견된다. 새들이나 야생동물들도 인간이 버린 오염된 쓰레기를 먹고 죽거나 기형적인 모습이 되기도 한다. 2006년 개봉되어 1,100만 관객을 모은 봉준호 감독의 영화『괴물』은 인간이 버린 유해물질로 인해 물고기가 괴물이 되어 한강변에 나타나 사람들을 공포에 빠뜨린다는 내용이다. 환경오염의 위험성을 경고한 영화였다. 동물의 위생이 나빠지면, 곧 인류에게도 재앙으로 되돌아 올 것이다.

현대 문명은 동물과 공존하기보다는 그들의 생활환경을 파괴하고, 동물을 착취하고 학대해 왔고, 동물의 생존을 위협하며 오로지 인간만을 위한 매우 이기적인 문명으로 발전해 왔다. 하지만 인간이 진정

아름다운 문명을 만들기 위해서는 또 지속가능한 문명을 만들기 위해서는 지구상에 존재하는 다양한 동물과의 조화로운 공존을 이룰 수 있는 방법을 모색해야만 한다. 동물복지는 곧 인간의 복지 향상과도 직결되기 때문에 그렇다.

3
지구 생태계의
보존

서울대학교 수의과대학에 한국야생동물유전자원은행이 설치되어 있다. 야생동물의학을 제대로 연구하려면 야생동물의 특이한 신체구조뿐만 아니라 환경이나 생태학 등의 분야까지 탐구해야 한다. 야생동물 수의사는 해당 야생동물에 대한 깊은 이해와 더불어 생태학적 지식이 필요하다. 그래야 조난을 당한 야생동물을 구조해 치료할 수 있고 다시 야생에 돌아가 적응할 수 있게 재활 운동을 시킬 수 있다.

야생동물의 질병역학과 병리학 연구는 질병 전체를 관리, 예방하는데 자료로 활용 가능하며 나아가 국가 정책 입안의 중요한 흐름을 결정할 수 있다. 근래에 새롭게 출현한 조류인플루엔자, 사스, 웨스트나일 바이러스 전염병 등은 야생동물과 가축, 인간의 공통 전염병이다. 야생동물을 통해 이들 전염병을 연구하는 것은 인류의 건강과 직결된다.

　야생동물 질병 연구를 통해 생태계 문제도 해결할 수 있다. 이들의 질병은 멸종 위기에 처한 야생동물 개체군 전체에도 영향을 미칠 수 있을 뿐만 아니라 인간과 가축에 영향을 끼칠 수 있다. 그러므로 야생동물 질병에 대한 연구를 하면 생태계 전체에 미칠 수 있는 이상 징후를 알아내 그 대안을 제시할 수 있게 된다.

　살충제인 DDT는 생태계 순환의 최상위를 차지하고 있던 맹금류나 어류를 포식하는 조류에 지속적으로 축적돼, 그 개체의 알 껍질 두께를 얇게 하며, 부화율을 떨어뜨린다. 다이옥신과 같은 환경 호르몬은 야생동물에게 축적되면 생식 기관 형성과 갑상선 호르몬 분비 등에 장애를 일으킨다. 그래서 특정 지역 야생동물 개체군 전체의 생존에 영향을 미친다. 이러한 연구 결과를 바탕으로 인간의 산업 활동에 대한 규제 정책을 수립할 수 있다.

　생태계 다양성 보전을 위한 야생동물 관리와 보전 사업은 특히 중요하다. 이미 우리나라에서는 기술이 상당히 축적되어 멸종위기 1급 종인 반달가슴곰도 복원시켜 지리산에 방사한 적도 있다. 멸종 위기에 처한 야생동물의 보전과 복원은 현재의 생태계를 안정화시킬 뿐 아니라, 다양하게 만들 수 있기 때문에 이러한 동물들의 복원과 관리가 반드시 필요하다.

멸종 동물의 복원 사업은 해당 동물이 멸종 위기에 처하게 된 기본적인 연구를 비롯해 검역, 포획, 번식, 생리, 병리학적 접근 등 다양한 분야에서 접근해야 한다. 대기, 수질, 토양 오염과 같은 환경오염 문제에 접근할 수 있는 기본적인 개념과 기술도 필요하다. 기본적으로 인간은 환경의 지배를 받으며, 동시에 환경을 이용해 살아가는 존재다. 인류는 야생의 많은 동식물, 균류, 바이러스 등의 도움으로 문명을 발전시켜 왔다. 모기에게 물리지 않는 야생동물에게서 특이 물질을 찾아내 모기 퇴치제를 개발해서 환경을 지킬 수 있는 대안을 마련할 수도 있다. 야생동물의 유전자원을 수집하고 보관하는 것은 미래 세대를 위한 보험과 다름없다.

2017년 3월 16일 세계적인 희귀동물인 '황금머리사자 타마린' 이 용인 에버랜드 동물원에 들어와 일반에 5일간 공개되었다. 국내에선 처음 있는 일이었다. 아마존 일부 지역에 서식하는 황금머리사자 타마린은 야생에 6천~1만 마리 정도만 남은 심각한 멸종위기 동물이다. 에버랜드 측에서는 희귀동물 연구 및 보존을 위해 4마리를 도입해, 적응기간과 사육사와의 교감과정을 거쳐 일반인에게 공개했던 것이다.[178]

에버랜드는 2003년 환경부로부터 '서식지 외 종 보전기관'으로 인증을 받은 바 있다. 동물원의 역할 가운데 하나가 희귀동물을 보존하고 연구하여 다시 번식하게 하는 것이다. 단순히 관람객을 모으기 위

한국 산양, 천연기념물 제217호
소과에 속하는 동물로 외국산 산양과는 속(屬)이 전혀 다르다. (출처; 위펫 이승권 사진 제공)

해 희귀한 것을 보여주려는 목적에서 진행된 것이 아니다. 이러한 결
과물이 앞으로도 많아져야 한다.

현재 지구에는 무분별한 밀렵과 포획, 원시림 파괴로 인한 야생
동물의 주거지 상실, 개체수 자연감소와 여타 환경적인 요인으로 인
해 많은 동물들이 멸종의 위기를 맞고 있다. 이를 인지한 국제자연연
맹(IUCN)은 1966년 멸종 가능성이 있는 야생생물의 명단(Red-data
book)을 만들고, 멸종 위기 동물의 분포와 생식상황을 상세하게 소
개했다. 이를 계기로 무질서한 자연파괴를 방지하고, 멸종 위기에 닥
친 동식물을 보호하자는 움직임이 생겨나게 되었다. 2~5년마다 갱

멸종위기에 처한 르완다 고릴라

신해서 발간하는 IUCN 자료집에 따르면, 전체 포유류의 1/4, 조류의 1/8, 파충류의 1/4, 양서류의 1/5, 어류의 30%에 달하는 1만1천종이 멀지 않은 장래에 멸종할 위기에 처했다고 한다.[179]

　우리나라 환경부도 인간만이 유일하게 야생생물의 멸종을 막을 수 있다는 것을 깨닫고 2018년 1월 '야생생물 보호 및 관리에 관한 법률 시행규칙'을 개정했다.[180] 환경부는 멸종위기 야생생물 목록을 기존 246종에서 267종(1급 60종, 2급 207종)으로 늘리고 이를 알리는 대형 포스터를 제작해 배포하기 시작했다. 또 국민들이 야생생물을 보호해야 한다는 인식을 가질 수 있도록 IUCN에서 사용하는 적색(1급)과

자이언트 팬더가 동물원에서 거닐고 있다. 팬더는 대표적인 멸종위기 동물이다.

주황색(2급)으로 제목을 표시했다.

멸종위기 야생생물 등급은 '멸종(절멸), 자생지 절멸, 멸종위기(위급, 위기, 취약), 취약근접, 관심필요'로 나눈다. 우리나라 멸종 위기종 지정 및 관리는 IUCN의 적색목록을 참고해 지정하고 있다. 멸종위기 1급은 적색으로 표시하는데 IUCN의 위급종(Critically Endangered, CR)에 해당되며, 2급은 주황색으로 위기종(Endangered, EN), 3급은 취약(Vulnerable, VU)의 세 단계다. 1급 60종은 포유류가 12종, 조류가 14종, 양서파충류 2종, 곤충 6종, 무척추동물 4종, 식물 11종이다. 멸종위기 야생생물은 5년 전에 비해 21종이 늘었는데, 25종이 2급으로 새로 지정됐고, 기존 큰수리팔랑나비를 비롯한 4종은 해제되었다. [181] 이 법에 야생생물은 현세대와 미래세대의 공동자산이므로, 지금 우리 세대는 야생생물과 그 서식환경을 적극 보호하여 미래세대에 돌아갈 수 있도록 노력하여, 야생생물이 멸종되지 아니하고 생태계의 균형이 유지되도록 해야 할 것을 기본원칙으로 명시하고 있다. 또 때리거나 산 채로 태우는 등 혐오감을 주는 방법으로 죽이는 행위, 포획 감금하여 고통을 주거나 상처를 입히는 행위, 살아 있는 상태에서 혈액·쓸개·내장 또는 생체 또는 체액 일부를 채취하거나 채취하는 장치를 설치하는 행위, 목을 매달거나 독극물을 사용하는 등 잔인한 방법으로 죽이는 학대 행위를 일절 금지하도록 하고 있다.

또한 야생동물 질병의 예방과 확산 방지, 야생동물 질병관리 기본 계획의 수립과 시행 등을 명시하고 있다. 야생동물 보호를 위해서는 무엇보다 야생동물의 질병 치료와 확산 방지 등의 조치가 무엇보다 필요하기 때문이다. 수의사는 야생동물의 종 보존과 질병 연구를 통해 멸종 위기의 동물을 구할 수가 있다. 야생동물을 보호하는 것이 1차적 행동이라면, 질병 치료를 통한 야생동물 구제는 보다 적극적인 2차적 행동이라고 할 수 있다.

국립공원종복원센터의 야생동물의료센터는 야생동물을 위한 야전병원의 역할을 한다. 국립공원 내에서 다치거나 탈진한 상태로 발견된 야생동물 가운데 집중치료가 필요한 동물을 치료하는 곳이다.

야생동물 치료는 개와 고양이 같은 반려동물 치료보다 훨씬 힘들고 까다롭다. 야생동물은 기력이 있는 한 인간이 자신에게 손대는 것을 참지 못한다. 발버둥 치다 부상이 악화되기도 하고, 의료진까지 위험에 처하게 만들기도 한다. 대개 이곳에서 치료받는 동물들의 대다수는 멸종위기종 또는 천연기념물들이다.[182] 야생동물의 치료와 보호는 오직 인간만이 할 수 있다.

수의사들은 생물다양성 보존을 위하여 적극적인 노력을 기울이고 있다. 최근 들어 수의산과학(獸醫産科學) 지식을 바탕으로 체세포 복제 기술을 통해 멸종된 동물을 다시 복원하려는 노력이 시도되고 있다. 최근 서울대공원 종보전연구실에서는 멸종위기종인 금개구리를 복원하는데 성공했다. 이곳에서는 지금까지 남생이, 두꺼비, 삵, 도롱뇽 등을 보전, 복원하는 성과를 냈다.[183] 멸종 동물들이 늘어나는 상황에서 종 보전의 중요성은 날이 갈수록 커지고 있다.

앨런 와이즈먼이 쓴 『인간없는 세상』[184]이란 책이 있다. 인간이란 한 종이 사라지고 나면 인간이 남긴 지구상에 수많은 유산들이 수 십 억년에 걸쳐 어떻게 사라지는지를 논픽션 형식으로 풀어본 책이다. 똑같이 『동물없는 세상』을 상상해보자. 만약 인간 주변에 동물들이 모두 다 사라진다면 어떤 일이 벌어질까?

동물이 사라지면 인간은 지구상에서 과연 행복하게 살아갈 수 있을까. 동물이 사라지면, 당장 육식을 못하게 될 뿐만 아니라, 각종 의약품, 가죽제품, 털옷 등 동물을 이용한 수많은 상품을 더 이상 사용하지 못하게 되면서 생기는 불편함부터 떠 올릴 것이다. 더 우려스러운 것은 동물과의 유대관계가 사라지면서, 삭막한 세상에서 인간과 인간 사이에 보다 잔인한 투쟁이 벌어질 수 있다는 것이다. 동물이 없다면, 인간은 자연으로부터 많은 것을 배울 수 없게 될 것이고, 문명은 크게 퇴보를 할 수밖에 없다. 처음부터 동물 없이 지구상에 오직 인간만 살았다면 결코 오늘날과 같은 거대한 문명을 만들지도 못했을 것임은 너무도 자명하다. 생태계의 균형이 깨지면, 인간은 새로운 재앙에 직면하게 될지도 모른다.

생태계 다양성 보존은 우리 인간이 건강하게 살기 위한 필수 조건이다. 생물다양성 파괴를 막고, 지구상에 다양한 생명체가 균형을 이루어 살게 해야 한다. 그러기 위해서 희귀동물의 보존이 곧 인류 생태계의 보존이라는 생각을 갖고 이를 위한 노력은 계속되어야 한다.

4

호모데우스와
동물의 기도

조선후기 대표화가 김홍도의 풍속도 8첩 병풍에는 『노상송사(路上訟事)』라는 그림이 있다. 관리 행차에 백성들이 길에서 송사를 하는 장면을 그린 것이다. 관리는 가마를 타고 있고, 송사를 하는 백성 2명이 엎드려서 이야기를 하고, 서기가 글을 적는다. 가마꾼, 기생, 노비, 시녀 등 16명이 그려진 이 그림에서는 특별한 생명체가 등장한다. 송사 장면 뒤쪽에 멧돼지 3마리가 유유히 민가를 거닐고 있다. 멧돼지가 마을에 출현했어도, 사람들은 아무도 괘념치 않는다. 그림에서 멧돼지와 인간의 긴장관계는 전혀 보이지 않는다. 멧돼지는 자신들이 살던 숲과 거의 구분조차 없는 인간 마을을 유람하듯이 느긋이 발을 디디고 있다. 조선 시대 사람들에게 야생 동물의 출현은 결코 특별한 것이 아니었다.

노상송사(路上訟事), 김홍도 그림

하지만 현대사회에서는 이러한 장면을 상상할 수 없다. 멧돼지가 도시에 출현하면 사람들은 크게 놀라게 된다. 놀라는 것은 사람만이 아니라, 멧돼지도 마찬가지다. 인간은 호랑이, 곰과 같은 일부 대형 맹수류를 제외하면 웬만한 짐승보다 크다. 인간이 대개 동물과 만나 싸우게 되면 물리거나 약간 다치는 정도다. 하지만 동물이 인간에게 조금이라도 위해를 가하면 대부분 죽임을 당한다. 인간이 동물을 경계하고 두려워하는 것 이상으로, 동물도 인간을 두려워한다. 동물의 입장에서는 인간의 작은 행동이라도 생명의 위협을 느낄 수밖에 없다. 동물에게 인간은 무서운 저승사자요, 신이기 때문이다. 그들도 어쩌다 민가에 들어서면 이리저리 살 길을 찾아 좌충우돌할 수밖에

야생동물 보호정책으로 최근 개체수가 급격히 늘어난 멧돼지는 먹이가 떨어지면
종종 민가로 내려온다.

없다. 사람들은 동물의 이러한 행동을 난동을 부리는 것으로 오해한다. 흥분한 멧돼지를 보면, 우선 저들이 우리를 보지 못하게 해야 한다. 우산이 있다면 우산을 펴거나, 바위나 큰 나무 같은 물체 뒤로 숨는 것이 좋다. 하지만 가장 근본적인 대책은 동물들의 삶의 터전을 마련해주고, 그들에게 인간이 위협이 되지 않는다는 것을 보여주는 것이다. 멧돼지는 먹이가 부족하면 어쩔 수 없이 산에서 내려올 수도 있다. 동물을 궁지에 몰아넣고 그들의 생존을 위한 몸부림을 난동이라고 몰아세워서는 안 된다.

인간은 문명을 건설하면서 동물과의 유대관계를 단절시켰다. 과학자들이 지구의 역사를 플라이스토세, 플라이오세, 마이오세, 홀로세 등으로 구분하는 것처럼, 『호모데우스』의 저자 유발 하바리는 지난 7만 년의 시대를 인류세, 즉 인류의 시대라고 부른다. 인간은 40억 년 전, 처음 출현한 이래로 지구 생태계를 변화시켰다. 전 세계 대형동물의 90%이상이 인간 아니면 가축이다.[185] 인간의 필요에 의해 증식된 가축은 인간보다 훨씬 많다. 과거 그 수를 헤아릴 수도 없을 정도로 많았던 야생동물은 이제는 소수로 추락했다.

유발 하라리는 인간을 신이 된 동물, 즉 '호모데우스'라고 칭한다. 우리말로 인간신(人間神)이라고 할 수도 있겠다. 인간은 과거에 하찮은 동물로부터 출발했다. 하지만 인간은 지구를 인간의 행성으로 만들고 다른 동물의 생명을 좌지우지하는 신의 경지로 올랐다. 이제 인간은 동물과 전혀 다른 존재, 즉 동물이 감히 엄두도 내지 못할 신적인 존재로 부각했다. 신이 되어버린 인간은 한 동물 종을 멸종시키기도 하고, 은총을 내리기도 한다. 동물들에게 인간은 이미 신이다.

아프리카에서 시작해 소수에 불과했던 인간이 신의 경지에 오르기까지 오랜 시간의 역사에는 잔혹한 살육이 있었다. 인류는 본래 단일한 종이 아니었다. 호모 에렉투스, 호모 네안데르탈렌시스 등 여러 종이 함께 살았다. 그런데 유독 호모 사피엔스가 네안데르탈렌시스 등 다른 종을 제압하고 유일한 인간 종이 되었다. 현생 인류인 호모 사피엔스는 발길이 닿는 곳마다 수많은 동물을 절멸시켰다.[186] 인간은 야생동물의 학살자이며 지구생태계의 파괴자였다

인간이 지구를 지배하며 만물의 정상에 오른 이면에는 수많은 경쟁자를 잔혹하게 제거했다는 사실을, 우리는 종종 잊어버린다. 네안데르탈인은 호모 사피엔스보다 뇌가 크고 다부진 근육을 가졌다. 하지만 호모 사피엔스가 네안데르탈인을 물리치고 지구상에 지배자가 되었다. 인간을 침략자라고 정의한 미국의 고인류학자인 팻 시프먼은 호모 사피엔스가 개를 사냥의 동반자로 받아들여 먹이경쟁에서 승리했기 때문이라고 주장했다. 인류가 개를 데리고 사냥하면, 사냥개의 도움을 받지 않을 때보다 획득한 사냥감이 56%나 증가한다는 예를 들면서, 인간이 동물을 가축화한 것은 도구를 최초로 발명한 것과 맞먹는 커다란 도약이었다고 말했다.[187]

그의 주장은 아직 완전히 검증된 것은 아니지만, 인간이 동물과 협력함으로써 지구를 지배하게 되었다는 주장은 필자의 견해와도 일치한다. 앞서 언급했듯이 인류가 문명을 창조하는데 가장 결정적인 계기가 가축혁명이었다. 인간은 소와 말을 이용해 밭을 갈았고, 개와 매를 이용해 다른 동물을 사냥했다. 인간에게 협력한 가축들 덕에 인류는 위대한 문명을 창조해낼 수 있었다. 하지만 인류는 점차 동물을 배신했다.

늑대가 개로 변신할 수 있었던 것은 인간과의 소통 능력 때문이었다. 그래서 개는 인간 곁에서 살아남았다. 인간과 소통하지 못한 늑대는 지금 멸종위기에 놓여있지만, 개는 전 세계적으로 사랑받는 반려동물로 엄청나게 개체수를 늘릴 수 있었다. 닭, 돼지 등 인간에 의해 가축으로 길들여진 동물은 성공적으로 자신들의 개체수를 늘려왔다. 그렇지만 가축들의 삶은 자연 상태보다 훨씬 열악해졌다. 닭은 자연에서 충분히 10년을 살 수 있다. 하지만 지금은 생후 30일 만에 프라이드 치킨용으로 도계장으로 끌려간다. 고기소는 20년을 사는데, 2살도 못되어 도축된다. 12년을 살 수 있는 돼지도 5-6개월이면 도축된다. 소, 돼지, 닭 등 인류를 위해 희생하는 가축들의 삶의 질은 떨어졌다. 인류는 협력한 가축들을 더욱 이용만 할 뿐이었고, 이익이 되지 않는 동물은 잔혹하게 살해하고 멸종시켜버렸다.

인간은 개인 이익의 극대화를 최우선으로 하는 이기적 본성을 갖고 있다. 호모 사피엔스는 막강한 능력을 가진 신의 경지에 접근해가지만, 방향도 모르고 책임감도 없는 그저 앞으로만 나가는 위험한 존재다. 동물에게 인류는 파괴자이기도 하면서 재건자인 복잡한 신 시바(Shiva)와도 같다. 팻 시프먼의 말대로 인간은 지구 생태계의 침략자라는 사실을 부정할 생각은 없다. 인간 역시 생존을 위해 이기적인 유전자에 의해 창조된 기계에 불과하다는 리처드 도킨스의 유명한 말을 부정할 필요도 없다.[188]

그렇지만 인간에게는 생명체를 유지시켜주고 구제해주는 가장 자비로운 비슈누(Vishru) 신의 모습도 갖고 있다. 과거 신의 영역이었던 생명 연장이나, 새로운 창조물을 탄생하게 하는 일이 이제는 인간의

인도 카나타카 무르데시바에 있는 시바(Shiva) 조각상

인도 리시케스 산에 있는 팔이 4개 달린 비슈누 신

영역이 되었다. 인간은 동물에게 자비와 구원의 수호신 역할을 대신할 역량을 갖고 있다. 1976년 리처드 도킨스가 이미 지적했듯이, 인간은 눈앞의 이익보다 장기적인 이익을 추구할 줄 아는 지적 능력을 가졌고 남을 이롭게 하는 이타적(利他的) 행동도 할 줄 안다. 소통과 공감, 그리고 나눔과 협력이 생존을 위해 훨씬 유리하다는 사실은 알고 있는 것이다.

인류는 단독 개체나 소수의 힘으로는 다른 동물들에 비해 나을 것이 없다. 새로운 자연환경에서 적응하는 능력이 인간보다 뛰어난 종들도 많다. 힘으로는 말할 것도 없다. 하지만 인간이 다수가 되고, 사회를 구성하면 달라진다. 인간은 공격성이 그다지 뛰어난 동물이 아니다. 하지만 인간은 상대와 공감하고 소통하며, 이를 토대로 협력하며 지혜를 모아 거대한 힘을 창출할 수가 있다. 수백만 명이 서로 치고 받는 전쟁도 하는 파괴적인 성품도 있지만, 수십억 인구가 세계 평화라는 단일한 목표를 향해 협력하기도 하는 것이 인간이다. 이러한 거대 집단행동은 다른 생명체에서는 별로 볼 수 없다. 공감과 소통, 협력이 인간을 신의 경지에 오르게 한 근본적인 이유다.

영장류학자인 프란스 드 발은 공동체의 생존에 필요한 모든 사회적 가치는 공감 본능에서 비롯되었기에 탐욕의 시대가 가고 공감의 시대가 왔다고 선언했다.[189] 프란스 드 발은 동물과 사람은 선천적으로 공감 본능을 타고 났다고 했다. "아프냐? 나도 아프다." 라는 유명한 TV 드라마 대사가 있다. 이렇게 타인이 느끼는 것을 관찰과 간접 경험만으로 내가 느끼고 공감할 수 있는 것은 동물과 인간의 뇌 속에 거울신경(Mirror neuron)이 있기 때문이다. 공감능력은 후천적이 아니라 선천적이다.

인간은 타고난 이기적 동물이기도 하지만, 다른 생명체와 공감할 수 있고, 소통하는 능력을 가졌다. 또한 이타적인 존재이기도 하다. 인간은 동물로부터 엄청난 도움을 받았다. 이제 인간은 동물을 위협하는 존재가 아니라, 동물의 보호자가 되어야 한다. 이미 대부분의 동물은 인간의 눈치를 보며 살아가는 약자다.

현대문명을 포기하고, 과거로 되돌아갈 수는 없다. 인류가 동물을 살육했던 역사를 돌이킬 수는 없지만, 지금부터라도 적어도 동물의 입장을 공감하고, 그들이 우리의 소중한 벗임을 인정하고 배려하는 자세가 필요하다. 인간이 연간 식용으로 잡아먹는 동물의 숫자는 연간 약 700억 마리, 어류는 1조 마리가 넘는다고 한다. 인간이 동물을 잡아먹는 것은 자연적인 본능이며 생존을 위해 어쩔 수 없다. 하지만, 적어도 동물이 고통을 덜 느끼고 죽을 수 있도록 배려해줘야 하는 것이 인간이 그들로부터 받은 수많은 것들에 대한 당연한 보답이 아닐까.

2017년 동물보호법 개정안이 통과됐다. 개정안의 핵심 내용은 동물을 키우는 인간의 책임을 강화하고, 동물학대행위와 동물을 이용하는 행위 중 금지 대상을 추가하여, 사람과 동물이 함께 행복한 삶을 누릴 수 있도록 했다. 하지만 법 조항을 지키는 것보다 더 중요한 것은 법의 정신이다. 동물을 보호해야만 하는 이유를 우리 스스로가 분명하게 인식하고 있어야 한다.

우리는 동물의 입장을 적극 이해하려는 노력부터 시작해야 한다. 멧돼지와 같은 야생동물도 인간을 두려워한다. 그들도 생존을 위해 발버둥을 친다는 것을 먼저 이해해야 한다. 반려동물을 키울 때도 마찬가지다. 그들은 생명이 없는 장난감이 아니다. 반려동물을 키운다는 것은 생명체를 다루는 신성한 일이다. 그들을 맞이한다는 것은 그 생명체를 안전하고 편하게 살게 해주겠다고 약속을 하는 것이다. 반

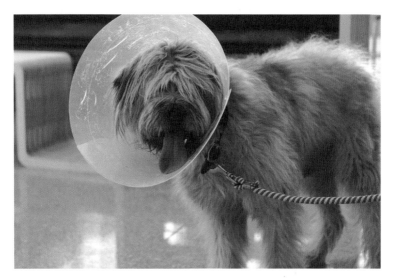

상처난 부위를 핥는 습성을 막기 위해 칼라를 씌운 개(출처: 서울대학교 수의대 동물병원)

보더 콜리를 진찰하는 수의사

려동물을 키우려면, 그 동물의 특성을 알고 그들에게 맞는 먹이와 생활환경과 의료 서비스를 제공해주어야만 한다.

예를 들어 육식동물인 고양이에게 잡식동물인 개가 먹는 개사료를 주는 것은, 고양이에게 영양불균형을 초래할 수 있다. 인간이 먹는 초콜릿을 강아지에게 주면, 코코아가 가진 중추신경을 자극하는 성분 때문에 강아지의 뇌를 흥분시키고 호흡을 고르지 못하게 만들 수 있다.

동물병원에 가면 수의사들은 동물의 증상이 심하지 않은데도 종종 검사를 권한다. 그럴 경우 보호자들은 과잉 진료가 아닌가 하는 생각이 들기 마련이다. 하지만 동물은 아프더라도 인간에게 고통을 말하지 않고 또 말할 수도 없다. 이미 인간의 가족이 된 반려동물도 야생의 본능이 남아있기에 병이 있더라도 가능한 숨기려 한다. 약해 보이면 약육강식의 세계에서는 자연 도태되기 때문이다. 동물들은 병이 상당히 진행되어야만 증상을 뚜렷하게 보인다. 정기적으로 혈액검사나 초음파 검사를 해야만 정확하게 병의 진행 경과를 알고 진단을 내릴 수 있다.

이외에도 보호자들은 반려동물과 항상 같이 있으므로 상태를 유심히 관찰할 수 있다. 수의사보다 병을 초기에 발견할 수도 있다. 예를 들어 반려견이 눈 주위가 갈색으로 변해지기 시작하면 사료나 간식에 문제가 있어 눈물량이 많아지고 혼탁해졌다는 것을 인지할 수 있다. 층계를 빨리 못 내려오고 낑낑 거리면, 관절에 문제가 이미 심각하다는 것을 쉽게 알 수 있다.

동물의 권리를 보호하는 일은 신의 경지에 오른 인간이 동물에게 해야 할 지극히 당연한 처사다. 동물들은 어쩌면 인간을 향해 이렇게 기도하고 있을지도 모른다.

"전지전능 하사, 매일 식사와 잠자리를 제공해주시고, 천적으로부터 안전하게 지켜주시는 인간님께 기도합니다. 제가 아프지 않게 해주시며, 아프면 치료를 해주시고, 답답한 환경을 개선해주셔서 저를 동물답게 살아갈 수 있게 해주시옵소서. 그리고 비록 이승을 하직할 때가 닥치더라도 부디 공포와 아픔이 없는 죽음을 맞이할 수 있게 해주시옵소서. 저의 생명을 주관하시는 인간님께 빌고 비나이다."

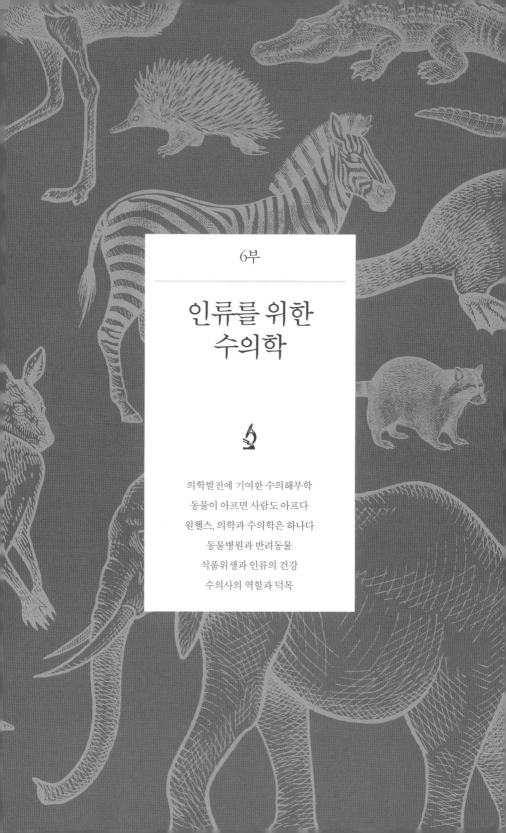

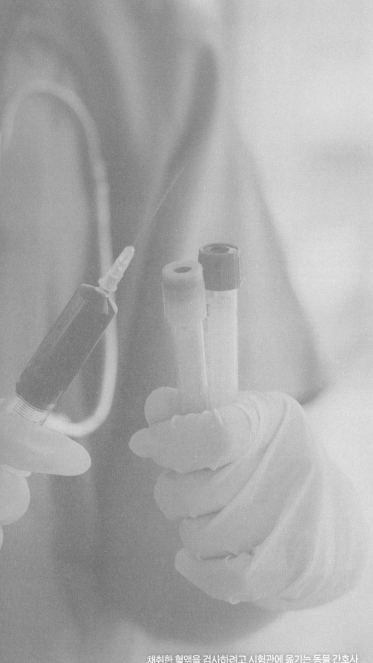

채취한 혈액을 검사하려고 시험관에 옮기는 동물 간호사

1
의학 발전에 기여한 수의해부학

모든 학자들은 자기 학문의 시작 연대를 가능한 한 올려 보려고 한다. 그래야 그 학문의 권위가 올라간다고 생각하기 때문인지도 모르겠다. 수의사가 가축 키우기와 함께 등장했다고 본다면 대단히 오래된 전문 직업이라고 할 수 있다. 수의사라는 직업을 기록상으로 확인할 수 있는 것은, B.C. 3000년을 전후해 메소포타미아 지역에서 번성한 수메르왕국 사람들이 남긴 점토판 기록이 처음이다. 대개 이 무렵부터 수의사가 전문직으로 자리를 잡았다고 할 수 있다.

수의사에 대한 역사 기록들을 잠깐 살펴보자. B.C. 2200년경 메소포타미아문명을 꽃피운 수메르 왕의 무덤에서는 소의 질병을 고치는 의사라는 뜻을 가진 Azuguhia라는 단어가 발견되었고, B.C. 1400년

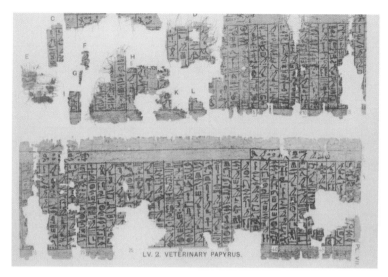

카훈 파피루스
인류 최초의 수의학 문서로 알려져 있다.

경 시리아에서 발견된 점토판에 가축의 콧구멍을 통해 식물성 약물을 주입하는 방법이 기록되어 있다. 또한 B.C. 1900년경 이집트 중왕조 시기에 만들어진 카훈 파피루스(El-Lahun)에 소의 질병 이름, 경과, 증상, 치료, 예후, 재검사, 추가적인 치료법까지 체계적인 기록이 담겨 있다.[190]

수의학은 이집트, 중동지역은 물론 인도, 유럽 등에서도 오래 전부터 발전해왔다. 수의학은 동물을 대상으로 한 학문이지만, 동물치료를 통해 인간치료에도 크게 도움이 되었다. 수의학이 발전해오는 과정에서 인의학과 끊임없이 서로 영향을 주고받았다. 수의학은 인의학 발전에도 크게 기여한 것이다.

가장 대표적인 것이 의학의 한 분야인 해부학과 세균학이라고 할 수 있다. 특히 해부학은 오늘날 의과대학에서 배우는 중요한 필수과 목이다. 인체를 해부해 보아야만 사람의 몸에 대해 보다 정확한 지식 을 얻을 수 있기 때문이다. 하지만 유교적 가치관을 따르던 중국과 한 국에서는 사람의 몸은 부모에게서 받은 것인데 함부로 훼손해서는 안 된다는 생각 탓에, 오랜 세월 인간 해부를 철저하게 금지했다. 유 럽에서도 오랫동안 인체 해부는 신과 인간에 대한 모독으로 받아들 여졌다. 인체 해부가 원칙적으로 금지된 상태임에도 불구하고, 인간 신체에 대한 해부학적 지식을 가진 선지자들이 있었다. 그들의 지식 은 인간의 몸을 해부해서 얻은 것이 아니라, 동물들의 신체를 해부함 으로써 얻었다.

서양 해부학의 시작은 갈레노스(129~199년)부터 비롯되었다. 그는 로마 검투사 학교에서 많은 사람을 치료하면서 쌓은 지식을 바탕으 로 유명세를 떨친 의사였다. 그는 대중들에게 직접 해부 실험을 보여 주며 많은 강의를 했다. 그는 해부를 통해서 돼지의 발성기관이 뇌에 의해서 조절되며, 동맥은 혈액뿐만 아니라 산소까지 운반한다는 것 을 증명하기도 했다. 더욱이 그는 개의 해부를 통해 척수의 중요성과 신장, 방광의 기능을 대중에게 보여주기도 했다. 그의 해부학은 동물 해부학에만 근거를 둔 것이었다. 따라서 이를 응용한 인간 해부학에

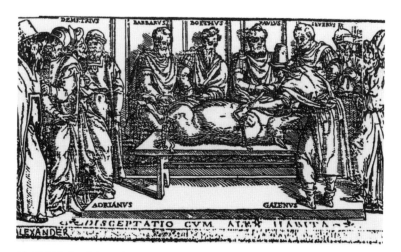

돼지를 해부하는 갈레노스와 제자들

관한 지식은 다소 오류가 있었지만, 유럽 의학 발전에 토대가 될 수 있었다.

해부학이 학문적으로 체계가 잡힌 것은 해부학의 선조라고 일컫는 안드레아스 베살리우스가 1543년 『인체 해부에 대하여』라는 책을 저술한 후부터이다.

베살리우스는 처음부터 인체를 해부한 것이 아니라, 많은 동

서양 해부학의 시조인 갈레노스의 해부학 서적

물을 해부해 쌓은 지식을 바탕으로 인체를 해부해 비로소 인체해부학을 완성시켰다. 근대의학의 기초를 다진 인물로 평가받는 베살리우스는 로마의 갈레노스 해부학이 동물에서 본 것만을 인체에 적응시킨 것임을 밝혀, 갈레노스의 오류를 바로잡았다.

하지만 당시 유럽 대부분의 나라에서는 인체 해부가 금기시되어 있었고, 드물게 허용되던 의학교 수업에서도 실제 해부하는 경우는 드물었다. 당시에는 신분이 낮았던 외과 의사들이 근육이나 골격 등 제한적인 분야만을 연구하고 있었을 뿐이었다. 1348년 흑사병이 유럽을 휩쓴 후, 로마 교황은 의학 발전을 위해 인체 해부를 허용했다. 하지만 그 후에도 여전히 유럽인들은 정서적으로 인체해부를 금기시했다. 이런 시대적 상황 탓에 베살리우스는 교회로부터 많은 압력과 비난을 받아, 급기야 사회적 지위를 빼앗기고 불우한 노후를 보내야만 했다.

1673년 네덜란드 라이든대학의 '블래'는 인간 해부학을 가르치기 위해 『개 해부학』을 편찬했다. 인체 해부를 함부로 할 수 없으니, 차선책으로 말이나 개의 해부를 통해 인간의 신체구조를 파악하는데 이용하기 위한 것이었다. 인체 해부가 금기시된 상황에서 동물 해부학 지식은 인간 의학의 발전에 크게 기여했다.[191]

2012년~2013년에 방영된 TV사극 『마의』에서는 마의(馬醫, 말 치료를 전문으로 하는 수의사) 출신 주인공 백광현이 임금의 병세를 탐색하던 도중에, 사람에게도 동물과 마찬가지로 담낭에 돌이 생긴다는 것을 알게 되어 치료하는 장면이 등장한다. 또한 사람의 뼈에 생긴 고름을 동물의 뼈에 구멍을 뚫는 도구로 빼내는 장면도 등장한다. 『마의』에 등장하는 이야기는 상당부분 허구가 가미된 것이지만, 동물을 치료하는 지식이 사람을 치료하는 데에도 활용할 수 있음을 여실히 보여주었다.

오늘날 수의과대학에서 배우는 수의학, 즉 근대 수의학은 1762년 클로드 부겔라가 수의학교(Ecole Veterinaire)를 프랑스 리옹에 세우면서 비롯되었다.[195] 수의과대학의 탄생은 의과대학보다 매우 늦었다. 인간을 치료하는 것만도 벅찬데 동물을 치료하는 것까지 신경을 쓸 수 없다는 생각 때문이었다.

수의과대학이 세워지면서 수의학은 본격적으로 발전하기 시작했다. 생명체의 건강을 연구하는 수의학은 인간 의학과 함께 각종 질병의 원인이 되는 미생물을 발견하고 치료법을 찾아냈으며, 생명체 내부의 구조와 기능을 연구함으로써 인간 의학 발전에도 크게 도움을 주었다.   .

수의학이 인의학에 큰 기여를 했지만, 그 반대인 경우도 아주 흔하다. 다양한 생명체를 다루는 수의학은 세균학 같은 기초의학 분야에 강점이 있는 반면, 인의학은 상대적으로 임상분야가 크게 발전했다.

암 치료를 비롯해 많은 비용이 드는 치료는 수의학에서는 쉽게 시술하기가 어려웠다. 하지만 인간의 난치병과 암에 대한 연구가 발전하면서, 관련된 의학지식들이 자연스럽게 수의학으로 전이되기 시작했다. 더불어 암 치료 비용이 저렴해지면서, 이제는 동물 병원에서 개나 고양이의 암과 관련된 수술도 흔하게 이루어지

프랑스 리옹 수의과대학

고 있다. 과거에는 치료받지 못하고 죽었어야 할 동물들이 이제는 수술과 효과적인 항암 약물 투여로 생명을 연장시킬 수가 있게 되었다. 이처럼 인의학과 수의학의 경계는 많이 허물어지고 있다.

2
동물이 아프면
사람도 아프다

인간이 만물의 영장이기 때문에, 동물을 살려야만 한다면 어떤 사람
은 이렇게 말할 수도 있을 것이다.

"아무리 개 팔자가 상팔자라지만, 사람치료보다 동물치료가 우선
일 수는 없다. 인간을 치료하는 의사가 중요하지, 동물을 치료하는 의
사가 그렇게 중요한가?"

이렇게 반문할 수도 있다. '사람도 제대로 치료를 못 해 죽어 가는
데, 무슨 동물까지 치료하느냐'고 말이다.

그런데 분명하게 알아 둘 것이 있다. 수의학은 동물을 위한 학문인

동시에, 사람을 위한 학문이라는 사실이다. 2015년 1월 외신 보도에 따르면 영국 노퍽주 동물병원에서는 한 남성이 자신이 기르던 값싼 금붕어가 변비의 고통을 겪게 되자, 이를 치료하기 위해 무려 300파운드(약 51만원)에 달하는 수술비를 지불했다고 한다.[196] 금붕어 값보다 비싼 수술비를 지불한 것은, 금붕어를 친구나 동반자의 개념으로 보는 마음이 있었기 때문일 것이다.

2008년 개봉되어 큰 화제를 모았던 이충열 감독의 영화『워낭소리』가 있었다. 실제 생활하는 인물의 일상을 각본 없이 관찰하면서 찍어서 만든 영화이었다. 영화 속의 주인공인 할아버지와 소는 한 가족이었다. 평생을 함께한 소의 죽음은 할아버지에게 커다란 아픔이

워낭소리

되었다. 그래서 할아버지는 소를 팔지 않고 곱게 묻어 준다. 오랜 세월 논밭 갈이를 함께하던 소가 늙거나 병들어서 죽게 된다면, 농민의 마음은 영화 속 할아버지만큼이나 크게 상심할 것이다.

가축이나 반려동물을 치료하는 것은 동물 보호자의 마음을 치료하는 것이다. 개나 고양이를 데리고 동물병원을 찾는 사람들

은, 아픈 반려동물을 걱정하는 측은지심을 갖고 있다. 자식처럼 생각하는 동물이 완치되면 보호자의 아픈 마음도 완치될 것이다. 그래서 동물을 치료하는 것은 보호자를 기쁘게 만드는 행위이기도 한다.

소, 말, 돼지, 닭 등을 키우는 축산농가에서 만약 가축이 병에 걸려 죽게 된다면, 가축을 키우는 농민의 마음은 어떨까? 닭은 가격이 매우 저렴하지만, 한 마리가 병에 걸리면 수많은 닭들에게 급속도로 전염되어 한꺼번에 폐사되기도 한다. 그럴 경우, 상당한 재산상의 피해를 보기 마련이다. 경주용 말은 한 마리 가격이 수억 원을 넘는 것도 있다. 2006년 미국에서 경매된 '그린 멍키' 경주마는 무려 1,600만 달러(약 180억 원)의 몸값을 기록하기도 했다.[197] 이런 말이 갑자기 병들

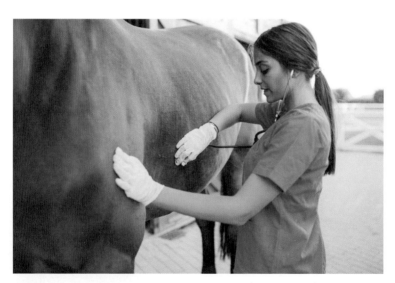

말을 진찰하는 여자 수의사

어 죽는다면 축주에게 엄청난 손해가 발생한다. 이들 동물을 치료하는 것은 동물의 경제적 가치를 보존함으로써 동물 소유주의 이익을 보호하는 것이기도 하다.

인간은 맛있는 육류를 먹고 싶어 한다. 그런데 2008년 우리나라를 뒤흔들었던 광우병 소고기 파동을 떠올려보자. 이미 4부, 2장 '인수공통전염병'에서 말했듯이 광우병에 걸린 소의 고기를 먹으면, 사람에게도 같은 병이 걸릴 위험이 있다는 것 때문에, 큰 파장이 일었다.

우리가 먹는 음식물 가운데 육류의 비중이 높아가고 있는 상황에서 병든 닭, 돼지, 소가 늘어간다면, 우리의 건강은 보장받을 수 없다. 병든 동물의 고기를 먹으면 우리 건강에 문제가 생길 수 있기 때문이다. 문명사회 특유의 질환이나 전염병의 상당수는 동물 집단에서 인간으로 옮겨진다.

하나의 병원균이 동물을 감염시키고, 동물이 다시 사람을 감염시킨다. 소의 결핵은 사람에게 결핵을 전파시킨다. 원숭이는 황열병을 인간에게 옮기고, 쥐를 비롯한 설치류는 14세기 전 세계를 뒤흔들었던 무서운 전염병인 페스트를 옮겼다. 논에 사는 달팽이는 주혈흡충증을 농부에 감염시킨다. 주혈흡충증은 말라리아만큼 무서운 열대지역의 질병으로 간과 방광을 손상시킨다.[198] 광견병을 가진 너구리 등에게 물린 개, 박쥐 등은 다시 사람을 물어 치명적인 광견병을 옮긴다.

결국 이런 전염병을 막으려면 동물에 대한 방역을 철저하게 해서,

인간에게 병이 옮겨지지 못하도록 미리 조치를 취해야만 한다. 동물로부터 각종 전염병이 옮겨왔다면 인간을 동물과 아예 격리시키는 것도 한 방법이겠다. 하지만 인간은 결코 동물과 분리되어 살 수는 없다. 이렇듯 동물 없이 인간만이 지구상에서 살아갈 수 없기 때문에, 해결 방법은 철저한 방역으로 동물의 전염병을 막는 것뿐이다.

인수공통전염병의 예방은 우선 수의사의 몫이라고 할 수 있다. 수의사는 동물 전염병의 인간 전염을 막는 방역 업무의 최일선에서 불철주야 일하고 있다. 그런 만큼 동물만을 치료한다고, 인간의 치료와 별개의 것이라고 말할 수는 없다. 동물 치료가 곧 사람의 건강을 지키는 것이기에 그렇다.

3
원헬스,
수의학과 의학은
하나다

수의학과 의학은 움직이는 생명체의 건강을 지킨다는 면에서 동일한 뿌리를 가진 학문이다. 불과 100~200년 전만해도 동물과 인간은 같은 의사에게 진료를 받았다. 현대 병리학의 아버지 루돌프 피르호는 '동물의학과 인간의학 사이에는 경계선이 없으며 있어서도 안 된다. 대상이 다르다고 해도 거기에서 획득된 경험은 모든 의학의 기반이 된다.'고 설파했다. 하지만 동물의학과 인간의학은 20세기에 들어서 결정적으로 갈라지기 시작했다. 도시화의 진행에 따라 동물에 의존하여 생계를 꾸려가는 사람들이 줄었다. 수의과대학은 시골 공동체로 밀려난 반면, 의과대학 부속 병원들은 부유한 도시에 자리 잡고 급속히 성장했다. 동물보다 사람을 치료하는 일에 더 많은 돈과 명예, 학문적 보상이 따랐지만, 수의학은 그렇지 못했다. 그 결과 두 분야는 서로 다른 평행선을 걸어왔다.[199] 하지만 21세기에 들어서 상황은 달라지기 시작했다. 인간의학과 동물의학이 재결합하자는 원헬스(One Health) 개념이 세계보건기구, 국제연합 등으로부터 주목받기 시작한 것이다.

원헬스는 '사람, 동물, 환경의 건강은 단지 하나의 건강이다. 그러므로 독립적으로 논의 되어서는 안 된다'라는 개념으로 의학의 아버지라 불리는 히포크라테스로부터 시작되었다. 이후 프랑스 혁명당시 공중위생학을 도입한 루이스 빌름(1782 – 1863) 그리고 1947년 수의사 제임스 스틸에 의해 발전되었다. 이어 1966년 미국 UC데이비스 수의과대학에 세계 최초로 전염병 예방의학과를 설립한 캘빈 슈바베에 의해 'One Health, One Medicine'이라고 제창되었다. 2003년 4월 7일 워싱턴 포스트의 릭 바이스 기자가, EcoHealth 연합의 보건 및 정책담당 부사장이자, 야생 생물 건강 전문가인 윌리엄 카레스의 말, 즉 "사람, 동물, 환경의 건강은 더 이상 독립적으로 논의되어선 안 된다. 단지 하나의 건강(One Health)만이 있을 뿐이다. 산재해 있는 공중보건문제의 해결책은 바로 각자 다른 전문성을 지닌 사람들이 함께 협력하는 것뿐이다."를 인용하면서 다시 원헬스 개념이 주목받기 시작했다.

캘빈 슈바베와 윌리엄 카레스 등이 제창한 '원헬스'는 아직 우리나라에서는 널리 알려진 개념이 아니다. 아직도 대부분의 사람들은 인

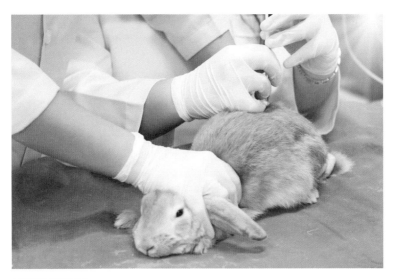

동물병원 치료 장면
동물도 인간과 같은 질병을 앓는다.

간의 질병과 동물의 질병은 상관이 없는 양, 따로 분리해서 생각한다. 그러나 이것은 아주 잘못된 생각이다. 서로의 질병은 같으며, 서로 떼려야 뗄 수 없는 깊은 관계가 있다. 원헬스 개념은 사람과 동물 그리고 환경이 서로 연결되어 있으니 따로 분리할 수 없다는 말로 요즈음 공중위생학의 대세를 이룬다.

미국의 심장병 전문의인 바버라 내터슨-호러위츠는 주비쿼티(Zoobiquity)라는 용어를 사용한다. 다양한 동물을 뜻하는 'zo'에 모든 곳을 뜻하는 라틴어 'ubique'를 붙인 이 말은 인간의학과 동물의학을 결합시키자는 것이다. 인간과 침팬지의 유전자 차이는 1.4%에 불과하지만, 그 부분 때문에 인간은 동물과 엄청난 차이가 난다. 하지만 1.4% 때문에 우리는 98.6%의 유사성을 보지 못한다. 그는 98.6%의 유사성을 받아들이자고 권유한다. 인간과 동물은 같은 질병을 갖고 있다. 암은 공룡과 코끼리, 코뿔소, 심지어 초파리와 바퀴벌레를 비롯한 곤충에게도 생긴다. 암은 인간만의 질병이 아니다. 인간과 동물은 같은 질병을 갖고 있는 것이 많다. 말은 자해를 하고, 고릴라는 우울증에 걸린다. 골든리트리버 개나 재규어는 유방암에 잘 걸린다. 새와 물고기는 스트레스를 받으면 졸도를 한다. 코알라는 성병도 걸린다. 수의사는 동물의 질환이나 치료법을 찾을 때 인간에 관한 자료를 적극 참고한다. 하지만 인간을 치료하는 의사들은 동물 사례를 아예 없는 일처럼 무시해버린다. 내터슨-호러위츠는 그래서는 안 된다고 설파한다. 인간의 질병 치료의 발전을 위해서는 인간만이 아닌 동물을 치료한 지식도 적극 활용해야 한다고 주장한다. 인간을 포함한 모든 동물 질병의 보다 나은 치료를 위해서, 의사와 수의사가 서로 지식을 공유하고 손을 잡아야 한다고 강조하고 있다. 다시 말해서, '인의학과 수의학이 함께 나가자'라는 것이 주비퀴티다.[200]

덩치가 커서 인간보다 100배나 많은 세포수를 갖고 있는 코끼리의 암 발생률이 사람의 10분의 1에 불과한 현상을 '페토의 역설'이라고 한다. 1970년 영국 옥스퍼드 대학의 리처드 페토 교수가 처음으로 주장했는데, 다세포 동물의 암에 관한 역설적인 이론이다. 대체로 암은 대부분의 동물에서 발생하며 세포 분열 도중에 일어나는 DNA 돌연

코끼리는 암 발생이 인간보다 적다.

변이에 의해 발생하므로 세포수가 많을수록 또 나이가 많을수록 암 발생이 높아야 한다. 그렇다면 덩치가 커, 세포 수가 많은 코끼리나 고래는 암에 잘 걸려야 한다. 하지만 코끼리의 경우 암 발생률이 5% 미만인 반면 사람의 경우는 훨씬 많다. 최근 미국 시카고대 빈센트 린치 교수는 '페토의 역설(Peto's Paradox)'을 설명해줄 새로운 항암 유전자를 발표했다. 코끼리는 덩치를 키우면서 기능이 정지된 암 유전자를 다시 살려내지만 동시에 기존의 항암유전자 수를 크게 늘리기 때문이다. 린치 교수는 LIF6라고 명명한 유전자가 암세포를 자살로 이끈다는 사실을 밝혀냈다.[201]

밍크고래도 코끼리와 같이 페토의 역설을 보여준다.

또한 국립수산과학원의 박중연 연구관은 국제학술지 '사이언티
픽 리포트'에 '포유류 31종의 유전자를 분석했더니 몸무게가 무거
울수록 DNA에 같은 부분이 반복적으로 나타나는 초위성체(超衛星
體·microsatellite)가 적었다'고 발표했다. 사람은 성인 평균 체중
65kg에 약 60만개의 초위성체가 있지만, 몸무게가 5,000kg이 넘는
밍크고래는 약 46만개에 그쳤다. 고래나 코끼리와 같은 대형 포유류
들은 진화과정에서 암의 원인이 되는 초위성체를 줄이는 조절 능력
을 갖게 된 것으로 보인다. 초위성체는 반복유전자라고도 하는데 우
리 몸에 있는 전체 유전자 중에서 2~6개 정도로 구성된 유전자가 적
게는 수개에서 많게는 수십 개가 반복해서 존재하는 것을 말한다. 초

위성체는 환경적 현상이든 유전적 현상이든 돌연변이에 의해 발생하며, 이 돌연변이가 암을 일으키는 원인이 된다고 알려져 있다. 초위성체와 암 발생의 연관성에 대해서 보다 정확한 원인이나 메커니즘이 밝혀진다면 다음단계로 초위성체를 제거하는 기술에 까지 응용될 수 있을 것이다. 최근에 유전자 편집기술이 보편화 되어 필요 없는 부분의 유전자를 쉽게 제거하여 능력을 바꾸는 기술이 개발되었다. 이러한 기술이 적용되어 필요 없는 초위성체를 제거하면 암발생의 가능성을 조금이나마 줄일 수 있을 것이다.[202] 동물을 대상으로 한 이러한 연구는 인간의 암 정복에 크게 도움이 될 것이다.

단지 암뿐만이 아니다. 동물도 인간과 마찬가지로 공포를 느끼고, 정신 질환을 앓는다. 또 인간과 마찬가지로 다양한 질병을 갖고 있다. 원헬스는 '동물과 인간이 근본적으로 동일한 생명체이며, 유전자를 공통으로 갖고 있는 것들이 많기 때문에 동물의 건강과 질병을 연구하는 것은 곧 인간의 건강과 질병을 연구하는 것과 같다'라는 것이다. 의사는 다양한 동물의 종 가운데 오직 인간이라는 한 종의 동물만을 다루고 있다. 반면 수의사는 수많은 동물의 생명을 연구하고, 치료하고 있다. 질병 연구의 깊이는 의학이 더 대단하지만, 생명체 연구의 폭은 수의학이 훨씬 광범위하다. 두 분야의 의학이 하나가 될수록 의학은 엄청나게 발전할 것이다. 인간과 동물의 질병이 놀라운 연관성을 갖고 있기 때문에 서로 협력해야 한다. 수의학은 더 이상 동물만을 위한 의학이 아닌, 사람을 위한 의학이기도 하다.

4

동물병원과
반려동물

중동과 유럽, 중국과 한국 등에서 고대 수의학은 말 치료를 중심으로
발전했다. 1762년에 세워진 프랑스 리옹수의학교에서도 교과과정은
말의 해부학, 임상 및 말발굽 편자술 정도였다. 우역이나 내과 관련
과정이 없었다. 1850년대 유럽에서 우역이 유행했다. 1865년 런던수
의학교 시몽 교수가 우역을 진단하면서 동물 진료 범위가 더 넓어졌
다고 할 정도로 그전까지 말은 수의사들의 주된 진료 대상이었다. 심
지어 조선시대에는 수의사를 마의, 즉 말을 치료하는 의사라고 불렀
다. 그런데 최근에는 개와 고양이를 비롯한 반려동물 진료가 말, 소,
돼지, 닭과 같은 산업동물보다 더 중요해지고 있다. 도시에서 만나는
동물병원은 대부분 개와 고양이를 대상으로 한다. 사람들의 관심이
반려동물에 더욱 집중된 탓이다.

전국의 동물병원은 2016년에 4천 곳을 넘어섰다. 반려동물 병원도 갈수록 전문화, 특화되고 있다. 반려동물 전용 안과는 물론, 치과 심지어 비만 클리닉도 생기는 등 반려동물의 건강을 위한 맞춤 병원이 줄을 잇고 있다. 치아에 염증 혹은 통증이 있는 강아지들도 치료하고 또 씹는데 문제가 있는 부정교합 교정치료도 늘고 있다. 또 고가의 암 치료도 이루어지고 있다. 이처럼 반려동물의 진료는 점점 전문화 되고 있다.

국내 반려동물 시장 규모는 2016년, 1조 8천억 원 규모에서 2020년에 6조 원까지 커질 것으로 전망되고, 향후 5년간 연 25%씩 증가할 것으로 예상되고 있다. 공기청정기나 급수기와 같은 반려동물과 관

저질 사료나 사료 알레르기로 인해 눈 주위가 갈색으로 변한 반려견

코펫 전시회에 출품한 반려견 특수 사료

련된 가전제품 판매도 늘고, 반려동물용 사료도 눈물을 맑게 해주는 눈물사료 등 세분화, 전문화될 뿐만 아니라 반려동물 전용 영양제도 나오고 있다. 이외에도 의상과 가구까지 선보이고 있다. 이렇게 반려동물 관련 산업은 나날이 확대되고 있다. 정부도 2016년 반려동물 관련 산업 육성 태스크포스를 출범시키고, 반려동물 산업을 새로운 성장산업으로 주목할 만큼, 시장 전망은 밝다.[203] 반려동물 산업의 성장을 배경으로, 반려동물용품과 콘텐츠들이 전시되는 국제반려동물산업박람회가 십여 년 전부터 서울과 일산 킨텍스 등지에서 매해 개최되고 있다.

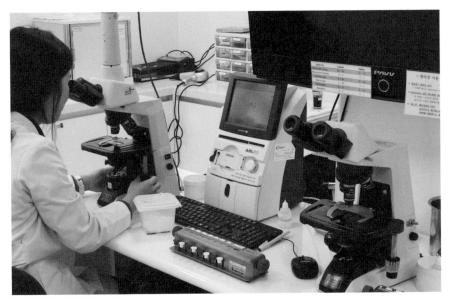

현미경으로 간단한 혈액검사 및 피부질환을 확인한다.

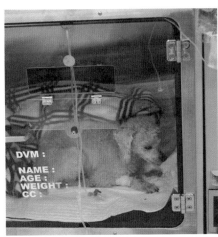

입원 중인 반려견

영상으로 골절을 진단한다.
(출처; 서울대학교 수의대 동물병원)

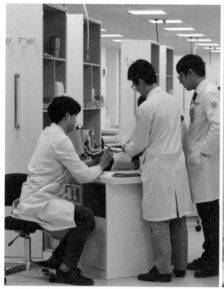

질환을 놓고 토의하는 수의사들

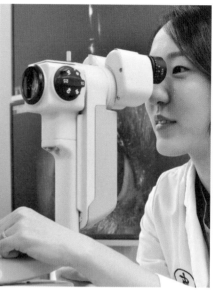

최첨단 안과 기계로 반려견의 안질환을 검사한다.

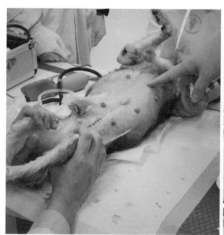

수술에 앞서 마지막 점검과 지시를 내리는
수의대 교수

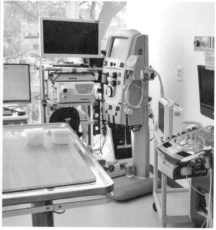

내시경, 투석기, 초음파 암 치료기 등
(출처; 서울대학교 수의대 동물병원)

오늘날 반려동물은 과거의 가축과는 다른 성격을 가진다. 몸은 비록 동물이지만, 어떤 점에서는 아들, 딸, 형제, 자매, 부부처럼 인간에게 친근한 존재가 되었기 때문이다. 그래서 반려동물 치료는 자식을 치료하는 것과 같은 것으로 받아들여진다. 개는 아직도 일부에서는 식용으로도 사용되지만, 이제는 가족과 같은 개를 어떻게 잡아먹을 수가 있느냐는 주장이 대세가 되고 있다. 반려동물은 단순히 집에서 기르는 가축이 아니라, 인간과 삶을 같이하는 벗과 같은 존재를 의미한다. 반려동물을 치료함으로써 인간의 정서적 안정과 만족감과 안도감을 주는 것은 동물 보호자의 마음을 치료하는 것과 전혀 다를 바 없다.

수의학은 궁극적으로 인간을 위한 학문이다. 인간이 돌보지 않는 동물은 수의사들이 치료하기 어렵다. 동물을 치료한다는 것은 곧 인간세계를 보다 안락하고 즐겁게 만들기 위한 것이다.

5

식품위생과
인류의 건강

인간이 위생적인 음식을 섭취하고, 적절한 운동을 하며 생활한다면, 스트레스 없이 건강을 충분히 유지할 수 있다. 인간의 먹을거리를 위협하는 수많은 요소 가운데 수의학과 깊은 관련이 있는 것은 식품 위생분야다. 식품 안전을 위해 수의사들은 많은 역할을 하고 있다. 그리고 그 역할은 점점 중요해지고 있다.

수의사들은 식품의약품안전처[204]와 산하기관인 식품의약품안전평가원[205], 2017년 2월 정식 출범한 통합 한국식품안전관리인증원[206] 등에서 식품 안전과 관련된 업무를 담당한다.

HACCP(Hazard Analysis, Critical Control Point, 해썹)은 식품의 안

전성을 보증하기 위해 식품의 원재료 생산, 제조, 가공, 보존, 유통을 거쳐 소비가가 최종적으로 식품을 섭취하기까지, 각 단계에서 발생할 수 있는 모든 유해한 요소를 예방 및 제거하고, 안전성을 확보하기 위해 중점으로 다루어야 할 주요 포인트를 체계적으로 관리하는 과학적인 위생관리체계를 말한다. HACCP는 원래 미국이 우주개발을 하면서 우주인을 위한 위생적으로 완벽한 식품의 개발로부터 시작했다가 인간의 안전한 먹을거리 지침으로 변화했다. 1993년 유엔 식량농업기구(FAO)와 세계보건기구(WHO)의 국제식품위원회에서 HACCP를 식품위생 관리지침으로 채택했다. 우리나라도 1995년 이후 식품위생법으로 HACCP를 도입했고, 점점 다양한 식품군에 확대 적용하기 시작했다. 특히 축산가공식품의 경우는 2013년 3월부터 HACCP를 의무적으로 적용하도록 하고 있다.

　HACCP를 인증하는 기관은 축산물안전관리인증원과 한국식품안 전관리인증원으로 이원화 되어 운영되어 오다가, 2017년부터 하나로 통합했다. 그리고 통합 한국식품안전관리인증원 초대 원장에 수의사가 임명되었다.

　우리나라 수의사법 제1조인 수의사의 기능과 수의업무에 관한 규정에서는 "수의사는 축산업의 발전과 공중위생의 향상에 기여함을 목적으로 한다."고 명기되어 있다. 수의과대학에서는 수의세균학, 수의바이러스학, 수의기생충학, 수의병리학, 실험동물의학, 식품위생학, 사료위생학, 환경위생학, 수의독성학, 수의공중보건학 등을 학생들에게 가르친다. 수의공중보건학은 인간의 생명 및 건강을 위협하는 모든 요인을 제거해 인간의 생명을 연장시키는 학문이다. 수의학이 인간을 위한 학문임을 가장 잘 보여주는 분야가 바로 인수공통전염병학, 환경위생학, 식품위생관리학 등이 포함된 수의공중보건학이다.[207]

식육, 어패류, 우유 등 축산 및 수산 식품에 대한 위생관리는 오래전부터 식품위생관리관의 주 업무였다. 축산물가공처리법과 같은 법령이나 위해요소 중점관리제도와 같은 위생관리제도의 운용, 축산물 취급 업소에 대한 인허가 · 출입 · 수거, 검사에 의한 지도 · 감독, 법령 위반자에 대한 처벌, 위해 축산물의 회수, 소비자에 대한 식품안전 정보 홍보 등이 이 분야에 해당된다. 축산 및 수산 식품의 안전을 위해 도축 검사, 원유 검사, 축산물 가공품의 품질 검사 등을 하는 것은 수의사의 몫이다.

뿐만 아니라 식품의 안정성 및 독성 평가 업무도 수의사들의 업무에 해당된다. 인간의 실생활에서 이용되는 여러 가지 화학 물질과 생물학 제제 즉, 의약품, 예방약, 농약, 식품 첨가물, 사료 첨가제, 동물 약품 등이 사람에게 얼마나 안전한지를 실험동물을 이용해서 미리 평가한다. 이 분야는 대부분 정부 연구 기관, 대학 또는 제약업체 내 연구소에서 수행된다.

과거 수의공중보건업무에는 식품 위생의 대상이 축산물로부터 유래한 식품에 한정되어 있었다. 그런데 과거에 비해 현대인들의 고기 섭취량은 놀라울 만큼 증가했고, 여러 재료들이 섞인 다양한 가공 식품의 등장으로 고기와 관련된 식품의 숫자도 크게 늘었다. 전 세계적으로 우유, 고기, 달걀 등의 1차적인 축산물식품 이외에 동물성 식품으로서 어패류의 위생검사, 더 나아가 2차 농수산식품인 통조림, 보존음료 등의 검사업무 등 사람이 섭취하는 식품 전반에 대한 위생이 수의공중보건업무에 포함된다. 수의과대학에서는 식품유래 인수공통전염병, 동물성식품위생학, 화학물질 안정성 평가, 역학 연구 등이 포함된 수의공중보건학을 학생들에게 가르치고 있다.

수의사들은 농림수산식품부 소속 식품산업본부, 농림축산검역본부, 국립수산과학원 등에서 수의공중보건과 관련된 업무도 한다. 특히 농림축산검역본부에서는 우리나라에 들어오는 모든 식물, 동물, 축산물, 농산물에 대하여 검역한다.

고기, 햄, 소시지, 우유, 치즈, 분유, 계란 등은 식중독을 유발하는 병원성 미생물이나 농약, 중금속 등 인체에 유해한 위해물질에 오염될 수 있다. 오염된 음식을 섭취할 경우 식중독이나 호르몬 계통의 이상이 생기기도 하고 유산이나 심지어 사망할 수도 있다. 예를 들어 2008년 중국에서 벌어진 멜라닌 우유 파동처럼 멜라닌이 들어간 분유는 유아에게 신장결석과 신부전증 등을 일으키며 심하면 죽음에 이르게 한다.

수의공중보건학에는 인수공통전염병과 식품위생 외에도 환경위생관리 분야도 있다. 동물을 이용하여 환경조건을 과학적으로 측정하고 연구해 사람이 쾌적한 생활을 영위할 수 있도록 부적합한 환경을 찾아내고 이를 개선하도록 연구하는 분야다. 런던 스모그 현상이 최초로 알려진 것은 소의 심폐 질환이 유행한 것이 원인이었다. 폐수 처리장, 동물 사체 처리 등도 이 분야에 해당된다.

또한 앞서 언급했듯이 인수공통전염병 통제는 수의사들이 담당하는 공중보건의 중요 분야이기도 하다. 인수공통전염병의 진단, 감시, 방역 활동은 당연 수의사의 몫이다. 현재까지 200여종 이상의 주요 인수공통전염병이 알려져 있다. 또한 인간의 질병 원인으로 알려진 1,700여 개 가운데 절반 이상은 곤충을 포함한 동물과 관련이 있다. 그래서 인간의 건강을 위해서 수의공중보건학이 중요한 것이다.

6

수의사의
역할과 덕목

수의학이 순수학문인 동물학과 다른 점은 기초과학적인 지식을 토대로 임상에 적용하는 응용학문이며 실용학문이라는 것이다. 수의학을 배운 수의사들의 진로와 역할은 매우 다양하다.[208] 우선 반려동물 임상, 산업동물 임상, 동물원 야생동물 임상, 어류질병관리 등 임상 분야에서 동물의 질병을 예방하고 치료하는 업무를 수행한다.

수의사는 다른 학문을 전공한 졸업생들과 달리 공직 분야로 진출할 기회가 많다. 예를 들어 행정 분야로는 검역, 방역, 질병관리, 식품안전관리 그리고 환경위생분야가 있으며 연구직으로는 각종 전염병연구, 백신 개발, 식품안전기법연구 등의 분야가 있다.

이 외에도 제약 회사에서의 각종 백신개발 연구, 실험동물관리, 제품 개발 및 마케팅 분야, 식품회사의 식품위생관리 분야, 의과 대학

각종 동물용 백신을 생산해서 러시아 등 전 세계 30여 개국으로 수출하는 동물약품회사,
고려비엔피.

기초의학분야, 종합병원 임상병리 책임자까지 너무 많아 일일이 열
거하기도 곤란하다.

　수의사의 진출 분야 가운데 종종 오해를 사는 것이 수의장교다. 군
대에는 군견과 군견병이 있다. 군견병은 수색, 경계, 정찰 등의 다양
한 역할을 하는 군견을 돌보는 병사다. 군견병 때문에 수의장교도 군
견들의 건강을 책임지는 일에만 종사하는 것으로 생각한다. 하지만
수의장교들은 식품검사, 수질 검사, 질병 방역, 역학 조사 등을 주 업
무로 수행하고 있다. 수의장교들은 군인들이 질병에 걸리지 않도록
질병을 예방하는 파수꾼으로, 이러한 업무를 통해 장병의 건강을 책

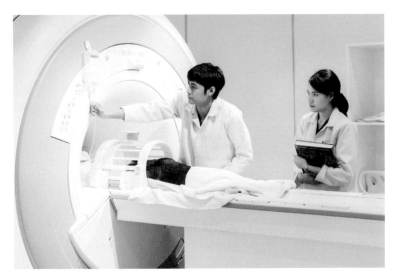

인간을 위해 사용되던 CT 등 고가의 의료장비가 이제는 동물 질병 진단에 사용되기 시작했다.

임지는 역할을 한다.

　또 수의사들은 인체 및 동물의 백신 개발에도 주도적으로 참여한다. 각종 백신 개발과 제조의 경우에는 세균학, 바이러스학 및 면역학을 심도 있게 공부한 수의사가 절대적으로 필요하다. 오늘날 모든 대형 제약회사들은 신제품을 만들기 위해 실험동물사를 갖추고 수의사의 지휘아래 임상 실험(약효, 약해, 독성시험)을 실시한다. 약품의 개발과정에서 수행하는 동물실험에서 약리학적, 독성학적, 병리학적인 고찰에는 반드시 수의사가 필요하다. 이와 같이 신약 개발에도 수의사들의 역할은 막중하다.

수의사의 진출분야에 산업동물 마케팅 매니저 분야도 있다. 양돈과 축우, 양계, 반려동물을 망라한다. 이 분야에 종사하는 수의사들은 이 분야의 시장 분석, 질병 및 의약품에 대한 지역 담당자 기술 교육, 신약과 특정 제품에 대한 야외 실험, 농장 관련자에 대한 교육 등을 한다.

최근에는 병원이나 자원 봉사단체에 소속되어 활동하는 치료견 코디네이터들이 등장하고 있다. 보청견, 재활 보조견, 구조견, 탐지견, 맹도견 등을 훈련시키고 관리하는 일을 하는 사람들이다. 생후 1년된 개를 6개월에서 1년 정도 훈련시켜 활용하게 되는데, 이러한 동물을 관리하는 일에도 수의사들이 활동하고 있다. 이외에도 요즘 동물을 매개로 하는 사람 치료도 선진국에서 매우 각광받고 있다. 자폐아 및 발달장애 아동을 대상으로 하는 것이 한 예다. 이를 인간-동물연대(Human-Animal Bund)라 한다.

최근의 수의학은 괄목상대할 정도로 빠르게 변화하고 성장하고 있다. 오랜 세월 수의학은 말 진료를 중심으로 발전해왔고, 소를 비롯한 대동물 진료가 큰 비중을 차지해왔다. 하지만 최근 반려동물의 숫자가 크게 늘어 반려동물 진료가 임상수의사들에게 가장 비중 높은 일이 되었다. 개와 고양이가 애완동물이 아닌 반려동물로 지위가 격상해짐에 따라 반려동물의 질병과 치료도 심도 있게 발전하고 있다. 따라서 과거에 포기했던 다양하고 희귀한 질병 케이스가 늘면서, 소동물 수의학이 인의학 수준까지 높아지고 있다. 인의학에서 발전시킨 각종 임상치료의 경험과 지식이 동물로 확대되면서 동물의 수명은 크게 늘어나고 있다.

내과학, 외과학, 산과학, 마취학, 진단영상학, 전염병학, 임상병리학, 실험동물의학 등 임상수의학 분야는 현재 수의사들이 더 많이 공부해야 하는 분야가 되고 있다. 일반 대학병원에서 많이 사용하는 CT, MRI 등의 장비를 사용하고, 암수술을 하는 경우도 급증하고 있다. 반려동물의 치료가 세분화되면서, 전문화된 분야의 중요성이 커지고 있기 때문이다.

물고기의 질병을 다루는 수생생물의학 또한 수산물의 수요가 늘어나기에 수의사의 진로에서 각광받는 분야이다.

수의과대학에서 학생들에게 가르치는 수의학은 크게 기초·예방수의학과 임상수의학 분야로 분류할 수 있다. 임상수의학이 더욱 발전될 것임은 분명하지만, 기초 수의학 분야도 계속 중요해질 것이다.

수의과대학에서는 학생들에게 기초 수의학에 해당되는 해부학, 발생학, 조직학, 생리학, 생화학 그리고 사람의 건강과 직결되는 원헬스 개념의 핵심 교과목인 병리학, 미생물학, 면역학, 기생충학, 약리학, 독성학, 환경위생학, 공중보건 등을 인의학에 비해 매우 심도 있게 가르친다. 기초 예방수의학에 해당되는 산업동물 질병 예방 특히 조류나 어류의 경우, 환축을 1:1로 치료하기보다 집단관리(Herd

Management), 즉 다수의 동물을 대상으로 한꺼번에 질병을 예방하고 처치하는 일이 보편화 되어있다. 그렇기 때문에 수의학과 학생들은 세균과 바이러스 같은 미생물학, 면역학, 전염병학 등에 대해서 많은 학점을 할애해 공부한다. 또한 다양한 동물을 진료하기 때문에, 해부학이나 조직학, 생리학, 발생학 등을 많이 배워야 한다. 그래서 의과대학의 기초의학 분야에 수의사들이 진출하는 경우가 많다.

미래의 의학은 환자 개인을 위한 일대일 치료도 중요하지만, 그 보다 질병 예방에 주력하면서 판데믹을 막는데 더 많은 투자가 필요하다. 핵무기나, 기후변화 못지않게 판데믹이 인류의 미래 생존을 위협할 수 있기 때문이다. 우리 인류가 지구상에서 지속적으로 살아남기 위해서는 무엇보다 건강이 가장 중요하다. 한 개인의 건강만이 아닌, 인류 전체의 건강을 위해서는 판데믹을 막아야 한다. 그러려면 동물의 각종 질병과 미생물에 대한 연구가 더욱 활발히 진행되어야 할 것이고, 이 분야 수의사들의 역할 또한 막중해질 것이다.

또한 검역 분야도 더욱 중요해진다. 교통수단의 발달로 더 많은 사람들이 빠르게 이동함에 따라, 미래에는 전염병이 과거 보다 훨씬 더 빨리 확산될 소지가 크다. 또한 다양한 변종 바이러스나 세균 등이 나타날 수 있기 때문에, 검역의 중요성은 더욱 더 커진다.

검역과 더불어 방역 역시 중요해지고 있다. 2017년 6월 28일 정부는 '가축전염병 대응체계 보강방안'을 각 지자체에 통보하면서, 전국

지방자치단체에 가축전염병 전담조직을 신설하고, 350명에 달하는 수의직 공무원을 보강하기로 결정했다. 각 도 본청에 동물방역전담과를 두고, 시, 군에 동물방역전담팀을 설치했다. 조류인플루엔자나 구제역 등 가축전염병을 집중 관리하는데 필요한 가축방역관을 늘리고자 이와 같은 조치를 취한 것이다. 또 가축방역관에 대한 수당도 인상하는 등 수의직 공무원의 처우를 한층 개선하기로 했다.[209] 정부의 이러한 조치는 가축전염병의 피해가 점점 커지고, 사회문제로 확대되고 있기 때문이다.

검역과 방역은 개인이 할 수 있는 것이 아니다. 정부차원에서 공익을 위해 해야 하는 일이다. 따라서 수의사들은 정부기관에서 수의직 공무원으로 채용되어 이 분야에서 종사하고 있다. 검역, 방역과 더불어 앞서 언급했던 식품 안전과 위생 관리, 안전성 평가 등 공중보건학 분야의 중요성도 더욱 커질 것이다.

수의과대학의 교과과정은 생명공학분야에 가장 적합하게 구성되어 있다. 따라서, 동물품종개량, 줄기세포 그리고 수정란이식술과 같은 유전공학적 연구, 종 복원사업, 항공우주 및 심해의학과 관련한 실험동물의학 등 수의학의 분야는 점점 확대되고 있다. 만약 외계인이 나타난다면, 인간 가운데 가장 먼저 외계인을 만나야 할 사람은 수의사라고 할 수 있다. 외계인과 인간이 만나면, 서로가 가진 고유한 질병들이 감염되지 않도록 검역부터 해야 하기 때문이다.

수의사는 동물복지, 동물문화, 직업윤리 등 인문 사회학적 소양을 배우기도 한다. 수의학은 인간사회와 관련된 측면이 많기 때문이다. 따라서 수의사는 단순 동물치료만이 아니라, 동물행동학 등 동물이 속한 환경에 대한 탐구도 필요하다.

전염병이 사회적 이슈가 될 때, 수의사는 국가적 · 사회적 대응을 리드해야 한다. 그래서 수의사는 대책을 세워 사람들을 이끌고, 불안에 떠는 국민을 위해 대국민 홍보에 나서야 한다.

수의학과 관련된 특별한 지식과 기술은 수의학과 학생만 배우고, 수의사 면허도 수의과대학을 나온 사람들만 얻을 수 있다. 수의사는 전문직이다. 비면허자가 수의사가 할 일을 할 경우 법적 처벌이 가해진다. 전문직으로서 독점적 지위와 권한을 갖게 된 것은 사회가 수의사들에게 사회적 역할을 하라는 대가로 주어진 것이다. 따라서 수의사가 수의사의 역할을 못 하면 사회로부터 신뢰를 잃게 된다.

수의사가 사회 구성원의 신뢰를 얻지 못하면, 수의사는 존재 가치가 없다. 신뢰를 얻기 위해서는 전문지식과 기술을 계속 발전시켜야 함은 물론 전문인으로서의 도덕적 소양도 갖추어야 한다. 진료의 질을 높이고, 방역 등 수의사가 맡은 임무를 성실히 다하는 것 외에도 사회를 위한 봉사활동을 소홀히 해서는 안 된다. 국가고시에 합격해 얻은 수의사 자격은 당연히 누려야 하는 특권이 아니다. 나라가 수의사를 양성하기 위해 다른 학과보다도 엄청난 비용을 투자했음을 명심해야 한다. 수의사가 되기까지 사회에 빚진 부분도 있음을 인식하고, 보답할 것을 고민해야 한다.

수의사가 돈을 많이 버는 것이 사회적 성공이라는 개인적인 욕심에만 머무르게 되면, 직업윤리는 무너지게 된다. 임상 수의사의 경우 사회에서 인정과 신뢰를 받으려면, 전문 직업인으로서의 책임감을 스스로 갖추고 동물 보호자의 요구에 성실에게 임해야 하고 정확하고 친절하게 설명해야 한다. 전문직으로서 윤리관을 갖추지 못하고 사회에 기여하는데 소홀히 한다면, 수의사는 한낱 천박한 기술자에 불과할 뿐임을 명심해야 한다.

지구상에 살고 있는 많은 생명체 가운데 인간은 대단히 특별한 존재다. 뛰어난 지능, 직립 보행, 도구 사용, 복잡한 언어의 구사 능력, 인공적인 구조물 만들기, 예술 창조, 요리하기 등 다른 동물과 구별되는 특별한 능력을 지닌 인간은 만물의 영장이라고도 한다. 먹이 사슬에서 최상위 포식자의 지위를 누리고 있는 인간이 만물의 영장이라 불린 까닭은 자신보다 더 크고 힘센 동물일지라도 뛰어난 지능과 도구를 활용해 제압할 수 있기 때문만은 아니다. 인간이 동물과 다른 가장 특별한 능력은 다른 생명체를 살릴 수 있는 능력이다. 만약 인간이 다른 생명체를 죽이기만 하고, 살릴 능력이 없다면 인간은 단지 맹수와 같은 포식자에 지나지 않을 것이다.

필자가 늘 강조하는 것은 수의학은 동물을 대상으로 한 의학이지만, 동물만을 위한 학문이 아니라 결국 인간을 위한 학문이라는 점이다. 불과 수백 년 사이에 인구가 폭발적으로 늘어나고, 경제적으로 풍요로워지면서 식량 소비 역시 폭발적으로 증가하고 있다. 특히 육류 소비량은 곡물 소비량보다 훨씬 빠르게 증가하고 있다. 늘어나는 육류 소비와 함께, 새롭게 등장한 문제는 식품 안전 문제다. 대량으로 가축을 사육하면서 생긴 가축의 질병은 인류의 건강을 위협하고 있다. 동물의 병을 예방하고 치료함으로써, 동물로부터 발생하는 질병으로부터 인간을 보호하며, 육류의 안정적인 공급과 식품 안전 문제도 책임지는 이들이 곧 수의학을 배운 수의사들이다. 수의학을 배운 사람들이 해야 할 가장 중요한 일 가운데 하나는 인간과 동물의 건강한 만남을 유지시켜 인간의 행복을 보장하는 일이다.

인류는 만물의 영장답게 주어진 환경을 극복하며, 지구상에 현대 문명을 건설했다. 위대한 현대 문명은 물론 인간의 작품이기는 하지만, 인간의 힘으로만 이룩된 것은 아니다. 오늘날의 찬란한 문명세계를 건설할 때까지 우리 인류는 수많은 동물들로부터 많은 도움을 받았다. 현대 문명은 동물의 도움 없이는 결코 이루어질 수 없었다. 또한 현대문명을 유지하는데 있어 동물들의 값진 희생이 따르고 있다.

지구상에는 오직 인간만이 사는 것이 아니다. 인간보다 훨씬 더 많은 생명체가 함께 살아가고 있다. 인류를 둘러싼 생태계에서 인류는 최강의 포식자로 다양한 동식물을 이용하며 삶을 영위해 왔다. 인간이 동물들의 고기를 먹고, 동물의 털과 뼈와 젖 등을 이용하는 것은 지극히 당연하다. 하지만 인간이 만물의 영장이라고 해서, 모든 동물들을 죽이고 이용만해서는 안 됨을 우리는 알고 있다. 동물은 우리에게 고기 등 축산물을 주었지만, 질병도 함께 주었다. 동물이 건강하지 못하면, 인류는 병든 고기를 먹고 병에 걸릴 수밖에 없다. 지구상에 살아 있는 동물들 가운데 오직 인간만이 다른 동물을 살릴 수 있는 능력을 갖고 있다. 인간이 발전시킨 수의학은 동물을 살리고, 인간을 살리는 학문이다. 수의학은 동물을 치료하는 학문만이 아니라, 인간의 건강과 안전을 지키기 위한 인간을 위한 학문임을 결코 잊어서는 안 된다. 동물과 인간은 모두 근본이 같은 생명체이기 때문에, 동물이 걸린 질병이 인간에게 감염되기도 한다. 이런 질병들의 치료를 위해서는 동물 역시 치료해야 한다. 병을 가진 동물을 제대로 치료하지 못하면 결국 질병이 다시 인간에게 옮기기 때문이다. 동물을 살리는 것은 곧 인간을 살리는 것이다.

현대 문명은 다양한 분야에서 학문이 발전되었기 때문에 건설될 수 있었다. 이 가운데 수의학도 겉으로 드러나지는 않지만, 묵묵히 오늘도 인류의 안전과 생명을 지키며 자신의 역할을 수행하고 있다. 수의학은 앞으로도 다양한 분야에서 인류를 위해 더욱 많이 기여할 것이다.

그리고 이 책이 나오기까지 도움을 주신 분들을 소개하겠다. 먼저 대한수의사회 회장을 역임했던 정영채 중앙대학교 명예교수, 전 서울대학교 수의대 학장 이문한 서울대 명예교수, 초대 농림축산검역본부장을 지냈던 전 서울대학교 수의대 학장 박용호 교수, 수의대 부속 동물병원장 윤정희 영상의학과 교수, 윤화영 수의내과학 교수, 서강문 수의안과 교수, 황철용 피부과 교수, 경상대학교 수의대 정태성

수생동물질병학 교수, 상지대학교 동물자원학과 황의경 교수, 경기도수의사회 이성식 회장, 세계일보 조정진 논설위원, 동물약품제약회사 고려비엔피 송기연 회장, 임정수 변호사, 한양대학교 의대 윤진호 성형외과 교수, 연세대학교 의대 문병수 소화기내과 교수. 봄여성병원 한원희 병원장, 한진우 내과 원장, 신일산 동물병원 이성권 원장 등이 격려와 자문에 일일이 응해 주었다. 이외에도 위펫의 이승권 대표, 고려비엔피의 김태환 대표, KBS 심재철 기자, 올리브 동물병원 김기철 원장, 싱가포르의 알렉스 앙, 독일의 힌더스만 씨, 리투아니아 네이쳐스프로텍션 사의 파울리우스 씨 등이 사진을 보내왔으며 재일동포 아오마츠 시오 선생, 아오마츠 토모미 씨 등은 일본어 통역과 번역에 힘써주었다. 또 책의 디자인에 탁월한 기재를 발휘한 김유진, 이재희 씨에게 감사드린다. 끝으로 자료의 발굴에 도움을 준 우리역사문화연구소 김용만 소장에게 감사드린다.

주석

1 하지홍,『하지홍 교수의 개 이야기』, 살림출판사, 2008년.

2 천명선,「수의학의 기원과 야생동물의 가축화」,『대한수의사회지』40권 제10호 957-959, 2004년

3 하지홍,『하지홍 교수의 개 이야기』, 살림출판사, 2008년.

4 앨리스 로버츠 저, 진주현 옮김,『인류의 위대한 여행』, 책과함께, 2011년, 457~464쪽.

5 Vere Gorden Childe,『Man makes himself』, Wstts, London, 1936년.

6 재러드 다이아몬드,『총균쇠』, 문학사상, 1998, 246쪽 참조해 수정 보완함.

7 J.C. 브록 저, 과학세대 옮김,『인간과 가축의 역사』, 도서출판 씨날, 1996년, 25쪽.

8 EBS 다큐프라임,『가축 1부 위대한 동행』, 2017년 6월 26일 방영.

9 하자노프 저, 김호동 역,『유목사회의 구조』, 지식산업사, 1990년. 88쪽.

10 천규석,『유목주의는 침략주의다』, 실천문학사, 2006년. 248쪽 재인용.

11 박원길,『몽골의 문화와 자연지리』, 두솔, 1996년, 52~76쪽.

12 김동진,『조선생태환경사』, 푸른역사, 2017년. 297쪽.

13 『삼국사기』에는 신라 지증마립간 3년인 서기 502년에 처음으로 소를 몰아서 밭갈이를 했다(始用牛耕)고 기록했다. 하지만 고구려는 신라보다 훨씬 앞선 서기 2세기경에 이미 우경이 시작되었다. 서민수,『고구려 전기 우경에 관한 연구』, 건국대학교 석사학위논문, 2014년.

14 박원길, 앞의 책, 47쪽.

15 孟子,「梁惠王上」1장. 참조. 萬乘之國, 殺其君者, 必千乘之家, 千乘之國, 殺其君者, 必百乘之家.

16 비르키트 브란다우, 하르트무트 쉬케르크 저, 장혜경 옮김,『히타이트』, 중앙M&B, 2002년, 240~243쪽.

17 『周禮』제4권,「地官司徒」,〈保氏〉.

18 『書經』,「周書」,〈泰書上〉"惟天地 萬物父母, 惟人 萬物之靈".

19 강신주, 『철학 vs. 철학』, 5장. 「인간은 어떤 존재인가? 파스칼 vs. 데카르트」, 오월의 봄, 2016년.

20 Carl Safina, 『Beyond words: what animals think and feel』 Henry Holt and Co, 2015년.

21 브라이언 M. 페이건 외 저, 강미영 옮김, 『고대 세계의 위대한 발명 70』, 랜덤하우스, 2007년, 111쪽.

22 김태준, 이승수, 김일환 저, 『조선의 지식인들과 함께 문명의 연행 길을 가다』, 푸른역사, 2005년, 17쪽.

23 임영정, 「조선전기 해금정책 시행의 배경」, 『동국사학』31권, 1997년. 민덕기, 「중·근세 동아시아의 해금정책과 경계인식-동양 삼국의 해금정책을 중심으로」, 『한일관계사연구 30집, 2011년. 14세기 왜구의 동아시아 바다에 활약하기 시작하면서, 명나라와 조선은 먼 바다로 백성들이 나가는 것을 엄격하게 금지했다. 왜구와 결탁해 노략질을 할 것이라는 우려했기 때문이다. 일본도 1635년 이후 해금정책을 실시했는데, 일본은 기독교의 전파를 두려워했기 때문이었다.

24 양산쿤, 정자룽 저, 이원길 역, 『중국을 말한다』, 신원문화사, 2008년, 176-177쪽.

25 손로(孫璐), 『동북아시아 3~6세기 등자 고찰』, 전남대학교 인류학과 석사학위청구논문, 2009년

26 『三朝北盟會編』권 36. "河北路兵馬鈐轄 李侃以兵二千 與金人十七騎 戰敗績". 1126년 2월 10일에 송(宋)나라 장군 이간이 2천명의 병사로 금(金)나라 기병 17명과 맞서 싸우다 패배했다. 기병과 보병의 위력 차이를 가장 단적으로 보여주는 사례로 유명하다.

27 재러드 다이아몬드 저, 김진준 옮김, 『총균쇠』, 문학사상, 1998년.

28 토마스 벌핀치 저, 이윤기 옮김, 『벌핀치의 그리스 로마 신화』, 창해, 2009년.

29 김용만, 『세상을 바꾼 수레』, 다른, 2010년.

30 서민수, 『고구려 전기 牛耕에 관한 연구』, 건국대학교 석사학위청구논문, 2014년.

31 한국학중앙연구원, 『민족문화대백과 사전』(http://encykorea.aks.ac.kr/), 〈의우총〉항목 참조.

32 『현종실록』현종 11년(1670년) 8월 15일자.

33 김덕진 저, 『대기근』, 푸른역사, 2008년.

34 2015년 현재 1인당 유제품 소비량은 75.7*kg*으로, 마시는 우유 소비량은 2000년대

들어 감소 추세에 있지만 발효유와 치즈 등의 소비 증가에 힘입어 70*kg* 이상을 상회하고 있다. 낙농진흥회,『2015년 낙농통계연감』참조.

35 미국 농무성 해외농업국(https://apps.fas.usda.gov/psdonline/psdQuery.aspx) 2014년 통계 기준.

36 박원길,『몽골의 문화와 자연지리』, 두솔, 1996년, 40쪽.
하자노프 저, 김호동 옮김,『유목사회의 구조』, 지식산업사, 1990년, 65~66쪽. 인간이 돌볼 수 있는 양떼는 지역별로 조금씩 다르다. 하지만 1천 마리를 넘게 키우는 경우는 드물다. 너무 양이 많으면 풀을 모조리 먹어치워 후미에 있는 양들이 먹을 것이 없어지기 때문이라고 한다.

37 김현수 저,『이야기 영국사』, 청아출판사, 2006년.

38 잭 챌리너,『죽기 전에 알아야 할 세상을 바꾼 발명품 1001』, 마로니에북스, 2010년.

39 미국 농무성 해외농업국(https://apps.fas.usda.gov/psdonline/psdQuery.aspx) 2014년 통계 기준.
김성호의 축산 이야기 (http://m.blog.daum.net/meatmarketing/2496) 참조.

40 마빈 해리스 저 , 서진영 옮김,『음식문화의 수수께끼』, 한길사, 1992년.

41 박유미,「맥적의 요리법과 연원」,『선사와 고대』38권, 2013년.

42 임동주,『우리나라 삼국지』, 마야, 2005년

43 『삼국사기』권 13,「고구려본기」제 1, 〈유리명왕(琉璃明王)〉21년, 22년조.

44 『삼국사기』권 16,「고구려본기」제 4, 〈산상왕(山上王)〉13년조.

45 한국문화상징사전편찬위원회,『한국문화상징사전』, 동아일보사, 1992년, 231~234쪽 〈돼지〉 항목 참조.

46 『삼국사기』권 1,「신라본기」제 1, 〈탈해이사금(脫解尼師今)〉9년조.

47 임동주,『우리나라 삼국지』3권, 마야출판사, 2005년. 필자는 이 책에서 계명산에 얽힌 전설을 자세히 소개했다.

48 연합뉴스,『도시인구밀집 심각, 17% 면적에 91% 몰려 살아』, 2016년 8월 25일자 기사. 2015년 말 현재 대한민국 전체 면적의 16.61%를 차지하는 도시지역에 전체 인구의 91.79%가 살고 있다.

49 하지홍,『하지홍 교수의 개 이야기』, 살림출판사, 2008년.

50 아서 코난 도일 저, 조영학 옮김,『바스커빌가의 개』, 열린책들, 2010년.

51 『三國志』30,『위지』30, 〈부여(夫餘)〉조.

52 토마스 벌핀치 저, 이윤기 옮김,『벌핀치의 그리스 로마 신화』, 창해, 2009년.

53 TV조선,『고대 이집트인도 '견공'사랑?⋯ 800만 마리 개 미라 대형무덤 발견』, 2015년 6월 22일자 기사.

54 『三國志』30,『위지』30,〈오환(烏桓)〉. 오환족 사람들은 살찌게 기른 개 한 마리에게 상여를 색깔 있는 끈으로 묶어서 끌게 하고, 죽은 자가 타던 말과 옷가지, 살았을 때의 복식을 모두 태워서 장례식 때 떠나보내며, 개에게 의탁하여 죽은 이의 신령을 적산까지 호송하게 한다고 믿었다. 또 장례식 날에 개와 말을 관 주위를 지나게 했고, 개와 말이 울면 고기를 던져주고, 장례가 끝나면 개와 말을 죽여 죽은 자와 같이 저승에 가게 했다.

55 최자(崔滋) 저, 유재영 역,『보한집(補閑集)』券 中,「金盖仁」, 원광대학교 출판부, 1995년.

56 한국문화상징사전편찬위원회,『한국문화 상징사전』,「개」,〈삼육의 동물〉, 동아출판사, 1992년, 25쪽.

57 존 브래드쇼 저, 한유선 옮김,『캣센스』, 글항아리, 2015년.

58 FAM TIMES,『태초부터 완벽한 동물, 고양이』, 2017년 6월 21일자 기사.
조선일보 최인준 기자,『고양이, 인류 동반자 되기까지 두 번에 걸친 대 이주 있었다.』, 2017년 6월 22일자 기사.

59 다카히라 나루미 저, 이만옥 옮김,『여신』, 도서출판 들녘, 2002년.

60 『高麗史』권31,「世家」31,〈忠烈王〉4, 21년 윤4월. '庚吾 遣中郞將趙琛如元, 進濟州 方物 野猫皮八十三領, 黃猫皮二百領.'

61 에너지경제,『"애묘인들의 꿈, 고양이 띠"⋯ 왜 십이지신에는 고양이가 없을까?』, 2016년 12월 30일자 기사.

62 이동섭 저,『그림이 야옹야옹 고양이 미술사』, 아트북스, 2016년.

63 한국정신문화원구원 편,『한국구비문학대계』, 한국정신문화연구원 간행, 1980년.

64 1969년 일본의 야부키 기미오 감독, 도에이 동화에서 제작한『장화신은 고양이(長靴 をはいた猫)』를 비롯해 2011년 크리스 밀러 감독, 드림웍스에서 제작한『장화신은 고양이』등이 있다.

65 一般社団法人 ペットフ—ド協会(www.petfood.or.jp),『平成29년(2017年) 全國 犬猫飼育實態調査結果』, 2017년 12월 22일자 기사.

66 뉴시스,『"고양이가 왜 좋냐옹~"..반려묘 급증 시대』, 2018년 1월 13일자 기사.

67　박승무 편저, 『신비의 세계 서아프리카의 역사』, 도서출판 아침, 2002년.

68　피터 왓슨 저, 남경태 옮김, 『생각의 역사 I 』들녘, 2009년, 73~77쪽 참조.

69　김용만, 「모피와 한국사」, 『네이버캐스트』, 2012년 6월 6일자.
　　박순지, 이춘계, 「고대부터 고려까지의 모직물에 관한 고찰」, 『복식』22호, 1994년.

70　유소맹 저, 이훈, 이선애, 김선민 옮김, 『여진 부락에서 만주국가로』, 푸른역사, 2013
　　년, 138~143쪽.

71　제임스 포사이스 저, 정재겸 옮김, 『시베리아 원주민의 역사』, 솔, 2009년, 54~57쪽.

72　서울신문 2010년 11월 10일자 보도.

73　김종래, 『유목민 이야기』, 자우출판, 2002년, 14~19쪽.

74　MBC, 『세계와 나 W』220회, 2010년 1월 29일 방영.

75　김문기, 「기근과 카니발리즘:1640~1642년의 대기근」, 국제신문, 2011년 11월 3일자.

76　김택민, 『3000년 중국 역사의 어두운 그림자』「난세의 극단, 식인의 시절」, 신서원,
　　2006년, 289쪽.

77　이효선, 『몽골초원의 말발굽소리』, 북코리아, 2004년, 310쪽.

78　김동진, 『조선의 생태환경사』, 푸른역사, 2017년

79　야마모토 다다사부로 저, 이은옥 옮김, 이항, 엔도 기미오, 이음옥, 김동진 해제『정호
　　기』, 에이도스, 2014년

80　이우연, 「18~19세기 산림황폐화와 농업생산성」, 『경제사학』34, 2003년, 42쪽.

81　존 펄린 저, 송명규 옮김, 『숲의 서사시』, 따님. 2002년.

82　Mark Rose, 「World's First Zoo - Hierakonpolis, Egypt」, 『ARCHAEOLOGY
　　Archive』,
　　미국고고학연구소.(Archaeological Institute of America) 발행, 2010년 1월/2월
　　(https://archive.archaeology.org/1001/topten/egypt.html)

83　문홍식, 「동물원의 역사」, 『대한수의사회지』13권 1호, 1977년.
　　김성수, 「동물원의 역사」, 『대한수의사회지』36권 5호, 2000년.

84　김영관, 「삼국시대 동물원에 대한 고찰」, 『신라사학보』13집, 2008년.

85　사마천, 『사기(史記)』, 권12, 「효무본기(孝武本紀)」.

86　김성수, 「동물원의 역사」, 『대한수의사회지』36권 5호, 2000년.

87　김영관, 「삼국시대 동물원에 대한 고찰」, 『신라사학보』13집, 2008년.

88　두산백과(www.doopedia.co.kr), 「동물원」항목 참조.

89 서울대공원 서울동물원 사이트(http://grandpark.seoul.go.kr/) 참조.

90 서울신문, 『"모두 야생으로!" 세계 최초 '동물원 없는 국가' 나온다』, 2015년 8월 28 일자 기사.

91 허프포스트 코리아, 『코스타리카 동물원, 에코마케팅』, 2015년 9월 14일자 기사.

92 Konrad Lorenz(1903~1989)는 오스트리아 출신으로 1973년 노벨생리의학상을 탄 동물행동학자다. 바이에른 막스플랑크연구소 행동심리학 부장을 지냈고, 『인간은 어떻게 개와 친구가 되었는가』, 『인간 개를 만나다』 등의 저서를 남겼다.

93 조선일보, 『외롭고 쓸쓸한 노후, '반려동물'로 건강 지키세요』, 2017년 6월 23일자 기사.

94 농림축산검역본부 동물보호관리시스템(http://www.animal.go.kr/portal_rnl/index.jsp) 홈페이지에서 동물등록이 가능하다.

95 SBS뉴스, 『'유기견의 역습' 북한산 점령한 야생 들개』, 2012년 3월 27일 방송.
세계일보, 『주인에게 버림받고 북한산 떠도는 들개들』, 2015년 1월 15일자 기사.
국민일보, 『유기견의 역습… 등산객·주민 안전 위협』, 2016년 3월 14일자 기사.

96 리처드 w. 불리엣 저, 임옥희 옮김, 『사육과 육식 : 사육동물과 인간의 불편한 동거』, 알마, 2008년.

97 통계청(http://kostat.go.kr/portal), '2016년 양곡소비량조사 결과' 보고서. (2017년 1월 24일 게시물)

98 농림축산식품부(http://www.mafra.go.kr), 『2015년도 농림축산식품 주요 통계』, 2015년 9월, 참조.

99 김광수 연구소 저, 『버블붕괴와 장기침체』, 휴먼&북스, 2009년.

100 농림축산식품부(http://www.mafra.go.kr), 『2014년도 농림축산식품 주요통계』, 2014년 9월, 참조.

101 한국농어민신문, 『농업생산액 43조2770억 전망… 전년비 0.8%↑, 지난해 돼지 생산액 사상처음 쌀 추월』, 2017년 1월 24일자 기사.

102 문화일보, 『한국인 1인당 1년에 돼지 24, 닭15, 소고기 11kg 먹는다』, 2016년 4월 15일자 기사.

103 두산백과(http://www.doopedia.co.kr), 『브로일러 양계』 항목.

104 동아일보 2011년 8월 29일자 기사.

105 제러미 리프킨 저, 신현승 옮김, 『육식의 종말』, 시공사, 2002년.

106 연합뉴스,『"육류 소비 줄여야 지구온난화 막을 수 있다"』, 2016년 1월 29일자 기사.

107 유엔환경계획(UNEP. www.unep.org) 2016년 1월 21일 보도자료 참조.
http://www.unep.org/newscentre/new-champions-123-coalition-
inspires-action-halve-global-food-waste

108 헤럴드경제 REAL FOODS,『일본서 '상미기한'표시 바뀐다.』 2017년 11월 8일자 기사.

109 경향신문,『세계 최대 육류 소비국 미국… 한국은?』, 2016년 4월 15일자 기사.

110 세계일보 2016년 8월 25일자. 2015년 말 현재 대한민국 전체 면적의 16.61%를 차
지하는 도시지역에 전체 인구의 91.79%가 살고 있다. 1960년에는 39.15%만이 도
시인이었지만, 1980년에는 68.73%로 도시인구가 2배로 급증했고, 2005년 이후부
터 90%를 넘어섰다.

111 고동환,『조선시대 서울도시사』, 태학사, 2007년, 19쪽.

112 김기섭,「신라촌락문서에 보이는 '촌'의 입지와 개간」,『역사와 경계』42집, 2002년.
박종기,『새로 쓴 5백년 고려사』, 푸른역사, 2008년, 146쪽.

113 J.R. 맥닐(McNell) 저, 홍욱희 옮김,『20세기 환경의 역사』, 에코, 2008년, 343쪽.

114 그레고리 코크란, 헨리 하펜딩 저, 김명주 옮김,『1만년의 폭발』, 글항아리, 2010년,
114쪽.

115 파트리크 쥐스킨트 저, 강명순 옮김,『향수 - 어느 살인자의 이야기』, 열린책들, 2000년.

116 윌리엄 맥닐 저, 김우영 옮김,『전염병의 세계사』, 이산, 2005년. 6장 참조.
스티븐 존슨 저, 김명남 옮김,『감염지도』, 김영사, 2008년. 이 책은 19세기 런던에서
콜레라가 발생한 것을 바탕으로, 대규모 전염병의 도전과 현대 도시문명의 미래를 다
루었다.

117 윌리엄 맥닐 저, 김우영 옮김,『전염병의 세계사』, 이산, 2005년. 4장「몽골제국의 발
흥과 질병 균형의 격변:1200~1500」참조.

118 『三國志』30,『위지』30,〈예(濊)〉조.

119 재러드 다이아몬드 저, 김정흠 옮김,『제3의 침팬지』, 문학사상사, 1996년.

120 농림축산식품부 조류인플루엔자 · 구제역 특별 홈페이지 (http://www.mafra.
go.kr/FMD-AI/04/01_01.jsp) 참조.

121 농림축산검역본부(https://www.qia.go.kr/animal/prevent/ani_pig_fever.jsp)
홈페이지. 가축방역 참조.

122 연합뉴스,『제주 돼지열병 38일 만에 종식 … 이동제한 해제』, 2016년 8월 4일자 기사.

123 연합뉴스,『연촌 양돈농가서 '돼지열병' 발생, 217마리 매몰 처분』, 2016년 9월 5일자 기사.

124 농민신문,『악성질병 우후죽순 … 방역체계 구멍 숭숭』, 2016년 10월 17일자 기사.

125 마크 윈스터 저, 전광철, 권영신 옮김,『사라진 벌들의 경고』, 홍익출판사, 2016년.

126 매일신문,『동해 수온 상승에 어민 피해, 갯녹음, 해적생물… 양식장도 심해도 재앙 가속화』, 2017년 3월 29일자 기사.

127 임동주,『Epidemiological study of Viral nervous necrosis in Korea』, 제주대학교 수의학과 박사학위청구논문, 2006년 8월.

128 국립수산과학원(https://www.nifs.go.kr/),『국립수산과학원 어류질병정보』참조.

129 국가동물방역통합시스템(http://www.kahis.go.kr/home/lkntscrinfo/selectLkntsStats.do) 홈페이지 참조.

130 농림수산식품교육문화정보원(https://www.epis.or.kr/index.do),『농식품백과사전』참조.

131 윌리엄 N. 맥닐 저, 허정 옮김,『전염병과 인류의 역사』, 한울, 2008년. 69쪽.

132 브린 바너드 저, 김율희 옮김,『세계사를 바꾼 전염병들』, 다른, 2006년, 56~59쪽.

133 한겨레, 조홍섭,『인수공통전염병 급증 추세…제2, 제3 메르스도 온다』, 2015년 6월 11일자 칼럼기사.

134 조선일보, 황승식, 박건형,『인류를 덮치는데 3일이면 끝』, 2017년 6월 3일자 특집기사.

135 제레미 리프킨 저, 신현승 옮김,『육식의 종말』, 시공사, 2002년. 90~114쪽.

136 충북대학교 수의학교재편찬위원회,『미리 가보는 수의학교실』, 2011년, 370쪽.

137 브린 바너드 저, 김율희 옮김,『세계사를 바꾼 전염병들』, 다른, 2006년, 40~47쪽.

138 충북대학교 수의학교재편찬위원회,『미리 가보는 수의학교실』, 2011년, 382~383쪽.

139 농림축산검역본부(https://www.qia.go.kr/animal/prevent/ani_bse.jsp) 홈페이지 가축방역 참조.

140 충북대학교 수의학교재편찬위원회,『미리 가보는 수의학교실』, 2011년, 368쪽.

141 콤 켈러허 저, 김상윤, 안성수 옮김,『얼굴 없는 공포, 광우병 그리고 숨겨진 치매』, 고려원북스, 2007년.
유수민,『과학이 광우병을 말하다』, 지안출판사, 2008년.
김기홍,『광우병 논쟁』, 해나무, 2009년.

142 연합뉴스,『중국서 조류독감 환자 급증… 여행객 '감염 주의'』, 2017년 2월 23일자 기사.

143 충북대학교 수의학교재편찬위원회,『미리 가보는 수의학교실』, 2011년, 365쪽.

144 국가법령정보센터(http://www.law.go.kr) 홈페이지에서 검색하면 전문을 확인할 수가 있다.

145 한겨레, 조홍섭,『인수공통전염병 급증 추세… 제2, 제3 메르스도 온다』, 2015년 6월 11일자 칼럼기사.

146 충북대학교 수의학교재편찬위원회,『미리 가보는 수의학교실』, 2011년, 378쪽.

147 앤드루 니키포록 저, 이희수 옮김,『바이러스 대습격』, 알마, 2015년, 120쪽.

148 앤드루 니키포록 저, 이희수 옮김,『바이러스 대습격』, 알마, 2015년, 120쪽.

149 중앙일보,『나는 닭이다. 대한민국에서 닭으로 사는 법』, 2017년 1월 5일자 기사.

150 한국일보,『치사율 60%… 한국도 안심할 상황이 아니다』, 2012년 4월 8일자 기사.

151 조선일보, 황승식, 박건형,『인류를 덮치는데 3일이면 끝』, 2017년 6월 3일자 특집 기사.

152 이와 같은 소재의 영화로는 2011년 8월 미국에서 개봉된 스티븐 소더버그 감독의 영화『컨테이전(Contagion)』, 2013년 8월 개봉한 김성수 감독의 영화『감기』 등이 있다.

153 WHO,『list of top emerging diseases likely to cause major epidemics』, 2015년 12월 10일

154 YTN,『WHO. '인류 위협할 8대 전염병 선정』, 2016년 1월 13일 방송 보도.

155 윌리엄 맥닐 저, 김우영 옮김,『전염병의 세계사』, 이산, 2005년, 183~191쪽 참조.

156 브린 바너드 저, 김율희 옮김,『세계사를 바꾼 전염병들』, 다른, 2006년, 8~15쪽.

157 윌리엄 맥닐 저, 김우영 옮김,『전염병의 세계사』, 이산, 2005년, 190쪽.

158 천명선,「수의역사:전염병의 원인체 발견과 근대 역학의 발전」,『국립수의과학검역원 100년사』, 국립수의과학검역원 발행, 2009년. 58쪽.

159 윌리엄 맥닐 저, 김우영 옮김,『전염병의 세계사』, 이산, 2005년, 190쪽.

160 농림축산검역본부 홈페이지(http://www.qia.go.kr) 참조.

161 황승식, 박건형,「인류를 덮치는 데 3일이면 끝」,『조선일보』, 2017년 6월 3일자 특집 기사.

162 국제동물권리연맹 홈페이지(https://www.worldanimalprotection.org/) 및 http://www.think-differently-about-sheep.com/Animal_Rights_The%20

Declaration_of_Animal_Rights.htm 참조.

163 데일리벳,『개헌을 위한 동물권 행동 활동 개시 · · 15일 국회 개헌자유발언대 발언』, 2017년 10월 13일자 기사.

164 뉴스1,『국회에 퍼진 동물들의 아우성.. "헌법에 동물권 명시"』, 2017년 10월 15일자 기사.

165 마크 베코프 저, 윤성호 옮김,『동물권리선언』, 미래의 창, 2011년.

166 캐서린 그랜트 저, 황성원 옮김,『동물권, 인간의 이기심은 어디까지인가?』, 이후, 2012. 44쪽.
        원 출처(Mary Midgley,『Descartes' Prisoners』, New Statesman, 24, May 1999.)

167 마크 베코프 저, 윤성호 옮김,『동물권리선언』, 미래의 창, 2011년, 194쪽.

168 쿠키뉴스,『[한·EU FTA] 닭장·꼬냑 금지?··· 동물복지·지리표시 등 쟁점 부상』, 2007년 9월 17일자 기사.

169 리처드 로즈 저, 안정희 옮김,『죽음의 향연-광우병의 비밀을 추적한 공포와 전율의 다큐멘터리』, 사이언스북스, 2006년

170 농림축산검역본부(http://www.qia.go.kr) 홈페이지에는 검역본부 고시를 통해 최신 개정된 법의 내용을 공개하고 있다.

171 농림축산검역본부(http://www.qia.go.kr) 홈페이지 동물보호관리시스템에서 동물복지 축산농장인증제 개요, 절차, 표시요령, 인증농장 검색 등을 할 수가 있다.

172 국가법령정보센터(http://www.law.go.kr)『동물복지축산농장, 인증기준 및 인증 등에 관한 세부 실시요령』(고시 2013-17호)을 요약한 것임.

173 농장 동물복지위원회 홈페이지(https://www.gov.uk/.../farm-animal-welfare-committee-fawc) 참조.

174 BBC News,『Eggs containing fipronil found in 15 EU countries and Hong Kong』, 2017년 8월 11일자 보도.
        2017년 8월 이후 식품의약안전처 식품안전나라(http://www.foodsafetykorea.go.kr)에서는 살충제 검출 관련 계란 안전관리를 하고 있다.

175 리처드 w. 불리엣 저, 임옥희 옮김,『사육과 육식 : 사육동물과 인간의 불편한 동거』, 알마, 2008년.

176 김종래,『CEO칭기즈칸』, 삼성경제연구소, 2002년, 102쪽.

177 제임스 포사이스 저, 정재겸 옮김,『시베리아 원주민의 역사』, 솔, 2009년, 32쪽.

178 에버랜드 페이스북(facebook.com/witheverland) 및 중앙일보,『전 세계 희귀동물 황금머리사자 타마린… 에버랜드, 국내 최초 4마리 공개』, 2017년 3월 16일자 기사.

179 자연과 자연자원보존을 위한 국제연합. (http://www.iucnredlist.org)

180 국가법령정보센터(http://www.law.go.kr) 홈페이지에서 검색하면 전문을 확인할 수가 있다.

181 환경부(www.me.go.kr) 2018.1.8.일 보도자료 및 부록 참조

182 한겨레,『야생동물에 '인술' 펴는 지리산 야전병원』, 2014년 3월 5일자 기사.

183 한겨레,『금개구리 복원 성공 "호랑이 키우기보다 어려웠다"』, 2017년 6월 29일자 기사.

184 앨런 와이즈먼 저, 이한중 옮김,『인간없는 세상』, 랜덤하우스코리아, 2007년.

185 유발 하라리 저, 김명주 옮김,『호모데우스』, 김영사, 2017년, 107쪽. 전세계 대형 동물의 생물량을 대형 야생동물 1억톤, 인간 3억톤, 가축 7억톤이다. 그는 대형 야생동물의 숫자가 크게 감소하고 있고, 가축이 된 동물의 숫자가 급증하고 있음을 지적했다.

186 유발 하라리 저, 조현욱 옮김,『사피엔스』, 김영사, 2015년

187 팻 시프먼 저, 조은영 옮김,『침입종 인간』, 푸른숲, 2017년.

188 리처드 도킨스 저, 홍영남 옮김,『이기적인 유전자』, 을유문화사, 2002년. 이 책은 1976년에『The Selfish Game』, Oxford University Press. 출간되어 세계적인 반향을 일으켰다.

189 프란스 드 발, 최재천, 안재하 옮김,『공감의 시대』, 김영사, 1917년

190 박전홍,『수의학의 역사』, 마야, 2002년, 12~15쪽.

191 천명선,『근대 수의학의 역사』, 한국학술정보, 2008년.

192 진청민 저, 하성금 옮김,『일본군 세균전』, 청문각, 2010년.

193 식품의약품안전처(https://www.mfds.go.kr/labanimal/index.do?mid=44) 홈페이지 참조.

194 세계일보,『깜깜이 동물실험, 여전히 고통받는 동물들』, 2017년 6월 17일자 기사.

195 박전홍,『수의학의 역사』, 마야, 2002년, 34쪽.
국립수의과학검역원,『한국수의학사』, 국립수의과학검역원, 2010년, 24쪽.

196 세계일보,『금붕어 수술에 51만원 들인 주인 '화제'』, 2015년 1월 2일자 기사.

197 중앙일보,『국산마 최고가는 2억 9천만원』, 2013년 5월 25일자 기사.

198 윌리엄 맥닐 저, 김우영 옮김,『전염병의 세계사』, 이산, 2005년, 64~68쪽 참조.

199 바버라 내터슨-호러위츠, 캐스린 바워스 저, 이순영 옮김, 『의사와 수의사가 만나다』, 모멘토, 2017년, 18쪽

200 바버라 내터슨-호러위츠, 캐스린 바워스 저, 이순영 옮김, 『의사와 수의사가 만나다』, 모멘토, 2017년.

201 조선일보, 『암 발생률 겨우 5%… 코끼리에서 '항암 비결' 배운다.』, 2017년 11월 15, 16일자 기사.

202 Why Do Large Mammals Such as Minke Whales Rarely Get Cancer? 네이쳐 자매지 『Scientific Reports』 2016년 4월 29일
      YTN 사이언스 『밍크고래 암 억제 비밀 규명』 2016년 05월 22일자 방송.

203 쿠키뉴스, 『아직도 반려동물 안 키우니? 펫시장 급격한 확대』, 2017년 6월 12일자 기사.

204 식품의약품안전처(http://www.mfds.go.kr/) 홈페이지 참조. 식품의약품안전처에 소비자위해예방국, 식품안전정책국, 식품소비안전국, 수입식품안전정책국, 의약품안전국 등의 부서가 있다.

205 식품의약품안전평가원(http://www.nifds.go.kr) 홈페이지 참조.

206 한국식품안전관리인증원(https://www.haccp.or.kr) 홈페이지 참조.

207 강경선, 『수의역학 및 인수공통전염병학』, 문운당, 2013년.

208 김영찬 외 22인, 『수의사가 말하는 수의사』, 부키(주), 2005년.

209 뉴시스, 『수의직 공무원 350명 보강……가축방역관 수당 인상』, 2017년 6월 28일자 기사.

참고문헌과 참고 사이트

참고문헌

강신주,『철학 vs. 철학』, 오월의 봄, 2016년

강경선,『수의역학 및 인수공통전염병학』, 문운당, 2013년

고동환,『조선시대 서울도시사』, 태학사, 2007년

국립수의과학검역원,『국립수의과학검역원 100년사』, 2009년

국립수의과학검역원,『한국수의학사』, 2010년

그레고리 코크란, 헨리 하펜딩 저, 김명주 옮김,『1만년의 폭발』, 글항아리,
2010년

김광수 연구소 저,『버블붕괴와 장기침체』, 휴먼&북스, 2009년

김남중,『애견질병학』, 21세기사, 2006년.

김기흥,『광우병 논쟁』, 해나무, 2009년

김정규,『역사로 보는 환경』, 고려대학교출판부, 2009년

김동진,『조선생태환경사』, 푸른역사, 2017년

김영찬 외 22인,『수의사가 말하는 수의사』, 부키(주), 2005년

김용만,『세상을 바꾼 수레』, 다른, 2010년

김인락 외 공저,『한국한의학사 재정립』, 한국한의학연구소, 1995년.

김택민,『3000년 중국 역사의 어두운 그림자』, 신서원, 2006년

김종래,『유목민 이야기』, 자우출판, 2002년

김종래,『CEO칭기스칸』, 삼성경제연구소, 2002년

김현수 저, 『이야기영국사』, 청아출판사, 2006년

글렌 송거, 카렌 W. 포스트 저, 수의전염병학교수협의회 옮김, 『수의세균성 전염병학』, 한미의학, 2010년

다카히라 나루미 저, 이만옥 옮김, 『여신』, 도서출판 들녘, 2002년.

닥터X 저, 양정현 옮김, 『인턴X』, 김영사, 2007년

대니얼 R, 헤드릭 저, 김우민 옮김, 『과학기술과 제국주의-증기선·키니네·기관총』, 모티브북, 2013년

대한수의학회 편집부, 『수의학 용어집』, 정문각, 2006년.

로버트 E. 아들러, 조윤정 옮김, 『의학사의 터닝포인트 24』, 아침이슬, 2007년

리처드 도킨즈 저, 홍영남 옮김, 『이기적 유전자』, 을유문화사, 2002년

리처드 로즈 저, 안정희 옮김, 『죽음의 향연-광우병의 비밀을 추적한 공포와 전율의 다큐멘터리』, 사이언스북스, 2006년

리처드 W. 블리엣 저, 임옥희 역, 『사육과 육식』, 알마, 2008년

마빈 해리스 저, 서진영 옮김, 『음식문화의 수수께끼』, 한길사, 1992년

마이클 폴란, 『잡식동물의 딜레마』, 다른세상, 2008년

마크 롤랜즈 저, 윤영삼 역, 『동물의 역습』, 달팽이 출판, 2004년

마크 베코프 저, 윤성호 옮김, 『동물권리선언』, 미래의 창, 2011년.

마크 윈스터 저, 전광철, 권영신 옮김, 『사라진 벌들의 경고』, 홍익출판사, 2016년

바버라 내터슨-호러위츠, 캐스린 바워스 저, 이순영 옮김, 『의사와 수의사가 만나다』, 모멘토, 2017년.

반덕진, 『히포크라테스의 발견』, 휴머니스트, 2005년

박승무 편저, 『신비의 세계 서아프리카의 역사』, 도서출판 아침, 2002년

박원길, 『몽골의 문화와 자연지리』, 두솔, 1996년

박전홍 저,『수의학의 역사』, 도서출판 마야, 2002년

박종기,『새로 쓴 5백년 고려사』, 푸른역사, 2008년

브라이언 M. 페이건 외 저, 강미영 옮김,『고대 세계의 위대한 발명 70』, 랜덤
하우스, 2007년

브린 바너드 저, 김율희 역,『세계사를 바꾼 전염병들』, 다른, 2006년

비르키트 브란다우, 하르트무트 쉬케르크 저, 장혜경 옮김,『히타이트』, 중앙
M&B, 2002년

서혜숙,『알기쉬운 반려동물 전염병 이야기』, Okvet, 2011년

셜던 와츠 저, 태경섭, 한창호 역주,『제국은 어떻게 전염병을 유행시켰는가』,
모티브북, 2009년

스티브 존슨 저, 김명남 역,『감염지도』, 김영사, 2008년

신규환 저,『질병의 사회사(동아시아 의학의 재발견)』, 살림, 2006년

신동원,『호열자, 조선을 습격하다』, 역사비평사, 2004년

신동원, 황상익, 여인석, 강신익,『의학오디세이』, 역사비평사, 2007년

쑨이린 저, 송은진 역,『생물학의 역사』, 더숲, 2012년

앤드루 니키포록 저, 이희수 옮김,『바이러스 대습격』, 알마, 2015년.

앨런 와이즈먼 저, 이한중 옮김,『인간없는 세상』, 랜덤하우스코리아(주),
2007년.

앨리스 로버츠 저, 진주현 옮김,『인류의 위대한 여행』, 책과함께, 2011년.

양산췬, 정자룽 저, 이원길 역,『중국을 말한다』, 신원문화사, 2008년

오누마 미사오 저, 장형관 옮김,『동물의 감염증』, Okvet, 2012년

유발 하라리 저, 조현욱 옮김,『사피엔스』, 김영사, 2015년

유발 하라리 저, 김명주 옮김,『호모데우스』, 김영사, 2017년

유소맹 저, 이훈, 이선애, 김선민 옮김,『여진 부락에서 만주국가로』, 푸른역사,

2013년

유수민, 『과학이 광우병을 말하다』, 지안출판사, 2008년

여인석 외 공저, 『한국의학사』, 대한의사협회 의료정책연구소, 2012년

윌리암 맥닐 저, 김우영 역, 『전염병과 세계사』, 이산, 2005년

이동섭 저, 『그림이 야웅야웅 고양이 미술사』, 아트북스, 2016년

이시 히로유키, 아스다 요시노리, 유이사 다케오 저, 이하준 옮김, 『환경은 세계사를 어떻게 바꾸었는가-환경과 문명의 세계사』, 경당, 2003년

이영순, 『실험동물의학:실험용 동물과 동물실험』, 서울대학교 출판부, 1989년

이종찬, 『열대와 서구-에덴에서 제국으로』, 새물결, 2009년

이현숙, 『신라의학사 연구』, 이화여대 박사논문, 2002년

이효선, 『몽골초원의 말발굽소리』, 북코리아, 2004년

장 크리스토프 빅토르 외 저, 안수연 옮김, 『변화하는 세계의 아틀라스』, 책과함께, 2008년

제임스 B. 로히드, 미시 베이커 저, 박남용 옮김, 『수의학개론』, 한미의학, 2013년

인간동물문화연구회, 『인간동물문화』, 이항 외 2012년

임동주, 『물고기 질병과 대책』, 마야, 1997년

임동주, 『애완동물 대백과』, 마야, 1999년

임동주, 『애완동물 건강관리 Q&A 81』, 마야, 2010년

임동주, 『우리나라 민물고기 대백과』, 마야, 1999년

임동주, 『그림으로 공부하는 애견 대백과』, 마야, 2001년

임동주, 『우리나라 삼국지 - 전11권 세트』, 마야, 2006년

임동주, 『유리명왕』, 마야, 2007년

임동주, 『Epidemiological Study of Viral nervous Necrosis in Korea』, 제주대학교 수의학과 박사학위청구논문, 2006년

전북대학교 수의과대학 야생동물의학실,『야생동물병원24시』, 책공장더불어, 2013년

정연식,『일상으로 본 조선시대 이야기』1, 2, 청년사, 2001년

존 브래드쇼 저, 한유선 옮김,『캣센스』, 글항아리, 2015년.

존 펄린 저, 송명규 옮김,『숲의 서사시』, 따님. 2002년

재러드 다이아몬드 저, 김진준 옮김,『총,균,쇠』, 문학사상, 1998년

재러드 다이아몬드 저, 김정흠 옮김,『제3의 침팬지』, 문학사상사, 1996년

재러드 다이아몬드 저, 강주헌 옮김,『문명의 붕괴』, 김영사, 2005년

잭 챌리너,『죽기 전에 알아야 할 세상을 바꾼 발명품 1001』, 마로니에북스, 2010년

제러미 리프킨 저, 신형승 역,『육식의 종말』, 시공사, 2002년

제레미 리프킨 저, 이창희 옮김,『엔트로피』, 세종연구원, 2015년

제임스 포사이스 저, 정재겸 옮김,『시베리아 원주민의 역사』, 솔, 2009년

존 펄린 저, 송명규 옮김,『숲의 서사시』, 도서출판 따님, 2006년

진청민 저, 하성금 옮김,『일본군 세균전』, 청문각, 2010년

찰스 다윈 저, 송철용 옮김,『종의 기원』, 동서문화사, 2013년

천규석,『유목주의는 침략주의다』, 실천문학사, 2006년

천명선 저,『근대수의학의 역사』, 한국학술정보, 2008년

충북대수의학교재편찬위원회 저,『미리 가보는 수의학 교실』, 충북대 출판부, 2011년

캐롤 거나 저, 한유미 옮김,『애니멀 커뮤니케이션』, 아카데미북, 2012년

캐서린 그랜트 저, 황성원 옮김,『동물권, 인간의 이기심은 어디까지인가?』, 이후, 2012.

콤 켈러허 저, 김상윤, 안성수 옮김,『얼굴 없는 공포, 광우병 그리고 숨겨진 치

매』, 고려원북스, 2007년

토마스 벌핀치 저, 이윤기 옮김, 『벌핀치의 그리스 로마 신화』, 창해, 2009년

파트리크 쥐스킨트 저, 강명순 역, 『향수』, 열린책들, 2000년

팻 시프먼 저, 조은영 옮김, 『침입종 인간』, 푸른 숲, 2017년

프란스 드 발, 최재천, 안재하 옮김, 『공감의 시대』, 김영사, 1917년

피터 왓슨 저, 남경태 옮김, 『생각의 역사 I 』들녘, 2009년

하자노프 저, 김호동 역, 『유목사회의 구조』, 지식산업사, 1990년

하지홍, 『하지홍 교수의 개 이야기』, 살림출판사, 2008년

허강준, 『수의 수생생물의학』, Okvet, 2016년

한국문화상징사전편찬위원회, 『한국문화상징사전』, 동아일보사, 1992년

한국역사연구회 저, 『조선시대 사람들은 어떻게 살았을까 2』, 청년사, 1996년

한국정신문화원구원 편, 『한국구비문학대계』, 한국정신문화연구원 간행,
1980년

홍윤철, 『우리는 왜, 어떻게 질병에 걸리는가』, 사이, 2014년

히마다 아쓰오 저, 김돈하 역, 『여행과 질병의 3천년사』, 심산문화, 2004년

김태준, 이승수, 김일환 저, 『조선의 지식인들과 함께 문명의 연행길을 가다』,
푸른역사, 2005년

A.G. Riddle, 『Pandemic』 Riddle inc, 2017년

Angela von den Driesch, 『Geschichte der Tiermedizin』, Schattauer, Stuttgart,
2003년

Carl Safina, 『Beyond words: what animals think and feel』
Henry Holt and Co, 2015년

J.C. 블록 저, 과학세대 옮김, 『인간과 가축의 역사』, 도서출판 씨날, 1996년

J.R. 맥닐 저, 홍욱희 옮김, 『20세기 환경의 역사』, 에코, 2008년

Thomas Goetz, 『The Remedy: Robert Koch, Arthur Conan Doyle, and the Quest to Cure Tuberculosis』 Avery co. 2014년

인터넷 사이트

가축위생방역지원본부 홈페이지(http://www.lhca.or.kr)

국가동물방역통합시스템(http://www.kahis.go.kr/home/lkntscrinfo/selectLkntsStats.do)

국가법령정보센터(http://www.law.go.kr)

국제동물권리연맹 (https://www.worldanimalprotection.org/)

김성호의 축산 이야기(http://m.blog.daum.net/meatmarketing/2496)

농림수산식품교육문화정보원(https://www.epis.or.kr/index.do)

농림축산검역본부 동물보호관리시스템(http://www.animal.go.kr/portal_rnl/index.jsp)

농림축산검역본부(http://www.qia.go.kr)

조류인플루엔자·구제역특별홈페이지(http://www.mafra.go.kr/FMD-AI/04/01_01.jsp)

농림축산식품부(http://www.mafra.go.kr)

독일 막스 플랭크 연구소(https://www.mpg.de)

두산백과(http://www.doopedia.co.kr)

미국 농무성 해외농업국(https://apps.fas.usda.gov/psdonline/psdQuery.aspx)

미국 질병통제센터(CDC-https://www.cdc.gov)

삼성서울병원 감염병대응센터(http://cipacsmc.org/)

식품의약품안전처(https://www.mfds.go.kr/labanimal/index.do?mid=44)

양을 다르게 생각하는 개인블로그 (http://www.think-differently-about-sheep.com)

에버랜드 페이스북(http://www.facebook.com/witheverland)

유엔환경계획(http://www.unenvironment.org)

자연과 자연자원보존을 위한 국제연합(http://www.iucnredlist.org)

환경부(http://www.me.go.kr)

통계청(http://kostat.go.kr/portal)

찾아보기